国家出版基金项目
NATIONAL PUBLICATION FOUNDATION

中外文学交流史

钱林森 周宁 主编

中国－阿拉伯卷

郅溥浩 丁淑红 宗笑飞 著

山东教育出版社

目　录

总序

一

中外文学关系的研究，是中国比较文学学术传统最丰厚的领域，前辈学者开拓性的建树，大多集中在这一领域的研究，如范存忠、钱锺书、方重等之于中英文学关系，吴宓之于中美，梁宗岱之于中法，陈铨之于中德，季羡林之于中印，戈宝权之于中俄文学关系的研究，等等。20 世纪中国比较文学研究前后两个高峰，世纪前半叶的高峰，主要成就就在中外文学关系研究上。20 世纪后半叶，比较文学在新时期复兴，30 多年来推进我国比较文学学科发展的支撑领域，同时也是本学科取得最多实绩的研究领域，依旧在中外文学关系研究。中外文学关系研究所获得的丰硕成果，被学术史家视为真正"体现了'我们自己的比较文学'的特色和成就"[1]，成为我国比较文学复兴发展的一个重要标志[2]。

> 1. 王向远：《中国比较文学研究二十年·前言》，南昌：江西教育出版社，2003 年版。

学术传统是众多学者不断努力、众多成果不断积累而成的。在中外文学关系研究领域，从

> 2. 王向远教授在其 28 章的大著《中国比较文学研究二十年》中，从第 2 章到第 10 章论述国别文学关系研究，如果加上第 17、18 "中外文艺思潮与中国文学关系"、"中外文学关系史的总体研究"两章，整整占 11 章，可谓是"半壁江山"。

20 世纪 80 年代中期开始，先后已有三套丛书标志其阶段性进展。首先是乐黛云教授主编的比较文学丛书中的《中日古代文学交流史稿》（严绍璗著）、《近代中日文学交流史稿》（王晓平著）、《中印文学关系源流》（郁龙余编）。乐黛云教授和这套丛书的相关作者，既是继承者，又是开拓者。他们继承老一辈学者的研究，同时又开创了新的论题与研究方法。

其次是 20 世纪 90 年代初，北京大学和南京大学联合推出《中国文学在国外》丛书（10 卷集，乐黛云、钱林森主编，花城出版社），扩大了研究论题的覆盖面，在理论与方法上也有所创新。再其后就是经过 20 年积累、在新世纪初期密集出现的三套大型比较文学丛书：《外国作家与中国文化》（10 卷集，钱林森主编，宁夏人民出版社）、《跨文化沟通个案研究》丛书（乐黛云主编，北京出版社）、国别文学文化关系丛书《人文日本新书》（王晓平主编，宁夏人民出版社），这些成果细化深化了该研究领域，在研究范式的探究和方法论革新方面，也取得较大进展。

从某种意义上说，中外文学关系研究带动了整个中国比较文学研究。从"20 世纪中国文学

的世界性因素"的讨论，到中外文学关系探究中的"文学发生学"理论的建构；从中外文学关系的哲学审视和跨文化对话中激活中外文化文学精魂的尝试，到比较文学形象学与后殖民主义文化批判……所有这一切探索成果的出现，不仅推动了中国比较文学学科深入发展，反过来对中外文学关系问题的研究，也有了问题视野与理论方法的启示。

二

在丰厚的研究基础上，如何进一步推进中外文学交流研究，成为学术史上的一项重要使命。2005 年 7 月初，南京大学比较文学与比较文化研究所与山东教育出版社在南京新纪元大酒店，举行《中外文学交流史》丛书首届编委会暨学术研讨会，正式启动大型丛书《中外文学交流史》的编写工作，以创设一套涵盖中国与欧洲、亚洲、美洲等世界主要国家及地区的文学交流史。

中外文学交流史研究既是一项研究，又是关于此项研究的反思，这是学科自觉的标志。学者应该对自己的研究有清醒的问题意识，明确"研究什么"、"如何研究"和"为何研究"。

20 世纪末以来，国际比较文学研究一直面临着范式转型的问题，不同研究范型的出现与转换的意义在于其背后问题脉络的转变。产生自西方民族国家体系确立时代的比较文学学科，本身就是民族国家意识形态的产物。影响研究的真正命题是确定文学"宗主"，特定文学传统如何影响他人，他人如何从"外国文学"中汲取营养并借鉴经验与技巧；平行研究兴盛于"冷战"时代，试图超越文学关系的外在的、历史的关联，集中探讨不同文学传统的内在的、美学的、共同的意义与价值。"继之而起的新模式没有一个公认的名称，但是和所谓的后殖民批评有着明显的关系，甚至可以把后殖民批评称为比较研究的第三种模式。这种模式从后结构理论吸取了'话语'、'权力'等概念，致力于清算伴随着资本主义扩张的帝国主义和殖民主义，尤其是其文化方面的问题。这种批评的所谓'后'字既有'反对'的意思，也有'在……之后'的意思。""后殖民批评的假设前提是正式的帝国 / 殖民主义时代已然成为历史。在第二次世界大战之后这一点已经成为普遍的共识，当时不同政治阵营能够加之于对方的最严厉的谴责莫过于'帝国主义'了。这种共识是后殖民批评能够立于不败之地的先决条件。"[1]

1. 陈燕谷：《比较文学与"新帝国文明"》，载《中国社会科学院院报》，2004 年 2 月 24 日。

伴随着后殖民主义文化批评在 1970 年代后期的兴起，西方比较文学界对社会文本的关注似乎开始压倒既往的文学文本。翻译、妇女、生态、少数族裔、性别、电影、新媒体、身份政治、亚文化、"新帝国治下的比较研究"[2] 等问题几乎彻底更新了比较文学的格局。比如知

2. 陈燕谷指出："现在我们也许有理由提出比较研究的第四种模式，也就是'新帝国治下的比较研究'。……当'帝国'去而复返……自然意味着后殖民批

名文化翻译学者苏珊·巴斯奈特在 1993 年出版的专著《比较文学批评导论》（*Comparative*

评不再具有不证自明的有效性。今天这种情况正在发生，比较研究必须在新帝国条件下重新界定自己的任务和方向。"陈燕谷：《比较文学与"新帝国文明"》。

Literature：A Critical Introduction）中就明确指出："后殖民"用最恰当的术语来表达，就是近年来出现的新跨文化批评，而"除此之外，比较文学已无其他名称可以替代"。[3]

3. Susan Bassnett, *Comparative Literature：A Critical Introduction*,Oxford and Cambridge：Blackwell,1993，p.10.

本世纪初，比较文学的学科理论建设工作似乎依然徘徊在突围西方中心主义的方向和路径上。2000 年，蜚声北美、亚洲理论界的明星级学者 G.C.斯皮瓦克将其在加州大学厄湾分校的"韦勒克文学讲座"系列讲稿结集出版，取了个惊世骇俗的名字《一门学科的死亡》（*Death of A Discipline*），这门学科就是比较文学。其实斯皮瓦克并无意宣布比较文学的终结，而是在指出当前的欧美比较文学的困境，即文学越界交流过程中的不均衡局面，以及该学科依然留存着欧美文化的主导意识并分享了对人文主义主体无从判定的恐惧等问题后，希望促成比较文学的转型，开创一种容纳文化研究的新的比较文学范型，迎接全球化语境的文化挑战。[4]

4. Gayatri C. Spivak, *Death of A Discipline*, New York：Columbia University Press,2003.

然而，我们也要清楚地看到，后殖民主义文化批判试图颠覆比较文学研究的价值体系，却没有超越比较文学的理论前提。因为比较研究尽管关注不同民族、不同国家文学之间的关系，但其理论前提却是，不同民族、国家的文学是以语言为疆界的相互独立、自成系统的主体。而且，比较文学研究总是以本国本民族文学为立场，假设比较研究视野内文学之间的关系是一种自我与他者的关系，只不过影响研究表示顺从与和解，后殖民主义文化批判强调反写与对抗。对于"他性"的肯定，依然没有着落。

坦率地说，中外文学关系研究仍属于传统范型，面临着新问题与新观念的挑战。我们在第三种甚至第四种模式的时代留守在类似于巴斯奈特所谓的"史前恐龙"[5]的第一种模式的研究

5. Susan Bassnett, *Comparative Literature：A Critical Introduction*, p.5.

领域，是需要勇气与毅力的。伴随着国际学术共同体间的密切互动与交流，北美比较文学的越界意识也在 20 世纪末期旅行到了中国。虽然目前国内比较文学也整合了文化批评的理论方法，跨越了既往单一的文学学科疆界，开掘了许多富于活力和前景的学术领域，但这些年来比较文学领域并不景气：一方面是研究的疆界在扩大也在不断消解，另一方面是不断出现危机警示与

研究者的出走。在这个大背景下,从事我们这套丛书写作的作者大多是一些忠诚的留守者,大家之所以继续这个领域的研究,不是因为盲目保守,而是因为"有所不为"。首先,在前辈学人累积的深厚学术传统上,埋头静心、勤勤恳恳地在"我们自己的比较文学"领地里精心耕作,在喧嚣热闹的当下,这本身就是一种别具意味的学术姿态。同时,在硕果纷呈的比较文学研究领域,中外文学关系问题始终是一个基础但又重要的问题,不断引起关注,不断催生深入研究,又不断呈现最新成果,正如目前已推出的这套丛书所展示的,其研究写作不仅在扎实的根基上,对中外文学交流史的论题领域有所拓展,在理论与方法探索上也通过积极吸收、整合其他领域的成果而有所推进。最后,在中国作为新崛起的世界经济大国的关键历史节点上重新思考中外文学关系问题,直接关涉到中外文学关系研究的学科自觉。这事实上是一个如何在世界文学图景中重新测绘"中国文学"的问题,也即当代中国文学如何在世界中重新创造自己的身份和位置。通过中外文学关系研究,我们可以重新提炼和塑造中国文学、文化的精神感召力、使命感和认同感,在当代世界的共同关注点上,以文学为价值载体去发现不同文化之间交往的可能和协商空间,进而参与全球新的世界观的形成。

三

中外文学关系研究,就学科本质属性而言,属实证范畴,从比较文学研究传统内部分类和研究范式来看,归于"影响研究",所以重"事实"和"材料"的梳理。对中外文学关系史、交流史的整体开发,就是要在占有充分、完整材料的基础上,对双向"交流"、"关系""史"的演变、沿革、发展作总体描述,从而揭示出可资今人借鉴、发展民族文学的历史经验和历史规律,因此它要求拥有可信的第一手思想素材,要求资料的整一性和真实性。

中外文学关系研究的开发、深化和创新,离不开研究理论方法的提升与原理范式的探讨。某种新的研究理念和理论思路,有助于重新理解与发掘新的文学关系史料,而新的阐释角度和策略又能重构与凸显中外文学交流的历史图景,从而将中外文学关系的研究向新的深度开掘。早在新时期我国比较文学举步之时和复兴之初,我国前辈学者季羡林、钱锺书等就卓有识见地强调"清理"中外文学关系的重要性和必要性,把它提到中国比较文学特色建设和拥有比较文

学研究"话语权"的高度。[1]30 年来，我国学者在这方面不断努力，在研究的观念与方法上进

1.20 世纪 80 年代初，钱锺书先生就提出："要发展我们自己的比较文学研究，重要的任务之一就是清理一下中国文学与外国文学的相互关系。"季羡林在《资

行了深入的探讨。钱林森教授主持的《外国作家与中国文化》丛书，曾经就中外文学关系研究

料工作是影响研究的基础》一文中强调："我们一定先做点扎扎实实的工作，从研究直接影响入手，努力细致地去收集材料，在西方各国之间，在东方各国

中的哲学观照和跨文化文学对话的观念与方法进行过有益的尝试与实践。其具体思路主要体现

之间，特别是在东方与西方之间，从民间文学一直到文人学士的个人著作中去搜寻直接影响的证据，爬罗剔抉，刮垢磨光，一定要有根有据，决不能捕风捉影。

在如下五个方面：

然后在这个基础上归纳出有规律性的东西。"他明确反对"那些一无基础、二无材料，完全靠着自己的'天才'、'灵感'，率而下笔，大言不惭，说句难

　　1) 依托于人类文明交流互补基点上的中外文化和文学关系课题，从根本上来说，是中外

听的话，就是自欺欺人的所谓平行发展的研究"。参见王向远：《中国比较文学研究二十年》，第 9 页，南昌：江西教育出版社，2003 年版。

哲学观、价值观交流互补的问题，是某一种形式的精神交流的课题。从这个意义上看，研究中

外文化、文学相互影响，说到底，就是研究中外思想、哲学精神相互渗透、影响的问题，必须

作哲学层面的审视。2) 考察两者接受和影响关系时，必须从原创性材料出发，不但要考察外

国作家、外国文学对中国文化精神的追寻，努力捕捉他们提取中国文化（思想）滋养，在其创

造中到底呈现怎样的文学景观，还要审察作为这种文学景观"新构体"的外乡作品，又怎样反

转过来向中国文学施于新的文化反馈。3) 今日中外文学关系史建构，不是往昔文学史的分支

研究，而是多元文化共存、东西哲学互渗时代的跨文化比较文学研究重构。比较不是理由，比

较中达到对话并且通过对话获得互识、互证、互补的成果，才是中外文学关系研究学理层面的

应有之义。4) 中外文学和文化关系研究课题，应以对话为方法论基点，应当遵循"平等对话"

的原则。对研究者来说，对话不止是具体操作的方法论，也是研究者一种坚定的立场和世界观，

一种学术信仰，其研究实践既是研究者与研究对象跨时空跨文化的对话，也是研究者与潜在的

读者共时性的对话，通过多层面、多向度的个案考察与双向互动的观照、对话，激活文化精魂，

进一步提升和丰富影响研究的层次。5) 对话作为方法论基点来考量的意义在于，它对以往"影

响研究"、"平行研究"两种模式的超越。这对所有致力于中外文学关系的研究者来说，都是

一种富有创意的、富有挑战性的学术探索。

　　从学术史角度看，同一课题的探讨经常表现为研究不断深化、理路不断明晰的过程。中外

文学关系史研究在中国比较文学界已有多年的历史，具有丰厚的学术基础。《中外文学交流史》

丛书是在以往研究基础上的又一次推进，具有更高标准的理论追求。钱林森主编在 2005 年编

委会上将丛书的学术宗旨具体表述为：

　　　　丛书立足于世界文学与世界文化的宏观视野，展现中外文学与文化的双向多层次

　　交流的历程，在跨文化对话、全球一体化与文化多元化发展的背景中，把握中外文学

相互碰撞与交融的精神实质：1）外国作家如何接受中国文学，中国文学如何对外国作家产生冲击与影响？具体涉及到外国作家对中国文学的收纳与评说，外国作家眼中的中国形象及其误读、误释，中国文学在外国的流布与影响，外国作家笔下的中国题材与异国情调等等。2）与此相对的是，中国作家如何接受外国文学，对中国作家接纳外来影响时的重整和创造，进行双向的考察和审视。3）在不同文化语境中，展示出中外文学家就相关的思想命题所进行的同步思考及其所作的不同观照，可以结合中外作品参照考析，互识、互证、互补，从而在深层次上探讨出中外文学的各自特质。

4）从外国作家作品在中国文化语境（尤其是 20 世纪）中的传播与接受着眼，试图勾勒出中国读者（包括评论家）眼中的外国形象，探析中国读者借鉴外国文学时，在多大程度上、何种层面上受制于本土文化的制约，以及外国文学在中国文化范式中的改塑和重整。5）论从史出，关注问题意识。在丰富的史料基础上提炼出展示文学交流实质与规律的重要问题，以问题剪裁史料，构建各国别语种文学交流史的阐释框架。

6）丛书撰写应力求反映出国际比较文学界近半个世纪相关研究成果和我国比较文学20 多年来发展的新成果。

四

在已有成果基础上从事中外文学关系史研究，要求我们要有所反思与开辟。这是该丛书从规划到研究，再到写作，整个过程中贯穿的思路。中外文学关系研究，涉及基本概念、史料与研究范型三方面的问题。

首先是基本概念。

中外文学关系，顾名思义，研究的是"关系"，其问题的重心在中国文学的世界性与现代性问题。在此前提下进行细分，所谓中外文学关系的历史叙述，应该在三个层次上展开：1）中国与不同国家、地区、语种文学在历史中的交流，其中包括作家作品与思潮理论的译介、作家阅读与创作的"想象图书馆"、个人与团体的交游互访等具体活动等。2）中外文学相互影响相互创造的双向过程，诸如中国文学接受外国文学并从与外国文学的交流中获得自我构建与自我确认基础，中国文学以民族文学与文学的民族个性贡献并参与不同国家、地区、语种文学创造等。3）存在于中外文学不同国家、地区、语种文学之间的世界文学格局，提出"跨文学空间"的概念，并将世界文学建立在这样一种关系概念上，而不是任何一种国家、地区、语种文学的普世性霸权上。

中外文学关系研究"中外文学"的关系，另一个必须厘清的概念是"中外文学"：1）中外文学关系不仅是研究"之间"的关系，更重要的是研究不同国家、地区、语种文学各自的文学史，比如研究法国文学对中国现代文学的影响，真正的问题在中国现代文学，反之亦然。2）中外文学关系在"中"与"外"二元对立框架内强调双向交流的同时，也不能回避中国立场。首先，中外文学研究表面上看是双向的、中立的，实际上却有不可否认的中国立场甚至可以说是中国中心。因此"中外文学"提出问题的角度与落脚点都应是中国文学。3）中国立场的中外文学关系研究的理论指归在于中国文学的世界性与现代性问题。它包括两个层次的意义：中国在历史上是如何启发、创造外国文学的；外国文学是如何构筑中国文学的世界性与现代性的。

中外文学关系基本概念涉及的最后一个问题是"史"。中外文学关系史属于文学史的范畴，它关系到某种时间、经验与意义的整体性。纯粹编年性地记录曾经发生过的文学交流事件，像文学旅行线路图或文学流水账单之类，还不能够成为文学交流史。中外文学交流史"史"的最基本的要求在于：1）文学交流史必须有一种时间向度的研究观念，以该观念为尺度，或者说是编码原则，确定文学交流史的起点、主要问题、基本规律与某种预设性的方向与价值。2）可能成为中外文学关系史的研究观念的，是中国文学的世界性与现代性问题。中国文学是何时、如何参与、如何接受或影响世界文学的，世界性因素是何时并如何塑造中国文学的。3）中外文学交流史表现为中国文学在中外文学交流中实现世界性与现代性的过程。中国文学的世界化分两个阶段，汉字文化圈内东亚化与近代以来真正的世界化，中国文学的世界化是与中国文学的"现代化"同时出现的。

其次是史料问题。

史料是研究的基础。研究的成败，从某种意义上说，取决于史料的丰富与准确程度。史料是多年研究积累的成果，丰富是量上的要求；史料需要辨伪甄别，尽量收集第一手资料，这是对史料的质上的要求。史料自然越丰富越好，但史料的发现往往是没有止境的，所以史料的丰富与完备是相对的，关键看它是否可以支撑起论述。因此，研究中处理史料的方式，不仅是收集，还有在特定研究观念下剪裁史料、分析史料。

没有史料不行，仅有史料又不够。中外文学关系史研究在国内，已有多年的历史，但大多数研究只停留在史料的收集与叙述上，丛书要在研究上上一个层次，就不能只满足于史料的收集、整理、叙述。中外文学关系的研究与写作应该分为三个层次：第一个层次，掌握资料来源并尽量收集第一手的资料，对资料进行整理、分析、阐释，从中发现一些最基本的"可研究的"问题。第二个层次是编年史式资料复述，其中没有逻辑的起点与终点，发现的最早的资料就是起点，该起点是临时的，随着新资料的发现不断向前推，重点也是临时的，写到哪里就在哪里结束。第三个层次是使文学交流史具有一种"思想的结构"。在史料研究基础上形成不同专题的文学交流史的"观念"，并以此为线索框架设计文学交流史的"叙事"。

最后，中外文学交流研究的第三大问题是研究范型。学术创新的途径，不外乎新史料的发现、新观念与新的研究范型的提出。

研究范型是从基本概念的确立与史料的把握中来的。问题从何处来，研究往何处去。研究模式包括基本概念的确立、史料的收集与阐发、研究方法的选择等内容。任何一项研究，都应该首先清醒地意识到研究模式，说到底，就是应该明确"研究什么"和"如何研究"。研究的基本概念划定了我们研究的范围，而从史料问题开始，我们已经在思考"如何研究"了。

中外文学交流作为一个走向成熟的研究领域，必须自觉到撰写原则或述史立场：首先应该明确"研究什么"。有狭义的文学交流与广义的中外文学交流。狭义的文学交流，仅研究文学与文学的交流，也就是说文学范围内作家作品、思潮流派的交流，更多属于形式研究范畴，诸如英美意象派与中国古典诗词、《雷雨》与《俄狄浦斯王》；广义的文学交流史，则包括文学涉及的广泛的社会文化内容，文本是文学的，但内容与问题远超出文学之外，比如"启蒙作家的中国文化观"。本书的研究范围，无疑属于广义的中外文学交流。所谓中外文化交流表现在文学活动中的种种经验、事实与问题，都在研究之列。

但是，我们不能始终在积极意义上讨论影响研究，或者说在积极意义上使用影响概念，似乎影响与交流总是值得肯定的。实际上，对文学活动中中外文化交流的研究，现有两种范型：一种是肯定影响的积极意义的研究范型，它以启蒙主义与现代民族文学观念作为文学交流史叙事的价值原则，该视野内出现的问题，主要是一种文学传统内作家作品与社团思潮如何译介、传播到另一种文学传统，关注的是不同语种文学可交流性侧面，乐观地期待亲和理解、平等互惠的积极方面，甚至在潜意识中，将民族主义自豪感的确认寄寓在文学世界主义想象中，看中国文学如何影响世界。我们以往的中外文学关系研究，大多是在这个范型内进行的。另一种范型关注影响的负面意义，解构影响中的"霸权"因素。这种范型以后现代主义或后殖民主义观念为价值原则，关注不同文学传统的不可交流性、误读与霸权侧面。怀疑双向与平等交流的乐观假设，比如特定文学传统之间一方对另一方影响越大，反向影响就越小，文学交流往往是动摇文学传统的霸权化过程；揭示不同语种文学接触交流中的"背叛性"因素与反双向性的等级结构，并试图解构其产生的社会文化机制。

中外文学关系研究的开发、深化和创新，离不开研究理论方法的提升与原理范式的研讨。某种新的研究理念和理论思路，有助于重新理解与发掘新的文学关系史料，而新的阐释角度和策略又能重构与凸显中外文学交流的历史图景，从而将中外文学关系的"清理"和研究向新的深度开掘。以往的中外文学交流研究，关注更多的是第一种范型内的问题，对第二种范型内的问题似乎注意不够。丛书希望能够兼顾两种范型内的问题。"平等对话"是一种道德化的学术理想，我们不能为此掩盖历史问题，掩盖中外文学交流上的种种"不平等"现象，应分析其霸权与压制、他者化与自我他者化、自觉与"反写"（Write Back）的潜在结构。

同时，这也让我们警觉到我们的研究范型中可能潜在着的一个矛盾：怎能一边认同所谓"中国立场"或"中国中心"，一边又提倡"世界文学"或"跨文学空间"？二者之间是否存在着某种对立？实际上在中国文学的世界性与现代性问题前提下叙述中外文学交流，中国文学本身就处于某种劣势，针对西方国家所谓影响的"逆差"是明显的。比如说，关于中国文学对西方文学的影响，我们可以以一个专题写成一本书，而西方文学对中国现代文学的影响，则是覆盖性的，几乎可写成整部文学史。我们强调"中国立场"本身就是一种"反写"。另外，文学史述实际上根本不存在一个超越国别民族文学的普世立场。启蒙神话中的"世界文学"或"总体文学"，包含着西方中心主义的霸权。或许提倡"跨文学空间"更合理。我们在"交流"或"关系"这一"公共空间"内讨论问题，假设世界文学是一个多元发展、相互作用的系统进程，形成于跨文化跨语种的"文学之际"的"公共领域"或"公共空间"中。不仅西方文学塑造中国现代文学，中国文学也在某种程度上参与构建塑造西方现代文学。尽管不同国家、民族、地区的文学交流存在着"不平等"的现实，但任何国家、民族、地区的文学都以自身独特的立场参与塑造世界文学，而世界文学不可能成为任何一个国家、民族或语种文学扩张的结果。

我们一直在试图反思、辨析、确立中外文学交流研究的基本概念、方法与理论范型，并在学术史上为本套丛书定位。所谓研究领域的拓展、史料的丰富、问题域的明确、问题研究的深入、中外文学交流整体框架的建构，都将是本套丛书的学术价值所在。我们希望本套丛书的完成，能够推进中国比较文学界中外文学关系研究领域走向成熟。这不仅是个人研究的自我超越问题，也是整个比较文学研究界的自我超越问题。

五

钱林森教授将中外文学交流研究的问题细化为五大类，前文已述。这五大类问题构成中外文学交流史的基本问题域，每一卷的写作，都离不开这五大类基本问题。反思这套丛书的研究与写作，可以使我们对中外文学交流史的研究范型有一个基本的把握。在丛书写作的过程中，钱林森教授不断主持有关中外文学关系史的笔谈，反思中外文学关系研究的基本问题与理论范式，大部分参与丛书写作的学者都从不同角度发表了具有建设性的思考，引起了国内学术界的关注。

其中，王宁教授从国家文化战略的高度理解中外文学关系史研究，认为："探讨中国文化和文学在国外的接受和传播，应该是新世纪中国比较文学学者研究的一个重要课题，通过这一课题的研究，不仅可以从根本上打破中外文学关系研究领域内长期存在的西方中心主义思维定势，使得中国学者的民族自尊心和自豪感大大地提升，而且也有助于中国文化走出去战略的实施。在这方面，比较文学学者应该先行一步。"王宁先生高蹈，叶隽先生务实，追问作为科学范式的文学关系研究的普遍有效性问题，他从三个方面质疑比较文学学科的合法性：一是比较文学的整体学术史意识，二是比较文学的思想史高度，三是比较文学作为一门具体学科的"文史根基"与方寸。葛桂录教授曾对史料问题做过三方面的深入论述：一是文献史料，二是问题域，三是阐释立场。"从比较文学学科的传统研究范式来看，中外文学关系研究属于'影响研究'

范畴，非常关注'事实材料'的获取与阐释。就其学科领域的本质属性来说，它又属于史学范畴。而文献史料的搜集、鉴辨、理解与运用，是一切历史研究的基础性工作。力求广泛而全面地占有史料，尽可能将史料放在它形成和演变的整个历史进程中动态地考察，分辨其主次源流，辨明其价值与真伪，是中外文学关系研究永远的起点和基础。"缺少史料固然不行，仅有史料又十分不够。中外文学关系研究"问题意识"必不可少，问题是研究的先导与指南。葛桂录教授进一步论述："能否在原典文献史料研究基础上，形成由一个个问题构成的有研究价值的不同专题，则成为考量文学关系研究者成熟与否的试金石。在文学关系研究的'问题域'中进而思考中外文学交往史的整体'史述'框架，展现文学交流的历史经验与历史规律，揭示出可资后人借鉴、发展本民族文学的重要路径，又构成中外文学关系研究的基本目标。"

文献史料、问题域、阐释立场是中外文学关系研究的三大要素。文献史料的丰富、问题域的确证、研究领域的拓展、观念思考的深入，最终都要受研究者阐释立场的制约。中外文学关系研究，理论上讲当然应该是双向的、互动的。但如要追寻这种双向交流的精神实质，不可避免地要带有某种主体评价与判断。对中国学者来说，就是展现着中国问题意识的中国文化立场。"中外文学"提出问题的出发点与归宿都指向中国文学。这样看来，中外文学关系研究的理论关注点，在于回答中国文学的世界性与现代性问题。也就是，中国文学（文化）在漫长的东西方交流史上是如何滋养、启迪外国文学的；外国文学是如何激活、构建中国文学的世界性与现代性的。这是我们思考中外文学交流史的重要前提，尤其是要考虑处于中外文学交流进程中的中国文学是如何显示其世界性，构建其现代性的。

六

乐黛云先生在致该丛书编委会的信中，提出该丛书作为中外文学关系研究的"第三波"的高标："如果说《中国文学在国外》丛书是第一波，《外国作家与中国文化》是第二波，那么，《中外文学交流史》则应是第三波。作为第三波，我想它的特点首先应体现在'交流'二字上。它不单是以中国文学为核心，研究其在国外的影响，也不只是以外国作家为核心讨论其对中国文化的接受，而是要着眼'双向阐发'，这不仅要求新的视角，也要求新的方法；特别是总的说来，中国文学对其他文学的影响多集中于古代文学，而外国文学对中国文学的影响却集中于现代文学。如何将二者连缀成'史'实在是一大难点，也是'交流史'能否成功的关键。"

本套丛书承载着中国比较文学百年学术史的重要使命，它的宏愿不仅在描述中国与世界主要国家的文学关系，还在以汉语文学为立场，建构一个"文学想象的世界体系"。中外文学交流史的研究要点在"文学交流"，因此研究的核心问题是"双向阐发"，带着这个问题进入研究，中外文学关系就不是一个简单的译介、传播的问题，中外文学相互认知、相互影响与创造才是问题的关键。严绍璗先生在致主编钱林森的信中，进一步表达了他对本丛书的学术期望，文学交流史研究应该"从一般的'表象事实'的描述深入到'文学事实'内具的各种'本相'的探讨和表达"：

> 我期待本书各卷能够是以事实真相为基础，既充分展现中华文化向世界的传播，又能够实事求是地表述世界各个民族文化对中华文化和中华文明丰富多彩性的积极的影响，把"中外文学关系"正确地表述为中国和世界文化互动的历史性探讨。"文学关系"的研究，习惯上经常把它界定在"传播学"和"接受学"的层面上考量，三十年来比较文学的研究，特别是中国比较文学研究，事实上已经突破了这样一些层面而推进到了"发生学"、"形象学"、"符号学"、"阐释学"和"叙事学"等等的层面中。在这些层面中推进的研究，或许能够更加接近文学关系的事实真相并呈现文学关系的内具生命力的场面。我期待着新撰的《中外文学交流史》各卷，能够从一般的"表象事实"的描述深入到"文学事实"内具的各种"本相"的探讨和表达。

2005 年南京会议之后，丛书的编写工作正式启动，国内著名学者吕同六、李明滨、赵振江、郁龙余、郅溥浩、王晓平等先生慷慨加盟，连同其他各位中青年学者，共同分担《中外文学交流史》丛书的写作。吕同六先生曾主持中意文学交流卷，却在丛书启动不久仙逝，为本丛书留下巨大的遗憾。在丛书编写过程中，有人去了有人来，张西平、刘顺利、梁丽芳、马佳、齐宏伟、杜心源、叶隽先生先后加入本套丛书，并贡献出他们出色的成果。

在整个研究写作过程中，国内外许多同行都给予我们实际的支持与指导，我们受用良多。南京会议之后，编委会又先后在济南、北京、厦门、南京召开过四次编委会，就丛书编写的具体问题进行讨论，得到山东教育出版社的一贯支持。丛书最初计划五年的写作时间，当时觉得已足够宽裕，不料最终竟然用了九年才完成，学术研究之漫长艰辛，由此可见一斑。丛书完成了，各卷与作者如下：

(1) 《中国 - 阿拉伯卷》（郅溥浩、丁淑红、宗笑飞 著）

(2) 《中国 - 北欧卷》（叶隽 著）

(3) 《中国 - 朝韩卷》（刘顺利 著）

(4) 《中国 - 德国卷》（卫茂平、陈虹嫣等 著）

(5) 《中国 - 东南亚卷》（郭惠芬 著）

(6) 《中国 - 俄苏卷》（李明滨、查晓燕 著）

(7) 《中国 - 法国卷》（钱林森 著）

(8) 《中国 - 加拿大卷》（梁丽芳、马佳 主编）

(9) 《中国 - 美国卷》（周宁、朱徽、贺昌盛、周云龙 著）

(10) 《中国 - 葡萄牙卷》（姚风 著）

(11) 《中国 - 日本卷》（王晓平 著）

(12) 《中国 - 希腊、希伯来卷》（齐宏伟、杜心源、杨巧 著）

(13) 《中国 - 西班牙语国家卷》（赵振江、滕威 著）

(14) 《中国 - 意大利卷》（张西平、马西尼 主编）

(15) 《中国 - 印度卷》（郁龙余、刘朝华 著）

(16) 《中国 - 英国卷》（葛桂录 著）

(17) 《中国 - 中东欧卷》（丁超、宋炳辉 著）

本套丛书的意义，就在于调动本学科研究者的共同智慧，对已有成果进行咀嚼和消化，对已有的研究范式、方法、理论和已有的探索、尝试进行重估和反思，进行过滤、选择，去伪存真，以期对中外文学关系本身，进行深入研究和全方位的开发，创造出新的局面。

钱林森、周宁

绪论

　　阿拉伯民族是一个古老的民族，早在伊斯兰教产生前，他们就繁衍在广袤的阿拉伯半岛上。多数居民过着逐水草而居的游牧生活，也有从事农耕的部落。他们还建立了各自不同的国家。外贸经商也是他们古往今来的传统。当时，从远东（包括中国）、印度洋、中亚到大叙利亚地区，直至欧洲的商贸通道，都曾经过这里。

　　阿拉伯民族是具有悠久文明的民族。已传承下来的产生于公元 5—6 世纪的诗歌，特别是一组称为"悬诗"的诗歌，被黑格尔称作是"抒情而兼叙事的英雄歌集"。其成熟的写作技巧，说明在此之前很久，阿拉伯地区就出现了高度发展的文明——文学，只是由于技术手段的落后，没有被传承下来。地跨西亚、北非乃至西班牙的阿拉伯帝国建立后，阿拉伯民族与其他民族混居，广泛接受外来文化，加上自身的创新，在自然科学——物理、化学、天文、医学，人文科学——数学、哲学、历史、地理等方面，均取得很高成就。阿拉伯民族继承了古希腊、罗马文明，经融合、发展，又影响了欧洲的文艺复兴，在世界文明的传承方面作出了承先启后的贡献。

　　中国与阿拉伯国家间的经贸、文化、文学交往，应该可以追溯到很远，可说是根深叶茂、源远流长。公元前 2 世纪，汉武帝建元元年，张骞被派遣出使西域，前后历十余年。从此中西交通被打开，著名的"丝绸之路"形成。唐宋期间及以后，另一条连接中国和阿拉伯的商贸通道——"海上丝绸之路"（亦称"香料之路"）也形成。中国与阿拉伯之间的经贸往来十分频繁。大量阿拉伯以及在阿拉伯帝国辖治下的近东、中亚商人及文化之士，来到中国。许多人在中国沿海城市及西部定居下来。同时，由于种种原因，不少中国人，包括一些文化人士，也前往阿拉伯。随着这种商贸和人员的交往，彼此之间的文化、文学交往也逐渐兴起。

　　司马迁在《史记》中记有"条枝"。条枝即大食的译音，大食即阿拉伯。这可能是中国最早在文字上记载阿拉伯。公元 7 世纪初，穆罕默德传播伊斯兰教时即指出："学问虽远在中国，亦当求之。"阿拉伯帝国建立后，在不同时期，在中国和阿拉伯各自的书籍中都有着关于彼此情况的大量记载。中国的有《汉书》、《旧唐书·大食传》、《通典·大食国传》，以及明代黄省曾的《西洋朝贡典录》等。阿拉伯的有麦斯欧迪的《黄金草原》、泰伯里的《历代民族与帝王史》、《苏莱曼东游记》（亦称《中国印度见闻录》、《伊本·白图泰游记》等。这些典籍中包含着许多文学成分。以后，这些文学因素各自进入彼此的文学作品中。这里要特别提到中世纪的一位阿拉伯作家伊本·纳迪姆（约卒于 1047 年）的《索引之书》（亦称《菲赫列斯特》）。该书的一个重要部分，谈到了古代各国之间的文化、文学交流，如阿拉伯对印度文学的译介；也提到了对中国文学的译介，可惜只有寥寥数语。这是阿拉伯典籍中唯一提到中国文学的地方，给我们留下了可供研究的空间。

　　唐代孙頠著《板桥三娘子》，讲三娘子半夜在庭中用小人耕地、播种、浇水、结穗、磨面制饼，给客人吃后，客人皆变成驴。此故事即经大食商人传至中国而产生，在阿拉伯文学中可找到例证。学者们认为这是阿拉伯文学影响中国的一个明显例子。同样，也有中国故事影响阿拉伯文学的。如唐代谷神子著《博异志》中有一则苏遏在凶屋得金的故事，在《一千零一夜》中也有一则完全相同的故事。有学者认为，这是中国故事在唐代随长安的光辉形象传入阿拉伯的。这样的通过口传进行的不同国度及民族间的文化、文学交流，是长久广泛的，较之文字间的交流甚至是更为深刻的。

　　元代末年，阿拉伯摩洛哥大旅行家伊本·白图泰出访欧亚非三洲，并到中国访问。明代永乐三年（1405 年），郑和起航下西洋，前后七次出海，到过许多阿拉伯国家及地区。在唐、宋、元三代，在移居中国的阿拉伯人中，有许多人精通汉语，还做过中国大官，如李彦升、蒲寿宬、赛典赤·瞻思丁等。蒲寿宬还是一位诗人，用汉语著有诗集《心泉集》。唐代，中国文人杜环迫于种种原因于公元 751 年前往阿拉伯国家，历时十年回国。其撰写的《经行记》留下了中国与阿拉伯文化交流的可贵资料。这些都是中阿经贸、文化、文学交往中可圈可点的人物。

　　古代不同国度、不同民族间的文化、文学交流，有的脉络清晰一些，如佛经与中国文学的交流；但多数的交流脉络并不那么清晰，包括中国与阿拉伯的文化、文学的交流。这是一个需要我们继续不断努力，深入挖掘开拓的一个课题和领域。

　　1890 年，回族学者马安礼将埃及大诗人蒲绥里的《斗篷颂》译成中文，名为《天方诗经》。这是中国首次译出阿拉伯的长篇诗作。

　　由于宗教的原因，我国在 20 世纪 30—40 年代，曾派遣多批信奉伊斯兰教的子弟（以回族为主）前往埃及艾资哈尔大学学习阿拉伯语及宗教知识。他们中的一些人在留学期间就致力于中阿文化、文学的交流工作，如将《论语》译成阿拉伯文出版，从原文直接翻译《一千零一夜》，以后又将中国著名作品如《子夜》、《春寒》等译成阿拉伯文，同时撰著《阿拉伯通史》等著作，全面介绍阿拉伯历史、文化和文学。马坚、刘麟瑞、纳忠、纳训是他们中的佼佼者。

阿拉伯古代文明已然式微。近代以来，特别是第二次世界大战后，阿拉伯各国纷纷摆脱殖民统治，相继独立，在横跨亚非的这片广阔土地上，建立了大小不同的十余个国家和地区。但对外界来说，它仍然是一个具有共同文化传统、历史渊源和宗教信仰的共同体——阿拉伯世界。

阿拉伯各国，特别是埃及、黎巴嫩、叙利亚、伊拉克等国，现当代文学蓬勃发展。不仅作家如林，流派纷呈，还出现了马哈福兹这样的获得诺贝尔文学奖的世界知名作家。作家们一方面继承古代文化传统，一方面吸取西方现代手法，不断登上创作高峰。中东地区，阿拉伯社会经历了不同时期的历史巨变。这一切，对文学产生了深刻的影响。如，第一次世界大战后，埃及产生了现代文学流派，以纪伯伦为首的旅美派侨民文学形成；第二次世界大战后，左翼现实主义文学盛极一时；1967年中东战争后，反思文学兴起；世纪之交相对平稳和开放的形势下，文学更加多样化，尤其女性文学迅速发展；2011年的所谓"阿拉伯之春"运动，对文学的影响正在显现。20世纪60、70年代后，阿拉伯西部（马格里布地区：阿尔及利亚、摩洛哥、突尼斯、利比亚）文学异军突起，其文学发展足以与阿拉伯东方媲美。而海湾各国（科威特、沙特阿拉伯、阿联酋乃至卡塔尔），由于起点较高，其文学发展也令人瞩目。

阿拉伯文学无疑是世界文学的重要组成部分。我们回顾中阿文学交流史，会发现中国在不同时期翻译、介绍、研究阿拉伯文学，总体上都没有离开阿拉伯文学发展的脉络。新中国成立后，由于彼此政治、外交、经济上的密切交往，文化、文学的交流也日趋发展。改革开放后更是达到一个高峰期，或曰黄金期。

1956年，英美军队入侵黎巴嫩，遭到阿拉伯人民的强烈反对。包括中国人民在内的世界各国人民，更是同仇敌忾，奋起声援阿拉伯人民的正义斗争。这时期，中国出版了一大批阿拉伯国家的小说集、诗歌集，并对阿拉伯文学进行了初步的认真的介绍。同时，中国许多著名作家、文化界人士纷纷用创作支援阿拉伯兄弟，并与阿拉伯国家作家协会、作家联络。这是特殊时期的中阿文学交流，也是中国对阿拉伯文学翻译、介绍的真正的开始。

改革开放后，中国的阿拉伯语教育事业迅速发展。许多高等院校教师、专业机构的研究人员，以及喜欢阿拉伯文学的人们，开始对阿拉伯文学进行大量翻译，完全打破了以往基本从俄文、英文转译的格局。

中国和阿拉伯国家同属第三世界，阿拉伯各国的历史经历与中国有着诸多共同之处。在选择介绍阿拉伯文学作品时，必然会面向那些令中国读者感同身受的题材，诸如争取民族解放斗争的，农村和土地问题的，封建礼教对妇女束缚的，描写社会、家庭、人生的，探索哲理的，象征的，等等。如果追溯一下历史，在 20 世纪 20、30 年代，中国文学界已开始注意到阿拉伯现代文学，翻译了纪伯伦、塔哈·侯赛因、台木尔的作品及其他少量的阿拉伯现代和古代文学。50 年代，翻译了黎巴嫩作家乔治·哈纳的《教堂的祭司》、埃及作家哈米斯的小说集《这滩血是不会干的》。以后，埃及作家陶·哈基姆的《灵魂归来》、谢尔卡维的《土地》、黑托尼的《落日的呼唤》，叙利亚哈纳·米奈的《蓝灯》，苏丹塔·萨利哈的《移居北方的时期》，巴勒斯坦格桑·卡纳法尼的《阳光下的人们》，摩洛哥穆·苏克里的《光面包》，阿尔及利亚本·赫杜格的《南风》，沙特王室女作家玛哈的中篇小说选《欢痛》，都陆续译成中文出版。此外还有《世界短篇小说精品文库·阿拉伯卷》、《阿拉伯小说选集》（五卷）等。

阿拉伯民族是一个诗歌的民族。除前已提及的"悬诗"外，中世纪的阿拉伯文学，从总体上说，诗歌的成就最高，堪与中国唐代诗歌媲美。诗歌数量多，诗人辈出，不少具有世界声誉，如阿布·努瓦斯、穆泰纳比、麦阿里。以后，阿拉伯各国的诗歌依然异彩纷呈，高度发展。中国译者在注重小说翻译的同时，也着力介绍阿拉伯诗歌。《阿拉伯古代诗选》、《阿拉伯现代诗选》均有问世。一些古代诗人的诗歌也陆续翻译过来。著名伊拉克诗人白雅帖的《流亡诗集》、科威特王室女诗人苏·萨巴赫的《诗歌集——爱的诗篇》、诗人阿多尼斯（原籍叙利亚）的诗集《我的孤独是一座花园》等及时介绍到中国。相对来说，由于难度和选择上的困难，对阿拉伯古代诗歌的翻译不多。

阿拉伯古代文学除诗歌取得很高成就外，其散文作品也成绩斐然。这其中既有文人作品，也有数量可观的长篇民间文学故事集。这些阿拉伯民间文学实际上与正规文学或曰文人文学——主要体现在诗歌上，大体是同步发展的，只不过诗歌产生后即有文字记载下来，而民间文学早期多在口头流传。我国同样注重对阿拉伯古代文学的翻译、介绍。中世纪阿拉伯著名古典文学作品《卡里莱和笛木乃》，于 1958 年由林兴华先生译成中文。《卡里莱和笛木乃》是一部寓言故事集。作者伊本·穆格法借用它来表达自己改良社会的愿望。这部书最早的来源是印度的《五卷书》，伊本·穆格法对其进行了改造、加工，成为一部语言简练、文笔精美的地道的阿拉伯文学作品，对后世阿拉伯文学产生了重大影响。译介的其他重要阿拉伯古代文学作品还有《一千零一夜》、《安塔拉传奇》、《哈义·本·叶格赞》、《奇观异境——伊本·白图泰游记》等。

自 18 世纪初，《一千零一夜》被译成欧洲文字后，风靡世界。自清末初，即开始介绍到中国来。这部阿拉伯民族贡献给世界文苑的闪烁着异彩的奇葩，是一部规模宏大的民间神话故事集。《一千零一夜》首次介绍到中国的时间，没有确切记载。但至少在 1903 年，中国就出现了《一千零一夜》的译本。1903 年周作人译过《阿里巴巴和四十大盗》，1917 年严桢注释过《辛巴德航海历险记》，1930 年汪原放译过《一千零一夜》选集，1930 年奚诺用文言译过《一千零一夜》选集，1948 年季诺译过《脚夫和巴格达三个女郎》、《神灯》等故事，此外还有肖波伦、丁岐江的译本。特别是回族学者纳训，他是真正意义上从阿拉伯原文翻译《一千零一夜》的第一人。他翻译出版的《一千零一夜》三卷集，在相当长的时期内是中国最流行的本子。1982 年起，他出版了六卷全译本。他在翻译、介绍《一千零一夜》方面有着不可磨灭的贡献。他的译本，长期以来在市场上供不应求，一版再版，还远播到泰国、缅甸、老挝等国。人们把它当作了解阿拉伯中世纪历史、文化、宗教、社会、民情的教科书。《一千零一夜》中译本是撰写有关研究文章的重要依据，给比较文学的研究提供了丰富的可靠的资料。纳训译本以后，又有多个《一千零一夜》全译本问世，他们的译者是李唯中、朱凯、葛铁鹰等。而各种篇幅不等的《一千零一夜》选集更是层出不穷。据有关资料，一百余年间，我国出版的不同版本的《一千零一夜》至少有六百种。《一千零一夜》（有时译作《天方夜谭》）在中国的译介，是中阿文学交流的一个重要组成部分，它是中阿文学交流史中一朵璀璨夺目的绚丽之花。

20 世纪 20、30 年代，阿拉伯出现了两个重要文学流派：埃及现代文学流派和阿拉伯旅美文学流派。第一次世界大战后，特别是埃及 1919 年反对英国殖民占领、争取国家独立大革命后，埃及民族意识觉醒，作家们的文学创作中现实主义因素明显加强，不同于以往以浪漫主义为主的创作主调，形成了所谓的现代文学流派。陶·哈基姆、台木尔等都属于这个流派，他们的创作一直延续到 70 年代。而黎巴嫩由于受到土耳其奥斯曼帝国的占领及压制，大批居民移居到美国、南美及澳洲。以纪伯伦、努埃曼为首的旅美作家，于 1920 年 4 月在美国成立了旅美文学团体——笔社。阿拉伯海外文学的清风从"山姆大叔"国度吹起，与阿拉伯本土文学形成呼应，其崭新的思想内容和风格，把阿拉伯文学引向一个新的高度。

在阿拉伯近现代乃至当代文学中，具有世界声誉的作家不在少数，如埃及作家塔哈·侯赛因、陶·哈基姆、马·台木尔，叙利亚籍诗人阿多尼斯，苏丹作家塔·萨利哈等。不过我们应该说，其中最著名、最具有世界声誉的当属黎巴嫩旅美作家纪伯伦和埃及作家纳吉布·马哈福兹。中国的阿拉伯文学翻译中，以这两位作家的作品数量最多也就不足为奇。

由于纪伯伦的世界声誉，中国早期即开始翻译他的作品。纪伯伦一生创作可分三个阶段：早期对封建礼教的叛逆，中期在尼采思想影响下发出反叛的最强音，晚期走向对人类的博爱。他不同时期用阿文和英文创作的小说、散文、诗歌，都深受中国翻译家喜爱。1931 年，冰心翻译其英文作品《先知》。"那满含着东方气息的超妙的哲理和流丽的文词"（冰心语），在中国读者中产生很大影响。以后，只要提到阿拉伯文学，中国读者就会想到纪伯伦。他的其他主要代表作几乎全被译成中文出版，如小说集《被折断的翅膀》、《叛逆的灵魂》，散文诗《暴风集》、《泪与笑》。引人注目的是，我国近几年还出版了多种不同版本的《纪伯伦全集》。它们分别是：关偁、钱满素主编版，1994 年伊宏主编版，2000 年李玉侠主编版，2007 年李唯中译本。其中有的全集对作品、书信等的收集相当齐全，有的还配有纪伯伦亲笔绘图。中国对纪伯伦及其作品，在一段时间内掀起热潮，既说明出版家的重视，更说明广大读者对他的喜爱。这位曾经喊出要破坏一个旧世界、宣布上帝并不存在的"智者"，最终完成从"小我"到"大我"的转化，达于人类大爱之至境。加之文笔优美流畅、言辞绚丽而富有音乐感的"水晶般的风格"，都引起中国读者深深的共鸣。

1988 年 10 月 13 日，当无线电波将本年度诺贝尔文学奖授予纳吉布·马哈福兹的消息传到埃及时，举国上下一片欢腾。马哈福兹是首位用阿拉伯母语创作获得诺贝尔文学奖的作家。该奖评审委员会赞扬他是无可争议的阿拉伯散文的一代宗师。他的中长篇小说和短篇小说的艺术技巧已达到国际优秀标准，这是他融会贯通阿拉伯古典小说传统、欧洲文学灵感和个人艺术才能的结果。中国翻译家和出版家对马哈福兹也可谓情有独钟，早在他获得诺贝尔文学奖之前，就已经翻译出版了他的近十部小说。马哈福兹从 20 世纪 30 年代即开始从事创作，早期主要从事以古埃及题材为内容的历史小说，后来转向现实主义创作。50 年代中期出版《宫间街》三部曲，达到创作高峰。后来运用象征主义手法写出多部作品，同样取得很高成就。他一生创作五十余部各类小说，被称为"阿拉伯小说之柱"。他创作题材广泛，涉及人物众多，从描写某一阶层、家庭，到社会主体的独立的人，进而表现对更高的人类精神价值的探索和追求。其作品构成埃及半个世纪以来一幅场景广阔的社会生活画卷。他获得诺贝尔文学奖后，中国对他作品的翻译有增无减。他的《拉杜比丝》等三部历史小说，40 年代创作的现实主义小说《新开罗》、《始与末》、《梅达格胡同》，60 年代及其后创作的《米拉玛尔公寓》、《平民史诗》、《千夜之夜》、《小偷与狗》、《卡纳克咖啡馆》、《尊敬的阁下》，以及《马哈福兹短篇小说选粹》、短篇小说集《真主的世界》，都被翻译出版，还有散见在报刊上的各类小说、散文的翻译。

应重点提到的是他的引起争议的长篇小说《我们街区的孩子们》。这部用象征手法创作的小说，实际上表现了人类的发展史，并对人类精神生活进行了探索。诺贝尔奖授奖词说："非同寻常的小说《我们街区的孩子们》，是对精神价值永恒的探求。亚当、夏娃、摩西、耶稣、穆罕默德，以及其他先知、使者，还有近代学者，都稍微改头换面地出现了……它就像人类的一部精神史。"小说在《金字塔报》连载后，被认为是亵渎神灵，禁止在埃及出版。五十年后，在马哈福兹去世前不久才解禁。评论家们认为，即使马哈福兹只写了《我们街区的孩子们》这一部小说，他也有资格成为一位伟大的作家。中国出版了这部小说的两个译本。

《我们街区的孩子们》是马哈福兹的巅峰之作。但他被公认的代表作是他 20 世纪 50 年代中期出版的三部曲：《宫间街》、《思宫街》、《甘露街》。该三部曲是马哈福兹的代表作，也是埃及乃至阿拉伯现代文学史上一部里程碑式的作品。该作品以一个中产阶级家庭为背景，描绘了这个家庭三代人的不同经历，反映出近半个世纪以来埃及社会的巨大发展、变化。1986 年，三部曲由朱凯、李唯中、李振中译成中文出版。在第一部《宫间街》前言中，附有马哈福兹《致中国读者》阿拉伯文手迹和中译文。马哈福兹写道："三部曲译成中文，委实是件激动人心的事情……为促进思想交流和提高鉴赏力提供了良好机会。尽管彼此相距遥远，国家大小各异，但我们之间有着许多共同的东西。我希望这种文学交流持续不断，也希望中国当代文学在我们的图书馆占有席位，以期这种相互了解更臻完善。"该译本在 1991 年获"第一届全国优秀文学图书奖"二等奖。这是马哈福兹获诺贝尔文学奖之前翻译的,以后还出版过三个三部曲的译本:黎宗泽译本,杨乃贵译本,陈中耀、陆知译本。

除了小说、诗歌、民间文学作品的翻译,主要还有文学史的翻译,如陆孝修、姚俊德译的汉密尔顿·基布的《阿拉伯文学简史》(从英文译出),李振中译的埃及戴伊夫的《阿拉伯埃及近代文学史》,郅溥浩译的黎巴嫩汉纳·法胡里的《阿拉伯文学史》,袁义芬、王文虎译的埃及海卡尔的《埃及小说和戏剧文学》。

这里还要继续谈到对伊斯兰宗教典籍的翻译。伊斯兰教传入中国后,宗教典籍即陆续译介过来。后来,多部《古兰经》、《圣训录》全译本出现。最突出的是马坚译的《古兰经》和林松译的《<古兰经>韵译》。马坚译的《古兰经》得到沙特阿拉伯伊斯兰事务局遗产、宣教和指导部的正式认可,并由法赫德国王《古兰经》印制厂印制阿拉伯文和中文对照本。由于《古兰经》多个篇章是带韵的,林松译的《<古兰经>韵译》在还原《古兰经》风格上略胜一筹。在介绍阿拉伯文学时,为什么把宗教典籍放在比较显著的位置?原因是《古兰经》和《圣训录》本身包含着大量文学成分。中国著名阿拉伯历史学家纳忠先生在其巨著《阿拉伯通史》中,除从宗教角度论述《古兰经》、《圣训录》外,还将其列入阿拉伯文学进行讲述。他写道:"《古兰经》不仅是一部伟大的宗教经典,实在是包含着诗歌、散文、科学、哲学的特点"。它还含有大量故事、传说、寓言、格言、比喻等内容。它文辞精美,语言凝练,音韵铿锵,沉缓有序。它对后世阿拉伯文学产生了巨大影响。如中世纪阿拉伯诗人麦阿里的著名散文著作《宽恕之书》,其游历天堂、地狱的描写,就是从《古兰经》、《圣训录》中的夜行和登霄传说中获得的灵感。埃及现代著名作家陶·哈基姆的剧本《洞中人》,即是取材自《古兰经》中的相关传说。

此外,中国还翻译出版了与宗教典籍有关的许多作品,如《古兰经故事》等。

我国翻译的阿拉伯文学作品林林总总,数量很多,不能一一列举。众多阿拉伯文学作品在中国的翻译、出版,使中国广大读者了解了阿拉伯文学,了解了阿拉伯社会,也了解了阿拉伯人民。对阿拉伯文学作品的翻译、介绍,是中阿文学交流乃至各方面友好交往的一个必不可少的环节,是一条流金溢彩的连接纽带。

随着翻译作品的出现和日益增多,相关的研究工作随之日渐繁荣和深入。改革开放后,中国对阿拉伯文学的研究呈现出可观的势头。研究队伍中,有高等院校的老师(阿拉伯语和中文老师）、专业研究机构人员、阿拉伯文学爱好者、大专院校研究生……研究文章数量之多，难以精确统计。许多文章既有力度，也有深度。我们这里只提及有关研究专著，以收管窥之效。重要的专著有：余玉萍的《伊本·穆格法及其改革思想》，齐明敏的《阿拉伯阿拔斯"苦行诗"与中国唐代"出家诗"之比较》，郅溥浩的《神话与现实——＜一千零一夜＞论》、《解读天方文学——阿拉伯文学论文集》，李琛的《阿拉伯现代文学与神秘主义》，薛庆国的《阿拉伯文学大花园》，郅溥浩、丁淑红的《阿拉伯民间文学》，葛铁鹰的《天方书话——纵谈阿拉伯文学在中国》，林丰民的《文化转型中的阿拉伯现代文学》，林丰民等著的《中国文学与阿拉伯文学比较研究》，谢杨的《马哈福兹小说语言风格研究》，张洪仪的《全球化语境下的阿拉伯诗歌——埃及诗人法鲁克·朱维戴研究》，马征的《文化间性视野中的纪伯伦研究》，甘丽娟的《纪伯伦在中国》，邹兰芳的《阿拉伯成语的文化因素在文学中的作用》，伊宏的《阿拉伯文学简史》，蔡伟良、周顺贤的《阿拉伯文学史》，仲跻昆的《阿拉伯文学通史》，杨言洪主编的《阿拉伯语汉语成语词典》，北大阿语系编的《汉语——阿拉伯语成语词典》，朱威烈主编的《当代阿拉伯文学词典》。

总体来看，中国出版的有关阿拉伯文学的专著还不算多，还不能与对英、法、德、俄文学的研究相比。我们起步较晚，研究人员数量也不够多；但我们毕竟已经起步，也取得一定成绩，这条路今后还要继续走下去。因为中国是一个文明古国，是一个世界大国。无论从国际、国内看，她都有义务担负起更多的介绍他国的精神遗产和文化成果的责任，这其中也包括阿拉伯文学。这是建设我国社会主义精神文明，沟通中国与阿拉伯各国之间友好交往所必须的。

相应的是，随着中国的发展强大及中阿友好交往的不断发展，阿拉伯国家对中国文化、文学的关注、译介也越来越深入，早已改变以往通过英、法等文字译介中国文化、文学的状况，而从中文直接译介。近年来，中国在许多阿拉伯国家开设孔子学院，教授中文，传播中国文化、文学，为数众多的阿拉伯学生也来到中国留学。无论是在本国，还是在中国，大量的硕士生、博士生论文以中国文学为研究对象，中国文学正日益迅速地被译介到阿拉伯国家。

中国和阿拉伯的古典文学都是闻名于世的瑰宝，博大而精深。阿拉伯学者对中国古典文学的译介十分看重。《论语》、《道德经》数度被翻译，出现多个阿拉伯文译本。《庄子》、《易经》、《孙子兵法》、《诗经》，以及李白、杜甫、白居易、陶渊明、李清照、王维、李商隐、苏轼、陆游、辛弃疾等的诗歌多被译成阿拉伯文。《中国神话故事》、《中国古代传奇》、《西游记》、《水浒传》、《红楼梦》也都有节译本。在现代文学译介方面，更是林林总总，精彩纷呈。较早的有郭沫若的《屈原》，由埃及著名作家谢尔卡维写序。巴金的《激流三部曲》，老舍的《茶馆》，茅盾的《子夜》，曹禺的《雷雨》、《日出》等，都译介给阿拉伯读者。鲁迅的大部分著作，如《阿 Q 正传》、《狂人日记》、《孔乙己》、《故乡》等，也先后译介到阿拉伯各国。对中国的当代文学，阿拉伯学者也给予充分重视，因为这是了解中国当代社会和人民生活、行为的形象教科书，像杨沫的《青春之歌》、茹志娟的《百合花》、张洁的《爱是不能忘记的》、张贤亮的《男人的一半是女人》、霍达的《穆斯林的葬礼》、路遥的《人生》、卫慧的《上海宝贝》等都已译成阿拉伯文出版。

在对中国文学的研究方面，阿拉伯学者也取得很大成绩。埃及汉学家穆·菲尔贾尼写过《看那婀娜甜美的姑娘——中国的 < 诗经 >》，埃及学者塔赫塔维写过《中国诗人李白》，突尼斯作家塔·基格写过《中国妻子的形象》，埃及艾因·夏姆斯大学中文系教授易卜拉欣写过论文《鲁迅小说中的现实主义》，埃及留学博士生哈赛宁写过《中国现代文学在埃及》，埃及作家沃赫白写过《中国的半个世纪》，其他还有介绍、研究巴金、老舍、曹禺、茅盾、丁玲的多篇文章。叙利亚学者宰·沙利基的《中国文学入门》是一部引征宏富、介绍全面、研究深入的中国文学史著作，对中国三千年来的文学发展脉络及重要作家、作品作了系统的介绍，是研究、介绍中国文学的集大成之作。许多阿拉伯刊物还开辟"中国文学专栏"，翻译、介绍中国古代和现当代文学。

中国古代文学和现当代文学，引起广大阿拉伯读者和学者的极大关注和兴趣。埃及著名作家黑托尼评论《道德经》："这部作品很像阿拉伯苏非派哲学的诸多名著，其核心是寻找真理。无论是中国经典《道德经》，还是苏非经典，它们都是我的灵魂之家。"叙利亚著名翻译家贾拉德在其翻译的《鲁迅传·序言》中说："鲁迅的思想是永久性的战斗性思想。他一直关心中国人民向传统革命、向现代发展和要求彻底解放等重要民生问题。鲁迅走的是中国现代文化的道路。"叙利亚作家协会主席阿里·阿莱桑说："于我而言，给我留下印象最深，并使我了解了众多中国知识的中国小说，除了《红楼梦》之外，则属霍达的长篇小说《穆斯林的葬礼》……我很喜欢其所描写的穆斯林风俗，以及人们之间的亲密关系。"

　　诚然，中国与阿拉伯各国，由于国情与国力的差别，彼此对对方文学的翻译和研究有着较大差距。埃及、黎巴嫩、叙利亚、伊拉克等国对中国文学的翻译、研究，较多，较好。其他阿拉伯国家在这方面则比较一般。但无论如何，阿拉伯国家对中国文学的译介还是有了很大发展，也取得了重大成绩。这种势头还将继续下去，而且会越来越好。中阿文学交流虽然不很对等，但它确是名副其实的双向交流。除介绍、研究彼此的文学外，双方有关人员的互访、交流也是一个重要的方面。这种人员交流中，有中国作家对阿拉伯国家的访问，也有阿拉伯作家对中国的访问，还有不少懂阿拉伯语的学者出访阿拉伯国家，参加阿拉伯国家举办的各种文化、文学会议。如参加伊拉克举办的"米尔拜德诗歌节"、沙特举办的"杰纳迪里叶文化节"、沙特举办的"中阿关系暨文明研讨会"、黎巴嫩举办的"中国阿拉伯文化研讨会"，出席突尼斯"全国翻译、研究、文献整理学会"会议、美国马里兰大学举办的"第二届纪伯伦国际研讨会"、埃及苏伊士大学举办的"中埃语言和文化论坛"等等。中国和阿拉伯国家的媒体曾对此有过大量的报道。北京大学教授、前阿拉伯文学研究会会长仲跻昆荣获阿联酋年度人物奖（2011 年）和沙特翻译家奖（2011 年），从一个角度说明了阿拉伯国家对中国的阿拉伯文学翻译、研究的认同。

　　阿拉伯作家、诗人访华最具代表性的是埃及作家哲迈勒·黑托尼 2007 年访华和阿拉伯诗人阿多尼斯 2009 年访华。访华期间，二人分别同莫言、杨炼等中国作家及学者进行了座谈。

　　在中阿文学交流中，还需要提及的是中国阿拉伯文学研究会的成立及其活动。它组织召开了多次全国性的文学讨论会，对阿拉伯重要的文学现象、作家、作品进行研讨，大大加深了对阿拉伯文学的认识及研究。阿拉伯文学研究会与阿拉伯作家保持着经常的联系，并经常邀请他们参加中阿文学交流的相关活动。

第一章　　中国与阿拉伯的古代交往

众所周知，伊斯兰教产生后，在穆罕默德之后的四大哈里发率领大军对外扩张，数十年间建立起了庞大的阿拉伯帝国。这个帝国东边直达呼罗珊、阿姆河以北，包括今天的中亚大部分地区，西达整个北非以至西班牙。阿拔斯王朝建立（公元 750 年）后约一百年间，是这个帝国的鼎盛时期，无论经贸还是科学、文化、文学都十分繁荣，在有的领域取得很高成就。

自唐朝以来，中国与阿拉伯的经贸往来、文化交流就十分密切。

同样为人所知的是，中国与这些地区的交往，早在阿拉伯帝国建立前就已开始，而且同样非常密切。中国与非洲的交往已有两千年的历史。汉武帝（公元前 141—前 87 年在位）时，张骞开辟了一条中西交通大道——丝绸之路，大量中国丝绸及其他产品通过丝绸之路远销中亚和西亚，并通过叙利亚转运至埃及、地中海沿岸及非洲。传说当时埃及女王克娄巴特尔所穿长袍就是用中国丝绸做成的。同时，海上贸易也有所发展。中国、西亚各国、埃及的船只来往于印度洋、红海之间，从事着珠玑、犀角、玳瑁、黄金、丝织品、象牙、宝石等货物的交易。三国时期鱼豢所著《魏略·西戎传》一书提到"乌迟散城"。"乌迟散"就是埃及的亚历山大城。这种海上贸易一直延续到南北朝。公元 545 年（南北朝梁武帝时期），埃及亚历山大商人兼旅行家科斯马士写了《基督教诸国风土记》，该书详细记载了中国和亚非诸国贸易（特别是海上贸易）的情况。

中国与非洲、西亚地区的交往可说是源远流长。

第一节 中阿经贸往来

阿拔斯朝建立后，曼苏尔哈里发决定在巴格达建立新都。他说："这是一个优良的营地。我们和中国之间没有任何阻碍。这是底格里斯河，它从海上给我们运来一切……"[1] 据记载，

1. [黎巴嫩] 汉纳·法胡里：《阿拉伯文学史》，郅溥浩译，第170页，银川：宁夏人民出版社，2008年版。

自唐永徽二年（651年）至贞元十四年（798年）的148年间，阿拉伯派往中国使节共37次，可能还有遗漏未录者。双方海上交通非常发达。中国的泉州、杭州和广州是当时阿拉伯商船停靠的主要国际海港。由于长期商贸往来，这些城市都居住着大量的阿拉伯商人。与此同时，中国商船也远航到阿曼、巴士拉、巴格达等地。

"在7世纪到9世纪之间，穆斯林商人的足迹，东方从水陆到达中国……波斯湾上西拉夫港的商人苏莱曼曾到远东游历。851年由无名氏把他的见闻写成了游记。这是我们所能得到的关于中国和印度海岸地区的第一篇阿拉伯语的报告。苏莱曼告诉我们中国人用指纹作签名。"[2]

2. [美] 希提：《阿拉伯通史》，马坚译，第347页，北京：商务印书馆，2008年版。

唐代，中国与阿拉伯的陆路交通也很繁荣，由阿拉伯经撒马尔罕到中国的道路畅通无阻。无论是陆上的丝绸之路还是海上的香料之路，都促进和繁荣了中阿经贸往来，而且对中阿之间的文化交流产生了重大影响。

宋代，阿拉伯来华商人日益增多。中国海船常航行至幼发拉底河口、亚丁等地。中国运到阿拉伯诸国的商品有瓷器、丝绸、金、银、铁、刀剑等。阿拉伯运到中国的商品有药材、乳香、龙涎香、犀角、象牙等。阿拉伯的医药也传入中国。中国火药、指南针等辗转传到阿拉伯。宋时，由于河西走廊一度受阻，海上交通、贸易更加繁荣。

元代，中阿商贸往来继续发展。来中国的阿拉伯商人很多，不仅来自亚洲，也来自非洲。不少富商巨贾活跃在中国的各大城市。如广州有个叫奥哈德丁的伊拉克人，家资富有，既是伊斯兰教法典官，又是一位长老（谢赫）。定居杭州的埃及巨商奥斯曼，曾为当地伊斯兰教徒修建了一座大清真寺。还有一位阿拉伯船主基瓦木丁是摩洛哥休达人，善于理财，家资万贯。元代和元代以前来华的阿拉伯商人，许多在中国安家落户，繁衍后代，这些人以后成为中国回族的一部分。

元代中阿交往的一件大事是阿拉伯大旅行家伊本·白图泰对中国的访问。他回国后，写了

一本《伊本·白图泰游记》，详细记述了他在中国及其他国家、地区的见闻。

明代最初一百年间，中阿海上交通很繁荣。但 16世纪初，葡萄牙人横行于印度洋，打劫阿拉伯和印度商船，占领红海入口，阿拉伯和中国的海路交通从此被截断。

郑和下西洋是明代中阿经贸往来和文化交流的一个大事件。他从永乐三年 (1405 年) 初起航，至宣德八年 (1433 年) 最后一次回来，前后出使 7 次，在海上生活了 20 余年。郑和下西洋的目的，在于恢复和建立中国与亚非各国的邦交，发展相互间的经济文化关系。郑和的船队到过印度支那半岛、马来群岛、印度半岛、阿拉伯半岛和东非沿岸的 36 个国家，属于阿拉伯地区的有阿拉伯半岛的哈萨、佐法尔、亚丁、麦加等。郑和的船队把大量中国的商品运到阿拉伯，并带回阿拉伯的药材、香料及其他珍贵特产。这期间，中国和阿拉伯双方还互派使节 20 余次，随使节而来的是各自出产的珍贵礼品。

事实表明，中国和阿拉伯之间自古以来就有密切的经贸往来。这种经贸往来，促进了各自国家和地区的经济繁荣，同时对双方的文化交往也产生了积极的推动作用。大量来华的阿拉伯商人 (包括在阿拉伯帝国统治下的其波斯人、中亚人等)，以及由于种种原因前往阿拉伯地区的中国人，他们肯定会将各自国家、民族的文化、文学带到他们前去的国度并将它们传播给这些国家的人民，这已为大量事实所证明。

中国古代远洋海船

第二节　中阿文化、文学交往

大家都知道，早在伊斯兰教传播初期，穆罕默德就说过："学问哪怕远在中国，亦当求之！"诚然，穆罕默德在此所指，可能主要是人们要求得知识学问，即使远在中国也要不怕艰辛，应前去寻求。但同时，此话似也告诉人们中国是一个文明古国，经济、科学、文化都很繁荣，应以中国为榜样，努力去求知。前已说过，中国与非洲、中亚交往已有两千多年的历史。在穆罕默德时代，人们对中国的基本印象应该还是有的。

据资料显示，穆罕默德曾希望与中国建立联系。美国威尔斯著《世界史纲》记，在土耳其的伊斯坦布尔至今保存有穆罕默德于伊历六年（627—628 年）写给中国皇帝的信。据阿拉伯正史记载，此年穆罕默德确曾向周邻诸国派遣过使者。唐朝牛肃在《纪闻》一书中写道："胡人曰：吾大食国人也，王贞观初通好，来赠此珠。"即是说，在贞观（627—649 年）初年，阿拉伯派遣使者来中国是有可能的。[1] 这比一般说的唐永徽二年（651 年）阿拉伯与中国正式交往要

1. 宋岘：《中国阿拉伯文化交流史话》，第 6 页，北京：中国大百科全书出版社，2000 年版。

早 20 多年。1975 年 3 月 14 日黎巴嫩《事件周刊》杂志刊登了一则消息："穆罕默德致函中国皇帝要他信奉伊斯兰教。"消息称，使者穆罕默德致中国皇帝要他信奉伊斯兰教的那封信，可能存在于印度克什米尔邦一个人的手中。亚洲通讯社报道了这条消息，将这条消息的来源归于克什米尔邦查谟地区文化科学院的秘书。这位秘书称，他并不知道手中有这封信的那个人究竟是谁，但他强调，可以在克什米尔邦的一个人那里找到这封信，这个人有这封信的两份手写件，一份是阿拉伯文的，一份是中文的，都是写在类似皮革的纸上。

不过，《旧唐书·大食传》记：大食国"永徽二年，始遣使朝贡……自云有国已三十四年，历三主矣"。唐永徽二年，即公元 651 年，上溯 34 年，即高祖武德元年，即公元 617 年。其时穆罕默德传教已经开始。《旧唐书·大食传》所记，大食使者于公元 651 年即派使来朝，距穆罕默德公元 632 年去世，仅 19 年的时间。阿拉伯半岛伊斯兰化后，与中国的交往应该算比较早了。穆罕默德去世后仅 19 年，阿拉伯即派使者前往中国；那么，在穆罕默德在世时，致书中国皇帝，向他宣传伊斯兰教，并要他信奉该宗教，这种可能性不但存在，而且非常大。

一般认为，伊斯兰教在唐永徽二年（651 年）开始传入中国，历经宋、元、明、清和民国时期，

主要流传于回、维吾尔、哈萨克、柯尔克孜等十余个民族中。随着伊斯兰教的传入，伊斯兰教的各种经典，如《古兰经》、《圣训》及其他有关著述，其片段也陆陆续续在中国穆斯林中流传。近代以后，更是完整地译介过来。这使信奉伊斯兰教的信众较早就了解了阿拉伯及阿拉伯伊斯兰文化、文学，因为这些宗教经典中含有许多文化、文学的因素和成分。阿拉伯伊斯兰文化、文学与汉民族文化、文学的交流融合也进入了一个新的阶段。

古代中国和阿拉伯的各自古籍中对对方都有记载。应该说，有的记载还不算丰富和准确，但却能使人对对方产生基本了解。而这种记载，本身即属于彼此文化交流的一个组成部分。有的记载中含有故事、传说，就已经涉及到文学，而有的故事、传说以后则分别进入各自的文学作品中。

《史记》记条枝：

条枝在安息西数千里，临西海，暑湿，耕田，田稻。有大鸟，卵如瓮。人众甚多。往往有小君长，而安息役属之，以为外国。

中国人知有阿拉伯，始自汉武帝时张骞西使。"条枝"乃"大食"之译音，"大食"即阿拉伯。《汉书》、《后汉书》、《拾遗记》、《通典》等亦有记载。《旧唐书》为"大食"单独立传：

大食国在波斯之西。大业中，有波斯胡人牧驼于俱纷摩地那之山。忽有狮子人语，谓之曰："此山西有三穴，穴中大有兵器，汝可取之。穴中并有黑石白文，读之便作王位。"胡人依言，果见穴中……上有文，教其反叛。于是纠合亡命……其众渐盛，遂割据波斯西境，自立为王。波斯……各遣兵讨之，皆为所败。永徽二年，始遣使朝贡。其姓大食氏，名噉密莫末腻。自云有国已三十四年，历三主矣。其国男儿，色黑多须，鼻大而长，似婆罗门；妇人白皙。亦有文字。出驼马，大于诸国。兵刃劲利。其俗勇于战斗，好事天神。土多沙石，不堪耕种……海中见一方石，石上有树，干赤叶青。树上总生小儿，长六七寸，见人皆笑，动其手脚，头著树枝。其使摘取一枝，小儿便死。收在大食王宫。又有女国在其西北，相去三月行……有诃摩末者，勇健多智，众立之为主。东西征伐，开地三千里。诃摩末后十四代，至末换。末换杀其兄伊疾而自立。复残忍，其下怨之。有呼罗珊木鹿人并波悉林举义兵。应者悉令着黑衣。旬月间，众盈数万。鼓行而西，生擒末换杀之。遂求得奚深种阿蒲罗拔，立之。末换以前谓之

白衣大食，自阿蒲罗拔后，改为黑衣大食……[1]

1. 张星烺编注：《中西交通史料汇编》第 2 册，第 124—125 页，北京：中华书局，1977 年版。

"噉密莫末腻"即"艾米尔穆尼密尼"（信士们的长官，即哈里发）之阿拉伯文译音，"诃摩末"即"穆罕默德"之译音。虽然记述有不够准确之处，但这里记述的阿拉伯民族的情况——伊斯兰教的产生、发展，穆罕默德及之后哈里发们建立阿拉伯帝国，可给人一个大致印象。其中关于树生小儿、女人国的记述，对以后的文学作品产生过影响。

《新唐书·大食传》、《新唐书·南诏传》、《通典·大食国传》、《经行记》等均对古阿拉伯有所记载。《通典·大食国传》的记载与上多有雷同。其中亦提到树生小儿之事，但引人注意的是，其中写道"亦有文学，与波斯不同"。古代一些记载互相抄录的情况甚为普遍，误记或抄录错误之事常常发生。《旧唐书·大食传》中记大食"亦有文字"，而在《通典·大食国传》中却是"亦有文学，与波斯不同"。按张星烺先生的注释，"文字"、"文学"并非抄录错误。他说："《通典》此条所言，与《新唐书》、《旧唐书》所记，大概相同。所多之新材料，即'亦有文学，与波斯不同'也。杜佑卒于元和七年（812 年），佑之时，正当大食诃伦为君，文运最盛之世。佑之博学，或者亦尝访问波斯大食两文之异同也。"[2] 张星烺先生认为，

2. 张星烺编注：《中西交通史料汇编》第 2 册，第 145 页，北京：中华书局，1977 年版。

杜佑著此书时，正当阿拉伯阿拔斯王朝诃伦（即哈伦·拉希德哈里发）执政时期，这时的阿拉伯社会各方面都很发达，文学也不例外。因此杜佑有可能对阿拉伯文学、波斯文学有所了解，并进行比较，才说出大食"亦有文学，与波斯不同"。如果此说成立，那就说明中国早在唐朝就注意到阿拉伯文学了，只是语之不详。当然，也不排除另一种可能，就是抄录的错误，把"文字"误抄成"文学"了，后面的"与波斯不同"也只是就文字而言。究竟是哪种情况，还需要进一步证实。

宋、元、明代亦多有对阿拉伯的记载，如《宋史·大食传》、《诸番志》、《岭外代答》等。这些著作从经贸方面记载较多。

明代黄省曾著《西洋朝贡典録》中记天方国：

> 其国在古里西南可二万里……其王修回回教，其俗和美而富。见月之初升也，上下皆稽首而礼天。其容貌伟正紫色，男缠首长衣，足有皮鞋。女盖首，面不露。其语用阿剌毕……国有禁酒，其婚丧悉行回回礼……其堂四方而高广，谓之恺阿白。其国西行百里曰蓦底纳城。城之东曰谟罕蓦地神人之墓。墓后有泉，其名阿必糁糁……

其中虽有一些不确之处，但对阿拉伯的记载已经比较细致了，提到阿拉伯语、克尔白神殿、麦地那城、穆罕默德墓等。

阿拉伯古代典籍对中国的记载很多，如亚古比的《阿拔斯人史》、麦斯欧迪的《黄金草原》、泰伯里的《历代民族与帝王史》、苏莱曼的《苏莱曼东游记》（亦称《中国印度见闻录》）、伊本·白图泰的《伊本·白图泰游记》、比鲁尼的《地理之书》、伊德里斯的《地理之书》等。它们对中国各方面的情况都有较详细的记载。

这里要特别提到中世纪阿拉伯作家伊本·纳迪姆的《索引书》（《菲赫列斯特》）。其中一个重要部分谈到了古代各国之间的文化、文学交流，如印度文学的译介；还提到了中国文学的译介，可惜只有寥寥数语。这是阿拉伯典籍中唯一提到中国文学的地方，给我们留下了可供研究的空间。

麦斯欧迪的《黄金草原》写道：由于种种原因，在巴士拉居住的一位古莱氏家族（穆罕默德家族）后裔"前往锡拉夫城。他从那里乘船前往印度，他一次次换船，经过了一个个国家，穿越了印度，最终到达中国广州。后来，他心血来潮想参观在西安府的皇宫。西安是这些地方比较大的城市。这位古莱氏人长时间地站立在皇宫的入口处，递上一道道奏折，并于其中声称他属于阿拉伯人的先知家庭"。中国国王通过广州总督调查了解了此人的情况后，召见他，赠给他大量财宝，他都带回伊拉克去了。"此人是一名智叟。据他述说，中国国王召见他一次之后，询问他有关阿拉伯人和阿拉伯人摧毁波斯王国的手段……国王接着又说：'你们是如何划分世界上所有君主的呢？'古莱氏人回答说：'我一无所知。'国王此时又对翻译说：'告诉他，我们计算了五次。所有人中最为富裕的占有者是统治伊拉克的人，因为他占据世界的中央，其他列强围绕于其周围。继这一帝国之后就是我国，我们把它看作是人类的王国，因为任何一个外国都没有像它那样治理得井井有条，也不像它那样被有规则地治理，没有任何一个地区的臣民像我们的臣民那样听话。继我们之后便是猛兽的国王，这就是我们的近邻突厥人的国王，他是人类中的猛兽的国王。继他之后是大象的国王，这就是印度的国王。我们承认他们是智慧的国王，因为智慧发源于该国。最后一个是罗马人的国王，我们也把他看作是人类的国王，因为任何一个国家都没有体型那样优美和面庞那样美丽的居民。以上就是主要国王，其余者都低于他们。"之后，中国国王又让这位古莱氏人辨认了包括穆罕默德在内的众先知的图像。这位古莱氏人辨认出先知穆罕默德的画像，并对他祈祷，声称穆罕默德是他的堂兄。中国国王还与这位古莱氏人谈论了一些别的事情。[1]

1.[阿拉伯]麦斯欧迪：《黄金草原》，耿昇译，第188—189页，西宁：青海人民出版社，1998年版。

麦斯欧迪在《黄金草原》中的这段记载，可能有不够真实的地方，但它毕竟记录下了阿拉伯与中国之间的交往。此段记载，也直接与文学联系在了一起。我们在后面讲到阿拉伯马格里布民间故事集《一百零一夜》时还将谈及。

伊本·白图泰在元大都。
（埃及《新月》杂志封面）

现只就有关文化、文学方面的记载简录于下。

有学者考证，中阿文学的直接交流从宋朝即开始。泉州的《南番文字》标题作《南番三宝名》，其题记说："尔时大宋嘉定十年丁丑，于泉州记之。"实则是两首阿拉伯文诗（伯希和曾译成法文刊载于1931年的《亚洲学会报》）。其一云："上天的快乐不能永存，上天虽然今天赐给我们，但是明天他要收回去。世界不过是个回忆，我们要和他分离的。他不给我们留一点别的东西，只留我们的本性。"其二云："大丈夫当有仁爱与和平，请以你的面容使我的眼睛光明，因为我的同伴使他的变成蓝色。这是我的别辞，给你们的别辞。"《南番文字》原著见宣统元年《神州国光集》第十卷。[2]

2. 周双利、孙冰：《〈板桥三娘子〉与阿拉伯文学》，载《内蒙古民族师范学院学报》（社会科学汉文版），1986年第2期。

中阿文化、文学交流中一个重要人物是伊本·白图泰（1304—1377），他于元代访问中国。回到阿拉伯后，写了一本《伊本·白图泰游记》，其中对他的沿途见闻，尤其对印度和中国的见闻，记述十分详细。这里引用他在中国经历的两段记述：

> 幻术士之逸话。此夕有一幻术士来……其人持一木球，球面有数孔，每孔皆有绳贯之。术士将球掷上空中，球渐高不见。术士手中，尚有绳端数根而已。彼令其徒，执紧绳乘空，俄顷不见。术士呼之三次，其徒不应。术士持刀，似大怒者，自亦系身于绳而上。转瞬，彼亦不见。片时，彼由空中，掷下童子之一手于地，次又掷一脚，

次又掷一手，一脚，次又掷一躯干，再次掷下一头。彼乃喘息而下，衣满溅血……彼将童子四肢，连接成架。复用力踢之。所杀童子，忽立起，来至吾辈前。吾详观其身，毫无损伤。余乃大惊，心悸不可言状……审判阿夫哈爱丁在吾旁，谓余曰："术士并未升上空中，亦未降下。童子四肢未尝折断。此幻术而已。"

鹏鸟。第四十三日晨，日光初出，吾辈见前方洋面上，有山一座，相距二十迈耳。船后之风，吹船向山。各水手皆惊呼曰："吾辈并不近大陆，此处洋面，又未见有山者。若风吹至彼处，则吾辈不得生矣。"船上之人，皆下跪祈祷忏悔，求上帝保佑。商人皆捐钱行善，余亲为之登簿。风稍止，日高升。吾辈见山高悬空中，山洋之间，日光照耀。皆相顾而大惊。吾见水手啼泪满襟，互告死期将近。余谓之曰："汝见何物？"彼辈答曰："此何山耶？斯乃庐克大鹏也。若彼见吾，则吾必为所吞矣。"船距山尚有十里时，幸上帝垂爱吾辈，风势忽转，渐离远之。故其真相，不得知矣。

不管这里所言是否是海市蜃楼，但大鹏鸟的传说已经产生，并流传开来。中国、阿拉伯的有关记载，有的虽只简短数语，但却对以后各自的文学作品产生过很大的影响。我们这里仅举几例。

大鹏鸟的传说

伊本·白图泰在中国对大鹏鸟传说的记载已如上述。而中国的有关记载中，多处提到大食国有鸟，"其卵如瓮"。宋代周去非的《岭外代答》中更是这样记述："西南海上有昆仑层期国，连接大海岛。常有大鹏飞，蔽日移晷。有野骆驼，大鹏遇则吞之。或拾鹏翅，截其管，堪作水桶。"还有多部典籍中有类似记载。

其实，关于大鹏鸟的传说在多个民族中都有。在中国产生得很早。如《神异经·中荒经》里就有关于大鸟"希有"的传说："昆仑之山有铜柱焉，其高入天，所谓'天柱'也。围三千里，周圆如削。下有回屋，方百丈，仙人九府治之。上有大鸟，名曰希有，南向，张左翼覆东王公，右翼覆西王母，背上小处无羽，一万九千里，西王母岁登翼上，会东王公也。"佛教传入中国后，大鹏鸟的传说更加具体。

这种传说后来进入了文学作品，最典型的是《一千零一夜》中的《辛巴德航海历险记》。在辛巴德第五次航海旅行中，一行人乘船来到一座岛屿，见上面有一白色的大拱顶，原来那是一只鹏鸟蛋。人们不认识，纷纷前去将它砸碎，取里面的东西。"就在这般光景，突然太阳不见了，白天骤然变得黑暗，头顶上似有一片乌云遮住了太阳。我们抬头仰望，想看看是什么东西遮住了我们头上的太阳，却见一只大鹏飞来，它的翅膀遮住了太阳的光线，使天空骤然变暗。因为它飞来后，见它的蛋被人砸碎，便勃然大怒，尾随我们而来，对我们大喊大叫。不消片刻，它的伴侣也飞来了。两只大鹏在船上空盘旋，对着我们吼叫不停，那叫声比雷鸣还要震耳……那两只大鹏分别用爪子携着一块巨大的山石……那只雌大鹏又将它携带的那块巨石朝我们砸来。也是命中注定，那块巨石不偏不倚正好落在我们的船尾，将船砸得粉碎，船上所有的人和东西统统落入海中。"[1] 这

1. 杨言洪译：《辛巴德航海历险记》，见郅溥浩等译《一千零一夜》，第249—250页，北京：中国书籍出版社，2005年版。

里已将有关大鹏鸟的传说发挥得淋漓尽致了。说书人肯定是听说过有关大鹏鸟的传说，才将有关情节编入书中。或许是伊本·白图泰的游记或别的什么记载或口头传说影响了说书人。《一千零一夜》中还有几处故事讲到大鹏鸟。

树生小儿的传说

中国记载中有对大食国"树生小儿"的传闻记述。有趣的是，中国的《西游记》中有对这一传闻的生动描写。《西游记》第24回至26回有"五庄观行者窃人参"、"观世音甘泉活树"等情节。说唐三藏师徒一行来到一座名唤万寿山的去处，山中有一五庄观，观中有一件异宝："乃是混沌初分，天地未开之际，产成这棵灵根……唤名草还丹，又名人参果。三千年开花，三千年结果，三千年成熟，短头一万年，才只结得三十个果子。其形就如三朝未满的小孩相似，四肢俱全，五官咸备。人若有缘，得闻了一闻，

《一千零一夜》中树生小儿意象画

就活三百六十岁，吃了一个，就活四万七千年。"故事讲行者、八戒偷吃了人参果，与看树的二童子发生争执。行者、八戒怒将人参果树砸倒，人参果入地而遁。后得观音大士施甘水将树救活，人参果也依旧回到树上。这里对人参果的描绘，与典籍中的记载十分相似，都是树上结着像小孩一样的果子，五官四肢咸备。《西游记》将其更加夸张和神话了。人们在据《西游记》改编的电视剧中，已看到人参果是小孩模样的生动具体画面。

宋代笔记小说中有一则《高言》，说有高言者，生性豪爽。一日疑受友人之辱，将友人杀死。后东躲西藏，从广州乘大船去大食国，两年方到。在大食诸国见到各种奇观异景。"海中有大石山，山有大木数十本，枝上皆生小儿。儿头著木枝，见人亦解动手笑焉。若折枝，儿立死。乃折数枝归，国王藏于宫中。"[1] 这显然是中国文人了解了关于大食国的记载后，以记载中的某些材料编写成的一篇故事。也可见有关大食国的记载、传说，在中国影响之深。

1. 刘真伦、岳珍选编：《历代笔记小说精华》，第 129—132 页，成都：四川人民出版社，2002 年版。

树生小儿的传说还进入了《一千零一夜》。在《哈西布巧遇蛇女王》中，主人公布鲁基亚"行了几天几夜，来到一座海岛。上去一看，那座岛上有两座山，山上树木繁茂，树上的果子千奇百异：有的像人头，似挂在头发上；有的像鸟儿，似挂在枝条上；有的像盛燃的火；有的像仙人掌；有的果子只要一滴果汁滴落在人身上，人就会被烧成灰烬；有的果子在哭；还有的在笑。真是无奇不有，令布鲁基亚叹为观止"[2]。《一千零一夜》里还有另一个著名故事：巴士拉的哈桑将

2. 李唯中译：《一千零一夜》（小字本），第 1006 页，石家庄：花山文艺出版社，1999 年版。

前往瓦克瓦克岛旅行，以便寻找其妻子和儿女。他在那里听到当地一个妇女叙述的故事。她说："在这条河沿岸，有另一座大山，与我们先前绕行的那座山有所不同，人们称此山为瓦克瓦克山。瓦克瓦克是一种树名，树上挂着一些如同人头一般的果实。在天将拂晓的时候，这些人头便呼叫：'瓦克瓦克！感谢造物主！'当我们听到这一呼声时，便知道太阳升起来了。到了夜间，它们又发叫，我们便知道太阳已西落了。"[3]

3. [法]费琅编：《阿拉伯波斯突厥人东方文献辑注》，耿昇、穆根来译，第 643—644 页，北京：中华书局，2001 年版。

无论是《西游记》中的故事，还是《一千零一夜》中的描写，显然都受到传说的影响。是彼此记载中的传说影响了各自的文学作品，还是民间流传的口头传奇进入了彼此的古代典籍和文学作品，都无从查考，也无关紧要。重要的是，在不同民族、不同国度的典籍和文学作品中，有着相同的记载和描写，这本身就是彼此之间文化、文学交流的明证。

女儿国的传说

上述《旧唐书·大食传》曾提到"又有女国在其（指大食国）西北相去三月行"。其实，中国、

阿拉伯不止一部典籍提到女儿国。

据记载，唐代，阿拉伯商人曾向中国皇帝讲，有个女人国在中国的东南方海洋中。中国宋代人周去非的《岭外代答》讲，"东南海上诸杂国"中就有女人国。阿拉伯作家盖兹威尼的《地理志》中就有关于"女儿岛"的记载："女儿岛，在中国海中，岛上从来只有女人，没有男人。她们感风而受孕，生下的是同她们一样的女人。另一种说法是，她们只因食用了那里的一种树的果实而受孕，生下来的依然是女人。一位商人讲：'风将我吹到这个岛上。'他又讲：'我看到的全是女人……那些女人为杀死我而唱起了催眠曲，其中一个女人为我执行死刑。她将我放到一块木板上，将我推入大海……是风将我吹到中国。我向统治者说了女人国的情况，他派人去找，找了三年也没找到。'"[1]

1. 宋岘：《中国阿拉伯文化交流史话》，第38—39页，北京：中国大百科全书出版社，2000年版。

女儿国的传说已进入了中国人耳熟能详的《西游记》。《西游记》第五十四回《法性西来逢女国　心猿定计脱烟花》及下一回，即是讲三藏师徒四人来到西梁女国。唐僧在马上指道："悟空，前面城池相近，想是西梁女国。汝等需要谨慎，切休放荡情怀。"三人谨遵师命。言未了，已至东关厢街口。那里人都是长裙短袄粉面油头，不分老少，尽是妇女，正在街上做买卖。忽见他四众来时，一齐都鼓掌呵呵，整容欢笑道："人种来了，人种来了！"须臾间就塞满街道惟闻笑语。三藏马不能行。诗曰：圣僧拜佛到西梁，国内纯阴独少阳。农士工商皆女辈，渔樵耕牧尽红妆。娇娥满路呼人种，幼妇盈街接粉郎……故事讲唐僧师徒被引到"迎阳驿"，女王见唐僧秀丽英俊，便有意与他结为夫妻。行者用计，使唐僧假意答应。在婚宴中骗得关文，师徒四人拜别女王，继续上路。女王才知受骗，但也无法。不过故事突然来一转折，正当唐僧要上路时，突被一猴魔攫走……

宋代笔记小说中的《高言》，也有关于女儿国的描写：主人公到了大食国后，"闻东南有女子国，皆女子，每春月开自然花，有胎乳石、生池、望孕井，群女皆往焉。咽其石，饮其水，望其井，生必女子"。

在《一千零一夜》里也有关于女儿国的故事。在《终身不笑者的故事》中，一个年轻人被大鹰抓起飞至一个孤岛，这里是一个王国，女人执掌国家事务，国王也是女的，男人只纺织耕田。国中一派安居乐业，欢乐祥和。女王与年轻人结为夫妻，共同生活了七年。由于年轻人不慎开启了一道禁门，又被大鹰送回了原来的地方，永远失去了这美好天堂。《脚夫和巴格达三个女郎》

中也有一篇关于女儿国的故事。这些显然是女儿国的变异和发展。有的故事中虽有男人，但那只是一种陪衬。

中国明代李汝珍著《镜花缘》第 32—38 回也写到了女儿国："男子反穿衣裙，作为女人，以治内事；女子反穿靴帽，作为男人，以治外事。"这与《一千零一夜》中的故事一样，是女儿国的变异与发展，表现了男女平权，甚至女人高过男人的思想。由此可见，关于女儿国的传说已经进入彼此的文学作品中。

偷桃的故事

上面已述伊本·白图泰在其游记中载有中国幻术士缘绳上到空中消失又回到地面的情景。蒲松龄的《聊斋志异》中有一《偷桃》故事，几乎与伊本·白图泰的记述完全相同。它讲一个父亲迫于官命，让儿子上天去偷王母娘娘蟠桃园中的桃子。其父"乃启笥，出绳一团，约数十丈，理其端，望空中掷去；绳即悬立空际若有物以挂之……遂以绳授子，曰：'持此可登。'……子乃持索，盘旋而上，手移足随，如蛛趁丝，渐入云霄，不可复见。久之，坠一桃，如碗大……忽而绳落地上，术人惊曰：'殆矣！上有人断吾绳，儿将焉托！'移时，一物坠。视之，其子首也……又移时，一足坠；无何，肢体纷坠，无复存者。术人大悲，一一拾置笥中而合之……坐官骇诧，各有赐金。术人受而缠诸腰，乃扣笥而呼曰：'八八儿，不出谢赏，将何待？'忽一蓬头童首抵笥盖而出，望北稽首，则其子也"。

《偷桃》后记称"后闻白莲教能为此术"。白莲教乃元朝民间产生的一种宗教，传说以各种魔幻之术取信于人。伊本·白图泰正是元朝时期来到中国，想必是他亲眼目睹了此类幻术，方才记入他的游记之中。蒲松龄生于清朝，此类幻术仍流传于当时。蒲松龄或是在儿时观看过，后记入他的书中。伊本·白图泰与蒲松龄相差年代甚远，但都将中国发生的此种事记诸各自的作品中，这也是一种文化、文学的融合、交流吧！

识宝故事

中世纪，阿拉伯经贸繁荣，海外贸易四通八达，贩运的商品五花八门。其中一项重要的商品是珠宝。关于阿拉伯出产和贩卖珠宝的情况，中国史书不乏记载。《诸番志》中记："大食在泉州之西北……土地所出，珍珠、象牙、犀角、乳香、龙涎香、猫儿精……番商兴贩，系就三佛齐、佛罗安等国转易。"中国典籍中更有记载"回回石头"的：

　　回回石头，种类不一，其价亦不一。大德间，本土巨商中卖红剌一块于官，重一两三钱，估值中统钞一十四万，定用嵌帽顶上。自后累朝皇帝相承宝重，凡正旦及天寿节大朝贺时，则服用之，呼为剌，亦方言也。今问得其种类之名，具记于后：

　　红石头（四种，同出一坑，俱无白水）

　　剌（淡红色，娇）、避者达（淡红色，石薄方，娇）、昔剌尼（黑红色）、古木兰（红带黑黄不正之色，块虽大，石至低者）

　　绿石头（三种，同出一坑）

　　助把避（……）、助木剌（……）、撒卜泥（……）

　　雅鹘

　　红亚姑（……）、马思艮底（……）、青亚姑（……）、你蓝（……）、屋扑你蓝（……）、黄亚姑、白亚姑

　　猫睛

　　猫睛（……）、走水石（……）

　　甸子

　　你猞卜的（……）、乞里马泥（……）、荆州石（……）[1]

1. [元末明初] 陶宗仪：《辍耕录》，第7卷。

　　其中的红石头无疑就是红宝石，绿石头就是绿宝石，助木剌应是祖母绿，猫睛即猫儿眼。张星烺在注释中说："回回石头，自是宝石之类，其中种类繁多，虽未言其出产地，但由回回商人运出且号回回石头，大部分可能是由阿拉伯输出者。"[2]

2. 张星烺编著：《中西交通史料汇编》，第2册，北京：中华书局，2003年版。

　　在中国和阿拉伯经贸往来中，珠宝交易是一个重要方面。由于珠宝贵重且具有神秘色彩，在其交易和贩卖过程中，便生发出许多曲折离奇、光怪陆离的传说和故事，它们都反映在了各自的文学作品中。在阿拉伯的《一千零一夜》中也有多个故事描写贩宝、识宝：

　　《阿拉乌丁·艾比·沙玛特》中写道：一天，一个外地商人出重金购买了阿拉乌丁的一颗宝珠。成交后，那商人对阿拉乌丁说："你要是坚持不卖，我一定会给你加更多的钱呢！"原来这颗宝珠有预卜未来、使人腾飞、变出珍肴、打败敌人等等多种神力。

　　《哈里发哈伦·拉希德和艾布·哈桑》中写道：艾布·哈桑贩卖珠宝，其中一颗不起眼的扁圆形的宝石始终卖不出去。一天，一过路商人看到，即愿出千金购买。艾布以为他在奚落自己，便狠狠骂了他一顿。外商却以为他在要高价，便当即拿出三万金将它买下。艾布·哈桑问他为何出重金购买它。外商说："这是医治印度公主头疼的珠宝，已经遗失三年，印度公主一直卧床不起。如今这颗珠宝终于找到，其价值何止千万？"艾布·哈桑听后，一气之下，脸色变黄，终生未能恢复。

这类故事的描写至少说明了两点：一、某些珠宝是相当珍贵和有价值的；二、这些珍贵和有价值的珠宝是需要"慧眼识珠"者的发现才能物尽其用的。在这方面，文学作品的描写有时到了十分夸张和离奇的程度。

中国古籍中记载了许多与之相似的识宝故事，且其中内容多涉及大食、波斯商人。这些故事丰富多姿，异彩纷呈，有的甚至到了出神入化、精彩绝伦的地步。

唐《宣室志》中有一篇《严生》：

> 冯翊严生者，家于汉南。尝游南山，得一物，其状若弹丸，色黑而大，有光……其后生游长安，晚于春明门逢一胡人，叩马而言："衣囊之中有奇宝，愿得一见。"生即以"弹珠"视之。胡人捧之而喜跃曰："此天下之奇货也。愿以三十万为价。"生曰："此宝安所用乎？而君厚其价如是哉？"胡人曰："我，西国人。此乃吾国之至宝，国人谓之'清水珠'，若置于浊水，泠然洞彻矣。自亡此宝且三载，吾国井泉尽浊，国人具病。于是我等越海逾山，来中夏求之，今果得于子矣。"……生于是以珠与胡，获其厚价而归。

唐《纪闻》中有一篇《水珠》：

> 大安国寺，睿宗为相王时旧邸也。即尊位，乃建道场焉。王尝施一宝珠，令镇常住库，云："值亿万。"寺僧纳之柜中，殊不为贵也。开元十年，寺僧……开柜阅宝物，将货之……寺僧议曰："此凡物耳，何值亿万？试货之。"居数日，贵人或有问者，及观之，则曰："此凡石耳，瓦砾不殊，何妄索值？"皆嗤笑而去。月余，有西域胡人，阅市求宝，见珠大喜，使译问曰："珠价值几何？"僧曰："一亿万。"胡人抚弄迟回而去。明日又至，译谓僧曰："珠价诚值亿万，然胡客久，今有四千万求市，可乎？"僧喜，与之谒寺主，寺主许诺。明日，纳钱四千万贯，市之而去。
>
> 僧问："胡从何而来，而此珠复何能也？"胡人曰："吾，大食国人也。王贞观

初通好，来贡此珠。后吾国常念之，募有得之者，当授相位。求之七八十岁，今幸得

之。此水珠也，每军行休时，掘地二尺，埋珠于其中，水泉立出，可给数千人，故军

行常不乏水。自亡珠后，行军每苦渴乏。僧不信，胡人命掘土藏珠，有顷，泉涌，其

色清冷，流泛而出。僧取饮之，方悟灵异。胡人乃持珠去，不知所之。

《太平广记》中还录有多篇胡人识宝、购宝的故事，如《李勉》、《李灌》、《上清珠》、《守船者》、《清泥珠》、《径寸珠》、《宝珠》等。有的故事中泛指胡人，有的则明确指大食人，即阿拉伯人。需要指出的是，识宝传说中的宝并非都是珠宝，也有其他宝物，如唐代戴孚著《广异记》之《成弼》中的宝是能化黄金的丹和不浸水的大毯。

值得一提的是，这类胡人识宝的故事不仅汉文学中有，而且影响到少数民族文学，如回族民间文学中就有许多回回识宝的传说。虽然这些传说受到胡人识宝故事的影响，但在流传、讲述过程中已演变成回族自己的故事。20 世纪 30 年代初期，《民间月刊》曾收集浙江地区的回回识宝传说十五篇，如《定风针》、《时辰钟》、《青山金牛》、《月中桂》、《停风珠》等。这类传说和故事歌颂和赞美了回族先民的智慧。"在回族民间文学史上，自唐以后逐渐兴起和流传一种较为特殊的民间传说故事——'回回识宝'（或'采宝'）的故事，这标志着回族民间传说故事获得了重大的发展。"[1] 在阿拉伯的《一千零一夜》和中国的文学作品中有这一类型的故事，也算是中阿经济交往背景下产生的一个特殊文学品种吧！

1. 李树江：《回族民间文学史纲》，第 146 页，银川：宁夏人民出版社，1999 年版。

昆仑奴

中国唐代诸多著作如《唐人说荟》、《太平广记》、《古今说海》等都有昆仑奴的记载。其实，昆仑奴可能最早见于《隋书·陈棱传》与《隋书·四夷传》中的《琉球国传》。《通志》卷 194 "四夷传·琉球" 条说："初（陈）棱将南方诸国人从军，有昆仑人颇解其语，遣喻降之，琉球不听。"一开始，对昆仑奴的由来似不甚明了，认为是中国南洋中岛屿上的人，或者是早期被贩运到此的黑人，人数很少。后来却是指阿拉伯人从非洲贩运来的黑人奴隶。宋代周去非《岭外代答》讲昆仑层期国云："海岛多野人，身如黑漆，卷发，诱以食而擒之，动以千万，卖为蕃奴。"有的书记为"僧祇国"。其实"层期"、"僧祇"均为阿拉伯文"黑人"之译音，亦说是今之"桑给巴尔"。其实"桑给"也是"黑人"之译音。张星烺先生在《中西交通史料汇编》第 2 册中对昆仑奴有所考证。如《宋史·大食传》中就记有大食国遣使来华，"其从者目深体黑，谓之昆仑奴"。朱彧著《萍州可谈》卷二记："广州人多蓄鬼奴，绝有力，可负数百……色黑如墨，唇红齿白，发卷而黄……谓之昆仑奴。"这里的昆仑奴，已是非洲黑人无疑。

昆仑奴在唐时既多记载，说明当时非洲黑人奴隶被贩运到中国的不在少数。阿拉伯帝国在南征北战扩张时，俘获不少奴隶，其中有中亚如亚美尼亚、格鲁吉亚、波斯的，有非洲的，也有欧洲的。无论是男奴还是女奴，都为阿拉伯主子效劳。主人和奴隶之间的关系，是阿拉伯社会的一种非常错综复杂的关系，对阿拉伯的社会、政治、经济乃至家庭都产生了极其重大的影响。这已为历史事实所证明。对黑人俘虏或奴隶的使用，在阿拉伯社会也很普遍，因为黑人体格健壮，力大无比，便于驱使。阿拉伯人将黑人奴隶贩运到中国以牟利并非偶然。在阿拉伯的文学作品如《一千零一夜》中，就有许多关于黑奴的描写。当时在中国家庭中使用昆仑奴的想来也不少，因此，关于昆仑奴的事情或传说便进入了中国文学作品。

唐代裴铏所著《昆仑奴》便是很有名很有代表性的一篇：

有崔生者，其父与朝廷勋臣一品者熟。崔父命崔前去探视一品之疾。崔少年美俊，深得一品喜爱。命三名妓女作陪进食。崔年少羞，不肯进。一品命穿红衣妓者以匙进之，崔只得进。崔告辞，一品命红衣妓送行，崔时回顾。临别时，红衣妓立三指，又反三掌，然后指胸前小镜，云："记取。"

崔生回到府中，神迷意夺，茶饭不思，一心想着红衣妓，竟至病容憔悴，人莫能解其故。时家中有昆仑奴名磨勒，问："生有何事？老奴得为解之。"生闻其言有异，便将心中事如数告昆仑奴，并将红衣妓的暗语说之。昆仑奴听后，说："一品有十院歌妓，此妓居第三院，三反掌者是指十五日之数，胸前小镜乃指月圆之时，意让君于十五日月圆之时到第三院与她相聚也。"后昆仑奴帮崔生先是杀死了一品家凶狠无比的看门狗，后又背负生飞跃重垣，来到第三院与红衣妓相会。红衣妓原也是富户人家，被一品逼为妓。她与崔生两情相好，在昆仑奴帮助下飞出一品家，在崔生家居住两年。后被一品发现，派兵包围崔家，意欲擒拿昆仑奴。但昆仑奴飞出崔家，如鹰隼之遨游空中，箭矢莫能中之，须臾不知所之。

后十余年，有人见昆仑奴磨勒卖药于洛阳，容颜如旧耳。

此篇故事将昆仑奴磨勒描绘得有勇有谋，侠肝义胆，近乎神话。可能黑奴在中国做事甚得主人欢心、满意，才有这样的故事产生。在阿拉伯文学作品中，对黑奴的描写往往是负面的多。

无论是中国文学作品还是阿拉伯文学作品，对黑奴的描写，都是在阿拉伯社会发生变化，中国、阿拉伯经贸往来的大背景下产生的。这种往来，涉及和影响到了彼此的文化和文学，并为各自的文化、文学增添了丰富的色彩。

裴铏，著有《传奇》三卷。据记载，他书中故事涉及年代最晚为大中末年（859 年），故事发生地点大多在长安附近及河洛间。859 年距阿拉伯阿拔斯王朝建立已一百多年了。当时黑奴（昆仑奴）贩运到中国、为中国家庭服务，已不是什么新鲜事了，中国文学中产生《昆仑奴》这样的作品也就不再偶然。

还要说一下的是，《昆仑奴》这篇小说中有打哑谜的情节。而在中国其他作品中却几乎看不到。无独有偶的是，我们在《一千零一夜》的一个故事中也发现了打哑谜的情节。大故事《叔尔康的故事》中的小故事《阿济子和阿齐簪》：用巴掌拍胸膛表示五天后再来，把镜子装在布袋里暗示太阳落山天黑以后过来，拿来花盆暗示从胡同后面的花园进来，拿灯则暗示朝有灯光的地方走去……其实，中东地区的民间文学中，打哑谜的情节很普遍，如土耳其《商人哈吉的故事》中就有十二颗黑麦粒、泼水、正反面照镜子等哑谜。在这篇与阿拉伯有关的《昆仑奴》中有打哑谜的情节，是否说明它与阿拉伯文学的某种联系呢？

中国与阿拉伯文化、文学交往源远流长，情况多样。我们认为，在谈到不同民族间文化、文学的交往过程时，不必拘泥于此民族的文学作品翻译成彼民族的文字，或者彼民族的文学作品翻译成此民族的文字。印度文学对中国文学的影响脉络可能清晰一些，因为大量佛经文学、佛教故事翻译过来，影响中国文学，或渗入中国文学中，有据可查。其他民族间的文学交流、影响，情形就要复杂得多。尤其是在古代，由于缺乏足够的资料和证据，所以无法说明民族间彼此相同的文学、故事、传说，是此影响彼，还是彼影响此。不能因为没有足够的资料和证据，就否认民族间文学的交流和影响。恰恰相反，这样的文学交流和影响是非常普遍、大量存在的，尤其是在民间文学方面。对于古代不同民族间的文学交流和影响，我们首先要做的，是找出彼此间相同的成分。有些彼此间的影响是明显的，有些则不明显，需要我们作更深入更进一步的探索和开掘。如果认为这种探索和开掘是不必要的没有意义的，那就太狭隘了，那只能是一种错误的观念。

我们在探索中国和阿拉伯间的文化、文学交往时，有两个方面的情况需要注意：

一是中国和阿拉伯之间人员的交往。

自中阿经贸往来开通后，大量阿拉伯商人来到中国。宋元时期，仅泉州的阿拉伯人就数以万计（自然包括在阿拉伯版图中的其他民族）。其中有的精通汉文，对中国文化有精深了解，有不少人在中国各朝代做官，身居要职。

唐时，一阿拉伯人精通汉语，成绩昭著，为自己取了个中国名字——李彦升。由于才学出众，他被汴州刺史、宣武军节度使卢钧推荐给中国皇帝唐宣宗。他于大中二年（848 年）以进士第名显。宋末元初，有阿拉伯人蒲寿宬、蒲寿庚兄弟二人，在中国生活很长时间。蒲寿庚主管船舶事务多年，并参与中国政事，任过多种官职，俨然是个汉人。蒲寿宬也精通汉文，同时是一位诗人，曾著有《心泉学》。元代有阿拉伯人赛典赤·瞻思丁者，曾任平章政事，分镇四川，及云南行省。相传中国丁姓一族、纳姓一族，就是他的后代。其他在中国做官、参与过中国政事的阿拉伯人也不在少数，还不算像伊本·白图泰这样的大旅行家。

这些阿拉伯人一般都非等闲之辈，他们和大量来到或定居中国的阿拉伯商人，都是把阿拉伯文化带到中国、把阿拉伯文学传播到中国的重要使者，这已为许多事实所证明。如中国唐代孙頠《幻异志》中的《板桥三娘子》即系阿拉伯人带到中国的一个阿拉伯故事，这已为中国学者所肯定。

这种人员的交往还涉及到不同领域，各个方面。如唐玄宗时有一位宫廷女歌手，名念奴。念奴容貌娇美，歌喉嘹亮，她的歌声使听者无不为之倾倒。元稹在《连昌宫词》中写到她的歌声："飞上九天歌一声，二十五郎吹管逐。逡巡大遍凉州彻，色色龟兹轰录续。"这里借用凉州、龟兹表示广大西域，表明念奴是西域人，唱的很多是西域歌曲。如果从阿拉伯语来看，"念奴"中的"念"即《古兰经》的阿拉伯文原文之意，"古兰"即"念、读"之意；"奴"是阿拉伯文中常用之词，意为某某之"奴仆"（阿卜杜），如"阿卜杜拉"即安拉之奴仆。"念奴"即为《古兰经》之奴仆，或念诵《古兰经》之奴仆。这应当是合理的、无误的。这位念奴应该是阿拉伯人，或至少是阿拉伯版图中信奉伊斯兰教的女子。宋代大诗人苏轼所填词牌《念奴娇》当与此女有关。

在唐或唐以后不管出于什么原因、什么情况，这类女艺人辗转来到中国的应该不在少数。中国许多诗人的诗歌都写过她们。如唐代李白的《少年行》：

> 五陵年少金市东，
>
> 银鞍白马度春风。
>
> 落花踏尽游何处，
>
> 笑入胡姬酒肆中。

又如唐代贺朝的《赠酒店胡姬》：

> 胡姬春酒店，
>
> 弦管夜锵锵。
>
> 红毾铺新月，
>
> 貂裘坐薄霜。

李贺在《龙夜吟》中就描绘了一位西域女子的思乡之情：

> 鬈发胡儿眼睛绿，
>
> 高楼夜静吹横竹。
>
> 一声似向天上来，
>
> 月下美人望乡哭。

类似的诗歌还很多。上述那位念奴，就唱过许多西域歌曲。这些女子在客观上将西域文化（包括阿拉伯文化）传播到了中国，为中国与西域（包括阿拉伯）之间的文化传播和交流作出了贡献。

除了大量阿拉伯人来到中国外，不少中国人也到过阿拉伯，如汪大渊、郑和等。这里要特别提到唐朝的杜环。公元751年，唐军在高仙芝率领下，在恒逻斯与阿拉伯军队交战，战斗异常激烈。最后高仙芝军战败，万余名中国军人和其他人员被阿拉伯军队掳掠，带到呼罗珊等地。其中一位叫杜环的文人，他从751年起，在阿拉伯各地辗转十年，于762年乘船回到中国广州，他将他十年的经历写成一本《经行记》。可惜这本书已失传。所幸的是他的族叔杜佑写的《通典》中录有《经行记》的内容约1500字。杜环亲身到过阿拉伯，他的见闻、记载翔实可靠，十分宝贵。他在阿拔斯王朝初期兴建中的巴格达，看到了一些中国工匠，如纺织、绘画、金银匠等手艺人，其中有京兆（西安）人樊淑、刘泚，河东（山西）人乐环、吕礼等。他们参与了巴格达的建设，对中国与阿拉伯的文化交流作出了贡献。

由于陆陆续续有中国人进入阿拉伯，他们将中国的造纸术、印刷术、火药、罗盘、瓷器等传入阿拉伯。这些到了阿拉伯的中国文化人，他们不仅带去了自己的技艺，而且可以肯定地说，他们同时把中国的文化、文学（故事、传说等）也带到了阿拉伯。他们是中国阿拉伯文化、文学交流的使者。

二是中亚一些小国在中阿文化、文学交流中的作用。

过去谈到中国与印度文化、文学西传时，往往忽略了中亚一些小国的作用。亚历山大死后，虽然建立了以叙利亚为基地的塞琉古王朝，但以后中亚各国相继独立并建立王朝。帕提亚王国（安息，公元前 249 年—公元 247 年）存在近 500 年，它曾是希腊、罗马和中国、印度的重要通道；希腊—巴克特里亚王国（公元前 250 年—公元前 140 年），其疆界北起锡尔河，南至印度河上游，佛教正是这时传入中亚的，同希腊、印度的文化联系是这一时期的文化特征；花剌子模国（康居，公元前 4 世纪—公元 1 世纪）、贵霜国（1 世纪上半叶—5 世纪），其版图包括印度的一部分，印度、伊朗、希腊文化的混合是其文化的构成；迦腻色伽国王大力提倡大乘佛教，佛经文学在这些地区广为传播是自不待言的。这些国家之后，中亚、西域地区仍然存在着许多大大小小的国家或部落，像康国（撒马尔罕）、石国（塔什干）、大夏、曹国、安国、火寻、米国。它们在阿拉伯帝国征服前和征服后，都是阿拉伯、波斯、希腊、印度、中国文化的交汇地。犹太教、基督教、印度佛教、中国化了的佛教、中国道教、伊斯兰教，以及中国、阿拉伯的文化、文学、艺术、建筑及其他工艺在这些国家、地区传播，并进而向更西更远的或更东更远的国家、地区传播是不言而喻的。

前已提及，公元 751 年阿拉伯军队与唐朝军队在恒逻斯交战，唐军失败。被阿拉伯军队俘获的中国人中有一些懂得造纸术的，阿拉伯人用他们在撒马尔罕建立了造纸厂，用中国技术造出的纸品质很好深受大食人喜爱，进而传布到整个阿拉伯帝国，并远及欧洲。

众所周知，唐代大诗人李白出生在中国西部的碎叶城。他的祖上曾亡居异国八十多年。李白说他家在条支。据考证，条支即今之伊拉克。李白的诗歌中有许多异域的成分，这是有目共睹的。他对月亮、星辰满怀崇拜，应是受到伊拉克巴比伦地区前伊斯兰时期对月亮、星辰崇拜的影响："举杯邀明月，对影成三人"（《月下独的》），"青天有月来几时？我今停杯一问之。人攀明月不可得，月行却与人相随……今人不见古时月，今月曾经照古人。古人今人若流水，共看明月皆如此。唯愿当歌对酒时，月光长照金樽里"（《把酒问月》）。李白，字太白，也是取太白星之意。李白的妹妹叫李月圆。他的一个儿子取名叫明月奴。带"奴"字，显然是阿拉伯人的一种取名法。

唐代产生了许多边塞诗人，如岑参等。他们的诗歌大量描绘了西域风情和异国情调。当时，在音乐、歌舞方面，中国和西域以及阿拉伯帝国境内的各民族交往密切、频繁，彼此受到很多影响。正如《凉州行》诗中所说"洛阳家家学胡乐"，这正是唐王朝文化繁荣昌盛的一个表征。

阿拉伯诗歌有严格的韵律：每首诗由若干"贝特"（行）组成，每个"贝特"分上半阕和下半阕，下半阕押韵，一韵到底，韵脚不变。如果依韵严格译成中文，则应每行押韵，这和中国四、五、七、八言诗歌的韵脚是不同的。但唐时也出现了每行押韵的诗歌，如杜甫的《饮中八仙歌》：

> 知章骑马似乘船，
>
> 眼花落井水底眠。
>
> 汝阳三斗始朝天，
>
> 道逢麹车口流涎，
>
> 恨不移封向酒泉。
>
> ……
>
> 宗之潇洒美少年，
>
> 举觞白眼望青天，
>
> 皎如玉树临风前。
>
> ……
>
> 焦遂五斗方卓然，
>
> 高谈雄辩惊四筵。

杜甫还写有其他类似的诗歌。这种每行押韵的诗歌，明显受到阿拉伯诗歌的影响。[1]

1. 宋岘：《中国阿拉伯文化交流史话》，第 77 页，北京：中国大百科全书出版社，2000 年版。

伊斯兰教传入中国，大量阿拉伯人、波斯人，信仰伊斯兰教的中亚、西亚人来到中国，在中国的土地上生根繁衍。他们对中华民族的构成，对中华民族文明，对中国文化、文学产生了巨大影响。新疆信奉伊斯兰教的维吾尔、柯尔克孜等十余个民族自不必说，我们仅以回族为例，这里有现成的资料可资借鉴。回族学者王锋在其《当代回族文学现象研究》一书中写道："回回民族的先民，主要来源于波斯、阿拉伯及信仰伊斯兰教的中亚各族人。他们来华后，也必然将自己原有的伊斯兰文化带了进来。据记载，唐宋时，在中国居住的回族先民，即所谓的'番客'，就设有'番学'。元时，来华的回族先民猛增，朝廷还设'回回国字学'、'回回管乐署'等。"他写道："伊斯兰文化……它是信仰伊斯兰教各民族人民共同创作的文化结晶。它也是一个体系，主要由三部分组成：一是阿拉伯人的固有文化，诸如阿拉伯语言、诗歌散文、谚语、故事、传说、星象等；二是伊斯兰教、《古兰经》、《古兰经注》、圣训教义学、教法等；三是波斯、印度、希腊、罗马等外族的文化。这三大文化源流经过历史的融汇，经过信仰伊斯兰教的各族人民的继承、创造、发展，包含了极为丰富的内容，成为信仰伊斯兰教的各族人民的共同财富。"他认为，伊斯兰文化、中国传统文化、西方现代文化，是对回族文化、回族文学、回族作家影响重大的三个主要文化形态。[1]

1. 王锋：《当代回族文学现象研究》，第4—6页，北京：作家出版社，2001年版。

　　回族是中华民族中的一个重要民族。这里将它的古代来源以及历史的和现代的文化构成作了提纲挈领的表述，以使人们对中国和阿拉伯，以及信仰伊斯兰教的各民族间的经济、文化、文学交流所产生的重大影响有个具体的了解。

第二章　　中国对阿拉伯文学的早期译介、研究

　　这里所说的早期，是从中国有阿拉伯文学的译介开始，可从《古兰经》的译介算起，止于 20 世纪 50 年代末或稍后一些。20 世纪 50 年代末 60 年代初，帝国主义入侵阿拉伯国家，中国人民以各种方式支持阿拉伯人民的正义斗争，中阿文学交流呈现出一种特殊的形式。"文革"中，所有正常的文学译介、研究工作基本停止。改革开放后，对阿拉伯文学的翻译、研究进入了一个崭新的时期。我们将"文革"结束、改革开放后作为阿拉伯文学译介、研究的新时期。

第一节　中国对阿拉伯文学的早期译介

伊斯兰教很早就传入中国，但对伊斯兰教的经典《古兰经》的翻译却始于明清，对《古兰经》的全文通译则始于 20 世纪 20 年代末。

《圣训》是有关伊斯兰教先知穆罕默德的嘉言懿行录，其权威性仅次于《古兰经》。据现有资料，1923 年，天津光明书社印行了李延相翻译的《圣谕详解》，这是中国出版的第一部《圣训》中文选译本。

之所以谈到《古兰经》、《圣训》的早期译介，是因为《古兰经》和《圣训》中含有大量文学成分。《古兰经》不仅本身含有许多谚语、格言、故事，而且对阿拉伯文化、文学产生过重大影响。《圣训》中同样含有文学内容，如叙述穆罕默德夜行和登霄（登上七重天）的传说，也对阿拉伯文学产生过重大影响。著名阿拉伯历史文化学家纳忠在其皇皇巨著《阿拉伯通史》中，除了从宗教等角度详细论述《古兰经》和《圣训》，还将其列入阿拉伯文学章中讲述。他写道："《古兰经》的文辞与蒙昧时代的文辞大不相同：《古兰经》不是诗，但它有动人心弦的言词与铿锵的音调；《古兰经》与一般的散文不同，但它包含着大量警世移俗的先圣故事；《古兰经》不是科学，但它有阐明科学真理的警句与文章；《古兰经》也不是哲学著作，但它引用了许多变化无穷的自然现象来证明宇宙的奇妙与人生的真谛。《古兰经》不仅是一部伟大的宗教经典，实在是包含着诗歌、散文、科学、哲学的特点。""除《古兰经》外，对阿拉伯文学有重大影响者，是《圣训》。《圣训》是先知穆罕默德的语录，文辞简练，含义深刻，为阿拉伯语中的一种重要文体，无论在修辞还是文体方面，都为阿拉伯文学创造了一种独特的风格。"[1] 将《古兰经》和《圣训》翻译（尤其是全译）介绍到中国，虽然早期主要是供教内人士阅读、参考，但在客观上，其中包含的文化、文学因素和成分同时也传达给了中国读者。从这个意义上讲，宗教经典的译介也是文化、文学交流的一个重要方面。

埃及诗人蒲绥里（1211—1296）的诗歌《斗篷颂》，是赞颂伊斯兰教创始人穆罕默德的宗教诗，在伊斯兰世界广为流传。1890 年，我国回族学者马安礼将其译成中文出版，改名《天方诗经》。蒲绥里曾叙述他作此诗前患半身不遂，一次夜梦穆罕默德将一件斗篷披在他身上，疾病

---

1. 纳忠：《阿拉伯通史》（下卷），第 301、302、304 页，北京：商务印书馆出版，2005 年版。

遂痊愈。他便吟作此诗，以感安拉和先知对他的眷顾。《斗篷颂》全诗大致可分四个部分：一、以传统情诗起始，把人们唤回充满浪漫和感情色彩的阿拉伯古代社会，在仿效传统风格的同时，烘托出伊斯兰教及其创始人产生的环境。二、对心灵的阐述。诗人认为心灵中充满善恶的斗争，必须自觉加以节制，以避免各种欲望。三、对穆罕默德的颂扬，这是诗歌的主要部分。诗人以热烈而美好的词句，描写穆罕默德非同寻常的降生、超越常人的品格、传播伊斯兰教的使命，以及迁徙麦地那、夜行和登霄等事迹所显示的奇迹。四、诗人虔诚祈祷和忏悔。全诗充满激情，自然流畅，雅逸洗练，想象丰富，比喻生动，韵律优美，特别是心灵描写部分，达到了思想和艺术的高度和谐。由于当时伊斯兰教社会中苏非主义盛行，加上十字军东侵在穆斯林心中唤起了宗教自卫的热忱，本诗得以迅速流传，且为后世诗人竞相效仿。可以说，《斗篷颂》（《天方诗经》）是我国最早翻译且产生过较大影响的阿拉伯诗歌。

1929 年 5 月，上海世界书局出版了一本外国短篇小说集《她初次的忏悔》，其中有埃及现代著名作家马哈穆德·台木尔 (1894—1973) 的一篇小说《留信待取处》。据已知资料，它是中国人翻译的第一篇阿拉伯小说。在此之前，中国译有《古兰经》、《天方诗经》、《一千零一夜》及纪伯伦的散文诗等。

《留信待取处》篇幅不长，约2300字。大致内容如下：有三个富家子弟，一个自诩为情场老手，称美丽的妇人、小姐都倾心于他；一个开着自己的小车在街上横冲直闯，招摇过市；一个只知穿着华丽，整天关注的就是外国的上好面料。三人在一起的唯一话题就是女人。可是自称情场高手的方克雷，却从未见哪位女士亲近过他，这使他很尴尬，下不了台。一天，他约二位朋友去邮局信件待取处，居然找到一封给他的信，署名是已逝的某某显贵的女儿。这显然是一封情书。方克雷在朋友面前喜形于色，谎称要暂别朋友，去与女友约会。但他却回到了家，又炮制了一封某某女儿给他的假情书，地址是"开罗，留信待取处"，方克雷先生收。然后，他安稳地上床睡觉。[1]

<hr/>

1. 葛铁鹰：《天方书话——纵谈阿拉伯文学在中国》，北京：首都师范大学出版社，2007 年版。

小说十分简约，对纨绔子弟的不良心理和行为作了无情的揭露和抨击，表现了台木尔的创作取材现实生活、关注社会道德改良的倾向。这篇小说显然是从英文翻译的，说明西方对台木尔小说的重视。

将台木尔的《留信待取处》的写作背景稍作介绍，对我们了解他的早期创作历程会有一定的帮助。埃及文学评论家阿巴斯·胡德尔在其《埃及短篇小说——从产生到1930年》中谈到台木尔早期创作时引用台木尔的话说："那时在文学方面，带有强烈的地方色彩，甚至在民歌方面也是如此。我们都倾向于现实。我们曾经是浪漫主义诗人，但现在变得现实了。地方戏剧也很普及，特别是其中的喜剧。在创作中多借鉴和创新，翻译成分逐渐减少。在这种环境中，穆罕默德·台木尔（作者之兄长——笔者注）写出了小说集《亲眼所见》……小说描写了埃及社会环境的各种场景和人物，小说中艺术创新的成分非常明显，风格简洁明快，流畅自如。我对此极为赞赏，并按此方法创作了我的早期小说《朱姆阿长老》，接着又创作了《留信待取处》。这时我已不太注重散文诗了，而转向创作现实主义作品，这是受到我们生活的新环境的影响。过去我还从未读过这类现实主义作品。我不再只注重创作风格，而是更多关心现实主义的描写。"[1]

1.［埃及］阿巴斯·胡德尔：《埃及短篇小说——从产生到1930年》（阿拉伯文版），第174页，开罗：民族出版社，1966年版。

台木尔的《留信待取处》1929年即介绍到中国，是中阿文学交流中的一桩值得书写的事件。

1934年5月1日，马宗融在《文学》月刊第2卷第5号即"弱小民族文学专号"上发表了他翻译的传说故事《鸟语》，全文约6000字，译自法文。《鸟语》是一篇摩洛哥的民间传说故事。马宗融在《译前记》中对阿拉伯文学作了概括介绍，他特别介绍了悬诗，并对安塔拉的悬诗作了简短翻译和介绍。这是中国对悬诗的最早翻译介绍。1935年9月1日，马宗融在《世界知识》第2卷第12号上发表了阿拉伯著名的长篇民间史诗《安塔拉传奇》中的一章《安塔拉之死》。阿拉伯评论界历来认为，《安塔拉之死》是整个《安塔拉传奇》中最精彩的篇章，打动着一代又一代阿拉伯读者的心。安塔拉在战斗中身负重伤，临死前决心护送族人返回自己的部落。他手持长矛，挺坐在战马上。敌人远远望去，见安塔拉一如往常般英武，谁也不敢上前。等到族人安全返回部落，安塔拉犹如一尊巨塔从战马上坠落，人们这才发现他已经死去。安塔拉的族人把他葬在他一生转战的沙漠中。

马宗融（1892—1949），四川成都人，回族，早年赴日本留学，1919年赴法国勤工俭学。1933年归国后，先后在复旦大学、广西大学任教，并在《太白》、《文学》等刊物编译外国文学评介和短篇小说。抗战期间任中华全国文艺界抗敌协会理事和重庆回教救国协会副理事长。1946年加入大学教授联谊会，投身民主运动。1949年病逝于上海。马宗融先生以其早期对阿拉伯文学的介绍、翻译，对中阿文学的交流作出了应有的贡献。

1947年8月，商务印书馆出版了马俊武翻译的埃及著名作家塔哈·侯赛因的《日子》（第1部），更名为《童年的回忆》，译文约 47 000 字。这是中国最早出版的《日子》中译本，比 1961 年中国作家出版社出版的《日子》（秦星译）要早 14 年。

译者马俊武，字兴周，本名达兹安，云南开远大庄人，回族。1934 年，他与著名回族翻译家纳训、林兴华同批前往埃及留学，13 年后归国。《童年的回忆》是他在回国途中润饰定稿的。书后写有"一九四六年修订于印度洋中"。除正文外，书中还有三篇文字比较重要，即"序"、"叙语"和"尾声"。

"序"是由当时驻土耳其大使馆的外交官邱祖铭所写。"序"中写道："太浩·虚生（即塔哈·侯赛因）在西方是很负盛名的，中国虽有人介绍过他，但是他的作品还没有人翻译过。俊武先生留埃 13 年专门研究阿拉伯文学，曾译过许多阿拉伯文学和政治的书，并在国内出版，他对于阿拉伯文学的汉译工作是很有心得的，最近又翻译这本书。他的毅力确实值得钦佩，近来沟通中埃文化的呼声很高，他翻译这本书是很有意义的。""序"中所说马俊武译过许多阿拉伯文学书籍，这其中包括他编译过的《阿拉伯故事丛书》中的至少三本文学作品，即《桑鼎拜德航海遇险记》（《辛巴德航海遇险记》）(1936 年)、《阿里伦丁》（《阿拉丁》）(1937 年)、《哈漪雅格赞》（哲理小说《哈义·本·叶格赞》）[1]。在翻译这几篇作品时，他用的是马兴周之名。

> 1. 翻译年份不详。

这样看来，他应该是从阿拉伯文直接翻译《一千零一夜》的第一人了，不过还不具规模。

他在"叙语"中写道：

> 本书的原名叫《日子》，就是包括一个人的经历多与时间有关系，但求明白起见，才直译作《童年的回忆》。作者把他的身世与社会打成一片用小说体裁写出，是一种典型人物的供状。要是能把鲁迅先生的《阿 Q 正传》、《故乡》、《鸭的喜剧》一相对照，就可以知道他趣味的浓厚。

> 我们阅读太浩·虚生氏的作品，深知他已表现出整个个性，由各种情绪的流露，就了然他内心所受的刺激，往往借作品来发泄，表露无限的深情，因此他在某一时期的作品，都足以代表当时的时代精神。

塔哈·侯赛因在 1926 年发表了一篇《论蒙昧时期诗歌》。他用新的文艺批评观点对蒙昧时期诗歌作出了新的解释和评价，与传统的观念多有不合，因此遭到社会保守势力的抨击和反对，并被开除公职，受到不公正待遇。《日子》正是他在此种环境下写出的。造成社会伤害的那些因素虽然形式不同，但却始终存在。塔哈·侯赛因正是通过《日子》，在更深层次上剖析了埃及社会的弊端，意在使人们醒悟，进而寻求更好的出路。马俊武先生深刻理解塔哈·侯赛因及其《日子》的意义，因此说他内心所受的刺激，往往借作品来发泄，他在某一时期的作品足以代表当时的时代精神。言虽不多，实在是很有水平和深度的评述。

我国介绍较早的阿拉伯近现代作家当属纪伯伦。纪伯伦用阿文和英文进行创作。英文创作的作品较易在海外流传，因此，这位天才的作家早已蜚声海内外，自然也引起中国作家的注意。我国最早译介纪伯伦作品的是茅盾先生。1923年，他从纪伯伦的英文作品《前驱者》中选译了5篇散文诗——《批评家》、《一张雪白的纸说……》、《价值》、《别的海》、《圣的愚者》，先后发表在1923年《文学周刊》第86、88期上。据葛铁鹰考证，茅盾于1923年6月17日在《努力周报》第57期上还发表过纪伯伦的三篇作品——《诗人》、《全知与半知》和《追悔》。茅盾翻译纪伯伦的作品，他自己也有叙述：“我为《文学旬刊》写了许多杂感、书评和外国文学评介，译了阿剌伯纪伯伦的小说《圣的愚者》及他的小品文。”[1]

1. 茅盾：《回忆录》（六），载《新华月报》，1980年第4期。

1927年8月，著名翻译家赵景深在《文学周刊》第279期上发表了《吉伯兰寓言选译》。1929年，北新书局出版了刘廷芳译的纪伯伦的《疯人》。1930年，冰心开始连续翻译发表纪伯伦的《先知》。《先知》是纪伯伦最重要的一部作品。《先知》在中国的出版，使中国读者从此认识并喜欢上了纪伯伦。关于纪伯伦作品在中国的翻译情况，在本书的纪伯伦专题中还有详细叙述。

1935年8月16日，茅盾翻译了一篇阿尔及利亚小说《凯尔凯勃》，在《世界知识》第2卷第11期上发表，后于1936年5月收入世界知识出版社编辑、生活书店发行的《弱小民族小说选》。《凯尔凯勃》这篇小说的作者是阿尔及利亚女作家吕海司。它与台木尔的《留信待取处》一样，是少有的中国早期翻译的阿拉伯短篇小说，在中阿文学交流史上有着重要意义。这篇小说写道：

一个部族酋长，后宫养着七八个女人。这些妻妾个个温顺体贴，其中一个叫凯尔凯勃的，是山里长大的，活泼又美丽。一次，寺庙举行拜祭先贤的活动。酋长阻止凯尔凯勃前去跳舞，怕她的美丽引来麻烦。但凯尔凯勃还是偷偷去了，并抑制不住自己的天性，不住地狂舞。酋长为此而愤怒，决心将其处死。他命奴仆将凯尔凯勃扔下深井。凯尔凯勃恳求奴仆饶她不死。奴仆善心未泯，放她一命。多少年过去了。一天，酋长家来了一个女叫花子乞讨。酋长开恩让她在家住三天，却发现原来凯尔凯勃住的房间有响动。他进到房内，却见原来那个穿着华贵、美丽活泼的凯尔凯勃坐在房里。原来，酋长处死凯尔凯勃后非常后悔，整天思念着她。而凯尔凯勃也似乎悟出了什么，重新回到了他身边。

这篇小说是阿尔及利亚早期作品，像当时的许多阿拉伯小说一样，它受到欧洲浪漫主义小说的影响。这篇小说多少有些像塔哈·侯赛因的早期小说《鹬鸟声声》，其立意是勿以暴抗恶，可通过真诚、善意、感化来化解矛盾，调和冲突。这是早期许多作家企图找到一条消除家庭、社会矛盾和冲突的路径在文学上的反映。

解放前，我国还有一些学者在自己的学术活动中涉及阿拉伯文学，不一一列举。

解放后，1952 年商务印书馆出版过马坚译的《古兰经》（节译）。1956 年北京通俗文艺出版社出版了肖波伦译的《天方夜谭》。1957 年，人民文学出版社出版了冰心译的纪伯伦的《先知》（重版）、马安礼译的蒲绥里的《天方诗经》（影印）、纳训译的《一千零一夜》（三册）、王仪英和崔喜禄译的黎巴嫩乔治·汉纳的长篇小说《教堂的祭司》，作家出版社出版了倪罗译的《古埃及故事》、秦水译的《埃及短篇小说选》、孙琪璋等译的台木尔等的《埃及短篇小说集》，吉林人民出版社出版了锡金译的《亡灵书》。

这里将《教堂的祭司》简介如下：凯马尔是一家纺织厂的工人，家有年迈的母亲和患肺病的妹妹沙米拉。全家靠他的微薄收入度日。资本家和大商人利用第三次世界大战即将爆发的谣言，哄抬物价，压低工人工资。工人们大多主张依靠自己的斗争来迫使资本家让步。但还未来得及行动，就被警察包围，凯马尔等十几位工人被捕。工人们举行总罢工，全市学生、商人都积极响应，当局害怕事情闹大，不得不放人。经过斗争，凯马尔变得更加成熟。他与女友谢尔玛继续坚持战斗。但此时凯马尔的母亲因病故去，妹妹也因缺乏医治而卧床不起。不久，罢工潮再次兴起，遭到当局残酷镇压，死伤无数。凯马尔和谢尔玛逃到农村，向农民宣传斗争的道理。地主们和神甫感到威胁，出动军警将二人逮捕。在监狱里，凯马尔染上了肺结核。在审判的法庭上，他勇敢地为自己辩护。有正义感的年轻法官也有力地揭露了政府的阴谋和法庭的黑暗，使得法庭欲判凯马尔重罪的企图未能得逞。凯马尔被判三个月监禁，谢尔玛当庭释放。凯马尔的病情已无法医治，带着对妹妹、谢尔玛的深深眷恋死去。

《教堂的祭司》可以说是我国对阿拉伯长篇小说的首次译介，从中可以看出 20 世纪 50 年代初阿拉伯进步作家的创作倾向，以及解放初我国出版界对阿拉伯文学作品的选择标准。这时及以后的一段时期，主要是据俄文的阿拉伯文学出版物转译的。这样的作品还有埃及左翼作家阿卜杜·拉赫曼·哈米斯的短篇小说集《这滩血是不会干的》（水景宪、秦水译，人民文学出版社，1959 年版）。本书收五个短篇：《这滩血是不会干的》、《扎米利亚·扎马利亚特》、《染满血迹的衬衫》、《南方的战士》、《死亡炉》。

20 世纪 60 年代初，翻译情况有一定改变。"文革"后的新时期，我国对阿拉伯文学的译介和研究进入了一个崭新的阶段。

第二节　中国对阿拉伯文学的早期研究

中国对阿拉伯文学的系统介绍，从 20 世纪 30 年代即已开始。以下主要论述郑振铎的《文学大纲》。

郑振铎（1898—1958），号西谛，是中国五四新文学运动的先驱者之一，著名的文学家、文学史家、艺术史家、文献学家和社会活动家。他在中国文化学术界辛勤工作 40 年，在许多方面作出了杰出贡献。他的《文学大纲》共 4 卷，80 万字（不包括插图所占篇幅）。他从 1923 年下半年开始撰写，以后断断续续，于 1926 年底出版第 1 卷，1927 年 10 月出版第 4 卷。其第 1 卷主要讲世界古代文学和中世纪文学（包括中国文学在内），其第 16 章为《中世纪的印度和阿拉伯》。在这一章中，郑振铎首先概述了伊斯兰教产生后阿拉伯曾经历的黄金期："在这个黄金时代，阿剌伯的大诗人出现了不少，还有不少的科学家、历史家以及其他。这里只说到他们的诗人及他们的伟大著作《天方夜谭》。"

郑振铎写道："回教发生之前，阿剌伯的诗歌是极盛。这样的盛代，约有一个世纪（公元6 世纪）……这 120 年的文学，其影响是很伟大而永久的。在这时代，诗人是最光荣的人物。当阿剌伯的某一家，有一个诗人出现时，别的邻族们都来庆贺他们。大宴了好几天，歌着舞着。所以这时代的生活是极优美的、植根于民众的生活；诗歌在这时，不是有教育的少数人之奢侈品，乃是全体人民的文学表白的媒介。每一族都有他们的诗人，他们自由地把他们所想到的、所觉到的说出。他们的话，比箭还快地飞越沙漠。最初，阿剌伯的诗人是带有神巫或与超自然的东西接近的人物，后来，乃渐渐成为一个文人，成为一族的光荣的文人。最初的诗歌，除了泉歌（倦游的旅客，见到了泉水是常常喜欢得唱起来的）、战歌、祷神歌以及情歌、挽歌之外，还有讽刺歌。作讽刺诗，乃是当时诗人要务之一，这乃是战争元素之一，其重要性乃如实际战争。"

接下来，郑振铎介绍了当时的七位悬诗诗人。对悬诗诗人之首伊摩鲁（乌姆鲁勒·盖斯），他写道："通常都认为他是回教发生前最大诗人。莫哈默德称他为'到地狱之火去的人们的领袖'。他的长诗，无人不赞许其辞句之美，想象之富，描写之可爱而复杂，音韵之铿锵与温甜；他所引起的感兴乃是青春的快乐与光荣。"

此外，他还述及了其他诗人，如那比加（纳比埃）、阿莎（大艾尔萨）、康莎（韩莎）等。

对伍麦叶朝，他谈到了艳情诗人乌麦尔（欧默尔）、阿克泰尔（艾赫塔勒）、法拉兹达（法拉兹达格）及加劳尔（哲利尔）。

对于阿拔斯朝时代，郑振铎写道："在那个时候，出现了不少大诗人、大学者、历史学家、哲学家以及科学家，那时是回教文学的黄金时代。这时代的诗歌，矫正了乌麦耶特（伍麦叶）朝诸诗人的摹古之习及崇古尊古之观念；几个批评家笑着那些只知耗费时力于古代著作的文人；又有批评家主张：古与今之高下不必论，只论其成就之如何而不必注意其时代。于是新诗派得以产生。那时，诗人之特性有一点与以前不同，即自始至终他们皆为宫廷诗人，以恭维王室为事。一则，那时没有有组织的书业，没有豪富之出版家，所以他们只好依加利弗（哈里发）为生。二则，这样的风气，以阿剌伯人迁入报达（巴格达）为盛。最早时代的阿剌伯诗人，如上所述者，原来并不如此。波斯的诗人，向来就以作恭维诗著名，阿剌伯诗人不过受其影响而已。"他着重介绍了这个朝代的五个大诗人——莫底、艾布·努瓦斯、艾布·阿塔希叶、穆泰纳比、麦阿里。

对艾布·阿塔希叶，郑振铎写道："艾布·阿塔希叶是纯正的阿剌伯人。他的诗才，是那样的好，当他自呈于加利弗之前时，他竟厚酬他，后来，且得到了年俸。在报答时，他爱上了一个女奴，但她却并不回答他的热情……他失望了，遂转念去潜修，放下了浮夸人世的诗，而专心去用他的诗才于干枯的道德的默想上，这些诗在他国人心上深沉地感应着。他和麦亚里及其他诗人一样，疏忽了正当的回教信条，而采用了根据于经验与反省的一种道德哲学，所以许多人都称他为自由思想家。这是很明显的，在他的诗中，常说到死，却从来不说到'复活'与'裁判'。他的诗常呼叫着一种悲闷与失望的悲观精神。死及死后的事，人的无能与可怜，以及人世快乐之空虚——这些都是他的诗的题材。他的风格，真朴、平易而自然。他的宗教诗非宫廷或学者所读的，乃是给那些'最爱他们所懂得的东西'的平民读的。他乃为'街上的人'而著作。不管传统的繁缛之辞彩，而只知以平浅之语，传达一般的感情与经验。他是阿剌伯文学上第一个，也许也是最后的一个，能够运用完全平常的文句而不失其为大诗人的作家。"艾布·阿塔希叶"在他同时代不得大名望，他死时，年龄已很高。有的人以为他的真实的诗才较阿皮诺瓦士（艾布·努瓦斯）尤高；然而他们俩却是当时两个著名的代表，不能相比的。一个代表豪华的享乐之社会，一个代表着中下级人民的宗教感情与信仰"。

对麦阿里（麦亚里），郑振铎写道："他既憎厌现在之生，倦于担负其重责，于是除了回到无生之外，便不再别的更好的途径了。然而，有的时候，他又是很理想的，很积极的，他有他的道德训条，他说道：'把理性／当做你的指导者，／做她所赞成的事；／她乃是实际上的／最好的谘议者。'在这里，他的态度乃不是绝对的消极而为积极的了。"

郑振铎特别提到伊本·穆尔塔兹，认为他是"著名的叙事诗作家"，指出他写了第一部论诗的著作（《论诗人的等级》）。他对哈玛扎尼和哈里里的《玛卡梅故事》也有论述。在最后，郑振铎谈到了阿拔斯王朝首都巴格达被蒙古人占领后，阿拉伯帝国衰落，一蹶不振，"阿剌伯的文化……直到中世纪之末，还无什么很伟大的作家出现"。

郑振铎接着写道："为这时的唯一光荣者乃为《一千零一夜》，这部绝大绝有趣味的故事书在世界上的名望，比之《古兰经》尤为伟大，更不必说别的作品了。有许多的人，不晓得一点阿剌伯的别的东西的，却都知道《天方夜谭》——《一千零一夜》之别名，全世界的小孩子，凡是有读故事及童话的幸福的，无不知《一千零一夜》中之许多有趣的故事；这部书已成为世界文化的一部分而非阿剌伯之所独有的了。"他接着谈了《一千零一夜》故事的来源，即波斯故事集《一千个故事》、巴格达时期的故事、开罗时期的故事。除这三个故事源外，《一千零一夜》还吸收了许多世纪以来无数的东方民间故事，来源与风格都不相同。除《一千零一夜》外，他还谈到了另外一部阿拉伯长篇民间故事集《安塔拉传奇》。[1]

1. 郑振铎：《文学大纲》（上），桂林：广西师范大学出版社，2003 年版。

郑振铎的《文学大纲》是最早系统介绍阿拉伯文学的著作。虽然其中有些论述颇为精当，但今天看来总体上显得粗浅了，有的叙述亦欠妥，如将《一千零一夜》与《古兰经》相比。从参考书目看，他主要依据的是英国尼柯尔孙的《阿剌伯文学史》及英国赫尔特的《阿剌伯文学》。虽算是第二手材料，但这种介绍出现于 1926 年，实在是难能可贵。

不过，这里我们要指出本书的一个重大失误。在第五章《中世纪的印度和阿剌伯》中，作者介绍了阿拔斯王朝的重要诗人麦阿里，且较详细。但在第四章《中世纪波斯诗人》中，却把本是同一人的麦阿里误当成波斯诗人来介绍。他在介绍过四位波斯诗人后，写道："阿尔马里……是叙利亚的一个小村镇的人，四岁时因天花瞎了一只眼，后来，又瞎了一只。他非常富裕，奴隶极多，但他自己却过着隐士的生活，穿着粗布的衣，每日吃着半块面包。纳斯尔·呼斯剌经过他住的地方，曾与他见过面。他在诗歌与文学上地位极高，又是一个最伟大的思想家。虽不是一个波斯人，也不曾住在波斯的地方，却对以后波斯的悲观派与怀疑派的诗人影响很大。他的最有名的著作有：《西托·桑特》，包含他早年的诗歌；《洛苏米耶特》，包含他晚年的哲理与悲观的诗；《尺牍》，包含不少有名的东西；再有《天堂与地狱》，另是一种散文的《神曲》，阿尔马里叙写他自己的地狱旅行的。这里译了他的一首四行诗：啊，你阿蒲尔阿拉，苏莱曼的儿子，/ 真的，你的盲目乃有益于你的：/ 因为，你若能看见人类，/ 在他们之中，将没有一个人是你的瞳子所要看见的。"[1]

1. 郑振铎：《文学大纲》，第 136—137 页，长春：时代文艺出版社，2010 年版。

这里虽然讲阿尔马里不是波斯人，也不住在波斯，但显然将阿尔马里与阿拉伯诗人麦阿里当作两个人了。这里介绍的阿尔马里的生平、盲瞎及其作品（其中的《天堂与地狱》即《宽恕之书》，从拉丁文拼音也可看出），就是麦阿里的情况。把他放在阿拉伯诗人麦阿里处介绍就全面完整了。不知郑振铎先生的错误究竟是怎样产生的。《文学大纲》从出版以来就存在这一错误。尽管如此，丝毫不影响《文学大纲》是一部"中国世界文学研究的开山之作，近百年来最杰出的文学史专著"（时代文艺出版社版《文学大纲》封面语）。

在前一节里，我们曾谈到早期译介阿拉伯文学的马宗融。他同时也是最早研究阿拉伯文学的学者。1934 年 5 月 1 日，马宗融在《文学月刊》第 2 卷第 5 号即《弱小民族文学专号》上发表了他翻译的摩洛哥传说故事《鸟语》。在《鸟语》的译前记里，他对阿拉伯文学作了介绍：

一、简介阿拉伯文学发展状况，指出阿拉伯文学大约可分两个时代。第一，穆罕默德出世之前。据阿拉伯人的传说，说这时为"无知时代"是不正确的。仅以不朽的《磨阿拉加诗集》（《悬诗》）证之，此说即不攻自破。第二，穆罕默德出世以后，此时代可说是《古兰经》的时代，因自此以后《古兰经》在阿拉伯文学上的价值与影响均非常大。但诗却渐次衰落了。到阿里加利法时代诗又抬了头，只是多在取悦君主而已。

在9—10世纪时，曾有一种新文艺产生，即散文诗体的长篇小说。其中以《盎塔尔说部》（《安塔拉传奇》）为最著名，有人称它为"阿拉伯的《伊里亚特》"。至《天方夜谭》的出现，阿拉伯文学更是大放异彩。但至13世纪蒙古人入侵后，阿拉伯文学即一蹶不振了。

二、介绍《摩阿拉加诗集》。"摩阿拉加"的意译为"悬"，因当时有一段神话，说这部集子所选的诗都是金水写成的，并用金钉"悬"在著名的卡巴（一个天降的大墨石祠奉处）上面。由此便知那时民众对这部诗集是如何地崇敬了。这部诗集包含七人的作品，最著名者恐怕要算盎塔尔。这个诗人同时又是武士，所歌多他自己的战绩。

三、简述翻译《鸟语》的缘由。费士（非斯）是摩洛哥的名城，文化很发达，文学亦相当地发达，而阿拉伯人擅长的故事文学也甚盛。在费士北门近处有个说书场，每晚都有人说书，特别是星期五晚上，听众尤多。说书人所说都是传统的短篇故事，有个最著名的说书人，在旅行指南中亦必道其大名。他于1926年死了，阖城人居然替他办了一场热闹的丧事，因此他的得意门徒们正在争着作他的继承人呢。

此外，马宗融先生还从法文译过一篇题为《埃及的阿拉伯文学发展的一瞥》的文章，发表在1934年12月16日的《文学季刊》上；还写过一篇论文《阿拉伯文学对于欧洲文学的影响》，发表在1934年3月30日的《抗战文艺》第6卷第1期上。

马宗融对阿拉伯文学的介绍在我国确实较早，虽然简短，且有时不够准确（如悬诗并不是挂在黑石上），但却给予中国读者以阿拉伯文学的最初了解。其对摩洛哥非斯城说书艺术的介绍，更使我们了解到阿拉伯马格里布地区民间文学艺术的发展。

需要说明的是，由于当时的环境还不允许有更多学者直接通过阿拉伯文来介绍、研究阿拉伯文学，因此翻译国外尤其是苏联和东欧国家的有关文章，便是一种恰当之举。这毕竟使中国读者了解了阿拉伯文学的概况，也是当时中国与阿拉伯文学交流的一种特殊方式；因此，我们认为有必要对这类文章进行介绍。

　　1956 年 11 月，中国人民对外友好协会对外文化联络局编印了一个小册子《文化交流资料》，副标题为"今日的埃及作家及其他"，封面注明"仅供参考"。这个小册子的五篇文章都是翻译的，其中谈文学的有两篇——《埃及古代文学》、《今日的埃及作家》。

　　《今日的埃及作家》的作者是匈牙利作家阿·卡·盖麦纽斯。脚注注明盖麦纽斯是匈牙利穆斯林，为布达佩斯大学阿拉伯文教授。该文由王央乐译自英文版《伊斯兰评论》1955 年 12 月号。该文不算长，对埃及近现代几位重要作家作了介绍。鉴于当时新中国成立不久，这方面的资料还很缺乏，因此这类介绍也就显得十分珍贵。现简介如下：

　　文章首先指出了过去阿拉伯文学的局限："在阿拉伯文学的黄金时代，社会结构是被当时主要的生产力所决定的。当时，出现了不少有天才的诗人；但因社会生活的限制，他们的文学才能只能奉侍宫廷……这种诗歌的题材和格律在某些方面说来是受着限制的，因为它紧紧地适应着宫廷的需要。这种艺术使得古代阿拉伯诗歌中的某些部分发展成为歌唱醇酒和美人的文学。每个时代都有它的诗人出现，有的是很伟大的，像巴希尔·伊本·布特、艾布·努瓦斯、慕塔那比、阿布尔·阿拉·玛亚里、伊本·鲁米、伊本·扎登等。"他指出："文学只是知识分子阶层的享受和特权，大多数的人民群众不能够完全理解它，他们另外欣赏一种大众化的表现形式的文学。这种文学的语言是朴素的，但是题材却比古典诗歌更富于幻想，因此也更适合劳动者、水手、商贩和手工艺工人的口味。大众化文学也产生了许多伟大作品，例如《安泰尔的故事》(今译作《安塔拉传奇》) 和《天方夜谭》。"文字不多，但却讲到了文人文学 (诗歌) 和大众文学 (民间文学) 的不同，这对阿拉伯古典文学的评论是中肯的。

　　接下来，作者叙述了拿破仑对埃及的入侵及这种入侵对埃及和阿拉伯文学的影响，同时讲了第一次世界大战对阿拉伯社会和文学的影响。作者认为："异族统治带给埃及所有的痛苦，却有另一个显著的结果：一方面，压迫唤醒了民族自觉，另一方面，同欧洲紧密接触而发生的经济上的变化，又提高了这种民族的自觉……成千上万的外国人到埃及来了，外国人的学校也开办了，埃及学生也到欧洲去留学了……他们欣赏的是另一种文艺而不再是冗长可厌的颂辞式的'加西达'(长诗) 或一连串的隐喻和明喻。诗歌虽然还和往日一样，可是在诗行中响起了一种新的呼声：自由的呼声！一种新的诗歌产生了。东方阿拉伯文化已经开始建立，像埃及的金字塔一样，它建立在阿拉伯语言和伊斯兰传统的坚实基础之上，它已经轮廓分明地耸立在空中。"

作者依次介绍了一些重要的埃及作家和诗人：塔哈·侯赛因、陶菲格·哈基姆、马兹尼、阿卡德、赛拉迈·穆萨、菲克里·阿巴扎、哈菲兹·伊布拉辛、巴克希尔、纳吉布·马哈福兹、贾达特·赛哈尔、阿布杜·哈里姆·阿卜杜拉……作者断言："如果作家们继续勇敢地写作，自然地真诚地写作，阿拉伯文学一个新的黄金时代不久就会到来。"

该文可说是新中国成立以后较为系统地介绍阿拉伯现代文学（主要是埃及）的一篇文章，虽然简短，又是翻译的，但还是在中国介绍阿拉伯文学的过程中留下了它的印记。

从 20 世纪 50 年代开始，我国加强了对东方文学的介绍，对阿拉伯文学的介绍也不例外，陆续发表了一些文章，其中仍有翻译的。兹选列于下：《阿拉伯文学艺术对保卫和平的贡献》（萨里耶，《文艺报》，1955 年第 20 期），《阿拉伯文化在世界文化史上的地位》（马坚，《历史教学》，1956 年第 1 期），《阿拉伯的书和作家》（波里索夫，《光明日报》，1956 年 6 月 5 日），《埃及现代文学作品》（《文艺报》，1956 年第 7 期），《介绍埃及大诗人蒲绥里的诗篇——影印汉译〈天方诗经〉序》（马坚，《光明日报》，1956 年 8 月 23 日、1957 年 2 月 16 日），《当代阿拉伯文学》（拉夫考夫斯卡娅，《新观察》，1957 年第 2 期），《叙利亚当代文学》（德拉尼，《文艺报》，1957 年第 26 期），《反帝的文学战斗的文学——阿拉伯现代文学概况》（法尔曼，《文艺报》，1958 年第 15 期），《阿拉伯文学的民族主义运动》（未凡，《学习译丛》，1958 年第 5 期），《谈阿拉伯文学》（舒斯捷尔，《译文》，1958 年第 10 期），《介绍阿拉伯现代文学》（水景宪，《文艺月报》，1958 年第 11 期），《现代阿拉伯文学》（水夫，《文学研究》，1958 年第 4 期增刊），《新阿尔及利亚文学》（胡祥，《世界文学》，1962 年第 10 期），《不能忘却的记忆——话阿拉伯两位作家》（袁木，《大公报》，1962 年 3 月 25 日），《突尼斯民族文学的传统和新生》（潘朗，《光明日报》，1964 年 1 月 10 日），《介绍拉巴比的〈苦难与光明〉》（蓝冰，《世界文学》，1964 年第 9 期）。

1958 年，高等教育出版社出版了北京师范大学中文系外国文学教研组编的《外国文学参考资料·东方部分》。这是我国出版的第一部有关东方文学的专门书籍，收集了建国后直到 1958 年我国报刊、书籍上发表的有关东方文学的零散资料，翻译类文章居多，总体上零碎而不系统，按每一个东方国家文学发展的脉络编选。该书分 9 篇，第 6 篇为《阿拉伯文学》，收 16 篇文章，分别是《古代埃及的文学》、《〈天方夜谭〉简介》、《谈阿拉伯文学》、《反帝的文学、战斗的文学——阿拉伯现代文学概况》、《十月革命与阿拉伯文学》、《阿拉伯作家的光荣任务——介绍阿拉伯作家联盟第三次代表大会》、《阿拉伯国家的作品与作家》、《现代阿拉伯文学》、《阿拉伯人民战斗的声音——介绍几首阿拉伯诗歌》、《现代埃及文学》、《埃及作家和文化界人士反对"艾森豪威尔主义"》、《叙利亚当代文学》、《现代叙利亚文学》、《略谈黎巴嫩和伊拉克文学》、《在起义斗争中的黎巴嫩作家》、《黎巴嫩作家和文化界人士反对"艾森豪威尔主义"》。这 16 篇文章串联起来便是一部有关阿拉伯文学从古代到 1958 年的文学简史，既有阿拉伯古代文学史、现代文学史，又有国别文学和作家及作品分析。其中有关阿拉伯文学的大部分资料转译自俄文，只有少数几篇译自阿拉伯文，重要作家和作品都有提及或论述。例如，埃及现代文学中的短篇小说家台木尔、谢尔卡维的《土地》(1954) 和尤素福·伊德里斯的《最廉价的夜晚》(1957) 等，叙利亚现代文学中哈纳·米奈的《兰灯》(1954)，黎巴嫩现代文学中的纪伯伦等。尽管当时我国对阿拉伯文学的了解并非来自第一手资料，文章表现出很强的"苏联化"倾向，"社会主义现实主义"又是评价一切文学作品的基本准绳，但还是反映出我国对阿拉伯文坛最新动态的关注。

1971 年 5 月 5 日，《参考资料》上刊登了法国《世界报》的一篇文章《年青的巴勒斯坦"诗人战士"》。鉴于当时正值"文革"时期，有关外国文学的刊物一律停办，类似的文章只有登在《参考资料》这样的刊物上。不管怎样，它还是起到了介绍阿拉伯文学的作用。我们这里只把《参考资料》当作一个媒介，目的是通过这个媒介介绍法国《世界报》的文章。文章中所介绍的一些诗人是巴勒斯坦乃至阿拉伯国家的著名诗人，至今在阿拉伯国家仍享有崇高声望，同时也是中国阿拉伯文学研究者至今仍在研究的重要对象。现将该文摘译如下：

> 在巴勒斯坦人民历史中的每一个困难时期，人民的诗人们从沉默中发出呼声。我
>
> 们知道有一首著名的诗，是一名战士在 1936 年正当英国代理当局要把他枪决前所作的：
>
> 夜啊，请你让被俘人唱完他的歌曲，
>
> 你不要以为我是害怕得哭了，
>
> 我是为了祖国，才流下了眼泪。
>
> ……

诗歌是巴勒斯坦最普通的表达方式，在生活的各种场合——婚礼、葬仪和社会集会，一直都在使用。这种传统的诗歌，在真正的抵抗文学——它要把诗从忧虑、悲伤的感情中解放出来——出现之前，一直都保持着优先的地位。

1958 年，萨米赫·卡西姆和马哈茂德·达维什出版了他们的第一部诗集。他们两人都参加了"土地"小组，这个小组是以色列内部第一个抵抗组织，选择这个名字就是表示要鼓励年轻的创作者们要不惜一切代价解救自己的祖国。虽然"土地"小组正式活动的时间很短（1965 年被以色列当局解散），但是在 1967 年后就显示了它那具有决定性的作用。

"六天战争"对诗人们来说是一个转折点。年轻的黎巴嫩进步分子阿多尼斯说："历史在向我们召唤。"从此以后，他们首先是"战士"，他们利用"语言"支持巴勒斯坦人民的行动。1967 年 6 月发生了深刻的变化，诗人们的思想意识和态度变得更加激进了，他们摒弃他们祖祖辈辈所背着的难民的名字，并将他们的行动和一切解放斗争相联结。在他们的痛苦中没有夹杂任何悲伤，他们从中汲取了必胜的信心和抵抗的决心，这是抵抗的新形式、长期斗争的开始。

1967 年，巴勒斯坦的诗在阿拉伯世界出版，还在以色列左派杂志，特别是在《新报》（以色列共产党的阿拉伯左翼、新党的机关报）上发表。当然，在以前，阿拉伯的知识分子对法德瓦·图康和马哈茂德·达维什的名字并不陌生。

最近在巴黎出版了两部巴勒斯坦诗集——阿卜杜勒·拉蒂夫·拉阿比的《巴勒斯坦战斗诗篇》和马哈茂德·达维什的《巴勒斯坦的诗》。他们的诗歌从这个营地流传到那个营地，使每一个难民成长为一名战士。另一位诗人萨米赫·卡西姆写道：

我已成为

一座造反的火山。

马哈茂德·达维什的《巴勒斯坦的诗》采用了一种新的语言使人忆起了这块圣地上的传奇故事，诗人受到《古兰经》的熏陶，他本身也已构成了一篇传奇故事。虽然在非正义和绝望的情况下起来反抗的内容有时贯穿在他的诗篇中，但他从来没有让仇恨来支配自己。我们从他的诗中看到了那个人民的神圣悲剧，他相信他将复兴。他的作品有：《无翼鸟》(1960)、《橄榄叶》(1964)、《巴勒斯坦情人》(1966)、《黑夜的尽头》(1968)、《我的情人从睡眠中起身》(1970)。

诗人的苦难　*马哈茂德·达维什*

他们靠墙竖起了十字架，／他们解开我双手的铐链。／鞭子变成扇子，／鞋底吱吱作响。／刽子手吼叫着：／"如你跪下，／如你卑屈地吻我的手，／你就会有自由。／否则，／十字架上把你钉，／只有歌曲、太阳来为你殉葬。"／但是，／我不是戴着苦难王冠，／我不会对我的褐发爱人说：／我为你哭泣，／我像爱我的信仰那样爱你。／愿我的苦难的王冠，／在我印着血痕的额上，／淌着露水的额上，／变为／光明的王冠。

法德瓦·图康是巴勒斯坦唯一的、伟大的女诗人。她的作品早在 1967 年前就广为传播了。她出生在纳布卢斯。事实上，她一直生活在战后以色列的侵占之下。她过去受到痛苦的流放情感的折磨，她的灵感在斗争中怒放出来了。她的作品有：《孤独度日》、《我找到了她》、《给我们爱情》、《站在禁闭的门前》、《夜晚和骑兵》。

夜晚和骑兵　*法德瓦·图康*

死在祖国，／葬在祖国，／消逝在祖国，／我就满足了。／只要青草遍地重生，／我就满足了，／只要鲜花重新开放，／我就满足了。

萨米赫·卡西姆是达维什之后巴勒斯坦最伟大的诗人。他曾坐过牢。他的作品有：《太阳之伴》(1958)、《大路歌》(1964)、《伊拉姆》(1965)、《我满手是血》(1967)、《火山之烟》(1968)。

不顾一切　*萨米赫·卡西姆*

任凭你把我紧紧捆住／任凭你禁止我抽烟、看书／任凭你用沙子把我的嘴巴堵住／但我的诗／是血和泪／手指、眼眶和刀子将它出版／不论在监狱／在水牢／在牛棚／在皮鞭下／我都要高呼／用暴力打破锁链／像枝头上千百万只鸟儿／唱出我心头战斗的赞歌。

当时中国的部分阿拉伯文学研究者，从资料中知道一些巴勒斯坦文学及马哈茂德·达维什等诗人的情况。由于意识形态之争——马哈茂德·达维什所属的以共受到苏联支持，因此最终放弃了对其诗歌的翻译和介绍。这是使人追悔的。今天，对马哈茂德·达维什等的诗歌，发表的研究论文已有多篇，但整整晚了三十年。

1977 年 1 月，人民文学出版社出版了一期《外国文学情况》，标明是总第 28 期，为内部资料。

应该说，在第 28 期之前出版的《外国文学情况》都是对外国文学情况的介绍。由于资料的缺乏，我们不知道这些《外国文学情况》中有没有介绍阿拉伯文学的。为了简洁起见，我们就以本期的《外国文学情况》为例，来说明它对阿拉伯文学的介绍。1977 年 1 月，"文革"结束不久，各方面工作还有待恢复。这期《外国文学情况》能以整期篇幅介绍阿拉伯文学，也属不易了。

这期《外国文学情况》分为两部分：一、介绍几部近期出版的阿拉伯小说；二、介绍几位巴勒斯坦作家。

所介绍的几部阿拉伯小说是：

黎巴嫩作家陶菲格·尤素福·阿瓦德的《贝鲁特的磨坊》。这是一部描写黎巴嫩现实社会生活的小说，对黎巴嫩社会内各阶层、各教派和各政治派别的情况均有所反映。小说通过 1968 年在贝鲁特发生的大学生游行示威和罢课的真实事件，揭露了黎巴嫩现实社会生活的残酷和黑暗。小说描写了女青年塔米美的奋斗、成长经历，她最终走上了革命道路。《贝鲁特磨坊》出版后，受到媒体一致好评。

巴勒斯坦作家赖夏德·艾卜·夏维尔的小说《生与死的日子》。1972 年，贝鲁特回归出版社出版了这部小说。小说背景选择在 1948 年稍后几年，为的是回避直接描写 1965 年的武装斗争和 1967 年"六天战争"以后的革命。作者认为过去这段革命历史能反映现阶段革命的精神。书中的艾布·麦哈茂德在巴勒斯坦土地上留下了他的血迹，象征着现在牺牲的卡迈勒·纳赛尔、格桑·卡纳法尼等烈士。小说叙述的是哈利利地区一个巴勒斯坦村庄的故事。由于剥削阶级对人民进行残酷压迫，人民的斗争失败，他们丧失了主权，失去了手中打击敌人的武器。书中暗示，民族敌人和阶级敌人是一丘之貉。

巴勒斯坦作家沙维尔·伊勒班的小说《大河彼岸的新娘》。卡拉玛战役发生在 1968 年 3 月 28 日的约旦河东岸的卡拉玛城。驻守在那里的巴勒斯坦军民和阿拉伯人民一起，击退了一万多名以色列军队的侵犯，使敌人遭受重大损失。这在阿以战争中是少有的。《大河彼岸的新娘》就是歌颂这次战役的作品。它所叙述的主角和她的未婚夫的故事，就是牺牲了的易卜拉欣及每天都在流血的战斗英雄们的故事。

这本《外国文学情况》还对多位巴勒斯坦作家及他们的作品作了介绍，他们是：赖夏德·艾卜·夏维尔、麦哈茂德·达维什、艾哈迈德·达哈卜尔、卡迈勒·纳赛尔、格桑·卡纳法尼。

鉴于那个年代中国人民对巴勒斯坦人民斗争的坚定支持，本期《外国文学情况》及别的反映巴勒斯坦文学的文章是非常必要和及时的，它们在中国和阿拉伯文学的交往中是值得一提的。

第三节　中阿文化、文学交流的先驱者

在中国和阿拉伯的文化、文学交流中，我们必须谈到这样一个现象和事实，即我国的一些穆斯林学者在其中起到了重要的作用。诚然，我们上面所叙述到的阿拉伯文学的早期译介者，如郑振铎、茅盾、冰心等，都是中阿文化、文学交流的先驱者。但他们作为大作家，对阿拉伯文学的译介只是他们文学活动中的很小一部分。还有一些回族穆斯林学者,如马宗融、马俊武等,他们对阿拉伯文学的译介数量很少。我们这里要提到的，是几位毕生致力于阿拉伯语教学，阿拉伯文化、文学译介的穆斯林学者。他们不仅将阿拉伯文学最早介绍到中国，而且也是最早将中国文化、文学介绍到阿拉伯国家的人。他们最早搭起中阿文化、文学交流的桥梁，是中阿文化、文学交流的先驱者。他们是马坚、刘麟瑞、纳忠和纳训。

由于历史的和宗教的原因，这些穆斯林学者得以有机会较其他中国人更早地到阿拉伯国家（主要是埃及）学习。虽然留学埃及的主要原因是宗教的目的，但由于懂得阿拉伯语，他们除了翻译一些宗教著作外，同时也翻译了一些阿拉伯文化、文学作品，并将中国文化、文学作品翻译成阿拉伯语，介绍给阿拉伯读者。纳训是前者的代表，他在埃及留学时即开始翻译《一千零一夜》；后者的代表是马坚，他在留学期间即将中国的《论语》译成阿拉伯文，并在埃及出版。这些穆斯林学者，还首先将阿拉伯语由经堂教育引入高等学府。作为培养我国阿拉伯语人才的最早的有着历史贡献的老师，他们早已桃李满天下。

马坚 (1906—1978)，字子实，云南省个旧市沙甸村人。早年就读于昆明成德中学。1929 年到上海，入伊斯兰师范学校，专修阿拉伯语及经籍，兼学英语。1931 年以品学兼优成绩毕业。同年 12 月由中国回教学会选派，随中国首批留埃学生团赴开罗。1934 年毕业于艾资哈尔大学预科，1939 年毕业于开罗阿拉伯语高等师范学院。1939 年至 1946 年间，辗转于上海、云南等地，

从事伊斯兰文化教育，并潜心于《古兰经》的翻译与研究。
1946 年到北京大学工作，一直担任东方语言学系教授、
阿拉伯语教研室主任。1949 年，被选为中国人民政治协
商会议全国委员会委员。从 1954 年至逝世前连选为第一
届至第五届全国人民代表大会代表。马坚是全国伊斯兰
教协会发起人之一，后任该会常务委员。

马坚像

　　首先，马坚先生翻译出版了大量宗教著作。最重要
和最有影响的是《古兰经》全译本。1939 年，他从埃及
学成归国后，即潜心《古兰经》的翻译。1949 年出版《古
兰经》前八卷译注本。此后由于忙于教学和十年动乱，
未能继续《古兰经》的翻译。直到晚年才完成《古兰经》
的全译。1981 年在中国出版。1987 年，经沙特阿拉伯王
国朝觐义产部督导，随同《古兰经》阿拉伯文原文一起
出版，发行到世界各地，成为迄今为止全球影响最大的《古
兰经》汉译本。

　　马坚先生从 20 世纪 30 年代起就开始翻译出版大量宗
教学术著作，如《回教真相》、《回教教育史》、《回教、
基督教与学术文化》和《教典诠释》等。

　　马坚先生除翻译宗教及宗教学术著作外，还扩大翻
译研究领域，从事双向学术活动。他把中国的《论语》、
《中国神话故事》及《中国谚语与格言》等译成阿拉伯
文在开罗出版。他在《论语》阿拉伯文版前言中说："我
是穆斯林，又是中国人，肩负宗教的和国民的双重的义
务，我决意同时履行这两种义务，既要尽力帮助不懂中
文的教友了解中国的哲学和文化，更要全力在中国出版
穆罕默德的一神教义，使我国国民都能了解伊斯兰真谛。"

在中阿文化、文学交流的总体进程中，中国学者介绍阿拉伯各国的材料不少，而向阿拉伯世界介绍中国的却不多。即使到了近代，阿拉伯人了解中国也多半通过西方的媒介，很少或者几乎不可能读到直接由中文翻译过去的资料。而马坚先生以精确、规范的阿拉伯文翻译的《论语》，则一下子就把统领中国社会两千多年的主流哲学（同时也是一部文学作品）直接介绍过去。考虑到 16 世纪西方殖民主义东侵后，中国阿拉伯之间的往来和文化、文学交流便处于停顿状态，马坚先生的《论语》阿拉伯文译本在中阿文化、文学的学术交流史上具有非常重要的意义。

与此同时，为了让中国人民更多地了解阿拉伯伊斯兰文化，马坚先生不仅从阿文、英文翻译了大量有关著作，而且撰写了大量有关论文。这些著作有《伊斯兰哲学史》、《阿拉伯半岛》、《阿拉伯通史》、《伊斯兰教概观》、《回历纲要》、《至圣穆罕默德略传》、《回教先贤的学术运动》、《穆罕默德的宝剑》、《阿拉伯文化在世界文化史上的地位》等。马坚先生还在报刊上撰文介绍《一千零一夜》、《天方诗经》及阿拉伯文化在世界文化史上的地位等等。

从双向文化交流这个角度看，马坚先生这种翻译和研究的实际意义大大超出了宗教和神学的范畴，而成为历史上中阿文化交流的一种延伸和继续。

自北京大学聘请马坚先生为教授后，他就参与组建北京大学东方语言学系，并在该系建立阿拉伯语专业。马坚先生按照现代教育体系，在北大奠定了阿拉伯语教学的基础；同时按照全新的教学大纲进行阿拉伯语新教材和《阿拉伯语汉语词典》的编写工作。多年来，我国培养出数千名阿拉伯语人才，有的成为知名学者和教授，有的成了重要的外事领导干部和阿拉伯问题专家，更多的是各个单位、各条战线上的工作人员。他们都与马坚、刘麟瑞、纳忠等老一辈穆斯林学者的教育培养有着直接和间接的关系。马坚先生等老一辈学者首先将阿拉伯语从民间经堂教育引入高等学府，其对我国阿语教育的发展功不可没。

马坚先生还给毛主席、周总理、朱德委员长等领导人做过翻译。毛泽东主席对马坚先生并不陌生。季羡林先生在一篇回忆文章中写道："有一天胡乔木来看我，他告诉我说：请你转告马坚先生，毛泽东先生认为，他（马坚）那两篇文章《回民为什么不吃猪肉》、《穆罕默德的宝剑》写得很好，增进回汉两族的团结。请你向他表示谢意。"

李振中教授撰写过一本《马坚传》。

刘麟瑞（1917—1995），字石奇，河北沧州人，出生于伊斯兰教经学世家。自幼随父学习《古兰经》等宗教典籍，同时学习阿拉伯文。中学毕业后，考入北平成达师范学校。1938年赴埃及艾资哈尔大学深造，时年21岁。这批穆斯林留学生在埃及学习时，正值国内抗日战争爆发。他们留学境外，心系祖国，许多人为宣传祖国抗日而奔走，为国内灾民募捐。1939年2月，刘麟瑞先生随"中国回教朝觐团"赴沙特阿拉伯宣传抗日。刘先生在国外艰苦的条件下苦学苦读，终于成为栋梁之才。1946年学成归国，受聘于南京师范专科学校，是该校阿拉伯语教学创始人。1949年，随南京师专并入北京燕京大学。以后一直在北京大学东方语言文学系阿拉伯语专业任教，是著名的阿拉伯语言学家、教授、翻译家。1993年，与纳忠分别获得"中国阿拉伯语教学杰出贡献奖"。刘先生还曾是北京市海淀区人大代表，约旦阿拉伯语学会会员，约旦皇家伊斯兰文化研究院院士。

刘先生在阿拉伯语教学中独树一帜，其学术造诣之深早为事实所证明。他对阿拉伯语名词句和动词句的研究有独到见解。他率先在阿语语法教学中讲授名词句和动词句专题，这在传统阿拉伯语语法教学中是没有的。他的发音铿锵圆润，极富感染力，是中国人和阿拉伯人一致公认的"金嗓子"。他主编、参加编撰、校审的有关阿拉伯语教学读本、词典不计其数，如《阿拉伯语基础口语》、《穆斯林会话》、《阿拉伯语分类词汇手册》、《汉语阿拉伯语词典》、《阿拉伯语汉语词典》、《汉语阿拉伯语成语词典》等等。这些都是每个学习阿拉伯语的人的无比珍贵的财富。他和马坚先生一样，桃李满天下，培养出众多优秀的阿拉伯语人才。

刘麟瑞像

刘先生的著述、研究领域不止于语言方面。最值得称道的是，他与陆孝修合作翻译的埃及著名作家谢尔卡维的长篇小说《土地》。在此之前，我国还未出版过真正意义上的阿拉伯长篇小说。过去翻译出版的一些阿拉伯作品，不少是从俄、英等文字转译来的。《土地》的汉译本是中国直接从阿拉伯文翻译阿拉伯作品的滥觞。刘先生在翻译时，严肃认真，一丝不苟。《土地》中有许多土语，为了明了这些土语的精确含义，刘先生向在北大任教的阿拉伯籍教员请教、学习，时间前前后后差不多有一年整。可以看出刘先生精益求精、向读者负责的良好作风和优秀品质。

由于刘先生在阿语上的造诣，他参加过我国许多重要作品、材料的翻译、审定工作。他参加过《毛泽东选集》、《毛泽东诗词》的翻译工作，翻译过《子夜》、《家》、《春》、《秋》等中国文学作品。他给毛泽东、周恩来、刘少奇等国家领导人做过翻译。1952 年他参加了亚洲及太平洋区域和平大会；1955 年随周总理出席万隆会议，为周总理与纳赛尔做翻译；1956 年 6 月，出席赫尔辛基保卫世界和平大会；1957 年 8 月，作为中国教育界代表出席华沙世界教师大会；1958 年，随郭沫若为团长的代表团赴斯德哥尔摩出席国际合作和裁军大会。由于刘先生在翻译、研究方面作出的巨大贡献，周恩来总理和陈毅副总理曾号召外国语学院的学生向刘麟瑞先生学习。

必须要提到的是，1987 年中国阿拉伯文学研究会成立。代表们一致推举刘麟瑞先生为学会会长。在当时，刘先生是众望所归。在成立会上，刘先生作了重要讲话，对我国的阿拉伯文学研究、翻译作了精当的总结，对阿拉伯文学翻译、研究今后的发展也发表了见解。他特别强调老中青翻译、研究工作者队伍形成的重要意义。从 1987 至 1995 年，刘先生一直是文学研究会会长。在文学研究会举办活动或召开会议（全国性的和小型的讨论会）时，我们差不多都要征询刘先生的意见，或向他汇报。阿拉伯文学研究会成立以来，召开了无数次研讨会，团结了全国从事阿拉伯文学翻译和研究的人才，推动了我国阿拉伯文学研究的发展。这里有着刘麟瑞会长的心血和贡献。刘先生对中国阿拉伯文化、文学交流所作的贡献不可磨灭。斯人虽然已逝，高风亮节永留。

刘先生女儿刘慧女士编著过一本《刘麟瑞传》。

纳忠 (1909—2002)，原名纳寿恩，字子嘉。生于云南通海县纳家营的一个回族家庭。先后在永宁清真寺回族传统经堂学校读了 4 年初小，昆明省立师范附小读了 3 年高小，高小毕业后又在昆明法文学校、南城清真寺高等中阿学校、昆明明德中学学习。1931 年 1 月，云南回教俱进会组织选考留埃学生，在明德中学学习的纳忠以优异成绩考取唯一的公费名额。当年 12 月，他与马坚、林仲明、张子仁等 4 人抵达开罗艾资哈尔大学。他们是第一批正式的中国留埃学生。

纳忠孜孜苦读，于 1936 年获得艾大的最高文凭——"学者"证书。1940 年 7 月，经 9 年学习之后，纳忠回到祖国。回昆明后，纳忠主持恢复了已停办的母校明德中学，并任该校教务主任、代校长。 1942 年底，被聘为中央大学（今南京大学）历史系教授，到陪都重庆任教。1945 年，纳忠首次在中央大学为本科生开设阿拉伯—伊斯兰历史、文化课程。1947 年 7 月，应聘到云南大学任教。 1958 年，纳忠奉国务院调令，到北京外交学院创办阿拉伯语专业，并任"德、日、西、阿系"主任。他编写出《阿拉伯语课本》、

纳忠像

《阿拉伯语语法》等教材。1962 年，北京外交学院并入北京外国语学院（今北京外国语大学），纳忠仍担任阿拉伯语教授、亚非语系主任。他组织并编写出中国第一套较完整的《阿拉伯语》（共 10 册）和《基础阿拉伯语语法》（共 4 册）教材，被国内各高等院校的阿拉伯语系采用，影响深远。

早在埃及留学期间，纳忠就开始翻译、著述。他翻译了埃及著名作家哈桑·曼苏尔的《伊斯兰教》一书（10 万字，1934 年北平"成达"出版），这对祖国同胞了解伊斯兰教起到了很好的作用；还翻译了叙利亚著名学者库迪·阿里的《伊斯兰与阿拉伯文明》（25 万字），埃及著名作家艾哈迈德·爱敏的《黎明时期的阿拉伯文明》（20 万字）、《近午时期回教学术思想史》等。回国后，在明德中学期间，

他撰写了《伊斯兰教的信仰》、《古兰经与圣训》等。在他的学术生涯中，他最酷爱的是阿拉伯—伊斯兰历史文化的系统研究。仅 1950 年至 1957 年之间，他就出版了《埃及近现代史》、《阿拉伯文化的黎明时期》等 20 余部著作，计 200 多万字。他较有代表性的著作还有《阿拉伯简史》（中文本和阿文本）、《埃及简史》（中文本和阿文本）、《阿拉伯—伊斯兰文化史》（1—8 册，主译）、《传承与交融：阿拉伯文化》（主译）。1997 年 12 月和 1999 年 1 月，纳忠先生出版了 90 万字巨著《阿拉伯通史》（上、下卷），这是我国阿拉伯历史研究的扛鼎之作。

像其他留埃穆斯林同学一样，纳忠先生虽在境外学习，但心系祖国。他经常参加爱国抗日聚会和活动，撰写抗日文章，组织战区灾民救济会，印发传单，劝告回教同胞群起抵制日货。1939 年，他参加了中国留埃同学组织的"中国回教朝觐团"并赴沙特阿拉伯朝觐，以与日伪满组织的"华北回民朝觐团"作斗争。

纳忠先生多次出席国际会议：1981 年 3 月，出席在巴基斯坦召开的国际伊斯兰学者大会；同年 9 月，出席在阿尔及利亚举行的"第十五届国际伊斯兰思想交流会"；1983 年 6 月，出席国际伊盟在吉隆坡举行的会议；1985 年 10 月，以副团长身份赴沙特朝觐和访问，参加多次会议并发言；1992 年 7 月，83 岁高龄的纳忠出席在昆明举办的纪念郑和下西洋 587 周年纪念活动，并在"首届昆明郑和国家学术讨论会"上发言。纳忠先生出席国际会议，参加文化交流活动，促进了中国和阿拉伯—伊斯兰国家的相互了解和友谊，被国内外誉为"中阿文化交流的使者"。

纳忠先生一生获得多种荣誉。他的《阿拉伯通史》获 1999 年中国第四届国家图书提名奖、2000 年北京市哲学社会科学优秀成果一等奖、2002 年国家教育部一等奖。1993 年，他与刘麟瑞分别获得"中国阿拉伯语教学杰出贡献奖"。2001 年，纳忠获得联合国教科文组织颁发的"首届沙迦阿拉伯文化贡献奖"。

需要特别指出的是，纳忠先生的众多著述、翻译中，大凡涉及阿拉伯—伊斯兰文化的，都含有对阿拉伯文学介绍的内容。其著作《阿拉伯通史》中，第七篇专讲阿拉伯—伊斯兰文化，在归于此篇的第六十章里专讲阿拉伯文学，从蒙昧时期直到阿拔斯王朝后期。此外，他在讲到诸地方王朝，如法蒂玛王朝、西班牙穆斯林王朝、马木鲁克王朝时也都涉及文化和文学。

纳训（1911—1989），字鉴恒，出生在云南通海县纳家营一个贫苦回族农民家庭。童年在纳

1. 经书并授："经、汉兼读"的新的教育教学形式。

家营清真寺接受经书并授[1]的教育。9 岁时赴昆明永宁清真寺同样接受经书并授教育，后入昆

明明德中学学习。1935 年，由其母校保送到埃及开罗艾资哈尔大学深造。纳训先生勤奋好学，十分关心国家大事。1939 年，他随中国留学生朝觐团赴沙特阿拉伯麦加，与日伪进行斗争，积极宣传抗日，散发抗日材料，进行演讲，向中外朝觐者揭露日本侵略者的本质。

纳训先生学习之余，将兴趣爱好集中在文学翻译上。他首先将中国的一些著名作品译成阿拉伯文，在埃及报刊上发表，如柳宗元的古文《捕蛇者说》、朱自清的散文《背影》、鲁迅的小说《风筝》、罗峰的《绝命书》等。他还将人物传记《孙中山的生平》译成阿拉伯文发表，引起广大埃及读者的兴趣。

纳训像

1947 年回国后，纳训先生主持昆明明德中学校务，任校长、教导主任之职，兼伊斯兰教刊物《清真译报》主编。1951 年，调云南民族学院，在教务处工作，任资料组组长之职。1954 年，纳训应邀参加在北京举行的全国翻译工作者会议。1955 年，调云南省文联，从事翻译阿拉伯名著的工作。1960 年，调北京人民文学出版社，专事《一千零一夜》的翻译。

纳训的名字是与《一千零一夜》紧密联系在一起的。20 世纪40 年代初，他还在埃及学习时即开始翻译《一千零一夜》。纳训的这一选择，把他推上了我国著名翻译家之列，同时也表明了他对世界优秀文化遗产和阿拉伯文学名著的超乎常人的鉴赏力。从规模翻译上讲，他是我国从阿拉伯文直接翻译《一千零一夜》的第一人。他当时译出的《一千零一夜》，由商务印书馆出版。解放后，他译出的《一千零一夜》3 卷本，1957 年由人民文学出版社出版。这是很长一段时间内我国读者了解《一千零一夜》的唯一一部译本。1984 年，人民文学

出版社出版了他译的《一千零一夜》6 卷本，约 230 万字。

纳训先生翻译《一千零一夜》在我国翻译界是一件大事。解放前，从 1900 年起，我国就开始翻译《一千零一夜》，多从英文、德文、法文、日文、俄文转译。20 世纪 40 年代，纳训的《一千零一夜》译本出版后，我国有了从阿拉伯文原文直接翻译的《一千零一夜》。纳训先生毕生致力于《一千零一夜》的翻译，虽由于"文革"时期动乱，被迫停止工作，但初衷不改。"四人帮"倒台后，他重新获得正常工作的机会，继续坚持翻译，克服自身病痛的困难，终于完成全译本的翻译。他不仅是从阿拉伯文原文翻译《一千零一夜》的第一人，而且是完成《一千零一夜》全译本的第一人。以后虽有好几个从阿文译出的全译本，但其影响都不及纳训的全译本。纳训先生献身翻译工作的精神，是我们每个从事这一行业的人应该学习的。他的《一千零一夜》全译本因出版较早，是当时我国研究《一千零一夜》的最重要的母本，为我国比较文学的研究提供了难得的材料。《一千零一夜》全译本的重要性和意义，随着时间的推移会越来越突出。

1983 年，全国首次阿拉伯文学研讨会和全国阿拉伯文学研究会成立筹备会在北京举行。值得庆幸的是，纳忠先生、刘麟瑞先生、纳训先生都应邀出席了这次会议。这是老、中、青三代阿拉伯语界人士难得的一次聚会，也是中阿文学交流史上具有里程碑意义的一次聚会。马坚、刘麟瑞、纳忠、纳训等阿语界老前辈对中国阿拉伯文化、文学交流所作出的努力和贡献，事实上已经深深地影响了后来者，我们在后来的工作中作出的成绩，无不渗透着这些先驱者的榜样的力量。

锁昕翔撰写过一部《纳训评传》。

先驱者中还有穆斯林学者林兴华，他翻译出版了《卡里莱和笛木乃》，还有马金鹏，他翻译出版了《伊本·白图泰游记》。另外，王世清、林仲明等老师为培养阿拉伯语学生所作出的贡献，将永远铭记在我们心中。庞士谦，1938 年赴埃及学习，回国后写了一本《埃及九年》，其中写道："民国 29 年，我受爱大之聘，担任中国文化讲座讲师，这是回教世界讲中国文化的首创。"[1]

1. 庞士谦：《埃及九年》，第 31 页，北京：中国伊斯兰教协会，1988 年版。

第三章　　特殊时期的中阿文学交流

　　所谓"特殊时期"，是指上世纪 50 年代后期，中国和阿拉伯的文学交流出现了一个特别的情况——用诗歌、散文创作和翻译支持阿拉伯人民的革命正义斗争。中国人民像全世界人民一样，对英美军队入侵黎巴嫩表示极大的愤慨。他们举行声势浩大的集会、游行，表达对阿拉伯人民的声援。中国的广大文学艺术工作者纷纷拿起手中的笔，创作出大量诗歌、散文、戏剧、绘画，加入到声援阿拉伯人民反侵略斗争的行列。同时，出版界翻译出版了黎巴嫩、埃及、伊拉克、叙利亚等国家的多部阿拉伯小说、诗歌集。这一特殊时期的中阿文学交流，在中阿文学交流史上留下了它特殊的印记。

　　1958 年，英美军队入侵黎巴嫩和约旦；同年，伊拉克
爆发推翻封建王朝的革命。英美军队的入侵，遭到黎巴嫩
和约旦人民的坚决抵抗，同时也遭到包括中国人民在内的
世界各国爱好和平的人民的强烈谴责和反对。伊拉克推翻
封建王朝的革命，粉碎了反动的《巴格达条约》，受到全
世界爱好和平的人民的热烈欢呼。当时中国人民曾举行了
声势浩大的示威游行，声援阿拉伯兄弟的爱国正义斗争。
正如诗人卞之琳在诗歌《支援三首》中的《示威》中所写：

> 不动你张牙舞爪的狮子徽，
>
> 红绿标语给你个大包围。
>
> 本来是纸老虎，
>
> 我们一挥手，
>
> 画出你原形——只有个纸堡垒！

　　为了支持阿拉伯人民的斗争，1958 年 7 月，人民文学
出版社出版了《我们和阿拉伯人民》一书，注明是"文学
研究增刊"。书中收入当时中国许多著名作家写的诗歌、
文章，以及伊拉克、黎巴嫩等短篇小说译本。这些诗歌、
文章都是为支持阿拉伯人民的斗争、反对英美侵略而作，
充满战斗的激情。本书"编后记"中写道：

《我们和阿拉伯人民》封面

> 　　亲爱的读者，野蛮的美英帝国主义者对中东
> 人民发动的武装侵略，激起了全世界爱好和平的
> 人民的无比愤怒。在这和平受到严重威胁的形势
> 下，我们的文学研究工作者对美英强盗的血腥罪
> 行也感到十分愤慨。虽然他们有的已长久不从事
> 创作了，有的则从来也没有创作过，但是为了支
> 持阿拉伯人民的正义斗争，他们都满怀激情地提

起笔来，连夜赶写了许多诗文。我们觉得他们这种政治热情是很可贵的。因此编了这样一册作为本刊的增刊印出。

另外，我们还发表了介绍阿拉伯文学的文章、阿拉伯国家作家们的作品的译文多篇。这些译文都可以增加我们对阿拉伯人民生活和斗争的了解，增进我们支援他们斗争的热情。

由于这是一个特别的年代，为此而出版的《我们和阿拉伯人民》一书，是这个特别年代的产物，同时它也是一个历史的见证，是中阿人民战斗友谊的一个象征。我们把这本书作者的名单和他们创作的大体情况列述如下：

冯至——给阿拉伯人民

何其芳——号角

力扬——万岁，青春的共和国！

卞之琳——支援三首

罗大冈——巴格达

李健吾——向黎巴嫩儿童致敬

李广田——艾森豪威尔吓坏了

金克木——东风压得西风倒

林庚——怒火——致阿拉伯兄弟

罗念生——伊拉克的新生

王了一——警告

蔡仪——这样回答两个海盗兄弟

余冠英——声援中东兄弟

郑敏——罢工

吴组缃——六万万人民跟你们休戚相关

何家槐——亲爱的阿拉伯弟兄

乔象钟——向贝鲁特英勇的孩子们致敬！

青林——咆哮吧，地中海！

王佩璋——喜闻伊拉克革命成功（调寄《六州歌头》）

以上为书里收录的诗歌。这些诗歌风格并不相同，因为其中有的作者并不是诗人，可能从未创作过诗歌，有的则是著名的诗人，如冯至、何其芳、卞之琳等。

现将林庚的《怒火——致阿拉伯兄弟》录于下：

> 反抗的火炬你燃烧啊燃烧，
>
> 把中东侵略者火葬在里头。
>
> 黎巴嫩的怒火正尽情地烧，
>
> 伊拉克的油管你火上加油。
>
> 阿拉伯弟兄们来手拉着手，
>
> 欢呼吧战斗吧到处是战友，
>
> 帝国主义不过是一撮小丑。
>
> 起来吧让怒火中生出自由，
>
> 全世界的人民在你们四周。
>
> 和平的力量已投入了战斗！

王佩璋的《喜闻伊拉克革命成功》（调寄《六州歌头》）：

> 唤呼沸海，风卷义旗红。争自由，求解放，震中东。一宵中，乾坤忽倒转，伊拉克，起革命，戮首相，杀王储，庆成功。深得人心，万民皆拥护，秩序安宁。巴格达条约，从此顿成空。举世初听，尽欢腾。
>
> 笑美帝国、英帝国，徒冒险，急出兵。占约旦，黎巴嫩，欲夹攻。不须惊，人民皆觉醒，齐奋起，若雷霆。反侵略，保独立，显英雄。各国弟兄闻听同援手，威力方增。看海南天北，众志可成城——保卫和平。

书中还有李健吾写的独幕政治讽刺剧《死亡路上》，季羡林写的《欢呼阿拉伯人民的胜利》，叶水夫的《现代阿拉伯文学》，霍应人的《略谈黎巴嫩和伊拉克的文学》。文章中难免有夸张之词。季羡林在文中写道："如果帝国主义一定要战争，我们也当然奉陪。这仗打过之后，帝国主义这种极端丑恶的东西就会彻底地干净地从地球上消失。我们大家都可以放下武器，安心建设我们的社会主义和共产主义，把人间变成天堂，这又有什么不好呢？"书后还附有从俄文转译的伊拉克、黎巴嫩、叙利亚、埃及的短篇小说，还有一位阿拉伯作家为赫尔辛基大会而作的诗歌《世界和平万岁》。

《文学研究》是中国社会科学院文学研究所的前身——中国科学院哲学社会科学部文学研究所办的一个刊物。当时外国文学的研究归属于文学研究所。外国文学研究所独立建所，是在1965 年。因此，本书的作者兼有中国文学和外国文学的研究专家。他们都是本专业的翘楚，可谓珠联璧合。《我们和阿拉伯人民》一书完全真实地代表了当时中国知识界、文化界对阿拉伯人民的政治斗争坚决的全心全意的支持，为我们留下了中国阿拉伯人民战斗友谊的宝贵资料、中国阿拉伯文学交流的难得篇章。

据记载，为了支持阿拉伯人民的正义斗争，我国《诗刊》杂志 1958 年 7 月还出了一期《支持阿拉伯各国独立运动增刊》。实际是一张 8 开对开报纸。报纸一版下端用鲜红大字写着"反对美英干涉阿拉伯各国人民的内政"。其中所收全为新诗，作者多为当时中国著名诗人，如郭小川、田间、冰心、肖三、阮章竞、光未然、楼适夷、陈伯吹、顾工等。"这份报纸的形体虽很单薄，但它却负载着中阿两大民族友好交往中一段厚重的情义，这份报纸记录的虽然只是历史的一个瞬间，但它却会勾起人们长久的回忆……"[1]

1. 葛铁鹰：《天方书话》，第 439 页，北京：首都师范大学出版社，2007 年版。

为了支持伊拉克人民的革命，人民文学出版社还于 1958 年 7 月出版了《明天的世界——伊拉克诗人诗集》（人民文学出版社编辑部编）。该书篇幅不大，小开本，计 71 页，所收诗作是根据莫斯科苏联国家文学出版社 1957 年出版的《亚洲诗选》译出的，贾瓦希里、白雅帖、鲁萨菲、赛亚布等著名诗人均收入其中。这里引用贾瓦希里一首诗的开头：

　　可恶的制度！万恶的、肮脏的制度！

　　你产生了崩溃和萧条，

　　你培养出一大批流氓和乞丐，

　　你散播了谎言，宣布了掠夺！

　　啊，黑暗的、可鄙的制度，

　　贫穷和饥饿永跟着你，永不离开！

为了支持黎巴嫩人民的反侵略斗争，人民文学出版社于 1988 年 8 月出版了《和平的风——黎巴嫩诗人诗集》（人民文学出版社编辑部编）。该书是小开本，计 50 页，所收诗作是根据苏联出版的《亚洲诗选》和其他出版物译出的。诗集共选入 3 位诗人的 9 首诗歌。这 3 位诗人是阿萨德·赛义德、黎得温·赛哈尔、尼·琼·萨巴。

1958 年 9 月，作家出版社出版了由译文社编的《现代阿拉伯小说集》，32 开本，186 页。编者说："阿拉伯人民站起来了！他们正在为彻底摆脱帝国主义的奴役，为争取民族独立解放而英勇斗争。帝国主义为之惊惶失措，但全世界爱好正义的人民却为之欢欣鼓舞。正是在这样的心情里，我们赶编了这部小说集，为了向英勇的阿拉伯人民致敬，也为了帮助我国读者更好地了解阿拉伯人民的生活和斗争。"小说集共选入埃及、叙利亚、伊拉克、黎巴嫩、阿尔及利亚等国作家的小说 19 篇。埃及作家有哈米西、马·台木尔、谢尔卡维、伊德里斯，叙利亚作家有德拉尼、奈吉迈、哈·海达里，伊拉克作家有法尔罗，黎巴嫩作家有达克鲁布，阿尔及利亚作家有穆罕默德·狄布。这些作品一部分曾发表在《译文》、《新观察》上，一部分是新译的。其中多数译自俄文，伊拉克两篇分别由王世清、马金鹏从阿拉伯文译出，叙利亚两篇由马贤从阿拉伯文译出，阿尔及利亚一篇由法文译出。这是中国出版的第一部现代阿拉伯短篇小说选，所选作家也系阿拉伯著名作家。这部选集的出版，一方面支持了阿拉伯人民的正义斗争，一方面向我国读者介绍了阿拉伯文学情况。可以说它是我国介绍阿拉伯文学的一个重大进展，具有里程碑式的意义。

同年还出版了《阿拉伯短篇小说选》，马哈姆德·台木尔等著，水景宪、刘文焱译，作家出版社出版。

值得一提的是，1958 年 12 月，中国外文出版社出版了阿拉伯文的《我们和阿拉伯兄弟在一起》，书中收茅盾、刘白羽、曹禺、阮章竞、楼适夷、袁水拍、袁鹰、杨朔等创作的文章和诗歌，还有多幅漫画。出版前言中表达了中国人民对阿拉伯人民正义斗争的支持，指出："全中国的工人、农民、教师、作家、艺术家……纷纷拿起笔，创作了数不清的诗歌、文章、图画，表达了六万万中国人民对阿拉伯兄弟的支持。这个集子只是很少的一部分，我们希望它能把中国人民对阿拉伯人民的真挚的感情直接传达给阿拉伯读者。"书后附有新生的伊拉克共和国作协主席萨利哈·贾瓦德·塔尔迈及其他作协领导成员代表伊拉克作协写给中国作协的信，以及中国作协主席茅盾代表作协的回信。

两年之后，即 1960 年 4 月，人民文学出版社出版了《黎巴嫩短篇小说集》，由水鸥、季春、

秦水等译。本小说集共收入 8 位作家的 15 篇小说，均从俄文转译。所收作品均为 1950 年以前
创作的。该书后记对黎巴嫩和阿拉伯现代文学作了简要的介绍，明确无误地概括了近现代阿拉
伯文学的发展。后记中提到了自 20 世纪初以来阿拉伯文学的几个重要流派，即叙美派、埃及
现代派、黎巴嫩道路派。叙美派代表作家纪伯伦、努埃曼等在中国的影响至今不衰；"埃及现
代派"这一名称一开始就受到中国阿拉伯文学研究者的质疑，因为它容易与西方现代派文学混
淆。实际上它就是一种新生的现实主义加上传统的浪漫主义的流派，是一种"现代的流派"，
从俄文转译时搞成了"现代派"。塔哈·侯赛因、马·台木尔、陶·哈基姆等多位作家都属于
这一派。至于"道路派"，它对阿拉伯文学的影响并不是很大，但它确实存在过。本小说集收
入了纪伯伦、努埃曼、艾敏·雷哈尼、马龙·阿布德、达克鲁布等人的作品。像纪伯伦的《珂
尔塔·巴尼娅》、《沃尔黛·哈尼》，努埃曼的《不育者》、《钻石婚节》等后来反复译出的
作品，当时已收入这部小说集中。可以说，这部《黎巴嫩短篇小说集》的出版，也是中国的阿
拉伯文学翻译工作的一个重要发展，它虽然从俄文转译，但却使中国读者对阿拉伯文学特别是
黎巴嫩文学有了一个初步的了解。

此外，在 1958 年还翻译出版了《埃及和平战士诗选》、《叙利亚和平战士诗选》、《黎
巴嫩和平战士诗选》、《伊拉克和平战士诗选》、《约旦和平战士诗选》等，还有《阿拉伯人
民的呼声》（北大阿拉伯语系同学集体译）、《现代阿拉伯诗集》（马坚、陈嘉厚等译）、《现
代阿拉伯诗集》（译文社编）、《滚回去，强盗！》等。

1963 年 5 月，作家出版社出版了潘定宇等译的苏丹进步诗人凯尔的诗选《战斗之歌》。苏
丹是非洲的阿拉伯国家。阿·穆·凯尔 1926 年出生于苏丹喀土穆一个印刷工人家庭，学生时代
即参加反对英国殖民当局的斗争，后来多次被监禁。他是苏丹保卫和平委员会的发起人。1957
年当选为世界和平委员会理事，曾是亚非作家会议常设局委员。本诗集由阿拉伯文、俄文和英
文等译出。译者还有马贤、李洪涛、文洁若等。

1964 年，作家出版社出版了杨孝柏翻译的巴勒斯坦诗人艾布·赛勒玛（本名阿卜杜·凯里
姆·卡尔米）的诗集《祖国颂》。

在这之前，还翻译出版了黎巴嫩乔治·汉纳的小说《教堂的祭司》（王仪英、崔禄译，1957 年，
作家出版社）、埃及哈米西的小说《这滩血是不会干的》（水景宪、秦水译，1959 年，人民文

学出版社）、阿尔及利亚萨阿达拉的小说《胜利属于阿尔及利亚》（杨有漪、陆孝修译，1959 年，人民文学出版社）、伊拉克革命诗人白雅帖的《流亡诗集》（魏和咏译，1959 年，人民文学出版社）、突尼斯进步诗人沙比的《沙比诗集》（冬林译，1961 年，作家出版社）。

通过上述作品的介绍，中国读者在客观上了解了一些阿拉伯文学，尤其是其中革命性、战斗性的作品。这在当时是必要的。这种介绍虽然是片面的、不全面的，但作为现代中国阿拉伯文学交流的初始阶段，它为中阿文学交流留下了可资纪念的一笔，为今后中国对阿拉伯文学的翻译、介绍、研究开拓了道路。以后的事实发展，充分说明了这一点。

1961、1963 年，人民文学出版社分别出版了埃及作家塔哈·侯赛因的自传体小说《日子》（第一部）、埃及作家马·台木尔的短篇小说集《二路电车》。1959 年，人民文学出版社还出版了中世纪阿拉伯古典名著《卡里莱和笛木乃》。这说明我国出版界已开始注意到全面介绍阿拉伯文学。

"文革"中，这类翻译基本处于停顿；但它也预示着中国阿拉伯文学交流的黄金期即将来临。

第四章 　　新时期中国对阿拉伯文学的译介、研究

这里所说的"新时期"是相对于新中国建立前及建立后的 20 世纪
50 年代、60 年代初而言，大致以"文革"为界，指从"文革"结束、
改革开放开始直至今天。虽然有个别作品是在 20 世纪 60 年代初翻译出
版的，如塔哈·侯赛因的《日子》、台木尔的《二路电车》、伊本·穆
格法的《卡里莱和笛木乃》等；但中国对阿拉伯现当代文学译介的兴盛期，
或曰黄金期，是在 20 世纪 80 年代以后，研究工作的启动和发展更是在
这之后了。这里将改革开放后的时期统称为"新时期"了。

在这一章中，对文学的三个主要方面——小说、诗歌、戏剧的翻译、
研究进行叙述，同时对文学史、民间文学、比较文学也作出论述。在现
当代文学方面，重点选取 20 位阿拉伯作家及他们的作品作介绍。对作
家生平特别是作品内容的介绍较为详细，以期中国读者有机会对阿拉伯
现当代文学作品（这里主要是小说）有一个具体的、感性的了解。在介
绍中，对作家和作品亦有所评论。同时，对一些比较重要的作品，包括
短篇小说集，也尽量列出，以使中国读者对阿拉伯文学作品有更全面的
多角度的了解和认识。在古代文学方面，将几部重要作品列出，并对这
些作品所涉及的方方面面，特别是与中国的关系，有较多论述。

散文也是阿拉伯文学的一个重要方面，但中国的译本不多。本章会
在适当地方有所提及。

中国翻译阿拉伯小说较多，对小说的研究比较分散。本章在介绍这
些重点作品时，尽量将这些作品的研究文章列于后，不一一展开，否则
篇幅就太长了。至于其他小说的研究文章就不附列了。本章第一节与第
二节、第三节乃至后面章节的写法有些不同，算是一种写作的多样性吧！

第一节 阿拉伯小说的译介、研究

新中国建立后，特别是改革开放后，中国翻译的阿拉伯小说数量很多。无论在长篇小说还是短篇小说、中篇小说方面，都是如此。2011 年 1 月 28 日，中国新闻出版总署署长柳斌杰率团出席埃及开罗第 43 届国际书展。作为主宾国，中国举办了"中阿文学与出版论坛"。柳斌杰在致辞时说："自新中国成立至 2006 年，中国共翻译出版阿拉伯文学经典作品 200 多种。而从 2001 年到 2010 年，中国翻译出版（包括重版在内）的阿拉伯作品达到 669 种。"他这里指的是阿拉伯文学经典作品，还有许多未包括进去。有人统计，至 2006 年，仅中国翻译的《一千零一夜》的版本就达 600 余种。

一、 阿拉伯现当代小说的译介、研究

（一）埃及作家塔哈·侯赛因和他的《日子》

塔哈·侯赛因（1889—1973），是埃及和阿拉伯现代文学中最重要的作家、思想家、文艺批评家和教育家，一生著述极丰。20 世纪 20 年代末期出版的自传体小说《日子》在阿拉伯近现代文学中占有重要地位。他出生在尼罗河西岸马加加城附近一个农村里，家境贫寒。他三岁双目失明，但生性聪慧。13 岁随兄到开罗艾资哈尔宗教学校学习。1908 年，他转入埃及私立国民大学。8 年后，大学选派他到法国学习，先在蒙彼利埃大学，后到索尔本大学和法兰西学院。1918 年回到埃及。1926 年出版《论蒙昧时期诗歌》，遭到保守派人士反对，曾一度失去公职。后来他出任教育部长。1956 年当选为首任埃及作协主席。他写过大量有关思想、社会、教育和文学批评的文章和专著。同时，他还创作了在埃及近现代文学中占有重要地位的小说：《日子》（三卷，1929、1940、1972）、《一个文人》（1934）、《鹬鸟声声》（1934）、《山鲁佐德之梦》（1943）、《苦难树》（1944）、《真实的承诺》（1949）和《大地上的受难者》（1948）。他和另一位著名作家陶·哈基姆合写过小说《着魔的宫殿》（1936）。由于对文学的巨大贡献，他被人们称作"阿拉伯文学之柱"。

1961 年，作家出版社出版了他的《日子》（第一部），由秦星翻译。《日子》是塔哈·侯赛

因用第三人称写的一部自传体小说，从童年写到 13 岁离家去开罗。他以一个双目失明的孩童的回忆，记述了他不幸的童年、少年生活，以及家庭、农村的贫困、落后和愚昧。这个孩童眼中的家庭和农村，就是当时埃及千千万万个家庭和农村的缩影。

作者用第三人称叙述，对事件和场景作了高度的艺术化处理，并进行了必要的评说，使作品既具深度又真切感人。通过叙述和描写，作者对自己的童年生活环境深感愤懑，对落后、愚昧、违反人性的社会进行揭露。作者以自己的经历说明，在艰难的社会条件下只要坚忍不拔，充满信心，就会取得成功。《日子》的出版，使阿拉伯文学中增加了自传体小说这种形式。它在艺术上的巨大成功，对后世产生了重大影响。

1984 年，中国盲文出版社出版了塔哈·侯赛因的另一部小说《鹬鸟声声》，由白水、志茹翻译。《鹬鸟声声》讲述一个母亲和两个女儿的故事。父亲由于犯罪被处死，母女三人只得离开沙漠边缘的农村来到城市。大女儿海娜迪在一个有钱的工程师家干活，被工程师奸污致孕。小女儿艾敏娜在一个政府职员家帮佣，主人一家对她很好，她还和这家的女儿一起学习文化。母亲知道大女儿怀孕后十分恐惧，她带着两个女儿返回故乡。途中，她的兄弟得知情况后，便将海娜迪杀死，埋在路边。艾敏娜几经周折，来到工程师家干活，心中充满复仇的欲望。工程师又企图勾引艾敏娜，她故意和他周旋，伺机报复。在两人感情冲突中，工程师对她产生了好感和爱情。从此他不再去夜总会，不再寻花问柳，心中只牵挂着艾敏娜并向她求婚。艾敏娜面对此种情况，内心发生了微妙变化。她将姐姐的事以及来此的目的——告诉了他，这更引起工程师对她的敬佩与爱。小说结尾，二人圆满结合。这是一部社会问题小说。作者描写了当时的社会习俗，希望阻止埃及农村盛行的复仇和无辜流血事件的发生，并且以此表明，劳苦阶级为摆脱这种境况，需要作出努力和牺牲，而上层阶级则应表现出善良、人道精神和同情心。海娜迪为了改变自己而靠近工程师，结果失身、被害。艾敏娜在女主人家受到教育，有自尊心，终于使工程师有了转变。在作者看来，只有这样才能改变阶级差异，建立一个美好、公正的社会。小说结构紧凑，有较强的故事性，情节发展始终与环境联系，对人物的心理刻画也较成功。

阿拉伯文学评论家写过不少有关塔哈·侯赛因的著作。1982 年，湖南人民出版社出版了埃及作家凯玛勒·迈拉赫著的《征服黑暗的人》，李唯中译。1988 年，华夏出版社出版了黎巴嫩作家米尔沃著的《从盲童到文豪——塔哈·侯赛因传》，关偁译。

有关研究文章：关偁《征服黑暗 拥抱光明——纪念"阿拉伯文学之柱"塔哈·侯赛因诞辰 100 周年》（《文艺报》，1989.11.12）、宇宙《〈日子〉语言风格中的声音形象》（《阿拉伯世界》，1990.2）、袁义芬《浅析〈日子〉的语言结构》（《阿拉伯世界》，1992.2）、郅溥浩《埃及纪念盲人作家塔哈·侯赛因逝世 29 周年》（《外国文学评论》，1994.1）、王有勇《塔哈·侯赛因小说〈日子〉的篇章风格》（《阿拉伯世界》，1995.2）、李玲《塔哈·侯赛因的文学批评历程》（《阿拉伯世界》，2000.2）、余灏东《生活强者的颂歌：读塔哈·侯赛因的小说〈日子〉》（《宁夏教育学院学报》，1984.4）等。

（二）埃及作家马哈姆德·台木尔和他的短篇小说集

台木尔（1894—1973），是埃及近现代文学中最重要的作家之一，是 20 世纪 20—30 年代兴起的埃及现代文学流派主要代表人物。他一生以创作短篇小说见长，并取得很高成就。同时也创作长篇小说。他深受法国、俄国文学的影响。一生创作长篇小说 10 部、短篇小说集 20 余部，并有多部剧作和大量的散文、游记、文学评论、语言研究等著作。长篇小说有《废墟》(1934)、《未知者的召唤》(1939)、《赛勒娃彷徨歧途》(1944) 等；短篇小说集有《朱姆尔长老》(1925)、《穆泰瓦里大叔》(1927)、《小法老》(1939)、《印在额间》(1941)、《粗嘴唇》(1946)、《行行善吧》(1949)、《恭贺新禧》(1950)、《公开拍卖的丈夫》(1970) 等。他的短篇小说题材广泛，涉及社会生活的各个方面，展现在读者面前的是埃及社会生活的一幅幅色彩斑斓的图画。他的小说构思精巧，情节生动，文字典雅，在阿拉伯文学中独具一格。他是阿拉伯短篇小说的奠基人，被人们誉为"阿拉伯的莫伯桑"。他的短篇小说既歌颂了生活中的真与美，也对形形色色的丑与恶进行了无情的揭露和贬斥。他的小说并不局限于地区性的内容，而是具有全人类的共同性，尤其在人物的心理刻画方面。贯穿于小说中的主题红线是他对人类美好未来的希望，是他改革社会的理想。

1963 年，作家出版社出版了台木尔的短篇小说集《二路电车》，由水景宪等人翻译。1975 年，人民文学出版社出版了《台木尔短篇小说集》，由邬裕池等人翻译。

《二路电车》里的电车售票员哈纳菲每晚都能看见一个面色苍白、衣着简朴的姑娘坐他的电车。他每次让她买票，她总是推托。哈纳菲对她充满了蔑视。一次姑娘又不买票，就在车停站时，他把她推了下去，姑娘重重地摔在地上。哈纳菲几年前已失去妻子，如今孑然一身。后来，他在车上又发现那位姑娘。姑娘一见他，即要往车下跳，却被哈纳菲一把拉住，并询问上次摔伤的情况。这时稽查员上了车，哈纳菲悄悄地把一张票塞给她。当他知道姑娘还没有吃饭时，又下车买了一个肉馅烧饼给她。车到终点，姑娘没下车。哈纳菲下班回家，发现后面有人跟着，他回头看了看，脸上堆起了笑容。他走到家门口，等待后面的姑娘跟上来。小说对下层的劳动者给予深切同情，歌颂了一对青年男女的美好感情。

《沙良总督的姑妈》揭露了一个忘恩负义的官僚的虚伪丑恶的嘴脸。沙良出身贫寒，靠姑妈抚养长大。他当了大官后，对贫穷的姑妈从不接济。姑妈死后，他大办丧事，为的是在同僚和舆论面前把自己装扮成一个尊重长辈、有孝心、尽孝道、知恩图报的人。小说以调侃的笔调，将沙良的伪君子面目揭露得淋漓尽致。

《穆泰瓦里大叔》中的穆泰瓦里是一个小贩，一生未娶，过着鳏居生活。他虔信宗教，在做完礼拜后，总要在一个富贵人家大院门旁给人讲宗教故事。久而久之，他的听众越来越多，连富人的母亲也把他召进宅院为她讲经。人们开始流传穆泰瓦里是一位圣人。人们认为他就是先知，就是重新复活拯救人类的马赫迪。对他顶礼膜拜的人越来越多，每天他都要接待数不清的"信徒"。一天，他突然披头散发，手持宝剑，冲出房门，对着前来的人乱杀乱砍，他终于发疯了，后来被警察带走。作者对宗教中的这种不正常现象揭露得非常深刻。

《成功》揭露了资产阶级新闻的堕落。《塔瓦杜德太太》抨击了一个放高利贷老太婆的悭吝和对亲人的无情。《纳德日雅》则对宗教偏见和封建教权主义进行了血泪的控诉。有的作品表现了人的内心矛盾和斗争。如《行行善吧》写一个善良老实的农民一次在城里办完事后蹲在一个墙根歇息，被人们误以为是乞丐，不断地给他施舍，以后他竟靠乞讨为生。这引起乞丐头子不满，在争斗中他打败了乞丐头子，成为丐帮帮主，从此横行一方。他的内心一直深陷善与恶的斗争而不能自拔。作者展现这一生存斗争，无疑是对社会弊端的鞭笞。

《小耗子》最早发表在1979年上海文艺出版社出版的《外国短篇小说选》中，由郅溥浩翻译。它描写一个不满七岁的孤儿，被她舅妈收养，成了这个家庭的小佣人，每天从早到晚都有干不完的活，吃不饱穿不暖，常遭受女主人的拳打脚踢。人们都管她叫"小耗子"。她在栖息地与一个小耗子交上了朋友，每天用剩菜剩饭喂它，并借机与小耗子交流情感，小耗子成了她生活中的最大安慰。一天早上，她看见女主人老太婆捉住一只耗子，并往它身上浇汽油，并嘱咐孩子们把门关好。她见心爱的小耗子被火烧着，像自己被烧一样。当小耗子跑到门前时，她打开房门让小耗子进去，自己随即跟了进去，那老太婆也跟了进来，随后门就从里面关上了。一会儿，大火咆哮，噼啪声响彻天宇。小说别具匠心地将人间的"小耗子"（小姑娘）与现实中的小耗子交错描写，互相对比，产生了巨大的艺术效果，令人对小姑娘深深同情。作者以质朴清新的笔调、精致细腻的描绘、满怀深情的叙述，有力地控诉了人压迫人的罪恶。

由于小说的巨大感染力，《小耗子》译出后，曾在中国好几家电台广播，并收入《外国短篇小说选》、《外国短篇小说欣赏》及各种外国儿童读物中，还以绘画形式刊载于《连环画报》、《儿童画报》。可以说，这篇优秀的阿拉伯短篇小说在中国读者尤其是中国少年儿童读者心中，激起了强烈的共鸣。

有关研究文章有：杜渐《埃及的"莫泊桑"——马哈姆德·台木尔》（杜渐《书海夜航》，三联书店，1980）、陈青《一道感情的涓涓细流：读台木尔短篇小说〈二路电车〉》（《广州文艺》，1981.8）、程静芬《略论台木尔的短篇小说》（《外国文学研究集刊》第5集，中国社会科学出版社，1982）、陈挺《台木尔和他的短篇小说》（《扬州师范学院学报》，1982.2）、武毓章《精取情节事件 力现人物心灵——读台木尔的〈纳德日雅〉》（《名著欣赏》，1983.6）等。

（三）埃及作家陶菲格·哈基姆和他的《灵魂归来》、《乡村检察官手记》

哈基姆（1898—1988），是埃及和阿拉伯现代文学的重要作家。父亲是一个富裕的农民，母亲是一个土耳其军官的女儿。在家庭中，母亲总想让父亲脱离农民生活，靠近土耳其生活方式，引起父亲不满，导致家庭不和谐。母亲也不让年幼的哈基姆与农民子弟接触。哈基姆对贵族式的土耳其生活，对保守的土耳其教育颇为反感，这对他内向、好思的性格产生了影响。父母送他到开罗读初中。他积极参加了埃及1919年大革命运动，曾被捕入狱。1925年法律学校毕业后，他到法国学习，兴趣转向戏剧和小说。他对东方精神的信仰十分坚定。他认为现实生活已经容纳不了他，他的未来是在象牙塔中，在他的精神世界里。离群索居是他的乐趣，艺术是他的寄托。1926年回到埃及，在担任公职的同时，积极进行创作。1951年起，他曾任国家图书总局局长、驻联合国教科文组织常任代表、埃及作家协会主席。他是一位多产作家，在小说和戏剧创

作方面都取得很高成就。1933 年的长篇小说《灵魂归来》是埃及文学史上划时代的作品。主要

作品还有长篇小说《乡村检察官手记》(1937)、《东方来的小鸟》[1]、《着魔的宫殿》(与塔哈·侯

赛因合写),短篇小说集《神殿舞姬》等,戏剧《洞中人》、《山鲁佐德》(1934)、《契约》、《皮

格马利翁》(1942)、《喂,爬树的人》(1962 年) 等,以及大量评论、随笔、小品等。

1. 出版年份不详,下同。

1979 年,人民文学出版社出版了哈基姆的《乡村检察官手记》,由杨孝柏翻译。1985 年,

湖南人民出版社出版了哈基姆的《灵魂归来》,由王复、陆孝修翻译。1986 年,上海译文出版

社也出版了《灵魂归来》,由陈中耀翻译。

《灵魂归来》描写了开罗老区一户普通人家的生活。其家庭成员有教师哈纳菲 (一家之主)、

弟弟阿卜德、妹妹宰乃布、堂兄弟萨利姆、侄子穆赫辛及佣人马布鲁克等。穆赫辛为到开罗上学,

住在叔叔家中。这一家人平时都挤在一间大房里。邻居是一位退休军官,他女儿赛尼娅是个漂

亮姑娘。穆赫辛认识并爱上了她,阿卜德和萨利姆也爱上了她。这样,堂兄弟之间、叔侄之间

便产生了矛盾和摩擦。穆赫辛假期回到老家农村,看到农民们辛勤劳动,用自己的双手和智慧

建设着国家,看到农舍里人与牲畜和谐地生活在一起,与大自然浑然一体。在父亲家里,他听

见一位法国考古学家和一位英国水利专家对埃及古老文明的推崇,他感到无比振奋,并期待着

有人能将这一文明发扬光大。塞尼娅后来嫁给一个军官。为了争夺赛尼娅,一家人过去四分五

裂;如今没有赛尼娅,又重新团聚,和睦如初。1919 年大革命爆发,兄弟子侄们全部积极投入,

或散发传单,或在秘密集会上发表演讲,结果全部被捕入狱。后在穆赫辛父亲周旋下被释放。

这部小说在当时有着重要意义。它首次以文学形式表现了埃及民族精神,揭示了在埃及人

民中蕴藏着巨大的凝聚力和创造性。象征着埃及人民的这一家人虽然会在某些问题上产生分歧,

仲跻昆、朱威烈与埃及作家
陶菲格·哈基姆

如在对赛尼娅的爱情上，但分歧消除后，便团结一致。当祖国需要时，他们会毫不犹豫地挺身而战。小说既以现实生活为素材，又具有强烈的象征性，并以农村和农民为主要表现对象。农民是这个国家的主要成分。在作者看来，他们是埃及文明最集中最完美的化身，不仅创造了辉煌的古代文明，而且一定能创造出现代文明。重要的是要克服掉自身的分裂主义、个人主义，将所蕴涵的潜力凝聚在一起。赛尼娅这一形象取材于古埃及神话伊西丝女神的传说，作者用她来象征埃及。当人民出于私利对待埃及时，必然产生分歧甚至分裂。当他们四分五裂的时候，赛尼娅离开了他们。很显然，小说有着作者本人生活经历的成分，但这是一部真正的艺术小说。有评论家将它归入思维类小说一类。它表现了作者强烈的民族情绪和爱国主义精神，对处于西方殖民占领下的埃及来说，其意义不言而喻。这是作者维护和宣扬东方精神和价值的艺术化表现。他呼唤的是真正的灵魂归来。小说虽然在某些方面还有不足之处，如场景不够开阔、情节较为简单、内容和形式有失和谐；但艺术上总体是成功的，不失为一部具有重大意义的作品，甚至可以说是 20 世纪初至第二次世界大战前埃及和阿拉伯文学中最重要的小说。

《乡村检察官手记》是作者作乡村检察官助理时的一段经历，以日记形式写成，揭露了乡村司法制度的黑暗和腐败。故事从一起枪杀案开始。检察官带领一干人前去调查，发现一个 40 多岁的村民欧老万被人枪击，奄奄一息，被送往医院抢救。欧老万说是他的一个 16 岁小姨子丽玛向他开的枪，说完就死了。有人举报，欧老万两年前去世的妻子是被人掐死的。开棺验尸，确信被人掐死。不久在河中发现丽玛的尸体。这使案件调查无法进行，只好不了了之。小说中这个案子只是一条串线，围绕它穿插着许多大大小小的案件。在描述这些案件时，作者揭露了乡村司法制度的腐败和丑恶。作者愤怒地写道："我知道在埃及，人的生命是分文不值的，因

杨孝柏与埃及记者谈中阿
文化、文学、教育交流。

为那些应当考虑这些人生命的人是很少对此加以考虑的。"日记虽只短短十几天，但所揭露的司法不公和腐败，已是触目惊心。作者的讽刺十分尖锐辛辣，有时似乎过于夸张，但这种漫画式的描写在总体上是成功的，使人物和事件得以形象化和典型化。虽然有评论家认为作品主人公的态度不够积极，但这不影响作品的价值，它通过文学形式批评、讽刺、揭露了社会弊端。小说语言幽默典雅，风格轻快活泼，是埃及近现代文学中的一部重要作品，也是哈基姆最重要的作品之一。

1986 年 2 月，《外国文学》登载了哈基姆的《洞中人》，由张景波翻译。《洞中人》(1933)取材于《古兰经》。在罗马帝国国王达格亚努斯时期，两位信奉基督教的大臣米西尼亚和马尔奴什为逃避不信教国王的迫害，逃到山洞躲起来，随同他俩的还有一位牧羊人和一条狗。他们在洞中沉睡了三百年。醒来后，还以为是次日的清晨。牧羊人出去买食品，发现了异样。米西尼亚爱着公主贝丽斯卡。他赶往王宫与她幽会，看见卡尔苏斯国王的女儿贝丽斯卡，以为她就是达格亚努斯国王的女儿贝丽斯卡，因为她俩长得一模一样。米西尼亚想要拥抱贝丽斯卡，使她惊惶不知所措。公主老师明白事情原委，知道三百年前有三位圣徒逃入山洞。这时马尔努什失望归来，他去寻找妻儿，却了解到他们三百年前就亡故了。三人在洞中躺下，相继死去。公主贝丽斯卡决心效法她三百年前为米西尼亚殉情的老祖母，也走进了山洞。哈基姆所表现的是人与时间的统一和矛盾。人与时间的联系并非抽象空洞的概念，而是由各种关系、价值所联系的。正是由于这种关系和价值，时间对人才有意义。人要控制和战胜时间是不可能的。人如果在属于他的时间之后仍然存在，那时间已不属于他，那不是真正的存在，因为那种关系和价值已不复存在。引申开去，如果谁只凭过去的联系和价值生活，谁注定要失败。该剧文笔细腻，对话生动，其中对公主的塑造尤为成功。

研究文章：李振中《阿拉伯戏剧大师陶菲格·哈基姆》(《阿拉伯世界》，1985.3)、伊宏《陶菲格·哈基姆社会哲学观初探》(《阿拉伯世界》，1988.4 和 1989.1)、李琛《以〈均衡论〉为指导的思想修士哈基姆》(《阿拉伯现代文学与神秘主义》，社科出版社，2000 年)、陈静芬《陶菲格·哈基姆：从现实主义到象征主义》(《外国文学评论》，1992.2)、黎跃进《东方原始主义与民族精神：论陶菲格·哈基姆的长篇小说〈灵魂归来〉》(《国外文学》，1998.1)、郅溥浩《埃及文学的巨擘——论陶菲格·哈基姆的小说、戏剧创作》(《解读天方文学——郅溥浩阿拉伯文学论文集》，宁夏人民出版社，2007 年）等。

（四）埃及作家阿卜杜·拉赫曼·谢尔卡维和他的《土地》

谢尔卡维 (1920—1988)，是当代埃及文坛一位重要作家。1942 年毕业于开罗大学法律系，当过律师。1946 年主办《先锋》月刊，因主张共和制和宣传社会主义思想而被捕入狱。以后他专事创作。曾任国家文学艺术最高理事会秘书长、亚非团结委员会秘书长等职。他的长篇小说《土地》(1954) 是埃及文学史上一部重要作品。1980 年，外国文学出版社出版了谢尔卡维的长篇小说《土地》，由刘麟瑞、陆孝修翻译。

《土地》译者刘麟瑞、陆孝修（右）

《土地》中译本封面

《土地》以 1952 年埃及革命前作者的农村故乡为背景，描写了农民为争取农田灌溉和护卫土地而与封建地主和地方官吏进行的斗争。省政府下令将村民农田灌溉的天数由十天改为五天，以便让大地主能灌溉其新买的土地。青年农民阿卜杜·哈迪、前村治保主任苏维莱姆等人清晨扒渠放水，与水利局发生冲突。村民们联合起来写呈状，请邻村的马哈姆德贝克代为转交开罗当局。他们不知道，原来禁水令的受益者就是马哈姆德贝克。结果是，政府批准修建一条连接新建豪宅、通往开罗公路的乡间道路。苏维莱姆的棉花田眼看就要收获，却被修路工乱砍乱挖。他的女儿奋起抵抗，女儿遭警察侮辱，他自己被捕。村民们看清了马哈姆德贝克与村长勾结的真面目，奋起斗争。在村委会改选时，把村长改选掉。村里的人团结起来进行斗争，开罗的作家们也纷纷指责政府随意逮捕人，省政府只好下令放人。然而斗争远未结束。

作者以社会主义现实主义手法表现了革命前埃及农民与地主阶级的矛盾和斗争，以及农民与土地和水的关系，充满积极、乐观的精神，这在埃及过去的文学中不曾有过。他以后的几部作品如《空虚的心》(1956)、《农民》(1968)也都以农村生活为背景。他还写有长篇小说《后街》，短篇小说集《战斗的土地》、《小小的梦》，戏剧《红色之鹰》，诗剧《美好的悲剧》等。

　　研究文章：周顺贤的《辛勤耕耘的一生——记阿卜杜·拉赫曼·谢尔卡维》(《阿拉伯世界》,1988.2)等。

（五）埃及作家尤素福·伊德里斯和他的《罪孽》、《荣誉事件》

　　伊德里斯(1927—1991)，是埃及现当代文学的重要作家。1951年毕业于开罗大学医学院，曾任卫生部督查。1956年起，先后在《共和国报》、《金字塔报》做文学编辑。1954年出版短篇小说集《最廉价的夜晚》，奠定了他在埃及文坛的地位。伊德里斯以创作短篇小说见长，著有短篇小说集《黑士兵》(1962)、《唉、唉……》、《城市底层》等，中篇小说《罪孽》(1959)、《白女人》(1959)、《荣誉事件》、《爱情故事》(1967)等。他还是一位戏剧家，创作有戏剧《棉花大王》(1957)、《法尔哈特共和国》等。他是埃及和阿拉伯短篇小说的奠基人之一。

仲跻昆与埃及作家伊德里斯（左）

　　1983年，湖南人民出版社出版了伊德里斯的中篇小说《罪孽》，由郭黎翻译。《罪孽》深刻揭露了革命前埃及农村底层人民的悲惨生活和遭遇。一天清晨，保安员在水塘边发现一个被掐死的婴儿。这事在村中引起了震动。是谁犯下了这一罪孽？后经检察官查访，证实是阿齐扎所为。阿齐扎是农民工阿卜杜拉的妻子，丈夫卧病在床，她一人操持家务。一天，丈夫想吃土豆，她便去收获过的地里寻找。不想地主儿子从此路过，见阿齐扎长得漂亮，便奸污了她。数月后，她发现自己怀孕。后来，她在水塘边产下婴儿，并将其掐死。事情败露后，她虽得到人们同情，但一切为时已晚，阿齐扎得了热病，神经错乱，最后死在她掐死婴儿的水塘边。人们把她和丈夫合葬在一起。小说以现实主义手法首次表现了农村中最底层的农业工人的家庭生活和他们的悲惨境遇，哀婉凄楚，动人心魄。

1985 年《外国文学》第 8 期上登载了伊德里斯的中篇小说《贞操》（即《荣誉事件》，鲍兆燕译）。小说情节概括如下：

在埃及一个不大的村庄里，人们保守地传统地生活着。"爱情"对他们来说，仍然是一件"耻辱"的事情。法蒂玛是村里最标致的姑娘，她使男人们动情，使他们魂不守舍。法蒂玛随哥嫂一起生活。一天，从村外田间发出了一阵阵叫喊声。人们知道出事了。很快就知道是法蒂玛和青年贺里卜在玉米地里发生了事。他俩究竟发生了什么？人们议论纷纷。从此大家看法蒂玛的眼神变了，一方面同情她，一方面也露出鄙夷。而此时的法蒂玛却是面色苍白，形容枯槁，失去了往日的妩媚。面对着人们指责的眼神，她什么也不想辩白。因为她和贺里卜什么也没有做。那天她给哥哥送饭，路经玉米地时碰见贺里卜，他过来想拉她的手，她就叫了起来。贺里卜父亲在村里家境稍好，他自幼养成游手好闲的习惯，平常总盯着漂亮姑娘。他对法蒂玛心仪已久，只是不敢靠近她。这天恰巧在玉米地碰见法蒂玛，他想过去与她套套近乎，便拉住她的手，不想法蒂玛却叫喊起来。为了维护荣誉，法蒂玛的哥哥都有杀死她的念头。人们在议论之余，想到了总管的太太，她见多识广，何不请她……人们等候着，忽然传来消息，经检验法蒂玛贞操完好，那种有损名誉的事并没有发生。法蒂玛的哥哥还是狠狠打了法蒂玛一顿，为的是告诉大家，他对荣誉是非常在乎的，哪怕妹妹只是被一个男人拉了一下手。不过，法蒂玛却变成了另外一个人。那纯真的天然的少女美从此不复存在，人们看到的是她对周围不屑一顾的冷峻的眼神。时间一天天过去，一切又恢复了往日的模样。法蒂玛虽依然美丽，妩媚动人，但她的笑却明显不是发自内心，她在凝视，却仿佛什么也没有看见，如果他哥哥指责她、呵斥她，她会理直气壮地瞪着哥哥，表示内心的反抗……

小说并无复杂情节，却通过对所谓"贞操"事件的描写，勾画出乡村人们的保守、落后对一个少女的有形无形的摧残折磨。虽然没有发生毁灭性的悲剧，但"美"已然被摧毁，这种"美"的被摧毁甚至比"生"的被摧毁更加惨烈。小说文字优美动人，情真意切，细致传神，能紧紧扣动读者心扉。

研究文章：程静芬《伊德里斯的小说创作》(《阿拉伯世界》，1991.2)、周烈《伊德里斯的创作及其作品》(《外国文学》，1973.3) 等。

（六）埃及作家伊赫桑·阿卜杜·库杜斯和他的《难中英杰》、《库杜斯短篇小说选》

库杜斯 (1919—1990)，是埃及现当代文学的重要作家。1942 年毕业于开罗大学法律系，当过律师。1945 年起，历任《鲁兹·尤素福》杂志主编、《今日消息》报主编和董事长、《金字塔》报董事长。他的作品题材广泛，具有浓郁的时代和生活气息。《我家有个男子汉》(1957) 是埃及现代文学中反映埃及人民反帝爱国斗争的代表作。他还写有长篇小说《绝路》、《罪恶的心》、《别让烟云散去》、《亲爱的，我们都是贼》，短篇小说集《青春何在》、《爱情的终结》、《女人们露出白牙齿》等。1983 年，江苏人民出版社出版了库杜斯的《难中英杰》(原名《我家有个男子汉》)，由仲跻昆、刘光敏翻译。

《难中英杰》是一部反帝爱国斗争小说。书前有作者的题词："谨将此书献给教导我们革命的人，献给我的母亲，献给所有为真理和自由而战的革命的母亲，献给蒂马·尤素福女士[1]。"书前还写道："在'七二三'革命前的十年中，可能会发生这个故事……英雄不是自己造就的，而是他的民族造就的。"

1. 作者的母亲。

故事情节简介如下：伊斯玛尔·哈迈迪是大学四年级学生，在人民反帝爱国斗争的影响下，成了一名反抗战士。他用手枪打死一名英国士兵。他被捕后，趁就医的机会逃跑，来到同学毛希丁家中躲藏。毛希丁一家人为掩护哈迈迪担惊受怕，母亲和大女儿充满怨言，小女儿纳瓦尔乐于帮助哈迈迪，为他秘密联系战友，她内心对家中的这个英勇男子汉已产生好感。由于她的联系，哈迈迪在战友的掩护下离开了毛希丁家。然而故事远没有结束。毛希丁家从此被警察监视，毛希丁、他的堂兄阿卜德·哈米德被捕，任凭警察严刑拷打，二人始终没有招供。哈迈迪听说毛希丁等被捕后，决心报复。他在英国军营引爆炸药，在与敌人对射时不幸牺牲。哈迈迪的死，对毛希丁一家人的触动和影响很大。毛希丁的父亲更加关心政治和革命。学生们为悼念哈迈迪而罢课示威。当局被迫释放毛希丁和阿卜德·哈米德。毛希丁当了律师，并成为一个革命者。纳瓦尔与一个医生结了婚，并继续从事革命活动。这个家庭在反帝爱国斗争中接受了革命的洗礼。

作品着重表现了毛希丁一家人的思想、感情，描写了他们从普通百姓到革命者的发展历程。阿卜德·哈米德曾想告密，被大女儿萨米娅从警察局拉了回来。这一切具有强烈的象征意义。如果说哈迈迪是革命者的代表，毛希丁一家就象征着埃及人民。正如作者通过人物之口所说："英国人、警察、统治者都不会明白，这些人的家庭是酝酿革命、培育英雄的最后场所。"小说人物刻画极具个性，情节细致而符合逻辑。

本书中译本正文前有作者库杜斯于 1983 年 5 月 23 日寄赠给译者仲跻昆的照片。照片背面有库杜斯的题词："亲爱的朋友仲跻昆（萨尔德）惠存。愿真主佑助我们将阿拉伯文学介绍给中国人民的工作获得成功。谨表示衷心的感谢，并致以最美好的祝愿。"书首还有库杜斯写给仲跻昆的一封信：

> 亲爱的仲跻昆（萨尔德）先生：
>
> 你好！
>
> 接到你的来信，我很高兴，它使我又想起了几年前我们的会见。让我更为高兴的是，你在来信中告知我，已将我的部分小说译成中文，并发表在中国的一些刊物上，且还准备将我的其他一些小说译成中文。这一切使我感到很荣幸。同时，这一工作也是在实现将我们的文学作品相互介绍给两国人民这一愿望。
>
> 我很抱歉，我不能为我的小说译本写序，因为我一向就不习惯这样做。我不习惯于向小说读者作自我介绍，而喜欢让小说本身将我介绍给读者。因此，我从不为自己的书写序，而且也不为我的朋友的任何书作序。我认为这是批评家或文学出版负责人的事，而我却并非这两种人。我倒是更希望能有幸让你在通过你的笔将我的小说介绍给读者的同时，也通过你的高明的文学研究，将你所认识的我介绍出来。
>
> 希望你能将发表有我的小说的杂志寄一些给我，也希望能给我寄一套我的小说的中译本。我纵然不懂中文，却喜爱珍重地保存那些刊物，也以存有这种中译本为荣。
>
> 诚恳地祝愿你在将阿拉伯文学介绍给中国人民的事业上永远成功，并致以衷心的谢意！
>
> 伊赫桑·阿卜杜·库杜斯
>
> 1983 年 6 月 26 日于开罗

库杜斯已去世多年。这位著名作家能在他的小说的中译本中留下这篇墨宝，实属不易，这也算是中阿文学交流史上的一段佳话。

1998 年，湖南文艺出版社出版了《库杜斯短篇小说选》，由仲跻昆翻译。在译者序中，仲跻昆谈了他于 1980 年春在开罗扎马利克岛去库杜斯家中拜会库杜斯的情景。本选集收库杜斯短篇小说 33 篇，题材多样，具有浓烈的时代气息。许多作品大胆针砭时弊，如《乡长的儿子》、《最后的差错》揭示了"七二三"革命前城乡存在的尖锐的阶级矛盾，《花束》通过一个小故事反映了 1957 年埃及人民收复苏伊士运河、反对三国入侵的英勇斗争，《宗教》描绘了不同宗教间男女青年的问题，《她逃了》、《哲学家》则用幽默的笔调善意地批评了西方现代文明对青年的不利影响。许多作品对因循守旧的思想、利欲熏心的资本家、道貌岸然的上层人物作了揭露和批判。如《女人们露出白牙齿》就是这样的一篇：

阿伊特因公失去一条胳膊，住在医院治疗。保健会的太太们来到医院，向病人们分发外国捐赠的慰问品。阿伊特临床的一位病友分得一支雪茄，阿伊特羡慕不已。他盼望着下次太太们再来，他能分得一支雪茄。他平时看见董事长穆伊兹嘴里总是叼着一支雪茄，那是高贵、权力、身份的象征，他也想体尝一下。太太们又收到使馆送来的慰问品。可这次太太们把贵重的东西全都私分了。太太们在分东西的嘻哈声中露出了白牙齿。一位年轻太太把两箱雪茄都拿走了，为的是送给她的情人董事长穆伊兹。阿伊特等了很久，太太们终于来到他跟前。那位年轻的太太给他一盒廉价香烟，阿伊特向她要雪茄，那位太太谎称没有，二人争吵起来……阿伊特回到工厂，人们把他当英雄欢迎。董事长穆伊兹也亲自接见他。看见董事长抽着雪茄，他浮想联翩，董事长说些什么他一点也没听见。他只是在想，他应该有一支雪茄，那是他失去一支胳膊应该得到的权利。

由于库杜斯的小说风格明快流畅，与生活、时代结合紧密，故事性较强，通俗易懂，所以他的小说译成中文出版的相对较多。《我家有个男子汉》于 1986 年由上海文艺出版社出版，由施仁翻译。1981 年，江苏人民出版社出版了他的长篇小说《罪恶的心》，由杨孝柏翻译。1987 年，世界知识出版社出版了他的长篇小说《亲爱的，我们都是贼》，由葛铁鹰翻译。1991 年，上海译文出版社出版了他的长篇小说《少女的绝路》，由袁松月翻译。1991 年，湖南文艺出版社出版了他的长篇小说《疯人之恋》，由林则飞翻译。

研究文章：周文巨《杂谈伊赫桑·阿卜杜·库杜斯的〈蝙蝠窝〉》(《阿拉伯世界》，1993.2)、虞晓贞《试析伊赫桑·阿卜杜·库杜斯的文学创作思想：读〈谎言与真情〉杂记》(《阿拉伯世界》，1996.2)、宗笑飞《伊·阿·库杜斯短篇小说的问题意识》(《阿拉伯文学通讯》，2003.1)、宗笑飞《浅析库杜斯短篇小说中的妇女观》(《东方研究》，2003)。

（七）埃及作家尤苏福·西巴伊和他的《回来吧，我的心》、《废墟之间——记住我吧》

西巴伊 (1917—1978)，埃及现代文学重要作家、新闻家，出生在开罗。1937 年军事学院毕业后当过骑兵军官，后曾任军事博物馆馆长。1952 年"七二三"革命时是"自由军官组织"成员之一。曾任《新月》杂志董事长。一生创作颇丰，有长篇小说《虚伪的土地》、《我去了》、《挑水人之死》等，短篇小说集《这就是爱情》、《夜与泪》等。他创作的电影剧本《加米拉》拍成的电影曾获最佳故事片奖 (1959)，该片曾在中国上映，名为《阿尔及利亚姑娘》。他积极推动埃以和平进程，1978 年随萨达特访问塞浦路斯时被刺身亡。

1983 年，上海译文出版社出版了西巴伊的《回来吧，我的心》，由朱威烈翻译。该小说创作于 1954 年。书前有西巴伊的题词："献给骑兵部队的马匹、车辆、坦克、士兵、军官、领导人、烈士和老战士们。我写的仅仅是这些部队生命史上的一个片段，也是埃及生命史上的一个片段。"作者在前言中写道："我重视这部小说的原因，显然是我相信有必要把我们现代史上发生的重大事件记载下来。我以我的军人身份自信，我是最有资格记载这些事件的作家，因为我曾经在军队里服过，而且对那些改变埃及历史面貌的事件深有体会。我曾试图尽力把我的小说同确已发生的真实事件结合起来，使真实事件成为小说的一部分。我已经尽到了落在我身上的责任。"

该小说是西巴伊创作的一部结局圆满的作品。它通过花匠阿卜杜·瓦希德师傅的儿子阿里和王爷的小姐英琪曲折动人的爱情故事、花匠一家的遭遇，生动地反映了埃及 1952 年"七二三"革命前后的社会生活和人民的思想感情，并对瓦希德师傅的善良和毕生心愿、对阿里的正直和他对未来的美好向往、对舞女卡丽梅的热情和追求，都作了生动形象的描绘。作者将重大的历史事件同故事人物的命运有机地结合起来，显示出他的使命感和卓越创作才能。

1985 年，内蒙古人民出版社出版了他的另一部长篇小说《废墟之间——记住我吧》，由李唯中、杨言洪翻译。该小说创作于 1952 年。书前有西巴伊的题词："谨以此献给天下女性的灵感。"

《废墟之间——记住我吧》是西巴伊的一部浪漫主义代表作。故事以一对青年男女的恋爱故事为引子，运用倒叙的手法，精心细腻地描绘了一位历经坎坷、累遭不幸、一心为他人的幸福而耗尽青春年华的高尚女性的形象。小说境界幽深，构思婉曲，语真意挚，动人情肠。小说开头引人入胜，结尾耐人寻味。

1980 年，新华出版社还曾出版过西巴伊的另一部长篇小说《人生一瞬间》，由王凤序、王贵发翻译。

研究文章: 赵建国《爱情·女性·大事件——尤素福·西巴伊的小说》(《阿拉伯世界》，1991.3) 等。

（八）埃及作家纳娃勒·萨尔达薇和她的《零界的女人》

萨尔达薇(1930—)，埃及著名女作家。1954 年毕业于开罗盖斯尔·阿尼医学院。1956 年获美国哥伦比亚大学公共卫生硕士学位。多年从事心理卫生、医学文化研究，曾任埃及卫生部医学文化局局长、《卫生》杂志主编。1958 年开始发表作品。主要作品有短篇小说集《我学会了爱》(1959)、《少量温情》(1964)、《线与墙》(1972)，中篇小说《零界的女人》(1976)，长篇小说《一个女医生的手记》(1965)、《伊昔斯的女儿》(1999)、《齐娜》(2009) 等。

中篇小说《零界的女人》(1976)，是一部描写埃及妇女状况的小说。它以尖锐的笔调、深刻的剖析、无情的鞭笞，对埃及乃至整个阿拉伯社会妇女的现状进行了大胆的揭示和暴露。小说出版后，在文坛引起轩然大波，并遭到社会上保守势力的攻击。

1988 年，中国民间文艺出版社出版彭谊译的《判死刑的妓女》(即《零界的女人》)。1996 年，九州图书出版社出版的于晓丹主编的《世界中篇小说经典文库·阿拉伯非洲卷》中刊载了《零界的女人》(中译名为《一无所有的女人》)，由伊宏翻译。

小说以回忆的方式描写少女菲尔道斯家境贫寒，12 岁就失去了父母，由叔叔抚养。她中学毕业后，保守的叔叔不让她上大学，因为大学是男女同校。她 19 岁时，叔叔的妻子要她嫁给一个 60 岁的退休老头，叔叔也同意，因为一大笔财礼可以用来还债。菲尔道斯不愿意，但也无法抗拒。婚后她饱受精神和肉体摧残，她只得逃跑，在一家咖啡店干活。老板要她接客出卖肉体，她不愿意。这时一个贵妇人同情她，收留了她。在贵妇人家，她初步体尝到了什么是真正的生活。贵妇人的一个朋友看中了她，要她做情人，贵妇人也不好拒绝，菲尔道斯不愿意，只得又逃跑。她凭借自己的努力和才智在一家公司找到职务，做秘书工作。职员易卜拉欣与她产生了感情，她幻想着未来的美好生活：结婚、生子、房子……不想一天她突然听到人们议论，易卜拉欣与董事长的女儿定亲了。她一气之下又出逃了。为了生计，她不得不做出一些不光彩的事。后来被胁迫做了妓女。地方黑恶势力头子经常压榨她，要她交保护费。在多次被纠缠和威胁后，菲尔道斯忍无可忍，用刀刺死了这个黑恶头子。然而等待她的却是死刑。

像这样以一个女性的经历为线索，以当时的封建保守社会为背景，大胆揭示社会生活中存在的女性的悲惨境遇的作品，在过去的埃及和阿拉伯文学中还不曾出现过，引起文坛和社会的轰动是很自然的了。由于保守势力的反对，这部小说一直被禁止发行。她后来的许多作品也被禁，她本人也多次受到人身威胁。但萨尔达薇并未屈服，她是一个女权主义者，一个为争取民主政治而奋斗的勇士。

研究文章：2010 年第 4 期《当代外国文学》刊登了邹兰芳、余玉萍的文章《论女性自传中自我主体的漂移性——以纳娃勒·赛尔达薇的自传〈我的人生书简〉为例》。这篇文章尝试以萨尔达薇的自传《我的人生书简》为例，从其对于"反抗性自我"到"隐匿性自我"到"多维性自我"的揭示，论证女性自传主体向多维隐喻空间的漂移过程。

（九）叙利亚作家哈纳·米奈和他的《蓝灯》

哈纳·米奈（1924—　），生于海滨城市拉塔基亚，后全家迁往伊斯坎德隆省。1939 年法国当局将该省割让给土耳其，他全家又迁回拉塔基亚。他家境贫寒，当过学徒和佣工。他靠自学获得文化知识，多次参加反法示威游行，数度被捕入狱。1951 年，他与一批左翼青年作家创建"叙利亚作家联盟"，坚持现实主义创作方法。20 世纪 60 年代初，他曾被聘为专家在中国工作。1954 年他发表小说《蓝灯》，这是阿拉伯首部以社会主义现实主义方法创作的长篇小说，引起文坛的注意，并在阿拉伯现代文学史上留下深深的印记。

1983 年，湖南人民出版社出版了哈纳·米奈的长篇小说《蓝灯》，由陈中耀翻译。

小说的内容大意：第二次世界大战开始时，家家户户的玻璃窗都涂上蓝漆，蓝色的灯光隐约显现。在一家商店当学徒的法里斯失业在家，还有几个弟妹，一家数口在贫穷中苦度岁月。

法里斯深深爱着同院居住的烟草公司青年女工兰达。一天，法里斯去买面包，老板的刁难引起人们骚动，法国军警前来弹压，法里斯和许多人被捕，人们涌上街头，高呼"打倒帝国主义"、"要面包"的口号。游行被镇压下去，但法国当局被迫增加了面粉供应量。同狱革命者格迪尔给了法里斯很大启发。法里斯出狱后迫于生活，参加了法国控制的"叙利亚志愿军"，开赴利比亚与德军作战。第二次世界大战结束后，斗争并未停止，各大城市相继爆发更大规模反法斗争，要求法国撤军，实现祖国独立。远征军人陆续回到家乡。法里斯受伤下落不明，法国当局将他列入失踪者名单。兰达忧伤而死。罢工罢市已持续了两周。人们高举大旗，高呼"不撤军，毋宁死"的口号，向前挺进！

小说以海滨城市拉塔基亚为背景，表现了人民群众的日常生活和他们与法国殖民者、本国地主资产阶级的斗争。通过法里斯的成长，表现了第二次世界大战期间社会主义革命思想在阿拉伯国家的传播。小说前半部写得生动、完美，对法里斯的塑造也很有光彩；后半部法里斯的失踪使情景显得暗淡。作者意在把他塑造成一个具有阶级意识的自觉革命者的形象，但由于当时叙利亚城市工人阶级力量薄弱，他不可能成为一个像高尔基《母亲》中巴维尔那样的英雄主人公。但小说的描写还是客观真实的，表现了以法里斯为代表的普通叙利亚人的觉醒。

丁淑红与叙利亚作家哈纳·米奈

哈纳·米奈是个多产的作家，他还写过长篇小说《帆与风暴》、《阴云天的太阳》、《残存的记忆》、《水手的故事》、《船桅》、《春与秋》等，以及短篇小说集《白檀木》等。他拓宽了阿拉伯文学的表现领域，在描写人与海洋、森林、战争，人与历史、自然、社会之错综复杂的关系方面独树一帜，是阿拉伯现实主义文学的奠基人。

研究文章：黄培 《短篇巨匠与长篇力作——叙利亚作家哈纳·米纳》(《阿拉伯世界》，1994.4) 等。

（十）黎巴嫩旅美作家米哈依尔·努埃曼和他的《努埃曼短篇小说选》、《相会》、《七十述怀》

努埃曼 (1889—1988)，是黎巴嫩"旅美派"的重要作家，也是阿拉伯短篇小说的先驱者和奠基者之一。他出生在距贝鲁特 50 公里的巴斯坎塔镇。努埃曼小学毕业后进入那撒勒俄国东正教会师范学校，后又被送到乌克兰波尔塔瓦一所神学校学习。这期间他阅读了大量俄国文学作品。1911 年他回到黎巴嫩。同年随兄长前往美国，入华盛顿大学学法律和文学。后被征入伍，随美国军队开赴第一次世界大战中的法国前线，一年后退伍返回纽约。1920 年，努埃曼与纪伯伦联合在美国的十余名作家在纽约成立了阿拉伯海外侨民文学团体——"笔社"，纪伯伦为社长，努埃曼为顾问。"笔社"的宗旨是把阿拉伯文学从僵滞、保守、因袭的传统中解放出来，加强文学与生活的联系，使文学成为民族生活中的一个有效因素。1931 年纪伯伦去世后，努埃曼回到黎巴嫩，继续创作。他先后写过短篇小说集《往事依依》(1914—1925)、《豪绅》、《粗腿肚》，中篇小说《天花病患者日记》、《相会》，戏剧《父与子》，文艺评论集《筛》，传记《纪伯伦评传》，回忆录《七十述怀》，箴言集《路边的葡萄》，诗集《眼睑的悄语》等。1981 年，外国文学出版社出版了《努埃曼短篇小说选》，由仲跻昆、郅溥浩、朱威烈翻译；同年，上海译文出版社出版了《相会》，由程静芬翻译。1993 年，甘肃人民出版社出版了《七十述怀》，由王复、陆孝修翻译。

努埃曼在短篇小说《又一年》中刻画了一个形似开明、实则极为保守的村长艾布·纳绥福。他接连养了七个女儿，如今老伴又怀孕了，他为盼个男婴而几近疯狂，结果还是个女婴。他夺过婴儿，将其活埋在教堂附近，还到处宣扬他得了个男婴，但生下来就死了。村长之所以盼男婴，是因为如果没有一个男孩，村长的位子就会被别人拿去。小说尖锐地提出传宗接代、重男轻女这一社会问题。《不育者》描写了不孕给妇女带来的悲剧。加米娜和阿齐兹婚后生活十分美满，但婚后数年不育，加米娜遭丈夫和公婆百般虐待。她好不容易挨过十个年头，终于怀孕了，又恢复了天堂般的生活，然而她却自杀了，因为怀孕是通奸的结果。希望怀孕而重新获得丈夫爱情和家庭地位的欲望驱使她犯了罪。小说尖锐揭示了造成这一悲剧的家庭和社会原因。丈夫阿齐兹对加米娜的爱，是以生儿育女为前提的，当这一目的不能实现时，爱情便宣告破裂。不育的是丈夫，但社会偏见却把一切祸因归到女性身上。小说以其悲剧的力量打动了千百万读者的心。《又一年》、《不育者》分别发表于 1914、1916 年。其在艺术上超过了穆罕默德·台木尔（马·台木尔的哥哥）以及纪伯伦的作品。《不育者》是至今仍拥有读者的不多的阿拉伯早期小说之一。

《打石子儿的人》写的是一个靠打石子为生的人在发现自己的女儿与邻居一个行为不检的青年有亲昵行为时，便一锤结果了女儿的性命，然后自首，在狱中度过十八年。这位父亲十分喜爱自己的女儿，在妻子去世后一手将女儿抚养大。打死女儿后，他二十年没说一句话，人们从他的两眼和神情中看得出他内心承受的良心和名誉间痛苦的斗争。他终于跳海自杀。小说提出了封建礼教中一个带有普遍意义的问题，即贞操问题。《杜鹃钟》的女主人公祖姆露黛因羡慕侨商的一只杜鹃钟，新婚之夜抛弃丈夫哈塔尔与侨商私奔海外，后被遗弃，沦为酒店女侍。哈塔尔认为他的不幸是卑贱的农民生活败于发达的西方物质文明。他离开祖国，漂泊海外，二十年后，终于成为富翁。《学士文凭》、《阿勒芬斯先生》等揭示了移居海外这一重大社会现象背后隐藏着的种种光怪陆离的情景，勾画出了形形色色近乎异化了的人。还有描写老搬运工不幸被大油桶压死的《粗腿肚》，描写一个小女孩为出麻疹的弟弟找蜂蜜而被蜜蜂蛰死的《为蜜而死的小女孩》，揭露封建迷信的《宝物》，表现农村阶级关系变化的《贝克阁下》，等等。

努埃曼无疑是一位现实主义创作占上风的作家。他的短篇小说取材于社会生活，反映了与人们息息相关的问题和现象，具有鲜明的地方特色，且写作技巧成熟，语言充满魅力，艺术方法的运用超过了许多同时代作家。

《相会》是努埃曼的一个中篇小说，写于 1946 年，是一个爱情悲剧故事。青年小提琴家雷纳里德，受雇于旅店老板。他与旅店老板的独生女儿贝哈真心相爱。由于雷纳里德是个孤儿，既无高贵门第，又无任何财产，他和贝哈的爱情遭到蛮横的干涉和残酷的压制，老板、检察官、秘密警察串通一气，对雷纳里德进行种种迫害。结果雷纳里德和贝哈双双殉情而亡。小说歌颂了青年男女间的纯真爱情，以悲剧结局抨击了封建礼教、社会丑恶势力对这种纯真爱情的扼杀。《七十述怀》是努埃曼的一部自传式的作品，记录了他七十年的生活及创作历程，具有极为重要的文学、史料价值。

1978 年 5 月，黎巴嫩首次以政府的名义，为一位还在世的作家举行盛大庆祝活动，表彰他在半个世纪里对阿拉伯文学的杰出贡献，并授予他黎巴嫩最高勋章"黎巴嫩杉树勋章"。这个作家就是努埃曼。

研究文章：郅溥浩《论黎巴嫩旅美作家努埃曼的短篇小说》（《外国文学研究集刊》，第 5 辑，中国社会科学出版社，1982 年）、程静芬《浅论努埃曼文学创作的风格特色》（《外国文学研究集刊》，第 9 辑，中国社会科学出版社，1984 年）等。

（十一）黎巴嫩作家陶菲格·尤素福·阿瓦德和他的《面包》（《白衣女侠》）

阿瓦德(1911—1989)，黎巴嫩著名作家。毕业于叙利亚大学法律系。一度从事新闻工作，在《白天报》、《大众》杂志做过编辑。后任职黎巴嫩外交界，当过驻外大使。作品多取材于现实，描写社会生活面貌，抨击丑恶现象，歌颂普通人的善良和美好情操。主要作品有长篇小说《面包》(1939)、《贝鲁特磨坊》(1972)，中篇小说《跛足少年》、《一件毛衣》、《处女们》，以及短篇小说集《阿瓦德短篇小说集》(1963)。

1984 年，世界知识出版社出版了阿瓦德的《面包》（中译名为《白衣女侠》），由马瑞瑜翻译。这是一部描写黎巴嫩人民反对土耳其统治的作品。主人公齐娜是一位聪明美丽的姑娘，父亲早亡，她和祖父相依为命。她还有个后母和后母所生的弟弟塔姆。全家靠经营小酒店为生。小酒店常遭土耳其士兵抢劫。全家艰难度日。齐娜祖父结识一个叫阿西姆的青年。这是一位爱国志士，经常写诗呼吁人民起来反对土耳其统治。一次阿西姆被追捕，逃往山洞。齐娜给他送饭，阿西姆给她灌输革命思想。阿西姆被捕后，在狱中坚贞不屈，后在阿拉伯狱警的帮助下成功越狱。他们后来建立了一个名为"白色集团"的武装组织，与敌人展开斗争。后来，塔姆将房屋抵押给富豪伊卜拉欣，但后者拒不付钱。"白色集团"对这个勾结土耳其当局干尽坏事的伊卜拉欣进行了惩罚，分了他家的粮食，烧了他家的房屋。塔姆也觉悟并参加了革命活动。黎巴嫩人与土耳其军队进行殊死搏斗，最终取得胜利。阿西姆壮烈牺牲。齐娜和塔姆等人誓继先烈之志，将斗争进行到底。

奥斯曼土耳其人占领和统治阿拉伯国家约四百年之久，使阿拉伯国家长期处于落后低沉状态中。随着阿拉伯民族意识的觉醒，他们对土耳其统治者展开了反抗、斗争。这是阿拉伯近代社会发展和文化复兴的一个重要阶段和必要前提。但文学作品反映与土耳其统治者进行斗争的可谓少之又少。阿瓦德的小说《面包》给阿拉伯文坛留下了一部永远焕发光彩的珍品。

　　研究文章：马瑞瑜《评陶菲格·尤素福·阿瓦德的长篇小说〈面包〉》（《北京第二外语学院学报》，1986.3）等。

（十二）巴勒斯坦作家格桑·卡纳法尼和他的《阳光下的人们》、《重返海法》

陈毅副总理兼外交部长会见格桑·卡纳法尼

　　卡纳法尼(1936—1972)，是巴勒斯坦著名作家，在阿拉伯现当代文学史上有着重要的地位。他同时是巴勒斯坦解放运动的重要领导人。他出生于加沙。1948年5月，以色列向阿拉伯国家发动战争，卡纳法尼和亲人被迫离开家园。后一面在大马士革大学读书，一面在难民营里任教。20世纪50年代初，卡纳法尼投身于阿拉伯民族解放运动。1960年他进入黎巴嫩新闻界，写过不少政论文章。1963年他写出在巴勒斯坦文学史上具有重要意义的小说《阳光下的人们》，还写有小说《新娘》、《萨阿德大妈》、《你们剩下来的》、《十二号病员之死》、《忧伤的柑桔地》、《人和枪》、《重返海法》等，还著有《巴勒斯坦被占区的抵抗文学》一书。卡纳法吉曾来中国访问，受到陈毅副总理接见，并曾写过关于中国的游记。1967年第三次中东战争后，他参加创建"解放巴勒斯坦人民阵线"，任机关刊物《目标》主编。1972年7月8日，被以色列恐怖分子暗杀于贝鲁特街头。

　　1981年，《春风》译丛第2期刊登了卡纳法尼的《阳光下的人们》，由郅溥浩翻译。小说描写了三个不同经历、不同年纪的巴勒斯坦人，在遭遇了种种生活的不幸后，幻想去科威特挣钱谋生，人们都说那是一个黄金之国。他们好不容易来到伊拉克，因钱少无法去科威特，只好偷渡。一个为到伊拉克打猎的科威特富商开运水车的司机答应捎带他们去科威特，以便搞点外快。司机也是一个巴勒斯坦人，这次因车子出了毛病，没有随富商同时返回。他带着三人，每到一处边卡，三人就要进入装水的闷罐内躲藏。沙漠骄阳似火，罐内像沸腾的锅。到最后一道边卡时，官员们缠着司机聊天，时间过长。司机把车开到一个僻静处，赶快探看，罐内早已没有了声息，三人全都被闷死。小说通过写实与寓意，指出巴勒斯坦人消极逃避苦难是行不通的。结尾，作者借司机之口发问："你们为什么不敲打铁罐壁？你们为什么不喊？为什么？为什么？为什么？"整个沙漠都回响着这声音。这是冲击死闷现实的呐喊，是对革命的呼唤。小说出版后，震动了整个阿拉伯文学界。

1983 年 2 月，安徽人民出版社《外国中篇小说选刊》第 6 期刊载了《重返海法》，由邳溥浩翻译。《重返海法》表现了普通巴勒斯坦人的觉醒。故事描写赛义德夫妇 1948 年被赶出家园，来不及带走五个月的婴儿。1973 年第三次中东战争后，以色列出于宣传目的，打开边界，允许巴勒斯坦人返回故乡访问。赛义德夫妇抱着探望故居、找回儿子的愿望，在离别二十年后，重新回到海法。屋内陈设几乎原样未动，但已被一对犹太夫妇据有。他们的亲生儿子已被这对不育的夫妇抚养成人，成了一名坚定的犹太复国主义分子。他不仅不认双亲，而且声称他们是站在彼此敌对的阵营。在现实的教育下，赛义德夫妇认识到，人与人最终不是亲缘关系，而是阶级的、事业的关系，此前他们阻止二儿子参加游击队是错误的。小说提出了一个重大的问题：对巴勒斯坦人来说，什么是祖国？是他们在记忆的尘埃中梦寐以求的那个巴勒斯坦，还是书中二儿子这一代用枪杆子去赢得的一个崭新的巴勒斯坦呢？

卡纳法尼的作品真实而形象地反映了巴勒斯坦人的苦难、觉醒和斗争，以强烈的战斗精神和艺术特色在阿拉伯文学中独树一帜。他的作品大都悲壮沉郁，但正是在悲壮中迸发出复活的讴歌，在沉郁中显现出希望的光明。

研究文章：定宇《贝鲁特出版一部评巴勒斯坦作家格·卡纳法尼的专著》（《世界文学》，1978.1）、刘登东《格桑·卡纳法尼及其〈阳光下的人们〉》（《重庆师范学院学报》，20 世纪 80 年代）、周烈《〈阳光下的人们〉评析》（《外国文学》，2003.1）等。

（十三）苏丹作家塔依布·萨利哈和他的《移居北方的时期》、《宰因的婚礼》

萨利哈 (1929—2008)，毕业于苏丹喀土穆大学，后赴英国学国际法，毕业后在英国广播公司阿拉伯语部工作，后侨居巴林。他在20世纪50年代初开始创作，写有小说《宰因的婚礼》(1964)、《瓦德·哈米德棕榈树》、《马里尤德》(1977) 等。他于 1968 年发表的《移居北方的时期》是一部反映东西方文明冲突的力作。

1981 年，外国文学出版社出版了《移居北方的时期》，由李占经翻译。小说中的说书人"我"曾在英国留学数年，回国后在喀土穆教育局工作。"我"对苏丹社会中的一些现象感到困惑。一次，"我"接触到一个叫穆斯塔法的 50 岁左右的人，后来知道他也在英国留过学。后来他向"我"讲述了他的经历：穆斯塔法 25 岁到英国学习农业科技。在西方文明的刺激下，他拼命寻求刺激，耽于享乐，先后与多名英国女子发生关系，得到一种自卑的满足。由于粗鲁和疯狂，他不慎杀死了不驯服的英国妻子而被判刑 7 年。回国后，他从迷茫中清醒过来，决心用自己的知识为祖国效劳。他来到一个偏僻贫穷的乡村，为村民们办起了电磨坊、百货商店，后来在一次洪水泛滥时不幸被淹死。小说真实揭示了东西方文明的尖锐对立，以及东西方文明接触给阿拉伯社会带来的种种影响。小说的成功之处还在于它同时揭露了东方社会本身的落后、愚昧、官员的腐败、真理与权力的斗争。一边是社会福利设施奇缺的乡村和贫苦无依的村民，一边是部长等官员们的贪污腐化和穷奢极欲。"我"在穆斯塔法的影响下，也开始转变，决心用知识服务于国家。穆斯塔法和"我"互为补充，从开始的迷茫、惶惑，到用学到的知识报效祖国、人民。小说成功运用意识流、内心独白等技巧，打破时空界限，悬念迭生。评论家们认为，《移居北方的时期》的出版标志着阿拉伯小说创作进入了一个崭新的阶段。

1984 年，山西人民出版社也出版了《移居北方的时期》，改名为《风流赛义德》(内含《宰因的婚礼》)，由张甲民、陈中耀翻译。不过此译本是有些问题的。首先书名改为《风流赛义德》(主人公叫穆斯塔法·赛义德)，实在不得要领，迎合了当时的风气；其次，它把书中穆斯塔法与英国女人的关系的描写通通删掉，特别是将书中描写苏丹农村男女关系的文字删去八页约四千字，令人费解。其实这些描写根本谈不上色情，而且它们对揭示主人公的心路历程，揭露苏丹农村社会生活的落后、愚昧，是必不可少的内容。据译者所说，是出版社删改。

中篇小说《宰因的婚礼》以苏丹乡村生活为背景，生动地表现了苏丹乡村人与人之间的种种微妙关系，具有浓郁的乡土风情。主人公是个发育不良、头脑简单的青年，整天在村里东游西逛，看见谁家姑娘漂亮就会对她一见钟情，并到处宣扬他爱上了这位姑娘，这姑娘如何如何漂亮。在那保守的乡村里，谁家姑娘经他这么一嚷，准会芳名大振，远近闻名，以至于引得一些乡绅、名士、风流年少陆续前来登门求亲，将姑娘娶走。而此时宰因又毫不动心地寻找新的目标，开始他新一轮的"爱情"故事。开始，家长们都讨厌宰因的这一举动，可后来发现，宰因的举动在这个保守的乡村里对他们已到出阁年龄的闺女早点嫁出去有着独到的作用。于是许多做母亲的都竞相讨好和笼络宰因，让他有机会结识自家的女儿，好为她当"喇叭筒"。宰因就这么年复一年地"传播爱情"，不断地让别人去收取自己的"爱情成果"。他的忠厚、善良最终为他赢得堂妹尼阿玛的爱情，并在走向幸福的过程中战胜种种阻力，终于"善有善报"。

作品从一个侧面反映了苏丹农村在殖民体系瓦解后出现的某种变化，既讽刺了落后保守的旧势力旧习俗，又歌颂了善良的举动和行为。由于乡土气息浓厚，该作品深受人们喜爱。西方对它也很重视，认为它"是一部研究苏丹的百科全书"（布鲁塞尔电台1980年的一次阿拉伯语广播节目中的评价）。科威特艺术家曾将其拍成同名电影，该电影获1977年阿拉伯电影节一等奖。

《回族研究》2002年第3期刊登了《瓦德·哈米德棕榈树》，由林丰民翻译。

研究文章：李占经《试评〈移居北方的时期〉的艺术特色》（《阿拉伯世界》，1984.3）、闲云《阿拉伯文坛一枝当代"奇葩"：喜读〈风流赛义德〉》（《新书报》，郑州，1985.10.9）、林丰民《〈瓦德·哈米德棕榈树〉文本分析》（《国外文学》，1995.3）、郅溥浩《不可避免的艰难历程——谈几部反映东西方文明冲突的阿拉伯小说》（《百科知识》，1998.12）、李腾《扭曲的心理残缺的人格——用弗罗伊德的精神分析学释读穆斯塔法·赛义德》（《东方新月论坛》，2003.3）、杨言洪《苏丹小说的现实主义》（《阿拉伯世界》，1987.2）等。

（十四）阿尔及利亚作家阿卜杜·哈米德·本·赫杜格和他的《南风》

阿尔及利亚曾长期遭受法国殖民统治，1962年7月30日宣布独立。独立前无论境内还是境外的作家都用法语写作，独立后逐渐用阿拉伯语写作。赫杜格（1925—1999），是用阿语写作的重要作家之一。他从小在农村生活，曾在突尼斯宰顿大学学习，后在法国马赛技术学院深造。曾参加抗法斗争，并被捕入狱。作品多表现阿尔及利亚民族解放斗争和乡村生活。作品有短篇小说集《七支烛光》(1960)、《阿尔及利亚阴影》(1960)、《作家》(1974) 等，长篇小说《南风》(1971)、《昨日的终结》等。

1984 年上海译文出版社出版了《南风》，由陶自强、吴茴宣翻译。2004 年，世界知识出版社出版、时延春主编的《阿拉伯小说选集》(第 2 卷) 也登载了赫杜格的小说《南风》，由蔡伟良、陈杰翻译。

《南风》被认为是阿尔及利亚首部阿拉伯语长篇小说。它的主要内容是：阿尔及利亚革命胜利后，农村即将实行土地改革。地主加迪在民族战争期间为讨好革命，想把女儿宰莉哈嫁给革命者马利克。不想宰莉哈因乘坐的列车被革命者误炸而死去，于是加迪向法国当局告密，法国人便对村庄进行报复扫荡。革命后，马利克当了乡长，加迪为保住自己的土地，又想把二女儿奈菲莎嫁给马利克。奈菲莎不同意父亲的婚姻安排，决心出逃，但误入森林，被蛇咬伤，她家的羊倌拉比哈将她救回家中。加迪知道后，认为有辱门庭，砍伤了拉比哈，自己也被拉比哈的哑巴母亲砍成重伤，奈菲莎不得不回到自己家中。小说揭示了阿尔及利亚革命胜利之初农村社会关系的错综复杂，这实际上是革命前的问题的延续。小说以此表明革命的道路是艰巨的。小说中奈菲沙这一人物形象，代表了阿尔及利亚正在成长的有文化的年轻一代。

研究文章：郭黎明《访阿尔及利亚著名作家本·赫杜格》(《阿拉伯世界》，1988.2)、关偁《我为阿尔及利亚人民而写——同本·赫杜格的对话》(《文艺报》，1989.9.30) 等。

（十五）埃及作家哲迈勒·黑托尼和他的《宰阿法拉尼区奇案》、《落日的呼唤》

黑托尼 (1945—   )，是埃及当代文学的重要作家。1967 年中东"六天"战争爆发，埃及和一些阿拉伯国家惨败。埃及一些年轻人反思失败原因，他们拿起笔，针砭那些导致失败的种种社会问题。这些作家被称为"60 年代作家群"。"60 年代文学"是埃及和阿拉伯文学中的一个重要现象。黑托尼是重要代表作家之一。

黑托尼出生在上埃及农村，后举家迁往开罗。他曾做过六年战地记者，这使他对战争、人生、社会有着广泛而深刻的思考。他的作品具有丰富的想象力和创造力，借鉴法老文化和伊斯兰文化、文学遗产，同时运用西方文学中的各种创作手法。主要作品有：长篇小说《吉尼·巴拉卡特》(1974)、《宰阿法拉尼区奇案》(1975)、《显灵书》(三卷，1983—1985)、《落日的呼唤》(1992)、

《金字塔之上》(2002)、《三面包围》(2003)等。2007 年 10 月，作家曾受中国社会科学院邀请访问中国。2007 年 5 月，南海出版社出版了他的《宰阿法拉尼区奇案》（宗笑飞译）、《落日的呼唤》（李琛译）。

《宰阿法拉尼区奇案》讲述了一个荒诞的故事。一位著名的苏非长老制作了一种符咒，除了一对男女外，宰阿法拉尼区所有的人都会在一段时间内丧失性功能。符咒的影响还将扩大到全世界。他的目的是通过给人类以打击来改造世界。他呼吁建立一个人与人平等、没有饥饿与压迫、没有战争的社会，要达此目的，采用一般的方法是不行的。他还给人们制定了严格的规章制度。由于符咒的影响，街区人们的心理、行为发生了很大变化：一方面，人们出于恐惧而对长老言听计从；另一方面，他们又烦躁不安，产生怀疑甚至绝望的情绪。人类本性中的希望与绝望、信仰与怀疑、顺从与抗拒、压抑与挣扎表露无遗。内容虽荒诞，思想却严肃，旨在给人警示：这个民族还有希望，还有理想，但如不采取适当手段，这希望和理想终会成为泡影，甚至带来毁灭性影响。

《落日的呼唤》描写主人公艾哈迈德顺从"冥冥中的呼唤"向西旅行的故事。"冥冥中的呼唤"即"落日的呼唤"，它源于古代东方的生死观。日出东方象征生命的起始，日落西方象征生命的结束。向西的旅程实际象征着人类寻找精神家园的旅程。旅行有两种：一种是身体的感性的时空行走，一种是心灵的、从一种属性向另一种属性的提升。小说采取游记形式，虚实结合，故事性强，语言通俗。在身体旅行的后面，实际是心灵的旅行。大漠绿洲的环境是实，诸种大小故事、传说则是虚，并具神秘色彩。在这里，作者重在描写神秘主义修炼过程中的"悟道"。这种"悟"，是在生活中对外部世界和自己内心渐渐生发出来的智慧，是了悟到人、人生、生命的意义。每当意识到生命的短暂时，人就愈加有必要为使生活充满机遇而工作，使世界变成一个美好的适合人类居住和创造的地方。作者在这部神秘主义作品中所透露出的，正是这种积极的人生态度。

译者李琛 1982 年在埃及开罗大学做访问学者时曾会见过黑托尼，回国后仍与他保持着联系。李琛在《东方现代文学史》（海峡文艺出版社，1994）及她的代表作《阿拉伯现代文学与神秘主义》（社科文献出版社，2000 年）中对黑托尼做了精当的介绍。这次出版《落日的呼唤》，黑托尼特地从开罗写来《代序》，表达他对自己的作品在中国出版的欣喜之情。序文中，黑托尼对法老文化、生命、时间等诸多人生问题提出思考，并对他写作此书的动因做出了阐释。他说：

李琛与埃及作家黑托尼

我们无法了解时间的构成，不知其中的奥秘，也不知其从何开始，到哪儿结束，时间有否最初和终极。假若时间有起始，那么它又创始于何时？我们知道时间的表象，却不知其实质，就像照镜子一样，人不是看镜子，而是看镜子中的自己，正如我们看时间的表象、面孔的变化、生命的征象……生、死、记忆、遗忘、凝聚、消散、存在、虚无……

透过写作，我试图接近逝去的时间，倾听它不断消失的节奏和旅行者的驼铃声，以写作来增加我对虚无的感觉。在写作中，我找到了表达我的存在和对抗，也让我必然走向死亡的力量。古代阿拉伯诗人云：

生活多美好，

若青年如石块一般，

目睹一切，

又不曾受过伤害。

诗人面对虚无发出呼喊，可是他并不知道，石头也会被风雨销蚀。我更喜欢另一位古代诗人的诗句：

我以为岁月

终究不会留住，

让我们来讲述它吧！

　　　　　我对落日和月圆的感受是强烈的。以致，我抗拒着走向虚无的最终旅程。我讲述

　　　着我经历的事情，以及我想象的和我所明白的东西。我试图表达我作为个人存在的有

　　　限时光。我属于那个与中国悠久文化相类似的埃及古老文化。我有权感到无比幸福，

　　　因为《落日的呼唤》有机会从阿拉伯语变成有古老根基的十亿中国人讲的语言，这将

　　　使我在面对死亡之时变得更加强大。

　　研究文章：李琛《对传统的再发现和超越：埃及小说名家哲迈勒·黑塔尼》（《文艺报》，

1990.9.15）、郅溥浩《在艰难中崛起、创新：记埃及 60 年代作家群及他们的近期创作》（《文艺报》，

1993.9.18）、谢杨《流逝中的凝固——埃及作家黑塔尼作品时空艺术研究》（《外国文学评论》，

2009.2）、阿迪拉《哲迈勒·黑托尼的文学世界》（《长城》，2010.5）、邱华栋《哲迈勒·黑托尼——

埃及小说的新旗手》（《西湖》，2010.7）等。

（十六）阿联酋作家阿卜杜·哈米德·艾哈迈德和他的《打场工》、《在白天的边上》

　　从总体上说，海湾国家与埃及、黎巴嫩、叙利亚、伊拉克等国的文学发展并无不同，只是

大大缩短了发展过程。自己国家的新特点——石油带来的繁荣、与世界各国特别是与西方大国

的关系、大批移民的涌入（有阿拉伯国家的，更多的是来自印度、巴基斯坦、菲律宾的外籍民工）、

传统社会与新社会的矛盾，以及由此引发的人们在价值观、道德观上的冲突，这些构成了阿联

酋作家们选择题材的背景及重视民族性的特点。小说成为作家们"无声的良心"。

　　艾哈迈德（1958—　　），生于迪拜，曾长期从事新闻工作，是阿联酋《宣言》报专栏作家。

他是阿联酋作协创始人之一，曾任阿联酋作协主席。他已出版过短篇小说集《在空旷的海湾游

泳》（1982）、《打场工》（1987）、《在白天的边上》（1992）。他同时还是阿联酋"奥维斯文化奖"

评委会的秘书长。

　　阿卜杜·哈米德从 20 世纪 70 年代开始创作。他的创作起点颇高，运用现代小说技巧娴熟，

得到海湾国家和其他阿拉伯国家文学界好评。他的作品大多表现社会中被忽视的阶层和小人物

的命运，在价值观念发生剧变的社会中寻求建立与之相适应的新的观念。他在作品中多运用民

间传说，同一个人物往往在不同的小说中出现，给人以一种整体感。

　　1995 年，《世界文学》第 1 期发表了哈米德的短篇小说《打场工》、《在白天的边上》，

由郅溥浩翻译。

《打场工》内容大意：阿曼人穆里什 30 年前从陆路经过艰难跋涉来到阿联酋迪拜打工。那时人们每当过年过节，或是婴儿降生、给孩子行割礼、结婚什么的，都要请他去宰羊，或爬上椰枣树摘取椰枣，或干别的活。他虽一个人住在帐篷里，没有结婚，无儿无女，生活贫困，但还过得去。他生性开朗乐观，很得人们喜欢，尤其妇女儿童都愿意和他呆在一起，听他讲故事，儿童们特别喜欢他那爽朗的笑声。可是随着时代的发展、社会的进步，穆里什找活越来越困难了。宰羊都要经过屠宰场，而且找工作要出示护照，明确国籍、身份，而他当年是从山谷中偷渡过来的。没人雇他干活了，看来只有回阿曼老家种田了。可是到了边界，他既没有阿曼护照也没有阿联酋护照，不准入境，他只好返回。后来衣食无着，贫困交加，终于在帐篷里自杀。

小说描写了一个打场工由于社会剧变失去谋生手段而走投无路的凄惨命运。小说成功运用意识流、倒叙手法，将现实和历史交替描述，使读者对社会的发展和变迁留下深刻印象。

郅溥浩与阿联酋作协主席艾哈迈德

《在白天的边上》以一个到某城市访问的外国记者的眼光、经历，表现了阿联酋社会既充满阳光又不乏黑暗面、既生机勃勃又存在许多消极甚至肮脏现象的现实。"我"（记者）在酒店的第一天，就在咖啡厅遇见了一位衣着华贵、气质高雅、充满古典美的女人纳比莱。她邀请"我"到她家，一套还算不错的住所。原来她是一个妓女，专靠在酒店拉客，特别是外国客人。纳比莱向"我"讲述了她的经历，一会儿说她如何不幸，一会儿又说她丈夫很有钱……搞得"我"一头雾水，不知哪是真哪是假。"我"因为太累，只独自睡了一觉，第二天还是给了她一千第纳尔。城市的白天，繁荣而充满生机，但街上也到处是卑贱者、乞丐、从农村来的目光忧虑的妇女……"我"打车去展览馆，司机得知"我"是外国人，极力推荐"我"去阿因·纳斯尔区，说那里的姑娘如何美丽迷人，包"我"满意。"我"到了展览馆。这是一个大型展览馆，"我"正是为此而来的。在观看展品时，"我"发现一个姑娘穿着一身学生服装，认真地在笔记本上写着。"我"和她攀谈起来，她叫玛丽亚，她说她选择这个展厅，是要研究展厅里的产品以及它们是如何生产制作的。"我"问她知道阿因·纳斯尔区吗，她听后睁大了眼，但仍有礼貌地说："你们来此，只知道阿因·纳斯尔区！"她接着对"我"说道："我想研究的这种经济模式引起了人们的普遍赞赏，因此我选择它作为我的研究课题。"后来"我"告别了这个城市。纳比莱和玛丽亚都给"我"留下了深刻印象。她们是两个完全不同的人物。我为这充满矛盾的城市深感诧异。"我"相信：当一切虚假的脂粉、霓虹、服饰和白天边缘的昏暗消失后，当田野上开满茉莉花的时候，这个城市的白天就会从它现有的轨迹进入充满阳光的新世界的范畴。

作者同时写了纳比莱和玛丽亚这两个不同类型的女性，在玛丽亚身上寄托着作者的理想和希望。一位评论家这样评论阿·哈米德的小说："他的作品体现了小说传统与革新的矛盾统一，既有传统的东西，又有明显的对革新的追求。他特别注重对题材的选择，即表现社会和人类问题。"

研究文章：王贵发《阿联酋的文学运动》（《人民日报》，1996.9.15）等。

（十七）摩洛哥作家穆罕默德·苏克里和他的《光面包》

苏克里（1932—2003），出生于摩洛哥北部里夫地区的一个贫寒农家。自幼随父母逃荒到丹吉尔市，后迁徙到特士安，以后又流亡到阿尔及利亚西北部的奥兰，后来又回到丹吉尔。在长期颠沛流离的贫困生涯中，他事实上是一个城市的流浪儿，拾过垃圾，讨过饭，卖过菜，卖过报，擦过皮鞋，在砖场和农场卖过苦力，在海港做过搬运工，并在咖啡店和夜总会当过伙计。20岁时才开始上学识字。1966年发表短篇小说《岸边暴行》，获得好评。1972年开始创作自传体长篇小说《光面包》，先后被译成法、英、西班牙文出版，受到广泛关注，以后又多次用阿拉伯文出版，引起文坛争议。代表作还有短篇小说集《伙伴》、《玫瑰花的情痴》，长篇小说《肉市场》，剧本《天才家之死》等。

2004年，世界知识出版社出版、时延春主编的《阿拉伯小说选集》第1卷载有苏克里的《光面包》，由张文建翻译。

　　《光面包》是苏克里对自己 20 岁以前的回忆自述，可以称为一部自传体小说。他出生于丹吉尔一个贫寒的农家。父亲曾在西班牙摩洛哥军中服役，后开小差逃跑。他无正业可干，终日酗酒滋事，经常打骂妻子和孩子。他的弟弟体弱多病，一次因饿向父亲要吃的，竟被父亲活活掐死。母亲经常被打得鼻青脸肿，他也没少挨骂挨揍。母亲在城中摆摊卖菜，获取微薄收入。一家人在贫困中度日。后来全家前往特士安城。他在一家咖啡店打工。这时他已十几岁，常常偷看富有的邻家女孩在水池洗澡。一次竟潜入她家，勾引女孩与他裸眠。由于生活贫困，他开始与流浪孩子合伙偷窃。由于生活艰辛，父亲带着全家去阿尔及利亚的奥兰投奔亲戚。他被介绍到一家农场的监工家里干活。由于他不愿给监工洗内衣裤，又窥探监工美丽妻子的隐私，最终遭到斥责，离开了监工的家。很多摩洛哥人想来奥兰寻找机会，其实这里也和别的地方一样，主人公一家人又不得不回到摩洛哥的特士安。后来，母亲又生下了弟弟和妹妹，但都夭折了。迫于生活，他经常偷窃，还学会了酗酒、吸毒，并受伙伴唆使，开始嫖妓。由于仍受父亲粗暴对待，他不得不只身前往丹吉尔市去谋生。他把挣来的钱都用来喝酒，吸毒，常去妓院与妓女厮混。这里有外国人开的妓院，也有阿拉伯人开的，还有许多隐秘的淫窝。他似乎在女人身上找到了安慰，也与一些女人玩起了"情感游戏"。一天，丹吉尔街头人群聚集。40 年前的今天，西班牙人占领了摩洛哥北方的领土。今天人们集会抗议，要求西班牙滚出摩洛哥。随即人们开始游行。主人公和他的流浪朋友们也加入了游行大军。西班牙当局出动军警残酷镇压，好些人被打死。主人公也不得不逃跑躲藏起来。由于吸毒、嫖妓，又参加游行，他也少不了进过警察局。后来，在他认识的朋友中，有一个人介绍他到乡下一所学校去读书。这所学校的校长是一个非常好的人，乐于助人。从此，主人公便开始上学认字了，这年他 20 岁。

　　《光面包》出版后，遭到埃及和其他阿拉伯国家的禁止，因为它"公开赤裸的性描写，有伤阿拉伯和伊斯兰社会风化"。但在 2003 年，埃及及其他阿拉伯国家对《光面包》解禁，并允许在亚历山大国际电影节上上映由意大利、西班牙、摩洛哥合拍的据此小说改编的电影。由叙利亚作协评选出的 105 部 20 世纪优秀阿拉伯小说中，《光面包》也名列其中。法国《理想藏书》(余中先译) 在讲到"地中海和马格里布小说"时，列出了位居前十部的作品，《光面包》名列第一。作者指出："该书堪称'纪实文学'的范例，它极忠实地记载了 (20 世纪)40 年代丹吉尔市的社会生活，是人们了解第三世界乃至第四世界社会的珍贵资料。"

《光面包》近乎"原生态"地揭示出当时摩洛哥社会的贫穷、落后，以及由此产生的光怪陆离的生活现象和情状：乞讨、偷窃、酗酒、吸毒、卖淫、嫖娼……作者的表述大胆直露，对有关"性"方面的描写也毫不隐晦。虽然如此丑恶、暴露，但它留给读者的是掩卷后的思考，是对罪恶的殖民主义占领和统治的控诉。像《光面包》这样的作品，不仅在阿拉伯，就是在世界文坛上也是不多见的。应该说，作者写出这样的作品是需要勇气的。

研究文章：周顺贤《摩洛哥的中、长篇小说》（《阿拉伯世界》，1997.1）等。

（十八）黎巴嫩作家乔治·宰丹和他的《古莱什贞女》等

宰丹（1861—1914），生于贝鲁特。在贝鲁特美国大学学习制药专业，后辍学。1892年定居埃及。后来创办《新月》杂志，这是迄今为止埃及仍在出版的阿拉伯国家最重要的一本综合性杂志。他毕生致力于新闻工作、文学创作和语言研究，共创作40余部作品。其《伊斯兰文明史》（5卷）、《阿拉伯语文学史》等在学术界产生过重大影响。他的以伊斯兰历史为题材的小说创作，多取自史料、杂记、轶闻和民间传说，共19部之多，构成了系列小说，主人公多为女性。这些作品发表于外国殖民占领下的阿拉伯社会，对弘扬伊斯兰精神、激发青年的爱国主义热忱起到一定的作用。如《古莱什贞女》（唐扬、黄封白译，杨孝柏校，新华出版社1982年版），以伊斯兰创建初期围绕哈里发权位进行的斗争为背景，再现了当时的历史和社会。全书以少女阿斯玛为主线，将重大事件串联在一起，塑造了阿斯玛这一心地善良、不畏强暴、忠于爱情的形象，表现了作者对理想化人物的追求。阿斯玛和她的情人葬身于穆斯林内战烈火的情节，使人对历史作出反思。

宰丹曾于1866年去过英国，他的历史小说明显受到英国作家司各特和法国作家大仲马的启示。

我国出版了他的几部作品：1980年，新华出版社出版了《斋月十七》，星际译；1987年，世界知识出版社出版了《第一位伊斯兰女王》，杨期锭、元慧译；1991年，新疆人民出版社出版了《加萨尼姑娘》，李唯中译；1991年，新疆人民出版社出版了《埃及姑娘》，李唯中译；1991年，新疆人民出版社出版了《古莱什贞女》，李唯中译。

乔治·宰丹是19世纪末20世纪初阿拉伯重要的作家、学者、新闻工作者。他的小说故事性强，文笔流畅，深受群众喜爱。他的文学创作标志着阿拉伯小说的一个重要发展阶段。他是后来埃及、黎巴嫩开始出现的以反映社会现实生活为题材的小说创作的一个必不可少的准备。

（十九）阿尔及利亚法语作家穆罕默德·狄布和他的《大房子》、《火灾》、《织布机》三部曲

狄布（1920—2003），是阿尔及利亚有代表性的法语作家，不仅作品数量多，而且涵盖面广，反映了阿尔及利亚不同时期的历史和社会风貌。他生于阿尔及利亚北部的特莱姆森市，11 岁丧父，家境贫苦。中学没毕业就参加了工作，当过小学教员、会计、工人。20 世纪 50 年代初开始创作以《阿尔及利亚》为总名称的三部曲，意在概括二次世界大战前后阿尔及利亚的历史和社会。他还写了一些短篇小说，1955 年以《在咖啡店里》为名结集出版。1959 年他被法国殖民当局逐出阿尔及利亚，在法国滨海阿尔卑斯穆甘市居住五年，后移居巴黎。小说《非洲的夏天》(1959) 反映了阿尔及利亚民族解放战争的一个横断面，歌颂了阿尔及利亚人民的革命英雄主义精神。阿尔及利亚独立后，他继续创作，写有《记得大海的人》(1962)、《在荒凉的岸边奔走》(1964)、短篇小说集《护符》(1966)、长篇小说《国王的舞蹈》(1968)，创作方式和风格有所变化。以后还出版了新三部曲《野蛮人中的神》(1970)、《找猎能手》(1973)、《阿贝尔》(1977)，以及长篇小说《奥索尔的平台》(1985)、《夏娃的睡眠》(1980) 等。

他的《阿尔及利亚》三部曲中的第一部《大房子》(1952) 写城市贫民，第二部《火灾》(1954) 写山村雇农，第三部《织布机》(1957) 写产业工人。贯穿此三部曲的是一个叫奥玛尔的聪明、勇敢的孩子，在小说第一部中他还只有十岁，住在特莱姆森市的一个大杂院中，那里的人们在殖民统治下过着贫困的日子。革命志士哈米德号召大家与殖民者进行斗争。当局逮捕了他，但革命的烈火是扑不灭的。第二部中，哈米德受尽酷刑出狱，到山村领导平民斗争。虽遭到统治者残酷镇压及破坏，但革命运动不断开展，蓬勃壮大。第三部中，奥玛尔已成长为一个自觉的革命青年，在织布厂当学徒工，投身工人革命运动，与同志们一道商讨解放和改造世界的计划。

1958 年，新文艺出版社出版了狄布的《火灾》，由周仰翻译。1959 年，上海文艺出版社出版了狄布的《大房子》，由谭玉培翻译。

（二十）摩洛哥法语作家塔希尔·本·杰伦和他的《神圣的夜晚》

本·杰伦(1944—　　)，生于非斯城，曾从事新闻工作，是社会精神学博士。他创作作品二十余部，主要有诗集《太阳的创伤》(1972)、《骆驼的话》(1974)、《不为记忆所知》(1980)等，小说《哈鲁达》(1973)、《疯子莫哈，哲人莫哈》(1978)、《大众作家》(1983)、《沙漠的孩子》(1985)、《一个男人的毁灭》(1994)、《错误之夜》(1997)、《向我女儿解说种族主义》(1998)等。其作品主人公多是下层社会中的小人物，诸如移民、工人、妓女、普通知识分子等。

1987年出版的长篇小说《神圣的夜晚》讲述了宗法社会中一出骇人听闻的惨剧。主人公扎赫拉是一个富商的第八个女儿，为避免家产落入他人之手，她从小被当作男孩来抚养。二十岁时父亲去世，她才得以恢复女儿身。之前，嫉恨她的七个姐姐命人割去她的阴蒂，使她身心遭到极大摧残。她虽然恢复女儿身，但为了避免麻烦，仍不得不继续装下去。她与母亲、姐姐们的关系十分紧张，不得不出走，经历了一个不幸女人所能遇到的一切：被绑架、被奸污……她遇见了一个在澡堂给人搓澡的盲青年贡苏尔。通过接触，两人渐渐产生好感和爱情，这是她一生中最幸福的时刻。不想，她叔叔为了报复而找到她，并威胁她。她忍无可忍，终于开枪杀死叔叔。等待她的是漫长的牢狱之苦。

小说深刻揭示了摩洛哥社会生活的种种矛盾，尤其是妇女的悲惨遭遇。这不仅体现在扎赫拉的身上，也体现在她的曾被父亲残酷虐待几近发疯的母亲和姐姐们以及贡苏尔的姐姐身上。扎赫拉渴望过新的生活，也进行过努力、挣扎，但终究不能如愿。作品以震撼人心的力量受到好评，出版当年即获得法国龚古尔文学奖。作者被称为摩洛哥新文学倾向的代表作家。

1996年，北京师范大学出版社出版了《神圣的夜晚》，由黄蓉美、余方翻译。此为柳鸣九主编的《法国龚古尔文学奖作品选集》中的一种。1996年，九洲图书出版社出版、于晓丹主编的《世界中篇小说经典文库·阿拉伯非洲卷》中也载有《神圣的夜晚》，同为上述译者译。书前有于晓丹的序言，对《神圣的夜晚》作了较多的介绍。她写道：在那样的社会里，"女人从一生下来就不被按照正常的人的状态进行抚养和教育，其命运就被男性社会所扭曲；在这个偏执的男性社会里，女人似乎从来就无法得到正常的生存权、爱别人的权利和被爱的权利；女人从来就是似花非花、似雾非雾地活着，直到有一天被彻底涂抹掉，花终于不复存在"。在这样的社会里，"比之西方和以佛教为主的东方其他国家里的女人，活得是更加非人的"。

　　中国翻译的比较重要的阿拉伯国家的小说还有利比亚作家伊卜拉欣·法格海的长篇小说三部曲(《一个女人照亮的隧道》、《这是我的疆域》、《给你另外一座城市》)中的第一部《一个女人照亮的隧道》, 2000 年长江文艺出版社出版, 李荣建、李琛译。小说从《一千零一夜》获得灵感, 表现了一个来自未开化的沙漠国家的主人公哈里里来到开化的国度, 内心经受的原始和开放的斗争, 他的性经历以及伴随着性过程的情爱、暴力和凶杀。他时而像是到了《一千零一夜》里的虚幻世界, 时而又回到了现实, 但始终伴随他的是女人、性、暴力。小说将古代和现代、落后和开化融为一体, 使得时空范围扩展, 思想内容加深。作者所处的那个社会中的"现代人"的思绪、情感、惶惑、内心矛盾表现得十分充分。法格海的另一部小说《昔日恋人》于 1995 年由上海译文出版社出版, 李荣建翻译。

与利比亚作家法格海合影。前右起仲跻昆、法格海、李振中, 后右起葛铁鹰、杨言洪、郅溥浩、国少华、李荣建。

　　在埃及小说中, 有反映本国革命及与敌对国家情报机关的斗争的作品, 如:《走向深渊》(阿拉伯小说选, 郭黎等译, 江苏人民出版社, 1981 年)、《走向深渊》(潘定宇、沈肇读译, 新华出版社, 1983 年)、《为了自由》(阿·拉·阿加基著, 林则飞译, 上海译文出版社, 1984 年)、《为了自由》(阿·拉·法赫米著, 杨期锭译, 湖南人民出版社, 1984 年)。

　　译成中文的重要的阿拉伯文学作品还有:沙特作家赛义德·萨利哈的长篇小说《沙漠——我的天堂》, 仲跻昆、赵龙根译, 江苏人民出版社, 1983 年;埃及作家穆斯塔法·阿明的长篇小说《初恋岁月》, 吴茴萱、朱威烈译, 湖南人民出版社, 1984 年;黎巴嫩作家胡里的长篇小说《东方舞姬》, 李唯中、马瑞瑜译, 内蒙古人民出版社, 1985 年;叙利亚女作家伊德莉比的长篇小说《凄楚的微笑》, 王复译, 外国文学出版社, 1991 年;埃及作家马尔西的《谍海大亨——阿以间谍大战秘闻》, 杨言洪、葛铁鹰等译, 十月文艺出版社, 1992 年;科威特女作家苏莱娅·巴克萨尔的《苏莱娅短篇小说集》，朱紫殿译，世界知识出版社，1998 年；埃及作家穆·阿卜杜拉的小说《日落之后》，袁松月译，上海译文出版社，1999 年。

其他短篇小说、中篇小说的译介及研究情况简介如下：

《世界短篇小说精品文库·阿拉伯卷》

1996 年 6 月，海峡文艺出版社出版了柳鸣九主编的《世界短篇小说精品文库》。该文库共有 14 卷，收世界主要国家、语种的短篇小说。其《阿拉伯卷》由郅溥浩选编，其中共选了 16 个阿拉伯国家的小说 82 篇，以埃及小说居多，参与的译者约 40 位。

柳鸣九在总序中说：

> 在文化研究领域里，一种试图找到始极之源的意向与冲动是累见不鲜的。然而，任何比较文学的学者要为某种文学形式找出一个发源地，其不明智的程度不下于一个人类学家企图证明世界上的人类都起源于某一个山洞。

> 当然，各个民族、各个国家的文学形式与文学题材之间的互相影响是不可否认的。以近代的最早一个短篇小说集、意大利文艺复兴时期的《十日谈》而言，它就曾对其他国家短篇小说的发展产生过很大的影响，即使是在法兰西这一个短篇小说后来高度发展的国家里，《十日谈》也直接助产了它近代的第一个短篇小说集《七日谈》。直到 19 世纪，《十日谈》的格式、经验与魅力，还促使了小说巨匠巴尔扎克写作出不无效颦性的《都兰趣话》。而《十日谈》本身，也是接受了外来影响的结果。它那故事套故事的框架式叙述结构以及有的故事题材，的确都直接来自阿拉伯 10 世纪到 14 世纪编写成的故事集《一千零一夜》。至于《一千零一夜》，则又与古代印度文学有关。印度的故事集《五卷书》早在 6 世纪至 8 世纪相继译成中古波斯语、古叙利亚语与阿拉伯语。在这部故事集里，框架式叙述结构早已存在了，其对阿拉伯文学的影响可想而知。

郅溥浩在编选者序中写道：

> 阿拉伯国家地跨亚非，幅员辽阔。近代以来，由于历史的原因，在这片广袤的土地上建立了大小不等的十余个国家。但同文同种，对外界来说，它仍然是一个具有共同文化传统、历史渊源和宗教信仰的统一体——阿拉伯世界。

　　古代阿拉伯人祖居在阿拉伯半岛。很早以来，这里就产生过辉煌的文学——与沙漠游牧贝督因人生活息息相关的诗歌。公元 7 世纪，伊斯兰教兴起，随着军事扩张，数十年间，在伊斯兰教这面大纛下，阿拉伯人建立了东至中亚、阿姆河，西至北非、西班牙的阿拉伯大帝国。在传统文化的基础上，在帝国境内各民族的参与下，中世纪的阿拉伯文化曾极度辉煌。在文学上，作家辈出，产生了大量优秀的诗歌和散文。像古代中国一样，古代阿拉伯也是一个诗歌的王国。而《一千零一夜》则是它奉献给世界文苑的一株永远放射着异彩的奇葩。

　　古代文明的式微，作为历史现象，已掩过了它的一页。然而，古代阿拉伯文化对欧洲文艺复兴的巨大贡献，确是有目共睹的。近代阿拉伯文化复兴，它的重新走向世界，也从未离开过古代文明的激发和推动。近代以来，特别是二次大战后，阿拉伯国家相继摆脱殖民统治，获得独立。文学蓬勃发展，不仅作家如林，而且流派纷呈，令人目不暇接。他们中产生了马哈福兹这样荣获诺贝尔文学奖的作家。现当代阿拉伯文学已无可争议地成为世界文学中不可缺少的重要组成部分。

　　由于自身历史特点和外部环境影响不同，在文化和文学上，阿拉伯国家经历了不同的发展阶段，其中既有共性，也各具特色。从地域上，我们不妨把它分成四个地区或板块：一、埃及、苏丹、利比亚；二、西亚地区，包括黎巴嫩、叙利亚、伊拉克、约旦、巴勒斯坦；三、马格里部地区，包括阿尔及利亚、突尼斯、摩洛哥；四、海湾地区，包括阿联酋、科威特、沙特阿拉伯等。

接下来，编选者序重点对埃及、黎巴嫩、叙利亚、伊拉克等国家文学作了介绍，并对巴勒斯坦、苏丹，以及马格里部诸国、海湾文学作了简要介绍。

最后，郅溥浩说："本选集中的作品有些是曾经发表过的，但新译之作也占相当比例。由于资料和篇幅等原因，这里所选的，只是浩如烟海的阿拉伯优秀短篇小说中的很小一部分。这是我国出版的第一部阿拉伯小说选。希望以后还有第二部、第三部……问世，以使我国读者能有机会更多地更充分地了解阿拉伯短篇小说和阿拉伯文学。"

这卷阿拉伯短篇小说对认识和了解阿拉伯现当代文学有着一定的作用。除入选的已发表过的作品外，本卷中的一些新译篇章也别具一格。如中世纪哈迈扎尼和哈里里的两篇首次译

出的"玛卡梅故事"《护身符篇》、《萨那篇》（仲跻昆译），
描写了为儿子温饱不得不出卖贞操的母亲得不到谅解死于
丈夫刀下的黎巴嫩作家阿瓦德的《哈奴》（鲍兆燕译），描
写乞丐不甘受人摆布而争取自己权利的埃及库杜斯的《乞
丐罢宴》（薛庆国译），描写下层社会错综复杂关系的埃及
埃拉布的《底层世界》（顾正龙译），描写农民工外出打工
艰辛的埃及阿·阿卜杜拉的《家梦难圆》（张洪仪译），
描写东西方文明冲突引发悲剧的埃及苏·法亚德的《不谐
和音》（郅溥浩译），描写打击偷窃儿童肾脏犯罪的埃及艾
布·扎克拉的《横祸》（蒋传英、周烈译），以荒诞派手法
描写两个逃避现实的青年男女不幸遭遇的埃及作家舒尔巴
吉的《十二点的列车》（郅溥浩译），描写世事变迁中对过
去美好回忆的摩洛哥宰弗扎夫的《行走》（杨言洪译），表
现女性不幸遭遇的科威特女作家莱拉·奥斯曼的《烟缸中
的女人》（齐明敏译），大胆触及"性"问题的巴林女作
家法齐娅的《问》（张洪仪译），描写小保姆大胆对抗主
人的沙特阿拉伯女作家海娜·侯赛尼的《挑战》（谢秋荣译），
表现一个小女孩帮助革命者的也门迪马吉的《小女孩贝希
莉》（杨乃贵译）等。

　　这里要特别提到的是阿尔及利亚作家塔希尔·沃塔尔
（1936—2010）。《阿拉伯卷》中收入他的短篇小说《心
中的烟云》（杨言洪译）。沃塔尔是阿尔及利亚当代著名作
家，是用阿拉伯语创作的代表性作家，曾参加过反抗法国
殖民占领的斗争。1962 年创办《自由者报》，后又创办《群
众报》。写有多部短篇小说集和长篇小说，如《拉兹》、《地
震》、《骡子的婚礼》、《聪明总督回到他原来的地位》、

《世界短篇小说精品文库·阿拉伯卷》
中译本封面

《创伤》、《烈士本周返回》等。遗憾的是我们只翻译了他的一篇《心中的烟云》。1995 年，郅溥浩出席沙特阿拉伯杰纳迪里叶文化节时会见了沃塔尔。他热切地希望中国能译介他的作品。后来他从阿尔及利亚给郅溥浩寄来了他的几乎所有作品，并附一信。信中写道：

> 郅溥浩教授：
>
> 致以良好的问候。我很荣幸给你寄去我所能找到的我的一些作品，为的是实现我在沙特阿拉伯利雅得期间向你许下的诺言。希望你能在这些作品中发现你所感兴趣的适合你鉴赏标准的从而能把我提升到有才能的作家行列的某些内容。
>
> 再次向你致以崇高敬意！
>
> 　　　　　　　　　　　　　　　　　　　　　　塔希尔·沃塔尔

埃及舒尔巴吉的荒诞派小说《十二点的列车》在 2010 年清华大学、中国科技大学、上海交大、西安交大、南京大学五校联合自主招生考试的试题中，被选作现代文阅读的素材。参加五校联合自主招生考试的数万名年轻学子，能够有机会读到这篇阿拉伯小说，这是一件可喜的事，也说明阿拉伯文学在中国有一定的地位和影响。在网络和一些刊物上，载有不少对该小说解读、分析的文章，有的分析相当深入。

《利比亚现代短篇小说选》

1993 年，武汉大学出版社出版了李荣建译的《利比亚现代短篇小说选》。书首有利比亚著名作家穆斯塔法·米斯拉提写的序言。米斯拉提写道：

> 当我得知我国文学作品飞越千山万水，将与中国读者见面时，我高兴极了。把位于非洲北部、地中海南岸利比亚的优秀小说介绍到具有悠久历史和灿烂文明的中国，是文化艺术领域里的卓越努力。我十分乐意为中国学者李荣建的译介工作的新结晶——《利比亚现代短篇小说选》作序。他视野开阔，博览群书，具有较强的艺术审美感，他能够胜任选译利比亚小说这一光荣而艰巨的使命。
>
> 他有机会来到利比亚工作；但他不是那种呆在办公室里数钟点的职员，而是具有雄心壮志和充满活力的学者。他能够和利比亚文化界朋友们相处得十分融洽，相得益彰。他满怀热情地将现代阿拉伯文学作品的精品译成中文，以使中国读者阅读阿拉伯各国包括利比亚的小说佳作。他不知疲倦地认真工作，用手中的笔，在中国和阿拉伯

之间架起一座交流的桥梁。

这部小说选，是他从我国 10 位作家的数十部小说集中精心挑选出来的。这些小说以前曾译成俄语、德语、意大利语、英语等多种文字。但据我们所知，这些小说均是首次由阿拉伯文译成中文。这是文化交流的实际步骤，它有助于加深中国人民和阿拉伯民族的传统友谊。

这些小说大体上可以反映出利比亚小说的概貌，它们是阿拉伯社会各阶层人士生活的真实写照。

中国人民和阿拉伯人民的文化交流，可以追溯到 2000 多年前。在阿拉伯书籍中，关于中国的记载比比皆是。从孔夫子的谆谆教诲到脍炙人口的民间传说……中国人民的聪明才智及伟大创造，曾经而且至今仍然深深震撼着阿拉伯人民的心。在进入工业时代的今天，我们知道中国的人造卫星正在太空遨游，我们也了解中国文化界、思想界的丰硕成果。"百花齐放"是多么生动而形象的语言啊！

再次感谢李荣建先生，假若没有他，我的这些话和这部小说选到不了您的手上。请接受我的来自的黎波里的敬意！

《利比亚现代短篇小说选》共收入艾哈迈德·法格海、阿里·米斯拉提等 10 余位作家的 18 篇小说。

书首有朱威烈写的《利比亚及其文学》。书后附有李荣建写的《利比亚小说一瞥》，对利比亚小说的发轫、20 世纪 50 年代的利比亚小说家、20 世纪 60 年代的利比亚小说家、20 世纪 70 年代的利比亚小说家分别作了介绍。书后还附有"译后记"。

《走向深渊——阿拉伯文学专辑》

1981 年，江苏人民出版社出版了一部名为《走向深渊——阿拉伯文学专辑》的翻译作品。这是《译林》编辑部编辑的。《译林》编辑部在"编后记"中说："阿拉伯世界幅员辽阔，人口众多，特别是其中的埃及、伊拉克更是古代文明的发祥地之一。一千多年来，阿拉伯民族创造了蒙昧文学、伊斯兰文学、安达卢西亚文学和近现代文学那样宝贵的文化财富，成为世界文学的一个重要组成部分。这次，我们首先从介绍阿拉伯现代文学着手，编辑出版《阿拉伯文学专辑》，希望增进广大读者对历史悠久、丰富多彩的阿拉伯文学的了解。"

　　书首有朱威烈写的《漫话埃及现代小说》。本辑所收的作品有：埃及作家马尔西的《走向深渊》、埃及作家马哈福兹的《卡尔纳克咖啡馆》、埃及作家阿卜杜拉的《弃婴》、伊拉克作家赫斯巴克的《第 4/5 号屋》、埃及作家哈米德的《新婚之夜泪涔涔》、黎巴嫩作家米·努尔曼的《果丹皮借据》、阿尔及利亚作家本·海杜格的《异乡人》、埃及作家马哈福兹的《土皇帝》、黎巴嫩作家尤·阿瓦德的《哈奴》、巴勒斯坦作家卡纳法尼的《重返海法》、也门作家马卡里哈的《依依深情寄北京》。

《埃及现代短篇小说集》

　　1983 年 9 月，中国社会科学出版社出版了《埃及现代短篇小说集》，由邬裕池、仲跻昆等翻译。这是由《世界文学》编辑部编的《世界文学丛刊》（第 11 辑）。这在当时是一部重要的埃及短篇小说选中译本。本书收 20 世纪以来 41 位埃及作家的作品。"编辑说明"中写道：

> 　　现代埃及小说发展的历史并不太长。19 世纪，以拉法阿·塔赫塔维为代表的一些知识分子翻译并改写欧洲和俄国的文学作品，为现代小说的产生打下了基础；随着帝国主义入侵而传入埃及的一些文明手段，导致出版、印刷事业的蓬勃发展，散文体裁有了较大进步；因不堪忍受土耳其封建桎梏，黎巴嫩、叙利亚等国知识分子流亡到埃及，也为发展埃及文学作出了积极的贡献。埃及文学是在兼收并蓄阿拉伯古典传统和西方文明两大潮流精华基础上发展起来的。而短篇小说则经过几代作家的艰苦实践，逐步形成自己的独特风格。
>
> 　　埃及现代小说的发展经历了若干阶段。我们在编辑这个集子时，注意选收各个时期代表作家的作品。

　　"编辑说明"对 20 世纪初埃及文学的发展，第二次世界大战期间和 20 世纪 50、60 年代埃及文学的发展作了简要介绍，指出所选作品具有各种题材，所选作品最早的写于 1918 年，最晚的是 1981 年发表的。作品排列的顺序主要按照作家在文学史上所处的年代。在多数作品之后，附有简短后记，供读者和研究工作者参考。

《世界反法西斯文学书系·西亚非洲卷》

　　1992 年，重庆出版社出版了《世界反法西斯文学书系·西亚非洲卷》，总主编刘白羽。选入的作品有：伊拉克诗人贾瓦希里的长诗《斯大林格勒》（郅溥浩译）、叙利亚作家哈纳·米奈的《兰灯》(节译)(陈中耀译)、埃及作家哈米西的《扎米利亚·扎马利亚特》(秦水译)、埃及作家巴达维的《可怕的时刻》(秦水译)、埃及作家阿里扬的《人民的士兵》(秦水译)、埃及作家马卡维的《一位德国太太》(郅溥浩译)、黎巴嫩作家达克鲁布的《比蟠桃还甜》(季青译)、利比亚作家扎耶德·阿里的《粗犷的树干》(李荣建译)、利比亚作家米斯拉提的《墨索里尼的马鞍》(李荣建译)。

《四分之一个丈夫》

1995年7月，河北教育出版社出版了短篇小说集《四分之一个丈夫》，李琛选编。这是《蓝袜子丛书》(外国女性文学作品集)10卷中的《阿拉伯卷》。集中共选入阿拉伯国家女作家的小说40篇。这是中国出版的首部也是唯一的一部阿拉伯女性作品选，其中许多作品是第一次发表。李琛在前言中对从古代到现当代阿拉伯妇女的处境、地位、状况作了全面的叙述，对各个不同时期阿拉伯女性作家及女性文学的发展及成就作了深入的分析，特别对20世纪80年代以来阿拉伯女性文学迅速发展的社会背景和条件给予了充分介绍。他说："阿拉伯女作家的人数从80年代开始增长很快，这一现象在文学发展稍微滞后的海湾、北非国家最为明显。在男人经商、参战或沉默的情况下，黎巴嫩、伊拉克、巴勒斯坦等国的女作家们当仁不让，高瞻远瞩地写出了深刻反映战争给人民带来严重创伤的力作，反映了当时社会剧烈变革情况下社会关系及人际关系的变化。她们的作品出手不凡……"李琛还在"编后记"中说："阿拉伯世界有二十二个国家，要把这么多国家的女性文学展现在这三十万字的集子里着实不容易。何况，当代女作家辈出，旅居海外者大有人在，作品收集就更是十分不易了。幸而在过去的十年间结识了不少阿拉伯的作家，收集了许多馈赠作品……旅居突尼斯的伊拉克作家马吉德·鲁巴伊得知消息后，自告奋勇为我联络北非和伊拉克作家，很快便得到他们的积极回应……"

《阿拉伯小说选集》

2004年，世界知识出版社出版了《阿拉伯小说选集》，时延春主编。这部小说选集共5卷，收阿拉伯小说14部，有的是中篇小说，有的则是长篇小说。这是迄今为止规模较大的一部阿拉伯小说选集，它的出版得到了叙利亚作家协会的支持。这部《阿拉伯小说选集》所选的小说，基本上是叙利亚作协评选出的20世纪105部阿拉伯最佳小说中的作品。其在文学史上的地位和价值似不容置疑。顺便说一句，叙利亚作协所评选出的这105部作品，鉴于当时条件，个别的

也有顾及国家、作家的情况，有些并不能算是上乘之作，而
有的够水平的小说却未能入选。应当说，这部《阿拉伯小说
选集》是有价值的。14 部阿拉伯小说能集中出版，而且其
中多数还是从未出版过的，这给中国读者提供了更多更好了
解阿拉伯文学的机会。

不过，在有些方面为人所诟病。如所收《风流赛义德》，
系苏丹作家塔伊布·萨利赫的著名作品，原名是《移居北
方的时期》。我们在别的地方指出过，《移居北方的时期》
有李占经的译本。张甲民的译本改为《风流赛义德》（题目
并非译者所改，而是出版社所改）。《阿拉伯小说选集》理
应收李占经的译本《移居北方的时期》，或收张甲民的未经
删节的译本。令人惊讶的是，在作者介绍中，谈到萨利赫的
代表作时，也只说是《风流赛义德》而不注明其原名为《移
居北方的时期》，整个介绍中没有一次提到《移居北方的时
期》。这不仅误导了中国读者，而且也欠严肃。另外，这么
重要的一部阿拉伯小说选，却没有一篇前言或后记来充分或
比较充分地阐述阿拉伯小说及阿拉伯文学的情况，这给人留
下很大的遗憾。

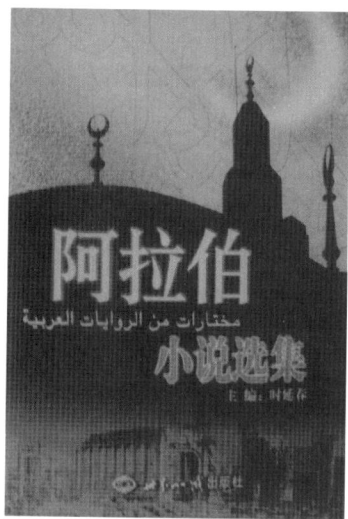

《阿拉伯小说选集》封面

《穆妮拉：科威特短篇小说精选》

2011 年 1 月，宁夏人民出版社出版了《穆妮拉：科威
特短篇小说精选》，由周放、刘磊、张雪峰、陈杰翻译，
蔡伟良审校。这部小说集是由科威特著名杂志《阿拉伯人》
为纪念杂志创刊 50 周年编辑的，由科威特学者穆拉赛勒·法
利赫·阿基米主编。阿基米主编的这部小说集原名《探寻更
广阔的空间——科威特短篇小说选集》。小说集选入短篇小
说46篇，包含了从 1929 年底科威特第一篇短篇小说《穆妮拉》

到当代的各个不同时期的重要作家的重要作品。书前有《阿拉伯人》杂志主编苏莱曼·易卜拉欣·阿斯卡里写的"中文版代序"《科威特小说——阿拉伯叙事长河中的一个支流》。文中说：

> 当我得知有一群阿拉伯语的专家学者在朱威烈教授的带领下，将这部书译成汉语的时候，我为之欢欣鼓舞。

> 今天，《阿拉伯人》杂志很乐意扮演一个崭新的角色，即为阿拉伯文化和中国文化的交流开辟一片空间。今日之中国作为大国，吸引了全世界的目光；作为新兴力量，其名字更为闪耀……它为那些致力于振兴的阿拉伯国家重新点燃了希望之火。

> 《阿拉伯人》杂志访问团曾率先访问中国，而且不止一次地派遣记者团实地探寻中国崛起的秘密，并向阿拉伯读者详细介绍中国的全方位崛起，当然，杂志还介绍了中国的传统风俗、信仰和独特文化。

> 这次翻译实践证明了很多共识，其中包括中国文化和阿拉伯伊斯兰文化并不像部分别有用心的人宣称的那样，是对立、碰撞、冲突的两种文化，而是两个悠久的、植根于古代的文明体。

> 这次翻译也是中科关系、中阿关系发展历程中的一步，它表明文化可以巩固国与国、文明与文明之间的战略关系。

蔡伟良在序中介绍了科威特小说的发展轨迹：一、创始的一代；二、复兴的一代；三、60年代作家群；四、第四代作家群；五、20世纪90年代后发表作品的新一代作家，或称第五代。他指出，经过多年实践，科威特的短篇小说"一点儿也不逊色于其他阿拉伯国家"。

这部小说集的翻译是由上海外国语大学东方语学院阿拉伯语系陈杰副教授和几个博士生完成的。由于种种原因，当前对阿拉伯文学作品的翻译不算很多，出版这部小说集确实是难能可贵。

陈杰（右一）与叙利亚儿童文学
作家莱拉·凯拉妮（前）

《欢痛》

2011 年 10 月，宁夏人民出版社出版了葛铁鹰译的沙特中篇小说集《欢痛》，作者是沙特阿拉伯王室的玛哈公主，她是费萨尔国王的嫡孙女，是沙特的著名女作家和社会活动家，以创作儿童文学为主。本书收录了玛哈的三部中篇小说：《图拜与苏丽娅》、《赛菲纳和影子公主》、《欢痛》。葛铁鹰在"译者的话"中说："在她的笔端，故事丝丝入扣，伏笔连连，构思之奇妙令读者恨不得把娓娓道来的故事一气读完……玛哈公主以一个女性穆斯林的、阿拉伯民族的、海湾国家的、王室成员的独特视角，怀着一丝淡淡的忧伤，将史实、哲理和诗歌有机地融为一体，对阿拉伯历史上典型的动乱时期作出个性鲜明的解读与诠释，使整篇小说在同类作品中不落窠臼。"这是在我国出版的第一部沙特女作家作品，对中阿文学交流有着重要的意义。

还出版过一些东方作品选、亚非拉作品选之类集子，里面收有阿拉伯短篇小说，不一一列举。

在对阿拉伯文学作品的翻译介绍方面，国内一些重要刊物起了很好作用，作出了可贵的贡献。这些刊物经常刊登一些阿拉伯小说、诗歌及戏剧，涉及国家众多，题材多样，是我国介绍阿拉伯文学的一个重要方面。这些刊物是：《世界文学》、《外国文学评论》、《外国文学》、《国外文学》、《阿拉伯世界》（前期）、《译林》等。其中，《世界文学》从创刊以来，在许多期上刊登有关阿拉伯国家的作品。2010 年第 5 期刊登当代阿拉伯文学小辑，收入作品有：阿尔及利亚女作家艾·穆斯苔阿妮米的《肉体的记忆》（长篇选译），邹兰芳、吴晓琴译；黎巴嫩女作家哈·谢赫的《亲爱的，这就是伦敦》（长篇选译），宗笑飞译；阿尔及利亚作家舒·阿马里短篇小说三篇，郭昌京译；阿拉伯当代诗歌选（赛亚布、阿多尼斯、萨迪·尤素福、达尔维什），薛庆国译；薛庆国写的评论《丝绸的力量和蜂蜜的刚强——阿拉伯当代诗歌一瞥》。

世界文学杂志社出版的《外国文学动态》，自创刊以来，登载了许多有关阿拉伯文学的介绍、研究文章，几十年来从不间断。

2010 年《外国文学动态》第 2 期刊登了刘瑾的文章《语言、权利与女性身体沦陷——评科威特女作家奥斯曼的小说〈蝴蝶无声〉》。

奥斯曼是科威特著名女作家，出版过多部长篇小说和短篇小说集。她的作品多涉及阿拉伯的禁忌话题——性、宗教和政治，特别是对阿拉伯男权社会价值观压迫下女性的心理描写，更是细腻真实。2006 年的长篇小说《蝴蝶无声》被列为禁书，作者本人也上了极端分子的"黑名单"，且多次被起诉，两次被判入狱。但其作品在世界其他地方却受到欢迎，被译成多种文字出版。

刘瑾（右一）与叙利亚作家费拉斯·萨瓦赫（左二）及阿语界同事唐珺（右二）、张蓉蓉

《蝴蝶无声》讲述了 17 岁的海湾女孩娜迪娅被父亲强行嫁给 60 多岁的商人，婚后常遭丈夫虐待、蹂躏，生活极其悲惨。老头死后，娜迪娅继承了大笔遗产，得以重圆因婚姻而中断的大学梦，但"宫殿"外的自由世界却不是她想象的那样。伤心、失望的她重回家中，把希望寄予男仆身上，但这种追求再次落空。小说通过对阿拉伯男权社会的描写和对女性自身缺陷的审视，展示了阿拉伯社会女性群体失语、权利丧失和身体沦陷的现状。"蝴蝶"在小说中指的是无声或失语的女性。

小说大胆描绘了女性身体被攻克的场景和心理，这也是小说被禁的主要原因。通过娜迪娅对母亲的质疑和呐喊，表达了阿拉伯女性对传统教育、社会价值观的质疑和反抗。她重返校园后，接受了吉瓦德教授的追求；但吉瓦德已经结婚，现在只是想找个女人来取乐。她爱上了那个男仆，但男仆却拒绝娶她为妻。虽然是女主人，但在男仆面前，她仍然是个奴隶。小说大胆谈及了性、爱情和自由。近年来，现代意识超前、视角独特的女作家都试图从这方面入手，打破男性作家的文学价值衡量准则，夺回女性在社会中的话语权。奥斯曼无疑是前锋力量之一。

2011 年《外国文学动态》第 2 期刊登了牛子牧写的《反抗与创作中的爱与乡愁》，对埃及著名女作家纳娃勒·萨尔达薇的两部自传作品《伊昔斯的女儿》(1999)、《在火中穿行》(2002) 进行了分析、论述。作者认为："由于女性自传能够明确传达主体意识，并对女性身份塑造具有积极意义，自传体写作渐渐成为女性批评家最重视的文体，甚至是女性写作最具代表性的文体。世纪之交的阿拉伯文坛，一些具有世界声誉的女作家也纷纷出版自传。与其他民族的女作家一样，阿拉伯女作家自传的书写也植根于身为女性在男性谱写的历史中无所适从之感受。"

牛子牧与埃及女作家塞勒娃·伯克尔等

《在火中穿行》表现了她"因反抗而创作，借创作而反抗"的精神意识。在自传里，她记录了自己独特的思考和经历。在经历了离婚、革职、软禁、入狱和流亡后，她终于总结出父权、宗教和政治的"三位一体"。她说："我首先是一个作家，其次是一个作家，最终还是一个作家。受压迫至少胜过当奴隶。"

《伊昔斯的女儿》记录了她作为一个女人从小到大的经历、感悟。作女孩时，她就具有对旧礼教、传统的反叛意识。第二任丈夫不满她写作和发表激进言论，她要求离婚。但宗教规定女方无权离婚，她最终迫使丈夫离婚。第三任丈夫支持她，宗教保守势力以"叛教"迫使二人离婚，但他们不予理睬，继续"非法同居"。她对传统女性角色的抗拒不等于对女性身份的摒弃，对社会政治的批判也不等于对自己文化属性的否认。她对家庭、丈夫、女儿充满亲情，仍尽到自己应尽的义务。她是个"女权主义者"。

为了反对专制，2004 年，萨尔达薇勇敢地出来宣布参加埃及总统候选。2011 年 1 月 25 日，埃及发生反对专制的斗争，萨尔达薇与人们一同走上街头，要求自由、尊严和正义。她与她的好友美国著名非裔女作家爱丽丝·沃克的共同心声是：我们想要真正拥有生命，不能只求苟活于世！

2011 年《外国文学动态》第 2 期刊登了汪颉珉的《等待重新定义的"标签"——阿拉伯当代女性文学一瞥》。作者指出，近年来，以"女性文学"为关键词的文章屡见阿拉伯报章，各种以"女性文学"为主题的研讨会在阿拉伯世界频频召开，评论家们也纷纷投入到对女性作家及其作品的"再发现"和"再阐释"中。但是，与众多评论家与研究家的认识不同，阿拉伯女作家们却对这一"标签"不以为然。一些比较激进的女权运动者旗帜鲜明地反对使用"女性文学"

这一概念，认为对不同性别创作进行区别对待隐含着将女性作家边缘化的危险。

汪颉珉认为，争论背后是阿拉伯当代女性文学蓬勃发展的图景。阿拉伯女性经过民族解放、对外战争、社会变革的洗礼，已经渐趋成熟，她们突破了家庭、子女、情爱等传统写作的范畴，并在一定程度上超越了女性解放运动的局限。作为有着独立思想的作家，她们将目光投向历史、经济、政治、心理等各个领域，关注国家、民族命运，描写社会和人类情感的方方面面。民族、战争、革命等传统意义上男性涉足的题材，正在成为女性作家重写历史、批判现实的重要切入点。

汪颉珉与叙利亚作家费拉斯·萨瓦赫

文章选取了几位女性作家的作品作重点分析：叙利亚女作家戈玛尔·凯伊拉妮的小说《漩涡》，叙利亚女作家哈黛·萨曼的小说《十亿之夜》，阿尔及利亚女作家艾赫拉姆·穆斯泰阿妮米的《肉体的记忆》三部曲。文章写道，阿拉伯世界不少女作家的作品涉及到巴勒斯坦、移民潮、教派冲突及各种社会矛盾、人的生存状态等热点问题。女作家们对这些题材的驾驭，反映了女性写作从私人叙事到宏大叙事的转向，也是她们社会责任感和民族意识不断增强的体现。有的女作家干脆放弃中立，完全忠实于自己的女性身份，把"女性文学"当作民族解放运动的重要武器。与男性文学划界，强调女性文学的特征和作用，是当代阿拉伯女性文学的又一个重要走向。文章对黎巴嫩女作家胡黛·巴拉凯特的小说《禁止欢笑》、黎巴嫩女作家哈米黛·娜娜的小说《眼中的祖国》、埃及女作家纳娃勒·萨尔达薇的小说《女医生回忆录》及《装饰小说》等进行了具体介绍和分析。文章还指出，在阿拉伯女小说家们以创作小说为主的时候，不少阿拉伯女诗人以其大量的诗歌创作在当代阿拉伯文学领域占有一席之地。文章最后指出，无论阿拉伯女性作家是否愿意，"女性文学"这个标签将在很长时间内伴随着她们的创作和生活。也许，如何改变"女性文学"这一概念，才是所有问题背后的真正命题。

在阿拉伯文学中，散文是一个重要的门类。在古代，阿拉伯人将非诗歌文学统称为散文。以后小说产生，还有了精确意义上的散文、随笔、记叙、笔记等，阿拉伯文学的分类才完善起来。除小说、诗歌、戏剧外，散文应当是最重要的一个门类。在阿拉伯近现代复兴时期，散文发挥了重要的作用。它如同投枪、匕首，比小说、诗歌更直接，更有时效，更能切中时弊，更能达到目的。这已为事实所证明。国内对阿拉伯散文的翻译不算多，但其中仍有一些散文集翻译、出版。

2001 年，百花文艺出版社出版了《思想的金字塔——世界经典散文新编·非洲卷》，由伊宏选编。其中选入埃及著名演说家、散文家、社会活动家文章多篇，如卡塞姆·阿明的《解放妇女》（薛庆国译）、《新女性》（伊宏译），穆斯塔法·卡米勒的《让我们更有力量》（郅溥浩译），曼法鲁特的《蚊子和人》（杨乃贵译）、《明天》（蔡伟良译）、《与月亮对话》（李唯中译），萨迪克·拉菲仪的《思想》（杨孝柏译）等。

2005 年 4 月，上海文艺出版社出版了《阿拉伯国家经典散文》，由李琛主编。书中收埃及等阿拉伯国家 49 位作家 66 篇散文作品。李琛在前言中对阿拉伯散文作了介绍。她写道："阿拉伯中古是个诗的王国。诗歌居于文学之尊，成就最高，散文次之。到了现代，散文经由与诗歌平分秋色，进而居于首位。阿拉伯人的散文概念相当宽泛，有韵为诗，无韵为文，一切非诗的作品皆属散文之列。""《古兰经》是阿拉伯独特的散文形式。埃及文学家塔哈·侯赛因曾把《古兰经》与诗歌、散文并列为阿拉伯文学的三种形式。作为阿拉伯文学修辞典范的《古兰经》，对后世散文影响深远。"她对阿拉伯散文从古至今的发展作了概略的介绍。她特别指出："阿拉伯现代散文的复兴是 19 世纪中叶阿拉伯复兴运动的产物，并为推动复兴作出贡献。文人由写给统治阶层、适应当权者需要，转而面向广大民众，启发教育民众，宣传西方文明，改良社会，进而服务于民族解放运动……现代意义的散文艺术走向辉煌。20 世纪是阿拉伯散文大发展的时期，也是成就最高的时期。"她概括阿拉伯散文有四个特点：一、阿拉伯散文大家多为本国政治文化的精英；二、阿拉伯现代散文具有深厚的文化和哲学的底蕴；三、阿拉伯散文作家以平易流畅的笔调自自然然道出一份化解不开的浓情；四、阿拉伯现代散文作家大都是饱学之士，或家学深厚，学贯古今，或留学欧美，深谙西方文化之精华。可以说，阿拉伯现代散文是文人的散文、学者的散文、智者的散文，具有阿拉伯的审美情趣和超凡脱俗的品格。她表示"由衷地为阿拉伯现代散文的丰富多彩赞叹不已。相信读者会与我有同感,并能从中加深对阿拉伯文化的了解,得到一种精神的享受"。

2000 年,上海文化出版社出版了周顺贤、袁义芬译编的阿拉伯散文选《东方智慧鸟》,属《万国风情丛书——文化随笔系》中的一本,收埃及、黎巴嫩、突尼斯、约旦、也门等 12 个国家 42 位作家的 60 篇散文。1993 年,中国青年出版社出版了《外国散文名篇欣赏》,由李文俊主编。1994 年,长江文艺出版社出版了《世界散文精华·澳非卷》。其中均含有阿拉伯散文。

二、 阿拉伯古代文学作品的译介、研究

阿拉伯民族是一个古老的民族。有文字记载并流传下来的最早的阿拉伯诗歌,约产生于公元 6 世纪。特别是其中一组称为"悬诗"的诗歌,其高度成熟的技巧,说明在此之前阿拉伯民族的文学创作活动已经经历了漫长的岁月,只是由于沙漠、旷野的恶劣条件,无法记录与传承下来。但"传诗人"将每个部落的优秀诗歌一代代传唱。后来有了记载手段,情况才根本改变。后来,阿拉伯语言、文学有了进一步发展,一方面是文人文学的繁荣,另一方面是由于出现了专门收集家,古代文化遗产得到发扬光大,同时还引进了外来文化。这一切是促成中世纪阿拉伯文化、文学辉煌发展的重要因素。

阿拉伯文人文学发展的同时,民间文学也取得很大成就。实际上,它是与阿拉伯文人文学同步发展的。阿拉伯文人文学以诗歌见长,成就最高,诗人辈出,各种题材的诗歌林林总总,蔚为大观。由于种种原因,如信仰单一之神,在引进外来文化时未能引进荷马史诗以及希腊的戏剧文学,阿拉伯古代文学失去借鉴,缺乏戏剧、史诗类作品,这也是一种遗憾。但阿拉伯民间文学却发展得非常突出,非常充分。部落战争传说,特别是其中的英雄传说故事,为以后多部民间传奇故事的产生及发展提供了丰富素材;沙漠爱情传说后来发展成具有广泛影响的著名纯情故事。《卡里莱和笛木乃》是一部文人作品,但它是一部辉煌的寓言故事集,可归民间文学范畴;《一千零一夜》更是把阿拉伯民间文学推上了世界民间文学的顶峰;另一部名为《一千零一日》的长篇民间神话故事集也驰名世界。14—16 世纪,在民间说唱基础上,多部长篇民间传奇故事产生:《安塔拉传奇》、《也门王赛福·本·热·叶京》、《希拉勒人迁徙记》、《查

希尔·贝拜尔斯王》、《扎图·杏玛》、《阿里·宰柏格传奇》等。

我国对阿拉伯散文文学（阿拉伯人将非诗歌文学均称为"散文文学"）的介绍，最早应始于对《一千零一夜》的翻译。新中国成立后特别是改革开放后，对阿拉伯现当代文学的翻译和介绍出现高潮，不仅数量多，国家、作家广泛，选材多样，小说、诗歌、戏剧均有涉及，而且对阿拉伯古代文学，包括对难度较大的古代诗歌，对哲理小说，特别对一些篇幅宏大的民间传奇故事的译介也取得可喜成绩。重要的译作有《卡里莱和笛木乃》、《哈义·本·叶格赞》、《一百零一夜》、《一千零一日》、《也门王赛福·本·热·叶京》（节译）、《安塔拉传奇》（全译）、《异境奇观——伊本·白图泰游记》等，还有数部《一千零一夜》新译本问世。

（一）《卡里莱和笛木乃》

以鸟兽为主人公的寓言故事，作为民间文学的样式，很早就出现在人类社会，如《伊索寓言》。早期的阿拉伯文学中，也有简单的寓言，如"鸵鸟要寻找两只角，反而失去两只耳朵"、"乌鸦学竹鸡走路，没有学会，反而忘了原来的步伐，所以只能跳着走了"等。[1] 在一些诗歌

1.［埃及］艾哈迈德·爱敏：《阿拉伯——伊斯兰文化》，纳忠译，第 1 册，第 70 页，北京：商务印书馆，1982 年版。

中也散见着类似寓言的情节，如蒙昧时期诗歌中就有"鸽子报仇"、"人与蛇"等传说。第四位哈里发，也是文学家的阿里，在蒙受不白之冤时讲的长着红、白、黑毛的三头牛被狮子施计先后吃掉的故事，是一则优美的寓言。此外还流传着其他的一些寓言。但早期的阿拉伯寓言并不丰富，以后阿拉伯寓言的发展主要得力于印度文学的传播和影响。

伍麦叶王朝末期，波斯族阿拉伯作家伊本·穆格法（725—759）将巴列维文的《卡里莱和笛木乃》译成阿拉伯文。此书实际是印度《五卷书》的一个译本。他在翻译过程中根据自己的需要进行了加工和再创作。自《卡里莱和笛木乃》问世后，印度寓言被正式引进阿拉伯文学。这些印度寓言所蕴涵的智慧，其优美的情节和简练的风格，对阿拉伯文学产生了极大的影响，深受人民群众喜爱。一时间，仿作之风大起。不过，从流传下来的阿拉伯文学作品来看，除了仿造之作和散见在一些文献典籍中的寓言故事外，以后尚无一部由阿拉伯人自己创作的完整的寓言故事集。《一千零一夜》中有一些寓言故事可能出自阿拉伯人之手，或是借鉴、混合之作。大概《卡里莱和笛木乃》已达寓言创作的高峰，以后再难有超过它的新作问世。

印度现存的《五卷书》里有 80 多个故事，《卡里莱和笛木乃》中有 50 多个故事。《五卷

书》中的故事在《卡里莱和笛木乃》中出现约 30 个。因此，《卡里莱和笛木乃》不是《五卷书》的纯粹译本。伊本·穆格法生活在伍麦叶王朝末期阿拔斯王朝初期，社会动乱，统治者相互倾轧。作为一个刚皈依伊斯兰教的异族人，特别是有着古老文明传统的波斯族人，他对阿拉伯社会的现实心生不满。出于改良社会、针砭时弊、劝诫统治者的目的，他在翻译中加进了自己所需的内容。寓言的文体简练，不尚华丽雕饰，也无繁复内容，叙述往往直截明快，其教诲含而不露，而且故事套故事。其中的寓言，可能是闪光的真理，即规律的通俗表达，可能是人生哲理的思索，可能是某种世俗规范的界定，可能是针对人性弱点的一种抨击或善意嘲讽，也可能是为人之道、处世之方的一种阐释，以及生活的方方面面。

现在印度通行的《五卷书》是 12 世纪定型的本子。据古波斯巴列维文转译成阿拉伯文的《卡里莱和笛木乃》，则出现在 8 世纪。就是说，《卡里莱和笛木乃》所根据的《五卷书》不是现在的本子，而是某一种早期失传的本子。[1] 这部译本从 8 世纪问世以来，被辗转译成数十种文字，

<small>1. 德国东方学家赫尔特曾发现一部 4 世纪的《五卷书》残本、以后有的地方又陆续发现过早期残本。</small>

《五卷书》的故事（自然是从整体上说）才从南亚经中亚、西亚传到欧洲乃至非洲。难怪《卡里莱和笛木乃》的德译者佛尔夫说："除了《圣经》以外，这部书要算译成全世界各种语言最多的了。"[2]

<small>2. [德] 温德尼兹著，金克木译：《印度文学和世界文学》，载《外国文学研究》1981 年第 1 期。</small>

1959 年，人民文学出版社出版了《卡里莱和笛木乃》，由林兴华翻译。2004 年，天津古籍出版社出版了《凯里莱与迪木奈》，由李唯中翻译。二者均从阿拉伯文译出。

林译《卡里莱和笛木乃》前有季羡林 1959 年写的前言。前言指出："这一部书里的寓言和童话，是古代印度的人民大众创造出来的。在编纂成书以前早就流传民间。后来经过一而再再而三的整理和编纂，不可避免地会有许多新的成分加进来，其中有一些可能出自文人学士之手，但这只占很小的一部分，并不能掩盖人民创造所留下来的那一些特点和色彩……笼统一点说，这些寓言和童话都是在奴隶社会和封建社会里创造出来的。创造人基本是奴隶社会和封建社会里被压迫的人民大众。""从内容上来看，这些寓言和童话的主人翁多半都是飞禽走兽。但是它们的思想和感情却是人的思想感情，它们说的话也是人话。这些飞禽走兽实际就是人的化身。"

前言也对书中一些故事所蕴涵的教诲内容和意义作了分析、说明，并指出："故事都是简短朴素的故事，道理也都是平平常常的道理；但是里面却包含着不少人生经验的综合，人民大众智慧的结晶。这并不是说，这些道理今天看起来都是可以肯定的。由于时代条件的限制，其

中不可避免地也会有一些消极的东西。但是，不管怎么样，这都是古代印度和阿拉伯人民在实际生活中，穷年累月，不知碰了多少钉子，吃了多少苦头，才探索出来的。对付当时那样的社会，有一定的用处。有一些甚至到了今天也还没有完全失掉它的意义。我觉得，这也可算是各国人民热爱这些故事的重要原因之一。"前言还指出："在形式方面，这一部书也有一些特点，譬如大故事套小故事这样一种形式，对于其他国家的文学也有过一些影响。在过去，世界上许多国家都有这一部书的译本，有些国家甚至一而再再而三地翻译……我国只在解放前出过一个原文和译文都极为成问题的译本（卢前重译的《五叶书》）。这不能不说是一个缺憾。现在有了这个从阿拉伯文译过来的本子，这个缺憾就弥补过来了。"

林译《卡里莱和笛木乃》正文共计 15 章，正文前有白哈努写的序言、布祖尔吉米亥尔写的白尔才外传，以及阿拉伯文译者伊本·穆格法写的序言。

关于本书的成书，序言写道：亚历山大要征服印度，印度人民起而反抗，废了亚历山大委任的国王，立前印度王后裔大布沙林为王。大布沙林骄横跋扈，民怨沸腾。年高德劭的婆罗门哲学家白德巴晋谒劝诫，晓以大义。国王大怒，下令处死白德巴。后又追悔，召见白德巴，接受劝谏，并任其为宰相。从此国政修明，百姓安居乐业。大布沙林为使事迹昭传，令白德巴著述。于是白德巴和弟子们闭门写作，采用动物寓言体裁，编成此书。

卡里莱和笛木乃是两只狐狸的名字，本书主要围绕这两只狐狸及它们与狮王、水牛的关系展开。《狮子和黄牛的故事》是其中的主干故事。黄牛失足落水，陷入泥塘，主人弃之而去。黄牛挣扎得出，来到一个水草丰美的地方。近处有一座森林，住着一头狮子，乃百兽之王。它的近臣中有两只狐狸，一名卡里莱，一名笛木乃，都聪明伶俐，富有经验。一日忽听黄牛大叫，狮王从未听过这种声音，不觉心内惊恐。笛木乃自告奋勇去探听虚实，发现是一头没有伤害力的黄牛，回报狮王。狮王决心让黄牛作顺民。以后狮王发现黄牛精明能干，朴实贤惠，便将它当作近臣，凡事与它商量。这引起笛木乃嫉恨，便在狮王和黄牛间挑拨离间，致使狮王和黄牛展开搏击，结果狮王重伤，黄牛死亡。笛木乃将此事告诉卡里莱，遭卡里莱谴责。它们的谈话被老虎听见。后狮王醒悟追悔，决心审判笛木乃。笛木乃在法庭巧言令色，但老虎作证，笛木乃被判处死刑。进谗者终于得到应有的惩处。

其他如歌颂互助友爱、多次脱离险境的鸽鼠的故事，以小胜大的小白兔智杀雄狮的故事，凡事要防患于未然的三尾鱼的故事，对敌人失去警惕必遭祸殃的白鹤被噬的故事等，均含有教诲的意义。

李唯中译《凯里莱与迪木奈》的正文前有译者写的小序，正文后附有《凯里莱和迪木奈》的历史及伊本·穆格法生平。

林译《卡里莱和笛木乃》11 万多字，李译《凯里莱与迪木奈》22 万多字。二者字数相差甚远，原因是林译并非完全按照阿文所译，意译较多，李译将书中小故事都用小标题列出，醒目一些。李译书中的故事标题约有 50 个，林译只有 15 个。

《卡里莱和笛木乃》问世后，对阿拉伯社会和文学都产生了很大影响。在文学方面，它结构严谨，故事精练，文笔优雅流畅，语言纯正自如，几乎不着翻译痕迹。在此之前，阿拉伯文学主要是诗歌，对外来文化的接受甚少。听惯了本民族英雄传奇、战争题材、歌功颂德故事的阿拉伯群众，从异国的文学中看到一个绚丽多彩的、归根结底也是和自己现实社会紧密联系的广阔世界，确如醍醐灌顶，感觉耳目一新。《卡里莱和笛木乃》是第一部译成阿拉伯文的重要文学作品。此后不同民族的文学被陆续翻译介绍过来，最明显的是《一千零一夜》的前身《赫扎尔·艾福萨那》从巴列维文翻译过来。后世作家、哲学家也都在自己的作品中借鉴或引进不同民族的文学。相对于中世纪近二百年辉煌的翻译运动，伊本·穆格法的《卡里莱和笛木乃》实有开拓之功。

《卡里莱和笛木乃》后，改写、仿作者蜂拥而起。除不少诗人将其改写成长篇叙事诗外，许多作家还仿效它编写寓言故事，如赛赫伦·本·哈伦写了《苏尔莱和欧福赖》、伊本·阿拉伯桑写了《哈里发的消遣和谐谑家的竞趣》、麦阿里写了《寻踪者》。中世纪著名哲学、文学团体"精诚兄弟社"从《卡里莱和笛木乃》"鸽子"章中各种动物互相帮助、和衷共济的故事中受到启示，给自己社团起名，并运用寓言表述观点，阐明哲理。以后伊本·古太柏撰写《故事之源》、伊本·阿卜迪·拉比撰写《罕世璎珞》、塔尔希撰写《国王的指南》、伊本·哈兹姆撰写《道德箴言》，都受到伊本·穆格法的启示。《卡里莱和笛木乃》的一些故事进入了《一千零一夜》。从那以后，阿拉伯诗歌和散文作为两种平行的文学形式，均取得辉煌成就。

《卡里莱和笛木乃》还给近代阿拉伯文化、文学复兴以启迪。16 世纪初，阿拉伯各国处于奥斯曼帝国统治下，在政治、文化上陷于数世纪的衰退。对中世纪辉煌的阿拉伯文化、文学，广大的阿拉伯群众已变得感觉陌生。19 世纪初，埃及统治者穆罕默德·阿里锐意改革。东方学者德·萨斯于 1816 年出版的《卡里莱和笛木乃》法译本，于 1933 年被译成阿拉伯文在埃及印行。20 世纪初，一些有识之士为复兴民族文化，先后出版了大批优秀的阿拉伯古典文学作品。这对复兴阿拉伯语言、恢复阿拉伯民族的自信心，产生了很大影响。本民族的优秀遗产和西方的影响，是阿拉伯近代文化、文学复兴的两大重要因素。在《卡里莱和笛木乃》的启迪下，埃及大诗人艾哈迈德·邵基创作了一部儿童寓言诗，黎巴嫩作家法里斯·舍德雅格也写过一部寓言故事集。对《卡里莱和笛木乃》的研究和考证，是阿拉伯近代文学评论的一项重大内容。

　　《卡里莱和笛木乃》对东西方文学的影响同样值得重视。从 11 世纪起，《卡里莱和笛木乃》被译成世界多种文字。由于早先的印度文本已经失传，阿拉伯文便成了转译世界多种文字的母本。1080 年，《卡里莱和笛木乃》被译成希腊文。13 世纪，卡斯提尔国王阿尔封索下令把《卡里莱和笛木乃》译成西班牙文。后来意大利文、拉丁文、德文、法文等译本问世。11 世纪初和 15 世纪初，《卡里莱和笛木乃》两次被译成波斯文，其中以 1144 年艾布·玛阿里的译本最为有名，后来安瓦尔·苏海勒又据其改写，法国寓言作家拉封丹接触的可能就是这个本子的法译本。"除欧洲语言外，还有希伯来语、土耳其语、埃塞俄比亚语、马来语的 40 多种语言的译本，甚至连冰岛也有译本。"[1]

　　　1. [美] 希提：《阿拉伯通史》，马坚译，第 359 页，北京：商务印书馆，1979 年版。

　　德国东方学家温德尼兹认为，在东方和西方文学的互相影响和结合中，没有什么作品比《五卷书》的传播表现得更加明显。但明显的是世界上许多国家和民族是通过《卡里莱和笛木乃》的阿拉伯文译本才了解到《五卷书》的。

　　《卡里莱和笛木乃》既然被译成这么多民族文字，这些民族的文学就肯定会受到它的影响。如中世纪波斯文学奠基者、塔吉克诗人鲁达基(850—941)就曾将《卡里莱和笛木乃》改写成长诗，但只有残本流传下来。《列那狐的故事》作为中世纪欧洲一部重要寓言诗，在 10—11 世纪就具雏形，后经几个世纪的修改和增补，欧洲各国都有它的不同版本。学者们考证，其主要故事来源于法国民间故事，另有日耳曼民族故事，也有东方国家故事。《列那狐的故事》很大部分是通过列那狐因作恶多端受到狮王和群兽审判而展开的，与《卡里莱和笛木乃》非常相似。拉封丹 (1621—1695) 在创作寓言诗第 2 集即第 7—12 卷时，主要从东方寻求题材。他说："出于

　　　1.[法]拉封丹：《拉封丹寓言诗》，远方译，第 219 页，北京：人民文学出版社，1982 年版。

感激之情，我想指出，这里大部分题材应归于印度圣贤比尔贝。他的书已译成各种文字……"[1]

比尔贝即《卡里莱和笛木乃》中的印度圣贤白德巴。由于《卡里莱和笛木乃》的前言伪托此书为白德巴所著，欧洲人一般把此书作者归于白德巴。事实上，该书中的东方寓言大部分取自《卡里莱和笛木乃》，有的甚至原封不动地搬入，只是改写成了诗体。粗略统计，拉封丹的寓言诗中这样的故事约有 20 个。弗罗里昂 (1801—1860) 是拉封丹之后法国最重要的一位寓言作家。他在《寓言诗》的前言中也写道："我的部分寓言受到伊索、比尔贝的启示……"[1] 其他如德

1. 转引自《卡里莱和笛木乃》（阿拉伯文版）前言，黎巴嫩：新天地出版社，1977 年版。

国寓言作家路德维希·贝希斯太因的《寓言集》、《格林童话》、《克雷洛夫寓言》等，都受到过《卡里莱和笛木乃》的影响。

《卡里莱和笛木乃》寓言集的故事很可能是通过阿拉伯文本或其他文本传到非洲的，突尼斯、加纳、象牙海岸、东非等许多地方都有类似的故事。由于伊斯兰教的传播，东南亚某些国家的文学除直接受印度的影响外，也受到阿拉伯和波斯的影响。《卡里莱和笛木乃》直接从阿拉伯文译成马来文，对印度尼西亚、马来西亚的故事产生影响。其他国家的某些相同故事，很可能是印度、阿拉伯故事交互影响的结果。

在中国新疆地区也流传着许多类似故事，如维吾尔族的《老虎和兔子》、《乌鸦和鹰》、《石鸡》、《大象的死》、《能吃铁的老鼠》、《鼠裔"靓女"》、《痴心妄想》，塔吉克族的《狮子和黄牛》，柯尔克孜族的《麻雀与毒蛇》，蒙古族的《狐狸和貂》、《苍鹰和乌龟》、《大雁和青蛙》等，[2] 就与《卡里莱和笛木乃》中的《小白兔和雄狮》、《猫头鹰和乌鸦》、《鸽子》、

2. 祁连休等译：《东南亚民间故事选》，武汉：长江文艺出版社，1982 年。

《大象与画眉鸟》、《老鼠吃铁》、《老鼠择夫》、《狮子和黄牛》、《老鸦智杀黑蛇》、《鸽子、狐狸和白鹤》、《鹭鸶和螃蟹》、《乌龟和野鸭》等情节相同或类似。随着伊斯兰教在我国西北地区的传播，阿拉伯文也在这些地区被广泛使用。尤其在南疆建立的喀拉汗王朝 (932—1165)，与阿拉伯国家关系更为密切。穆罕默德·喀什噶尔用阿拉伯文注释的《突厥语大辞典》就产生在这个时期。因此，《卡里莱和笛木乃》传播到我国西北地区并对这些地区的文学产生影响是可以肯定的。

季羡林先生指出："新疆对比较文学的研究具备许多别的地方没有的条件。"[3] 此话非常恰当。

3. 季羡林：《比较文学与民间文学》，第 149 页，北京：北京大学出版社，1991 年版。

不止《卡里莱和笛木乃》，而且《一千零一夜》、《朱哈的故事》、《纯情恋人的故事》等阿拉伯作品都与我国新疆地区的文学产生过交流和影响。

《卡里莱和笛木乃》很早就译成了维吾尔语。译者毛拉·穆罕默德·铁木耳，喀什噶尔人，

生卒年不详，维吾尔族著名翻译家。他曾在喀什噶尔经学院攻读，掌握了阿拉伯语和波斯语，刻苦学习和研究东方经典著作。他于 1717 年将《卡里莱和笛木乃》译成维吾尔文。铁木耳翻译《卡里莱和笛木乃》时加了一个前言，说明了《卡里莱和笛木乃》的问世、作者、原文译成阿拉伯语等语言的概况、译品风格和译成维吾尔语的理由和经过等。他用诗歌作出了评价：

> 每一段故事像一座园圃，优雅、清新，
>
> 又宛如沉沉黑夜中的明灯；
>
> 装点园圃的是那花一般的语言，
>
> 它使故事永远留在人们心中。
>
> ……
>
> 语言像蜜糖一样沁人肺腑，
>
> 内容像美人的头发让人眷恋。

　　铁木耳之所以翻译《卡里莱和笛木乃》，不仅由于这部作品语言精美，故事生动，更重要的是隐含在故事中的做人的规范和处事的标准深深地打动了他。他大胆创新，在重要环节上穿插诗歌点明题意。这些诗歌不仅显示了译者的文学才华，而且增强了译文的感染力，为译文增添了维吾尔文学的民族色彩。

　　《卡里莱和笛木乃》的翻译对和卓统治时期的神秘哲学是一种批判，在维吾尔人民当中产生了很大的影响。随着时间的推移，其中的许多故事已成为维吾尔人民精神生活的一部分，对维吾尔文学史的发展也产生了深刻的影响。[1]

1. 阿不都克里木·热合曼主编：《维吾尔文学史》，第 453—454 页，乌鲁木齐：新疆大学出版社，1999 年版。

《卡里莱和笛木乃》中的一些故事，与中国汉文学中的某些故事相同或类似。它们的来源都是印度，即印度故事传到中国，也传到阿拉伯（体现在《卡里莱和笛木乃》中）。这些故事在中国或阿拉伯，都有了不同程度的变化，成为了地地道道的中国故事、阿拉伯故事。这样，三个民族就有了内容大致相同的故事，这是不同民族文化、文学交流融汇的结果，或者说是中世纪四大文化圈中三个文化圈——印度文化圈、中国文化圈、阿拉伯伊斯兰文化圈之间文化、文学交流融汇的结果。有时这种文化、文学的交流融汇还扩大到三个民族以外的民族，产生着更大的影响。

　　《卡里莱和笛木乃》中有一篇《修士和蜜罐》：

　　很久以前，有一个修士，每天都到一个商人家乞讨油和蜜。一天，修士又去乞讨，要些油和蜜来，吃掉一部分，将剩余的放在一只罐子里，挂在墙上的一个木橛子上。日久天长，修士积攒了一满罐。一天，他躺着休息，手里拿着拐杖，那满罐子的油和蜜就悬挂在他的头的上方。修士看着那一满罐的油和蜜，洋洋自得地说："我要把罐子里的油和蜜卖掉，会得一个第纳尔，若用它去买十只母山羊……母山羊怀羔，每五个月生一窝，用不了多长时间，我就有一大群羊了。"他这样想下去，大羊生小羊，小羊长大又生小羊，用不了几年，就会有四百只羊了。之后，修士又说："我再用四百只羊换一头公牛或母牛，买一块地，买一些种子，用公牛耕地，母牛则用来挤奶，过了五年，我就能从中获得大量钱财。之后，我要建造一座豪华住宅，买来数名女婢男仆，再娶上颇具姿色的漂亮妻子，喜庆洞房花烛之夜，妻子当夜怀孕在身，不久生下一个英俊儿郎，我亲自给他取个最美的名字；儿子稍大，我将亲自为他施教，教他识文断字，他听我的话，那就安然无事，若不听我的话，我就用这拐杖打……"说到这里，修士扬起拐杖，不料正打在罐子上，罐子立即破裂，油和蜜倾泻而出，浇了他一脸。

中国宋元之际韦居安所著《梅磵诗话》中有这样一则故事：

　　东坡诗注云：有一贫士，家唯一瓮，夜则守之以寝。一夕，心自唯念：苟得富贵，当以钱若干营田宅，蓄声妓，而高车大盖，无不备置，往来于怀，不觉欢适起舞，遂踏破瓮。故今俗间指妄想者为瓮算。[1]

1. 丁福宝辑：《历代诗话续编》，第560页，北京：中华书局，1983年版。

这故事与《卡里莱和笛木乃》中的《修士与蜜罐》大致相同。中国文学中还有一个类似的故事，即明代江盈科《雪涛小说》中的一个故事：

　　一市人甚贫，朝不谋夕。偶一日拾得鸡卵，喜而告其妻曰："我有家当矣！"妻问："安在？"持卵示之曰："此是，然须十年，家当乃就。"因与妻计曰："我持此卵，借邻人鸡伏之。待彼雏成，就中取一雌者。归而生卵，一月可得十五鸡。两年之内，鸡又生鸡，可得鸡三百，堪易十金。以十金易五牸，牸复生牸，三年可得二十五牛。牸所生者又复生牸，三年可得百五十牛，堪易三百金矣。吾持此金举债，三年间半千金可得矣。就中以三分之二市田宅，以三分之一市童仆买小妻。我与尔优游以终余年，

2. 季羡林：《比较文学与民间文学》，第20页，北京：北京大学出版社，1991年版。

不亦快乎！"妻闻欲买小妻，怫然大怒，以手击卵碎之，曰："毋留祸种！"……[2]

　　此故事与《卡里莱和笛木乃》中的故事情节基本相同，只是"蜜瓮"变成了"鸡卵"。事实上，无论是《卡里莱和笛木乃》还是中国文学中的类似故事，基本上都不是本民族的产品。其早期来源应是印度，如在印度的《嘉言篇》中《和平篇》的第七个故事、《五卷书》中第七个故事，都有这类故事记载。[1] 只不过这些故事传到中国、阿拉伯，发生了某种演变。更重要的是，这些故事还传遍了全世界，像《拉封丹寓言诗》、《格林童话》中，都有这类故事。这已经不只是三个文化圈之间的交流融汇，而是四个文化圈之间的交流融汇了。

1. 季羡林：《比较文学与民间文学》，第 20 页，北京：北京大学出版社，1991 年版。

　　有趣的是，由于《卡里莱和笛木乃》在阿拉伯的影响，这一故事进入《一千零一夜》中。《安斯乌祖德和恋人沃尔黛》中的故事《教士和奶酪罐》，就与《卡里莱和笛木乃》中的《修士和蜜罐》相同。

　　《卡里莱和笛木乃》中的故事《雌鼠择夫》也与中国汉文学故事相同：

　　　　相传，很久很久以前，有一位修士，神通广大，求什么，就能得到什么。

　　　　一天，修士正在河边坐着，忽见一只鹞鹰从头上飞过，口衔着一只幼鼠，不料鹞鹰爪子一松，那只幼鼠落了下来，掉在修士身边。修士见那幼鼠险些被摔死，怜悯之心顿生，走上前去，用纸将幼鼠包起来，小心翼翼地带回家中。修士怕家里人养不了幼鼠，便祈求安拉将之变成一个姑娘，幼鼠果然变成了一个窈窕少女，随后将她带到自己的妻子面前。修士对妻子说："这是我的女儿，你要像对待我的儿子那样，好好待承她。"少女长成了大姑娘，貌美动人。修士对姑娘说："姑娘，你已长大成人。常言道：男大当婚，女大当嫁。你该找丈夫了。你将选择谁做你的丈夫呢？"姑娘说："若让我自己挑选的话，我将选一个最强者做我的丈夫。"修士说："也许你想选太阳做丈夫。"修士走到太阳那里，对太阳说："伟大的造物，我有一个姑娘，想选一个最强大的造物做她的丈夫，你可愿意娶她为妻吗？"太阳说："我把比我更强大的造物指给你吧！那就是云彩，因为它能遮住我的光芒。"修士走到云彩那里，把太阳说的话向云彩说了一遍。云彩说："我把比我更强大的造物指给你吧！那就是风神，因为它能领着我走，推着我动，带着我东移西迁。"修士来见风神，把云彩说的那番话对风神说了一遍。风神对修士说："我把更强大的造物指给你吧！那就是大山，因为我吹不动它。"修士来到大山跟前，把风神的话对大山说了一遍。大山对修士说：

"我把比我更强大的造物指给你吧！那就是雄鼠，因为它能在我的脚下洞穴里居住，

而我对它却无能为力。"修士到了雄鼠那里，说："你愿意同这位姑娘结为夫妻吗？"

雄鼠说："我的洞穴这样狭窄，怎能与她结为夫妻呢？再说，雄鼠只能与雌鼠结亲呀！"

修士一番祈祷，求主还姑娘本来面貌，并征得姑娘同意，片刻过后，那位淑女就变成

了一只雌鼠。安拉使其恢复了本来形象，第二天即与雄鼠拜堂成亲了。[1]

1. 李唯中译：《凯里莱和迪木奈》，第 224—226 页，天津：天津古籍出版社，2004 年版。

中国文学中也有类似的寓言。明代刘元卿的《应谐录》中有一篇文字：

> *齐奄家蓄一猫，自奇之，号于人曰"虎猫"。客说之曰："虎诚猛，不如龙之神*
> *也。请更名曰'龙猫'。"又客说之曰："龙固神于虎也。龙升天须浮云，云其尚于*
> *龙呼？不如名曰'云猫'。"又客说之曰："云霭蔽天，风倏散之，云固不敌风也。*
> *请更名曰'风猫'。"又客说之曰："大风飙起，维屏以墙，斯足蔽也。风其如墙何？*
> *名之曰'墙猫'可。"又客说之曰："维墙虽固，维鼠穴之，墙斯圮也。墙又如鼠何？*
> *即名之曰'鼠猫'可也。"东里丈人嗤之曰："噫嘻！捕鼠者，固猫也。猫即猫耳，*
> *胡为自失其本真哉？"*

中国这则故事与《卡里莱和笛木乃》中的故事内容相同，只不过后者的主人公是雌鼠，前者的主人公变成了猫。其实，二者的源头仍然是印度。印度的《故事海》及《五卷书》中都有这样的故事。它们与《卡里莱和笛木乃》中的故事基本相同，主人公都是雌鼠。可能当时印度故事传到中国后发生了演变。这一故事还从中国传到了日本，也通过《卡里莱和笛木乃》传到了世界其他地方。至于中国的故事是否受到《卡里莱和笛木乃》的影响，则有待研究证明。[2]

2. 季羡林：《比较文学与民间文学》，第 72—76 页，北京：北京大学出版社，1991 年版。

黎巴嫩文学史家汉纳·法胡里认为，伊本·穆格法在创作《卡里莱和笛木乃》时受到中国文化及文学的影响。他在《阿拉伯文学史大全》一书中指出，《卡里莱和笛木乃》中"也有中国的影响。中国典籍曾有趣地证实修身自省与认识事物的密切关系。那些书中曾说——这一论述与我们所知的《卡里莱和笛木乃》何其相关——：'古之欲明明德于天下者，先治其国；欲治其国者，先齐其家；欲齐其家者，先修其身；欲修其身者，先正其心；欲正其心者，先诚其意；欲诚其意者，先致其知；致知在格物。物格而后知至，知至而后意诚，意诚而后心正，心正而后身修，身修而后家齐，家齐而后国治，国治而后天下平。'在中国哲学中，君主是国家的中心，是建立秩序的支撑点。他若完美，则诸事顺利，天下太平……因此，《卡里莱和笛木乃》一书忠实地反映了这种东方观念和那一古老的哲学”[1]。

1. 转引自仲跻昆：《阿拉伯文学通史》，第 344 页，南京：译林出版社，2010 年版。

伊本·穆格法是中世纪阿拉伯的重要作家，《卡里莱和笛木乃》是阿拉伯散文中的瑰宝；但对该作家作品的研究，在中国还不是很充分。

1984 年，《外国文学研究集刊》（中国社会科学院外国文学研究所主编）第 9 期上刊登了郅溥浩写的《阿拉伯散文文学的瑰宝——伊本·穆格法和他的〈卡里莱和笛木乃〉》。文章对伊本·穆格法的生平、创作、改良思想，以及他的《卡里莱和笛木乃》的内容、教诲意义及对阿拉伯文学和世界文学产生的影响作了介绍、分析和研究。

2008 年，《东方学术论坛》第 1 辑（上海外国语大学东方语言系编著，上海译文出版社出版）上刊登了孔令涛的《拉封丹〈寓言诗〉中的〈卡里莱和笛木乃〉元素》。文章采用比较文学中影响研究的方法，探讨了拉封丹《寓言诗》与《卡里莱和笛木乃》之间的渊源关系。该文首先探讨了《卡里莱和笛木乃》在世界范围内的译介和传播，然后又从两部文学作品中选取了几个具有相似性的小故事进行对比，最后从艺术手法和叙事题材方面对比较结果进行分析，从而得出了拉封丹的《寓言诗》中存在很多《卡里莱和笛木乃》文学元素的论断。

余玉萍与叙利亚作家贵拉斯·萨瓦赫

2007 年，中国商务出版社出版了余玉萍的《伊本·穆格法及其改革思想》一书。该书篇幅不大，但对伊本·穆格法及其作品中含有的政治、道德、文学的改革思想作了深入研究和论述。她在序言中说：“阿拔斯王朝初期统治者着手封建中央集权的强化，但面临的问题很多……凡此种种，都需要借助帝国境内众多民族文明精华。与此同时，在文化领域，一种志在融汇阿拉伯、波斯、希腊、印度等多民族文化精华的新型文化也正在形成之中。伴随着‘文化集萃主义’渐起的呼声，一场声势浩大的‘翻译运动’逐步展开。文化融汇对阿拉伯帝国的延续与发展至关重要。”伊本·穆格法“充分认识到文化融合对于帝国建设的重要性，倡导文化集萃主义，期望将源自波斯、印度、希腊等文明古国的文化精华，与阿拉伯传统融汇来加强封建中央集权制度，改良统治者和民众，促进社会关系的和谐，实行阿拉伯伊斯兰帝国的长治久安。为此，他从波斯语的典籍中翻译了许多历史、哲学、文学等方面的著作"。"本书尝试从阿拉伯帝国发展史和阿拉伯伊斯兰文化发展史的广阔视野出发，将伊本·穆格法定位于一位改革思想家，通过对其作品思想内容的综合分析，阐述其在社会政治、伦理、文学—文化领域的卓越见解和深刻影响。"

作品对以《近臣书》为代表的政治改革思想、以《小礼集和大礼集》为代表的道德伦理改革思想、以《卡里莱和笛木乃》为代表的文学—文化改革思想进行了阐述。作者对阿拉伯文版的《卡里莱和笛木乃》与两种英文版的《卡里莱和笛木乃》的故事进行对比，乃至与《五卷书》的中译本故事进行比较，进一步阐述了伊本·穆格法翻译、再创《卡里莱和笛木乃》的用意和成功之处。"他以富有逻辑和层次的陈述，将其中的深刻寓意展现于读者面前，使整本书在很大程度上摆脱了民间创作的痕迹，成为文人精雕细琢的作品，并使文学的表达服从于思想的需要，完成了文学性和思想性的统一。这对于阿拉伯文学和文化领域而言，不啻于一场改革。"

只有对伊本·穆格法其人、其作品进行多维的深入研究和分析，才能更好地认识和了解《卡里莱和笛木乃》。这也是今后更深入地研究《卡里莱和笛木乃》的一个必要的步骤。《伊本·穆格法及其改革思想》是国内少有的有一定深度的研究阿拉伯古代作家和作品的著作。

（二）《哈义·本·叶格赞》

1999 年，商务印书馆出版了伊本·图斐利的哲理小说《哈义·本·叶格赞》，由王复、陆孝修翻译。

伊本·图斐利生于 12 世纪初安达卢西亚的格拉纳达城。关于他的记载甚少，只知道他在格拉纳达学过医，又精通天文、数学，善吟诗，爱哲学。在格拉纳达期间，他曾任御前侍从太医，后到丹吉尔，在迈赫底王朝创建者阿卜杜·穆埃敏座前任侍从大臣，以后又在摩洛哥艾布·叶尔古布宫中任首相。1186 年死于马拉哈什。他是当时有名的哲学家。相传另一位著名哲学家伊本·鲁世德（西方称其为"阿维罗依"）曾在叶尔古布宫中与他相会，对他的哲学思想和学问十分推崇和赞赏。伊本·图斐利流传下来的只有这一本《哈义·本·叶格赞》，其他著作因与当时的守旧人士观点不合而被毁；但一部《哈义·本·叶格赞》已足以使他扬名天下。这是一部以小说形式阐述哲理的作品。他在书中表达了他的哲学观点，特别是对"光明哲学"或"光明哲理"的看法。这种哲学是通过光明的照耀，探索形而上学的奥秘。而"光明照耀"是苏非派主张的一种内在运动，后亦为他人所接受。信奉者认为人的思想不能穿透自然界的屏幕，不能探索形而上学的奥秘，唯一能达到这个目的的途径应是一种近似恍惚的内在运动，伊本·图斐利把这种内在运动称为"恍惚"。人在这种内在运动的"恍惚"中好像见到了造物主，造物主是一片光明。

小说《哈义·本·叶格赞》对哈义的出身来源作了两种假设：一、在一个环境适当的地方，泥土孕育出哈义的胚胎，因此哈义出生于泥土；二、哈义是一位公主和情人的私生子。作者虽然作了两种假设，但他显然意在第一种假设。在说明了两种假设后，他回到第二种情况。公主把私生子放在木箱里，让他顺水漂流。漂到一个岛边时，木箱破裂。正值岛上一只母羚羊产后小羚羊死去。羚羊发现哈义，便给他哺乳，并把他带回自己的栖息地。哈义在羚羊的哺喂养育下，逐渐成长起来。他发现动物都有毛皮护身，于是渐渐学会了用树叶，后来用死去的动物毛皮护身。后来母羚羊死了。哈义感到奇怪，为什么羚羊和其他动物会死？它们总是缺少了什么东西。他解剖羚羊的尸体，在心脏处似乎发现一丝气体在蒸发。他认为这可能就是问题所在。这丝气体存在，动物就活着；气体不在了，动物就死了。这东西就是灵魂、精神。他发现植物都向上生长，它们无疑需要阳光。他发现雷火过后被烧死的动物肉吃起来更有味道，从此懂得用火。他还发现无机物也有它们的存在规律。他观察宇宙万物，思索天空的奥秘。他认为，必然有一个造物主——神。他开始设法与神沟通。虔修和冥思苦想是通往神的唯一途径。他通过长时间的不断的修炼，终于灵魂出窍，仿佛在高处见到了神——神是一片光明。后来，他遇到一个来自人类社会的陌生人阿萨勒。他随阿萨勒来到那个人类社会，发现那里充满腐败和各种丑恶现象。他企图改造这个社会，但不成功。他和阿萨勒又返回了他的小岛，继续修行，继续冥思，继续探求他们的真理。

伊本·图斐利通过哈义·本·叶格赞的经历，讲述了人类的发展历程。他说明了哈义出身来源的两种可能，并意在第一种可能即哈义出生于泥土，否认了神造人的观点，这在当时是一种难得的唯物主义思想。他特别强调了理智和实践的重要。通过对周围环境，对动物、植物、石头、泥土、山川、河流、雷电、火等天地万物现象的观察，哈义逐渐认识了世界和宇宙的奥秘。

一个具有理性的人，即使是在一个孤独的环境中，通过实践、观察和思索，也能逐渐达到从初级认识、初级思维到高级认识、高级思维的阶段，并完成其哲理的思考，而且能到达直接与造物主交流的境界。中世纪阿拉伯哲学家与宗教学家对人是否能通过理性获得真理这个命题曾展开激烈辩论。伊本·图斐利用自己的思辨站在哲学家一边，但同时又力图调和宗教与哲学的矛盾。

国内对《哈义·本·叶格赞》的研究不算多。严庭国主编的《阿拉伯学研究》第 1 辑 (2009) 载有韩忡的一篇《论阿拉伯故事文学对欧洲文化和文艺复兴的影响》一文。该文在谈到《哈义·本·叶格赞》时写道：

> 哈义生活在一个远离人世的荒岛上，通过自己的观察和建立在感性认识基础上的理性思考领悟真理，掌握了各种自然科学的基本法则。他在冥想天地万物的过程中，就世界的生存提出疑问，最终认识到造物主的必然存在，同时也认识到理性是人类本质的源泉。在完成所有哲学思考、得到答案后，哈义遇到了一个来自有法律和宗教的人类社会的陌生人，从他那里得知，自己通过理性获得的知识比人类社会中的人们通过宗教了解的知识更加完美，更加清晰。

> 伊本·图斐利在前人的基础上更强调理性的作用。哈义依靠独立的理性思考所获得的认识和真理高于普通人通过自己教义获得的，肯定了宗教和哲学都是通往真理的道路。但是，宗教的真理属于一般大众，人们只是满足于表面上和文字上对真理的解释；而那些经过深层的理性思考进而获得哲学真理的人，才是卓越分子。这种认识反映了伊斯兰哲学家和神学家之间在人可不可以通过理性获得真理这个问题上的激烈辩论。伊本·图斐利提出双重真理论，来支持哲学家的立场。

> 作者试图通过哈义·本·叶格赞的一生，来反映自己对人类社会发展和人类精神进步的认识，主人公从无知懵懂到思想成熟折射出人类在物质和精神两方面从原始到文明的发展规律。可能是在无意识中，作者的思想流露出客观的历史发展观雏形。

韩忡还指出，17 世纪西班牙一部名叫《批评家》的作品可能受到《哈义·本·叶格赞》的影响，而笛福的《鲁滨孙漂流记》、凡尔纳的《神秘岛》都有可能受到本书的影响。

2005 年 9 月 23 日，《学术中华》在网上发布了一篇《先知与总督——试析哈义与鲁滨孙的心性品质》，作者李丹、贾庆军。文章对哈义和鲁滨孙二人作出了分析和对比：一个偏重精神，一个偏重物质。文章最后说："两种不同的人就这样诞生了：一个深知作为人的有限性，因而不断提醒自己要仿效最为高尚的完美的神；一个体验到身为人的伟大，他自命为岛主、总督，得意于自己无限的创造力。同是孤岛生存，一个执着于对生命本质的探寻，在精神世界里流连忘返；一个则走向征服，不仅要征服大自然，还要征服在信仰和生活方式上异己的礼拜五。一个保持沉思，沉浸于效仿；另一个渴求突破，不满于安逸平静的生活，不断寻求生命中的刺激和挑战。一个是古代先知，一个是现代英雄。"

《西北民族大学学报》（哲学社会科学版）2007 年第 2 期刊登了马俊峰的文章《何谓自然？何谓主义？——〈理想国〉与〈哈义·本·叶格赞〉的比较》。文章通过文本的比较展现了两种完全不同文化背景下，柏拉图和伊本·图斐利对哲人的命运、自然的本义、哲学的意义等问题思考的关联与差异，从而显示出古希腊与伊斯兰哲学的丰富内涵与不同旨趣。《安徽教育学院学报》2003 年第 4 期还刊登过一篇名为《朱熹与图斐利和理性主义特色的确认与比较——兼论李约瑟难题》的文章，作者蔡志军。

早在 1983 年 10 月，在全国阿拉伯文学第一次研讨会上，刘久之女士就提交了一篇论文《优秀的阿拉伯哲理小说》，对《哈义·本·叶格赞》作了全面的介绍和分析，对伊本·图斐利的哲学思想也进行了深入的论述。

《哈义·本·叶格赞》出版后，先后被译成希伯来、拉丁、英、法、德、俄、荷等语言。除上述作品受其影响外，著名的美国电影《人猿泰山》也受到它的影响。

（三）《一百零一夜》

《一百零一夜》是阿拉伯马格里布地区一部古老的神话故事集。2001 年，大众文艺出版社出版了《一百零一夜》中译本，由郅溥浩翻译。本书篇幅不大，近 20 万字。书前有译者写的序言，对《一百零一夜》的情况作了介绍。这差不多是国内唯一的一篇对《一百零一夜》进行研究的文字。

序言说：《一百零一夜》是一部流传在阿拉伯马格里布地区数百年的文学作品。它像《一千零一夜》一样，也是一部民间故事集，含有神话故事、爱情故事、冒险故事、寓言故事、教谕故事、历史故事、现实故事，以及各种传说、趣闻等。其中一些故事采用了大故事套小故事的形式。有些故事来源于印度，但其主要成分是在现实土壤上产生的阿拉伯故事。有的专家认为，它比《一千零一夜》产生的时间还早。

20 世纪初，法国人哥德福尔·迪姆贝尼发现它的手抄本，并于 1911 年首次印行出版。据研究家们考证，该书共有三个手抄本：一个藏于巴黎国家图书馆，两个藏于突尼斯国家图书馆。各个版本篇幅长短不一，其中故事也不完全相同。研究家们以突尼斯馆藏的一个为蓝本，以巴黎馆藏的一个为参照进行研究，并在此基础上重新出版其阿拉伯文本。

《一百零一夜》含大故事 24 个，小故事约 30 个。全书的引子与《一千零一夜》有些类似。它讲古代印度有一位名叫达里姆的国王，对自己的形象十分欣赏。他听说呼罗珊城有一个青年长得很美，便派人去邀请他来，以便和自己比个高下。青年在动身前，发现妻子与一奴隶私通，愤而将两人杀死。青年来到印度王宫后，心情忧郁，面色不佳。一日，他发现王后与黑奴私通，顿时省悟，觉得自己的灾难与国王相比算不得什么，从此精神振奋，能吃能喝，很快恢复如初。国王见状，十分惊讶。经不起国王再三询问，青年告诉了他实情。国王亲眼目睹后，愤而将王后、黑奴一干人处死。以后，他每晚娶一女子，翌晨即将其杀死，以泄心中对女人的愤恨。日子一天天过去，国中女子被杀得所剩无几。宰相女儿山鲁佐德自愿到王宫，以每夜给国王讲故事的方法，挽救自己和众姐妹的生命，一共讲了一百零一夜。

从总体上看，《一百零一夜》虽不像《一千零一夜》那样篇幅宏大，场景广阔，但其故事在主旨和内容上却是相通的。它的朴素的现实主义和神奇的浪漫主义相结合的艺术手法，大故事套小故事的框架结构，诗文并茂，语言大众化，以及某些细节的精彩描绘，与《一千零一夜》有异曲同工之妙。概括地说，它表现了如下主要内容：

歌颂美好纯真的爱情。这方面的故事在《一百零一夜》中占有很大比重。主人公们为了追求纯真的爱，历尽艰辛，备受折磨，矢志不渝，直到幸福结合。爱情的主人公有王子、公主、商人和普通百姓。通过爱情故事，表现了人民群众对美好幸福生活的向往和追求。如《纳吉姆王子和娜依拉公主》中，王子和公主相爱成亲，新婚之夜，公主被妖魔攫走。王子为寻回公主，历尽千难万险，终于找到妖魔的洞穴，并用计将妖魔杀死，与公主团聚。

褒扬善与美，摈斥丑与恶。人民群众在对美好生活的向往或对纯真爱情的追求中，会遇到现实社会中强大的恶势力的阻挠。主人公们必须克服横亘在他们面前的丑恶势力。无论是现实的较量，还是借助神力的较量，最终善与美必然战胜丑与恶。如《国王和蛇的故事》描写大王子和二王子去为父亲求药。二王子经过艰辛寻得药物。大王子贪图享受，不去寻药。他见二王子寻药归来，不仅偷窃了二王子身上的药，还将他置于死地。后二王子被人救活，回到宫中。大王子被处死刑，受到惩罚。大王子代表恶，二王子代表善，善最终战胜恶。《商人儿子和异乡人的故事》中，商人儿子穆罕默德来到一个地方，遭黑店老板暗算，被抛入地下室。他通过顽强斗争，运用智谋，终于揭露了这个卖人肉老板的罪恶，使他遭到应有的惩处。善得到昭彰，恶受到剪除。值得注意的是，许多故事中有妖魔攫取女郎的情节，如《扎菲尔王子的故事》、《阿卜杜·马立克的故事》、《国王和羚羊的故事》等。这些妖魔是社会上恶势力的象征，是恶的化身。

表现了人的探奇冒险精神。不少故事描写主人公单刀匹马在沙漠旷野中游历，在游历中遇到种种奇观异境、惊险场面。《青年商人的故事》中，青年商人外出游历，始则遇到女妖，继则进到一个仙境般的山洞，后来与一个神奇国度的公主成亲。《国王和蛇的故事》中，国王为寻找失去的骆驼，独身一人前往大山，遇到一条大蛇，与蛇发生了一段恩怨故事。二王子为父亲寻药，来到一座古堡，与半睡半醒的女郎产生爱情，并得到了神药。不少故事还描写骑士与骑士之间、骑士与恶魔之间的战斗。《大臣儿子阿卜杜拉和老人》则是一个海上冒险故事。它讲阿卜杜拉和一个老人在海上遇到七尊向他们进攻的雕像，他打败它们，进入岛上一个古老的宫殿，躲过向他射来的箭矢，终于取得宝藏。《樟脑岛的故事》更加引人入胜，表现了各种奇奇怪怪的事情：海域住着吃人的妖怪，他们将死人头骨挂在家中，顶礼膜拜，求签问卜；硕大无朋的巨鸟将人攫起到空中；海中浮出一群群美人鱼和怪兽。主人公们度过一道道险阻，最后获得樟脑岛上的宝藏。这些故事，特别是沙漠骑游的故事，产生在阿拉伯马格里布这一具体环境中的可能性较大。《商人儿子和异乡人》中则出现了飞车、飞缸等情节。有些故事表现了主人公用化学物质提炼黄金的企图。探奇冒险、求索未知世界的精神实质是人类开拓未来、掌握未来的一种精神。无论是陆上、海中的探奇冒险，还是众多神奇物的出现，均表现了人类企图征服社会中的邪恶势力、征服自然力的努力。在此过程中，不仅产生出丰富的想象力，而且表现出勇敢无畏、百折不挠的精神。

其他一些故事则表现了不同方面的内容：表现了不同民族、不同宗教间的宽容和睦，赞美主人公的美德；表现了统治者体察民情、办案公道，也反映了当时社会的黑暗；表现了小偷的机智，敢于和哈里发开玩笑；有的将君王平民化，表现了市民阶层的趣味。还有一些故事表现了一定的哲理，有的故事表现了对统治者的嘲讽，有的故事则表现出对妇女的歧视。

　　我们发现，在《一百零一夜》中有几则故事与《一千零一夜》中的故事相同（准确些说是部分相同），如开篇故事、《王子和七位大臣的故事》、《乌木马的故事》。《驼背老人和哈伦·拉希德哈里发》与《一千零一夜》中《睡着的人和醒着的人》立意相同，但内容却完全不同。其他如小故事《磨夫和他老婆的故事》在《一千零一夜》中也有。《一千零一夜》中的《王子和七位大臣》由约二十个小故事组成，《一百零一夜》中约有十一二个小故事与之相同，且《一百零一夜》中的更加简短。《驼背老人和哈伦·拉希德哈里发》中，驼背老人几次被哈里发麻醉后弄到宫中被他和群臣、宫女戏耍，主要在男女关系上互相调侃，反映了市民趣味，但也剥去了君王身上的神圣光环，如驼背老人所说的"三天来我都遭到一群疯子戏弄"。《乌木马的故事》与《一千零一夜》中的同名故事在一些细节上也不相同，《一百零一夜》中的似乎更精彩。我们之所以作出比较，是想对《一百零一夜》和《一千零一夜》的成书过程提供一点补充材料和分析。《一百零一夜》中与《一千零一夜》中相同的故事并不多，说明它们最早并非同一个蓝本，很可能是同时或先后取自于当时流传在阿拉伯地区的故事。开篇故事可能取自当时流传在阿拉伯地区的波斯故事集《赫扎尔·艾福萨那》（《一千零一夜》的最早来源）中的山鲁佐德讲故事的引子，专家们认为它更接近于印度本源。来源于印度的《王子和七位大臣》很早就流传到阿拉伯地区，《一千零一夜》也是在其成书过程中才收集进来的。《一百零一夜》应该也是这种情况。一般来说，同一个故事，篇幅短的要比篇幅长的产生时间要早，加上《一百零一夜》中缺乏《一千零一夜》中那种反映中世纪商业社会中丰富复杂的爱情、家庭生活的长篇故事，而且表现英雄骑士的故事较多，由此似乎可以说，《一百零一夜》产生的时间比《一千零一夜》定型成书时间还要早的推断是有一定道理的。

　　还要指出的是，《一百零一夜》给我们提供了古代东方文化文学交流的可贵资料，大大扩展了比较文学交流的视野。上述《一百零一夜》和《一千零一夜》中某些故事的同异，即是很好的研究课题。《商人儿子和异乡人》中有这样一个情节：异乡人取出一个瓶子，从里面出来一个女郎。他和女郎吃过食物后，便倒在一旁睡觉。这时女郎也取出一个瓶子，从里面出来一个年轻男子,她和男子交媾后,把男子放回瓶中,睡在异乡人身旁。异乡人醒来后,将女郎放回瓶中,收好瓶子,走自己的路。这是一个典型的印度佛经故事,载于《旧杂譬喻经》中,后来传入中国,在晋朝荀氏的《道人幻术》、梁朝吴均《续齐谐记》中的《阳羡书生》中均有记载,虽然内容略有不同。在《一百零一夜》中发现这则故事,确实使我们感到惊讶和兴奋。《商人儿子和异乡人》整个故事充满"空"和"虚无"的观念,明显受到佛教影响,但它又不是一篇纯粹的印度故事,而是与阿拉伯社会生活有机地结合在一起。"瓶中人"是怎样流传到阿拉伯的,又是怎样与阿拉伯故事相联系的,不是非常值得我们深入探讨吗?诚然,我们今天来看《一百零一夜》的故事,有的不免简浅、粗犷,但这恰恰体现出它民间文学质朴清纯的特质,何况它的许多故事还是十分精彩的,其中以动物为主人公的寓言故事更是引人入胜。它是一部产生了近千年的古代文化典籍,尤其是它产生于阿拉伯马格里布地区,更加难能可贵。

《一百零一夜》与中国肯定有关系。其中的《樟脑岛的故事》中写道:一天,波斯国王艾努·舍尔旺正与大臣公卿们议事,忽然一位年纪很大的骑士跑进宫来。他向国王讲述来历:"我常在世界各地周游,无论荒漠和城市,到处有我的足迹。我到过印度、也门、中国……我的名字叫小巨人之子萨尔达·本·阿玛尔,我今年已有三百岁。海上的岛屿没有一个我没去过,陆地上的城市没有一个我没到过。我从锡兰跨海到印度,又从印度乘船到也门,不久来到一座高楼林立的大城市,这是罗马人、大主教们和一些巨人们建造的……"在这里原文的注释是:"一说是从印度到也门;一说是到了也门;一说是到了中国,这座城市名叫布尔盖。"也许是不同的版本和不同的编辑者在这里采用了不同的说法。但从故事看,这位老人所描述的经历显然是发生在中国。

对《一百零一夜》,一些古代典籍曾有所记载。法国学者费琅编译和校注的《阿拉伯人波斯人突厥人东方文学集注》(出版于 1913—1914 年)这样说到《一百零一夜》:"国王问他自何方来,其国籍为何处,'我来自信德、印度和中国大地。鄙名叫小萨达·本·亚马力,现年已有三百岁……我曾不停地从一个岛到达另一个岛,这样一来,我就到达了中国。我首先到达了一个叫巴尔卡的城市里,这是中国的第一座城市。当地居民发现我们的时候,便带着大木棍和长矛迎了上来,而且还听到城里一阵惊天动地的喧闹声。当我们接近该城的时候,其宏大的规模使人眼花缭乱。有人把我们带到了国王宫殿,叫作哈姆丹……"(本书中文版译者在注释中说：巴尔卡城意为"光明城"，后面一段的全文应是"有人把我们带到了国王宫殿，此殿位于中国的首都，叫作 khumdn"，该城即当时的西安府)¹ 故事接着叙述他到王宫的情形。这里

1. [法] 费瑯编：《阿拉伯波斯突厥人东方文献辑注》，耿昇、穆根来译，北京：中华书局，2001年版。

对中国的王宫作了非常细致的描写："王宫富丽堂皇，光彩夺目，难以描述。我和我的伙伴走进一扇大门，来到宫殿圆厅，圆厅四周是高大的柱子。宫殿中央，溪流纵横交错，两旁树木成林，结满了各种果实，草地上鲜花盛开，如石竹花、郁金香、番石榴等等。不远处有一座大理石圆拱顶建筑，四周有黄金镶嵌的阳台，每个阳台上都有一个用纯金刻就的符咒，符咒下面是一个环，一旦有苍蝇、昆虫附着在上面，符咒便会发出令观者终生难忘的语音。拱顶上面是一只金孔雀，它的两眼用红宝石嵌就，双脚是祖母绿制成，翅膀则饰以各种珠宝玉器。当我们走到御阶前时，看见国王坐在龙床上，容光焕发，双目炯炯有神。他左右各站着二十个宫女，每个宫女手中都拿着丝绸扇子。他头戴一顶饰有各种珠宝玉石的金冠，面前还站着像羚羊般可爱的彩女……"这种描写不比《一千零一夜》中的描写差，也符合中国宫廷的实际。

故事中的一段对话，更能表明事情是发生在中国：

"我听说国王清正廉明，爱民如子，十分向往，所以在回国途中就顺道到这儿来了。"礼仪官又对我说："国王问你是否知道世界上诸王的情况？"我回答说："是的，陛下！世界上最辽阔的国家是伊拉克，它在世界的中央，世上诸王都环绕在它四周。"礼仪官说："我们在书上也读到过。在它之后是我们的国家。我们还知道有一位叫狮王之王的国王，他是土耳其国王，土耳其人是人中的狮子，骁勇无比；之后是大象之王，就是印度的国王；之后是哈巴什国王，号称智慧之王。至于我们的国王，即罗马国王，被称作众人之王，因为世界上没有哪个国家的人比罗马人更健壮更俊美，以上都是国王中的佼佼者，其他的国王都不如他们。"我对礼仪官说："你说得对。"

上面这段描写，按故事所说，是骑士老人与罗马国王和礼仪官的对话。我们在"中国与阿拉伯的古代交往"中曾引用了麦斯欧迪《黄金草原》中的一段描述。读了那段描述，我们就会判定，骑士老人是在与中国国王与礼仪官对话。

那段描述与《樟脑岛的故事》中的那段对话基本相似，而且后者是对前者的一种抄袭或沿用，只是作了一些改动。《樟脑岛的故事》把本应是中国的地方改成了罗马。我们从《阿拉伯波斯突厥人东方文献辑注》中知道，《樟脑岛的故事》原本描述的是中国。麦斯欧迪的《黄金草原》

记述的古莱氏人与中国国王（皇帝）的对话在阿拉伯国家流传甚广，成为了文学创作的材料。《樟脑岛的故事》就是一篇据此材料创作的作品，当然加上了不少神奇的情节。故事的后半部是国王资助骑士老人去樟脑岛取得财宝。

还要提到的是，《樟脑岛的故事》中也有大鹏鸟的描写："萨尔达老人带领人们在海上航行了十天，来到一个有淡水的岛屿。他们下船饮水。这时忽听天上一阵巨大的响动，众人抬头观望，只见一只硕大无朋的巨鸟正俯冲下来，瞬间攫取他们中的一人飞上天空。众人一阵骚动，冲老人嚷嚷道：'你是要带我们来送死呀！？'老人说：'那已死的寿命已到。一切无能为力，只靠伟大的安拉！'"《樟脑岛的故事》中还有关于美人鱼的描写："突然从海中浮出一群美人鱼，她们如初升的月儿般美丽动人，长长的秀发披至腰际。众人见到她们，都朝她们走去，她们也不回避，反而跟他们亲切地在一起嬉戏。每个人都跟一个美人鱼在一起玩耍。东方发白，天刚蒙蒙亮，她们就互相吆喝着返回海面，沉入海底。没人能抓到她们中的任何一个。"

关于大鹏鸟的传说前面已有叙述，中国和阿拉伯文学中都有描写，中国的典籍也有记载。关于美人鱼的传说，中国文学中也有描述。宋代《太平广记》中《洽闻记》之《海人鱼》中写道："海人鱼，东海有之。大者长五六尺，状如人，眉目口鼻手爪头皆为美丽女子，无不具足。皮肉白如玉，无鳞有细毛，五色轻软，长一二寸。发如马尾，长五六尺。阴形与丈夫女子无异。临海鳏寡多取得，养之于池沼。交合之际，与人无异，亦不伤人。"

前已述及本篇故事与中国的关系，加之大鹏鸟的传说、美人鱼的传说也与中国的类似。考虑到这篇故事存在于阿拉伯马格里布的神话故事集《一百零一夜》中，这种与中国的可能联系就更加令人寻味了。遥远的阿拉伯马格里布的《一百零一夜》与中国有着千丝万缕的联系，这是中国与阿拉伯国家文化、文学交流史中一缕抹不去的亮色。

（四）《一千零一日》

1981年，辽宁少年儿童出版社出版了杜渐从法文译的《一千零一日》选本。1991年，甘肃少年儿童出版社出版了朱梦魁、万曰林、王复等从阿拉伯文译的《一千零一日》全本，共10卷，约150万字。像《一千零一夜》一样，它含有神话、传说、趣闻，以及各种神奇诡谲的故事。2001年9月，北京大众文艺出版社出版了朱梦魁、万曰林《一千零一日》的选译本。由于这几个译本的出现，中国读者了解到阿拉伯文学中除《一千零一夜》外，还有一部名叫《一千零一日》的作品。

《一千零一日》在阿拉伯文学中是个较为复杂的问题，因为在阿拉伯文学中绝少提到这部作品。不仅所有阿拉伯文学史类著作都未提到过《一千零一日》，而且像《阿拉伯简明百科全书》这样的书也未提到过。其原因可能是它的来源不够明朗。有资料说，直到1979年才在贝鲁特首次出版《一千零一日》的阿拉伯文版本。[1]

1. 朱梦魁、万曰林等译：《一千零一日·序》，兰州：甘肃少年儿童出版社，1991 年版。

本书的缘起，据说是300年前，法国学者克罗依克斯访问波斯首都伊斯法罕（即今之德黑兰）时，结识了一位名叫莫切里士的大僧。这位大僧学识渊博，著述颇多。他将一部名为《一千零一日》的译著赠给克罗依克斯。大僧是从印度方言将这些民间故事译成波斯文的。他允许克罗依克斯将它译成法文。[2]

2. 杜渐译：《一千零一日·序》，沈阳：辽宁少年儿童出版社，1981 年版。

《一千零一日》的阿拉伯文译者穆罕默德·拉法特是这样叙述他发现并翻译这部作品的经过的：他在参观摩洛哥非斯城的开旺大学图书馆时，发现了《一千零一日》的阿拉伯文手抄本。这是全世界仅存的一部手抄本。于是，他参照一位法国学者圣·卡罗的法译本，将这部手抄本译成（或改写成）现代阿拉伯文出版。他还说，阿拉伯文手抄本的作者是路德维希·穆赫利斯，手抄本最初为埃及已故学者拉法特·巴克·塔赫塔维收藏。[3]

3. 朱梦魁、万曰林等译：《一千零一日·序》，兰州：甘肃少年儿童出版社，1991 年版。

也许因为《一千零一日》被湮没得太久，未能引起世人的注意。拉法特所参照的法译本是圣·卡罗翻译的，并未提到300年前的克罗依克斯，而且圣·卡罗是根据阿拉伯文手抄本翻译的。

无论是全译本序，还是杜渐的序，都未能说明《一千零一日》的真正来源和它的产生情况，而且两者还有不一致的地方。如果300年前克罗依克斯将《一千零一日》从波斯文译成了法文，那么它的波斯文文本在哪里呢？如果丢失了的话，为什么波斯典籍没有一点记载呢？《一千零一夜》的早期来源《赫扎尔·艾福萨那》（波斯文的一千个故事）虽然失传，但许多阿拉伯典籍甚至波斯典籍都提到过它，一致认为它是《一千零一夜》的最早来源之一。如果1979年穆罕默德·拉法特的《一千零一日》阿拉伯文本是首个正式出版的本子，也就难怪一般阿拉伯读者在此之前根本不知道有一本叫作《一千零一日》的书的存在了。

其实，两个序文中真正有价值的东西，是提到了《一千零一日》的阿拉伯文手抄本。只有《一千零一日》存在阿拉伯文手抄本，才能证明它确实是在历史上存在过，只不过被淹没了，后来才被发现。至于这个手抄本出现在什么时代、什么地方，那就要另作探讨了。

大致说，可以有三种假设：

一、 300 年前，大僧莫切里士拥有《一千零一日》的波斯文译本，他送给了克罗依克斯。而与此同时，有人将它译成了阿拉伯文，但未出版，只是手抄本。

二、 确实存在一部不知名的波斯故事集或东方故事集，后来演化成阿拉伯文的《一千零一日》，就像《一千零一夜》的前身波斯故事集《赫扎尔·艾福萨那》演化成阿拉伯文的《一千零一夜》一样；而所谓 300 年前大僧莫切里士与法国人克罗依克斯的事情皆属杜撰。

三、 由某个欧洲人（不排除是克罗依克斯）收集了一些印度、波斯、阿拉伯和其他民族故事，编撰成这部《一千零一日》，后来又不断扩展，形成现在的规模。而这个时间不会很早，应在 18 世纪中叶前后。18 世纪初法国人迦兰首次译出《一千零一夜》后，由于很受欢迎，出版商要求译者再去寻找东方故事，这样不止迦兰，还有许多西方人前去东方寻找故事或是有人送给他们故事。这样，就有了迦兰后来的《一千零一夜》续篇，其中就有了原来没有的《阿拉丁神灯》和《阿里巴巴和四十大盗》等著名篇章。英国人波顿不仅译出了十卷《一千零一夜》，而且将新收集来的东方故事编撰成七卷补遗。因此，不能排除某个西方人（也可能是克罗依克斯）将收集来的东方故事编撰成了一部《一千零一日》。所谓阿拉伯文手抄本，也就是收集来的原始故事，被译成阿拉伯文保存了下来。从《一千零一日》的故事及艺术风格看，它的一些故事是较为古老的，但有的故事不会是很古老的。迦兰《一千零一夜》的续篇，是一位叙利亚阿勒颇马龙教徒赠给他的。因此，所谓 300 年前大僧莫切里士赠书给克罗依克斯之说，可能是真实的，也可能是伪托，不过是将所收集来的故事蒙上一层神秘色彩罢了。

按杜渐的说法，克罗依克斯于 17 世纪末就将《一千零一日》译成法文介绍到欧洲，但可悲的是，直到一百多年后的 1795 年（朱、万译本序说是 1785 年）才首次在一家荷兰出版社出版。如果《一千零一日》首次出版于 1795 年或 1785 年，那么这个时限与迦兰首次译出《一千零一夜》后，西方掀起寻求东方故事热，然后又陆续出版东方故事的时限就是基本吻合的。英国的波顿译出《一千零一夜》十卷本后，又花了三年时间收集东方故事，于 1888 年出版《一千零一夜》七卷补遗。可以说，西方寻求东方故事热，从迦兰开始持续了一百多年。

一般都认为，是迦兰的《一千零一夜》出版后西方才掀起寻求东方故事热。这些东方故事，影响了孟德斯鸠、伏尔泰等法国启蒙运动者，更影响了许多西方作家。杜渐是大约 1977 年写的关于《一千零一日》的序，[1] 从那时上溯 300 年，应是 1677 年。当时西方已开始收集东方故事了吗？

1. 盖双：《说说"圈外人"杜渐》，载《阿拉伯世界》，2000 年第 3 期。

而且还是这么大部头的一部书。更奇特的是，在西方《一千零一夜》还未出版迦兰本（1704 年）时，他收集来的书就冠以《一千零一日》的书名了。他比迦兰还早几十年吗？这是不大可能的，《一千零一日》的出版只能是在《一千零一夜》之后。

根据上述情况和现有资料，我们认为《一千零一日》的大致来源是：在迦兰的《一千零一夜》法译本问世后，西方掀起了搜寻、收集东方故事的热潮，并将它们编撰成册，有的归于《一千零一夜》的续篇，有的单独成篇。这其中就有一些故事被人汇编成册，并不断扩大。为了吸引读者，被冠以《一千零一日》之名，以和《一千零一夜》媲美。这些故事的原本，有的可能是波斯故事，有的可能是阿拉伯故事，有的可能是土耳其故事，有的还可能是别的文字的故事。但在译成法文或别的欧洲文字时，它同时有了阿拉伯文译本（手抄本）并被保存下来，但从未被出版过。其法译本于 1795 年或 1785 年首次在荷兰出版。其阿拉伯文手抄本，被穆罕默德·拉法特在摩洛哥非斯城开旺大学图书馆发现，并被译成或改写成现代阿拉伯文出版。在此之前，法国人圣·卡罗也曾据阿拉伯文手抄本将《一千零一日》译成法文出版。至于 300 年前，大僧切莫里士与法国人克罗依克斯的故事，多半系伪托；但不排除克罗依克斯是主要收集人和编撰者。

有关《一千零一日》的资料非常少，但有时也会偶尔发现一丁点儿。美国学者斯蒂·汤普森在《世界民间故事分类学》中曾写道："《一千零一夜》的不论什么故事都可能成为故事之源……如《阿拉丁》、《芝麻开门》、《四十大盗》……最后，源于东方的故事还可提到波斯文集《一千零一日》。"[2] 这里汤普森是将《一千零一日》作为波斯作品来看待的，而且此后也无更多的论述。

2. [美] 斯蒂·汤普森：《世界民间故事分类学》，郑海登译，第 209 页，上海：上海文艺出版社，1991 年版。

德国学者里特尔撰写的一部名为《〈一千零一夜〉研究与分析》的书，其阿拉伯文译本于 1982 年由贝鲁特黎巴嫩出版社出版。里特尔在该书第 37—38 页中写道：迦兰在出版了前七卷《一千零一夜》后，"由于缺乏翻译材料，他停止工作了三年。直到他的出版商不得不重新开始工作，在未得到他的许可时就开始出版第八卷（《一千零一夜》）。这第八卷包括了迦兰据不知来源的手抄本译出的《辛巴德航海记》，以及彼特·圣·拉克罗瓦翻译的两篇故事《装饰偶像》和《哈达丹》。他曾将这两篇故事发表在《一千零一日》这本书中"。可能由于故事名称不同，又由于对这两篇故事的内容不了解，它们是《一千零一日》中哪两篇对应的故事，尚不清楚。这几行字的叙述，说明了当时确实有一部名叫《一千零一日》的书，并被译成法文。这部书在出版过程中还在不断扩大。不过，据此记载推断，《一千零一日》这部书似乎在迦兰 1704 年出版《一千零一夜》前后就已经存在了，而不会等到 1795 年或 1785 年才在荷兰首次出版。其中具体情况，也很难弄清楚了。

近年来，《图兰朵》在中国的走红，特别是张艺谋的歌剧《图兰朵》在太庙的上演，使得许多人参加到《图兰朵》的讨论中。在一两个世纪之前，已有多位西方戏剧家将其搬上歌剧舞台。而《图兰朵》的故事，就出自《一千零一日》。这样，在众多关于《图兰朵》的文章中，就不能不涉及到《一千零一日》这部书。

我们这里引用发表在《中国比较文学》2006 年第 4 期上罗湉的文章《图兰朵之法国源流考》中关于《一千零一日》的论述，供读者参考。文章说：

《一千零一夜》在法国引起轰动，一时间洛阳纸贵，文化界和上流社会争相传阅。加朗（即迦兰）的成功显然对同行们刺激不小，效颦之辈层出不穷，各种东方故事集争相出版。撇开其他不谈，光是书名类似的就有数种：《一千零一小时》、《一千零一刻，鞑靼人传说》、《一千零一日》等等。仿作质量良莠不齐，乘着《一千零一夜》的东风，却也迎来不少读者。其中出现最早也最成功的仿作当属《一千零一日》。

《一千零一日》的作者贝迪·德·拉克洛瓦（Petia de la Croix）（从原文看，即是克罗依克斯）也是一位东方学者。他与加朗同时供职于路易十四的皇家图书馆，算是同僚。贝迪·德·拉克洛瓦具有相当出色的语言天赋，既精通土耳其语，也懂得阿拉伯语和波斯语。根据他本人的叙述，路易十四曾经把他派去波斯公干，这段波斯生活也就成为《一千零一日》出版的契机：他在波斯结识了一位大儒德尔维·谟克莱（Deryis Mocles）（从原文看，即莫切里士）。谟克莱与他交谊甚厚，放心将文稿亲手托付，委托好友译成法文在法国出版。

此番叙述是否属实？据学者塞巴格研究，这很有可能是 18 世纪文人惯用的伪托之词，不足为信。由于拉克洛瓦最精通的东方语言是土耳其语，塞巴格对《一千零一日》的真正来源提出了质疑。他曾经说："贝迪·德·拉克洛瓦说《一千零一日》是波斯故事集，真令人惊奇，因为他发掘的材料全部来自于土耳其语作品。不过可以肯定的是，这些作品都是从波斯语翻译过来的。在任何一部波斯语作品中我们都无法找到这四十二个故事构成的集子，但我们知道其中的故事大多存在波斯语版本。"目前法国学界基本认定《一千零一日》中的故事大多出自一本名为《忧愁后的欢乐》的土耳其故事。考虑到作者供职的皇家图书馆收藏有这部作品，这种说法就愈发可信了。

在《忧愁后的欢乐》从亚洲进入欧洲的过程中，拉克洛瓦扮演的不仅是译介者，更是创作者的角色。首先，他的翻译相当自由随意，充分显示其虚构才华，译作的再创作色彩浓厚。塞巴格认为，只要把《一千零一日》和原作稍作比较，就可以毫不困难地得出上述结论。其次，他从《一千零一夜》中得到启发，赋予这些故事一个完整的结构，用逻辑上的联系把故事串接起来，形成源源不绝的连环套，激发读者的阅读欲望。看到《一千零一日》的结构，不得不承认这是一部绝妙的仿作。它在彻头彻尾地套用《一千零一夜》叙事模式的同时，又作了一个有趣的改变。拉克洛瓦本人曾经说过，既然《一千零一夜》的主人公是一个厌恶女人的男人，虚幻叙述故事的目的是帮助这个男人克服对女人病态的敌意，那么《一千零一日》就要围绕一个厌恶男人的女人展开，而故事绕来绕去也是使她克服厌男心理。所以，在几乎雷同的叙事模式之下，两本故事集结构上的不同之处，只是男人和女人的地位对换罢了。这种安排当然是有意识地借《一千零一夜》的地方来吸引读者，但也不乏另外的社会意义：在启蒙时代的法国，女性在社会生活与文学生活中的地位日趋重要，这样的安排十分取巧，既取悦了最初的知识女性，用结局圆满的男女对抗来讨得沙龙贵妇的欢心，也博男性一笑，十分符合风雅生活的要求……与其把《一千零一日》看作是土耳其故事集《忧愁后的欢乐》的法语译本，不如把它视为一本法语文学作品。土耳其和波斯人似乎也对此持有同样的观点，因为两个国家曾先后把法语版《一千零一日》再次翻译成土耳其语和波斯语出版。

以上的大段叙述，已经基本上把《一千零一日》这部书的来龙去脉讲得差不多了。因为是从法文资料展开论述，比仅从少许的阿拉伯文资料叙述来得详细一些。其中一些叙述，与我们上述的推断不谋而合。

　　不过，此文中有的部分仍系推测，有些问题也未能完全解决。如果《一千零一日》确是来源于土耳其的《忧愁后的欢乐》，那么在其翻译、吸收过程中肯定不止一个来源，而是有多个来源，也就是有土耳其、波斯、阿拉伯及印度等诸多东方故事来源。《一千零一日》中有好几个关于哈伦·拉希德哈里发的故事，这就是阿拉伯的故事。《一千零一日》在其形成过程中肯定经过了不断的再吸收、再扩充，才有了后来的规模。这是毋庸置疑的。如《一千零一日》第9卷就只有《沙漠的秘密》一个故事，24 万字，讲述了在非洲沙漠探奇冒险的故事，其中还有法国探险家。这不像是古代的东方故事，倒像是十七八世纪欧洲探险家的故事。此故事后来扩充的可能性很大。

　　《一千零一日》的阿拉伯文手抄本究竟是怎么来的？它产生于何时？还不是很清楚。据其译出的中文本，也肯定与法语本《一千零一日》不完全相同。《一千零一日》的成书过程与《一千零一夜》也不尽相同。《一千零一夜》虽最早来源于波斯故事集《赫扎尔·艾福萨那》，但后来主要在阿拉伯地区扩展、加工而成，且有阿拉伯文成书、定型本。而《一千零一日》虽最早是土耳其、波斯、阿拉伯、印度故事，但被法国人收集、整理并翻译成法语本。前已提及，一位法国人圣·卡罗曾据《一千零一日》阿拉伯文手抄本将其译成法文，并未提及克罗依克斯（拉克洛瓦）。难道当时阿拉伯文手抄本《一千零一日》就具有现在的规模了吗？如果是这样，那就可以毫无疑问地说《一千零一日》是一部阿拉伯文学作品了。关于阿拉伯文手抄本，至今还是一个谜。

　　《一千零一日》故事的缘起是：当时，一位国王的女儿赛阿黛，美丽非凡。她拒绝了络绎不绝前来提亲的求婚者，许多男子因此绝望、自杀。赛阿黛拒绝婚姻，憎恶男性，是因为她做了一个梦，梦见一只公羚羊身陷罗网，母羚羊飞跑过来救它，使它免遭猎人捕获，可是当母羚羊陷入罗网时，公羚羊却丢下它不管。国王与公主的乳娘毛姬·芭赫尔反复商议将公主从梦魇中解救出来的办法。乳娘献计，用天天给公主讲故事的办法来开导她，于是有了这《一千零一日》的故事。到一千零一日，公主终于说："我已经明白过来，是我自己冤枉了男人……男人的心和女人的心一样随着爱情跳动，一样为忠贞而欢畅，一样为背叛而悲痛。背信弃义的行为不止男人们有，女人也一样。"乳娘说："又有一个人来向你求婚了。"赛阿黛公主说："他就是我的丈夫。"这个引子来自中文全译本。

杜渐从法文本译出的中文选本的引子却不同。它讲的是：一位克什米尔公主被风吹眯眼后来到一个地方，见到一位英俊青年。她爱上了他，青年也爱上了她。正要交谈，又是一阵风，公主眼一闭，等睁开一看，又回到了自己原来的花园。从此她害起了相思病，老奶妈每日讲故事来安慰她。后来，公主终于与那位青年见面并结为夫妇，原来那是一位埃及王子。

《一千零一夜》用讲故事感化了残暴的国王，《一千零一日》同样用讲故事感化了厌恶男人的公主（依据全译本）。单从这一点看，《一千零一日》模仿《一千零一夜》的痕迹就很重。

《一千零一日》中的波斯故事、阿拉伯故事、印度故事可以明显分辨出来。其中有的故事很精彩，也富艺术性，如《女奴儿子的故事》、《爱情与金钱的故事》、《贞洁之花的故事》、《世上最慷慨之人的故事》、《孤岛囚徒的故事》、《月亮公主的故事》等。还有一篇《奇怪的交换》的故事：一位富有的印度商人带着十岁的儿子来到中国京城居住。他常看中国戏剧，结识了皇家剧院的一位漂亮女演员韦珊，后向她求婚。韦珊的父母竭力促成这桩婚姻。婚后二人感情不甚和谐。后印度商人带着韦珊和他们所生的两个儿子回到印度。商人死后，韦珊生活窘迫。后回到中国，奉孝父母。父亲临死前告诉她一个秘密：一个曾在中国居住的印度亲王，其夫人即将分娩，而韦珊的母亲也即将分娩。亲王跟父亲说，为了继承他和他岳父母的巨大遗产，他夫人必须生下一个男孩。如生下女孩，则需要换一个男孩。亲王夫人果然生下一个女孩，而恰巧韦珊的母亲生下一个男孩，于是二人交换了孩子。所以，韦珊实际上是个印度女子。韦珊知道自己是印度亲王的女儿后，便回到印度，千方百计想找到自己的生父，恢复往日的身份，但终未成功，而且一再被骗，最后在贫困中郁郁而死。这篇奇特的故事大概是早期中国与印度交往的一种反映吧。

《一千零一日》（中译本）第2卷是《海莱夫王子的故事》。其中有三个小故事：《法达鲁拉公主的故事》、《商人马尔迈尔的故事》、《丹雅公主的故事》。海莱夫是鞑靼国王帖木尔的儿子，帖木尔在与花剌子模王国作战时失败，逃离国土，海莱夫王子过着流亡生活。前面两个小故事是他流亡中的经历。《丹雅公主的故事》是他前往中国向中国公主丹雅求婚的故事，这就是后来有名的《图兰朵》的故事。

话说海莱夫王子在流亡中听到关于中国的故事，对中国心驰神往，便告别父母，动身去中国。他来到中国京城，无意中看到撒马尔罕国的王子被拉上断头台处死。他这才知道，中国公主丹雅聪慧秀丽，十分高傲，厌恶男性，不愿结婚。她为每个求婚者出三个谜语，猜不出者，立即处死，因此而丧生的已不计其数。但因她的美貌，诸国王子，八方贵少，仍络绎不绝，前来一试。海莱夫决心前去碰碰运气。他猜中了公主的三个谜语：太阳、大海、岁月。他的仪态和聪慧也引起了丹雅公主的爱慕。但王子并未立即同意与她的婚事，而是要公主猜出他的来历和名字。公主派侍女苏珊前去打探。苏珊假意十分动情地引诱王子，并说丹雅公主要杀死他。王子在叹息中暴露了自己的身世和名字。不想公主对苏珊却产生了误解，苏珊自杀以明心迹。海莱夫王子终于与丹雅公主结婚。

由于《一千零一日》的出版，海莱夫王子（或译作"卡拉夫王子"）与中国公主丹雅的故事流传开来。当时欧洲人对东方，尤其对中国充满神秘感。东方的一些作品（包括中国作品如《好逑传》等）传到欧洲后，对欧洲作家产生了重大影响。歌德曾经说过：

> 从东方移到我园中的
>
> 这棵树木上的叶子，
>
> 含有一种神秘的意义，
>
> 它使识者感到欣喜。[1]

1. 钱春绮译：《歌德诗集》（下），第 408 页，上海：上海文艺出版社，1982 年版。

1762 年，意大利诗人戈齐将海莱夫王子和中国公主的故事改编成歌剧《杜兰朵》。1801 年，德国大诗人席勒据戈齐的本子改写成剧本《杜兰朵》，在德国各地上演。1924 年，意大利作曲家普契尼创作歌剧《图兰朵》，从此《图兰朵》蜚声世界。1967 年，德国作家布莱希特将其改编成一部政治讽刺剧。1992 年，魏明伦将其改编成川剧《中国公主杜兰朵》。1999 年，张艺谋执导的歌剧《图兰朵》在北京太庙上演，与进京上演的川剧《中国公主杜兰朵》在京打擂，很是热闹。一个虚构的中国公主的故事，令中国人产生了认同感和共鸣。

因《图兰朵》在中国的传播和影响，随之而来的是对《图兰朵》的讨论。讨论涉及到对图兰朵身份的论证，对《图兰朵》的解读等等。讨论文章主要有：穆宏燕的《图兰朵怎么成了中国公主？》（《北京青年报》，2008 年 1 月 7 日），谭渊的《图兰朵公主的中国之路——席勒与中国文学关系再探讨》（《外国文学评论》，2009 年第 4 期），穆宏燕的《再谈图兰朵的中国身份——与谭渊先生商榷》（《外国文学评论》，2010 年第 2 期），罗湉的《图兰朵之法国源流考》（《中国比较文学》，2006 年第 4 期）等。

张艺谋的歌剧《图兰朵》演出后，引起争论。包括张艺谋在内的一些文化界人士认为，西方的《图兰朵》版本大多表现出"充满诡异、神秘和阴沉的冷调"（张艺谋语）；而于丹及执导过国家大剧院版《图兰朵》的陈薪伊等人认为，中国公主不可能如此冷酷无情，这样一个杀人不眨眼的女人竟被爱情打动，明显不合情理。陈维亚说："当初，我和张艺谋在商量的时候就商定中国人在做《图兰朵》的时候主要是表现爱而不是恨，一定要表现爱最终战胜了恨，表现爱能战胜一切。所以我们没有刻意在图兰朵如何凶残、阴暗和仇恨等方面下功夫。"

赵伟建不同意张艺谋等的观点。他撰文指出："歌剧《图兰朵》就这样在张艺谋等人的爱国主义热情和'导演'下，一夜之间便成了中国语境中'爱国主义教育'的主旋律作品。被抽取了悲剧情怀的《今夜无人入睡》竟成了这个民族每逢狂欢之夜必唱的颂歌。""中国公主图兰朵，这是一个象征着专制、残酷和暴戾的形象，在总体上符合当时西方世界对中国的解读和想象。在这里，图兰朵是不是一个公主或 18 岁的少女并不重要，重要的是，她作为一个象征，表达了西方人抑或普契尼对当时中国形象的解读。那么，作为一种象征，图兰朵的行为是否存在着西方人或普契尼的误读呢？我认为，大凡具有中国历史常识的人都应该清楚：在我们数千年专制集权的封建统治中，最高权力阶层表现出来的残酷和暴戾要远远超过图兰朵。""这样的'大团圆'意识显然是中国人特有的……历史秉性。于是在我们眼里，不管图兰朵如何残酷无情，最终结局必须化解为美好而浪漫的'大团圆'。其实这是对普契尼最大的误读。"[1]

1. 赵伟建：《是谁误读了〈图兰朵〉？——普契尼和张艺谋眼中的〈图兰朵〉》，载《随笔》，2010 年第 2 期。

对《图兰朵》的改动，其实历来就有。席勒在改编戈齐的作品时说，戈齐的作品"在布局上表现出了极大的才能，但就诗剧的生命来说，还不够完美。人物像牵线的傀儡一样，一种拘谨的生硬贯穿着全剧。在情节上没有多少改动，但望通过诗意方面的润饰，使这剧在演出时有较高的价值"。张威廉先生指出："其实席勒对原剧的改动是相当大的。他把剧中女主人公的性格作了重要改变：杜兰朵美丽、高傲，但并不残酷，她不过是想为历来受压迫的中国女性扬眉吐气。她在第二幕第四场里'我不是残酷。我只要求自由生活'的一席话是戈齐梦想不到的。可见使席勒对《杜兰朵》这题材发生兴趣和改动的动机，还是由于他那特有的同情弱者、反抗强暴的正义感。"[2]

2. [德] 席勒：《杜兰朵·前言》、张威廉译，南京：江苏人民出版社，1983 年版。

东方文学作品中，不愿结婚的女性形象和人物还有许多。《一千零一日》故事缘起中的塞阿黛公主就不愿结婚。

　　《一千零一夜》中有一篇《卡玛尔王子和白都伦公主》，其女主人公中国公主白都伦就与图兰朵颇为相似。故事描写道：遥远的中国有一位乌尤尔国王，他统领着庞大的军队，控制着辽阔的国土。他日夜征战，骁勇无比，威名远播，天下无敌。他有一个女儿名叫白都伦，生得国色天资，娇娜动人。她的美丽天下闻名，各国国王都派人前来求亲。国王与女儿商讨婚姻之事，可白都伦公主十分厌恶地对父王说："父亲，我是永远不会结婚的。我贵为公主，只能统治别人，而不能让一个男人来统治我。"父亲再三劝说都无济于事。父亲很生气，将她用铁链锁了起来。无独有偶，在东方的另一头，有一个强大的国家，国王年迈，一心想抱孙子。他的儿子卡玛尔英俊标致，而且武功高强。国王想让他早点娶亲，也好延续后代。可卡玛尔王子回答说："父王啊，我不想结婚，也没有接近妇女的愿望。因为我听到的、在书上看到的关于妇女的阴谋诡计狡诈欺骗行为实在是太多了。正如诗人所说：'你若问到妇女的情况，我对他们是了如指掌：一旦你钱少或是年迈，再别想得到她的情爱。'因此父王啊，我是无论如何决不想结婚的。"父王多次劝说无效，一怒之下，将他关进了一个废弃了的旧炮楼内。一天晚上，一位仙女飞过炮楼，见里面睡着一位英俊青年。这时，魔鬼达赫那什路过这里，向仙女说他刚从中国来，那里有一位绝色的公主。仙女和魔鬼商议，将公主从中国驮来，放在这位年轻人身旁，看看谁美丽。白都伦被放在王子身旁。王子醒来看见白都伦，为之心动，爱上了她。仙女作法，让王子睡去。白都伦醒来，看见王子，也喜欢上了他。二人分开后，各自害起相思病。后来卡玛尔王子经历种种艰辛，终于找到白都伦，二人结为恩爱夫妻。

　　二人不结婚的理由各不相同，一个是不愿让男人统治，一个是厌恶妇女的不忠和背叛。这在现实社会生活中是常有的，他们受到的心理影响也是存在的；但在纯真的爱情面前，这些因素和影响都会化为乌有。

　　故事在描写白都伦公主时，写她父王为她造了七座宫殿，这些宫殿用不同的贵重质料如黄金、白银、水晶、宝石、大理石做成。公主在每座宫殿住一年，然后再换到另一座宫殿。这不禁使人想起波斯诗人内扎米的《七美图》中萨珊王朝国王建了七座不同质料和颜色的宫殿，供七位美人居住的情景。[1]可见古代东方一些作品的描写或情节，是可以互相借用的。《图兰朵》

1. 穆宏燕：《再谈图兰朵的中国身份》，载《外国文学评论》，2010 年第 2 期。

的故事是不是最早受到白都伦公主的启示呢？

　　对于《一千零一日》这部书本身，研究文章还非常少。赵建国的《阿拉伯的"白天"和"黑夜"——〈一千零一夜〉和〈一千零一日〉比较研究》差不多是这方面唯一的一篇以文本研究为主要基调的文章。赵文认为，《一千零一夜》和《一千零一日》同为阿拉伯古典名著，以男性为中心的《一千零一夜》是"黑夜"，以女性为中心的《一千零一日》是"白天"，"白天"和"黑夜"隐喻了男性和女性或者男权和女权，这两部作品作为两性抗争的戏剧性表述，充分揭示了男权中心与女权中心、厌女心理与厌男心理的二元对立。[1]

1. 赵建国：《阿拉伯的"白天"和"黑夜"——〈一千零一夜〉和〈一千零一日〉比较研究》，载《外国文学研究》，2007年第2期。

赵文指出："选译本（杜渐的译本）只翻译了包括整体框架故事（即全书的引子）在内的九个故事，这九个故事中只有两个故事是全译本（中文）的故事……其余故事则是全译本中没有的故事。更为重要的是，选译本和全译本的'引子'各不相同。""选译本和全译本的引子部分和整体故事的差异说明国外存在着《一千零一日》的不同版本。""根据上述两种不同材料（选译本和全译本的'序'），不妨假设推测：一、《一千零一日》可能有两种抄本，即波斯文抄本和阿拉伯文抄本，它们分别由法国东方学者克罗依克斯和圣·卡罗译成法文。如果这样的假设成立，那么《一千零一日》故事编撰和成书的地点就分别是波斯和埃及。二、《一千零一日》确实有法文译者，但它的原始抄本决非某个确切的作者，这样的作者充其量只是全书的整理编撰者，这是一切民间文学或口传文学的一般规律。它的作者既不是阿拉伯文稿标明的作者路德维希·穆赫利斯，也不是收藏阿拉伯文手抄本的埃及学者拉法特·巴克·塔赫塔维，既不是波斯大僧莫切里士，也不是阿拉伯的'原著作者'黎巴嫩律师穆罕默德·拉法特。这些学者包括法国译者在内都很可能对《一千零一日》的抄本作过增删、加工、改编和润色。三、《一千零一日》和《一千零一夜》一样，它的成书过程是极其漫长的，从最早的故事雏形到传播流变到最后定型成书历经多个世纪。在没有翔实史料可考的情况下，对其成书时间、成书过程、成书地点等的考证只能依赖对其故事来源的分析研究。"

据赵建国考证，《一千零一日》与《一千零一夜》相同的故事有七个。它们是：《一千零一日》中"哈里发与牧羊人的故事"与《一千零一夜》中"哈里发徐杉睦和牧童的故事"，《一千零一日》中"巴士拉恋人的故事"与《一千零一夜》中"哈里德·格斯律和自命为偷窃者的故事"，《一千零一日》中"努尔丁·和丝特·杜尼亚的故事"与《一千零一夜》中"真假哈里发的故事"，《一千零一日》中"殉情者的故事"与《一千零一夜》中"赭密尔和一对殉死青年的故事"，《一千零一日》中"招待国王的宴会"与《一千零一夜》中"宰相夫人的故事"，《一千零一日》中"妻子的计谋"与《一千零一夜》中"侍卫和泼妇的故事"，《一千零一日》中"尤尼斯和哈夏姆哈里发的故事"与《一千零一夜》中"郁诺斯和韦利德太子的故事"。在列举了这些相同的故事后，赵文指出："阿拉伯等地流传的民间故事也是构成全书（《一千零一日》）的重要来源之一。"赵文还通过引证大量民间文学作品，特别是印度文学作品，考证出《一千零一日》中约有四分之一的故事来源于印度。

赵文结论式地指出："《一千零一日》完整的故事结构方式、全书框架故事或引子故事及整部书表现出的一以贯之的思想性，即信任女性、肯定女性和赞美女性的观点，说明《一千零一日》的成书过程中，很可能有一位确定的编订者。不妨大胆推测：这个编订者是一位具有同情女性的思想意识的男性编者或者就是一位女性编订者。她曾接触过《一千零一夜》这部书或读到过《一千零一夜》中的某些故事，但对其中表现出恶意攻击女性的思想表示不满和义愤，决心编撰一部还女性以清白的真实面目的书，这部书即是《一千零一日》。她根据许多故事书，当然也包括《一千零一夜》、民间流传的故事，以及自己创作的故事，最终编撰成《一千零一日》这部既模仿《一千零一夜》又批判其思想的大作。进一步推测，这位女性编订者从《一千零一夜》的'艾尔德施尔和哈娅图·努夫丝的故事'或者'塔智·木鲁克和朵尼娅的故事'中选取了哈娅图·努夫丝的梦境片段作为《一千零一日》的框架故事或引子，又从其他典籍中选取了印度、波斯、阿拉伯，甚至中国、日本、欧洲等民族的故事，经过筛选、归并、扩展、加工，最终完成了《一千零一日》这部思想性异于《一千零一夜》的民间文学巨著。"

赵文的这一推测，与上述罗湉的文章中推测克罗依克斯取悦于当时法国社会的女性尤其上层社会女性的论述形式有某些相同之处，但实质是不一样的。赵文推测从始至终可能有一位同情女性的男性编订者或者就是一位女性编订者在编撰《一千零一日》这部书。这种推测成立的可能性并不大；因为这毕竟是一部民间文学作品，其成书过程是漫长的，很难说当时编订者会有意识地只选择对女性有利的故事。其实，《一千零一日》中有的故事也是谴责女性的，如《莴苣菜叶的故事》谴责了波斯巴奇纳兹公主对爱情的不专一，《轻浮的宫女》批评了女性的弱点。不过，在资料十分缺乏的情况下，赵建国先生的研究还是十分难能可贵的。

总之，《一千零一日》这部书究竟是哪个国家、哪个民族的作品，是不是一部阿拉伯文学作品，可能没有一个权威的认证，只能各说各的了。不过，因为有了阿拉伯文手抄本，又有了据此译出的中文本，为了叙述方便，权且把它当作阿拉伯文学作品吧！

（五）《也门王赛福·本·热·叶京》

《也门王赛福·本·热·叶京》是一部重要的阿拉伯长篇民间故事。公元 14—16 世纪，在民间说唱基础上，多部阿拉伯长篇民间故事定型成书。1992 年世界知识出版社出版了光斌、众智、警予、世雄等译，乐泰校的《赛福奇遇记》，即《也门王赛福·本·热·叶京》的节译本。《也门王赛福·本·热·叶京》是阿拉伯文学宝库中闪烁光辉的神话故事，同时也是一部脍炙人口的优秀历史小说。该书内容丰富多彩，情节曲折动人。它不但是一部可与《安塔拉传奇》媲美的名人传记，而且与闻名世界的《一千零一夜》相比也并不逊色。目前，这部巨著已译成俄文、英文和法文，并得到了各国的学者，特别是东方学者和阿拉伯文学爱好者的关注和好评。本书借助神话故事表现了古代阿拉伯部落之间关于水、牧场的争夺以及伊斯兰教与其他宗教，如多神教、基督教、拜物教、袄教等诸多教派之间的激烈冲突。书中还描写了赛福为中国公主治疗瞽目，中国皇帝将公主下嫁赛福王的故事，虽然这纯属虚构，但却反映了中国与阿拉伯国家之间的古老友谊。

该书"译者的话"中有几点需要指出：一、赛福活动的年代，即 6 世纪中叶前后，还不能称为中世纪；二、当时伊斯兰教还没有产生，书中出现伊斯兰教是为了满足中世纪广大听众，特别是一般市民大众的需要；三、这个中译本实际上是个节译本。原文的民间版不分段落，共 4 卷，相当于《一千零一夜》的字数，300 万字以上，现在的译本 47.9 万字。"译者的话"只说从阿拉伯文译出了这部著作，没有说是节译或是从阿拉伯的节译本译出，容易使人误以为这部书就是这个规模。

这个译本采用章回体小说的形式译出，每章标明回目，如第一章：御驾亲征平天下 信仰安拉定乾坤，第二十二章：法师作法惩恶妇 赛福医瞽再娶亲，第八十章（末章）：妖孽除净寰宇清 胜利班师国事兴。这在中译阿拉伯文学中还属少见。

伊斯兰教产生前，也门王热·努瓦斯与哈巴什人（阿比西尼亚人，即今之埃塞俄比亚人）进行过长期斗争。后失败，也门被哈巴什人统治。哈巴什人的首领艾布里哈占有了一位漂亮的也门女人。传说她是也门王热·努瓦斯的儿子——也门王位合法继承人热·叶京的妻子。她与热·叶京曾生下一子，取名赛福·本·热·叶京，她带着他与艾布里哈生活在一起。后来赛福为恢复王位与哈巴什人展开殊死较量，终于取得胜利。《也门王赛福·本·热·叶京》这部民间传奇故事即是据此编写而成，但却演绎成一部神奇、怪诞、深深打动阿拉伯人心弦的长篇巨著。故事讲：

也门王热·叶京率大军遍巡各地，诸王都臣服于他。哈巴什国王艾勒阿德害怕也门国势强盛会威胁自己，便与宰相定下计谋，派人给叶京送去一封讨好信和贵重礼物。礼物中有一个漂亮的女奴，名叫盖麦里娅，哈巴什国王企图通过她阴谋毒害热·叶京。热·叶京果然被盖麦里娅的美色迷倒，娶了她，并封她为王妃，后来立为王后。盖麦里娅有了身孕，热·叶京十分高兴，可这时他却重病不起。他招来文武大臣，嘱托在他死后立盖麦里娅为王，待儿子诞生长大后再继承王位。盖麦里娅成为女王后，表现出出色的治国才能。她把哈巴什国王派她来的初衷忘得一干二净，她对哈巴什国王不断发出的威胁也置之不理。她真正担忧的是一旦孩子降生长大后，自己的王位将不保。因此当儿子降生后，她与乳娘将其抱至一山谷，扔下不管。她对人们说孩子被人从宫中偷走了。

孩子被一个精灵女王发现。女精灵对他进行哺喂，使他活了下来，因为精灵女王也刚刚生下一女名叫阿基莎。一个猎人发现小孩，把他交给自己的国王艾福拉赫（也是哈巴什人）。国王很喜欢这个孩子，便留下抚养。这时王后产下一女，取名莎玛。精灵女王得知孩子在王宫，便将他偷了出来。三年后，精灵女王的丈夫精灵王预知这孩子将来会成就一番大事，让妻子将他送回艾福拉赫的王宫。艾福拉赫将孩子与女儿莎玛一块抚养。但宰相赛格拉迪雍却从中预感到某种不祥之兆。孩子七岁时被送到一个叫阿塔姆塔姆的巨人处学本领。当孩子十五岁时，武功已大大超过了师傅。从此，这位青年——赛福（宝剑之意）便浪迹沙漠，闯荡荒野，开始了他的冒险生涯。

赛福得到一根神鞭，打败了欲强娶莎玛的坏精灵。赛福向莎玛求婚，宰相从中阻拦，并挑唆艾福拉赫让赛福去取勇士阿卜顿的头颅。赛福打败阿布顿，二人成为朋友。艾福拉赫又让赛福去取尼罗河书。路上，他遇到一位长者，长者向他宣讲亚伯拉罕的宗教，说亚伯拉罕曾预言穆罕默德的到来。赛福从此信奉伊斯兰教，并为宣扬、传播伊斯兰教而战斗。长者送他一匹怪兽，他骑着它来到一个王国，不想落入陷阱。精灵之女阿基莎飞来救他。那个被打败的坏精灵又想娶阿基莎，被赛福打败，同时救出 40 个被掠的姑娘，其中有一个中国姑娘名叫纳希黛。

赛福先后用智谋取得隐身帽、魔戒指，最后取得尼罗河书。赛福终于与也门王盖麦里娅交战了。盖麦里娅凭借赛福脖子上挂的项链和腮边的痣，知道他是自己的儿子。她谎告赛福他父亲有一座宝藏，一同前往。路上，她用刀刺向赛福，以为他已死，便离开了。赛福得一位山间老人救助，并在其祖先的陵墓中获得魔镜和神剑。赛福后来与盖麦里娅反复交手。其间，他得到精灵女阿基莎的帮助，治好了许多盲人，其中就有他救出的中国公主纳希黛，此前她已杀死了许多治不好她眼疾的人。

女王盖麦里娅不断阴谋暗害自己的儿子，但赛福每次都原谅了她。精灵女阿基莎却决心杀死盖麦里娅，将她驮至高空摔下，盖麦里娅终于惨死，赛福却责备阿基莎。

后来赛福还经历了许多神奇、怪诞、动人心魄的冒险。他一面克服重重困难，打败一个个敌手，一面传播伊斯兰教，使众多国王、异教徒信奉真主的宗教。最后，他终于打败哈巴什人，包括他的养父艾福拉赫，把哈巴什人的势力赶出也门。也门重又回到阿拉伯人手中。后来，赛福被他的一个哈巴什人卫士刺死。

这是一部颂扬阿拉伯人的作品。有评论家认为，它是阿拉伯民间故事中最出色的一部。盖麦里娅女王与赛福母子之间的恩怨情仇，荡气回肠，动人心魄。作品想象丰富，变化多端，充满神奇怪诞，许多情节使人想起《一千零一夜》。

（六）《安塔拉传奇》

阿拉伯帝国阿拔斯朝时期（750—1258，中国史称"黑衣大食"），社会相对稳定，首都巴格达商贾云集。经贸的繁荣，促进了城市的发展以及城市中商人和市民阶层的兴起，进而推动了市井文学及各种说唱艺术的发展。在此基础上，在公元 14—16 世纪间形成了数部长篇民间传奇和故事集，这其中就有《安塔拉传奇》。有人说，最早的传讲者是艾绥玛依；有人说其作者不止一个，几经编撰才形成今天的规模。

阿拉伯民间文学作品中，除《一千零一夜》很早就介绍到我国，且有好几部全译本外，其他作品还很少有译介，有的还是据阿拉伯的简写本或缩写本翻译过来，如前面说到的《赛福奇遇记》（《也门王赛福·本·热·叶京》的缩写本）。关于《安塔拉传奇》，则于 1981 年出版了据黎巴嫩欧麦尔·艾布·纳斯尔改写的《沙漠骑士安特尔》，根弟译，新华出版社出版；同年，出版了同一本书的中译本，名为《沙漠骑士昂泰拉》，俞山译，外国文学出版社出版。

早在解放前，回族学者马宗融于 1935 年 9 月 1 日在《世界知识》第 2 卷第 12 号上发表了《安塔拉传奇》中的一章——《安塔拉之死》的译文。马宗融是中国翻译《安塔拉传奇》的第一人，之前他还著文介绍过《安塔拉传奇》。

2010 年 4 月，李唯中译的《安塔拉传奇》全译本（10 卷），约 400 万字，由湖南文艺出版社出版，这是全世界首部全译本。《安塔拉传奇》翻译出版难度极大，书中不提行、不分段、没标点，韵文长达两万行以上，人物众多，关系复杂。译者李唯中以八年时间才译出该书。这是我国翻译界的一件大事，是我国阿拉伯文学译介史上的一个丰硕成果。为此而举办的《安塔拉传奇》新书发布会，更是中国阿拉伯文化、文学交流中的具有纪念意义的盛举。译者李唯中在本书前言中盛赞："《安塔拉传奇》是一部堪与《伊里亚特》、《奥德赛》、《熙德之歌》、《罗兰之歌》、《齐格福里特》、《鲁斯塔姆》和中国的《格萨尔王》、《江格尔》等世界级英雄史诗相媲美的阿拉伯民族英雄史诗。郑振铎先生在他所著《文学大纲》中谈及阿拉伯文学时，只提到两部著作，一部是《天方夜谭》，即《一千零一夜》，另一部就是《安塔拉传奇》。"

《安塔拉传奇》首发式，
右三为李唯中。

《安塔拉传奇》的主人公安塔拉·本·舍达德，约于公元 525 年生于今沙特阿拉伯的姆德里地区。父亲舍达德是姆德里部族阿柏斯部落的贵族，母亲扎比芭是舍达德在一次战斗中所俘获的埃塞俄比亚女奴。按照蒙昧时期（伊斯兰前期）传统，女奴所生子女亦为奴隶。只有当他们生儿育女后，父亲才承认与他们的亲缘关系。因此，安塔拉从小就身为奴隶在舍达德家生活，干的都是粗壮活，加上黑皮肤，更加受到族人的歧视。但长期的放牧生活和沙漠的严酷环境，培养起了他的勇敢无畏精神；与来犯者和强盗的战斗，练就了他高超的武艺和一身本领。而流传下来的古老部族诗人们雄辩的口才也一直激励着他，使他成为一位公认的非凡超群的诗人。

在蒙昧时期阿拉伯古老的部落社会，产生了一组称为"悬诗"的诗歌。它由7位著名诗人的诗歌组成，被黑格尔称作"抒情而兼叙事的英雄歌集"。这7位诗人中，就有安塔拉。

蒙昧时期的阿拉伯部落间经常进行战斗。一次别的部落来犯，舍达德要安塔拉出战。安塔拉回答说："奴隶只会挤奶！"舍达德只好给安塔拉自由。安塔拉一经自由，表现得骁勇无敌，多次打败来犯之敌，保护了部落的财产、妇女和儿童。父亲也终于承认了与他的亲缘关系。从此人们把他看作英雄的骑士、部落的利剑、族人的防护。他不仅勇敢善战，而且慷慨大度。他俘获的妇女、儿童一律释放，从不加以虐待。据说他的事迹传到先知穆罕默德耳中，穆罕默德说不想见别的游牧阿拉伯人，只想见安塔拉。后来安塔拉的女儿安乃塔娜参加了穆罕默德传播伊斯兰教的活动。作为骑士兼诗人，安塔拉还有别的骑士兼诗人不具备的一面，那就是他在诗中倾述了对堂妹阿卜莱的爱恋之情。他倾心于阿卜莱，甚至到了痴迷的程度。然而，使诗人感到痛苦的是，他对阿卜莱的爱遭到族人的反对，尤其是阿卜莱家人的反对。而阿卜莱本人，也没有回应他这种至真至诚的爱，甚至还有意回避他。

安塔拉的生平和事迹，尤其是其中的两个因素——英勇骑士和恋情倾述，历来受到人们的喜爱。在他死后，人们一直传颂着他的故事。安塔拉成了人们心中最英勇、最完美的骑士形象的代表和象征，甚至他和阿卜莱也变成了相亲相爱的一对情侣。

《安塔拉传奇》可以称得上是阿拉伯民间文学中的一部宏伟史诗。它的场景十分广阔壮观，不仅有安塔拉与来犯部落之间的战斗，还有他为满足阿卜莱父亲要的聘礼去夺取伊拉克国王的驼群和宝物并打败前来挑衅的外国巨人，更有他统率大军消灭来犯的波斯、东罗马军队。安塔拉的英名随着他的战马的足迹遍及阿拉伯半岛，整个沙漠传扬着他的卓著功勋和崇高品德。他的死，也充满着激情和巨大的悲剧色彩。他打败并擒获一个绰号"卧狮"的部落首领，出于仁慈释放了他。但"卧狮"不思悔改，用毒箭射伤安塔拉。安塔拉大叫一声，"卧狮"肝胆震裂而死。安塔拉死前坐在战马上，还护送族人撤离一程。敌人远远看去，以为安塔拉还活着，不敢妄动。待同胞们安然抵境，安塔拉才像一尊巨塔从马背上跌落下来。

黎巴嫩文学史家汉纳·法胡里就此评论说："围绕他（安塔拉——笔者注）编造了许多受到蒙昧时期环境，以及崇尚豪侠、忠诚和献身精神这些阿拉伯品质所启示的冒险故事。历史上的安塔拉被描绘成完美骑士、万能豪侠和卓绝诗人的最高典范……他是常胜英雄、被压迫者的宝剑，为追求永恒光荣而不惜牺牲一切。他对阿卜莱的爱强烈之至，对她的感情无法再深。横亘在他面前的困难异常险恶：敌人极为强悍，战斗难以计数，灾祸无法估计……"他认为，至少有几个因素可以引起读者的兴趣：1. 安塔拉的肤色；2. 他的爱情；3. 对英雄行为的歌颂；4. 对作自由人的向往。

另一位黎巴嫩文学史家拉伊夫·胡里在其《阿拉伯文学简介》中说，《安塔拉传奇》至少有三个方面的价值：1. 对种族主义的批判（一个黑人英雄爱上了一个白种女人）；2. 主人公通过抗争、勇敢、冒险获得成功；3. 与波斯、罗马战斗，为本民族争得荣誉。

2010 年 5 月 26 日，《光明日报》刊登了郅溥浩的文章《〈安塔拉传奇〉：阿拉伯的"荷马史诗"》一文，对《安塔拉传奇》的来源、成书作了简要介绍，指出湖南文艺出版社出版《安塔拉传奇》是具有远见卓识的一项文化建设，它必将促进我国读者对阿拉伯文学的进一步了解。2010 年 5 月 31 日，《人民日报》刊登了仲跻昆的文章《阿拉伯英雄时代的史诗》。文章指出："这部中世纪的阿拉伯民间传奇故事之所以有如此旺盛的生命力，其原因有三点：一、安塔拉体现了古代阿拉伯人对个体生命价值的追求；二、安塔拉是古代阿拉伯民族灵魂的化身；三、史传文学的传奇性和虚构性使作品独具魅力。《传奇》虽然是民间艺人与文人集体创作的结果，但却明显地反映了创作者们的热忱。《传奇》虽从表面上看写的是伊斯兰教前安塔拉的一生，但实际上却折射出自贾希里亚时期（即伊斯兰前期）群雄争霸至阿拔斯朝后期十字军东侵 500 多年的历史。换句话说，《传奇》是一部形象化了的前伊斯兰时期至中世纪的阿拉伯历史。"他指出，湖南文艺出版社出版李唯中翻译的这部《安塔拉传奇》，"使这一作品多了一种文化传播的途径，多了一群跨文化的读者"。

两篇文章的标题，编辑者改得不是很恰当。《〈安塔拉传奇〉：阿拉伯的"荷马史诗"》：可以把《安塔拉传奇》比作是阿拉伯的《伊里亚特》，但它并不是阿拉伯的《荷马史诗》。就像其他几部阿拉伯长篇民间故事集一样，它们在民间说书基础上定型成书，但缺乏有才能的大手笔加工润色。拿黎巴嫩文学史家汉纳·法胡里的话说："《伊里亚特》描写超绝，构作精良，

达到极高水平，全部用诗写成。《安塔拉传奇》却是诗歌
和散文的混合体。本书情节沉缓，附加事件影响了它的发展。
小说风格质朴，但不少表达十分低拙，剽窃的诗歌也不少。"[1]

1. [黎巴嫩] 汉纳·法胡里：《阿拉伯文学史》，郅溥浩译，第303—304页，银川：宁夏人民出版社，2008年版。

《阿拉伯英雄时代的史诗》标题也欠妥，《安塔拉传奇》
产生的时代并不是阿拉伯的英雄时代。安塔拉本人所处时
代，已经是从英雄时代向人的时代过渡，所以他兼具骑士
和恋人（虽然是单相思）的身份。

2010年第8期《读书》杂志刊登了邹兰芳、余玉萍女
士的文章《从〈一千零一夜〉到〈安塔拉传奇〉》，对中
国翻译的两部规模宏大的阿拉伯文学作品的发展过程作了
评述和介绍，对两部作品的优点和不足有所剖析。

对安塔拉这位英勇骑士兼诗人，国内研究还较少。尤
梅女士的文章《安塔拉与当代阿拉伯读者期待视野的契合》
（发表于张宏主编的《当代阿拉伯研究》第2辑上，宁夏人
民出版社，2009年版），对历史上真实的安塔拉，对据其
史实撰著的长篇传奇故事《安塔拉传奇》，以及埃及诗人
艾哈迈德·邵基的诗剧《安塔拉》，进行了研究和分析。
她认为，历史上的安塔拉在当代阿拉伯人心中高大起来并
受到喜爱的主要原因，是安塔拉身上存在许多符合当代阿
拉伯人审美标准的地方，即与当代阿拉伯人的期待视野有
相通之处，能让阿拉伯人产生很大的认同感。她从接受美
学读者期待视野的角度加以分析：一、戏剧冲突，扣人心
弦；二、愈挫愈勇，普获认同；三、感情真挚，动人心扉。
她指出，虽然安塔拉在创作诗歌、古人在撰写《安塔拉传奇》
时，都不会也不可能考虑到几千年后的当代读者的期待视
野，但安塔拉身上存在的特质具有不同时代、不同地区的

尤梅与埃及作家阿拉乌·阿斯瓦尼

人们普遍认同的精神，贯穿着某些共同的生活逻辑，他的独特性格、人生经历、诗歌创作为人所熟知，以他为原型的民间史诗虽然带有附会夸张的成分甚至神话的色彩，但都旨在加强故事引人入胜的程度，亦在当代人可以接受的范围之内，读者在阅读时会产生强烈的认同感。因此，安塔拉这位贾希利叶时期的骑士诗人、阿拉伯长篇民间史诗的主角的故事能世代流传，并至今保留着当代阿拉伯人对他的敬仰和热爱。

还要一提的是，阿拔斯王朝亡于蒙古人之手后，阿拉伯帝国实际上已经解体，各个地区建立起独立的王朝，而且多为异族人掌权统治，阿拉伯群众过着长夜漫漫的艰难时日。这时演唱、讲说及后来定型成书的多部民间文学传奇故事，成了阿拉伯人在艰难生活中的娱乐、在异族严酷统治下的消遣，也是他们心中民族精神的宣扬。《安塔拉传奇》、《也门王赛福·本·热·叶京》、《希拉勒人迁徙记》由于取材自阿拉伯及主人公是阿拉伯人，在阿拉伯群众中有着特殊地位便不足为奇。

由于《一千零一夜》中一些故事不是阿拉伯地道产品（所谓"舶来品"），有些色情内容，对阿拉伯古代君王（哈里发）不够尊重，语言有些粗鄙……近代以来，一些阿拉伯作家站在传统立场上，对《一千零一夜》表现出轻视甚至鄙视的态度。这可能影响到一些阿拉伯读者，但不能代表全体阿拉伯人。《一千零一夜》是一部多民族文化交融的皇皇成果，受到世界广大群众的喜爱。我们应从文本出发，对《一千零一夜》作出实事求是的应有的评价，不能以少数阿拉伯人的观点为依据。阿拉伯人喜欢阿拉伯人为主人公的作品是一回事，文学作品之间的评价是另一回事。译者前言引用一个阿拉伯人的话说"《安塔拉传奇》比《一千零一夜》好"，这样的评价就不是很妥当。其实，《安塔拉传奇》皇皇400万字，阿拉伯读者能通读下来的毕竟是少数。而《一千零一夜》的故事，阿拉伯青少年肯定读得比较多。阿拉伯学者对《一千零一夜》的研究虽然起步较晚，但至今已有不少的研究文章和著作问世，比《安塔拉传奇》的研究要多得多；而且，时间在推移，时代在发展，越来越多的阿拉伯文人渐渐改变了以往那些传统的看法。

（七）《异境奇观——伊本·白图泰游记》

《异境奇观——伊本·白图泰游记》这部阿拉伯摩洛哥大旅行家伊本·白图泰的游记早已蜚声世界，在中国人们也不陌生。张星烺先生编著的《中西交通史料汇编》第2卷中就多处引用了其中的记述材料。伊本·白图泰在游记中讲述的他出访中国的经历和见闻，内容丰富，是了解中国元代社会的可贵资料，更是古代中国与阿拉伯友好交往的重要见证。

张星烺先生在解放前曾对《伊本·白图泰游记》作过简要翻译。1985 年，宁夏人民出版社出版了马金鹏翻译的《伊本·白图泰游记》，但非全译本。

2008 年，海洋出版社出版了李光斌翻译的《异境奇观——伊本·白图泰游记》（全译本）。这部约 1000 页的巨著的出版，不仅为中国读者、学者、研究家提供了关于中世纪中国及伊本·白图泰到过的其他国家、地区的社会、文化情况和风情民俗的宝贵资料，更是中国阿拉伯文化、文学交流史上的一桩盛举。在书正文前，有以下人士写的序：中国阿拉伯友好协会会长、第九届全国人大常委会副委员长铁木尔·达瓦买提（序一），摩洛哥王国科学院院士阿卜杜勒·哈迪·塔齐博士（序二），科威特国驻中华人民共和国特命全权大使费萨尔·拉希德·盖斯（序三），中国社会科学院历史研究所所长陈高华（序四）。

伊本·白图泰是中世纪四大旅行家之一，被同时代的著作者们誉为"遨游全球，穿越五湖四海"的"阿拉伯和非阿拉伯的旅行家"，《简明不列颠百科全书》将他评为"蒸汽机时代以前无人超过的旅行家"。陈高华在序言中详细介绍了伊本·白图泰的生平："伊本·白图泰是北非柏柏尔人。他家隶属于古老的游牧民族柏柏尔族的莱瓦提部落。公元 1304 年 2 月 24 日生于摩洛哥北部的丹吉尔城。1378 年在塔姆斯纳首府安发辞世，享年 74 岁。其父是一位伊斯兰教的法官。他继承父业一直做法官，一生从事伊斯兰教法研究工作。公元 1325 年 6 月 14 日即我国元朝泰定帝二年五月，他毅然辞别父母，离开家乡，只身一人向东寻梦，开始了他一生近 30 年的旅游生涯，其中在 1345—1347 年间完成了远东中国行，然后又于 1350 年完成安达鲁西亚之游，最后于 1353 年他独自一人勇闯非洲，创下了一人独闯亚非欧三洲的记录。他作为德里素丹穆罕默德·伊本·都忽鲁黑的使者来到中国访问。在中国三过刺桐（泉州），南下穗城（广州），北上汗八里（元大都），途中经过镇江、行在（杭州）和大运河，对于所到各地他都作了很有价值的记录。伊本·白图泰在将中国介绍给伊斯兰世界和阿拉伯世界方面有特殊的贡献，所以已故的周恩来总理 1963 年访问摩洛哥时表示要去伊本·白图泰的故乡丹吉尔访问，以便亲自缅怀 650 年前的这位古人。"

《异域奇观——伊本·白图泰游记》就是这位大旅行家的笔录，是一部百科全书式的巨著，内容丰富，资料翔实，忠实地记录了伊本·白图泰将近 30 年的旅途见闻。书中还详细描述了蒙元帝国时期中国方方面面的社会风貌，包括社会名流、清真寺、港口码头、宗教礼仪、山川河流，在地理、历史、宗教、民俗等方面有极高的价值。特别值得指出的是，伊本·白图泰是由海道来华的，即人们所说的海上丝绸之路，因此《伊本·白图泰游记》是研究海上丝绸之路与伊斯兰文化之间关系、宋元时代中国与阿拉伯国家之间关系的重要资料。

《伊本·白图泰游记》在相当长时期内没有得到应有的重视，但 19 世纪以来，学术界重新发现它的意义。摩洛哥王国科学院院士阿卜杜·哈迪·塔奇博士在序中对《伊本·白图泰游记》的影响、传播历史作了一番疏理：

在 1809 年底，德国东方学学者布克哈特 (Burckhardt) 找到了它的缩略版。大约在 1810 年，赛岑 (Seetzeri) 也找到了一本书，其中包括《游记》的缩略版。又过了十年，德国东方学学者克瑟加登 (Kosegarten) 发表了一篇文章，其中包含了缩略版的原文并附以译文。

他的学生阿培梓 (Apets) 节选了缩略版的部分章节予以发表。瑞典驻马格里布的领事克拉比尔科·赫姆索 (G.Hemso) 谈到了的黎波里 1828 年出版的全本《游记》。

布克哈特所找到的缩略版并不是由伊斯兰教历 1084 年即公元 1674 年逝世的叙利亚学者哲勒比·贝鲁尼编撰的那部《精选本》。

1829 年东方学学家萨默维尔·李 (S.Lee) 将这部《精选本》翻译成英语并为之增加了许多注释。在 1840 年，葡萄牙科学院出版了《游记》的部分英译版。至此，我们所听到的都是翻译了《游记》的部分文字。直到公元 1853—1858 年间，法国出现了由迪符莱梅 (Defremery) 和桑桂奈提 (Sanguinetti) 根据巴黎皇家藏书馆珍藏的三种版本翻译出的附有阿拉伯语的四卷全译本。德国学者奥斯卡·佩舍尔 (O.Peschel) 在 Das Ausland 杂志上开始对《游记》作注释。

他的创意，激励着英国著名的东方学学家汉密尔顿·基卜爵士 (H.Gibb) 决心将它翻译成英文。他确实对它的前三卷进行了翻译。但直到他去世后，才由他的学生贝

肯汉姆 (Beckingham) 完成了这项工作。

　　此外，迄今已有其他 30 余种译本问世。这样，他的《游记》已流传到 30 多个国
家和地区，同三十多种文明进行了对话……

　　尽管《游记》受到如此欢迎，我们还是感到迫切需要把它介绍到中国。因为伊本·白
图泰在他的《游记》中有相当多的篇幅谈及中国，他用阿拉伯文率先向世界其他地区
出色地、完美地推介了中国。

　　……

　　李光斌先生翻译出版《异境奇观——伊本·白图泰游记》确是中国阿拉伯文化交流史上的
一件盛举，对中国阿拉伯文化、文学交流作出了重大贡献。《伊本·白图泰游记》关于中国的
记述，至今仍是研究中国阿拉伯古代友好交往的珍贵资料。相信随着研究的深入，它还将继续
表现出其更大的价值。

第二节　阿拉伯诗歌的译介、研究

　　与其他民族一样，阿拉伯民族最早的文学形式是诗歌，这是因为诗是感情的语言，易于口
头流传。诗才备受阿拉伯人尊崇，诗人的社会地位显赫，诗歌创作贯穿阿拉伯文学始终，在一
定时期占据着主导地位。阿拉伯古代诗歌成就斐然，被认为是阿拉伯人的史册和文献，真实而
生动地反映了阿拉伯民族的历史与社会现实。

　　考察阿拉伯诗歌在中国的翻译和研究情况，也是探析阿拉伯诗歌在异质文化中的传播与接
受境遇。

一、阿拉伯古代诗歌的译介、研究

　　按照阿拉伯文史学家的传统，以公元 19 世纪为界把阿拉伯文学分为古代文学与现当代文

学两大部分。阿拉伯古代文学是一个整体，古典诗歌的发展分为贾希利叶时期、伊斯兰时期、伍麦叶时期、阿拔斯时期、安达卢西亚时期和近古中衰时期。一般谈及阿拉伯古代文学，主要指前三个时期，因为它们能够代表阿拉伯古典文学的辉煌和荣耀。贾希利叶时期的"悬诗"是阿拉伯古代诗歌艺术的光辉起点；伊斯兰时期伊斯兰教为诗歌输入了全新的价值观和审美观，是阿拉伯古代诗歌发生历史性嬗变的开始，之后诗歌的题材及主题便有了高踞其上或蕴藏其内的一个或明或暗的宗教色彩；阿拔斯时期，阿拉伯诗歌进入鼎盛阶段，涌现出一大批世界闻名的大诗人。

作为先进文化的"放送者"和"输出者"，中世纪的阿拉伯帝国向西方诸国传递着阿拉伯文化的优秀成果，将阿拉伯古典文学的精华传播到欧洲，产生了巨大而又深远的影响。

（一）阿拉伯古典诗歌的翻译

中国对阿拉伯古典诗歌的翻译呈现出先由宗教引发，然后从文学、文化的角度进行欣赏，再到较为系统翻译的特点。

由于宗教信仰的缘故，中国穆斯林学者翻译了《古兰经》，这部宗教经典兼具很强的文学性，故被作为我国译介阿拉伯文学的肇始。我国学者对阿拉伯古典诗歌的首次译介也选择了阿拉伯宗教颂圣诗。

阿拉伯古典诗歌在中国文化界的第一次亮相可以追溯到 19 世纪中叶。我国云南穆斯林学者马复初（名德新）曾通译过《古兰经》。1867 年，他将阿拉伯近古时期诗人蒲绥里的《衮衣颂》（今译《斗篷颂》）初步译成汉文。1890 年，其弟子马安礼在此基础上润色纂译成章，添加详细注疏，在成都发行了中文和阿拉伯文合璧的木刻版。因仿我国古典诗歌经典《诗经》，采用四言句式，故称《天方诗经》。这是我国最早翻译成中文的阿拉伯古典诗篇。

阿拉伯古代文学发展到阿拔斯时期达到了登峰造极的程度，涌现出一大批著名的诗人。我国对阿拔斯时期诗歌的首位译介者是郑振铎。1927 年，商务印书馆出版的郑振铎《文学大纲》，里面谈及阿拉伯古代文学，其中有郑振铎从英文转译过来的阿巴耶特朝（阿拔斯时期）著名诗人阿皮诺瓦士（艾布·努瓦斯）、阿皮阿泰希耶（艾布·阿塔希叶）、摩泰那比（穆太奈比）和麦亚里（麦阿里）4 位诗人的 9 个诗作片段。该书内容自 1923 年在《小说月报》上连载，故而郑振铎所译阿拔斯时期诗人诗作应更早些，并是从纯文学欣赏的角度来翻译的，采用白话文、自由诗体，浅显易懂。

阿拉伯半岛上的阿拉伯人过着逐水草而居的游牧生活，创造了最古老的阿拉伯诗歌——贾希利叶时期的诗歌。它们是阿拉伯文学的源头，代代相传，成为"流淌在阿拉伯人血液里"的民族遗产。其中最著名的首推《悬诗》，它是7篇或10篇长诗的总称，为7位著名诗人或10位诗人所作。因这些诗歌被写在细麻布上，悬挂在市场上供人欣赏，所以得名。

《悬诗》在阿拉伯文学的初期便显示出异乎寻常的成熟与辉煌，被黑格尔誉为"抒情而兼叙事的英雄歌集"。黑格尔认为："描述所用的语调有时大胆夸张，有时很有节制，平静柔和，所描述的还是阿拉伯人处在异教时期的原始情况，例如部落的光荣、复仇的怒火、爱情、冒险探奇的热望以及欢欣愁苦之类题材都写得很有魄力……这在东方原始生活中是一种真正的诗，其中没有妄诞的幻想，没有散文气味，没有神话，没有牛鬼蛇神之类东方怪物，有的是真实的独立自足的形象，尽管在辞藻比喻方面偶尔有些怪诞和近乎游戏，还是近乎人情的，形式完整的。"[1]

1. [德] 黑格尔：《美学》第3卷下册，朱光潜译，第173页，北京：商务印书馆，2009年版。

阿拉伯悬诗作为一种相当艰深的文学种类，由于各种原因，其价值和魅力一直不被国人所认识。直到20世纪30年代，才从法文转译过来。第一位翻译《悬诗》的是著名回族学者、翻译家马宗融。

1936年3月，上海商务印书馆出版了新月派诗人朱湘翻译的诗集《番石榴集》，这是一部汇集各国诗作的合集本，包括上、中、下三卷，是从英文转译过来的。上卷收有埃及、亚剌伯、波斯、印度等国的诗歌，在亚剌伯条目下列有4首阿拉伯古典诗歌，分别是《莫取媚于人世》、《水仙歌》、《永远的警伺着》和《我们少年的时日》。除最后一首作者标为无名氏、第二首标为录自《千一夜集》外，第一首和第三首的作者分别标为塞维尔国王穆塔密德和夏腊。夏腊译名现还无法找到其真正的阿拉伯文名，第一首诗是阿拔斯时期安达卢西亚诗人穆阿台米德·本·阿巴德(1040—1095)的诗作。朱湘翻译的这4首阿拉伯古诗在中阿文学译介史上意义重大，因为"第一，他是以中国著名现代诗人的身份进行翻译；第二，他是从纯文学的角度进行翻译；第三，他是将其作为世界诗歌一个组成部分进行翻译；第四，单就阿拉伯古诗而言，他的翻译应该是

2. 葛铁鹰：《天方书话》，第154页，北京：首都师范大学出版社，2007年版。

当年受众面最广、影响力最大、欣赏性最强的"[2]。

此后很长一段时间，国人无暇关注阿拉伯古代诗歌的翻译。直到 20 世纪 80 年代，阿拉伯古诗的身影才又出现在翻译和介绍的阿拉伯文学史类书籍中，因而起点较高且较系统，所选作品均为名作佳篇，译者均是通晓阿拉伯文的学者。

1980 年出版的《阿拉伯文学简史》，收录了陆孝修和姚俊德从英文翻译的阿拉伯古典诗歌的诗作片段。1984 年第 2 期的《国外文学》刊登了邬裕池和李振中的《阿拉伯文学介绍》（上、中），该文首次从阿拉伯文翻译了阿拉伯古典诗歌的诗作片段，拉开了阿拉伯古诗直译在中国传播的大幕。

诗歌是特殊的文学样式，是诗人的思想与文字在作品及其形式中天然融合的产物。诗歌所具有的音韵美、语言美和意象美等文体特征，又被视为文学翻译的难点。对于阿拉伯古典诗歌的翻译，首先要考虑的是诗歌体式，诗歌体式在某种程度上体现着诗歌的精髓。阿拉伯古典诗歌讲究严谨的格律和韵脚：每行诗分上下句，每行结尾字母为韵，诗歌无论长短都一韵到底。用什么形式翻译阿拉伯古典诗歌，很值得探讨。马德新在翻译《天方诗经》时也碰到了难处，"以东土之文译西域之诗，音韵合而义理差池，义理和而音韵乖谬"[1]。选仿《诗经》体，四字句虽

1. 马德新：《天方诗经·初序》，见《清真大典》第 14 册，第 444 页，合肥：黄山书社，2005 年版。

限制了长诗意蕴和风格的表达，却增加了这首宗教颂诗的典雅。

1997 年 10 月，北京语言文化大学出版社出版了《阿拉伯古代诗文选》、《中国古代诗文选》两本书。前者由北京语言文化大学教授杨孝柏、李延祜选编，开罗艾因·夏姆斯大学语言学院中文系师生翻译。后者由杨孝柏主编，艾因·夏姆斯大学教师多人翻译。杨孝柏在前言中写道：

　　1994 年 3 月 28 日，中华人民共和国驻埃及特命全权大使杨福昌先生代表中方，阿拉伯埃及共和国教育部部长侯赛因·白哈伍丁先生代表埃方，签署了一项两国间的文化交流和教育合作协议，为发展两国在文化与教育领域的进一步合作与交流作出了新的贡献。

　　协议商定，由北京语言文化大学和开罗艾因·夏姆斯大学合作，以汉阿两种语言翻译出版两本各自具有代表性的文学作品。按协议规定，我们于 1994 年 9 月至 1996 年 9 月完成了《中国古代诗文选》和《阿拉伯古代诗文选》的编译工作。

　　两本书体例相同。我们为中国和阿拉伯世界古代每一历史时期都撰写了该时期的文学概况，为所选的每位著名作家或每部重要著作撰写了简介，以期广大的阿拉伯读

者和中国读者能藉此对中国和阿拉伯古代文学有一个概况的了解。

《阿拉伯古代诗文选》是公元 475—1798 年阿拉伯重要作家作品的选译，如《一千零一夜》等。《中国古代诗文选》是公元前 772 年—公元 1911 年的中国重要作家作品的选译，如《红楼梦》等。

无论是《阿拉伯古代诗文选》还是《中国古代诗文选》，总体上都代表了各自的古代文学。这是一项非常艰巨、很有难度的工作。把那么多阿拉伯诗文译成中文，特别是把那么多中国诗文译成阿拉伯文，没有很好的中文、阿文水平和文学功底，没有双方的密切、细致配合，是难以完成的。

《阿拉伯古代诗文选》和《中国古代诗文选》的出版，为彼此间的文学交流作出了贡献。过去我国陆续翻译了一些阿拉伯文学作品，但将中国文学作品系统地选译成阿拉伯文出版，还比较少。这两部书，在有幸读到它的中国读者和阿拉伯读者心中，会激起他们进一步了解彼此文学的愿望。

2001 年，仲跻昆译的《阿拉伯古代诗选》由人民文学出版社出版。这是国内第一部阿拉伯古代诗歌作品集，也是至今国内出版的内容最全面的阿拉伯古典诗歌集。诗选按阿拉伯文学史分期，以诗人为本位，在诗人名下列出其代表诗作，共收入贾希利叶时期 23 位诗人、伊斯兰时期 8 位诗人、伍麦叶王朝时期 23 位诗人、阿拔斯王朝时期 66 位诗人和近古中衰时期 14 位诗人的总计 431 篇诗作。作者在译本序里对各时期诗歌的主题和特点做了简单的介绍和阐述，勾勒出一个清晰的古代阿拉伯诗歌发展和流变的轮廓，并对具体诗人及其诗作进行了提纲挈领的概述。

诗歌翻译不仅要让译文与原文气韵相符，还要传递原语文化，保证译作的新颖性或异质感。仲跻昆所译的阿拉伯古典诗歌采取了双重翻译策略：在文化内容层面上，采取的是异化策略，保存了"异国情调"，有阿拉伯文化的原汁原味；在语言形式层面上，采取的是归化策略，或译成七言绝句，或以每两行为一个单位，押第二和第四句的尾韵，每两行或更多行后换韵，或更多译成自由体，根据需要换韵。因而仲跻昆所译的阿拉伯古典诗歌译文风格清新自由、精美确切，注重文化信息与美感效应的传递，更适合中国读者对阿拉伯古典诗歌的欣赏和理解。即便是《悬诗》，读来也不那么令人费解和深奥隐晦。另外，译者还通过增加注释的方式，把承载阿拉伯异质文化的内容表达出来，同时又遵守阿拉伯语规范，为日后阿拉伯古典诗歌的中译提供了经验。

正是由于中国阿语界前辈的不懈努力，阿拉伯古典诗歌才成功地译为中文，进入一个完全不同的中国文化霄壤间，供读者欣赏或猜度。

（二）阿拉伯古典诗歌的研究

国人对阿拉伯古典诗歌所进行的研究大致以 20 世纪 80 年代为界，之前为零星涉及，之后为整体性介绍。

前面提到，《天方诗经》是最早译成中文的阿拉伯诗篇，译者称赞诗人"补虽里（蒲绥里）天方大学士也。才雄天下，学富古今，妙手蜚声，文章绝世。尝以诗词称天下之贤俊，贬天下之奸佞，鸿章一出，四海流传。是以王侯公卿大夫，一时显者，皆爱而畏之"[1]。关于它的内容，

1. 马德新：《天方诗经·初序》，见《清真大典》第 14 册，第 448 页，合肥：黄山书社，2005 年版。

译者这样概括："首言思慕之诚，忧伤之至；次言欲性之愚，克治之要；次言圣德之全，奇徵感应之神；次言悔过归真之切；终言忧惧希望，祈祝呼告之诚。"[2] 这是我国最早对一位阿拉

2. 马德新：《天方诗经·初序》，见《清真大典》第 14 册，第 449 页，合肥：黄山书社，2005 年版。

伯诗人及其作品的评价。

第二位对阿拉伯古典诗歌进行评价的是郑振铎。《悬诗》是早期阿拉伯诗苑里的一枝奇葩，是伊斯兰教创立前阿拉伯文学的代表作。《悬诗》诗人之首是乌姆鲁勒·盖斯，他开创了阿拉伯完美的"盖绥达"体格律长诗之先河，其诗作为历代文学家所推崇，是阿拉伯世界妇孺皆知的名篇。他对乌姆鲁勒·盖斯诗作的评价，已如前述，称"他所引起的感兴乃是青春的快乐与光荣"[3]。再如他评析阿拔斯时期著名诗人摩泰那比（穆太奈比），认为"他的颂圣诗是具着纯

3. 郑振铎：《文学大纲》（二），见《郑振铎全集》第 11 卷，第 39 页，石家庄：花山文艺出版社，1998 年版。

洁而高尚的感情……他诗极美，尤其善于用美的文句来描写妇人的美貌……他的想象常很新奇而善于比喻……他还喜在关于人生的题目上说着道德；他乃是一个东方人所喜的习语哲学的大作者"[4]。郑振铎首次开启了对阿拉伯古典诗歌整体性介绍的大门，其参考资料虽来源于英文且

4. 郑振铎：《文学大纲》（二），见《郑振铎全集》第 11 卷，第 46—47 页，石家庄：花山文艺出版社，1998 年版。

缺乏具体的研究与细致的艺术探讨，但评述中融入了作者自己的观点，弥足珍贵。

20 世纪 80 年代以后，国人对阿拉伯古典诗歌的译介和研究揭开了新的篇章，开始在文学史的层面给予整体性的关照和探讨。已出版的译自英文的《阿拉伯文学简史》、译自阿拉伯文的《阿拉伯文学史》及中国学者自著的《阿拉伯文学史》，都有对各个时期阿拉伯古典诗歌作

品的节译和评述。仲跻昆先生的近著《阿拉伯文学通史》对阿拉伯文学发展史的介绍系统全面，资料翔实，其中有关阿拉伯古典诗歌各发展阶段的创作情况、重点作家及其作品的梳理，深入细致，结构严谨，反映出其特有的学术品格、思想内涵和独到的学术视野。

无须讳言，国人从文学史的维度论述阿拉伯古典诗歌，的确能在宏观的层面上勾勒出阿拉伯古典诗歌兴衰因革的轨迹。20世纪80年代以来国内陆续发表的有关阿拉伯古典诗歌的论文成果，则反映出国内学者研究阿拉伯古典诗歌的侧重点和兴趣所在。据现有资料统计，国内研究阿拉伯古典诗歌的论文共52篇，其中总体性研究4篇，贾希利叶时期诗歌20篇，伍麦叶时期诗歌3篇，阿拔斯时期15篇，比较性研究10篇。

在总论方面，伊宏的《阿拉伯文学批评的古典形态和历史成就》和张甲民的《阿拉伯诗歌的音韵结构》研究视角独特，具有开创性。前者按阿拉伯古典文学历史分期的脉络，从阿拉伯文学批评的胚胎期、宗教精神对文学批评的渗透、文学批评的多样化趋势、文学批评的空前繁荣、阿拔斯时期新旧两派的斗争、阿拉伯文学批评的历史形态、哲学型批评和亚里士多德、比较批评的最初尝试、阿拉伯文论八大家、向黄金时代告别和结语等几个方面概略地回顾了阿拉伯古代文学批评的发展历程及阶段性特点。作者认为："阿拉伯古典文学批评固然有重语言语法、重修辞技巧、重艺术形式、轻思想意义、轻社会内容的缺点，固然有繁琐、罗列、只见树木不见森林的片面性，固然因宗教政治的影响，有时表现出偏见和非科学性，固然尚未形成一种完整的科学体系，但总的来说，这些都是一种可解释的历史必然性"[1]，仍是阿拉伯文学发展

1. 伊宏：《阿拉伯文学批评的古典形态和历史成就》，见《外国文学研究集刊》第13辑、第369页，北京：中国社会科学出版社，1988年版。

的巨大推动力。后者从阿拉伯诗歌的框架格式、音节、音长及其书写格式、音步的基本形态、五大律盘与韵律推演法则、阿拉伯韵律的历史渊源与音步变异、阿拉伯韵律的数码模式与长短格、阿拉伯韵律的发展变化等方面探析阿拉伯诗歌的音韵结构特点。作者认为："阿拉伯音韵结构反映了阿拉伯古诗音节、音步的运行状态，而进一步的研究又证明这种结构在阿拉伯近代、现代诗歌乃至民歌的创作中依然起着编排词语的作用。由此可知，阿拉伯音韵结构不仅在纵向上有它的历史继承性，而且在横向上也可打破传统诗歌和民歌的界限，表现它的普遍性。无论是过去还是现在，无论是诗坛还是民间，阿拉伯民族这沙海行舟的传统节律都一直在诗与歌的字里行间震荡，成为一种颇具生命力的节律体系。"[2]

2. 张甲民：《阿拉伯诗歌的音韵结构》，见《东方研究》（1996、1997），第15页，北京：蓝天出版社，1998年版。

悬诗是贾希利叶时期诗歌最完整、最杰出的代表，历来受阿拉伯人推崇和传颂，被视为民

族瑰宝。国内研究贾希利叶时期诗歌的 20 篇论文中，分析悬诗的就有 7 篇，多为传统的点评、鉴赏式文章。而郅溥浩的《具有永久魅力的阿拉伯诗歌——悬诗》在研究深度上有所推进。该文从悬诗反映的阿拉伯古代部落社会生活、阿拉伯部落解体前夕贝都因人的思想意识和悬诗的艺术特色及其影响等方面展开分析，认为部落解体前夕贝都因人已有了个性的萌生和对自我的肯定、反战思想，还有了发展意识，得出悬诗具有现实主义的创作基调，广用比喻、细致观察和描写、对偶、诗中对话等特点，在内容、形式和技巧上对阿拉伯诗歌的发展产生过重大影响的结论。特别是"悬诗开头悼怀遗址、追思恋人的描写，由于从美学角度再现了贝都因人的生活，一开始就能把读者牢牢攫住，所以为以后历代阿拉伯诗人所效仿，乃至成为一种模式"[1]。该文

1. 郅溥浩：《具有永久魅力的阿拉伯诗歌——悬诗》，见《外国文学研究集刊》第 13 辑，第 401 页，北京：中国社会科学出版社，1988 年版。

较为全面地阐释了悬诗被后代诗人奉为圭臬的原因。

王广大的《伊斯兰前阿拉伯诗歌的特点》(《阿拉伯世界》,1998.4)叙述了伊斯兰前的吟诵诗、沙漠环境下的游牧部落和诗歌题材——赞赏诗、哀悼诗、讽刺诗、爱情诗、自夸诗等，还从诗歌的结构、韵律、音乐性方面进行论述，指出伊斯兰前期的阿拉伯诗歌是沙漠环境的缩影和产物。

陈杰的《乌姆鲁勒·盖斯悬诗的审美体验》(《阿拉伯文学通讯》，2003.1)从审美角度解读乌姆鲁勒·盖斯悬诗所具有的意境美、纯情美、动感美、修辞美、创新美、叙事美和音乐美，颇有新意。

王广大的《倭马亚时期的阿拉伯诗歌》(《阿拉伯世界》，1999.4)，从爱情诗(放荡派和贞洁派)、政治诗、对韵讽刺诗三个方面概括了倭马亚时期的诗歌特点，并归纳出转折期诗歌的三种不同倾向——以伊斯兰前期诗歌为典范；以伊斯兰初期诗歌为典范；不受传统束缚，力求创新，以表现新生活。他指出，倭马亚时期阿拉伯诗歌在伊斯兰初期短暂沉寂之后又逐渐兴旺起来，但受历史条件限制，这些诗歌主要服务于宗派和个人利益，而不是翱翔在自由的艺术天地中。

穆太奈比是阿拔斯朝后期最伟大的诗人之一，其诗歌成就历来受文学评论家和学者们一致公认，在阿拉伯文学史上占有极重要的地位。国内有关穆太奈比的论文有 3 篇，分别是张甲民的《阿拉伯中世纪的大诗人穆太奈比》(《阿拉伯世界》,1981.6)、王德新的《阿拉伯古代大诗人——穆太奈比》和叶文楼的《穆太奈比与他的爱国诗歌》(《国际商务 (对外经济贸易大学学报) 》，1998.1)。前两篇为介绍性文章；后一篇从主题学入手，着重分析了穆太奈比的爱国诗歌具有爱

憎分明、感情真挚，思想奔放、战斗性强，用词简明、通俗易懂，描写细腻、不图造作等特点，并探究了其产生的缘由。

艾布·阿拉·麦阿里也是阿拔斯朝后期一位享有世界性声誉的文学巨匠，其作品涵盖诗歌和散文两种门类，又因其诗中含有哲理，被誉为"诗人中的哲学家，哲学家中的诗人"。国内有关麦阿里的论文有2篇，分别是郅溥浩的《诗中圣哲 哲中诗圣——记艾布·阿拉·麦阿里》(《阿拉伯世界》，1983.3) 和仲跻昆的《不凡的诗人，不凡的诗篇——麦阿里及其诗集〈鲁祖米亚特〉》(《国外文学》，1993.3)。前者详述作者生平，分析了其诗集《鲁祖米亚特》和散文巨著《宽恕书》所反映的思想观念和艺术特色，指出诗集《鲁祖米亚特》充满了作者对社会的斥责和诅咒、对传统观念的挑战和对宗教的矛盾态度。后者重点分析了诗集《鲁祖米亚特》如何表现出诗人对社会、人生、宗教乃至宇宙万物进行的深刻探索和理性思考。

阿拉伯文学在马木鲁克时期和奥斯曼时期走向衰微，这时期的埃及诗人蒲绥里的长诗《斗篷颂》却是最早译成中文的阿拉伯古典诗歌。国内有关该诗的文章除译者序外有7篇，20世纪80年代前有2篇，20世纪80年代后有5篇。由于这部长诗宗教色彩浓重，故文章多探析其宗教性，偶也涉及其艺术性，如丰富的想象、巧妙生动的比喻、雅洁洗练的语言、流畅优美的节奏等。其中周耀明的《论〈天方诗经〉的赞圣思想》(《青海社会科学》，2009.1) 以苏非主义的观点从前世、今世、后世三个阶段诠释了穆罕默德的宗教地位，认为他的先天精神本体在前世是造物的灵光，宇宙万物均由之产生，他的完美德行是今世穆民的最高典范，在后世他将是众生和穆民得到拯救并与主合一的中介。

阿拉伯民族有关诗歌的批评著述也是阿拉伯诗歌研究中的重要一环。阿拉伯民族从贾希利叶时期至伍麦叶时期多从鉴赏的角度对诗歌进行评品，侧重具体作品，重个人直觉感悟，因而感性成分较多，理性成分较少。到了阿拔斯时期，诗评家们通过不断搜集、整理前代的评论，鉴赏能力有了很大发展，加之受外来文化中批评思想的影响，诗歌评论开始注重科学性、分析性和理论性。陈杰和刘风华的《论阿拔斯时期阿拉伯诗评家的创作论》(《当代阿拉伯研究》第2辑，宁夏人民出版社，2009年版)，从先天禀赋与后天素养、环境对创作的影响、创作过程和创作状态、诗歌的结构这些方面论述了阿拔斯时期阿拉伯诗评家诗歌创作的观点。

中国和阿拉伯国家都是崇尚诗歌的国度，这为两国古典诗歌的对比研究提供了广阔空间，或进行跨文化的阐释，或进行异同比较，或进行民族特色及文化根源的探求。有的文章从中阿古典诗歌的描写入手，有的从诗人创作题旨切入，还有的以诗歌评论为研究视角。任国毅的《小议汉、阿古诗中的"异曲同工"》(《阿拉伯世界》，1988.2) 分析了两国古代诗人在诗作中某些描写上的偶合。马众的《中阿古诗比较》(《阿拉伯世界》，1998.3) 比较了中阿诗人写诗的目的。王蕾的《中阿古典诗歌中的差异》(《阿拉伯世界》，1991.3) 则探讨了中阿古典诗歌差异的深层原因。史月的《阿拉伯阿拔斯朝诗歌与唐诗之比较》(《东方文学研究通讯》，2002.3) 和《唐诗与阿拔斯朝诗之比较》(《东方学术论坛》，上海译文出版社，2008 年版) 则从宗教思想、哲学理念、伦理道德、审美情趣四个方面对两国盛世时期的诗歌做了比较和分析。林丰民的《盛世诗人艾布·努瓦斯与李白》(《东方论坛》，1997.1) 着重探讨了两人的咏酒诗，分析了他们创作此类诗时的文化背景与个人生活的关系，以及诗作所呈现的不同文化意义和宗教因素。该文从文化空间展开考察，有一定的深度和广度。徐扬尚、郭明军的《宋代诗话与阿拔斯王朝后期诗歌技巧论比较》(《铜仁学院学报》，2009.2) 探析了中阿诗论都关注诗歌技巧，由于追求宗旨不同，形成两种迥然不同的意象诗论体系与修辞诗论体系。

古典文学是一个民族发展的历史，是民族精神的血脉、民族文化的源泉。对阿拉伯古典诗歌的研究有助于加深对整个阿拉伯古代文学的认识。国人对阿拉伯古典诗歌在文学史层面所进行的建构与宏观描述还是比较充分的，但对重要作家及其作品进行的具体研究仍嫌不足，所进行的概括与提炼带有空疏游离之感，缺少研究阿拉伯古典诗歌的专著。另外，如何用更开阔的文化视野，例如从文化史的角度考察诗人群体及个体的文化心态、创作旨趣、审美习尚等等，有待进一步拓展。只有更新思维模式和研究方法，才能开启我国研究阿拉伯古典诗歌的新篇章。

二、 阿拉伯现代诗歌的译介、研究

近代以前的阿拉伯文学曾是单一的整体，而近代以后阿拉伯文学则是若干相对独立个体的总和，构成较为复杂多元。由于国家众多且各国的社会发展水平差异较大，故阿拉伯现代文学呈现出多样化的态势。这一时期，阿拉伯诗歌完成了从古典形态向现代形态的转变，在内容和形式上发生了蜕变和重构。

　　由于特殊的时代政治语境，我国对阿拉伯现代诗歌的翻译曾在 20 世纪 50—60 年代迎来了第一次高潮，但所选译的诗歌并非文学史上的名篇佳作，而是有着强烈的意识形态色彩的作品。进入 20 世纪 80 年代，国人对阿拉伯现代诗歌的关注由政治化的文学视角转变为纯文学的选择，从政治层面的关照上升到艺术层面的探讨。

（一）阿拉伯现代诗歌的翻译

　　为获得更多的国际声援和更广泛的认同，新中国成立后非常注重和亚非国家的外交关系和文化交流。因为这些国家与中国有着相同的处境和相似的经历，有的刚摆脱殖民统治，有的正在进行反抗民族压迫、争取独立的斗争。文学翻译工作被看成是文化交流中的重要一环。"我们很希望加强亚非各国作品的相互介绍和翻译。优秀的文学作品是各民族生活的明亮的镜子，通过优秀的文学作品可以了解各国情况，并体会到优秀作家的崇高的思想。这样不仅可以增加作家间的相互了解，而且可以增加民族间的相互了解。民族间的相互了解是友好合作的基础，亚非各国的团结乃至世界各国的团结必须建立在这个基础之上。作家们经常相互往来，作品相互介绍翻译，毫无疑问，一定能够加强亚非各国人民的团结，有利于各国人民反殖民主义和维护民族独立的斗争。"[1] 因此要选译那些能表现社会主义意识形态和反殖民统治主题的作品。"当

1. 郭沫若：《对亚非作家会议的希望》，载《文艺报》，1958 年第 17 期。

时，亚非拉人民的民族解放运动空前高涨，人民要解放，国家要独立，反帝反殖斗争风起云涌。尤其是长期受帝国主义欺凌的阿拉伯各国人民，更是群情激昂，要求解放的呼声更高。时代要求表达这种革命激情，而长于抒情的莫过于诗歌，阿拉伯人又富有以诗言志的古老传统，于是埃及、伊拉克等阿拉伯各国诗人竞相赋诗，写出了大量反映人民革命斗争的诗歌。"[2] 阿拉伯

2. 晏如：《中国的阿拉伯文学译介》，载《阿拉伯世界》，1994 年第 1 期。

现代诗歌的主题，确切地说是阿拉伯现代革命诗歌的主题极为契合中国选译作品的需求。

　　自 20 世纪 50 年代开始，中国和亚非作家之间开展了频繁的有组织的文学集会和交往。1958 年是一个被激情点燃的特殊年份。美英军队入侵黎巴嫩和约旦，伊拉克爆发了推翻帝制的革命。为了声援和支持阿拉伯人民的正义斗争，中国新闻媒体如《人民日报》、《光明日报》等纷纷发表社论和评论给予支持，文学类或非文学类期刊也刊发国内诸多学界名流、作家的原创作品或翻译作品。《译文》是中国当时对外文学关系窗口，1958 年的 9、10 月号均为"亚非国家文学专号"。各出版机构更是利用自身优势，编辑出版了大量书刊表达支持，如作家出版

社在 1958 年出版的《反对美英侵略阿拉伯的诗文画集》（第 1—4 集）、中国作家协会编的《中国和亚非各国人民的友谊》、人民文学出版社《文学研究》编辑部编的《我们和阿拉伯人民》等。大批翻译人才被组织起来翻译那些表现阿拉伯人民反帝反殖、争取和平的进步诗作，于是出现了大规模翻译出版阿拉伯现代诗歌的热潮。仅 1958 年出版的阿拉伯诗集就有 11 种，多从俄文转译过来，并首次以阿拉伯国名诗集或阿拉伯合集的方式出现，涵盖多个阿拉伯国家。阿拉伯现代革命诗歌就这样进入中国读者的视野。这些诗集译本基本没有序言，即便有"内容提要"或"编后记"之类，也基本读不到译者对于作品的个人理解，只有时代的解读。

　　1958 年，以阿拉伯单个国名命名的诗集有 8 种，在本书第三章中已有叙述。这些诗集多为薄本，有许多选译的诗作完全相同，收入的诗人和诗作不多。1958 年，按阿拉伯国家合集出版的有 3 种。《滚回去，强盗！——各国作家支持阿拉伯人民正义斗争诗文集》由译文社出版，广泛收集了国内各种刊物发表的苏联、捷克、保加利亚、日本、印尼、朝鲜、波兰、德国、法国、美国等国作家的诗文，还有伊拉克、约旦、叙利亚和埃及的 4 首诗作，其中有伊拉克诗人白雅帖的 1 首译自法文的诗。这不仅是那段火红年代里中阿友谊的最好见证，而且还具有珍贵的史料价值。《阿拉伯人民的呼声——阿拉伯各国诗人反对帝国主义反对殖民主义诗集》是国内首次出版的从阿拉伯文直译过来的阿拉伯诗选，由北京大学东语系阿拉伯语专业同学集体翻译，共收入伊拉克、黎巴嫩、约旦、埃及、叙利亚、苏丹和突尼斯等 7 个阿拉伯国家 30 首诗歌。献诗是中国袁水拍的《滚！滚！滚！》，书后附有其阿拉伯文原文。在阿拉伯文学史上占有一席之地的伊拉克诗人白雅帖和鲁萨菲、叙利亚诗人尼扎尔·格巴尼、突尼斯诗人沙比的诗作首次以直译面目出现，就连多篇曾从俄文转译过来的诗作，也再次从阿文直译过来。作为首部阿拉伯诗选，该书虽带有强烈的政治意识形态色彩又主题单一，却让中国读者欣赏到原汁原味的阿拉伯现代诗歌，其价值自不待言。《现代阿拉伯诗集》是国内出版的第二部阿拉伯诗选，也是涉及国家、收入诗作最多的一部诗集，由译文社编。该书共收入埃及、叙利亚、伊拉克、黎巴嫩、约旦、沙特、阿尔及利亚、摩洛哥、苏丹和突尼斯共 10 个国家 36 首诗，其中 20 首是新译的，其余是在《译文》月刊、《人民日报》、《文汇报》及《羊城晚报》上刊登过的。除阿尔及利亚诗人穆·狄布的 4 首诗是从法文转译以外，其余都是从阿拉伯文译出或由俄文转译的。我国著名的翻译家马坚先生贡献了 6 首译诗，有埃及政治家安瓦尔·萨达特的《我的兄弟在东方》、伊拉克诗人白雅帖的《献给毛泽东》等。另外，还有阿语界知名学者陈嘉厚译自伊拉克诗人贾瓦西里的《我的兄弟贾法尔》。该诗集首次收入了沙特、阿尔及利亚、摩洛哥和苏丹的诗歌，开阔了中国读者了解阿拉伯诗歌的视野和范围。此外，该诗选译诗后都详细地标注出选译出处，凸显编者的严谨性，也便于读者再学习和研究。

1959 年人民文学出版社出版了两部阿拉伯诗人的个人诗集，分别是《胜利属于阿尔及利亚》和《流亡诗集》。前者是阿尔及利亚诗人艾布·卡西姆·萨阿达拉（1931—　）的个人诗集，也是诗人的第一部诗集，收有 12 首诗作，1957 年在开罗出版。译者杨有漪和陆孝修根据此版本译出，原诗集附有阿尔及利亚民族解放阵线代表团驻开罗办事处主任艾哈迈德·陶菲克·迈达尼写的序，译者也一并译出。该部诗集是国内迄今为止唯一一部阿尔及利亚诗歌集。后者是伊拉克著名诗人阿卜杜勒·瓦哈卜·白雅帖的个人诗集，由魏和从 1958 年的俄文版译出，收入 47 首诗。译者在前记中介绍了诗人的生活经历、创作历程及其特点，高度评价诗人是"伊拉克的现代著名诗人，新阿拉伯诗歌的代表者之一"。1950 年，诗人出版了第一本抒情诗集《天使与魔鬼》。《流亡诗集》则是 1957 年出版的第四本诗集，所收诗作都是诗人在监狱、放逐、流亡中写的。"在这些诗里，白雅帖表达了他对祖国的思念，对暴君的憎恨，对一切英勇斗争的人民的支持，对为自由解放事业献身的英雄的敬意。"[1]

1. [伊拉克] 阿卜杜勒·瓦哈卜·白雅帖：《流亡诗集·前记》，魏和译，第 5 页，北京：人民文学出版社，1959 年版。

翻译阿拉伯现代革命诗歌的活动一直持续到 20 世纪 70 年代初，只是后来翻译数量相对有所减少。20 世纪 50—60 年代，由于中苏关系从"蜜月期"进入"决裂期"，阿拉伯现代诗歌更多从阿拉伯文直译过来，少数从法文转译。20 世纪 60 年代共出版了 5 种阿拉伯诗选，其中个人诗集有 4 种，另有 1 种非洲诗选收有阿拉伯现代诗歌。

1960 年出版的《阿拉伯新诗选》是我国最后一本从俄文转译过来的诗选，根据 1958 年苏联版《阿拉伯新诗选》翻译，收入伊拉克、约旦、黎巴嫩、埃及、叙利亚、苏丹和突尼斯等 7 个国家 42 位诗人 54 首诗，所辑诗作绝大部分都是新译。

1961 年出版的《非洲的声音》是一部地区性诗集选，收有位于北非的阿拉伯国家阿尔及利亚、埃及、苏丹和突尼斯 4 个国家 8 位诗人 10 首诗，另还收有 1 首阿尔及利亚佚名战士诗作和 1 首苏丹民歌。该诗选最大的特点是转译语言较多，有从欧洲语言转译过来的，如法文、德文和俄文，还有从亚洲语言转译过来的，如朝鲜文、越南文和日文，却没有一首是直接从阿拉伯文译出的。

该诗选完全是为了配合国内宣传，因为 1960 年非洲大陆就有 17 个国家取得了独立。

20 世纪 50 年代，俄文资料容易得到，精通俄语的翻译人才相对多些，故阿拉伯现代诗歌多从俄文转译。20 世纪 60 年代后，随着中国和阿拉伯国家交往的深入，阿拉伯文第一手材料越来越多，阿语翻译人才逐渐成长起来，并开始成为译介阿拉伯现代诗歌和阿拉伯文学的生力军。

1961—1964 年，作家出版社共出版了 5 部阿拉伯现代诗歌作品，其中 3 部直译自阿拉伯文，分别是约旦现代诗人诗选集《约旦的风暴》（陆孝修译）、苏丹诗人阿赫迈德·穆罕默德·凯尔的诗集《战斗之歌》（潘定宇等译）、巴勒斯坦诗人艾布·赛勒马的《祖国颂》（杨孝柏译），另 2 部译自法文，分别是摩洛哥诗人穆罕默德·阿齐兹·拉巴拉的诗集《苦难与光明》和突尼斯现代诗人艾卜勒·卡西木·沙比的《沙比诗集》。

1964 年出版的《沙比诗集》是突尼斯诗人沙比 (1910—1934) 个人诗集，是我国出版的首部沙比的诗集，也是我国首部以诗人名字命名的诗集。诗集收入诗人 27 首诗，是译者冬林从法文译本转译过来的。特别一提的是，卢永先生为诗集写的近 4 000 字的前言，也是一篇很好的导读，较为全面地介绍了诗人的生平创作，并分析了其作品的思想主题，这在当时实在难能可贵，对中国读者了解这位才华横溢又英年早逝的突尼斯诗人大有裨益。1987 年，外国文学出版社出版了杨孝柏译自阿拉伯文的沙比诗集《生命之歌》。

20 世纪 50—60 年代，阿拉伯各国现代诗歌如此大规模地集体亮相不仅在中国，就是在世界其他国家也是少有的。既然是一种存在，就有存在的历史原因，也就会在阿语翻译史的长河里泛起涟漪，无论作为翻译资料，还是作为阿拉伯现代诗歌在中国接受的背景材料，都有可资评述的地方。

20 世纪 70 年代只出版了《巴勒斯坦战斗诗集》，由潘定宇等译自阿拉伯文，收入巴勒斯坦 6 位诗人 29 首诗。

20 世纪 80 年代后，国内外社会文化环境发生变化，读者期待通过阅读翻译文学来了解外国，认识异质文学和文化，选译作品也就从前一时期"政治革命的工具"逐渐转变为"观看外部世界的窗口"，译者更关注所译作品的文学史地位和文学价值。当然，不同时期又呈现出阶段性特征。

为开阔人们的视野，丰富人们的精神生活，出版社纷纷出版外国名著合集本，以期达到普及的效果。阿拉伯现代诗歌也作为世界诗歌的一部分收入到外国名诗或世界情诗集中。1988年出版的《外国名诗三百首》，本着让读者"不仅领略到各国优秀诗人的广阔丰富的思想和感情世界，还可鉴赏他们渗透着诗人的思想倾向、生活态度和艺术旨趣的创作风格"[1]的宗旨，收

1. 见陆嘉玉选编：《外国名诗三百首·序言》，第2页，武汉：长江文艺出版社，1988年版。

入阿拉伯古诗和现代诗10首，并附有简明扼要的作者简介和注释。所选现代诗人有伊拉克的鲁萨菲、埃及的易卜拉欣·纳吉、苏丹的穆罕默德·费多里和突尼斯的沙比。1992年出版的《世界名诗三百首》和《世界情诗金库》分别收入阿拉伯世界14个国家的现代诗歌17首和5位阿拉伯诗人的27首诗歌。

进入20世纪90年代以来，我国逐步走进一个相对稳定、多元、开放的时代，政治和学术氛围日益宽松，西方各种文艺思潮纷纷涌入国内。20世纪80年代开始兴盛于欧美国家的女性主义思潮，不仅给国内的学术界带来巨大的影响，更影响到翻译界。以女性为创作主体的女性文学作品，特别是那些从女性作家自己的内心深处抒发生活感受、反映女性自我意识、反抗男权中心文化、建构女性主体意识的文学作品，受到译者和出版社的追捧。1990年，伊拉克入侵科威特，让世人把同情的眼光投给这个一直默默无闻的海湾小国，阿语文学界也给予该国文学特殊的关注。

女性文学翻译热和科威特的遭遇，还有对诗歌艺术成就的认识，催生出科威特女诗人苏阿德·萨巴赫的译作。"我们几位阿拉伯语工作者分别翻译了女诗人苏阿德·萨巴赫的近两百首诗歌，汇集成《苏阿德·萨巴赫公主诗集》，作为我们对加强中科两国友好关系和发展中国的东方学研究而做的一点贡献。我们选择在中科两国建交二十周年（1991年3月22日）和科威特国庆三十周年（1991年2月25日）之际出版她的诗集，当然也包含着一层庄严的纪念意义，这就是我们翻译出版《苏阿德·萨巴赫公主诗集》的初衷。"[2]这只是外因，更重要的原因，她

2. 李光斌：《译者的话》，见〔科威特〕苏阿德·萨巴赫《本来就是女性》，仲跻昆译，第4—5页，北京：中国和平出版社，1991年版。

是科威特最杰出的女诗人，也是科威特诗坛自由体诗创作的佼佼者，还是阿拉伯当代著名的女诗人之一。此外，她王室成员的特殊身份、英国经济学博士、广泛的社会活动、丰富的诗歌类和经济类著作也是重要原因。总之，"她以个人的努力，成功地为科威特创造了一个色彩斑斓的光环而引起世人注目，她自己成了海湾妇女的光辉榜样而备受各国文学特别是东方文学界的

3. 李光斌：《译者的话》，见〔科威特〕苏阿德·萨巴赫《本来就是女性》，仲跻昆译，第4页，北京：中国和平出版社，1991年版。

推崇"[3]。

　　苏阿德·萨巴赫 (1942—　　　),科威特王室成员,著名作家、经济学家和社会活动家。曾先后留学于埃及开罗大学和英国萨里大学,获经济学博士学位,曾受聘为牛津大学客座教授。13岁起,她开始涉足诗坛,已出版了《女人的悄悄话》、《本来就是女性》、《爱的诗篇》和《最后的宝剑》等 10 部诗集,还创作了杂文集《难道不许我爱国吗?》和传记《海湾之鹰》,著有《科威特经济的规划发展与妇女的作用》、《阿拉伯祖国的资源危机》等经济学著作约 10 部,并在各种刊物上发表了几百篇文章。

　　1991 年,我国翻译出版的《苏阿德·萨巴赫公主诗集》,包括王复译的《希冀》(1971) 和《献给你——我的儿子》(1982)、满泰译的《女儿颂》(1986)、仲跻昆译的《本来就是女性》(1988)4部诗集,多是诗人 80 年代发表的作品。其中《希冀》和《本来就是女性》使她在整个阿拉伯文坛声名远扬。2000 年,林丰民翻译了苏阿德·萨巴赫 90 年代发表的诗集《无岸的女人》、《爱的诗篇》、《致电祖国》和《最后的宝剑》。至此,这位科威特女诗人的诗集 80% 都译成了中文,从现有资料看,这是我国阿语界第一次集中而又全面地翻译一位阿拉伯当代女诗人的作品,其作品也为 20 世纪 90 年代的阅读空间所接受,被广泛收入各种外国优秀文学作品选集中。除前面提到的《世界名诗三百首》和《世界情诗金库》外,《外国超短诗精选》收有 2 首,《外国女诗人诗精选》收有 3 首,阿拉伯女性文学作品选《四分之一个丈夫》收她 2 首诗。萨巴赫诗歌的影响超乎了人们的想象。对于一般读者而言,她的诗歌语言简洁易懂,构思新颖,是了解当代海湾女诗人乃至阿拉伯女诗人的入门之作;而对于喜欢和研究文学特别是女性文学的读者,她的诗歌可能会从新的角度向人们展现阿拉伯女性作家那种多层次、多色彩的思想艺术。

　　2000 年,湖南文艺出版社出版的郭黎译的《阿拉伯现代诗选》是一部阿拉伯现代诗中文合集本,也是国内首部整体上体现出艺术纯粹性的阿拉伯现代诗选集,可作为"学府选本"。该诗选不仅涉及阿拉伯国家最多,诗歌作品也是最多的,再现了阿拉伯现代诗歌的丰富和繁丽。该诗选包括译者前言、诗人简介和诗作三部分,共收入 9 个国家 40 位诗人的 103 首诗歌。译者在筛选取舍作品方面甄辨精选,重视公认的名篇,结合东西方受众心理,参照和依据了多种蓝本,既有牛津大学穆·巴达维教授编写的《阿拉伯现代诗选》、开罗大学塔·米基教授编选的《阿拉伯现代诗歌——佳作与研究》,又有亚非作协选编的《亚非文学丛书——诗歌集》及各种版本的个人诗集。所选诗作具有代表性,并注重诗作内容和形式的多样性——既有抒情诗、叙事诗、哲理诗，也有政治讽刺诗、歌词民谣等；既兼顾格律体、四行诗，也注意到双重韵体、自由新诗等。译者有明确的翻译策略——直译，"以规范的现代汉语，努力忠实地保留原诗的内容与形式"[1]。具体作法上，对阿拉伯诗歌特有的修辞手法与形象一律予以保留，严格遵循原诗

1. 郭黎译：《阿拉伯现代诗选》，第 23 页，长沙：湖南文艺出版社，2000 版。

句式及句序，原诗有韵译文也一律押韵，以便读者"无一遗漏地了解原作的内容，欣赏原作特有的非同于本国诗的意象和可供借鉴的独特的形式"[2]。译者本着对原作者和读者负责的态度，

2. 郭黎译：《阿拉伯现代诗选》，第 23 页，长沙：湖南文艺出版社，2000 年版。

在阿汉诗歌翻译的理论和实践方面进行着有意义的探索。总之，该诗选代表着阿语界选择理性的回归，重全面系统，评诗客观，具有较高的学术价值，不仅对研究阿拉伯现代诗歌大有裨益，而且为研究者确定研究对象提供了根据和资料。

当时代的脚步迈入 21 世纪，国内的比较文学和文化研究将焦点转向一种全球性的新的文化现象——流散现象及流散写作。一些因某种原因被放逐或主动放逐、离乡背井、客居他国的作家，形成了当代世界文学进程中的一道独特的风景线，也是全球化时代下的一种独特的文学现象。流动和散居的状态使他们冷静观察和反思本民族传统文化，创作不仅受到出生国的批评家和研究者的关注，同时也对居住国的文学产生了一定的影响。近几十年来的不少诺贝尔文学奖获得者又是流散作家，更激发起国内翻译界和学术界的热情。这一时期，阿语翻译界出版了当代阿拉伯诗坛流散作家杰出代表——旅居法国的叙利亚诗人阿多尼斯和旅居英国的伊拉克诗人萨迪·优素福的诗选。

阿多尼斯 (1930 —   )，生于叙利亚，拥有黎巴嫩国籍，自 1980 年起长期在欧美讲学，旅居法国。他是诗人、思想家、文学理论家、翻译家和画家，是当代最杰出的阿拉伯诗人，在世界诗坛享有盛誉。迄今已出版了 22 部诗集，曾多次获得欧洲颁发的国际文学大奖，是 2010 年诺贝尔文学奖的提名人选。此外，他还著有文化、文学论著 10 余部，还有一些译作。他对诗歌现代化的积极倡导、对阿拉伯文化的深刻反思，在当今阿拉伯世界颇具争议。1992 年，仲跻昆最早翻译了阿多尼斯的诗歌《誓同西绪福斯永在一起》，收入《世界名诗三百首》。2000 年，郭黎翻译了他的 7 首诗，收入《阿拉伯现代诗选》中。两人都把他作为黎巴嫩有代表性的诗人。2009 年，薛庆国译的《我的孤独是一座花园——阿多尼斯诗选》(凤凰出版传媒集团译林出版社) 是国内出版的首部阿多尼斯个人诗选，有诗人的亲笔授权书，译者把他作为叙利亚诗人来介绍。译者从诗人跨越半个世纪的 17 部诗集中选译出 65 首诗作或片段，诗选之首有杨炼的《什么是

诗歌精神——阿多尼斯诗选中译本序》和译者的《"风与光的君王"——译者序》。译者注重"字对字"的直译，保留原文句子结构的风格，译笔优雅、准确、流畅，文字浅显却隐藏深意，充溢灵气。

薛庆国与阿多尼斯

萨迪·优素福(1934—　)，生于伊拉克，大学毕业后曾在中学任教，后编辑过文汇报刊。1963 年，因"左"倾政治信仰入狱一年。自 20 世纪 70 年代起，他开始在世界各地流亡。1999年至今定居伦敦，并获英国国籍。自 1952 年出版首部诗集《海盗》以来，至今已出版了 40 余部诗集，并发表过小说、戏剧和杂文。他还是成就卓越的翻译家，译过卡瓦菲斯、惠特曼、洛尔伽等人的诗作及 10 多部当代外国小说。曾获得阿联酋苏尔坦·阿维斯诗歌奖、意大利世界诗歌奖、国际笔会诗歌奖、意大利费罗尼亚最佳外国图书奖、摩洛哥阿尔卡纳诗歌奖等国际奖项。

他的诗写就于流亡生涯，既有对日常生活场景的描绘，充满了流浪者对祖国与故土的眷念，心灵深处的记忆常幻化为字里行间的意象；又有对时局、政治的密切关注，揭露美军所犯的滔天罪行，痛批萨达姆的独裁专制，激昂且悲愤。诗风相对固定，具有鲜明的个人色彩。其"诗歌的语言远离抽象，呈现出精确、细腻、淡定、宁静、冷峻的特质；同时，又蕴蓄着淡淡的抒情意味和神秘色彩"[1]。正是这种富有独创意义的总体风格，奠定了萨迪在当代阿拉伯诗坛的大

1. 薛庆国：《在诗歌中流亡》，见《萨迪·优素福诗选》，第 13 页，《国际诗歌专刊·中国站》（属民间出版物），2009 年。

师地位。

2009 年版的《萨迪·优素福诗选》，由倪联斌译，薛庆国校，收入诗人 31 首诗歌。诗选之首有薛庆国写的序《在诗歌中流亡》，书尾附译者写的"译后记"《翻译之鸟飞过阅读的天空》，旨在引领中国读者走进当代伊拉克诗人的文学世界。前者分析了萨迪诗歌特点及表现主题，后者分析了萨迪诗作对译者个人诗歌创作的直接渗透与影响。译者作为诗人的好友，不仅编选翻

译诗人诗作，出资出版，还邀请诗人来中国，与中国读者见面，在两国间架起了一座友谊之桥。

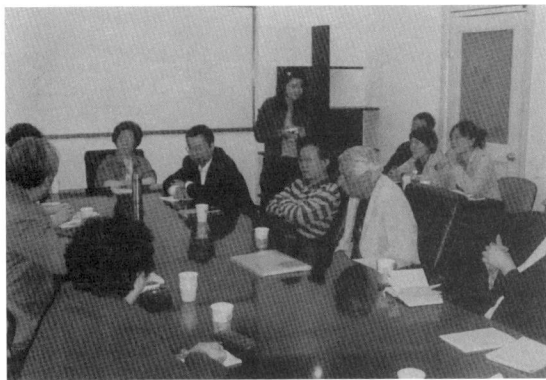

萨迪·优素福（白发者）作报告。
其右手边第一人倪联斌，
第二人林丰民，第三人章谊。

（二）阿拉伯现代诗歌的研究

中国对阿拉伯现代诗歌的研究，以 1980 年为界线，大致可以分为前后两个阶段：前期充满激情的、政治性的单一解读，承担着国家意识形态对诗歌作品的合理要求，数量不多；后期回归文学本位，先从宏观的文学史层面进行描述，再到微观的具体个案分析，在逐渐递进中对文本进行多元的解读，出版了 2 部阿拉伯现代诗歌专著。

进入 20 世纪 80 年代以后，我国对阿拉伯现代诗歌的评介与研究呈现出兴盛的局面。无论是译介范围的拓展，还是研究对象的挖掘，都有了令人惊喜的发展。

1. 阿拉伯现代诗歌的宏观研究

阿拉伯古典诗歌到近代发生了裂变，不仅在构成上由一体走向多极，而且在诗体上也从格律体走向自由体。要想对阿拉伯现代诗歌有充分的认识，必须把阿拉伯现代诗歌放在整个阿拉伯文学发展的坐标曲线上，进行整体性观照。只是这需要宏阔的眼光和富有深度的全局把握能力。为此，我国学者首先选择了翻译苏联和阿拉伯学者所著的文学史。

1980 年，从俄文转译过来的《非洲现代文学》首次涉及到阿拉伯世界的阿尔及利亚、摩洛哥、突尼斯、埃及和苏丹的现代诗歌，为读者提供了一般知识性的了解。同年，李振中从阿语直译过来的《阿拉伯埃及近代文学史》中介绍了埃及近现代诗歌的发展脉络、思潮流派及 10 位代表诗人。埃及学者对埃及近现代诗歌的评述，给人以新的启迪。郅溥浩所译《阿拉伯文学史》全面系统地介绍了阿拉伯诗歌发展轨迹，古代部分分量较重，现代部分相对较轻，只重点介绍了 10 位诗人。

1993 年伊宏的《阿拉伯文学简史》和 1994 年他参与撰写的《东方现代文学史》（下）均在阿拉伯诗歌发展史的总体格局中，按诗歌流派进行了别开生面的宏观把握。前者分为复兴派诗歌、迪旺派和浪漫主义诗歌；后者分为阿拉伯现代文学的先声——复兴派诗歌，个性解放与心灵的呼唤——浪漫派诗歌，第二次世界大战后的新诗运动。无论是撰写者的主导思想还是叙述和分析的角度和方法，都在一定程度上突破了以往的模式，作了一次可喜的尝试。

1998 年蔡伟良、周顺贤的《阿拉伯文学史》和 2004 年仲跻昆的《阿拉伯现代文学史》按国别介绍了阿拉伯各国现代诗歌的发展情况，特别是后者，从各国的实际出发，考察了社会文化、时代思潮等相关因素，对重要诗人的诗学成就进行了细致阐述，在广度和深度上达到了新的水准。

2. 阿拉伯现代诗歌的个案研究

1994 年，我国的阿拉伯文学研究者在文学史类著作中首次提到苏阿德·萨巴赫的名字，把她看作是海湾新诗的代表。[1] 1995 年，纪焕桢的《科威特公主诗人——苏阿德·萨巴赫》首次

> 1. 高慧勤、栾文华等主编：《东方现代文学史》（下册），第 1508 页，福州：海峡文艺出版社，1994 年版。

评析了萨巴赫的诗歌："她的诗歌语言简洁，构思奇特，内容新颖，以极大的热情真实地反映了海湾妇女的时代精神，堪称现实主义和浪漫主义的佳作，在当代阿拉伯诗坛上占有重要的一席。"[2] 1995 年，仲跻昆参加著述的《东方文学史》在"阿拉伯海湾国家文学"条目下，称她

> 2. 纪焕桢：《科威特公主诗人——苏阿德·萨巴赫》，载《阿拉伯世界》，1995 年第 4 期。

为科威特新诗人代表，且是"阿拉伯当代最著名的女诗人之一……其诗浅白易懂，却富于哲理，尤以描述阿拉伯女性心理见长。她在诗中表达了阿拉伯（特别是海湾地区）妇女受传统礼教、习俗束缚的痛苦；大胆地发出了要求挣脱旧的世俗观念的羁绊，在爱情、事业上获得自由、平等的呼声"[3]。

> 3. 季羡林主编：《东方文学史》（下册），第 1443—1444 页，长春：吉林教育出版社，1995 年版。

之后，我国学者林丰民将其作为博士课题加以深入、系统研究，并在科威特留学时受女诗人邀约，与其晤面直接对话，还从研究对象手中获得了一批宝贵的第一手材料，为日后的研究奠定了坚实基础。他陆续将其博士论文的阶段性成果发表，如《女性·存在·写作——科威特女诗人苏阿德·萨巴赫诗解读》《诗人与学者的情怀——访科威特公主诗人苏阿德·萨巴赫》和《苏阿德·萨巴赫：私人性话语和宏大叙事的交叉层叠——阿拉伯妇女写作策略的一个典型》等。

《为爱而歌——科威特女诗人苏阿德·萨巴赫研究》

2000 年，林丰民在其博士论文基础上修改完成的《为爱而歌——科威特女诗人苏阿德·萨巴赫研究》出版，包括曾任科威特驻华大使写的序、中国社科院外文所郅溥浩研究员写的序、正文 12 章、结语和 2 篇附录等，共 22 万字。专著首次从女性文学的视角较为全面系统地对萨巴赫及其作品进行了研究，不仅填补了国内阿拉伯当代文学研究的一项空白，也填补了国内阿拉伯女性文学和阿拉伯现代诗歌研究的学术空白。该书具有如下特点：

林丰民与科威特女诗人苏阿德·萨巴赫

首先，整体架构和多点透视的统一。"爱"是贯穿萨巴赫全部诗歌创作的灵魂，作者在"为爱而歌"主线的统贯下，从诗人的文学创作、文学地位、诗学见解、主体姿态、写作题材、创作倾向、艺术风格和诗歌语言等方面进行散点式多向度的观照，各散点透视之间是一种并列的互补的关系，一起构成了相对开放又相对封闭的整体，既注重整体框架又注重其内在的逻辑关系，从而实现了全方位、多角度地揭示萨巴赫的"爱"的世界。

其次，女性意识与女性文学创作的阐释。在普泛意义的女性内涵文学研究基础上展开，侧重从诗人的诗学见解、女性话语与妇女写作、女性意识和女性主义立场出发，一步步探讨和展示其鲜明的女性文学特色。诗人除承认女性话语的特殊意义外，还重视写作的普通职能，高扬女性有创作的权利，并在揭示阿拉伯女性的生存处境、对女性特质的重新体认和促成女性主体性的回归等方面张扬强烈的女性意识，发掘属于女诗人个体的独特性，强调两性平等，以凸显当代女性作家的历史地位和写作意义。

最后，多种文艺批评观交错使用，增加了理论的深度。运用社会学批评观分析萨巴赫重视诗歌的社会功能；运用比较文学和西方女性主义文学批评原理，将阿拉伯妇女生存境况与西方女权主义对比，既揭示两者的联系，又挖掘出萨巴赫及阿拉伯女性主义在写作策略、写作内容和女性话语等方面的鲜明特色。"对萨巴赫诗歌艺术的独创特色、诗艺的价值和地位的评析，同样在传统和现代的中外理论、方法中广泛借鉴，从中国古代的审美风格范畴、言意之辨到巴赫金的对话性学说、私人叙事和宏大叙事的现代叙事学理论等等，作者都敢于大胆'拿来'，而且能恰切地运用"[1]。

1. 卢铁澎：《萨巴赫诗歌："爱"的世界和女性主义——读林丰民新著〈为爱而歌〉》，载《当代外国文学》，2002 年第 2 期。

"《为爱而歌》，可以说是一部严谨扎实的学术著作。它内容全面、系统，在书的架构上，不愧具有突出特点的阿拉伯女性特色的著作"[2]；但也有些力弱之处，如对萨巴赫美学思想的论述较少，对萨巴赫的文学批评观和思想倾向仅

2. 刘介民：《一个有特色的个案研究——读林丰民著〈为爱而歌——科威特女诗人苏阿德·萨巴赫研究〉》，载《阿拉伯文学通讯》，2002 年第 1 期。

一笔代过。该部专著已有 2 篇书评，为非阿拉伯语界人士所写，公开发表，产生了一定的学术影响力。

《全球化语境下的阿拉伯诗歌——埃及诗人法鲁克·朱维戴研究》

2009 年，北京语言大学出版社出版的张洪仪的专著《全球化语境下的阿拉伯诗歌——埃及诗人法鲁克·朱维戴研究》把埃及诗人法鲁克的诗歌转型置于阿拉伯现代诗歌的动态演进轨迹上考察，将整体、个体和本体研究结合起来，并在全球化语境下分析其作品所体现出的转型特点，以此来探究世纪交替期阿拉伯诗歌的变化趋势和主要特征。该书力求超越传统阿拉伯现代诗歌研究范畴，努力拓展新视角，使之成为阿拉伯当代诗歌研究中具有超越意义的一部重要论著。

张洪仪（左一）、叙利亚作家费拉斯·萨瓦赫（右一）、李琛（左二）、薛庆国

该书在作者 2001 年通过的博士论文基础上进行了补充和修订，内容更加充实新鲜，增加了诗人法鲁克 2000 年之后的作品以及阿拉伯诗歌近几年新的发展动向。该书包括前言、正文、结束语和诗人诗选中译文，共 25 万余字。该书首次在全球化语境下对埃及诗人的诗歌转型的现象、原因、意义进行分析，具有独特的意义。

第一，在历史性和共时性的双向观照下，揭示出法鲁克诗歌转型的必然性。书中第一章历史性地描述了阿拉伯现代诗歌由复兴到新诗运动至低谷再至转型的发展轨迹，指出"民族文化意识的自觉，带来了阿拉伯诗歌运动一次新的转型，形成了诗歌发展的崭新态势"[1]。诗歌转型

1. 张洪仪：《全球化语境下的阿拉伯诗歌——埃及诗人法鲁克·朱维戴研究》，第 47 页，北京：北京语言大学出版社，2009 年版。

是阿拉伯现代诗歌发展到现阶段的必然结果，是与文化转型的律动合拍的。作者之所以选择目前阿拉伯世界创作量、出版量居第一位的埃及诗人法鲁克·朱维戴作为共时性的突破口，是因为他在埃及和整个阿拉伯世界有相当的影响力，其作品被译为英、法、德、意、土耳其等多种文字发表。书中的第二章介绍了诗人的生平，追踪了其自 20 世纪 70 年代至 90 年代的创作发展轨迹，分析了诗人由浪漫主义和现实主义阶段到超现实主义阶段再进入转型阶段的创作历程。其诗歌创作"充分体现了新一代阿拉伯诗人对于现代诗歌的理解和认识，体现了阿拉伯诗歌在全球化背景下的文化选择，代表了世纪交替之际阿拉伯诗歌发展的方向"[2]；因而诗人法鲁克的

2. 张洪仪：《全球化语境下的阿拉伯诗歌——埃及诗人法鲁克·朱维戴研究》，第 49 页，北京：北京语言大学出版社，2009 年版。

诗歌转型是其个性心态和文化立场基于自身考量的必然抉择，也是他以诗人的敏锐直觉主动参与社会转型的有益尝试。

第二，对法鲁克创作中所体现的诗歌转型进行了多维度的勾画。作者先从诗人的诗歌和诗剧作品的本体出发，考察诗人的文化心理构成，再辨析诗人创作中所体现的"变异和转换"，具体表现在社会与个人的双向观照、创作与阅读的良好对接、理性与非理性的交错变化、格律与自由体的巧妙结合、呈现与隐现的综合运用等方面，既有诗学观念的转型，又有诗歌语言的转型，还有诗风的转变。作者还总结了阿拉伯诗歌转型的核心意义在于启迪阿拉伯民族文化意识，保护民族文化生态，维护民族审美意识和弘扬古老诗歌艺术。

第三，书后附法鲁克诗选中译文，为读者提供了重要的阅读文本。作者从《法鲁克·朱维戴全集》(1994)、《月亮的一千张面孔》(1996) 和《假如我们不曾分离》(1998) 中选译了 44 首诗作。其中全集中所选是诗人创作初期第一部诗集所收诗歌。埃及诗人法鲁克诗歌为我国首次介绍，44 首诗歌中译文及书中诗作片段为中国读者了解埃及现代诗歌提供了很好的材料，也为今后的

研究提供了横向思考和比较研究的资料。

该书在探寻阿拉伯现代诗歌转型表现出鲜明的"民族化"、"本土化"意识的同时，间接展现了全球化背景下整个阿拉伯社会的文化心态和文化立场，不仅具有独特的学术价值，还开拓了相关的学术领域。

阿多尼斯、格巴尼等的研究

2009 年，我国出版界为阿多尼斯诗选中译本举行了隆重的首发式，似发现了久埋于地下的宝玉，引爆了诗学界和读者的热情，掀起了国内研究阿多尼斯的小高潮。其实，早在 1980 年，我国学者已经关注到这位伟大诗人及其诗学观点。1980 年 7 月 11—21 日，阿多尼斯作为黎巴嫩作家协会创始人之一，应中国作家协会邀请对我国进行友好访问，在北京、上海等地分别会见了我国文学界的一些负责人和作家，就诗歌创作和阿拉伯诗歌等问题进行了热烈的交谈。1980 年第 5 期的《世界文学》特发了题为《黎巴嫩诗人安东尼斯谈阿拉伯诗歌》（"安东尼斯"，现译作"阿多尼斯"）的短讯稿。

此后虽然国内文学期刊上评论阿多尼斯及其作品的文章不多见，但他始终在中国的文史学家心目中占有一席之地。

1994 年的《东方现代文学史》首次列单节《诗坛怪杰——艾杜尼斯》（现译作"阿多尼斯"），把他作为阿拉伯先锋派诗歌代表人物和阿拉伯反主流文化的先锋，介绍了他的诗学观点，分析了他的两部诗集《风中树叶》(1958) 和《米赫亚尔之歌》(1961) 的表现主题，认为他在阿拉伯诗坛独树一帜，倡导诗歌的现代化，其作品如阳春白雪，读者有限，却对新生代诗人有吸引力，成为他们的启蒙师长和偶像。

1995 年的《东方文学史》和 2004 年的《阿拉伯现代文学史》都把他作为黎巴嫩当代诗坛最著名的诗人给予介绍，认为他的自由体诗是黎巴嫩当代诗坛先锋派的代表作，不仅有强烈的忧患意识，还带有苏非派神秘色彩，朦胧象征却富有哲理。

2007 年的《阿拉伯文学大花园》列单节《自由王国的流浪者——阿杜尼斯》，把他作为阿拉伯新诗运动的倡导者、实践者和阿拉伯世界最具争议的文化人士来介绍，认为他提出了一系列诗学见解，为阿拉伯新诗的发展奠定了理论基础。此外，还分析了他那部著名的、批判阿拉伯社会文化的论著《稳定与变化》。

2009 年第 10 期《书城》刊登的《诗歌将拯救我们——阿多尼斯 (A) 和杨炼 (Y) 对谈》是中国当代诗人和阿拉伯当代诗人的首次思想碰撞，揭开了我国诗学界对他的再次探讨，具备深远的学术意义。

彭龄、章谊的《走近阿多尼斯》(《世界文化》，2009.12) 写道："从原文及译文，走近这位享誉阿拉伯和欧洲的先锋派诗人，领悟那些诗句中深邃的内涵，实在是一种奇特的感受。他虽身在异国，却以'精神上的流亡者'自诩，从不趋炎附势，苟安媚俗，我依然故我，永远昂着那高傲的头颅。他的诗依旧像火，笔锋依旧犀利：'暴君只会酿醇他们偏爱的酒：自由的血。'……他不会停下他的笔。因为他就是百姓们喜爱的那则古老传说中那个生生不息、'在每个清晨再生'的永远年轻的那个神话传说中的阿多尼斯……"

朱永良的《阿多尼斯诗作的象征世界与现实土壤》(《外国文学》，2009.5) 认为阿多尼斯的诗混合了先锋和传统的诸种因素，其中阿拉伯的神秘主义、苏非主义和超现实主义色彩十分鲜明；他善用象征的技巧，体现了他与文学传统的联系，构成了他独特的神秘和超现实的诗歌风格。他的诗歌题材丰富多变，融东西方文化于一体。这位看似世界边缘的诗人，其实是位现代精神世界的卓越歌者。

余玉萍的《阿多尼斯诗歌的现代性命题——以〈大马士革的米赫亚尔之歌〉为例》(《外国文学评论》，2010.4) 通过分析其先期代表作《大马士革的米赫亚尔之歌》，从质疑与拒绝、变化与超越、创造与复归三个思想内容层面解读阿多尼斯的现代性命题，认为他的现代性命题以文学—审美为基点，直抵民族文化及其思想的纵深处。他的诗歌创作以深刻的思想内容和创新的艺术形式实践了这一现代性命题。阿多尼斯不仅是当代阿拉伯诗学建设的先锋，也是当代阿拉伯文化变革的先锋。文章层层剥离，逻辑性强，视角新颖，思路清晰。

叙利亚著名的当代诗人尼扎尔·格巴尼 (1923—1998) 是一位极有争议的诗人，1944 年发表第一部诗集《姑娘对我说》，共出版了 30 余部诗集，另有剧本和文集，1997 年出版了全集。他擅长描写女性、爱情，有"女性诗人"之称。他在诗中大胆描写女性胴体，遭到保守分子的激烈反对和抨击。他对阿拉伯民族的命运十分关注，用诗歌表达自己对阿拉伯国家所发生的重大事件的感受，同时对阿拉伯社会现实进行猛烈抨击，后来成为了一位政治诗人。

1958 年的《阿拉伯人民的呼声》首次刊登了格巴尼的诗歌《来自塞得港的几封信》，之后他的诗作又被零星地翻译成中文。据现有资料统计，我国共发表有关他的论文3篇，分别是陈杰的《尼扎尔·葛巴尼作品浅析》、郅溥浩的《斯人长逝，诗名永存——记叙利亚诗人尼扎尔·格巴尼》和林丰民的《格巴尼的诗歌创作：性与政治》。其中林丰民的论文后来收入其专著《文化转型中的阿拉伯现代文学》，并有所充实，分为"互为语境的性与政治"和"妇女诗人的女性共和国"两部分进行论述。作者认为，格巴尼创作的诗歌分成两类：性爱诗与政治诗。而事实上，在他的很多作品中性与政治常常是融合在一起的。在他的性爱诗中，政治常常为他所欲表达的爱情提供了适合的语境；而在他的政治诗中，性的感受又注入了政治的场景。正是性与政治的视角创造了格巴尼诗歌世界的各种形象。

李琛的《点染生命意义的白雅梯》和《以神秘主义阐释诗艺的沙布尔》，从神秘主义这种精神文化形象切入分析了阿拉伯两位当代著名诗人作品中的苏非现象。

伊拉克诗人阿卜杜·沃哈布·白雅帖(1926—)是阿拉伯新诗运动的先驱和旗手，因政治原因，他大半生在国外流亡，两次被剥夺国籍。他的诗超越了个人、国家和民族，受到世界评论界的关注和好评，享有"未来诗人"的美誉。早在20世纪60年代，他的《流亡诗集》就从俄文转译过来了。李琛论文从"盗火者"人格的确立、从死亡中学习生活、我的爱大于我、寻找理性的苏非等方面分析了白雅梯(现译"白雅帖")盗火者的人格，从个人生活和人类历史经验中体悟到真知，在宇宙观、时空观、生死观和爱情观上渐渐与苏非观念殊途同归，并不断地从苏非思想中汲取精神营养，实现生命的更新和延伸。

萨拉哈·阿卜杜·沙布尔(1931—1981)是埃及新诗运动的旗手和代表人物，被称为埃及当代五位最著名的诗人之一，出版了多部诗集、诗剧和文学评论著作。李琛论文从人与诗歌、诗歌创作的神秘主义阐释和话语与救世等方面告诉我们：沙布尔既精通西方文论，又能用阿拉伯伊斯兰固有文化——苏非文化来阐释诗歌艺术，并身体力行，使其诗作和诗歌理论既具有深厚的文化底蕴又富于现代性；特别是他的诗歌理论揭示了诗歌的创作与神秘主义的灵修感悟的共通之处，隐含了文学、宗教和哲学三者的内在联系。

研究者视角的开阔、问题意识的渗入、无所不在的当下关怀以及扎实朴素的研究方法，使得其论述新见迭出，开拓了诗歌研究的新领域。

20世纪的阿拉伯世界出现了民族主义、社会主义和宗教激进主义等各种政治、社会、文化思潮，其中民族主义思潮对 20 世纪的阿拉伯人和中东政治格局产生了极为重要的影响。而阿拉伯现代文学恰恰为这种思想的传播与发展提供了最为有效的途径和载体，并有力地推动了阿拉伯各国争取独立、自由的民族解放运动。林丰民的《中东民族主义在阿拉伯现代诗歌中的表现》（《东方论坛》，2006.4）指出，中东民族主义在阿拉伯现代诗歌中主要表现为反对帝国主义和殖民主义、对阿拉伯民族的忧患意识、对阿拉伯大一统的梦想、追忆阿拉伯往昔的光荣、对纳赛尔的崇拜、坚定的巴勒斯坦立场和对阿拉伯语标准语的热情。作者的研究视角、思路和结论都颇有启发性。

诗歌是诗人在特定的时空中个体经验和个性情感的凝聚与投射。如果说我国在 20 世纪 50—70 年代对阿拉伯现代诗歌的研究主要表现为"述评"的话，那么在 21 世纪对阿拉伯诗歌作品的解读则呈多元化的趋势，且涉及的方面颇为广泛。中国对阿拉伯诗歌的研究经历了一条曲折但颇有成就的发展道路。对阿拉伯诗人及其作品的译介，表现出由综合性向分散性发展的趋势；研究内容方面，由具体作品解析向诗人思想性格的深层文化心态方面挖掘；研究方法方面，由传统的笺证点评向综合意义的多元化方向发展，特别是将现代学术思想与研究方法引入后，开拓了阿拉伯诗学研究的许多新领域，开创了多元化视角透视下丰富多彩的研究新局面，并取得了一些较为重大的成果。

第三节　阿拉伯戏剧的译介、研究

戏剧作为一种文学文体形式，原是西方文学的产物，直到 19 世纪中叶，才从欧洲移植到阿拉伯世界。而随着近代阿拉伯世界政治生活的变化、城市繁荣带来的市民阶层文化需求的增长、外来文化的影响冲击等等，阿拉伯文学主流完成了从抒情向叙事的转化，这也为阿拉伯戏剧文学的产生提供了成长的土壤。况且戏剧又是最具宣传效益的大众传播媒介，理所当然地被赋予了教化民众的职责，这又无形中推动了阿拉伯戏剧文学的创作和繁荣。

我国对阿拉伯戏剧的翻译与研究起于 20 世纪 70 年代中期，由于种种原因，当时投入的关注度不高，只出版了 1 部戏剧单译本、6 篇戏剧译作（其中埃及戏剧 5 篇，叙利亚戏剧 1 篇）。阿拉伯戏剧中译本的大量空白令国内深入研究举步维艰。另外，阿拉伯文学史类书籍也较少将其作为一个单独的文学门类专门评述，多是在论及那种"双栖"作家，如既是诗人又是剧作家的艾哈迈德·邵基，或既是小说家又是剧作家的陶菲格·哈基姆时，才介绍和分析他们的戏剧文学作品。截至今天，国内有关阿拉伯戏剧方面的文章只有 27 篇。

一、 阿拉伯戏剧的译介

1975 年，人民文学出版社出版的《代表团万岁》（北京外语学院阿拉伯语专业师生译）是我国出版的首部阿拉伯戏剧单译本，也是现今唯一一部正式出版的埃及话剧单行本。该剧由埃及剧作家法耶斯·哈拉瓦著，是一出政治讽刺性话剧，共三幕。该剧讲述了埃及凯法尔萨拉姆村村民为欢迎法斯库尼亚共和国代表团 (寓指苏联代表团) 的到来，村民瓦杜德夫妇被迫捐出了羊羔和住处，而自己睡在了石条凳上。代表团成员酒足饭饱后，自吹自擂是本国最优秀的科学家，能给埃及带来好处。而所谓的好处竟是村民的家园被圈占，村民们有家不能回。这时，村民瓦杜德夫妇的侄子带着他的美国老婆从美国回来探亲，邀请他们去美国游玩。杜瓦德夫妇在欧洲赌场和赛马场赚了大笔钱后回国，生活做派洋化，满口英语，还要和美国来的侄子一起办工厂，受到村民的羡慕和讨好。剧中使用了大量的双关语，如用剧名"代表团万岁"、"费托"牌商品等讽刺苏联在安理会对中东问题滥用否决权，用"吸血虫"讽刺苏联对埃及人民的剥削和背信弃义。中译本 9 万字，除剧本外，还附有出版说明、4 张剧照和一篇《人民日报》的通讯稿。

一部外国话剧作品是否被翻译成中文，是由多种因素决定的。而该剧 1975 年在埃及上演，同年就有了中译本，这在中国翻译史上也是绝无仅有的。

首先，"禁演风波"备受国际关注。此剧从 1975 年 3 月 2 日开始在埃及迈阿密剧院上演，受到埃及广大群众的欢迎。由于苏联认为此剧触犯了它，指示其驻开罗使馆向埃方进行干涉，此剧从 5 月 1 日起曾一度被禁演。但埃及人民坚持斗争，开罗报刊杂志也纷纷刊文进行抨击，强烈反对苏联干涉埃及内部事务的霸道行径，埃及国务委员会行政法院遂于 5 月 20 日宣布取消对此剧的禁演令，5 月 22 日此剧重新恢复上演。

其次，该剧所表现的主题与中国当时的反对苏联霸权主义的局势相吻合。该剧产生于埃苏关系恶化的萨达特时期，是一部讽刺苏联霸权主义的话剧，揭穿了自称是阿拉伯朋友的苏联的丑恶嘴脸，如苏联逼迫埃及偿还债务、干涉埃及内政事务、埃及弃苏亲美倾向等在剧中都有体现。客观地说，《代表团万岁》剧本的艺术性并不高，完全是政治应景式作品。正是它反苏的主题契合了当时中国的政治宣传需要。

总的来说，《代表团万岁》在中国的首次译介还是有意义的，不仅清楚地标示出阿拉伯戏剧输入到中国的确切时间，还给国人了解阿拉伯戏剧打开了第一扇窗。

当译者拥有更多的自主选择作品的权利时，第一眼便投给了阿拉伯现代戏剧文学的泰斗——埃及小说家、剧作家陶菲格·哈基姆，并选中了他的反映现实社会、揭露埃及社会腐败和道德沦丧的社会剧，因为社会剧所揭示的问题较具有普遍性和共同性，更能引起读者的共鸣。

1981 年第 1 期的《世界文学》最先刊登了刘文昭译的哈基姆的《转瞬之间》。这是一出社会独幕剧，共有两个场景，讲述了一位大臣在解职和复职前后，其下属办公室主任和未来女婿对他的不同态度，讽刺了趋炎附势的小人。正如该剧最后所揭示的："世界的权势者，是这样容易轻信阿谀逢迎，转瞬之间就将虚情假意和伪善欺骗忘得一干二净！"剧本后附有关偁写的作者介绍，介绍了哈基姆的生平和创作历程，谈及他的小说和戏剧创作，并给予了极高的评价："他深入研究并借鉴欧洲现代戏剧和希腊悲剧，从埃及的历史和现实生活中汲取养料，创作出具有东方和阿拉伯特点的剧本，成为当代阿拉伯哲理剧的创始人。他结合使用民间语言和文学语言，为解决长期以来文学家们争论不休的舞台语言问题，创出一条新路，使埃及戏剧创作进入一个前所未有的新阶段。"

1983 年外国文学出版社出版的《非洲戏剧选》（高长荣选编）收有哈基姆的两部社会剧——《契约》和《苏丹的困境》，分别由江虹和金常政翻译。《契约》为三幕剧，写于 1956 年，又译为《交易》。这是作家写得最好、影响最大的社会剧，讲述了农民为维护自己权益团结起来，跟地主争夺土地，并取得胜利的故事。作家在剧中塑造了一系列栩栩如生的人物形象，有贫苦的农民、可憎的地主，还有大胆泼辣的村姑和唯利是图的高利贷者。剧情起伏跌宕，引人入胜，针砭时弊，妙趣横生。在开罗上演时深受广大观众的好评，被认为是埃及剧坛现实主义的杰作之一。《苏丹的困境》写于 1960 年，为三幕剧，写得十分有趣，甚至有些荒诞。故事主人公马穆鲁克时代的苏丹（国王）因是未获解放的奴隶，从世俗和宗教法规角度来看，其统治的合法性受到质疑，而解决的办法有两种：要么用刀斧，苏丹便蒙上残暴之名，会失去民心；要么用法律，把苏丹当作物品进行公开拍卖，然后由买的人将苏丹解放为自由人。苏丹决心遵守法律来求取解放。一位妓女以三万第纳尔拍得苏丹，却提出让苏丹驾临其住处一夜，到第二天晨祷时才肯释放苏丹的附加条件。苏丹力排大臣和法官的阻挠，接受了这带有屈辱性质的条约。法官利用权势，让召唤人在半夜就喊起了晨祷声，逼迫妓女放了苏丹。苏丹批驳了法官视法律为玩具的做法。苏丹坚守原则和法律的精神感染了妓女，妓女主动提前签下了释奴文书。该剧探讨了暴力和法治的问题，含义颇深。

朱凯译的《成功之路》（《外国文学》，1985.8）是国内所译的哈基姆的另一部社会剧。这是一出独幕剧，剧中副部长助理在部长面前百般钻营，搬弄是非，陷害好人副部长，最后取而代之。译本前附有作者简介，译者这样介绍剧作家："他在戏剧创作方面成就更大，几十年来，共创作了六十多个剧本，既有反映现实生活的，又有人生哲理的探索。他的语言优美、内容深刻、题材广泛的大量剧作把阿拉伯现代戏剧提高到世界的水平，成为'埃及戏剧之父'。"

《洞中人》（1933）是陶菲格·哈基姆最重要的一部哲理剧，取材于《古兰经》中《山洞》这一章所述山洞人的所有情节，并在此基础上加以扩展、丰富。剧中几位青年人为躲避多神教的迫害，怀着对一神教的信仰，避居山洞中。他们从沉睡中醒来后，互相询问在洞中的时间，其中一人拿着钱出洞买吃的，被人发现，才知道他们在洞中已停留了三百多年。剧作家极为巧妙地消融了《古兰经》中有关"洞中人"故事的情节结构，并在此基础上让他们重新开始生活，他们每人都经历了一场人与时间的尖锐斗争，与生活现实相矛盾的许多事实迫使他们重回洞中死去，以此揭示人与岁月的矛盾。《洞中人》首次由张景波译成中文。

埃及现代著名诗人、剧作家艾哈迈德·邵基（1868—1932）生于贵族家庭，早年留学法国。一度受埃及总督赏识，成为宫廷诗人。因在诗中表露出对英国殖民者的愤懑情绪而遭流放。他创作了大量充满爱国热情和阿拉伯民族主义情感的诗篇，收录在《邵基诗集》（四卷本）中。他的诗独树一帜，他享有"诗王"的美誉。晚年专注于诗剧创作，写有《大阿里贝克》（1932）、《克娄巴特拉之死》（1929）、《莱拉的痴情人》（1931）、《冈比斯》（1931）、《安塔拉》（1932）等诗剧，大多反映了阿拉伯民族和埃及人民的悲苦生活，奠定了阿拉伯诗剧的基础。而诗剧《莱拉的痴情人》，则被认为是阿拉伯现代文学中的最佳诗作，也是埃及诗剧文学的先驱之一。该剧共 5 幕，描述了公元 7 世纪中叶阿拉伯半岛北部阿密利部落的一件故事。故事中青年盖斯和莱拉相恋，心心相印。盖斯用诗歌倾诉对莱拉的思慕和爱恋，并向莱拉部族求婚，却遭到断然拒绝。莱拉旋即被迫嫁给另一部落的人。盖斯深受刺激，从此流亡沙漠荒野，并因悲伤过度而逐渐精神失常。不久莱拉情伤而死，盖斯也在莱拉坟前泪尽而亡。

1986 年第 4 期的《国外文学》首次刊发了由李振中翻译的该诗剧的第一幕和第五幕，中文名为《情痴》。这部分中译文还被收入到 1986 年版的《东方文学作品选》（下）中。中译文后附有译者写的《艾哈迈德·邵基和他的〈情痴〉》，介绍了邵基的生平、创作情况及该诗剧的内容，并特别指出了该部诗剧的文学地位："不仅是阿拉伯现代文学史中的瑰宝，而且在世界文学中也占有一定的地位。它被译成多种文字，并多次被搬上舞台和银幕。"尽管如此，我国学者对该剧的个案分析几乎没有，只有一篇丁淑红写的比较波斯诗人尼扎米和埃及作家邵基笔下"盖斯和莱拉"的故事的论文。论文指出该诗剧采用了阿拉伯民间广泛流传的故事蓝本，在保留原故事对爱情忠贞不渝一面的同时，又增加了许多世俗的成分，使"盖斯和莱拉"的爱情成为世俗之爱。邵剧的描写逼近、复原了故事的历史，呈现出现实性、社会性的特点，具有强烈的针砭现实社会的功效。而邵基创作这个剧本的目的是"赞扬阿拉伯人的高尚情操，表彰他们为了忠贞的爱情和固有的传统，可以像盖斯和莱拉一样献出自己的生命"[1]，以此激励人民的

---

1. ［埃及］艾哈迈德·海卡尔：《埃及小说和戏剧文学》，袁义芬、王文虎译，第 239 页，上海：上海译文出版社，1993 年版。

自爱意识，从而形成强大的抵御外敌入侵的民族力量。

叙利亚的戏剧文学在我国介绍较少。1996 年 5 月 15 日，久负盛名的叙利亚剧作家兼文艺理论家萨阿德拉·瓦努斯（1941—1996）在大马士革溘然长逝，给叙利亚文化艺术界带来了巨大震动。当地各大报纸连续数日纷纷刊载文章悼念他。我国学者也撰文纪念，陈冬云的《纪念当代杰出的阿拉伯剧作家兼文学理论家萨阿德拉·瓦努斯》首次介绍了萨阿德拉的生平、创作历程和主要成就，简要勾画了剧作家各时期剧作的特点。萨阿德拉·瓦努斯著有 20 多部剧作，如《纪念"六五"战争的晚会》、《大象，时代之王》、《国王就是国王》、《当代一日》、《暗示与变化的仪式》等。许多作品曾获各种大奖。而我国只翻译了他的一部戏剧作品，即写于 1970 年的《奴仆贾比尔头颅历险记》，由薛庆国译，刊登在 2004 年第 6 期的《世界文学》上。该剧问世后曾一度被禁，后在叙利亚等许多阿拉伯国家上演，并被译成多种语言，曾在法国、民主

德国演出，1974 年还被改编成电影。该剧讲述了宫廷之争中奴仆贾比尔帮助大臣战胜了国王，大臣反恩将仇报，将他害死的故事。"作者巧妙地借助阿拉伯民间常见的说书形式展开全剧，刻意消除演员与观众间的界限，咖啡馆的茶客们不仅是故事的听众和旁观者，也是全剧不可或缺的参与者"。

二、　阿拉伯戏剧作品的研究

阿拉伯戏剧近代才出现，作为一种新的文学范式在阿拉伯文学史类书籍上不受重视，其地位和价值没有得到应有的关注和评述，与诗歌、小说相比比例失衡，处在一个较为尴尬的境地，多为捎带提及，极少专门论述的。阿拉伯学者如此，如埃及邵武基·戴伊夫的《阿拉伯埃及近代文学史》、黎巴嫩汉纳·法胡里的《阿拉伯文学史》等；中国学者也如此，如仲跻昆的《阿拉伯现代文学史》等。

1993 年，上海译文出版社出版了埃及学者艾哈迈德·海卡尔的《埃及小说和戏剧文学》（袁义芬、王文虎译）。该书将戏剧文学作为专题进行描述，将陶菲格·哈基姆这位横跨小说界和戏剧界的"双栖"作家的小说作品和戏剧作品分开论述，显示出可贵的一家之言，体现出难得的学术个性，其中有许多能启发人思索的真知灼见。

该书第四章"戏剧"部分包括戏剧文学的起源、邵基的戏剧、陶菲格·哈基姆的戏剧和对话体作品。在"邵基的戏剧"题目下，首先介绍作家生平创作，其次对作家总体的艺术特色加以评析：邵基喜欢选择历史题材，用诗歌作为戏剧语言；深受古典主义影响，但又不受古典主义情节、时间和地点必须完全统一定律的束缚，破除了悲剧和喜剧的结尾必须是痛哭流涕或皆大欢喜的程式；其戏剧冲突不依靠推理分析，而是主人公与传统习俗、道德准则产生矛盾的心理冲突；其写戏剧的目的就是要进行道德教育。然后，详细地介绍和分析了邵基取材埃及历史素材的诗剧《克娄巴特拉之死》和《岗比斯》、取材阿拉伯历史素材的诗剧《莱拉的痴情人》和《安塔拉》、唯一一部散文剧《安达卢西亚公主》和唯一一部喜剧《霍达太太》。最后，在分析完每部戏剧后附上该剧的一个片段，以便读者有更加直观的认识。海卡尔的《埃及小说和戏剧文学》在勾勒和梳理埃及文学史新出现的戏剧文学体裁上是颇有价值的，采用了以重点作家的重要作品来展现新型文学体裁风貌的方式，只是偏重对作品内容的介绍分析，欠缺深入的文本研读。

1993 年海南出版社出版了伊宏的《阿拉伯文学简史》。作为国内出版的第一本独立成册的阿拉伯文学史，该书首次在文学史中单列"阿拉伯现代戏剧"标题，内容包括阿拉伯各国现代戏剧的兴起、穆罕默德·台木尔的戏剧理论与实践、邵基与阿拉伯诗剧、"阿拉伯现代戏剧之父"陶菲格·哈基姆四部分。该书浮光掠影地介绍了阿拉伯现代戏剧如何在 19 世纪萌生于黎巴嫩、叙利亚地区，20 世纪上半叶在埃及得到充分发展，并走向成熟；重点介绍和评述了埃及戏剧文学上的三位领军人物，特别是对邵基诗剧《克娄巴特拉之死》成就的分析上，既糅合了阿拉伯学者的观点，又颇显个人的独特见解。邵基是首先从东方、从埃及的立场上，去描绘这位女王的。某种程度上，他为这位历史人物作了辩护，突出了女王的爱国主义感情和为了尊严宁死不降的牺牲精神。其次，邵基在表达人物内心情感方面作了可贵的尝试。有些独白和咏叹对人物性格的完成起很重要的作用。第三，运用歌舞、祭神、宴筵、民俗等手段使作品增加了东方色彩、东方情调。

1998 年，上海外语教育出版社出版了蔡伟良和周顺贤撰写的《阿拉伯文学史》。作为我国的第一部阿拉伯文学通史，该书在"阿拉伯现代文学"部分描述阿拉伯各国文学发展状况时，首次按小说、诗歌、戏剧三大门类来论述，虽然只涉及埃及戏剧、阿尔及利亚戏剧和也门戏剧，却是一次有意义的尝试。第六节"埃及戏剧概貌"下分两部分，为邵基的剧本和陶菲格的剧本，先简要粗疏地勾勒了阿拉伯戏剧特别是埃及戏剧的发展历程，指出台木尔兄弟的剧作宣告了埃及戏剧从单纯的消遣工具成为具有积极教育作用的艺术手段，戏剧的思想性得到了认可和重视。对邵基的《克娄巴特拉之死》和莎士比亚的《安东尼与克娄巴特拉》作了异同比较，认为邵基的诗剧受莎士比亚的影响，在结构、布局、人物等方面和莎剧雷同，但在主题立意上有很大差别。邵基的诗剧表现出了一位埃及作家所持的独特风格和立场，"在一个历史剧作家的权限内，塑造了一个崭新的理想的克娄巴特拉形象——一个美貌聪慧、明智果断、敢作敢为的勇于自我牺牲的爱国女性"。在不违背历史真实的条件下，邵基对她作了合乎逻辑的改动，虚构了某些细节，使女王的形象在观众心目中变得高大。与此同时，作者陈述了埃及评论界对该剧的一些批评意见。或许由于资料的匮乏，该书对阿尔及利亚和也门的戏剧介绍内容简短，缺少对重点剧作家及其作品的深入探析。

　　除文学史对阿拉伯戏剧的论述外，还有一些文章虽以介绍、梳理为主，评介色彩浓厚，还有较深的时代痕迹，却最先揭开了国内研究阿拉伯戏剧的序幕。

　　据现有资料，国内第一次出现介绍阿拉伯戏剧的文章应是刊登在《万象》杂志1944年第3卷第8期上的《一出阿拉伯的圣雄剧》，由掾叶依据温斯顿·笛斯凯曼所写的《一出阿拉伯的圣雄剧》翻译过来。该文原为一篇介绍异地风俗的文章，介绍了在黎巴嫩山区的伊斯兰宗教节日"阿舒拉"期间上演的一出表现殉教圣徒侯赛因蒙难的宗教剧，是伊斯兰教什叶派穆斯林为哀悼穆罕默德的外孙侯赛因而演出的。"这是其中演出最离奇最残忍的一出……剧情是极单调……可是，这一片段的前因后果在阿拉伯的盛衰史上却占着很显著的地位。"[1] 文章内容包

1. [英] 温斯顿·笛斯凯曼：《一出阿拉伯的圣雄剧》，掾叶译，载《万象》，1944年第3卷第8期。

括历史背景、出演前的动态、序幕、紧张的场面和恐怖的场面几部分，较为细致地描述了演出前的准备工作、演员入场时的着装、侯赛因被斩和舞者边舞边挥刀砍自己头皮的血腥场面等。作者还对这出宗教剧的背景音乐进行了评价，认为"阿拉伯人能把真挚的悲戚跟欢笑融合成一个非常适切动人的曲调"[2]。严格来说，这不是一篇真正意义上介绍阿拉伯戏剧文本内容的文章，

2. [英] 温斯顿·笛斯凯曼：《一出阿拉伯的圣雄剧》，掾叶译，载《万象》，1944年第3卷第8期。

只是介绍了阿拉伯民间戏剧中的一种形式。

　　阿拉伯戏剧虽产生于19世纪下半叶，可阿拉伯学者多认为在此之前阿拉伯国家就曾有过一些戏剧的萌芽。如古埃及祭司们举行的宗教仪式可说是一种戏剧表演，且早于古希腊罗马人的戏剧；摩洛哥柏柏尔人的戏剧早于罗马戏剧，苏美尔人、巴比伦人有自己的宗教性的戏剧表演；利比亚、叙利亚等地有古罗马式的巨大露天剧场遗址，说明该地区也曾有过戏剧艺术。但这些不成熟的艺术形式能否称为阿拉伯戏剧，还值得研究，更何况，在伊斯兰征服这些地区后，这些戏剧的萌芽便都枯萎了。

　　我国学者对此议题进行探讨始于20世纪80年代。刘文昭的《阿拉伯的戏剧》(《阿拉伯世界》，1981.4)是我国首次分析阿拉伯戏剧起源的文章。该文探析了在现代戏剧产生之前，阿拉伯人还有过类似戏剧的艺术形式，主要有滑稽表演、什叶派的宗教表演和影子戏3种。阿拉伯戏剧也从改编欧洲剧发展到自创民族剧，诞生了"阿拉伯剧坛早期三杰"——写古典悲剧的埃及诗王艾哈迈德·邵基、阿拉伯戏剧之父陶菲克·哈基姆和马哈姆德·台木尔。阿拉伯戏剧也进入了一个划时代的阶段。

李振中的《阿拉伯现代戏剧概述》（《阿拉伯世界》，1985.2)归纳和分析了第一次世界大战前后阿拉伯戏剧的特点，认为第一次世界大战结束至 20 世纪 50 年代是阿拉伯戏剧迅速发展和提高的时期，法拉赫·安顿和台木尔兄弟反映社会问题的现实主义剧作代表了阿拉伯戏剧的一个转折点：开始重视戏剧的思想性，重视它的社会意义与教育作用，戏剧已不再是单纯为了娱乐和消遣。

戏剧文本和戏剧舞台使用标准语还是方言土语一直是各国戏剧界争论的焦点。阿拉伯戏剧也有阿拉伯正规语和方言土语之争。向培科的《阿拉伯戏剧中的语言问题》（《阿拉伯世界》，1981.4)介绍了阿拉伯戏剧对这一问题的解决方法，那就是使用第三种语言——一种介于阿拉伯正规语和方言土语之间的简化的语言。它的特点是既能保持阿拉伯正规语的特色，有语法规则可循，又能为阿拉伯各国的老百姓所了解，而不囿于某一个地区的方言土语。艾哈迈德·邵基写了不少全部使用阿拉伯正规语的诗剧，对阿拉伯的文学运动产生过较大影响。而陶菲克·哈基姆则别出心裁地使用了一种介于正规语和方言土语之间的"中间语言"，取得了预想不到的成功，成为阿拉伯现代戏剧语言运用的典范。

自 19 世纪中叶第一部由阿拉伯人自编自演的剧目问世后，西方舶来品——戏剧便以其生动性、趣味性和通俗性慢慢地渗透到阿拉伯民族古老的文化之中，成为阿拉伯国家社会文化生活中不可或缺的部分。到 20 世纪中叶，阿拉伯戏剧更是有了长足的发展，涌现出一批杰出的剧作家。虽然戏剧在各个阿拉伯国家发展不均衡，可在阿拉伯语与伊斯兰教两条强有力的纽带连接下，各国戏剧仍表现出某种内在的一致性和同质性，因而可以作为一个整体进行分类研究，或从戏剧流派的角度进行探讨。

陈冬云的《阿拉伯当代戏剧概况》(上、下)(《中国戏剧》，1998.5-6)从戏剧创作的题材、艺术手法和主题思想上，把阿拉伯当代戏剧分为现实主义戏剧、商业戏剧和实验戏剧三类进行分析。现实主义戏剧作品大多与当时阿拉伯社会所经历的政治事件和群众的疾苦息息相关，讴歌民族独立和解放，鞭挞阻碍社会发展的思想和言行，其主题宏大，社会教谕功能较强，从而达到空前的发展高度。商业戏剧多以喜剧手法描写社会底层小人物们可怜的境遇，赞扬他们的正直、纯朴和善良，宣扬一种普遍的善恶观。实验剧大致可分为两大类型：一类是民族剧，强调从阿拉伯传统和民间表演艺术中挖掘自己的戏剧模式；另一种实验剧则是引进西方现代戏剧的思路，对作品的内容和手法进行更新。而当代阿拉伯国家的戏剧追求内容与情节的抽象性，以阿拉伯民族或人类历史为背景，突破时间、事件、人物和逻辑的局限，不以故事发展为线索，而是把事件、神话、故事、人物任意组合在一起，形成一幅幅独特的画面，来图解作者的理论观点。

何颖的《20 世纪阿拉伯戏剧的三大流派》(《戏剧文学》，2002.3) 将 20 世纪阿拉伯戏剧分为三大流派，即新古典主义、现实主义和创造主义。阿拉伯新古典主义戏剧出现于 19 世纪后期，繁荣于 20 世纪 20—40 年代。它有承前启后的意义，剧作家们从古阿拉伯和伊斯兰教社会中寻找灵感，追忆光荣的往昔和英雄主义成为普遍的主题。现实主义戏剧出现于 20 世纪 20 年代，关注现实社会中的人性与社会问题。现实主义戏剧发展的同时，一些地区的阿拉伯语戏剧进入实验剧阶段。特别是在 1960—1970 年间，戏剧实验家们尝试确立了戏剧与剧场的新关系，恢复了演员和观众之间自发的观演纽带，观众不只是看客，还参与交流。新古典主义和现实主义戏剧把它们的世界描绘得具体、细致，而创造主义戏剧——实验剧有一般化和抽象化的倾向。

埃及戏剧受到关注是理所当然的事，在国别戏剧文学中占有重要地位。我国既有总体性介绍埃及戏剧文学的，如伊宏的《埃及戏剧文学的历史和现状》、杨雁的《文明古国的戏剧复兴：埃及现代戏剧述评》和虞晓贞的《漫谈埃及早期戏剧》，还有评析某位剧作家的创作特色的，这其中尤以陶菲格·哈基姆最受瞩目。因为其作品在 20 世纪 30 年代就开始被介绍到欧洲，到 80 年代中期，已有 30 多部作品译成外国文字出版。其诗剧如《山鲁佐德》不时出现在巴黎、伦敦等欧洲文化名城的舞台上和广播电视中，成为现代阿拉伯文学在欧洲的活的象征。

国内有关陶菲格的文章共 13 篇，有介绍剧作家逸闻趣事的，如李琛的《陶菲克·哈基姆二三事》和支卫兴的《"女人的敌人"和他的婚姻——陶菲格·哈基姆趣闻逸事》，有总体评述作家创作成就的，如郅溥浩的《埃及现代文学的巨擘——论陶·哈基姆的小说、戏剧创作》，还有评述其思想观和创作手法的。伊宏的《陶菲格·哈基姆社会哲学观初探》(《阿拉伯世界》，1988.4、1989.1) 探讨了哈基姆的社会哲学观，并对其文学作品的主题和散文随笔等进行了考察。程静芬的《陶菲格：从现实主义到象征主义》、李琛的《以〈均衡论〉为指导的思想修士哈基姆》(《外国文学评论》，1992.2)，则分析了哈基姆哲学思想的苏非因素。作者认为，神秘主义因素渗透在哈基姆一生的思想和创作之中，这表现在作家对神秘主义本体论的理解、对神秘主义所发现的宇宙间存在的自然法则和规律的重视和重申、对人的全面认识上。这一思想体现在反映其创作实践和思想观点的《均衡论》中，还有他的 3 部哲理剧《洞中人》、《山鲁佐德》和《贤明的苏莱曼》里。该研究视野开阔，表现出相对客观、自由独立的学术立场。

李振中的《阿拉伯戏剧大师陶菲格·哈基姆》(《阿拉伯世界》，1985.3)是一篇较早介绍哈基姆戏剧作品及其内容的文章。周旋的《陶菲格·哈基姆的〈契约〉》(《东方文学 50 讲》，贵州人民出版社，1987 年版) 则分析了《契约》在艺术上的独特之处：主题鲜明，单一而不单调，紧紧围绕着地主与农民争夺土地而展开；情节起伏不平，由单一的事件开始，引向深入的矛盾纠葛；在结构上，《契约》不仅借鉴了欧洲喜剧的误会手法，而且结构严谨，首尾呼应，开头提出农民与地主争夺土地的问题，结尾交代农民在这场斗争中获得了胜利。

程静芬的《尼罗河畔的奇葩——现代非洲戏剧巨匠陶菲格·哈基姆的象征主义戏剧》(《文艺报》，1992.2.29)则分析了哈基姆的象征主义哲理剧的内涵。

戏剧作为一种表演艺术，在谈及阿拉伯戏剧在中国的译介与研究时，还应谈及阿拉伯戏剧在中国舞台上的演出情况，包括阿拉伯剧团来中国演出和中国演出阿拉伯戏剧。由于中国和阿拉伯世界文化交流活动并不是很频繁，阿拉伯戏剧的世界影响力有限，再有语言障碍等多种因素，尚无阿拉伯剧团来中国演出，倒是有中国剧团在中国舞台上演出阿拉伯戏剧的，如上海芭蕾舞剧团就曾演出过《阿里巴巴和四十大盗》。

2001 年 6 月 27 日—7 月 6 日，由中国控股集团有限公司、北京艺文演出公司、北京金牧场影视戏剧艺术中心联合推出的一部来自摩洛哥的讽刺喜剧《喜财神》，在人艺小剧场进行了首轮演出。这是摩洛哥讽刺喜剧首次登陆中国。《喜财神》是一部摩洛哥传统讽刺喜剧，根据摩洛哥作家阿哈马德·德义伯·拉阿勒士的喜剧作品《喜财神》改编，曾多次在阿拉伯世界和欧洲上演，深受阿拉伯观众和欧洲观众的喜爱。剧作主人公是摩洛哥卡萨布兰卡的一个穷阿訇"灰喜鹊"和他凶悍的老婆"蚂蚱"。为了摆脱负债累累的困境，"灰喜鹊"凭借如簧巧舌混进总督府，周旋于贪官污吏之间。他竟然还当上了副总督，可是最后当意识到这个玩笑不能再开下去时，却已经没人再相信他的真话了。该剧由摩洛哥人阿卜代勒·图尼西·马吉德改编和导演，剧中人物多由中国青年演员扮演，得到了摩洛哥王国驻华使馆的大力支持，摩洛哥驻华大使和文化参赞现场观看了表演。

　　阿拉伯戏剧作为一种文学形式或艺术形式，自身充满着文学性和演剧性的张力，但我国学者对阿拉伯戏剧的研究着力点却在以文学批评为中心的文学性研究上，还没涉及以表演、剧场等为对象的演剧性研究上。仅就文学性研究而言，文本层面除采用主题思想与艺术技巧二分法的研究模式，还应从语言、结构、叙事和对话等多个层面深入；研究视角方面，不仅要牵涉到历史场景、社会生活、文化传统、传播途径、宗教精神等方面，还须添上政治史、思想史及社会史的视野。这样才能较为全面和客观地研究阿拉伯戏剧，才能深化对阿拉伯戏剧在现代化与民族化进程中规律的认识。此外，戏剧的分析方法忽视了戏剧本身的特征，忽视了舞台、语言、结构、动作等美学欣赏，造成了戏剧批评与小说评论没有区别的局面。如何凸显戏剧评论的特点和特色，也是阿拉伯戏剧研究要认真面对的课题。

　　目前国内的阿拉伯戏剧翻译成果很少，存在大量的空白，邵基的诗剧还没有一部完整的中译本出现。用诗体来翻译其诗剧的困难及阿语界研究戏剧人才的匮乏，都使得今后进一步展开学术研究变得举步维艰。此外，学者的个人选择、学科的发展前景、研究的内在动力、大学的评价机制以及读者 (受众) 的欣赏趣味等，诸多因素互相纠结，错综复杂，都限制和制约了国人对阿拉伯戏剧的译介和研究。

第四节　阿拉伯文学史的翻译与撰著

　　文学史是一种新的著述体裁，形成于 19 世纪下半叶的欧洲，其主流采用的是把文学创作活动、作品资料及其他历史因素联系起来的历史主义的文学史观。作为文学批评的一种途径和方式，文学史需要先对各个时期的文学进行分期，然后加以整理、分类，研究其长处及不足，探究其发展的深层原因。20 世纪初，我国随着大学设置文学史课程开始编写文学史教材。

　　梳理勾勒文学发展沿革是文学史的职责，其罗列的作品自然成为人们心目中的文学经典。由于文学史叙述侧重作品篇目、成就判断等方面，缺少可供阅读和感悟的作品文本，据文学史选编的各类文学读本与选集便应运而生。

一、 阿拉伯文学史及相关作品的撰著

国内最早较为系统地介绍、评析阿拉伯文学史的当属郑振铎先生。

20世纪50年代，我国加强了对东方文学的介绍。1958年，高等教育出版社出版了北京师范大学中文系外国文学教研组编的《外国文学参考资料·东方部分》。

"文革"时期，我国中断了对阿拉伯文学的介绍。直到改革开放以后，阿拉伯文学开始得到了应有的关注，但对阿拉伯文学史的介绍也还是零星的，这其中有译介，也有我国学者自己撰写的论文，特别是阿语界前辈们对阿拉伯文学史的介绍和书写作出了重要贡献。

中国社会科学院外国文学研究所组织该所学者编辑了当代外国文学研究参考资料中的东方文学部分，题名为《东方文学专集》，由中国社会科学出版社在1979年和1981年出版。《东方文学专集》（一）中收有我国阿拉伯语界学者发表的《阿拉伯文学及其在世界几大文学中的地位》（伊宏译）、《阿拉伯儿童文学简况》（李琛）、《现代黎巴嫩文坛新人》（程静芬节译）和《苏丹现代戏剧概况》（关偁），《东方文学专集》（二）中收有《埃及戏剧文学的历史和现状》（伊宏）、《阿拉伯的侨民文学》（程静芬），这些译本和论文为国人了解阿拉伯文学的总体情况提供了丰富而又宝贵的资料。

1984年，《国外文学》期刊发表了郗裕池、李振中的《阿拉伯文学介绍》（上、中、下）。这是建国后首次在期刊上发表的较为系统地介绍阿拉伯文学的论文。

为满足蓬勃发展的外国文学教学需求，各高等院校组织专家学者编写了文学史类教材，阿拉伯文学作为外国文学或亚洲文学或东方文学的一部分得到介绍，一般以断代文学史的形式出现。从1979年至今已有8部独立成册的阿拉伯文学史，或断代史或国别文学史或国别专论史。在亚非文学或东方文学或世界文学名目下出现的阿拉伯文学则有几十种之多，具备了相当的基础和可观的成果。鉴于此，本书将中国的阿拉伯文学史类书籍分为翻译的阿拉伯文学史、作为亚洲或东方文学史一部分的阿拉伯文学史、独立成册的区域文学史和特殊文学史四个方面进行评述。

（一）　翻译欧洲或阿拉伯人写的阿拉伯文学史

1979 年，人民文学出版社出版了英国学者汉密尔顿·阿·基布所著的《阿拉伯文学简史》（陆孝修、姚俊德由英文译出）。汉密尔顿·阿·基布教授是英国皇家学会会员，历任伦敦大学阿拉伯语教授、牛津大学阿拉伯语教授，著有《阿拉伯文学简史》和《阿拉伯现代文学史》等。他的《阿拉伯文学简史》在 1926 年初版，1936 年经作者增补后再版。该书着重评述了从阿拉伯半岛伊斯兰教产生之前的所谓"蒙昧时期"直到 18 世纪拿破仑入侵埃及之前的一千多年间的阿拉伯文学史，可以说是一部阿拉伯古代文学史。全书共 7 章，前 2 章介绍阿拉伯文学的起源、对象、范围，阿拉伯语的形成及阿拉伯文学的文体特征，后 5 章把阿拉伯文学划分为英雄时代 (500—622)、发展时代 (622—750)、黄金时代 (750—1055)、白银时代 (1055—1258) 和马木鲁克时代 (1258—1800)。该书清楚地勾勒出了阿拉伯古代文学的发展轨迹，"中文译本虽只有 11 万字的篇幅，却包含了较多的信息，成为 80 年代我国东方文学教学和研究评论的不可多得的参考书"[1]。

1. 王向远：《东方各国文学在中国：译介与翻译史述论》，第 121 页，南昌：江西教育出版社，2001 年版。

1980 年，外国文学出版社出版了《非洲现代文学》（上），由苏联的尼基福罗娃著，刘宗次和赵陵生翻译。该书涉及阿尔及利亚文学、摩洛哥文学、突尼斯文学、阿拉伯埃及共和国文学和苏丹文学，具有国别文学断代史的性质，且资料较新，对当代作家多有介绍。

1980 年人民文学出版社出版了李振中翻译的埃及学者邵武基·戴伊夫的《阿拉伯埃及近代文学史》。作者是开罗大学阿拉伯文学史教授，在阿拉伯世界享有较高的威望，是研究阿拉伯文学史的权威之一，撰写过诸如《伍麦叶王朝诗歌的发展与革新》、《近代阿拉伯诗歌的研究》、《阿拉伯文学史》等多部论述阿拉伯文学的著作。《阿拉伯埃及近代文学史》初版在 1957 年，再版于 1961 年，在时间上正好承接了阿·基布的《阿拉伯文学简史》的内容，论述了 18 世纪末至 20 世纪前半期的埃及近现代文学。全书分为"基本的因素"、"诗歌及其发展"、"著名诗人"、"散文的发展和分类"、"著名的散文作家"等 5 章，叙述了阿拉伯主流文学诗歌和散文在近代埃及的发展过程、产生的各种学派和每个学派的特点，分析了这两种文体演进过程中革新派与保守派之间的激烈斗争，还介绍了杂文、小说和戏剧等新兴的文学形式。该书除对埃及的近代诗歌和散文予以概括性论述外，还重点介绍了巴鲁迪、塔哈·侯赛因、陶菲格·哈基姆、马哈姆德·台木尔等 20 位作家的生平及其代表性作品。中文译本 21 万余字，虽然只涉及埃及的近现代文学，但由于埃及是近代阿拉伯文学的中心，所以在很大程度上反映了阿拉伯近代文学的重点。

随着外国文学和阿拉伯文学教学的发展，我国迫切需要一部较为系统、完整的阿拉伯文学史。1990 年，人民文学出版社出版了郅溥浩翻译的《阿拉伯文学史》，作者是黎巴嫩著名的文史学家汉纳·法胡里。汉纳·法胡里长期从事教学工作，著述丰硕，重要的有《阿拉伯文学史》、《阿拉伯哲学史》、《阿拉伯文学的创新》(6 卷) 等。其《阿拉伯文学史》自 20 世纪 50 年代初出版以来，深受读者喜爱，在阿拉伯世界影响很大。该书主要有以下几个特点：首先，对阿拉伯文学史进行了分期。依据阿拉伯历史时期或重大历史事件，将阿拉伯文学分为 5 个时期：1. 贾希利亚时期 (475—622)，即蒙昧时期，又称伊斯兰前时期；2. 拉希德时期 (伊斯兰教初期) 和伍麦叶王朝时期 (622—750)；3. 阿拔斯王朝时期 (750—1258)，包括东方和西方 (安达卢西亚) 两个时期；4. 奥斯曼土耳其时期 (1258—1798)，即所谓低沉时期；5. 近代复兴时期 (1798 年至第二次世界大战)。其次，它是同类阿拉伯文学史中的佼佼者。"本书简繁相宜，脉络清晰，篇幅适中，资料丰富，比较完整地向人们介绍了各个时期的阿拉伯文学情况。"[1] 最后，它是

1. [黎巴嫩] 汉纳·法胡里：《阿拉伯文学史》，郅溥浩译，第 1 页，北京：人民文学出版社，1990 年版。

阿拉伯文学研究的一个创新和突破。"它吸收了阿拉伯学者和欧洲东方学者的重要研究成果，对不同时代政治、经济、文化的演变、发展及其对生活和文学的影响，对不同时期文学的嬗递关系及本身的特点，对作家的生平及其作品内容和艺术性等，都有较为充分的介绍和论述。文学与哲学、宗教、艺术，甚至与自然科学的发展有着密切的关系，阿拉伯文学更是如此。该书对不同时代的总的文化、科学状况都有一定的介绍。该书重视不同民族间的文化、文学的交流和相互影响，如对阿拔斯王朝时期、近代复兴时期阿拉伯文学的发展与希腊文化、波斯文化及欧洲文学间的关系，都有中肯的评述。"[2] 不过，这部文学史也有一些明显的不足，例如在介

2. [黎巴嫩] 汉纳·法胡里：《阿拉伯文学史》，郅溥浩译，第 2 页，北京：人民文学出版社，1990 年版。

绍某些诗人的诗作时有时过于求全，主次不分；对黎巴嫩作家介绍偏多；从"纯文学"的角度去建构文学史，对阿拉伯民间文学作品，特别是《一千零一夜》这样的名著，重视不够，文学史的完整性受到了遮蔽。另外，该部文学史对 20 世纪 30、40 年代已很有成就的一些埃及作家诸如台木尔、哈基姆都没有介绍，特别是漏掉了后来荣膺 1988 年诺贝尔文学奖的埃及作家纳吉布·马哈福兹，实在是很大的缺陷。马哈福兹自 20 世纪 20 年代便开始陆续发表作品，40 年代中期成名，而该部文学史是 20 世纪 50 年代初出版的，没有将马哈福兹收进去可谓一处硬伤。

不管如何，瑕不掩瑜，这部 48 万字的中译本是阿拉伯文学史著作中篇幅最长、资料最翔实的。该译本一经推出，便成为高校阿拉伯语专业的教材或课外必读书，频繁地被阿拉伯文学研究者引用，更是编著各种阿拉伯文学类著作的主要依据。

1993 年，上海文艺出版社出版了袁义芬和王文虎译、周顺贤校的埃及学者艾哈迈德·海卡尔的《埃及小说和戏剧文学》。这是继上述邵武基·戴伊夫的《阿拉伯埃及近代文学史》之后我国翻译出版的第二部埃及文学史。

（二）　作为世界文学或外国文学一部分而撰写的阿拉伯文学

20 世纪 80 年代以后，随着外国文学研究的进一步发展，阿拉伯文学被作为亚洲、非洲文学的一部分，或作为与西方文学相抗衡的东方文学的重要部分来介绍。这阶段的成果最为丰富，直到现在还在继续。在这里，重点介绍阿语界学者撰写的阿拉伯文学史部分，对有特色的非阿语界学者撰写的阿拉伯文学史部分也进行评述。

1983 年，中国人民大学出版社出版了朱维之、雷石榆、梁立基主编的《外国文学简编》，其中的亚非部分涉及到阿拉伯文学。在"中古阿拉伯文学"部分谈到中古阿拉伯文学的 3 个历史分期及各时期的代表性诗人和诗作，特别将民间文学《一千零一夜》作为单独的一节来介绍。在"近代阿拉伯文学"和"现代阿拉伯文学"部分只谈及埃及近现代文学，介绍了巴鲁迪、邵基和塔哈·侯赛因 3 位埃及作家，对阿拉伯文学的介绍内容精练明了。

1993 年，浙江人民出版社出版的《传承与交融：阿拉伯文化》一书中的阿拉伯文学部分，由北京外国语大学阿拉伯语系的朱凯教授执笔。该书按传统的诗歌和散文二分法谈及蒙昧时期到阿拔斯时期的阿拉伯文学，只有万余字，极为精简，但对《古兰经》的文学价值首次作了较为全面的总结。

1994 年，海峡文艺出版社出版了《东方现代文学史》（上、下），由高慧勤、栾文华主编，中国社会科学院外国文学研究所和北京大学的有关专家联合撰写，共 120 万字，是我国第一部东方文学断代文学史。这部《东方现代文学史》（上、下）由东方各国的现代文学组成，各国文学由绪论和章节构成，自成一体，风格简洁，一目了然。其中的阿拉伯部分，题名为"阿拉伯各国现代文学"，包括绪论和 13 章，约 20 万字，由中国社会科学院外国文学研究所东方文学研究室的伊宏和李琛研究员执笔。他们是中国阿拉伯语文学研究领域的专家，所写的阿拉伯各国现代文学部分不仅有丰富的第一手资料，还将史、论、评有机结合在一起，极具学术个性。阿拉伯文学的现代化实际上与文学的西方化密不可分，20 世纪初阿拉伯作家对西方文学从最初的被动接受、主动渴求到自觉选择以至出神入化，经历了一个漫长、痛苦、艰难、曲折的过程；因而阿拉伯文学的浪漫派诗歌、旅美派、二三十年代的文学争论、现代小说的繁荣与发展、现代戏剧、二战后的新诗运动、战后小说的新格局等 7 章便从各个角度来分析阿拉伯现代文学与西方文学的联系，并将这些联系贯穿始终。对西方文学的全方位吸纳，并不意味着对自身文学的全盘西化。现代化与民族化的关系问题一直影响着作家的文学创作，有必要深入探讨阿拉伯作家的价值取向及其形成原因。如对阿拉伯旅美派代表作家纪伯伦的分析，紧紧围绕着其作品《先知》中塑造的东方智者形象展开。编著者认为这一形象体现了纪伯伦的生命哲学主张，是一个"神性的人"（纪伯伦认为人类的精神是沿着"侏儒—人性—神性"的轨道发展的）。纪伯伦的这些思想虽受到了尼采"超人"哲学的影响，但纪伯伦与尼采有很大的不同，他的智者形象凝聚着东方的神性。本书对 1988 年诺贝尔文学奖获得者纳吉布·马哈福兹作单章分析，侧重评述他的现实主义、现代人的危机意识和对人类命运的思考等几方面。书中所谈及的阿拉伯各国现代文学，多以埃及、黎巴嫩、叙利亚和伊拉克等国的作家和作品为主。第十三章"地区文学的崛起"首次涉及到阿拉伯其他各国的文学，文字不多，评语客观公允。

1994 年，王向远著《东方文学史通论》由上海文艺出版社出版，共 33 万余字。该书把东方文学史分为信仰的文学时代、贵族化的文学时代、世俗化的文学时代、近代化的文学时代和世界性的文学时代，共 5 编。从贵族化的文学时代起，与之相对应的阿拉伯文学部分分别是阿拉伯古典诗歌、阿拉伯民间文学和市井文学、阿拉伯文学：输入借鉴——创新复兴、阿拉伯文学与纳吉布·马哈福兹，约 2 万余字。作者所写阿拉伯文学内容不多，面不够宽，且使用第二手资料，但在"独创的、严密而又具有开放性的体系"下，作者把文学现象看成是一种文化现象，尤其强调文学的民族性，在分析外国文学作品时往往从民族文化的角度切入，从民族性、民族精神入手，使作家作品与民族文化精神两者互为阐发。

1995 年，吉林教育出版社出版了《东方文学史》，由季羡林主编，共 128 万字。其中的阿拉伯部分由北京大学东语系阿拉伯语专业仲跻昆教授执笔，约 20 万字，这是我国学者首次独立完成、直接参考阿拉伯原文资料、带有中国特色的阿拉伯文学史。该书的阿拉伯文学史部分也是同类外国文学史教材中最具权威性、字数最多、内容最丰富、材料最翔实、知识点最准确的。

1996 年，安徽人民出版社出版了楼宇烈主编的《东方文化大观》，其中第六编"情调各异的文学"中的"驼峰上的情怀——阿拉伯文学"，由林丰民撰写。由于该书定位是"兼具一般专著与工具书"，按条目分类介绍，并依历史线索从古至今层层展开，故阿拉伯文学部分包括历史与分期、贾希利叶文学、伊斯兰初期文学、阿拔斯前期文学、阿拔斯后期文学、安达卢西亚文学、近古文学、近现代诗歌、近现代散文和近现代文艺批评等 10 方面内容。各部分像工具书似的单列出代表该时期文学成就的词条，然后对词条进行概念性和学术性的解读。但同一个作家的多方面文学成就被分割成不同的词条出现在与其相对应的部分，会影响读者对该作家的整体性了解和认识。

1997 年，上海外语教育出版社出版了蔡伟良编著的《灿烂的阿拔斯文化》一书。这是一部研究中世纪阿拉伯阿拔斯王朝 500 年间文化史的专著。其中第五章"辉煌夺目的阿拔斯文学"，4 万字，内容包括异彩勃放的诗歌、阿拔斯王朝的几大诗圣和快步崛起的散文 3 个部分。作者按题材将这一时期的阿拉伯主流文学——诗歌进行了归纳和分类，有颂扬诗、讽刺诗、哀悼诗、爱情诗、咏酒诗、苦行诗、伦理诗、田园诗和其他类型，并精选了跨时代诗人巴夏尔·本·布尔德、酒诗魁首艾布·努瓦斯、苦行诗人艾布·阿塔希叶、桂冠诗人穆太奈比和阿拉伯的但丁艾布·阿拉·麦阿里等 5 位具有代表性的诗人作了重点介绍。此外，该书还介绍了《卡里莱和笛木乃》、《一千零一夜》、说唱故事《玛卡梅》等散文文学。可是，作者却将这一时期百科全书式的散文大家贾希兹遗漏，令辉煌灿烂的阿拔斯文学有些失色。

1999 年，中国人民大学出版社出版了何乃英主编的《东方文学概论》，包括"东方文学的历史地位"、"东方文学的基本特征"、"中国文化体系与东方文学"、"印度文化体系与东方文学"、"阿拉伯伊斯兰文化体系与东方文学"、"东方文学的交流与影响"、"我国的东方文学研究史要"等 7 章，35 万余字。其中第五章"阿拉伯伊斯兰文化体系与东方文学"又包括"阿拉伯伊斯兰文化体系的形成和特质"、"阿拉伯伊斯兰文化体系对波斯文学的影响"、"阿拉伯伊斯兰文化体系对南亚国家的影响"、"阿拉伯伊斯兰文化体系对东方其他国家文学的影响"和"阿拉伯伊斯兰文化体系对东方各国文学影响的比较研究"等 5 节。该书用比较文学的方法来写阿拉伯文学，选题和立意独特，但许多问题只有概述，研究和阐述的深度稍嫌不够。

2004 年，译林出版社和凤凰出版社出版了吴元迈主编的《20 世纪外国文学史》（共 5 卷），其中的阿拉伯文学部分由中国社会科学院外国文学研究所的郅溥浩研究员撰写，约 8 万字。由于该套文学史旨在描绘 20 世纪的世界文学地图，使之成为涵盖东西方文学的全景式文学史，阿拉伯文学只是从属于东方文学的一节内容；再者该套书分 5 卷，每册所设时间段分别为世纪之交的外国文学、 1914 年至 1927 年的外国文学、1930 至 1945 年的外国文学、1946 年至 1969 年的外国文学和 1970 年至 2000 年的外国文学，与之相对应的阿拉伯文学便成了"阿拉伯现当代文学概述"。在有限的篇幅内，既要勾画出阿拉伯现代文学的历史脉络，又要探寻其文艺思潮流派的嬗变轨迹，实在像戴着脚镣跳舞。为此，作者避轻就重，选择了阿拉伯近代文学的发源地黎巴嫩文学和埃及文学来论述，采用一叶知秋的典型特例写法。首先探究 20 世纪初黎巴嫩文学和埃及文学现代化的缘起，其次按历史发展的时间顺序，突出这两国文学在 20 世纪 20—30 年代的文学思潮流变及其代表人物，紧接着详述代表阿拉伯文学最高水平的埃及文学，包括二次世界大战前后和当代的埃及文学，最后简要介绍了阿拉伯各国文学及其重要作家。尽管阿拉伯部分只有 8 万余字，可作者写得有声有色。

作者基于对文学本质的深刻洞察和对埃及现代文学各时期作家及作品的谙熟，考察其赖以产生的社会、时代、事件等周遭世态，敏锐地抓住了各个时代文学演变和更替的特点，将其内在的起承转合、因果沿伸梳理得准确到位，给人以很强的整体感和明晰度。如作者对于 1946 年至 2000 年埃及文学的梳理和总结，就充分体现了东方文学项下的阿拉伯现代文学史的最大特色和亮点，内容包括 50 年代重要作家、60 年代作家群、女性文学和马哈福兹。作者这样写道："第二次世界大战后，埃及经济呈现畸形状态，工人普遍失业，农村生活贫困，人民群众要求英国撤军的呼声日益高涨，民族矛盾和阶级矛盾空前激烈。1952 年 7 月 23 日，以纳赛尔为代表的自由军官组织发动革命，推翻了法鲁克王的封建政权，建立共和国，同时采取一系列措施促进民族经济发展。1952 年以后，埃及曾与以色列进行过三次战争。20 世纪 70 年代后期，埃及与以色列媾和。从战后至六七十年代，埃及社会动荡，复杂多变，给不同时期的文学创作提供了大量素材。二次大战后埃及文学受社会主义现实主义文学和欧洲不同文学流派的影响，内容和风格呈现多种色调，但现实主义始终是创作主流。20 世纪 50 年代，一些作家着力表现农村阶级矛盾、农民与土地的关系，如谢尔卡维的《土地》、伊德里斯的《罪孽》等。反帝爱国斗争也是作家们表现的重要主题，如库杜斯的《我家有个男子汉》等。1967 年'六五'中东战争中，埃及失败的惨痛现实促使一批青年作家反思并创作出揭露社会深层矛盾的作品，他们被称为'60 年代作家群'，并成为埃及当代文学的主力。20 世纪末，随着教育的发展和知识女性地位的提高，埃及女性文学处于发展和繁荣的态势，代表作家有萨尔达薇、赛勒娃等。埃及文学中还产生了马哈福兹这样的重要作家，他的代表作《宫间街》三部曲、《我们街区的孩子们》等是埃及和阿拉伯现当代文学中的划时代之作。"[1] 针对能直接阅读阿拉伯文学作品的读者非常有限的情况，

1. 郅溥浩：《埃及文学》，见吴元迈主编《20 世纪外国文学史》，第 4 卷，南京：译林出版社和凤凰传媒集团，2004 年版。

作者特别注重对作品内容的详述，将阿拉伯文学史上尚无定论、具争议性的作品内容作客观公正的介绍。例如作者单列出"女性文学"，重点介绍了埃及女作家纳·萨尔达薇、赛勒娃·白克尔和白希宰·侯赛因的代表作，这有助于读者对埃及女性作家及作品的认识和了解。因《20 世纪外国文学史》是将一个世纪的世界文学汇聚到一起，又将这个世纪分为五个时期，每一卷讲述一个时期的文学，每卷涉及到的阿拉伯文学本来就很少，且又被拆分到各个分册里，所以文学历史发展的连贯性被割裂了，无法满足读者对阿拉伯现当代文学整体认知的需求。于是，2008 年，郅溥浩将《阿拉伯现当代文学概述》附在了他所翻译的《阿拉伯文学史》后再版。因为翻译部分是有关阿拉伯古代和近代文学的，附加部分是有关阿拉伯现当代文学的，正好成为一个有机的整体，为读者了解阿拉伯文学全貌提供了方便。

（三）　独立成册的阿拉伯文学史

《阿拉伯文学简史》

1993 年海南出版社出版了伊宏的《阿拉伯文学简史》，11 万余字。这是国内学者撰写的第一本独立成册的阿拉伯文学史，介绍了阿拉伯文学从产生到第二次世界大战前这 16 个世纪里走过的道路和取得的成就。本书首次对阿拉伯现代文学的分期情况作了说明："广义的现代文学时期实际上包括近代、现代和当代三个时期。对这三个时期，阿拉伯文学史家至今没有统一明确的时间划分。不过，一般把第一次世界大战结束后的 1919 年作为近代、现代文学分解的界限。"[2]

2. 伊宏：《阿拉伯文学简史·前言》，第 2 页，海口：海南出版社，1993 年版。

文学史是资料与观点、知识与思想融为一体的著述，主要内容包括文学素材的筛选、文学

思潮的流变、文学现象的叙述、重点作家的评价等，既突出时代、社会、生活对文学的影响作用，又重视文学自身发展的规律。为此，《阿拉伯文学简史》选择了"简"和"精"，既简明扼要，又撷取精华连缀成串，方便读者了解阿拉伯文学概貌。正如作者所写："阿拉伯文学十分丰富，此书只有十万字的容量。若写出文学史纲式，可以面面俱到，但只能蜻蜓点水，难以突出重点。经过斟酌，采取了相对突出各时期代表人物和代表作品的方法，但这样就使有些本来应该论述的内容也不得不被'挤'掉了……最令人遗憾的是阿拔斯时期，很多大诗人如穆太奈比等，不少散文家、著述家，都没有详述，这个时期的传奇故事如《安塔拉传奇》等都未涉及。在这一时期本来还有重要的安达卢西亚文学，也未能提到。至于土耳其统治时代，尽管是一个文学衰落时期，但在散文文学方面，包括游记文学、纪实文学、传奇故事等，都有很高的成就，但这一时期基本上割舍了。"[1]

1. 伊宏:《阿拉伯文学简史·前言》，第 2—3 页，海口：海南出版社，1993 年版。

《阿拉伯文学史》

1998 年，上海外语教育出版社出版了我国学者蔡伟良和周顺贤撰写的《阿拉伯文学史》，全书 35 万字，是我国学者自己写的第一部阿拉伯文学通史，填补了我国阿拉伯文学研究的一个空白。

该书编排体例清晰，注意点面结合。作者把阿拉伯文学以 1798 年为分水岭一分为二，即阿拉伯古代文学和阿拉伯现代文学。上卷为阿拉伯古代文学，循着历史的脉络，包括伊斯兰教前和初期的文学、伍麦叶文学、阿拔斯文学、安达卢西亚文学、马木鲁克和奥斯曼时期文学等。下卷的阿拉伯现代文学按国别来写，包括埃及、苏丹、突尼斯、摩洛哥、阿尔及利亚、叙利亚、黎巴嫩、巴勒斯坦、伊拉克、巴林、也门等 11 个阿拉伯国家的现代文学，突显了现代文学在各国发展的不平衡性和差异性。

上外学者王有勇（左一）、朱威烈（左二）、
蔡伟良（左五）等人与埃及作家
邵基·贾拉勒（中）在一起。

"注重阿拉伯文学（现代部分）与欧美文学、俄苏文学的相互影响与联系"[1]，这是本部阿

1. 蔡伟良、周顺贤：《阿拉伯文学史》，第 1 页，上海：上海外语教育出版社，1998 年版。

拉伯文学史最大的特色，但没有深入展开，只是点到而止，重视程度不够。另外，重点作家及

其作品有所遗漏，如巴勒斯坦著名作家格桑·卡纳法尼(1936—1972) 及其代表作《阳光下的人

们》(1963) 等没有涉及。

作者阅读了大量的阿拉伯文参考书，参考、借鉴和汲取了埃及、黎巴嫩等阿拉伯国家的研

究成果。该书能"从中国学者的角度客观评价阿拉伯文学的历史功勋"[2]，确实是阿拉伯文学爱

2. 蔡伟良、周顺贤：《阿拉伯文学史·前言》，第 2 页，上海：上海外语教育出版社，1998 年版。

好者和研究者的一本较为重要的参考书。

《阿拉伯现代文学史》

2004 年，昆仑出版社出版了仲跻昆的《阿拉伯现代文学史》，这是我国出版的第一部独立

成册的阿拉伯现代文学断代史，共计 48 万余字。该书全方位介绍了阿拉伯现代文学的全貌，

从一个侧面反映出作者严谨的治学态度和良好的学术风范。作者在第一编中对阿拉伯文学发展

脉络作了总体把握。在提纲式地叙述了阿拉伯古代文学史后，对阿拉伯世界的现代史，文化背景，

阿拉伯现代文学各门类的发展、流变，有代表性、有影响力的流派、作家、作品，作了整体性介绍。

作者在其余四编中对阿拉伯世界诸国先按区域后按国别进行详细介绍，包括尼罗河流域的埃及

与苏丹，沙姆地区的黎巴嫩、叙利亚、约旦、巴勒斯坦，马格里布（北非）地区的阿尔及利亚、

摩洛哥、突尼斯、利比亚，伊拉克、也门及海湾 6 国——沙特阿拉伯、科威特、巴林、阿联酋、

阿曼、卡塔尔，特别对阿拉伯各国现代文学（主要是诗歌、小说）的渊源、流变、现状作了系

统的梳理，并对重要作家及其代表作品作了详略有致的评述。

该书重视资料的丰富和准确，不仅传授了知识，还启发和激荡了读者的思想。它具有以下

几个特点：(1) 涵盖阿拉伯诸国最多；(2) 资料鲜活，对阿拉伯文坛新动向和研究热点都有所涉

及；(3) 客观公正，独具特色；(4) 诗作翻译，锦上添花。

《阿拉伯文学大花园》

2007 年，湖北教育出版社出版了薛庆国撰写的《阿拉伯文学大花园》，属《世界文学大花

园》丛书（共 13 册）。丛书引言指出，这套书的出版"旨在引起一般读者对外国文学的兴趣，

并为爱好者描绘出一张张清晰适用的世界文学地图，展示出一幅幅美丽动人的世界文学图景"。

考虑到"读图时代"读者的心理需求，该丛书穿插了大量图片资料，力求立体、形象、鲜活。

《阿拉伯文学大花园》包括前言、上编和下编，共 33 万余字，注意点、线、面的适当结合，立体、形象地展现出阿拉伯国家文学的发展脉络和主要特色与亮点，既使读者看到较多鲜活直观的景象，又有总体的观照和把握。

编排体例图文并茂。《阿拉伯文学大花园》内容包括作者评述、选文和图片三部分，在叙说中搭配图文资料，包括多种体裁、多种形式的作品译文 93 篇，作家、作品图片 250 幅。图片中既有作家照片、手记、故居，还有根据作品拍摄的电影剧照、已出版的作品插图，以及与作品相关的社会风情风俗图、艺术品等，可谓斑斓多姿，赏心悦目。该书打破常见的单纯呈现作品的文选式编法，让作家、作品和图片三者互为印证，使得原本枯燥抽象的"史"在年代的更迭中变得生动多姿起来，能使读者对阿拉伯文学发展基本面貌有个较为立体的了解。

叙述视角多变求新。全书以时间为线索，在叙述视角上富有变化。上编"阿拉伯古代文学追溯"，采用了"一条线"、"两结合"的架构模式，即顺着时间线索从古代到近代，分 4 个时期，每个时期结合着诗歌和散文分别论述。下编"阿拉伯现代文学纵横"，则采用"一条线"、"多声部"的架构模式，将历时性与共时性相结合。第二章"诗歌：'号角'、'芦笛'"，横向以阿拉伯近代诗歌的演进流派为纬线展开，分别有"复兴派"、"诗集派"和"浪漫派"等，每个流派选取代表诗人重点论述，并配上诗文和诗人照片，脉络分明，结构紧凑。第三章"小说与戏剧：'现代阿拉伯人的史册'"，横向按阿拉伯小说和戏剧的主题分类叙述，有批判现实、反抗侵略、抵抗文学、"六五"战争、文化冲突、审视宗教几个部分，将阿拉伯社会的风云变幻、痼疾流弊，还有阿拉伯人的生存状况、苦难抗争、彷徨反思等，在重要作家的重点文本的细读中清楚有序地展现出来。

学术视野开阔。在当今全球化语境中，"东西二分"的思维模式逐渐引起学者的质疑。由于作家的文化身份越来越呈现出流动性、多元性的特点，用多维视角建构文学史或许成为一种趋势。《阿拉伯文学大花园》也体现了作者从事学术研究所具有的宏观眼光和意识。该书第四章"走向世界的巨匠"，内容包括"负有使命的先知：纪伯伦"、"征服黑暗的勇士：塔哈·侯赛因"、"'狡猾艺术'的大师：马哈福兹"、"自由王国的流浪者：阿多尼斯"和"跨越疆界的游侠：爱德华·赛义德"，其中有阿拉伯世界的经典作家、跨东西方的作家、世界级作家，还有著名的流散作家。作者将他们置于世界文学的总体背景下审视，视野开阔，特别是作者首次将著名的流散诗人阿多尼斯单节评述。另外，作者还极富创造性地将世界文化名人爱德华·赛义德写入阿拉伯文学史中，"因为这位学术大师的血统是阿拉伯巴勒斯坦的，因为他对阿拉伯文学一直予以极大关注并作过精深的研究，因为他的立场、情感乃至学术趋向都与阿拉伯、伊斯兰有着不解之缘，因为他某种程度上是阿拉伯文化在西方的代言人，因为他的理论影响了西方，也影响了阿拉伯伊斯兰的东方"[1]。

1. 薛庆国：《阿拉伯文学大花园》，第 239—240 页，武汉：湖北教育出版社，2007 年版。

受丛书定位、编撰体例等方面的限制，该书对作品的文本解读还不够深入。另外，阿拉伯现代文学中异军突起的女性文学也未曾提及。阿拉伯现代文学，也非四章的篇幅所能涵盖的。无论如何，该书富有时代气息，反映了阿拉伯文学领域的最新动向。

《阿拉伯文学通史》

2010 年 2 月，凤凰出版传媒集团、译林出版社出版了仲跻昆的《阿拉伯文学通史》（上、下），约 100 万字。该书上卷为"阿拉伯古代文学"，下卷为"阿拉伯现代文学"。这是一部规模宏大的文学史著作。在国内除有的《世界文学史》之类的著作有此规模外，国别文学史还没有这么大规模的。这主要是因为阿拉伯国家众多，古代文学和现当代文学都异常丰富，还因为仲跻昆先生数十年从事阿拉伯语言和文学教学、研究，积累了大量知识和素材。

仲跻昆《阿拉伯文学通史》首发式

作者在序中对阿拉伯文学的产生、发展及其在世界文学中的重要性作了概况介绍。他认为这部文学通史有如下几个特点："首先，内容广泛鲜活，时间与空间跨度大；其次，古今中外的文学史不外乎由两部分组成：资料和观点。阿拉伯国家出版的文学史，作者往往囿于民族、政治、宗教信仰……西方作者写阿拉伯文学史，又往往囿于'欧洲中心论'及其他原因，他们在论述作家、作品时，虽然都有各自的观点，但难免会有偏颇之处……我有我的价值观，我的视角，我的观点，我在对作家、作品论述、评价中尽量做到全面、客观、公正。这部《阿拉伯文学通史》自有它的独特之处，而有别于他人所写的相关作品。还有，诗歌一向是阿拉伯文学的骄子……为便于我国读者对这些诗文特点有一定的感性认识，我对书中引用的诗文的翻译还是下了一番功夫的。这也算是本书的一个特点吧。"作者还写道："书中对阿拉伯古代各个历史时期与现代各个国家文学的渊源、流派、现状、作家及其代表作都尽力作了详略有致的分析、介绍，尽力使这部文学史更完整、更科学、更系统。"

这部文学通史在时间跨度和空间跨度上，都是阿拉伯人和西方人所写文学史不及的。阿拉伯人近几十年来并未写出新的文学史著作，不仅没有写出整体的阿拉伯文学通史，而且国别文学史也未见问世，有的只是小说类、诗歌类、戏剧类，或某一方面的专著如民间文学等，以及作家专论，还有各国文学的概论等。这大概因为作者们认为，写入文学史的东西应该是基本定论了的，而现当代阿拉伯文学丰富而又纷繁，作家辈出，观点各异，流派纷呈，难以有人能承担起写作一部有跨度、有深度的文学史著作。因此，我们能看到的、所使用的还是几十年前问世的那几部阿拉伯文学史。在这些文学史中，阿拉伯文学上一些非常重要的作家都未包括进去，或只寥寥数语，如埃及的马哈福兹、哈基姆、台木尔、伊德里斯、谢尔卡维、库杜斯等。而仲跻昆的这部文学通史的时间跨度至少已经到了 21 世纪初，这就为读者了解阿拉伯文学提供了极大的方便。

《阿拉伯文学通史》的下卷《阿拉伯现代文学》与 2004 年出版的《阿拉伯现代文学史》在内容上没有什么改动，只是在编排顺序上作了一些调整。在上卷《阿拉伯古代文学》中，作者大体按阿拉伯历史的分期顺序介绍了各个不同时期的作家及其作品。除一般阿拉伯文学史上必须提到的作家外，作者还根据自己的了解和研究，增添了许多一般文学史不曾述及的比较重要的作家。更为突出的是，对各个时期特别是阿拔斯王朝时期产生的重要散文作品也有应有的详简不同的介绍，如麦阿里的《宽恕书》、伊斯法哈尼的《诗歌诗话》、伊本·阿卜迪·拉比的《罕世璎珞》、伊本·舒海德的《精灵与魔鬼》、伊本·哈兹姆的《鹁鸽的项圈》、伊本·图斐利的《哈义·本·叶格赞的故事》等。同时，对阿拉伯文学的炫丽之花《一千零一夜》、阿拉伯民间文学的长篇英雄故事《安塔拉传奇》作了较大篇幅介绍。这就代表了中国学者、中国阿拉伯文学研究者对阿拉伯民间文学的真实评价和应有态度。作者还在开头第一编"阿拉伯古代文学绪论"中列出"阿拉伯古代文学与世界文学"章、"阿拉伯古代文学在中国"章,将阿拉伯古代文学在世界的地位和在中国的传播和影响作了概略的论述。

这部《阿拉伯文学通史》对阿拉伯古代、现当代文学作了全面详细的介绍,虽然存在这样那样的不足,如有时重点不够突出,对一些重要作家的评述欠深入,对一些国家文学发展背景的论述还不够充分全面,但这些丝毫不影响这部文学史的巨大成就和价值。它是中国阿拉伯文学研究的一个重大成果,是当前中国阿拉伯语教学、研究乃至翻译取得重大进展的一个象征。它为中国学习阿拉伯语,从事阿拉伯文学、文化乃至外国文学研究的人们提供了一部难得的阿拉伯文学"百科全书",也为中国读者送上了一本了解阿拉伯文学的详尽的不可多得的有价值的读本。

(四)　与阿拉伯文学史相关的作品

阿拉伯文学史的编撰工作是我国阿拉伯文学研究的一个重要组成部分。对文学史的书写需要更新,不断地立足当前审视过去,对过去的文学进行整理,将过去的作家和作品进行重新编排,从而建立一个新的价值体系,因为每一个时代都有它自己的审美特点,有其特有的关注点和兴趣对象。

随着 21 世纪帷幕的拉开,中国的阿拉伯文学史编撰也从起步迎来了成熟、突破和多元化,这是在继承和发扬之前的阿拉伯文学史研究的基础上起飞的。在此,拟从文学史书写构架出发,对我国出版的有关阿拉伯文学某一现象的学术专著或论文集进行评析,而有关具体作家或作品的专论则不在此评述。

《阿拉伯现代文学与神秘主义》

2000 年,社会科学文献出版社出版了李琛的《阿拉伯现代文学与神秘主义》,分 10 章,共 26 万余字。这是一部研究阿拉伯神秘主义的专著,填补了我国阿拉伯文学研究领域的一项空白,其学术价值和开拓意义不言而喻。从另一个意义上说,这也是一部独具特色的阿拉伯现代文学史,因为"从神秘主义的角度,深入分析了阿拉伯现代文学与宗教的关系,可以说是一部角度新颖、立意深刻的阿拉伯现代文学史专著。一直以来,撰写文学史很容易流于教科书式的面面俱到、面目平平。教科书式的文学史当然是必要的、有用的,但只有它还不够。要使研究进一步深入，要体现研究者的学术个性，必须找到独特的切入点，建立起独特的视角。李琛的这部书在这方面十分成功。它的出版表明了我国阿拉伯文学和阿拉伯文学史研究上了一个新的台阶，达到了一个新的高度"[1]。

1. 王向远：《东方各国文学在中国——译介与研究史述论》，第124—125页，南昌：江西教育出版社，2001年版。

　　作者首先在第一章，也就是导论部分，对神秘主义进行了界定和分类，论及神秘的表现方式、伊斯兰教的神秘主义流派——苏非派、神秘主义与现代科学等问题。另外，作者认为，对阿拉伯文学的评论和研究应揭示阿拉伯民族文学的本质和内在的神韵，反映其所熔铸的民族文化精神。因为，"文学是人学，是人类的心灵史、精神史。谈阿拉伯文学就离不开宗教对文学和作家的影响。离开了渗透到阿拉伯人血液中的宗教信仰，就无法讨论阿拉伯古代的多神教或一神教文化以及伊斯兰教文化在现当代的传承。传承不仅仅是艺术形式或手法，更重要的是熔铸其中的人文精神，它才是文学的本质和灵魂。每个民族对其人文精神的独特表现，便体现出了那个民族文学的个性"[2]。为此，作者选择了黎巴嫩文学家纪伯伦和努埃曼、埃及作家哈基姆、

2. 李琛：《阿拉伯现代文学与神秘主义·前言》，第3页，北京：社会科学文献出版社，2000年版。

突尼斯作家米斯阿迪、埃及作家马哈福兹、伊拉克诗人白雅帖、埃及诗人沙布尔、利比亚作家法格海、埃及作家黑托尼共5个阿拉伯国家的9位在文学史上有代表性的作家，按出生年代顺序排列，分9章进行个案分析和研究，全面揭示神秘主义对这些现当代阿拉伯作家的影响。所选这些作家，既有为我国读者所熟知的，也有为我国读者所陌生的；既有跨越东西方的纪伯伦、获诺贝尔文学奖的马哈福兹，还有阿拉伯20世纪60年代作家中的领军者黑托尼，更有伊拉克、突尼斯和利比亚作家中的佼佼者。作者以丰富的第一手资料，紧密地结合作家们的生平、思想和作品，分析每位作家对神秘主义发生兴趣的过程和原因，论证神秘主义在他们身上、在他们的头脑里及在他们作品中的体现。"他们或青睐于苏非神秘主义所验证的辩证法，或视苏非为伊斯兰精神的代表，或视其为一种美好人生境界来弘扬，或以苏非的观念和灵修体验作为一种艺术手法来进行创新，建构阿拉伯现代民族文学的模式。"[3]

3. 李琛：《阿拉伯现代文学与神秘主义·前言》，第5页，北京：社会科学文献出版社，2000年版。

　　探析神秘主义与阿拉伯现代文学的关系这一课题本身就显示出作者较高的学术追求和独特的学术视野。当然，也有些许遗憾。"首先就是觉得意犹未尽，如果能够加入更多作家作品的分析，特别是其他阿拉伯国家的作品，就会使这部专著的研究更加全面；其次，虽然作者专门谈到了苏非神秘主义的历史发展，但它在阿拉伯古代文学中的表现究竟如何，我们基本上不得而知，无法拿来和现代文学中的神秘主义作一比较，从中得到更为全面的理解；再次，作者虽然已经

对具体的作品进行了较为充分的探究，可惜未能对这些神秘主义的文学作一些理论的总结。"[1]

1. 林丰民：《走进神秘的世界——评〈阿拉伯现代文学与神秘主义〉》，载《东方文学研究通讯》，2001 年总第 3 期。

《文化转型中的阿拉伯现代文学》

2007 年，北京大学出版社出版的林丰民的《文化转型中的阿拉伯现代文学》是一部具有时代气息的阿拉伯现代文学史的专著。它在内容编排、书写方式等方面都反映出 21 世纪的动向和趋势，同时也回应了 21 世纪研究者对阿拉伯文学研究的关注和需求。

首先，以文化研究的视角审视阿拉伯现代文学的现代化进程、现当代文学中的问题和代表作家的个案研究。在古代历史进程向近代迈进的文化转型中，阿拉伯文学也完成了其现代化的转型，这既是历史发展的必然趋势，也是文学自身内部要素运动的结果。"诗歌从古典形态转变为现代形态，叙事文学由故事走向了现代意义的小说，戏剧文学则作为一种新的文学范式被引进了阿拉伯世界，小说由边缘走向中心。"[2] 为此，作者分 4 章，先描述阿拉伯诗歌的转型、

2. 林丰民：《文化转型中的阿拉伯现代文学》，第 1 页，北京：北京大学出版社，2007 年版。

阿拉伯现代小说的演进，进而总结现代诗学的阶段性发展，指出诗学理论的变化不仅改变了阿拉伯读者的审美习惯，也指导了整个 20 世纪阿拉伯作家的创作，特别是分析了旅美文学在阿拉伯文学转型中所起的作用——推动了东西方文化间的沟通，促进了本土文学的创新。

其次，打破文学研究的惯性视域，引入"非文学性"的路径和视野，增加其开放性和伸展性。文化研究的视角为作者提供了更多的主动权，可以将阿拉伯现当代文学中最敏感的一些热点、焦点问题，诸如东西方文化问题的文学表述、全球化语境中的机遇与挑战、恐怖主义和极端思想对文学的压力等作重点探讨。例如作者认为恐怖主义活动原本是政治层面上的极端表现，但文化领域也存在着恐怖主义现象。他从原始语境中整理出一些资料，如埃及诺贝尔文学奖得主马哈福兹遇刺、黑名单浮出水面、接连不断的文化恐怖主义、余波荡漾向西方等现象，大量的第一手资料所具备的佐证能力，集中反映了这一现象的严重性，需引起人们高度警觉。

最后，个案的深入解读与宏观视野的有机结合。作者立足于文本分析，选取了黎巴嫩、埃及、叙利亚、苏丹等国的 6 位作家进行探讨，涉及到诗歌、小说、戏剧，研究了男性作家对阿拉伯社会各种问题的思索，也探讨了女性作家对女性主义的思考。他们是旅美派的领袖作家纪伯伦，被称为"阿拉伯现代戏剧之父"的陶菲格·哈基姆，获得诺贝尔文学奖的马哈福兹，有"阿拉伯小说天才"之称的苏丹作家塔依布·萨利哈，将爱情、性和政治结合在一起的叙利亚诗人尼扎尔·格巴尼，享誉文坛的叙利亚女作家嘉黛·萨曼。深入的个案研究增添了文学史的生机，

提升了学术的厚重。

"林丰民研究、介绍的这些问题、人物多是'鲜活'的，而并非都是'尘埃落定'的、'盖棺定论'的。他研究、解读的方式、方法也多是'鲜活'的，即吸收、借鉴了很多新的、现代的文艺理论和研究方法，而并非抱残守缺，并非完全用传统的老套路、老观点、老方法去分析、研究。"[1]

　　1. 仲跻昆：《文化转型中的阿拉伯现代文学·序》，第6页，北京：北京大学出版社，2007年版。

当然，本书也有一些可以商榷和进一步完善的地方，如在上编的"阿拉伯文学的现代化进程"中，对阿拉伯诗歌论述偏重，小说次之，而新兴起的戏剧却没有着墨，有遗珠之憾。另外，中编的"现当代文学中的问题"中缺少贯穿20世纪并延伸至21世纪的阿拉伯文学史上的抵抗文学和女性文学等问题，下编只选了4个国家的6位作家的作品进行文本分析，略显单薄。

《解读天方文学——阿拉伯文学论文集》

2007年，郅溥浩的《解读天方文学——阿拉伯文学论文集》由宁夏人民出版社出版，这是一部作者从事阿拉伯文学研究以来陆续写出的个人论文集，在我国众多阿拉伯文学研究论文中，这只是很小的一部分，"但从个人角度讲可能是数量最多的"[2]。

　　2. 郅溥浩：《解读天方文学——郅溥浩阿拉伯文学论文集·前言》，第2页，银川：宁夏人民出版社，2007年版。

《解读天方文学——阿拉伯文学论文集》中，文章共计40篇，39万字。文章涉及的内容，都是阿拉伯文学的不可忽视的重要组成部分，具有自己特殊的研究和认识价值。该书以论文集的形式集中展示了作者宽广的研究领域，内容分为现当代文学、女性文学、比较文学、民间文学、古代文学和编译文章等6个部分。各部分之间既相互独立又相互联系，紧紧围绕着阿拉伯文学这一主线，共同构成一个具有内在逻辑性的整体。所收的论文既有宏观的对阿拉伯文学的整体性论述，又有微观的具体详细的个案与专题分析，更有对阿拉伯当代文学动态的追踪和作家访谈录等珍贵资料。此外，论文还涉及阿拉伯文学思潮、流派社团、特定文学现象、民间文学、中阿文学关系等方面的内容，具有较强的学术和文学史料价值，必将随着时间的推移而愈显出它的重要意义。

《当代阿拉伯文学词典》

与文学史联在一起的，是各类文学词典。在对阿拉伯文学的研究中，一部好的文学词典是必不可少的。1992年，译林出版社出版了朱威烈主编的《当代阿拉伯文学词典》，编写人员有陆培勇、郭黎、陆永昌、张文建、朱威烈。本词典共选收726条条目，篇后另附有按照阿拉伯国家分类编排的目录。该词典是译林出版社编译的 7 部《当代外国文学词典》中的一部。

朱威烈在前言中写道："一开始工作，我们就感觉到了完成这项任务的艰巨。我们从事阿拉伯语的工作人员，出国的机会虽然较多，但在阿拉伯众多的书店、图书馆中，却找不到一本可以充作蓝本的工具书。经过多次反复的奔走、询问寻找，我们终于放弃了原来的设想，转而向阿拉伯国家出版的文学史、文学评论集、专著、文集、诗歌集甚至报刊杂志中去搜索，也同埃及、叙利亚等国的文学组织联系，取得了一些资料。编写人员中从事俄语的同志尤其难能可贵，他们一页页地翻阅苏联出版的《简明文学百科》，从中摘出了有关阿拉伯国家的文学词条编译出来，我们再根据阿拉伯文的零星资料尽可能地进行核对。一晃好几年过去了，这本文学词典经过多次的补充、修改，现在终于定下型来。尽管内容上肯定还有许多许多遗漏和不如人意之处，但我们感到至少可以提供一个参考，或权充一份资料，在征得学者同仁批评指正基础上，将来再求发展和完善。"

尽管有不够完善的地方，这部词典在当时乃至今天，对人们了解阿拉伯文学、阿拉伯作家以及其他情况，都是有所帮助的。如果可能的话，在此基础上再编写出一部新的阿拉伯当代文学词典，会更能满足读者的愿望；因为必竟已经过去了 20 多年。

朱威烈与埃及《十月》杂志主编、
作家拉吉布·班纳

二、 阿拉伯文学作品集的选编及其他

我国高等院校开设的外国文学课一般都采取文学史概述与重点作家作品分析相结合的讲授方法，所以在描述阿拉伯文学发展演变历史的同时，还应配有作品选，以便读者更好地进行文

本细读。两者应是相辅相成，相得益彰的。好的文学作品选不仅应该体现"史"的表征，更应囊括各个历史时期在文体风格、语言形式和思想内容等方面具有较高艺术成就、人文精神与美学价值的原典作品；因为只有作品文本才能充分地展现出时代变迁、制度沿革、地理环境、风俗民情等有血有肉的生活内容。阿拉伯文学作品选首先是作为东方文学作品选的一部分被选编的，然后才有了单册的阿拉伯文学作品选。

1986 年版的《东方文学作品选》（下），由季羡林主编，湖南人民出版社出版，可谓国内最早一部收入较多阿拉伯作品的作品选了。该书在"阿拉伯各国"部分共选了 16 篇文学作品，分别是乌姆鲁·盖斯的《乌姆鲁·盖斯悬诗》（张甲民译）、尚法拉的《沙漠之歌》（梁雅卿译）、《古兰经》的"尤素福"章（马坚译）、《卡里莱和笛木乃》的"狮子和黄牛"（林兴华译）、《一千零一夜》的"阿里巴巴和四十个强盗的故事"（纳训译）、艾哈迈德·邵基的《莱伊拉的痴情人》片段（李振中译）、哈菲兹·易卜拉欣的《埃及的自述》（景云英译）、马卢夫·鲁萨菲诗选（仲跻昆译）、纪伯伦《先知》片段（冰心译）、艾布·马迪诗选（顾巧巧译）、艾布·卡西姆·沙比的《生活的意志》（谢秩荣译）、曼法鲁蒂的《孤儿》（梁雅卿译）、马姆穆德·台木尔的《成功》（邬裕池译）、塔哈·侯赛因的《日子》片段（秦星译）、陶菲格·哈基姆的《洞中人》片段（谢秩荣译）、纳吉布·马哈福兹的《宫间街》片段（谢秩荣译）。该书因是高等学校文科教学参考书，是《简明东方文学史》的辅助性教材，因而所选 16 篇阿拉伯文学作品，注重突出教材特点，编选精当，具有较强的实用性。所筛选的作品具有代表性，能充分反映一个作家或一部作品的思想艺术成就和独特创作风格。另外，该书选编者们都是通晓阿拉伯语的专家，16 篇作品基本上都是初次从阿拉伯文翻译过来的，只有塔哈的《日子》是从俄文转译过来的。作品前附有简短的作家作品介绍，以帮助读者理解作品。

1987 年版的《东方文学作品选》（上、下册），由余灏东、何乃英编选，北京出版社出版。该书是为了配合《东方文学简史》而选编的，是国家教育委员会推荐的高等师范院校文科教材。该书分为古代、中古、近代、现代和当代 5 个部分，每个部分的起止时间与《东方文学简史》一致，选取了亚洲和非洲各国自古至今重要作家的代表作品，并对入选作家和作品作了简要介绍。这是国内最早一部按阿拉伯文学史的分期收入阿拉伯文学作品的作品选。中古部分的阿拉伯文学，选了《古兰经》的第 55 和 62 章、伊本·穆格法的《卡里莱和笛木乃》的 2 则寓言、《一千零一夜》

的"渔翁的故事"和"辛伯达航海旅行的故事"的片段;近代部分的阿拉伯文学,选取了黎巴嫩作家纪伯伦《先知》的片段;现代部分的阿拉伯文学,选取了埃及作家塔哈·侯赛因《日子》的第3部第1—3节和马·台木尔的短篇小说《纳德日雅》。所选作品均为公开出版或报刊上公开发表的最新译文。限于篇幅,选取作品为短篇或长篇的节选。

自20世纪50年代我国在屈指可数的几所高等院校开办阿拉伯语专业以来,现如今已有约20余所高等院校设有阿拉伯语专业。授课内容也从过去单一的纯语言教学,变成注重对语言国文化的研习。阿拉伯语专业也逐渐开设了"阿拉伯文学史"或"文学选读"类的课程,这就需要学习和研读大量的阿拉伯语原典。

1994年,旅游教育出版社出版的《阿拉伯现代文学选读》(第1册),由鲍兆燕、张洪仪编,是国内首部阿拉伯语原典选本。该书包括诗歌和散文两部分,每部分完全按教材的体例编排,诗歌部分12课,散文部分9课,收入19位近现代作家的31篇作品,共18万字。当选作家按出生先后排列,每部分的最后一课为该种文学形式的综合介绍,包括发展概况、主要流派及其代表人物等。每篇课文包括作家生平及其成就、作品背景、正文注释、作品评析和思考题等内容。1998年,《阿拉伯现代文学选读》(第2册)出版,接续第1册的体例,是小说部分,共21课,收入20位作家的23篇小说节选,20余万字。该书适用于课堂本科教学,也可供阿拉伯文学爱好者阅读。

2004年,外语教学与研究出版社出版的《阿拉伯文学选集》,由齐明敏、薛庆国、张洪仪和陈冬云编,是国内首部从古至今的阿拉伯原典选集。此书的编选者都是长期从事阿拉伯语专业教学和研究的学者。他们以审慎、认真的态度,从浩瀚纷杂的阿拉伯文学作品中,择精集粹,几易其稿,才编成这部近千页的作品选。作为阿拉伯语专业本科生和研究生使用的原文选读教材,此书系统性强。此书在结构方面与阿拉伯文学史基本保持一致,将入选的作品同样分为贾希利叶时期文学、伊斯兰时期文学、阿拔斯时期文学、安达卢西亚时期文学、马木鲁克和奥斯曼时期文学和近现代文学等6个部分,共选入作家119位,选入作品293篇,基本上代表了不同历史时期阿拉伯文学的最高成就,体裁和题材多样,涵盖了诗歌、散文、小说和戏剧等主要文学形式,较为完整、全面地反映了阿拉伯文学发展的脉络流向。该选集或受篇幅所限,重诗歌和散文,轻小说和戏剧。例如埃及作家艾哈迈德·邵基的文学成就表现在诗歌和戏剧的创作上,选集只选了他的诗歌作品，没有选用他的戏剧作品；民间文学作品《一千零一夜》等都没有收入。

2006 年，上海外语教学出版社出版的《阿拉伯古代文学作品研究》，由陆培勇、陆怡玮编著，是上海外国语大学阿拉伯语语言文学专业研究生教材。本书按文学史分期包括 5 章，分别是蒙昧时期、伊斯兰初期、伍麦叶时期、阿拔斯时期和安达卢西亚时期。每个时期又分 3—4 个方面，先介绍该时期的背景，其次是文学形式和内容，最后是作品介绍与阅读。本书共挑选了 27 篇古代著名作家的经典作品，体裁涵盖了诗歌、散文、演说、故事、游记和文学评论等，每篇作品前对作者生平、风格流派和文坛地位等作了简要介绍。

陆培勇与利比亚作协主席胡希姆

《阿拉伯现代文学选读》(1998) 由陆培勇、郭黎、王有勇编著，是上海外国语大学阿语系高年级文学选读教材，选了 20 世纪以来阿拉伯 18 位作家的作品片段，其中埃及和黎巴嫩作家居多，体裁有小说、散文和诗歌，没有戏剧。

以上提到的阿拉伯文原典选本只在阿拉伯语界使用，影响范围较为有限。

（一）《阿拉伯文献阅读》

上海外国语大学阿拉伯语系王有勇编著的《阿拉伯文献阅读》，2006 年 6 月由上海外语教育出版社出版。

本书主要以阿拉伯语言文学专业研究生为阅读对象。编著者在前言中说："它既可以填补我国阿拉伯语研究生教育上的空白，也有助于完善阿拉伯语言文学专业研究生的知识结构。但是，要在不足三年的研究生学习阶段，对阿拉伯文献展开全方位的系统研究也是极不现实的。所以，本教材选取了阿拉伯文学的五个方面，归为五大篇，即宗教篇、历史篇、地理篇、文学篇和语言篇，并在各篇中遴选出具有代表性的作家和作品，加以分析和研究，并在每篇开头，对该篇作了一个简单的总体介绍，以便学生能够对上述学科形成概貌性的认识，发掘自身的研究兴趣，为今后的深入研究奠定基础。本教材所遴选的所有段落均配有一种甚至多种译文……"

本书对象虽为在校研究生，但对非阿拉伯语的读者来说，也不失为一部好的读物。因为每篇前都有对该篇的综述，每段阿拉伯文选都有中文译文，而且每篇都将入选作家的主要代表作作出介绍。如宗教篇介绍了《古兰经》、《圣训》、教义学、教法学；历史篇介绍了泰伯里及其《历代先知与帝王史》、麦斯欧迪及其《黄金草原》、伊本·艾西尔及其《历史大全》、伊本·赫勒顿及其《绪论》；地理篇介绍了伊本·胡尔达兹卜及其《道里邦国志》、苏莱曼·塔吉尔和艾布·西拉菲的《中国印度见闻录》、古达玛·本·贾法尔及其《土地税》、雅古特·哈玛维及其《地理辞典》、伊本·白图泰及其《异域奇游胜揽》；文学篇介绍了从贾希利亚、伊斯兰初期、伍麦叶王朝到阿拔斯王朝的古代文学，选读了乌姆鲁勒·盖斯的《悬诗》、先知穆罕默德的《辞朝演说》、伊本·穆格法的《卡里莱和笛木乃》、《一千零一夜》、查希兹及其《吝人传》以及《玛卡梅》；语言篇介绍了西伯威及其《书》、伊本·马立克及其《千行诗》等。

诚如陆陪勇教授所言："该教材是国内大学中第一部专供阿拉伯语专业硕士研究生学习的原著阅读教材，具有领先性和学术应用价值。"蔡伟良教授也指出，本书"为今后的深入研究打下了基础"。

（二）《东方新月论坛》

《东方新月论坛》是北京大学外国语学院阿拉伯语系主持出版的不定期刊物，由谢秩荣主编，经济日报出版社出版。该刊物基本上是提供本院师生发表论文、文章的园地，大致分语言篇、文学篇和文化篇。

《东方新月论坛》发表不少阿拉伯文学研究方面的文章，仅以其 2002 年、2003 年两期为例简要说明。2002 年第 1 期中有林丰民的《陶菲格·哈基姆〈洞中人〉的时间哲学》、蒋和平的《纳吉布·马哈福兹〈梅达格胡同〉评析》、倪颖的《纳吉布·马哈福兹及其〈尊敬的阁下〉》、李腾的《扭曲的心理　残缺的人格——用弗洛伊德的精神分析学解读穆斯塔发·赛义德的人物形象》等；2003 年发表的文章有仲跻昆的《利比亚当代文学》、薛庆国的《"家"与东方之弊》、林丰民的《塔哈·侯赛因的"他者"眼光》、蒋和平的《〈我们街区的孩子们〉文本解读》、倪颖的《东方文坛的两部现实主义巨著》等。

《东方新月论坛》虽每年只出一期，发表文章有限，但它毕竟为师生们提供了一个发表园地，使有关阿拉伯文学的研究文章得以问世，为中国的阿拉伯—伊斯兰文化、文学研究作出了努力。

（三）《东方学术论坛》

《东方学术论坛》由上海外国语大学东方语学院编著，上海译文出版社出版，主编是严庭国、金基石。该论坛列有语言篇、文学篇、文化篇及政治外交篇、教学管理篇。

在 2008 年第 1 辑的文学篇中，登载了几篇有关阿拉伯文学的论文：

蔡伟良、陈杰的《探析阿拉伯古代诗歌批评的发展脉络》。文章指出：古代阿拉伯民族是诗歌的民族，为后人留下了丰富、瑰丽的诗歌遗产；作为伴随阿拉伯诗歌出现而出现、发展而发展的诗歌批评，呈现出另外一种景象。了解阿拉伯诗歌批评不仅有利于进一步探究阿拉伯诗歌文化的特有属性，也能帮助了解阿拉伯民族的思维方式。本文先是分析了阿拉伯文"批评"一词——"奈格德"的词义演变过程，然后梳理出自贾希里亚时期至奥斯曼时期阿拉伯诗歌批评的发展脉络，最后得出阿拉伯古代诗歌批评意识自觉程度不够的结论。

孔令涛的《拉封丹〈寓言诗〉中的〈卡里莱和笛木乃〉因素》。文章采用比较文学中影响研究的方法，探究了文艺复兴时期法国诗人拉封丹的《寓言诗》和阿拉伯文学家伊本·穆格法的《卡里莱和笛木乃》之间的渊源关系。

史月的《唐诗与阿拔斯朝诗之比较》。文章指出，唐朝与阿拉伯阿拔斯王朝曾在历史上并存，在两国的经济、军事、政治达到各自发展的顶峰时，两国的文学也空前繁荣，其文学代表样式——诗歌几乎同时进入了发展的黄金时代。在诗人们的不懈努力与推动下，唐诗在中国文学史上引人瞩目，阿拔斯朝诗歌（特指阿拔斯朝时期的东方诗歌）也成就空前。本文试图将唐诗与阿拔斯朝诗歌的异同作一番比较并分析产生这种异同的原因，并期待能通过对比增加读者对两朝诗歌的理解。

（四）《阿拉伯学研究》

《阿拉伯学研究》为"211 工程"三期重点学科建设项目子项目、国家重点学科（二级）建设项目、上海市重点学科建设项目、高等学校特色专业建设点建设项目，由上海外国语大学东方语学院编辑。主编是严庭国，编辑委员会委员有：王广大、严庭国、陈杰、周文巨、蔡伟良。栏目有：阿拉伯政治研究、阿拉伯文化研究、伊斯兰教研究、阿拉伯文学研究、阿拉伯语言研究、阿拉伯语教学研究。2009 年创刊号（华东师范大学出版社出版）上有朱威烈写的创刊号序《坚持走学科内涵发展的道路》。序文从阿语专业早期主要培养翻译人才说起，谈及改革开放政策的全面实施极大推动了中国人文学科建设的变化，指出"外语专业的学科建设将不会仅囿于语言技能，而将向主要知识、理论和研究方法等方向发展"，肯定了上外东方语学院阿拉伯语系老师们群策群力完成的这本论文集。

本论文集的阿拉伯文学栏目中登载了如下文章：

蔡伟良、陈杰的《乌姆鲁勒·盖斯悬诗的美学解读》。文章选取乌姆鲁勒·盖斯最有名的悬诗，从美学角度加以分析，认为其中蕴涵的美感奠定了诗人的文学地位。

郑慧慈的《从阿拉伯原始文献看欧兹里情诗的感官性》。这篇文章是台湾政治大学阿拉伯语文系教授兼主任、外语学院翻译中心主任郑慧慈女士的长篇论文。文章指出，阿拉伯学者们通常将欧兹里情诗界定为"精神性爱情"，以别于"感官性爱情"。作者认为欧兹里情诗实为感官性爱情。文章以记载欧兹里爱情的最早文献为依据，试图透过原始文献中的记载，比较欧兹里情诗及学者们所界定的"感官性情诗"，来探讨和判断此爱情的真貌。作者认为批评家们把钟情于一位女人的情诗视为节欲情诗，显然将文学理论和诗人的爱情经验混为一谈，对文学研究并无帮助。

陆怡玮的《积极入世的宗教观——从"三部曲"看马哈福兹的伊斯兰宗教观》。文章指出，马哈福兹对伊斯兰教的态度一直是一个复杂的课题。本文通过对作家代表作三部曲的分析发现，马哈福兹所倡导的伊斯兰教信仰是一种积极入世的宗教观。作家试图将信仰、科学、爱三者统一起来，弥合其间的差异，并为人类最终的和谐幸福而努力。

韩仲的《论阿拉伯故事文学对欧洲文化和文艺复兴的影响》。文章指出，随着阿拉伯伊斯兰文化的发展，阿拉伯故事文学在继承本民族传统的基础上，吸收借鉴其他民族的故事文学元素和母题，在中世纪得以蓬勃发展，无论是外在形式还是内涵思想都达到了前所未有的高度，具有较高的娱乐性、文学性、思想性、教育性。阿拉伯故事文学作品大量传入欧洲，影响了一大批欧洲文学家。他们学习并模仿阿拉伯故事文学并进行创作，以此来反映欧洲的社会面貌，表达自己的人文主义思想，对文艺复兴运动的兴起和欧洲文化的发展起到了重要作用。

史月的《阿拉伯民间文学中的英雄传奇》。文章指出，许多人只知道《一千零一夜》，对《阿拉丁神灯》、《阿里巴巴》耳熟能详，却对阿拉伯人在阿拉伯之夜围坐篝火侃侃而谈的阿拉伯英雄传奇一无所知。《安塔拉传奇》、《也门王赛福·本·热·叶京》、《希拉勒人迁徙记》、《扎图·杏玛》、《查希尔·贝巴尔斯王》、《阿里·宰柏格传奇》、《多情郎萨利姆》、《哈姆扎·白哈莱旺王》……这些英雄传奇大都取材于历史上的真人真事，但都经过说书人的加工，以迎合阿拉伯人对英雄的崇拜和渴望。文章对上述民间英雄传奇故事的产生、发展及所表现出的时代精神和社会问题，作了介绍和分析。

朵宸颉的《解析朱哈笑话背后的宗教元素》。文章说，在阿拉伯文学作品中经常出现宗教的身影，有的包含对伊斯兰教起正强化作用的元素，即强化对其虔诚信仰的成分，但也存在带有负强化作用的宗教元素，即对伊斯兰教怀疑嘲讽而弱化信仰的成分。不可否认，阿拉伯幽默人物朱哈的趣闻轶事充满宗教色彩。本文主要对朱哈故事和笑话中的宗教元素进行分类，列举典型文本，着重分析发挥负强化作用的宗教元素产生的历史和社会根源，从而对阿拉伯文学与宗教之间的关系有更加清晰的把握。

李瑾的《艾布·马迪及其诗歌创作》。文章指出，侨民文学是阿拉伯文学大花园中一枝散发奇香的文学之花，它产生于东方阿拉伯本土外一片遥远的西方土壤，却在东西方文化的共同滋养下悄然绽放，璀璨夺目。众多侨民文学家中，艾布·马迪当数诗歌界的翘楚。他优美的语言、奇妙的遐想、饱含的深情、深刻的哲理令读者如醉如痴。本文细致分析了艾布·马迪对于诗人身份及其诗歌概念的理解，并在艾布·马迪诗作原著阅读的基础上提炼出他诗歌的三大创作主题，从而使读者深入地了解了这位诗人及其诗作。

《阿拉伯学研究》第2辑(2010.12)登载了陆怡玮的《试论马哈福兹三部曲中的妇女形象》、史月的《阿拉伯妇女解放运动与妇女文学概况》、包澄章的《论贾希里亚时期诗歌的空间意识》、李瑾的《以诗歌为代表的南美阿拉伯侨民文学研究》。

（五）《东方文论选》

1996 年，四川人民出版社出版了曹顺庆主编的《东方文论选》，阿拉伯部分由伊宏、马瑞瑜撰写。

该书阿拉伯部分概述了阿拉伯文学批评的古典形态和历史成就。其中分若干小节：阿拉伯文学的胚胎期，宗教精神对文学批评的渗透，文学批评的多样化趋势，文学批评的空前繁荣，阿拔斯时期新旧两派的斗争，阿拉伯文学批评的历史形态，哲学型批评和亚里士多德，比较批评的最初尝试，阿拉伯文论八大家，文学批评：向黄金时代告别，结语。

阿拉伯文论部分选收（节选）以下文本：《古兰经》、伊本·萨拉姆《诗人的品级》、贾希兹《修辞与阐释》、伊本·古泰白《诗歌与诗人们》、伊本·穆尔泰兹《诗人的品级》、伊本·塔巴塔巴《诗之标准》、法拉比《诗书》、古达曼·本·佐法尔《诗歌批评》、阿齐兹·吉尔加尼《在穆泰纳比及其对手之间调停》、埃米迪《艾布·泰马木与布赫图里之比较》、赛阿里比《稀世珍宝》、伊本·拉希格《诗艺与诗评之基础》、艾布·希拉勒·阿斯凯里《两种创作——诗歌与散文》、阿卜杜·高希尔·杰尔加尼《雄辩之例证》、《修辞之秘诀》、伊本·希那奈《标准流畅阿拉伯语之秘密》、伊本·艾希尔《通论》、伊本·阿比·阿西贝阿《〈古兰经〉中的贝蒂阿》、《编辑的润色》、艾布·哈桑·阿兹姆《修辞学家的提纲、文学家的明灯》、艾哈默德·艾西尔《宝珠》、伊本·赫尔顿《历史绪论》。

阿拉伯文学史从无到有，从翻译外国学者的著作到作为外国文学的一部分而撰写，再到独立成册出版，经历了从单纯的文学教材，发展到摆脱固定思维模式的学科编写，再提升到为进行学术意义上的探究而呈现出多元化的编写趋势，显示出阿语界前辈学者筚路蓝缕以启山林的开创精神。阿拉伯文学史有总体史、断代史，阿拉伯现代文学是由22个阿拉伯国家的文学构成的。虽然《阿拉伯文学通史》已经问世，而独立成册的阿拉伯现代文学国别史还没有出现。

此外，文学史的写作包含了种种作品的挑选和权衡，应将所选作品连缀为一个体系、一张文学历史的导航图。一个时期文学经典的秩序，最终需要在文学史的撰写中加以体现和固化，以实现其合法性，这就存在一个经典作品确立的标尺问题。

不依附于文学史的作品选，应潜入文学史长河的深层，发现、打捞那历久弥新的经典，以供文学史的再淘洗和筛选。国内出版的几种阿拉伯文学作品选基本上遵循了为配合阿拉伯文学史教学而定的编选原则，还需要在其他审美观念和价值取向指导下，以文学性与艺术性为理念，凝聚起串连起来的阿拉伯文学作品选。

第五节　阿拉伯民间文学的译介、研究

阿拉伯民间文学是阿拉伯民族集体创作、口耳相传的文学，既是该民族人民的生活、思想与感情的自发表现，又是他们关于历史、宗教及其他人生知识的总结，也是审美观念和艺术情趣的表现形式。

一、 阿拉伯民间文学的翻译

我国对阿拉伯民间文学的最初了解始于翻译成中文的《一千零一夜》。当时，由于译成中文的阿拉伯文学相对较少，我国读者把《一千零一夜》当作阿拉伯文学的最高成就。

后面对《一千零一夜》的翻译和研究将有详细叙述和评析。在第四章第一节中对几部重要的阿拉伯民间文学作品的翻译、研究也作了介绍：《卡里莱和笛木乃》、《一百零一夜》、《一千零一日》、《也门王赛福·本·热·叶京》、《安塔拉传奇》、《异境奇观——伊本·白图泰游记》。其他民间文学作品的翻译例举如下：《古埃及故事》（倪罗译，作家出版社，1957 年版），《亡灵书》（见《东方文学丛集》，锡金译，吉林人民出版社，1957 年版），《亚非民间故事》（译文社编，作家出版社，1958 年版），《埃及苏丹民间故事》（任泉、刘艺田译，新华出版社，1981 年版），《沉默的公主》（沙特朱海依玛著，潘定宇、李玉侠译，云南人民出版社，1981 年版），《阿拉伯民间笑话》（万曰林等译，中国民间文艺出版社，1981 年版），《朱哈趣闻轶事》（见《阿拉伯民间笑话》，刘谦、万曰林、徐平译，中国民间文艺出版社，1982 年版），《樱桃树》（任泉、万曰林等译，中国民间文艺出版社，1983 年版），《朱哈的故事和笑话》（葛继远译，山西人民出版社，1983 年版），《外国机智人物故事选》（祁连休主编，内有郅溥浩、雒万生

译《朱哈的故事》，重庆人民出版社，1984 年版），《艾布·纳瓦斯的故事》（许友年译，中国民间文艺出版社，1985 年版），《阿拉伯寓言故事》（曼立译，湖南少年儿童出版社，1986 年版），《古埃及神话》（朱立福、康曼敏译，湖南少年儿童出版社，1989 年版），《古巴比伦神话》（李琛编译，湖南少年儿童出版社，1989 年版），《埃及古代神话故事》（符福渊、陈凤丽编译，国际文化出版公司，1989 年版）。

二、 阿拉伯民间文学的研究

阿拉伯民间文学丰富多彩，独具特色，我国对阿拉伯民间文学的研究已出版了 2 部专著、2 部辞典，另有一些单篇文章涉及到阿拉伯民间文学，诸如笑话、谚语等。

（一） 阿拉伯民间文学的总体性研究

客观、全面地描述阿拉伯民间文学的内容和特点，涉及的作品类型应多种多样。这种基础性研究不仅很必要，而且很迫切，是展开深入研究的前提和保障。我国对阿拉伯民间文学进行宏观和总体性把握的研究成果还较少。

1. 研究专著

《阿拉伯成语的文化因素在文学中的作用》

邹兰芳的《阿拉伯成语的文化因素在文学中的作用》（知识产权出版社，2004 年版）是国内首部研究阿拉伯成语的专著。该书是作者在其博士论文的基础上修改而成的，共分八章。第一、二章从阿拉伯语"成语"一词的词源分析着手，研究阿拉伯成语的产生、来源、范畴、形式、流传、收录和发展的历史渊源和轨迹，说明阿拉伯语成语是阿拉

邹兰芳与阿多尼斯

伯人以及阿拉伯半岛周围闪含民族和非闪含民族共同创造、锤炼的文化精华。第三、四、五章，从六个不同的侧面——游牧、战争、习俗、伦理、传奇和寓教，揭示成语所体现的阿拉伯人的生活情趣、审美标准和价值取向，挖掘阿拉伯成语所具有的丰富文化内涵、深厚的思想内容和雅俗共赏的艺术风格。第六、七、八章，探析阿拉伯成语的艺术特色及其在阿拉伯古诗、散文发展中的作用。

阿拉伯成语具有简洁明了、通俗易懂、节奏感强的特点，以其深刻隽永的内涵丰富了阿拉伯民间文学的内容。由于其来源很广，作者对其进行了归纳，分为民间传说、历史事件、生活经验、社会习俗、名人名言和阿拉伯化的外来成果等几个方面，有的还直接来自于《古兰经》和《圣训》。作者对阿拉伯成语中表示最高级和比较级的一种派生名词词型成语居多给出了合情合理的解释："一是阿拉伯人喜爱夸张的民族心理，二是阿拉伯人以此词型抓住某人某物的特点，作为一种典范或象征。"[1] 作者对阿拉伯成语的历史溯源、发展轨迹、艺术特色、社会文化内涵都给予了充分的阐释。书中列举了大量的阿拉伯成语，为便于读者阅读，中译文后还附有阿文原文。

1. 邹兰芳：《阿拉伯成语的文化因素在文学中的作用》，第 37 页，北京：知识产权出版社，2004 年版。

成语谚语具有约定俗成性和稳定性，在民间文化史上意义重大。研究阿拉伯成语能了解古代阿拉伯民俗，因其内容或描述战争中的传奇故事、冒险行动、抢劫生涯，或歌颂为部落自我牺牲、忍辱负重、光宗耀祖等古代阿拉伯人所崇尚的美德，也涉及到社会日常生活及社会问题，更不乏人们在夜谈聚会中流传的奇闻轶事、妙词笑语等。另外，阿拉伯成语作为一种阿拉伯民间文学体裁及文学的基本要素——语言载体，在阿拉伯文学的发展过程中起到传承和交融作用。

《阿拉伯民间文学》

郅溥浩、丁淑红的《阿拉伯民间文学》(黄河出版传媒集团、宁夏人民出版社，2010 年版) 是我国首次出版、单独成册的阿拉伯民间文学基础性研究著作。该书共 4 章，分别是"阿拉伯历史和文化概述"、"阿拉伯民间文学概述"、"阿拉伯民间文学的地位和影响"、"阿拉伯民间文学的搜集研究综述"，总计 25 万字，是一部从整体上研究阿拉伯民间文学的拓荒之作。

本书的学术价值主要体现在：首先，第一次较为全面、系统地呈现了阿拉伯民间文学的概貌。纵向上从阿拉伯民族先民的口传故事说起，再到宗教故事、笑话、趣闻、谜语、寓言童话、长篇民间传奇故事、民间故事集、谚语、格言、民歌等，较为系统地展示了阿拉伯民族在漫长的文化演变进程中永恒的精神和创造的个性，横向上对各种民间文学类别从流传形式、内容特点、文化内涵等方面进行阐释，纵横交错，形成浑然的整体。其次，倡导重视阿拉伯民间文学在阿拉伯文学史上的价值和地位。阿拉伯民间口传文学是产生和孕育阿拉伯古代文学的母体，是作为同作家文学或文人文学相对的另一种文学类型而存在的；但阿拉伯文学史基本上以作家文学为重点，对民间文学偶有涉及，也只是对《一千零一夜》有所提及。本书则以阿拉伯民间文学为中心，追溯孕育古代阿拉伯文学经典的民间文学传统，正式确立了阿拉伯民间文学在阿拉伯文学史上应有的份量和地位。再次，作者利用第一手的原语史料，保证了资料的可靠性，比较客观、准确地翻译和描述了阿拉伯民间文学的重要作品，概括出了阿拉伯民间文学的基本特征。最后，该书在行文过程中配有近 50 幅来源可靠的图片，直观展现了各时代社会生活的真实情态。例如在第一章的第一节"阿拉伯民族的起源"部分，配上了有关贝都因人生活、着装等民俗类的图片，令读者对阿拉伯游牧民族有一种感性的认知。

该书自然也有很多的不足之处：在内容上，采用民间文学的经典分类原则作为整体描述的布局，勾勒和梳理了阿拉伯民间文学的各种体裁门类；但缺少对阿拉伯民间说唱艺术、阿拉伯民间诗歌等的专门表述，对阿拉伯民族早期是否有神话这一问题也没有作出充分回应。古代文学都有一个从口头文学过渡到作家文学的发展阶段，因而口头传统是民间文学与作家文学的分野。该书没有对阿拉伯作家文学与阿拉伯民间文学之间的联系和区别作出评述。评述阿拉伯国家的民间文学研究成果时，忽视了阿拉伯国家研究民间文学的工具书、地方志、风俗志、方言词典等。不管怎样，该书的出版为阿拉伯民间文学研究提供了很好的参照系，也为东西方文学（特别是民间文学）的比较研究提供了许多线索和资料。

2. 成语词典类工具书

语言是民族文化的镜子，而成语作为民族文化的精华，有其深厚的文化渊源，又具有言简意赅和含蓄深奥的特点，能折射出一国的地理环境、风土人情、宗教信仰及历史变革等诸方面。成语词典的编纂对语言习得和文化语境的感悟具有重要的实用价值和现实意义。

《汉语—阿拉伯语成语词典》

《汉语—阿拉伯语成语词典》（华语教学出版社，1991 年版）由北京大学的阿拉伯—伊斯兰文化研究所和阿拉伯语言文化教研室共同编写，是我国出版的第一部汉语与阿拉伯语成语词典，共收入汉语成语（其中包括少数俗语和谚语）近 4 000 条。其编者主体是北京大学阿拉伯语专业的教授，拥有丰富的教学和词典编纂实践经验。本词典在 20 世纪 70 年代末完成初稿，经 10 年的修改补充才最终付梓。本词典以阿语翻译和教学工作者为主要读者对象，同时兼顾国外研究和学习汉语的读者的需要。本词典按词目首字的中文拼音字母次序排列，汉语成语下标注汉语拼音和声调，清楚醒目，检索方便。另外，每条成语都给出几种不同译法，既有助于读者加深对成语的理解，也可供翻译人员根据不同场合加以选用。不少成语还附有意义相近但在修辞色彩上略有差别的阿语成语，有的还附有相应的埃及成语或叙利亚成语，以供参考。

汉语成语极为丰富，具有浓厚的中华民族色彩。如何用阿拉伯语生动、准确地转译汉语成语呢？该部词典的编译以填补汉语与阿拉伯语成语词典的空白为己任，在这方面作了一种富有开拓性的尝试和有益探索，在某种意义上也是对阿拉伯民间文学的一种梳理。

《阿拉伯语汉语成语谚语辞典》

杨言洪主编的《阿拉伯语汉语成语谚语辞典》(对外经济贸易大学出版社,1995 年版)包括序、前言、体例说明、辞典正文、附录一和附录二，共 107 万余字，收录约 11 000 条成语谚语，是国内出版的首部阿拉伯语汉语成语谚语辞典。

该辞典几乎收集了在阿拉伯国家流传的所有成语谚语，并与中国的成语谚语作出比较、解释，力求全面、准确。如阿拉伯谚语"这儿有你斧头留下的痕迹，我岂可与你言归于好"[1]，辞

1. 杨言洪主编：《阿拉伯语汉语成语谚语辞典》，第 463—464 页，北京：对外经济贸易大学出版社、1995 年版。

典首先将该谚语产生的故事背景列出，然后把与之对应的汉语成语谚语列出，共有"背信弃义、言而无信、自食其言、食言而肥"等 4 个成语。

阿拉伯成语谚语的界限并不是泾渭分明，有的来自历史事件，有的来自对生活经验的概括和总结，有的是书面用语，有的是口头表达。本辞典雅俗共赏，除两方面的瑰宝都收入其中外，还将伊斯兰名言和部分阿拉伯国家方言成语谚语以附录的形式收入，特别收入了埃及、叙利亚和伊拉克的方言成语谚语共约 4 000 条，这不仅可窥见阿拉伯伊斯兰文化发展的历史轨迹，也可一览阿拉伯社会文化的现代风貌。

阿语界同仁合影。左起：杨言洪、葛铁鹰、朱威烈、李振中、仲跻昆、郅溥浩、刘光敏、国少华。

　　该辞书的词条均按阿拉伯语拼音字母的顺序编排，着眼于辞典的系统性、和谐性，以保证读者快速准确地定位信息，同时也给读者留有一定的自由联想和创造超越的空间。

　　阿汉成语谚语辞典的编纂，不仅给广大阿拉伯语学习者提供了很大方便，同时也促进了阿拉伯语成语谚语的研究，在阿拉伯民间文学研究方面具有一定的价值，可谓功在当代，利在千秋。

（二）　阿拉伯民间文学的专题性研究

我国学者还对阿拉伯寓言、民间传奇、谚语格言投入了较高的关注度。

1. 对《卡里莱和笛木乃》的研究

见本书第四章第一节。

2. 对"莱拉和马杰侬故事"的研究

我国对"莱拉和马杰侬故事"的研究，涉及到民间故事变异学、民间故事对作家文学的影响等诸多方面。

　　"马杰侬"即"疯人"之意，指盖斯。"盖斯与莱拉"的爱情故事发源于阿拉伯半岛，在伊斯兰文化圈中广泛流传。张晖的《莱拉和麦杰农——一部取材于阿拉伯民间故事的波斯文学名著》（《阿拉伯世界》，1983.1）探讨了该故事在波斯的流传情况。

　　郅溥浩的《马杰侬和莱拉，其人何在？——关于原型、类型、典型的例证》（《外国文学评论》，1995.3）则对该故事成为"典型"的来龙去脉进行解析，对其从原型到类型再到典型的演变过程作了理论的探索和论述。文章指出，该故事的原型来自阿拉伯传说，基本形成于 10 世纪初，后经过两个世纪，逐渐发展和定型，马杰侬形象也不断发展和完善，成为一个著名的情痴类型。

郅溥浩的另一篇论文《阿拉伯"情痴"的世界性影响——马杰侬和莱拉故事与文人文学》（见《东方民间文学比较研究》，张玉安、陈岗龙主编，北京大学出版社，2003 年版）则从民间故事与文人文学的关系展开，论述"马杰侬和莱拉的故事"不仅在阿拉伯文学上经历了原型—类型—典型的发展过程，而且成为"概括出具有世界性典型"的一个重要例子。

丁淑红的《母题与嬗变——"盖斯和莱拉"故事分析》（《南京师范大学文学院学报》，2004.2）指出，中世纪波斯诗人尼扎米和现代埃及剧作家邵基利用这一故事母题所提供的叙事空间，在同质的伊斯兰文化语境中因契合的社会关注点不同，作出了截然相反的诠释，进而使作品意义和效果各异。"盖斯和莱拉"的故事本是一段贞洁爱情，尼扎米却将它写成精神之恋，而埃及剧作家邵基保留原故事对爱情忠贞不渝的一面，同时又增加了许多世俗的成份，使"盖斯和莱拉"的爱情成为世俗之爱。两个文本因两位作家对同一爱情故事的定位不同，其作品意义和效果各异。尼扎米的故事渐渐远离了现实，呈现出哲学性、虚幻性的特点，有着浓厚的苏非思想；邵剧的描写逼近、复原了故事的历史，呈现出现实性、社会性的特点，具有强烈的针砭现实社会的功效。另外，两位作家在文本中还展现出波斯民族和阿拉伯民族不同的历史文化渊源和审美心理特征：一个是伊斯兰文化下波斯农耕民族的文化品味；另一个是伊斯兰文化下阿拉伯游牧民族的文化品味。

丁淑红的另一篇论文《辐射与吸纳——考察莱拉和马杰侬的故事在阿拉伯文学和波斯文学中的不同境遇》（《外国文学》，2005.5），从题材所表现的主题与时代的亲和力、本国文学是否为其提供了进行再创作的因子这两方面考察了"莱拉和马杰侬故事"在阿拉伯文学和波斯文学中截然相反的境遇——边缘地位和中心地位、隐性存在和显性存在，并剖析了这一文学现象产生的缘由。作者在此基础上指出，利用这一故事母题创作传世之作的集大成者——中世纪波斯叙事诗人尼扎米和现代埃及剧作家邵基，因所属民族、时代和作者个体对所处社会关注点的不同，在文体选择、主题立意上表现出不同的艺术特色。

阿布都外力·克力木的《从〈莱丽与麦吉侬〉看东方伊斯兰文学中的"仿造现象"》（《中国社会科学院研究生院学报》，2004.5）认为，借鉴、模仿、改编外民族作家作品的情况在世界文学中广泛存在，而"仿造现象"是东方伊斯兰文学中的一种特殊现象，与东方伊斯兰文学创作中有"纳兹热"、"海米塞现象"等特殊的文学创作传统有密切联系，同时也是西亚、中亚各民族人民文化交流的产物。

3．对朱哈的研究

阿凡提在中国可谓家喻户晓，在近东、中亚各民族的民间故事中都有他的影子，只是名字不同而已，在阿拉伯国家他的名字叫朱哈。戈宝权的《阿凡提和阿凡提的故事》(《百科知识》，1980.3) 是首篇研究阿凡提故事的论文。作者借鉴苏联、东欧国家的资料，认为"阿凡提"不是人名，而是突厥语系各民族语言通用的一个称谓，意为"先生"，故事中的阿凡提确有其人，是生活在 7 世纪的土耳其人霍加·纳斯列丁，阿凡提笑话的最早的原型是阿拉伯人朱哈，后合而为一。

林则飞的《朱哈其人其事考》(《阿拉伯世界》，1989.1) 从"朱哈"的阿拉伯语含义和部分古代阿拉伯文献对此人物的记载中辨析他的真实身份。作者认为，朱哈在历史上确有其人，一个是传统故事及文学作品中的原型——愚蠢的代表，另一个是圣训传达者朱哈，而现今流传的这个智慧的朱哈是在糅合两个朱哈的基础上，经过长期的艺术加工而塑造的另一个人物形象，已脱离了真实人物的原型。该篇论文史料丰富，论证充分。

王向远的《东方文学史通论》对朱哈笑话的形成进行了溯源，首次归纳和总结了阿拉伯笑话的特点：巧设语言圈套，使人陷入其中并被愚弄；顺水推舟，以其人之道还治其人之身；大智若愚，口吐愚痴之言以解嘲；背离常理，口出怪论却令人张口结舌等。

刘谦的《漫谈阿拉伯幽默文学》(《阿拉伯世界》，1988.1) 则首次较为全面地谈及阿拉伯幽默文学的产生和发展、历史上的幽默家、历史上的幽默文学家及其作品和近代的讽刺与幽默，是 20 世纪 80 年代研究阿拉伯民间文学的一篇力作。

4．其他民间文学作品

《一百零一夜》是一部流传在阿拉伯马格里布地区的民间故事集。郅溥浩首次将它译成中文，并在该译本的序言中介绍了该书的成书流传经过和内容特点，并与《一千零一夜》进行了比较。该序言是我国第一篇或许也是唯一一篇介绍马格里布民间故事集的文章。

《安塔拉传奇》是一部经久不衰的长篇民间传奇故事，是一部土生土长的纯粹歌颂阿拉伯本民族英雄的史诗式作品，被誉为"阿拉伯的《伊里亚特》"。它以蒙昧时期著名的诗人安塔拉·本·舍达德·阿柏斯为原型，塑造了一个骁勇善战、慷慨诚实、抑强扶弱、对爱情忠贞不渝的沙漠骑士形象。

1927 年郑振铎的《文学大纲》对《安塔拉传奇》的介绍和评论虽字数不多，但可谓是中国学者的首次发声："这故事的组织之纷乱与叙述之冗长，虽有普通民间传说之通病，然写当时的生活却殊活泼而真切。这部传奇，全书凡三十二册，因为太长了，所以世界上全译本几乎没有。"[1]

1. 郑振铎：《文学大纲》(二)，见《郑振铎全集》，第 11 卷，第 51 页，石家庄：花山文艺出版社，1998 年版。

杜渐的《古代阿拉伯诗人安泰》(见《书海夜航》，生活·读书·新知三联书店，1980 年版) 指出，"古代阿拉伯文学最引人注目的是民间叙事诗《安泰传奇》，也有人称之为《安塔拉传奇》。它是世界文学的瑰宝"。杜渐首次考据了这部民间文学的搜集整理者，介绍了欧洲对其译介的情况，特别生动地讲述了诗人的生平，还试译了其中的两段诗作。

赵建国的《〈沙漠骑士安特拉〉浅析》(《阿拉伯世界》，1990.2) 指出，公元 14 世纪首部《安特拉传》问世，后经过多人的编纂和补充，故事内容不断丰富和充实。黎巴嫩现代作家欧麦尔·艾布·纳斯尔，根据《安特拉传》和其他一些民间传说编著了《沙漠骑士安特拉》这部小说。他赋予主人公以智慧、英武的性格，并采用夸张手法加以烘托渲染，最终使安特拉这一人物走出历史，成为阿拉伯文学史上一位不朽的传奇英雄人物。

尤梅的《安塔拉与当代阿拉伯读者期待视野的契合》(见《当代阿拉伯研究》第 2 辑，张宏主编，宁夏人民出版社，2009 年版)，从接受美学的读者期待视野的角度分析了安塔拉传奇故事受到当代阿拉伯人喜爱的缘由。

"玛卡梅韵文故事"是由阿拉伯民间口头文学，经过数百年的加工提炼，到中世纪阿拔斯的全盛时期以说唱表演艺术为特征出现的文学形式。"玛卡梅"原意为立脚之处，后引伸为说故事的场所或会堂。作为一种本土出产的叙事文学，"玛卡梅韵文故事"深受阿拉伯学者的推崇。而国内至今没有"玛卡梅韵文故事"的中译本，只在郅溥浩选编的《世界短篇小说精品文库·阿拉伯卷》中有仲跻昆翻译的两篇，一是哈迈扎尼的《护身符篇》，二是哈里里的《萨那篇》。研究更少，除了《东方文学史》列单节介绍外，还有马智雄的《中世纪的文学之花——麦卡姆》(《阿拉伯世界》，1990.3) 和仲跻昆的《"玛卡麦"与赫迈扎尼》(《阿拉伯世界》，1999.3)、《天方季谈——哈里发与"玛卡麦"》(《阿拉伯世界》，1994.4)。

李瑾的《阿拉伯"玛卡梅"与中国"苏州评弹"比较研究》(《青海民族学院学报》，

2009.4)交叉对比了这两种文学艺术在形式、内容上的相同之处。首先，都是一种表达社会平常百姓生活、贴近底层生活实际的民间艺术表现形式。其次，边弹边唱的说唱方式极具娱乐效果，再加之内容的"平民化"使得其"俗"的特性更能吸引社会下层的众多听众，也正是由于他们的捧场才使得这种说唱艺术形式得以延续下去。然后，创作素材都来源于底层民众的实际生活，且许多生活都是作者自己亲身经历过的，更加真实，情感流露也更加自然。再者，都是通过刻画特定阶层的人物形象来反映这个人物所处时代的背景，从而揭露当时社会的阴暗、人民所遭受的苦难。最后，表演时的语言都是采用当地的方言，使本来就来源于群众的故事更加具有吸引力。尽管阿拉伯民族和中华民族由于地域、文化背景、性格特征、民族心理等因素的不同而创作出了内容、格调不同的艺术作品，但作者认为将两者进行研究可揭示文学发展的规律。作为人类精神财富的共同遗产，文学的通融性使得各地文学抛开种种限制，以各种美的姿态在世界各地遍地开花。

　　成语是经过千锤百炼而形成的语言精华，是语言文化的"活化石"和"全息块"。同一般词汇相比，它同文化关系更为密切，其中的文化蕴涵更加典型、更加系统、更加丰富。盖双、杨阳的《阿汉成语的异曲同工》(《阿拉伯世界》，1994.4)首先分析了阿汉成语的异曲同工之处，然后选取了99个阿语和汉语的成语以说明两者的异曲同工。这种对比有助于我们了解阿汉两种不同文化和两个民族不同的思维方式。吴旻雁的《阿汉成语中的动物象征初探》(《阿拉伯世界》，2004.5)从文化的角度入手，通过对中阿两个民族成语中出现的龙与骆驼、牛与马、老虎和狮子、猪与狗这几组动物的象征意义的比较，探析了两个民族在生活环境、思维方式、价值取向、人文风貌、审美情趣等方面的差异。作者认为，中华民族以水为本的农业生活和阿拉伯民族以沙漠为生的游牧生活，形成了各自不同的心理积淀、价值判断、道德判断和审美判断，进而造成两个民族对象征意象和原型的选择有所不同。当然，阿汉成语中有些动物的象征意义是相似的，如马对主人的忠诚、狼的凶狠残暴、狐狸的狡猾恶毒等。

　　阿拉伯民间文学的价值在于提供了与作家文学不同的知识系统或精神资源，从一个侧面丰富、完善了阿拉伯民族的精神文化世界。再者，阿拉伯世界的民间文学数目庞大，基于阿拉伯各国拥有相同的中世纪阿拉伯帝国的历史文化和现在仍有着共同的宗教信仰，除某些民间故事在基本情节上存在相似之处，还有阿拉伯各国民间文学自身的特点，也就是阿拉伯民间文学的格局是多元一体的，这不仅需要阿拉伯学者，也需要中国学者付出努力加以理清和辨明。另外，我国对阿拉伯民间文学的研究虽取得了一些成果，但仍有诸多"盲区"，例如对阿拉伯民间文学中同一作品的多种异文及其变异规律的研究、对伊斯兰教与阿拉伯民间文学间复杂联系的考察等。研究方法上除传统的模式与框架外，还要借助历史学、民俗学、民族学、伦理学、语言学及文艺学等学科视角，注意运用比较文学、地理学及文化人类学等方法，以拓展研究的范畴。

第六节　中国的阿拉伯比较文学研究

比较文学是将一国文学与另一国或多国文学进行同源关系或类同关系的比较，力求在共时线索上寻求各个民族文学的差异性和普遍性。它发端于法国，属总体文学，作为一门独立学科已经走过了100多年的历史，是用一种跨民族、跨文化、跨语言、跨学科的视角来研究文学关系的，具有全球性、开放性、综合性和跨越性等特征。比较文学有效地拓展了文学研究的领域，是文学批评中重要的研究方法之一。

中国学术中的比较文学诞生于20世纪初，兴盛于20世纪80年代后，它带动了研究者对阿拉伯文学与世界各国文学进行比较研究的热情。

阿拉伯人曾以阿拉伯半岛为核心不断向外扩张，缔造了一个幅员辽阔的阿拉伯帝国，创造了辉煌灿烂的阿拉伯—伊斯兰文化，中世纪引领了世界文化前进的方向。而作为阿拉伯—伊斯兰文化重要组成部分的阿拉伯文学，在中古时期同样处于巅峰状态。阿拉伯民间文学《一千零一夜》在世界各地广为流传，家喻户晓；阿拉伯现代文学包括阿拉伯世界22个国家的文学，可谓瑰丽多姿，五彩纷呈。1988年埃及作家纳吉布·马哈福兹荣获诺贝尔文学奖引起世界瞩目，阿拉伯文学在世界文学中的地位和重要性自不待言。中国学者对中阿文学的比较研究起步较晚，成果数量有限，不过这些研究涉及面广，所使用的研究方法既有法国学派的影响研究、美国学派的平行研究，又有当下将可比性定义在异质性和差异性上的变异学研究等。中国的阿拉伯比较文学研究最早始于中阿民间文学的比较，因而中阿文学的比较研究在成果数量、质量和研究方法上相对领先。

一、　中国文学和阿拉伯文学的比较研究

将同属东方文学的中国文学和阿拉伯文学进行比较研究不仅可行，而且十分必要。

将中国文学和阿拉伯文学进行比较，首先是从阿拉伯民间文学《一千零一夜》与中国民间文学开始的。《一千零一夜》的中译本出现在清末，据《天方书话——纵谈阿拉伯文学在中国》一书的作者葛铁鹰考证，第一位进行中阿文学比较研究的应是顾颉刚 (1893—1980)，他是中阿文学比较研究的播火者。顾颉刚有 2 篇书话，写于 1925—1930 年间，一篇为《孟姜女故事有掺入阿拉伯故事之可能》(约百余字)，另一篇是《〈天方夜谭〉与中国故事》(约三百余字)。顾颉刚的 2 篇书话虽寥寥数语，却 "具有宏观的仙人指路与微观的独具慧眼之双重意义"[1]。这既是中阿比较文学的滥觞，也是今人对中阿文学进行比较研究的重要依据。

1. 葛铁鹰：《天方书话——纵谈阿拉伯文学在中国》，第 112 页，北京：首都师范大学出版社，2007 年版。

但是，在我国真正意义上的中阿文学比较研究则始于 20 世纪 80 年代末，先从阿拉伯民间文学《一千零一夜》和中国民间文学某些故事的相似之处开始，后来选择中阿某个时期的作家、文学形象等进行平行研究。

（一）中阿古代文学的比较研究

中华民族和阿拉伯民族之间的交往，可追溯至两千多年前，相互关系从未中断。双方漫长的交往过程必然在各自古籍中留下痕迹，从而形成彼此形象、印象的认知雏形，并随着时代发展渐次丰富充实。

严格地说，中国学者对中阿古典文学的研究以中阿文学关系研究为出发点，以文献实证为基本方法，这对之后中阿比较文学的展开具有基础性和根本性的意义。

褚荣昌的《中国古代文学园地中的奇葩——古代留居中国的阿拉伯裔文学家介绍》(《阿拉伯世界》，1991.2) 主要介绍了唐、宋、元三代留居在华夏土地上努力学习中华文化、在文学上颇有建树的阿拉伯裔文学家，他们分别是唐朝进士及第的李彦生、宋代著有《心泉学诗稿》(六卷) 的蒲受成和元代被誉为 "一代词人之冠" 的萨都剌。文章对萨都剌的阿拉伯裔身份作

了翔实的考证，为今后这方面的研究提供了宝贵的资料。郅溥浩的《中阿古代交往及其在文学上的反映》（《94 北京大学阿拉伯文化研讨会》，今日中国出版社，1994 年版）通过梳理史料，列举了中国和阿拉伯国家记载有双方交往的各种典籍，以及双方交往在文学作品中的反映，特别是在阿拉伯著名民间文学作品《一千零一夜》中的具体体现。这两篇论文注重实证和考据，探究现实的文学交流，资料翔实。

葛铁鹰的《阿拉伯古籍中的中国》（1—11）（《阿拉伯世界》，2002.3—2004.3），对阿拉伯古籍中有关中国的记述进行了梳理、归纳和研究。论文偏重于中阿关系史和中阿文化交流史，但为中阿比较文学的深入展开，特别是为探析古代阿拉伯人塑造中国形象的观念传统及其形成脉络等方面的课题，提供了鲜为人知的原典资料。

马瑞瑜的《中国与阿拉伯古代文学中的幻想世界》（《20 世纪外国文学论集》，大众文艺出版社，1996 年版）则从两国古代文学的幻想世界入手进行比较，首先指出两国文学都充满了浪漫主义现象，并在外来文化的激发下，文学的虚构意识得到空前的发展。"印度文化（特别是佛经）渗入后，中国小说才真正发达起来，成为具有艺术魅力的文学。正由于印度文化、波斯文化的渗入，阿拉伯人才创造出奇妙无比的艺术瑰宝《一千零一夜》，阿拉伯文学才登入世界文学的殿堂。"[1] 其次，两国文学中的幻想世界突出了人的意义、人的价值，充满了对社会

1. 马瑞瑜：《中国与阿拉伯古代文学中的幻想世界》，见《20 世纪外国文学论集》，第 494 页，北京：大众文艺出版社，1996 年版。

人际的诚恳关怀、对人民大众的深厚同情、对大众遭遇苦难的深刻关切。再者，两国文学中的幻想世界还表现在对天堂乐园及地狱的描写上，只是中国古代文学作品中的乐园是封闭型的，是男耕女织小农经济模式的，而阿拉伯古代文学作品中的天堂乐园是从伊斯兰教教义出发来写的，目的是劝告穆斯林弃恶从善。最后，两国文学同属东方文学，都表现了一种东方神秘、朦胧之美，体现了东方和谐统一的精神。这是一篇平行研究论文。

任国毅的《小议汉、阿古诗中的"异曲同工"》（《阿拉伯世界》，1988.2)是我国发表的最早一篇有关中阿古诗比较的文章，谈到两国古代诗人在诗作中将"落日"喻为溶化在水里的"黄金"，借"尘土"指"战争"，指出这是文学中的偶合现象。马众的《古诗比较》（《阿拉伯世界》，1998.3)则从诗的功用角度指出中阿诗人写诗的目的大相径庭——中国诗人以诗求官，扣开仕途之门，阿拉伯诗人则以诗取财，把诗作为谋生手段和享乐的资本；另对相貌丑陋的诗人进行了简单的比较，指出中国丑诗人更注重修才养德，而阿拉伯丑诗人则恃才傲物。

王蕾的《中阿古典诗歌中的差异》（《阿拉伯世界》，1991.3）从地理环境和生活方式上的差异在诗歌中的表现来探讨和认识中阿文化深层的民族根源，这显示出一定的比较深度。

在中阿古代文学比较研究方面较有份量的是齐明敏的论文《阿拉伯阿拔斯"苦行诗"与中国唐宋"出家诗"之比较》（上、中、下）（《中国文化研究》1993"冬之卷"、1994"春之卷"和1994"秋之卷"）。该文以平行研究的视角，对阿拉伯阿拔斯朝和中国唐宋朝出现的与盛世时代相背的"苦行诗"和"出家诗"这一独特的文学现象进行比较。正文共分八章："苦行"、"出家"之一般，阿拔斯：文明腾达与"苦行诗"大盛，唐宋代：繁华盖世与"出家诗"奇兴，阿拔斯"苦行诗"内容剖析，唐宋"出家诗"内容概览，方正严肃道"苦行"——论"苦行诗"的艺术特色，幽远冲淡示"出家"——论"出家诗"的艺术特色，于出世入世之间——诗哲麦阿里与诗僧寒山子比较。论文探析了两者在产生的背景、思想内容上的某些相似之处：都是宣传"出世"思想的诗歌，并以一种新题材及新体裁的面貌在诗苑中独树一帜；都是剖白信念、阐发哲理和讥切时弊之作。两者在艺术风格上各有千秋："由于阿拉伯民族与华夏民族的历史、地理、文化传统的不同，由于伊斯兰教与佛教教义的不同，由于阿拔斯王朝与唐宋王朝美学理论的不同，'苦行诗'和'出家诗'的艺术特色便不尽相同。'苦行诗'更倾向于在语言文字上直接、明确地表现哲理和感情，运用比喻手法时，也习惯于那些联想两端极为类似、简单明确的客观描写和直接叙述，而'出家诗'则运用禅宗'凝神观照'的思维方式，注重'兴趣'，着力于'意境'、'韵味'的精彩，寓情于景，寓理于景。"[1] 该论文原是其博士论文的核心内容，立论明确，研究深入，

1. 齐明敏：《阿拉伯阿拔斯"苦行诗"与中国唐宋"出家诗"之比较》（下），载《中国文化研究》、1994 年"秋之卷"。

至今仍是中阿古典诗歌比较方面具有地标性的论文。

史月的《阿拉伯阿拔斯朝诗歌与唐诗之比较》（《东方文学研究通讯》，2002.3）和《唐诗与阿拔斯朝诗之比较》（《东方学术论坛》，上海译文出版社，2008 年版），则从宗教思想、哲学理念、伦理道德、审美情趣这四个方面对两国盛世时期的诗歌作了比较和分析。

林丰民的《盛世诗人艾布·努瓦斯与李白》（《东方论坛》，1997.1）着重探讨两人的咏酒诗，指出两人在对酒的迷恋与痴狂、及时行乐的思想、无拘无束的自由精神和对自然的崇尚等方面有许多相似，分析他们的此类诗作所赖以产生的文化背景除有物质文明达到相当程度后对精神生活的需求也相应提高这种社会因素外，还与诗人的个人生活不得志有关，更有其所呈现的文化意义——宗教因素：李白自愿接近、接触和接受道教，与道教精神契合；艾布·努瓦斯对伊

斯兰教抱有怀疑态度。纵横交错、开放跨越的研究视野，使得该篇论文具有一定的深度和广度。

齐明敏（左二）、张宏（左一）、薛庆国（右一）与叙利亚作协主席阿里·欧格莱·阿莱桑在宁夏。

（二）中阿现代文学的比较研究

中国和阿拉伯都拥有悠久的历史、灿烂的文化和辉煌的文学，特别是文学发展进程极为相似——古代文学以诗歌为主体，文学的现代化进程都是被迫开启的，且都受西方文化的影响等等，这些相同或相似之处便成了中国学者将两者进行平行比较的基础。

张洪仪的《中阿文学的现代化与西方的影响》（《阿拉伯文学通讯》，2003.1）从文学的传统、新文学的兴起、翻译与介绍和觉醒与忧患四个方面进行了阐述。

宗笑飞的《阿拉伯与中国近现代文学翻译及新文学的发展》（《东方文学研究通讯》，2004.2）从近现代文学翻译切入，分析两者文学翻译所经历和具有的共同点，阐释随着翻译文学的出现文学领域的革新也开始可尝试性的探索，并集中讨论了中国和阿拉伯国家在20世纪20年代初到30年代末这一时期的新文学。

林丰民的《中国文学与阿拉伯文学发展的平行与交叉》（《东方文学研究通讯》，2007.4）从平行发展和交叉、文学的传统和文学的差异的角度来论述中阿文学都是以诗歌为主流文学，在平行发展的同时，中阿文学相互交流和相互影响；但两者的诗歌由于其在社会中所起作用、与宗教的关系，诗歌表现社会生活、生活方式、生活哲理和表达方式等方面的不同，又有很大的差异性。

海外文学是相对于各国母体文学而存在的，是文学发展史上一道亮丽的景观。将中国和阿拉伯国家的移民文学进行比较是一个很独特的研究视角。这方面的论文有2篇：一篇是马瑞瑜的《阿拉伯旅美派文学与海外华人文学之比较》(《阿拉伯世界》，1991.4)，该文从作品主题和内容方面寻找两者之间的异同。林丰民的《近现代中国海外文学与阿拉伯旅美文学成因比较》(《北京大学学报》，1998 年外国语言文学专刊) 则从两者的文学成就入手，指出阿拉伯旅美文学和近现代中国海外文学的性质虽相同，但形成的规模、取得的成就和产生的影响却有很大的差别——阿拉伯旅美派文学有庞大的创作群和读者群，具有创新精神，并对阿拉伯本土文坛的创作有积极的指导作用；而中国近现代海外文学却没有取得阿拉伯旅美文学那么巨大的成就，基本上是跟在母体文学后面往前走。作者认为，形成这种差异与移居海外的动因、移民的分布、构成和素质有密切的关系。作者在另 2 篇论文《中国文化对阿拉伯旅美文学的影响》(《东方文学研究通讯》，2004.4) 和《菩萨、老子和耶稣的面孔》(《读书》，2006.12) 中分析了阿拉伯旅美文学对中国文化的接受，以阿拉伯旅美文学代表纪伯伦和努埃曼为例，分析了两位是如何受佛教文化和道家思想的影响并体现在其创作中的。中国文学对阿拉伯文学输出影响研究方面的论文很少，这是中国的中阿比较文学研究需要加强和扩展的领域，因而该篇论文显得弥足珍贵。

从中阿文学总体性比较到具体作家和作品之间的比较，在相类似的主题、题材、创作背景等方面作没有事实关联的平行性研究，涉及的作家和作品数量有限，且研究方法和视角有待拓展。

为便于梳理，下文将阿拉伯作家置于主体地位，中国作家置于客体地位，根据现有成果中被比较的多少进行排序。

黎巴嫩著名作家纪伯伦因其作品在中国被译介得最早和最多，又与中国许多文化名人相关，其人和作品被比较的次数最多，与其比较的中国作家有鲁迅、闻一多和冰心。

中国学者对纪伯伦和鲁迅的比较主要集中在两位的作品在主题思想、观念意识等形而上层面上的相通相异关系。有对作品中表现出的"狂"或"夜"的象征意义进行比较的，如郅溥浩的《纪伯伦作品中的"狂"及其内涵的延伸和演变——兼与鲁迅〈狂人日记〉比较》(《国外文学》，1994.1) 和阮菲的《黑夜与疯人——从"夜"的象征看〈狂人日记〉与〈疯人〉思想的不同》(《消费导刊》，2007.13)；有对作品主题思想进行比较的，如马瑞瑜的《纪伯伦的〈折断的翅膀〉和鲁迅〈伤逝〉之比较》(《阿拉伯世界》，1993.3)；有对两位作家创作特色和结构安排等方面进行比较的，如朱小兰的《站在民族浪尖的散文诗抒怀——比较分析纪伯伦的〈暴风雨〉和鲁迅的〈野草〉》(《三峡大学学报》人文社会科学版，2007.S1)。任何事物都处在一定的时空关系和逻辑关系中，将纪伯伦和鲁迅的作品进行这种比照式的平行研究，主要不是为了求同，也不是为了辨异，而是在比照之下突显两位作家的作品价值和文学成就，以达到相映成趣、相得益彰的效果。

将纪伯伦与闻一多进行比较，主要在寻找和发现类同和同类上，如从对两位作家的成长经历、创作手法和创作主旋律等方面的表面相同入手，进而揭示其实质上的相异。这方面有林丰民的3篇论文：《纪伯伦与闻一多创作的主旋律：爱、美与死》(《国外文学》，1993.3)、《纪伯伦与闻一多——以浪漫主义为主的创作倾向》(《东方研究》，蓝天出版社，1993年版)和《纪伯伦与闻一多：从调色板到文学殿堂》(《北京大学学报》外语语言文学专刊，1995)。

冰心作为翻译纪伯伦作品的文化名人，是否受到纪伯伦的影响，她自己并没有提及，但她与纪伯伦的文学关联却是不争的事实。林丰民的《冰心"爱的哲学"与纪伯伦爱的主题》(《爱心》，1996年第4卷第13、14期)探讨了两人作品在主题思想上的相似之处。

纪伯伦《先知》汉译本在中国传播与影响深广，且有许多知名大家参与翻译纪伯伦英文作品，这都是可进行两者间思潮比较、流派比较、文体比较和作品比较等的起跑点，并可展开重原典材料和科学实证的"影响—接受研究"(关系研究)，但尚未引起国内学者的足够关注和重视。

埃及作家纳吉布·马哈福兹因获诺贝尔文学奖而广受中国研究者的关注。其获奖作品《三部曲》与中国作家巴金的《激流三部曲》均是通过一个家族几代人的生活和思想变迁来反映现实社会，家族小说便成了将两位进行比较的支点。这方面的研究文章有7篇，不仅数量上相对较多，而且研究上也具有一定的深度，俨然成为当下中国马哈福兹学术研究领域中一个相当热点的课题。既有从作品的背景、内容、主题、人物形象、写作手法等方面发掘相同或相似点的，又有从作家的生平、创作历程、创作手法上进行平行比较研究的。如倪颖的论文《中阿文坛的两位巨匠——巴金与纳吉布·马哈福兹》和《东方文坛的两部现实主义巨著》(见《东方新月论坛》，谢秩荣主编，经济日报出版社，2002年版、2003年版)。

中国和埃及都曾是典型的父权社会，对两国男性人物进行比较分析有特殊意义。约旦学者尤素福·哈塔伊的《同是辉煌：试论〈家〉和〈宫间街〉中主要男性人物的相似性》(《阿拉伯世界》，1997.2—3) 和薛庆国的《"家"中的青年与文化烙印——< 激流三部曲 > 与 < 宫间街三部曲 > 男性青年形象之比较》(见《当代阿拉伯研究》第 2 辑，张宏主编，宁夏人民出版社，2009 年版)，前者比较了"家"中老中青三代男性人物形象，后者比较了"家"中的男性青年形象。

　　家族小说从旧式家族的兴盛写到家族的解体，如何构建作品体现出作家的人生哲学观。陆怡玮的《殊途同归的两位文化巨人——简析巴金与马哈福兹的家族小说》(《文艺理论研究》，2009.6) 认为，两位伟大的作家尽管从相似的起点出发，选择了相似的题材，最后却走上了不同的人生之路。巴金信奉的是"爱"与"憎"强烈交织的人生哲学，马哈福兹歌颂的是具有拯救世界力量的"爱"之人生哲学。然而殊途同归，两条不同的人生之路最后汇集到了同一个终点上：真正的人道主义。

陆怡玮（右）、陈越洋与埃及作家拉德

　　余嘉的《前后喻文化视域中马哈福兹与巴金家族小说之比较》(《广西师范大学学报》，2000.2) 从两位作家对本国社会的批判突出表现在作品中的父权政治与青年文化的矛盾冲突上切入，在文化人类学的语境中从价值观念、社会角色的网络关系等层面进行分析，指出两部作品中蕴涵了东方文化传统的一些相同的特质，如以伦理为本位、以道德为重心、群体观念和家庭观念强等。

　　薛庆国的《"家"与东方之弊》(见《东方新月论坛》，谢秩荣主编，经济日报出版社，2003 年版) 以"家"为突破口，通过叙述发生在"家内"的故事折射出"家外"的世界；同样，了解"家"以外的世界，能更好地解读作品搭起的"家"。基于此，作者归纳总结出历史包袱沉重的中国和阿拉伯两大东方民族传统文化中存在的许多惊人相似的弊端，如膜拜权威、压抑个性的专制主义倾向，尊古贬新、保守封闭、自大排外的痼弊，反科学、反理性的迷信、玄学与宿命思想等。

马瑞瑜的《奇葩异彩，缕缕心曲——我国回族文学与阿拉伯埃及文学的比较》（《北京第二外国语学院学报》，1996.1），选取了我国回族作家霍达的《穆斯林的葬礼》、张承志的《心灵史》和纳吉布·马哈福兹的三部曲等进行了概括性的同异比较。

陈越洋、陈杰的《五四新文化运动与埃及近代文学复兴之共性》（《阿拉伯文学通讯》，2013.3），是一篇难得的此类比较的文章。作者认为，两大运动发生的时段虽不完全吻合，但都发轫于社会转型期，复兴期间所表现出的人民性、多元性、开放性等文化、文学精神有着极大的共性。文章分几个方面进行论述：一、文学复兴爆发于酝酿已久的社会转型期；二、文学精神复兴的诸多表现；三、将这两道风景线并列起来观照，可以看出不同文化背景下两国在社会转型时期不同的精神氛围。这在文学内容上体现了民主主义、人道主义，充溢着新的时代精神，掀开了两国文学辉煌的篇章。

在比较文学中寻求比较对象的材料事实关系、美学价值关系、学科交叉关系和跨越异质文化的关系，不是简单的同中求异和异中求同，而是使被比较对象互为参照，进而从浅层次的同异比较提高到向深层次的文化探源发展。

（三）中阿民间文学的比较研究

将中国文学和阿拉伯文学进行比较性研究最先是从《一千零一夜》开始的，将《一千零一夜》故事与中国民间故事进行比较的第一位学者是顾颉刚。

据目前掌握的资料，较为详尽地进行两者间比较的应是枕书的《〈天方夜谭〉与〈今古奇观〉》。他将《辛伯达第七次航海旅行故事》与明末抱瓮老人编辑的《今古传奇》第9卷中《转运汉巧遇洞庭红》的故事进行比较，在有限的事实关系基础上得出结论——后者"故事的主人虽然完全改装成了中国人，但在若干微巧处，多少还可以看出一些阿拉伯民间传说的痕迹"[1]。

1. 枕书：《〈天方夜谭〉与〈今古奇观〉》，载《海洋文艺》（香港），1979年第6卷第3期。

历史上的文学传播大部分情况下是一个自然的甚至偶然的过程，很难画出影响的"经过路线"，只能在有限的外在事实和情景基础上进行分析和判断，并以能确认的事实为出发点，进行"大胆的假设"和"小心的求证"。《一千零一夜》传入中国的路径不得而知，可双方有着直接和间接的故事交流是不争的事实。

中国、印度、以色列、希腊是对世界文明影响最大最深的四个古老民族，也曾对其他国家文学的发展，特别是对民间文学发展过程起着本源作用。从总体上说，世界民间文学中的亲缘关系、类同关系和交叉关系比比皆是，只是论证起来有一定困难，需要知道起点、流传情况及终点所在。因而中国研究者对《一千零一夜》与中国民间故事的比较研究多从具体的故事入手，把两者相同或相似的故事罗列出来，加以必要的分析，然后提出不能肯定的判断和推测。有学术价值的假说的提出，往往可以开启中阿民间比较文学中的重要领域，给后来的研究者提出有趣的研究课题。

刘守华的《〈一千零一夜〉与中国民间故事》(《外国文学研究》，1981.4) 列举了十多个中国民间故事与《一千零一夜》中的故事进行比较，认为它们的相似源于或共同吸收了印度故事，或因为阿拉伯故事传入中国，或因为中国故事传入阿拉伯，并从故事背景、宗教气氛、故事结构等方面探讨了两者的"同中有异"现象。作者首次提出中国故事传入阿拉伯这一问题，并对此作了初步的分析和考证。

有的学者直接从《一千零一夜》文本中寻找答案，如伊宏的《〈一千零一夜〉与中国》(《外国文学研究集刊》第9辑，中国社会科学院出版社，1984年版) 细数《一千零一夜》多次提到中国，有些"不胜枚举"。在提到中国时，采取了两种方法：一种是间接提及或直接描述，一种是作为故事展开的背景或人物活动的舞台。确证相互关系的实际情况，还需要文化氛围的实证来辅佐。

郅溥浩的《〈一千零一夜〉与中国文学》(《阿拉伯世界》，1986.2) 在比较了《一千零一夜》中的《白德鲁·巴西睦太子和赵赫兰公主》故事和中国唐朝《幻异志》中的《板桥三娘子》故事的相似点之后，认为这两则故事的源头是希腊文学《奥德修记》中的情节。《一千零一夜》中的《巴士拉银匠哈桑》和《哈希补·克里曼丁》故事中的羽衣姑娘的故事则可能来自中国《搜神记》中羽衣人的故事。他的《"终身不笑者的故事"和"妙音"——两则中阿文学故事比较》则认为，中国道教《妙音》故事曾传入阿拉伯，《终身不笑者的故事》可能是对《妙音》故事的改写。

中国有多个民族信仰伊斯兰教，故而有学者将《一千零一夜》与中国少数民族民间文学作品进行比较研究。如毕桪的《〈一千零一夜〉与哈萨克民间故事》(《中国民族文学与外国文学比较》，陈守成主编，中央民族学院出版社，1989 年版）将《一千零一夜》中的《阿里巴巴和四十个强盗的故事》与哈萨克的《四十个强盗》等比较，找出两者间有许多雷同或近似之处，并提出了"两者都还曾经受到过诸如印度民间故事等第三者的共同影响"这一假设，并通过比对指出《一千零一夜》里可能有源于哈萨克民间的故事，至少是突厥民族的共同的故事。

董莉英的《从〈一千零一夜〉与藏族民间故事说起》(《西藏民族学院学报》哲学社会科学版，1990.1)，将《一千零一夜》中的《乌木马的故事》、《水牛和毛驴的故事》、《一对鸽子的故事》分别对应着藏族民间故事《金翅鸟》、《懂禽言兽语的牧童》、《鲁莽的公鸽子》，进行了故事情节方面的相似性比较。另外，作者还将阿拉伯民间故事集《一千零一夜》、西藏民间故事集《说不完的故事》和《五卷书》作了简要的比较，进而阐释了印度文化对阿拉伯和西藏文化的具体影响。

阿不都·热苏力的《〈一千零一夜〉与〈维吾尔民间故事〉》(杨春航译，《新疆师范大学学报》哲学社会科学版，1993.3)，认为维吾尔民间故事不少是从《一千零一夜》中汲取营养演绎而形成的。

从文化背景的角度探讨中阿民间文学表层的相似，重点强调文化的相对性和差异的价值，用跨文化的视野拓宽比较文学的空间。

差异性比较研究，有的研究者从民族性格方面来考察，如林丰民的《〈前汉演义〉与〈一千零一夜〉人物性格之比较——从司马相如和马鲁夫的故事看古代中阿社会的平民意识》(《阿拉伯世界》，1992.2)重点分析了两故事所反映的古代中阿平民意识，具体表现在财权意识、平等与自由意识、计谋意识上的差异。邳溥浩的《〈一千零一夜〉和"三言二拍"中的商人生活和市民心态》(见《东方比较文学论文集》，卢蔚秋主编，湖南文艺出版社，1987 年版）则细数了两部作品中的商人生活和市民心态方面的异同。朱湘莲的《"三言二拍"与〈一千零一夜〉商人形象之比较》(《四川文理学院学报》，2009.1)具体比较了两者商人形象在形象气质、冒险精神和消费形态等方面存在的明显差异。

中阿民间文学的比较研究并不只限于与《一千零一夜》故事的比较，还有与其他阿拉伯民间故事的比较研究。如孟昭毅的《文学传播和趋同——〈卡里莱和笛木乃〉在中国》(见《丝路驿花——阿拉伯波斯作家与中国文化》，孟昭毅著，宁夏人民出版社，2002 年版）列举了新疆维吾尔族、塔吉克族、柯尔克孜族民间文学故事，还有汉文小品、故事与《卡里莱和笛木乃》中某些故事的关联和相似之处。

纵观中国的中阿比较文学研究成果，简单地寻找和罗列中阿文本间表象的"相似"或"相异"居多，今后还需细致的个案文本比较分析，从某个概念范畴、文学形象、结构因素等切入，开掘更深层次的如文化精神上的异质性和差异性探究。另外，中阿同属东方文学，发展道路和轨迹相似，那么中国在阿拉伯文学作品中的形象和阿拉伯在中国文学作品中的形象如何？有否被曲解和变异呢？中国文学对阿拉伯文学的输出影响或阿拉伯文学对中国文学的输入影响，或两国文学交流双向性或互动性如何？这些都是值得去探究和开垦的领域。具有高度理论概括性的著作还不多见，这恐怕也是中阿文学比较研究未来的方向。

二、 阿拉伯文学与西方文学的比较研究

在展开论述前，先对"西方文学"所指范畴作一下界定，以免产生歧义。"西方古典文学"是指欧洲中世纪文学、文艺复兴时期文学和 17—19 世纪的欧洲文学，"西方现代文学"包括欧洲现代文学和美国现代文学。

在中古时代，阿拉伯民族的文化和文学起到了承前启后、连贯东西的作用，这是不容辩驳的事实，即便是在"欧洲中心主义"盛行的西方，也得到西方学者的承认。有学者指出："阿拉伯人所建立的，不仅是一个帝国，而且是一种文化。他们继承了在幼发拉底河、底格里斯河流域，尼罗河流域，地中海东岸上盛极一时的古代文明，又吸收而且同化了希腊—罗马文化的主要特征。后来，他们把其中许多文化影响传到中世纪的欧洲，遂唤醒了西方世界，而使欧洲走上了近代文艺复兴的道路。在中世纪，任何民族对于人类进步的贡献，都比不上阿拉伯人。"阿拉伯古典文学与西方古典文学之关系是予多于取。

近代文明从西方开启，现代西方文学给东方现代文学提供了可资借鉴和模仿的范例，难怪有些学者认为，东方现代文学是在模仿西方现代文学中成长的。这既有"传播研究"所能提供的文学事实，也就是文学传播史上能得到实证的事实，又有大胆假设、小心求证，即通过分析、推理和力图自圆其说后得到的支撑材料。阿拉伯现代文学与西方现代文学的关系是取多于予，

现代阿拉伯文学受现代西方文学的输入型影响更多些。

鉴于阿拉伯文学与西方文学的比较所涉内容较为庞杂，下文从研究方法方面入手，按影响研究、平行研究和变异研究对所有研究成果进行分类，以便找出中国学者研究这一课题的特点。

（一）阿拉伯与西方文学的影响研究

中国学者主要集中在中世纪阿拉伯文学对西方古典文学的单向输出型影响研究上，从追寻阿拉伯文学对欧洲文学的影响途径和方式开始，再考证出影响的痕迹——"相似"之处，也就是构成影响的事实。中国学者在探讨阿拉伯古典文学对欧洲古典文学的输出影响研究时经历了由面到线再到点的过程，使用了诸多研究方法来阐述阿拉伯古代文学对欧洲中世纪文学、文艺复兴时期文学和 17—19 世纪文学影响的深度和广度。阿拉伯古典文学在自身发展的基础上，通过"百年翻译运动"吸收了古代东方诸民族的文学成就，还将其文学成就通过西班牙、西西里两大途径西传至西欧各国，成为西方人学习古希腊、古罗马等古典文学的重要媒介，从而对西欧文艺复兴时期的文学产生了深刻的影响。

中国学者从整体上探讨了阿拉伯文学对欧洲文学的单向影响，如仲跻昆的《阿拉伯文学与世界文学》（《'94 北京大学阿拉伯文化研讨会》，今日中国出版社，1994 年版）、黄虹的《阿拉伯—伊斯兰文学及其对西欧文艺复兴时期文学的影响》（《重庆师院学报》哲学社会科学版，2003.2）。

有的学者通过梳理阿拉伯文学流传途径来考证阿拉伯古典文学对欧洲文学的影响，并对影响领域进行了总结。如韩忡的《阿拉伯文学对中世纪欧洲的影响》（《阿拉伯世界》，1999.4）将阿拉伯文学对欧洲文学的影响归纳为形式上的和思想上的两个方面。形式上的影响表现在阿拉伯诗歌丰富了欧洲诗歌的格律、阿拉伯寓言的讽世与警世作用被欧洲文坛所认识、阿拉伯寓言故事套故事的结构被欧洲所采用；思想上的影响体现在一些孕育了人文主义思想萌芽的阿拉伯文学作品传入欧洲，并对欧洲近代文明的兴起具有积极意义。

仲跻昆的《阿拉伯中世纪文学与西欧的骑士传奇文学》（《国外文学》，1995.2）和《阿拉伯文学与西欧骑士文学的渊源》（《阿拉伯世界》，1995.3），先用排除法分析了西欧中古时期的骑士文学很难从希腊、罗马文学中去寻求渊源，也很难从当时的社会现实中去找根据，而是来自中世纪阿拉伯人的英雄传奇、贞情诗、苏非诗和相关的爱情理论著作，是十字军东侵后骑士将东方文化带回西欧的结果。论文有理有据，考据和实证相得益彰。

作为连接阿拉伯与欧洲的重要通道，西班牙曾被阿拉伯人称为安达卢西亚，并且从公元 8 世纪初至 15 世纪，一直在阿拉伯人的统治下。这段时间的西班牙被阿拉伯史学家称作"阿拔斯时期的西方"。尽管阿拉伯人在安达卢西亚属于外来民族，但在政治上占有绝对优势。阿拉伯语是官方语言，因而阿拉伯文学在安达卢西亚的传播是必然的。蔡伟良的《安达卢西亚的阿拉伯文学》（《阿拉伯世界》，1997.3）分析了安达卢西亚阿拉伯诗歌的主题，基本上与阿拉伯东方诗人所创作的诗歌主题相雷同，即常见的有颂扬诗、哀悼诗、讽刺诗、苦行诗、爱情诗、哲理诗等。周钦的《论西班牙文学中的阿拉伯渊源》（《暨南学报》哲学社会科学版，2009.2）认为中世纪的阿拉伯文化和文学在西班牙存在近 8 个世纪，给西班牙文学注入了浓重的东方色彩。从某种意义上说，没有阿拉伯文学及文化的介入，便没有西班牙文学的"黄金世纪"，更不会有其后对欧洲乃至拉丁美洲文学产生的巨大影响。

意大利伟大诗人但丁的《神曲》受到阿拉伯文学的影响，特别是受到伊斯兰教来世学说广泛而深刻的影响。中国学者对此研究的论文有 4 篇：赵向标、马炳烽的《略论伊斯兰文化对但丁〈神曲〉的影响》（《祁连学刊》，1990.4）从伊斯兰文化的角度论述；李振中的《但丁〈神曲〉和伊本·阿拉比〈登霄记〉》（《国外文学》，1988.3）首先考证了《登霄记》在欧洲流传的情况和实例，然后仔细比较了阿拉伯作家伊本·阿拉比的《登霄记》和意大利诗人但丁的《神曲》的相似和相同之处；徐善伟的《西欧文艺复兴时代文学与艺术的阿拉伯渊源》（《齐鲁学刊》，2001.6）则从渊源学和考据学的角度考察但丁是否接触过阿拉伯传奇、对伊斯兰文化与伊斯兰宗教的态度及西方当时的文化氛围等，以此来获得《神曲》之阿拉伯来源的外在证据；齐明敏的《〈宽恕书〉与〈神曲〉》（《阿拉伯文学通讯》创刊号，2002.1）则分析了阿拉伯古典文学史上由艾布·阿拉·麦阿里著的《宽恕书》对《神曲》的影响。

《一千零一夜》的故事在十字军东征时期（1095—1291）通过民间传到欧洲，文艺复兴时期的不少作家深受影响。18 世纪初期以后，各种文字的《一千零一夜》译本在欧洲层出不穷。陆英英的《〈一千零一夜〉在欧洲》（《阿拉伯世界》，1983.2）较为详尽地介绍了《一千零一夜》的法、英、德、俄等译本情况。周顺贤的《〈一千零一夜〉与〈十日谈〉之比较》（《阿拉伯世界》，

1985.4)从故事题材、结构、内容、意义诸方面说明卜伽丘的《十日谈》确实受到《一千零一夜》的影响。刘清玲的《〈一千零一夜〉与〈十日谈〉结构之比较》(《江西社会科学》，2003.12)认为薄伽丘在借鉴《一千零一夜》与《五卷书》的框架结构形式的基础上，又融合了西方文学经典有机整饬的传统结构的基因，创造性地加了一个更大的框架结构，即卜伽丘关于《十日谈》创作动机和经历的继续阐述。林丰民的《〈一千零一夜〉的魔幻现实主义观照》(《东方丛刊》，1998.3)探讨了《一千零一夜》对拉美魔幻现实主义所产生的影响，并从历史上追溯生成这种影响的可能性和必然性。

中国学者在研究阿拉伯与西方现代文学的关系时，常从阿拉伯现代文学对西方现代文学的主动接受和学习入手，在寻找这种影响的"线路图"过程中发现可以实证的影响关系和影响因素。

笛卡尔是法国哲学家、自然科学家，其"系统的怀疑方法"和"我思故我在"的原则影响和启迪了世人的思想。宇宙的《笛卡尔的哲学观对塔哈的影响》(《阿拉伯世界》，1991.1)从塔哈的自述、论文《论蒙昧时代诗歌》和作品《日子》切入来解析和印证笛卡尔哲学观对塔哈的深刻影响。

雪莱是英国第二代浪漫主义诗人中的巨匠，其作品译成阿拉伯文的数量仅次于莎士比亚，深受阿拉伯人的喜爱。周顺贤的《雪莱对现代阿拉伯文学的影响》(《阿拉伯世界》，1993.1)从阿拉伯作家接触雪莱的途径和方式入手，探究了雪莱诗歌及其风格对现代阿拉伯诗歌的革新产生的重大而又深远的影响，特别是雪莱对笛旺派、阿波罗诗社的影响涉及到诗的本质、想象的作用、感情的概念、诗人的使命和社会作用。

惠特曼对世界各国文学的影响广泛而深远，对阿拉伯现代诗歌特别是散文诗的影响很大。这种影响最初主要是通过一些阿拉伯旅美派文学家产生的，而纪伯伦受美国文学特别是惠特曼散文诗的影响较深。林丰民的《惠特曼与阿拉伯旅美诗人纪伯伦》(《阿拉伯世界》，2002.1)指出，两人的文学创作在语言创新、韵律感、色彩运用、叛逆精神和神秘主义思考等方面极为相似，非常典型地体现了东西方文学的交流和共性，特别是近代以来东方文学对西方文学的接受。

西方国家由于政治和军事强大的优势而化为普遍的文化优势，影响着处于弱势国家的方方面面，既有显性的表征，也有隐性的体现，甚至还有一种精神上的渗透。前几篇论文都以个案的方式指出了西方作家对阿拉伯作家的影响，没有涉及阿拉伯作家与西方文化、西方文学的复杂的纠结关系。林丰民的《阿拉伯作家的洋人情结与诺贝尔文学奖情结》(见《东方新月论坛》,谢秩荣主编,经济日报出版社,2003 年版) 分析了阿拉伯作家的洋人情结和诺贝尔文学奖情结产生的原因,并以马哈福兹获奖为例,指出东方国家应理性看待西方的文学奖项。

前面谈到的成果都是一方向另一方进行的单向影响研究,还有进行双向影响研究的。马瑞瑜的《阿拉伯文学与欧美文学的相互影响》(《阿拉伯世界》,1996.3) 和《简论阿拉伯文学与英法文学的相互影响》(见《20 世纪外国文学论集》,边国恩主编,大众文艺出版社,1996 年版) 以作品为中心,概述性地论述了阿拉伯文学与欧美文学在文学传播与文学接受方面的双向交流和影响。

文学相互影响更需要个案阐述的支撑。周顺贤的《托尔斯泰与阿拉伯文学》(《阿拉伯世界》,1997.2) 以俄罗斯思想家、艺术家列夫·托尔斯泰为例,首先从托尔斯泰对阿拉伯文化典籍的阅读、作品中有关穆斯林生活和伊斯兰教礼仪的描述、与阿拉伯人士的直接联系等方面论述了托尔斯泰对阿拉伯文化和文学的情有独钟和受到的影响,然后又从阿拉伯国家对托尔斯泰及其作品的译介、阿拉伯作家对其态度等多个侧面论述了这位伟人及其思想对阿拉伯作家的影响。

中国学者或许基于阿拉伯文学属东方文学的考量,从本位情绪的诉求出发,仍以阿拉伯古典文学的输出为基本框架,构筑起了“超影响研究”,也就是通过采用影响—接受 (反馈) 模式的个案分析来探究某位西方现代作家所受阿拉伯古典文学的影响,似乎可借此打击“欧洲中心主义”的气焰,所选的代表人物是歌德。

歌德是 18、19 世纪之交德国伟大的诗人,研究他受阿拉伯文学的影响可以说明阿拉伯文学对西方文学影响之深、影响之久。中国学者从歌德对阿拉伯—伊斯兰文化的欣赏和推崇开始,如丁俊的《歌德对阿拉伯—伊斯兰文化的推崇与吸收》(《民族研究》,1988.1) 和王冬梅、拜庆平的《歌德对阿拉伯—伊斯兰文化的欣赏和学习》(《阿拉伯世界》,2001.2) 说明歌德对阿拉伯—伊斯兰文化的浓厚兴趣和深入钻研使他给后人留下了充满东方文化情调的诗集。丁俊的《歌德与阿拉伯—伊斯兰文化》(《西北民族学院学报》哲学社会科学版,2000.3) 分析了歌德对阿拉伯—伊斯兰文化情有独钟源于青春年少时,年届古稀时还创作出充满浓郁伊斯兰韵味和东方色彩的《东西诗集》。刘闽的《从〈东西诗集〉看歌德对伊斯兰思想的景仰》则从《东西诗集》的内容切入,考察歌德在作品中如何采用伊斯兰文化素材,以完美的艺术形式表达了对社会问题的态度，同时也抒发了个人生活感受，饱含着歌德对伊斯兰教的炽热情感，充满了对东方生活的向往。另外，歌德还从热爱伊斯兰文学到接受伊斯兰思想，由内部体验而形成人生观，由泛神论出发到一神论的宗教观和探求自然而获得宇宙观，将东西方的思想和形式融合，在德国文坛上独放异彩。

歌德文学进入了阿拉伯—伊斯兰文化圈，阿拉伯学者以不同的观点与立场接受它和评估它。这些不同的观点与立场不仅影响着他们对于翻译作品的选择及他们的翻译方式与风格，也关系到他们对于歌德作品的正确理解与解释。宇宙的《歌德与现代阿拉伯文学》（《阿拉伯世界》，1991.3）从阿拉伯学者对歌德的研究与译介着笔，探析了歌德对阿拉伯作家的直接和间接影响。

"浮士德"作为一种艺术素材，其形成初期就已糅进了伊斯兰阿拉伯的色彩。在其流传到欧洲特别是德国之后，结成了硕果，然后又反馈于阿拉伯，吸引了许多阿拉伯现代文学家，并对他们产生了影响。埃及学者穆斯塔法·马希尔著、蔡伟良译的《现代阿拉伯文学中的浮士德》（《中国比较文学》，1988.3）以哈基姆的小说《魔鬼的契约》、哈迪德的剧本《魔鬼的奴仆》和巴克西尔的广播剧《新浮士德》为例，说明阿拉伯作家对"浮士德"题材进行的再创造，虽持有阿拉伯化的、占为己有的、学术的、对话式的和修改的等多种态度，但都是本着用该题材表达所关注的社会问题和政治问题的初衷进行的。

（二）阿拉伯文学与西方文学的平行研究

对没有事实关系的跨文化的文学现象进行比较研究，是比较文学较流行的一种研究方法。中国学者在将阿拉伯文学与西方文学进行平行研究时，较常用连类比物、相类相从的类同研究。

王列生的《希腊花朵与阿拉伯土壤——论民族精神个性对文学母题选择的制约》（《暨南学报》哲社版，1995.2）指出，生存状态的地域制约和民族精神的差异，形成了希腊文学中英雄母题和阿拉伯文学中自然崇拜母题的分布格局。

李晓卫的《貌似神异　各具特色——辛伯达与鲁滨孙形象比较》（《甘肃社会科学》，2005.2）指出鲁滨孙是一个近代资产阶级开拓者、殖民者和新教徒的典型形象，辛伯达则更多地表现出一个具有浓厚封建意识和宗教感情的中古商人的特点，这两个形象的差异可从其宗教文化传统中找到解释和说明。

丁淑红的《不同文化语境中的埃及女王形象——莎士比亚和埃及文学家邵基笔下的克娄巴特拉》（《国外文学》，2001.3）分析了两位剧作家在不违背克娄巴特拉这一历史故事的基本情节和人物关系的情况下，依据各自所处的文化语境，从民族主义的立场对同一人物性格作出了符合本国文化需求的逻辑性诠释，令历史人物克娄巴特拉的性格呈现出多棱性。

刘清玲的《〈一千零一夜〉与〈十日谈〉的宗教观之比较》（《长沙铁道学院学报》社会科学版，2006.1）从宗教观切入，指出由于文化背景和创作意图不同，二者所显示出来的宗教观念截然不同：前者对真主安拉充满虔诚，后者对基督教会充满嘲笑。

（三）阿拉伯与西方文学的变异研究

将比较的着力点放在一个原典在流传过程中产生的差异性，把变异性的内容提出来研究，就是变异研究。中国学者在进行阿拉伯现代文学与西方现代文学的比较研究时，常进行形象层面的变异研究。

山鲁佐德是阿拉伯民间文学作品《一千零一夜》中的主要人物形象，代表着胆识和智慧，是东方的女英雄，但她走向世界后，却"面目全非"。纪焕桢的《山鲁佐德的现代文学形象》（《阿拉伯世界》，1997.3）着重分析了山鲁佐德形象在走向欧美后发生的变异。西方作家的阿拉伯之夜故事新编多是从第一千零二夜开始的，为迎合西方社会环境和传统，原本秀外慧中、博古通今、善讲故事又讨人喜欢的东方女英雄山鲁佐德，在西方文学作品中变成了妖艳妩媚、性感狡猾的女郎。

"双角王"故事是《古兰经》上记载的有关圣贤亚历山大的故事。维吾尔族学者热依汗·卡德尔的《析双角王类型故事的母题演变》（《民族文学研究》，2004.4）从形象层面探析了"双角王"故事发生变异的轨迹。

在多元文化主义思想的影响下，阿拉伯文学受到欧美文化市场的青睐。欧美的读者究竟对阿拉伯作家和作品有什么特殊的偏好呢？这是一个值得研究和探讨的问题。林丰民的《欧美文化市场对阿拉伯文学的消费》（《北京大学学报》哲社版，1999.3）认为，欧美文化市场对阿拉伯文学的消费主要集中在有争议的作家或遭查禁的作品，以及描绘阿拉伯社会的愚昧落后、野蛮荒诞，状摹准人类学意义上的阿拉伯风俗图景的作品上。它反映了欧美文化市场对第三世界文学、文化进行选择性引进的单一性消费倾向。这种倾向虽不至于完全改变第三世界文学、文化的生产机制，但其负面影响是显而易见的，应引起人们的重视和警惕。史月的《欧美东方学家对阿拉伯—伊斯兰形象的塑造》(《东方文学研究通讯》，2002.2)分析了伊斯兰和阿拉伯形象在欧美东方学家的表述中被蔑视和扭曲的原因。

　　阿拉伯文学与西方文学的比较研究仍是国内比较文学中的边缘领域，当然进行这方面的研究也确实有相当大的困难，更有急需开始的课题，如较为全面、系统地展现阿拉伯文学与西方文学互为传播与影响的轨迹，评价重要作家的作品在对方国文学发展进程中所起的作用等等。

三、 阿拉伯文学与东方文学的比较研究

　　中国学者对阿拉伯文学与东方文学间关系的研究主要体现在阿拉伯文学与波斯、印度、中国的文学之间的关系上。中国文学与阿拉伯文学的比较研究已作为独立的一节在前面出现，这里不再赘述。

（一）阿拉伯文学与波斯文学的比较研究

　　7世纪中，波斯萨珊王朝(224—651)被阿拉伯铁骑所灭，沦为阿拉伯哈里发帝国的一个行省。被征服者波斯民族的伊斯兰化和阿拉伯征服者的波斯化相互作用，使得波斯文学和阿拉伯文学密不可分。张鸿年的《波斯文学与阿拉伯文学关系初探》(《东方比较文学论文集》，卢蔚秋主编，湖南文艺出版社，1987年版)是我国首篇论及波斯文学与阿拉伯文学关系的论文。该论文首先分析了两种文学在思想意识方面的相互影响。自阿拉伯人给波斯人带来伊斯兰教直到近现代波斯语文学，都是在伊斯兰思想的影响下创作的，而歌颂与赞美真主始终是贯穿在多种形式的文学作品中的重要内容。其次在作品的翻译与人物形象的移植方面，波斯人把许多波斯巴列维语的文化典籍翻译成阿拉伯语，如伊本·穆格法的《卡里莱和笛木乃》等。阿拉伯口传"盖斯和莱拉"故事被波斯诗人尼扎米创作成爱情叙事诗《蕾莉与马杰侬》，享誉世界。最后在诗歌与散文作品形式上的借鉴方面，波斯伊斯兰化后，不仅大量阿拉伯词汇进入波斯语中，而且波斯语诗歌也采用了阿拉伯诗歌的"阿鲁兹"韵律。

前面提到，"盖斯与莱拉"的爱情故事发源于阿拉伯半岛，张晖的《莱拉和麦杰农——一部取材于阿拉伯民间故事的波斯文学名著》(《阿拉伯世界》，1983.1)探讨了该故事在波斯的流传。郅溥浩的《马杰侬和莱拉，其人何在？——关于原型、类型、典型的例证》(《外国文学评论》，1995.3)则对该故事人物成为波斯乃至伊斯兰世界"典型"的来龙去脉进行了解析。丁淑红的《母题与嬗变——"盖斯和莱拉"故事分析》、《辐射与吸纳——考察莱拉和马杰侬的故事在阿拉伯文学和波斯文学中的不同境遇》及阿布都外力·克力木的《从〈莱丽与麦吉侬〉看东方伊斯兰文学中的"仿造现象"》，已见前述。

（二）阿拉伯文学与印度文学的比较研究

作为《一千零一夜》故事的来源之一，波斯神话集《赫扎尔—艾福萨那》是一部糅进了印度故事成分的波斯故事集，因而探讨《一千零一夜》中的印度故事母题或与印度故事集进行影响研究实在是顺理成章的。郅溥浩的《〈一千零一夜〉中的印度母题和结构》(《外国文学评论》，1989.3)对《一千零一夜》撷取印度故事的方式进行了总结，归纳出移植型、融汇型和鉴取型三种形式。李俊璇的《影响与再创作：〈五卷书〉与〈一千零一夜〉之比较》(《解放军外国语学院学报》，2002.3)则具体分析了印度著名的寓言故事集《五卷书》在结构、内容、思想、手法四个方面对《一千零一夜》产生的影响。

印度文学对阿拉伯文学产生过重大影响，最突出的莫过于《卡里莱和笛木乃》和《一千零一夜》，但对影响程度和深度的研究不够。至于佛经对阿拉伯文学的影响，由于阿拉伯方面的有意回避，这方面的资料较少，加之受语种及专业相隔的限制，此课题的研究少有人问津。郅溥浩的《佛经与阿拉伯文学》(《东方文学研究通讯》，2002.2)进行了非常有益的尝试。作者从故事母题的角度探讨了《一千零一夜》受印度和佛经故事影响的必然性，并选取了佛经《杂譬喻经》中的《鸟兽语》与《一千零一夜》中的《农夫、黄牛和毛驴的故事》、佛经《六度集经》中的《补履翁》和《一千零一夜》中的《睡着的人和醒着的人》进行了情节方面的比较，分析了佛经故事对《一千零一夜》产生影响的多种原因，还有佛经故事的世界性传播。

阿拉伯现代文学与东方现代文学的比较研究较少，只有1篇埃及作家与日本作家进行比较的论文，这就是罗田的《马哈福兹与川端康成小说空间艺术比较》(《外国文学欣赏》，

1989.3）。作者将获得诺贝尔文学奖的两位东方作家进行比较，从微观的"空间艺术"入手，即从作品所包容的人物群体、生活场景和背景环境等方面进行考察，指出其异同及造成这种差异的原因。

中国学者在阿拉伯文学与世界文学的比较研究方面虽取得了一定成果，但仍有一定的局限性。例如在影响研究方面，多拘泥于文学的事实关系，而不能进行美学上的判断和批评，即便通过实证研究发现了影响踪迹，进入到作家的创造世界，也没有进一步研究"影响"与"被影响"间的辩证关系——接受者如何超越影响，影响的范围和限度如何，接受者对接受对象的误解、混同与偏离又达到怎样的程度等。

涉及中阿文学交流、比较研究的著作不多，现选取两部具有较高学术价值的介绍如下：

《中国文学与阿拉伯文学比较研究》

2011 年 1 月，北京大学出版社出版了林丰民等撰写的《中国文学与阿拉伯文学比较研究》。参加撰写的人员有：史月、陈春霞、郅溥浩、张洪仪、宗笑飞、薛庆国等。这是一部对中国古代、现当代文学与阿拉伯古代、现当代文学进行了比较研究的著作。不仅对两个民族的具体作家及其作品进行了比较研究，而且力图从平行与交叉的角度探索彼此间的发展和异同。全书共分六章，前有绪论。

林丰民在绪论中说："中国文学与阿拉伯文学都是东方文学的有机组成部分，在古代都为世界文学贡献了杰出的诗篇……黑格尔在谈论伊斯兰教诗时曾指出：'一个东方人如果遭受到苦难，他只把它看成命运的不可改变的决定，仍泰然自若，不感到什么悲伤抑郁或是愤懑不平。'像这样共同的东西我们在中国文学和阿拉伯文学中都找得到。"然后他从平行与交叉、文学的传统、文学的差异几个方面，对中国文学与阿拉伯文学进行了比较研究和论述。

第一章"盛唐诗歌与阿拔斯朝诗歌"共分三节。在第一节中，作者首先论述了不同语境下的两种盛世诗歌，分析了自然环境、社会环境对两种诗歌的影响；进而论述了文化转型中的两种诗歌，分析了宗教思想、哲学理论、伦理道德、审美情趣对两种诗歌的影响。在第二节"诗歌与女性文学"中，分析了歌伎制度与歌伎现象产生的原因，进而论述了两种文学中的女性文学。第三节"盛世酒诗人艾布·努瓦斯与李白"，从酒与诗的社会、及时行乐的思想、自由的精神、崇尚自然等方面对两位诗人进行了比较。

第二章"《一千零一夜》与中国文学"共分三节，论述了《一千零一夜》在成书过程、艺术形式上与中国章回小说的异同，将《一千零一夜》与中国民间故事中相关的类型和母题及中国文人文学进行了比较研究。

第三章"中国文学的现代化与西方的影响"共分三节，分别从文学翻译与新文学的兴起、现代性追求、回归传统的倾向几个方面加以论述。

第四章"近代中国与阿拉伯翻译文学"共分三节。从翻译文学揭开西学东渐的序幕、文学翻译活动的兴起、翻译推动文学的革新等方面论述，进而对中国和阿拉伯文化启蒙先驱严复和雷法阿·塔赫塔维进行比较，论述二人对推动新文化发展的贡献，又对不懂外语的翻译家林纾和曼法鲁特进行对比研究，指出二人的特点、影响及局限。

第五章"《激流三部曲》与《宫间街三部曲》"共分三节。首先从"家"的文化谈起，进而论述了人物形象的象征意义，分别从家中的父辈形象、家中的青年、家中的女性三个角度入手展开论述，对两位文坛巨匠巴金和马哈福兹的写作艺术进行了深入细致的分析和阐述。

第六章"近代中国海外文学与阿拉伯旅美文学"共分三节。对近代中国海外文学与阿拉伯旅美文学的成因与背景进行了分析，进而谈到中国文化对阿拉伯旅美文学的影响，最后对海外文学的两位代表纪伯伦与闻一多进行了比较研究。

本书是一部比较系统地对中国文学与阿拉伯文学进行比较研究的著作，涉及面较广。除对文学内容、现象及产生背景的具体比较、论述外，更有理论上的阐释和提升，标志着中国的阿拉伯文学研究有了进一步的发展。中国文学和阿拉伯文学——无论古代还是现当代——都将走得越来越近。

《天方书话——纵谈阿拉伯文学在中国》

葛铁鹰的《天方书话——纵谈阿拉伯文学在中国》（首都师范大学出版社，2007 年）是一部具有较高学术价值的书。全书约 50 篇论文，62 万字。它对中国早期的阿拉伯文学译介以及阿拉伯文学在中国的种种情况，都有细致的描述和考证，发幽探微，道前人之所未道，做前人之所未做。作者在书首写道："如果人们能够利用好书话这种深浅有度、雅俗共赏的体式，结集时将其作为介于学术专论和普通读物之间的一种文本，内容相对集中在某一专题，使用非论文话语表述，以组合系列的方式，把周知和鲜知糅为一体，令普通读者和学者皆可从中获益，那么它的价值和意义就会更大，生命力也就会更强……鉴于书中大部分文章的视角探伸到中国阿拉伯文学接受史、交流史、译介史方面，便基本定在'阿拉伯文学在中国'。加上一个'纵谈'，无非是想告诉大家不是一部全面系统论述这一专题的著作。"葛铁鹰的《天方书话——纵谈阿拉伯文学在中国》全书分五辑：第一辑"大师缘"，第二辑"译介记"，第三辑"夜谈录"，第四辑"古籍钞"，第五辑"华夏情"。

葛铁鹰的《天方书话——纵谈阿拉伯文学在中国》封面

中阿文学交流因有许多中国文学界和学术界大师级人物的参与而分量陡增，意义重大。"大师缘"中提及 17 位名人，既有广为国人所知的冰心，又有未曾被提及的许多名人，如茅盾早年翻译阿拉伯女性小说，朱湘翻译阿拉伯古诗，还述及叶圣陶、顾颉刚、胡愈之、刘半农等与阿拉伯文学的关系。"译介记"中钩沉了汉译的第一篇阿拉伯小说、第一部阿拉伯个人短篇小说集、中国人创作的阿拉伯寓言、中国对埃及现代作家群的首度介绍等。"夜谈录"则主要谈《一千零一夜》在中国的译介和传播等情况，如《千夜之花谁先采？》、《〈天方夜谭〉知多少——写在〈一千零一夜〉汉译问世一百年之际》、《〈一千零一夜〉的中国变奏》等。其中有的属考据类，对了解和研究《一千零一夜》不无裨益。"古籍钞"中从阿拉伯古籍特别是史学著作中爬梳整理、去伪存真地挖掘出若干关于中国的记载，并对相关资料进行梳理和译注，既有对阿拉伯古籍中流传及影响较广而又不具有确凿历史依据的"大食人进逼唐王朝"事实的真实性的考据，又有对阿拉伯古籍中阿拉伯语汇、零章散句进行索隐探微和甄别，提出的问题或得出的结论有一定启发性和开拓性，如《沙海遗珠：〈中国集〉——世界第一部关于中国的诗集》、《造纸术西传中的中国女性》、《阿拉伯古籍中关于郑和船队的一段重要史料》等。"华夏情"中有不少中阿文化、文学交流的珍贵史料、资料。

　　这些考据和研究不仅填补了中阿文化、文学交流史上的某些空白，还给以后中阿比较视野中的文学研究提供了史料线索，极具启示意义。学术性和知识性相结合是本书的一大特点。该书虽定名为《天方书话——纵谈阿拉伯文学在中国》，但作者有自觉的方法论意识，将考据与实证贯穿始终，重视史料的收集和辨析，强调以原始典籍为据的追根究底、正本溯源的研究方法，较为全面地考察和梳理了中国人在接受阿拉伯文学时的最初状况。作者在复原"事实的文化"的同时，佐以书内、书外生动多姿的掌故，不仅激发了读者的兴趣，而且在原典文献基础上，形成了一个有研究价值的问题域，为后来研究的深入开展提供了重要的支撑材料。

第五章　　中阿文学交流的灿烂之花——《一千零一夜》

　　《一千零一夜》是中世纪阿拉伯的一部规模宏大的民间神话故事集，也是阿拉伯民族贡献给世界文苑的一株闪烁着异彩的奇葩。

　　中世纪，阿拉伯帝国横跨亚非地区。除西亚和北非外，其统治和影响远达等中亚，并曾占领西班牙。通过这些地区，它与更远更广的国度接触和交往。《一千零一夜》汇集了阿拉伯、波斯、印度、希腊、罗马等民族的神话、寓言、传说等故事。其内容之丰富，关涉之广泛，加之波谲云诡，神幻怪异，其他民族的民间故事尚没有能出其右者。它是诸民族文化交流和融合的产物，也是阿拉伯广大人民群众智慧的结晶。

　　本书的成书过程，不仅是一个吸收和融汇的过程，也是一个在吸收和融汇的同时，在不同时期现实生活的基础上不断再创作，继续产生新故事的过程。

　　本书故事开始，讲古代一位暴君，因王后与人私通，胸中愤恨，便每夜娶一女子，翌晨即杀死，以此报复。美丽聪慧的宰相女儿山鲁佐德为拯救无辜姐妹，毅然前往王宫，每夜给国王讲故事，共讲了一千零一夜，终于使国王感悟。

　　山鲁佐德每夜讲故事，犹如一根串线；而书中的一个个故事，犹如闪亮的珍珠。只有当二者结合时，才能构成一串晶莹闪亮的珍珠。

　　《一千零一夜》的故事美妙动人，情趣盎然，世代以来扣动着读者的心弦，魅力始终不衰。《渔夫和魔鬼的故事》、《辛巴德航海历险记》、《卡玛尔王子和白都伦公主》、《阿拉丁和神灯》、《阿里巴巴和四十大盗》……美好的内容给人以愉悦，积极的精神焕发起人们的激情，那众多的神奇情节让人生发出无穷的想象。

　　对《一千零一夜》的翻译，在中国对阿拉伯文学乃至对世界文学的翻译中都占有着重要的地位。

第一节　《一千零一夜》在中国的译介

《一千零一夜》是一部规模宏大的民间神话故事集。

自18世纪初法国人迦兰的译本问世后，《一千零一夜》的欧洲译本如雨后春笋般产生，《一千零一夜》的影响从此遍及欧洲，遍及世界。一位欧洲评论家说："1704年发表了他（迦兰——笔者注）的译文，顿时轰动了世界，几年之后，该书英译本《天方夜谭》蜚声英格兰全岛。通过《天方夜谭》这面镜子，我们可以看到伊斯兰世界的黄金时代。这些传说集合了有关古代波斯、印度、希腊和希伯莱的包罗万象的知识。阿拉伯人给《天方夜谭》涂上了独特的伊斯兰色彩，使它阿拉伯化了。人们经常将辛巴德的许多美妙奇谈与荷马的奥德赛相提并论。阿拉伯水手们正在探测一个新奇的世界……它启发后人写出了大量的航海小说，包括《鲁滨孙漂流记》、《格列佛游记》。"[1]

1. 转引自豪泽：《〈天方夜谭〉里的迷人世界》，载《名作欣赏》，1980年第1期。

高尔基在谈到《一千零一夜》时说："在民间文学的宏伟巨著中，《莎赫拉扎特故事》（即《一千零一夜》——笔者注）是最壮丽的一座纪念碑。这些故事极其完美地表现了劳动人民的意愿。美妙动人的虚构，流畅自如的语句，表现了东方各民族——阿拉伯人、波斯人、印度人——美丽幻想所具有的豪放力量。"[2]

2. 高尔基为俄译本《一千零一夜》写的序。

郑振铎在其《文学大纲》中写道："这时的唯一光荣者乃为《一千零一夜》。有许多的人，不晓得一点阿拉伯的别的东西，却都知道《天方夜谭》——《一千零一夜》之别名。全世界的小孩子，凡是有读故事和童话的幸福的，无不知《一千零一夜》中之许多有趣的故事；这部书已成为世界文化的一部分而非阿拉伯独有的了。"[3]

3. 郑振铎：《文学大纲》，第810页，上海：上海书店出版部，1986年影印重版。

20世纪初，《一千零一夜》开始传入中国，各种各样的译本（主要是从英文本转译）陆续出现。《一千零一夜》的不同译本，构成20世纪初数十年间我国外国文学翻译的一道特别亮丽的风景线。从20世纪初直到现在，《一千零一夜》的翻译长盛不衰，始终没有间断过，几乎成为任何年代里最热门的畅销书。

我国古代曾将阿拉伯国家称作"天方之国"。西方国家有时将《一千零一夜》译作《阿拉伯之夜》。因此，20世纪初，我国在译作《一千零一夜》的同时，也有人据西文译作《天方夜谭》。这个译名与原名《一千零一夜》一直沿用至今。在中国，"天方夜谭"一词几乎变成了汉语中一个家喻户晓的成语。

《一千零一夜》在中国不断被译介，其中不少故事广为流传，深入人心，并且影响到中国作家的创作。《一千零一夜》在中国的传播，是中国阿拉伯文学交流史上的一大盛事，是中阿文学交流史上一朵永开不败的灿烂之花。

《一千零一夜》究竟是在什么时候传入中国的？它的第一位翻译者又是何人？由于事隔久远，资料又不够翔实，难以对此作出准确的判断。学者李长林先生在一篇考证文章中提到严复译《穆勒名学》中有关《天方夜谭》的一则按语时指出："从按语中可以看出，在我国将此书译为《天方夜谭》始自严复。"[1] 严复于 1900 年在上海开始翻译《穆勒名学》，于 1902 年译完

前半部。但学者葛铁鹰认为，严复因种种原因，直到 1905 年才译完《穆勒名学》后半部并出版该书，而此时已有别人翻译过《天方夜谭》，他可以据此修改他在译文中碰到《天方夜谭》时所写的按语，因此不能认定他是《天方夜谭》的最早译者。按葛铁鹰考证，在 1905 年之前，至少已有两位翻译者在自己的译著中使用过《天方夜谭》的译名。他们是：一、《大陆报》1903年 5 月 6 日刊载的《一千零一夜》序。《大陆报》由这一天发行的第 6 期至 10 期连载了这部名著的几则故事，虽然译者正式采用的译名为《一千一夜》，但他在这篇序言中说："故名其书曰《一千一夜》或曰《天方夜谭》……"只是译者署名为佚名。二、《绣像小说》自 1903 年10 月 20 日起连载的《天方夜谭》。李长林先生已考证出译者为奚诺。[2] 葛铁鹰在后来写的一篇

文章中还提到，1903 年 5 月 20 日文明书局出版《海上述奇》即（辛巴德航海的故事），译者钱楷，这是中国人翻译《一千零一夜》的第一本书，即第一个译本。

如果没有资料证明严复在 1900 年确实翻译过《天方夜谭》，那么在现有资料情况下，应该认为 1903 年登载的两种《天方夜谭》故事以及《海上述奇》便是中国最早翻译介绍《一千零一夜》的译著了。第一位译者佚名，第二位译者是奚诺。至于这第一位佚名译者究竟是谁，无确切资料可查。

对《一千零一夜》的翻译第一人还存在另一种说法。杜渐认为，周桂笙是翻译《一千零一夜》的第一人，因为他在 1900 年出版了《新庵谐译》一书，其中含有两篇《一千零一夜》故事。[3] 但有

人认为此书出版于 1903 年，而不是 1900 年，而且仅仅是一本书中的两篇故事。

1.《阿拉伯世界》，1999 年第 1 期。
2. 葛铁鹰：《天方书话——纵谈阿拉伯文学在中国》，第 255—257 页，北京：首都师范大学出版社，2007 年版。
3. 杜渐：《书海夜航》，北京：三联书店，1980 年版。

　　有人统计，《一千零一夜》自 20 世纪初介绍到中国以来，至 2006 年共出现了六百多种译本。在不少译本中附有序文、前言或后记，它们对《一千零一夜》这部作品表达观点和看法，有参考和认识价值；有的译本背后还有一些鲜为人知的故事，它们构成了中国阿拉伯文学交流史的一个重要的方面。

一、　早期译本

　　1904 年 8 月 11 日，《女子世界》开始连载《侠女奴》，即《阿里巴巴和四十大盗》，署名萍云女士。"萍云女士"即周作人。1901 年秋，周作人在江南水师学堂学习，偶然见到一本英文插图本《一千零一夜》。他深为那些优美的插图和引人入胜的故事所吸引。他曾自述说："《天方夜谭》是我在学堂里看到的唯一的新书……我想我该喜欢它的。我认识了这一本书，觉得在学堂里混过的几年也不算白费。"他后来还曾回忆说："我是偶然得到了一册英文本的《天方夜谭》，引起了我对于外国文学的兴趣，做了我无言的教师……中间篇幅顶长的有水手辛八自讲的故事。中国最早有了译本，记得叫作《海上述奇》的便是。我看了不禁觉得技痒，便拿了《阿里巴巴和四十大盗》来做实验，这是世界上有名的故事，我看了觉得很有趣味，陆续把它译了出来，虽说是译，当然是古文，而且带着许多误译和删节……我就将译文寄到那里去（苏州出版的《女子世界》），署上一个萍云的女子名字，不久居然分期登出，而且后来又印成单行本，书名是《侠女奴》……是我在学堂里学了英文的成绩，这就很值得纪念了。时为乙巳（1905）年的初头。"[1]

　　1. 周作人：《周作人回忆录》，第 100—101 页，长沙：湖南人民出版社，1982 年版。

　　在《侠女奴》在《女子世界》第 12 期上刊载完毕之际，周作人意犹未竟，又以"会稽碧罗女士"之名，在《女子世界》同期上发表了《题侠女奴原本》的长诗，极力赞美这篇故事和女主人公。其中有如下诗句：

> 金钱费得唤缝尸，
>
> 敌计虽深那得知。
>
> 一误何堪再误来，
>
> 朱门红粉费疑猜。

请君入瓮已堪伤，

灌顶醍醐那可当。

三十七人齐拼命，

殉财千古吊金伥。

……

羯鼓咚咚声忽断，

筵前血酒杜鹃红。

行踪隐约似神龙，

红线而今已绝踪。

多少神州冠带客，

负恩愧比女英雄。

　　在诗中，周作人将中国的红线女与《侠女奴》中的主人公类比，表达了他对此类奇女子、女英雄的赞佩之情。

　　1905 年 5 月，《侠女奴》出版单行本，书首有一段译者说明："有曼绮那者（今译马尔佳娜），波斯之一女奴也，机警有急智。其主人偶入盗穴为所杀，盗复迹至其家，曼绮那以计悉歼之。其英勇之气颇与中国红线女侠类。沉沉奴隶海，乃有此奇物，亟从欧文侈译之，以告世之奴骨天成者。"正如研究家孟昭毅先生所说："周作人在这段简短的说明中，深入地发掘了这篇故事的思想内容及其深刻的社会意义，既有文学意味，又有政治见解。将《阿里巴巴和四十大盗》中的侠女马尔佳娜与中国女侠聂隐娘相提并论，这不仅是一篇短小精悍的比较文学，而且明显地表示出译者针砭现实的爱憎情感。"周作人还将《一千零一夜》与中国的《西游记》、《封神榜》、《白蛇传奇》等故事相比。他认为《一千零一夜》与《聊斋志异》有些近似，故事多来自民间。[1]这些简短的话语，是早期中国与阿拉伯文学交流中具有启示意义的论述。

　　　　1. 孟昭毅：《丝路驿花——阿拉伯波斯作家与中国文化》，第 159—163 页，银川：宁夏人民出版社，2002 年版。

　　1917 年 1 月，中华书局出版了严桢注释的《海客谈瀛录》（即《水手辛巴德的故事》）。1917 年 9 月，商务印书馆出版《天方夜谭》英文本（附汉文释义），注释者周越然。1930 年 4 月，亚东图书馆出版汪原放译的《一千〇一夜》。他所依据的本子是 1915 年美国金因公司印行的英国莱恩的英译本。全书 440 页，收楔子及 20 篇故事，书前有英文本原序，书后有译后题记。他被认为是第一个以"一千零一夜"为书名的人，虽然此处他用的是"〇"而不是"零"。原序对《一千〇一夜》故事的起源、对伊斯兰教、对阿拉伯社会生活及习俗有概括的介绍，对其中几篇特别脍炙人口的故事有所提及，使中国读者较早了解到与本书有关的一些情况。汪原放在译后题记中写道："这书的名字普通都译作《天方夜谭》，因为我用来译的本子和已有的译本都不同，所以使用了这书原有的两个名字里不常用的一个。"他说："（莱恩在原序中说）读这些有名的故事的人，如果不懂得'阿里巴巴和四十大盗'，不懂得'海客圣德彼得'，不懂得'阿拉丁和奇灯'，不懂得'异马'等篇，他真算不得是一个会读这些故事的读者。怎样才算'懂得'呢？我想除了'爱利柯兹'那一篇含有东方本色的道德问题在里面之外，其他的几篇，无一篇不充满了最可宝贵的冒险的精神。这种精神正是我们所需要的，尤其是规行矩步的在'孔孟之道'高压之下的少年朋友们所最需要的。"他说："我决用莱恩本来译的原因亦见于原序，现在且把它分条列录在此地吧：1. 为了适合于学校里做课本的需要，我立意精选一些最好最有名的编成这删节本；2. 我这个本子自信是一个比较实用的本子；3. 我这个本子是用现代的文体写成的……如果在高小或初中的少年朋友们以这部包含二十多个有趣的故事的集子为补充的读物，我认为时间与精力或不致有过大的浪费与损失。"

1930 年 4 月，由王云五主编的《万有文库》收奚诺译《天方夜谭》2 册，由商务印书馆出版。本书于 1939 年 12 月简编印行。实际上，1906 年 4 月商务印书馆即印行了奚诺译的《天方夜谭》（4 册），50 个故事，约 35 万字，收入《说部丛书》。本书在清末及民国时期流传颇广，影响甚大，至 1947 年至少再版 7 次以上。奚诺的译本为文言，很受人推崇。1924 年 6—8 月，商务印书馆出版了奚诺的《天方夜谭》上下册，有叶圣陶的校注和近万字的长序。由于有叶圣陶长篇序言的存在，本书不仅成为我国出版之《一千零一夜》版本中的珍品，而且也是我国研究《一千零一夜》的极为宝贵的资料，更是中国阿拉伯文学交流史上的一段佳话。

叶序比较详细地讲述了本书缘起、产生情况，叶圣陶认为："我们虽然知道《天方夜谭》最初的本子从什么地方来的，用什么文字写的，可是不能够就说全部的故事都产生于那个地方，那些故事在它写定以前辗转述告，已经难以知道最初产生的时地。写定之后，不知经过传抄者几回的增损才成最后的模样。还是说这是一部东方各国民间故事的总集来得确当切实得多。"序文还对《一千零一夜》的结构作了一番评述："像这样一部大书中，包含着这许多故事，编集者手腕的精妙，已很是惊奇了。而尤可注意的，则是全部书的结构。这部书虽是一部故事的总集，编辑者却不肯让它们一篇篇自为起迄，成个平常的式样。他把全集来讲成个大故事，许多的故事则包含在这里边。那些故事的情节如其是平凡一点的，中间又联串些小故事，以见兴趣。这样，本来不相关涉的许多故事组合起来而成个有机体了。这是个非常聪明的办法。"接着，叶序将译本全部的线索简略地叙述了一下，以备选者参考。即史希罕拉才德（山鲁佐德）如何进宫给国王讲故事，从而引出一个个大大小小的故事，大故事又套小故事，波澜迭起，妙趣横生，令人惊异。叶序说："虽然全集是一个大故事，但是我们若截头弃尾，单单取中间包蕴着的最小的一个故事来看，也觉得完整妙美，足以满意。这譬如一池澄净的水，酌取一勺，一样会尝到美甘的清味。"

接下来，叶序对用古文翻译外国文学作品发表了自己的看法："所谓正统的古文，揭示得很明显的是挂起'载道'的招牌。质料必取有关治道之大，圣功之深的，于是所谓里巷委琐，人情婉曲，都在摒弃之列了。偶然有几个人作古文逸出了规范，就被认为小说家言了。这'小说家言'四个字含着多少瞧不起的意思！其实他们的罪状只在材料属于圣功治道之外，写法超乎简约浑朴以上，表现得描写得比较真切入情罢了。由我们看来，古文定要与小说家言分家，这是使它不能成为很好的文学的一个原因。一种外籍的译入，对于国人的思想上会发生影响，那是不待说的；就是对于固有的文体上，也会促起若干蜕变。自梵书译入而后，有些文句便'梵化'了，就是一个例子。古文翻译了小说，古文的质料增得丰富了，形式转成繁复了，这便是一种蜕变。胡适作《五十年来中国之文学》中有关论述林纾用古文翻译小说的话，这里正可以借用。他说：'林纾译小仲马的《茶花女》用古文叙事写情，也可以算是一种尝试。《茶花女》的成绩，遂替古文开辟一个新殖民地。林纾用古文做翻译小说的试验，总算是很有成绩的了……但这种成绩终归于失败；这实在不是林纾一般人的错处，乃是古文本身的毛病。古文是可以译小说的，但古文究竟是已死的文字，无论你怎样做得好，究竟只够供少数人的赏玩，不能行远，不能普及。'"引用了胡适的文章后，叶序说："这是文艺的效用上着想而说的……简约拘常的古文当然不及丰富解放的古文。所以我们说欣赏古文与其选取某家的古文选集，还不如读几部用古文而且译得很好的翻译小说。"叶序接下来对奚诺译《天方夜谭》作了评述："这个译本运用古文，非常纯熟而不流于迂腐，气韵渊雅，造句时有新铸而不觉生硬，止见爽利。我们认为是一种很好的翻译小说。"他以《理发匠六兄弟》中六弟遇见慈善家巴米息特的一段对话，来说明译文如何"明白干净"而又"富于情趣"。叶序在最后指出："书中偶有运用典故来修辞的地方，但像'楚囚'之类不太适切的却很少。所以我们若不抱着传统的宗派的观念，要一点古文的东西，像这个译本应是很好的材料。"

如果我们把上述文字放在特定的历史条件下看，则它具有非常重要的意义。它不仅说明了近现代以来中国文学的发展过程，而且在翻译史话上也是一篇难得的佳作。在冲破古文的刻板形式和僵滞内容之初，用古文翻译外国小说，吸引些外来的成分，增添些生动的内容和细密的情感，构成一种丰富的解放的古文，实在是一种新的大胆的尝试，一种别具一格的努力，一种历史必然的进步。但终因古文本身的局限，这种尝试、努力、进步也是不能持久的。无论是本民族运用的文字，还是翻译小说的文字，终将被白话文所取代。我们还是从这样的角度、以这样的眼光来看待奚诺用文言文翻译的这部《天方夜谭》。

1948 年 11 月，新潮出版社出版了季诺翻译的《脚夫艳行记》和《神灯》，二者均为《天方夜谭》中的故事。通过已出版的《脚夫艳行记》（即《脚夫和巴格达三个女郎》），我们得知新潮出版社欲推出的是一套规模宏大的《天方夜谭》译本，其翻译蓝本是波顿的英译本。英国陆军上尉波顿，早年曾在东方各国旅游，酷爱东方文化。他于 1852 年着手翻译《一千零一夜》，1885 年出版第 1 卷，1888 年全部译完出版，共 17 卷，费时 36 年。全译本后 7 卷是补遗，即新收集来的东方故事；第 10 卷之后附有研究论文，对故

季诺译《脚夫艳行记》扉页

事来源、阿拉伯社会风俗及人情等均有详细介绍。季诺在译本的总序中称，新潮出版社的这套《天方夜谭》打算分成 10 辑出版，每辑 5 册。如果出全的话，则应是 50 册。我们从已出版的《脚夫艳行记》中看到已列出的 2 辑中的 10 个故事：《脚夫艳行记》、《神灯》、《丑夫·美妻》、《小天方夜谭》、《海底联姻记》、《怪指环》、《颜如玉》、《四十大盗》、《海中奇遇》、《奇中奇》。这部《天方夜谭》的总序说："《一千零一夜故事集》……这书是什么人，在什么时候和什么地方写作的，到现在还未能正确地知道。然而，要比这更多的，人的天真的幻想，犹如实际存在的那样的世界，由着各种形式而产生出来的故事集，却是时不分古今，地不问东西，可以说一句除此之外，便别无他书的存在了。如果以反实在的超自然主义的立场来说，我们的《西游记》，或者还勉强可以和这一比，但是，《西游记》却并不是纯粹的故事集。"总序还说："这里使用的原本，便是波顿的译本，不过不同的是没有分夜，而以每一故事为单位，那因为我们另有翻译全译本的计划，这里不过将里面特殊优美的故事，选译出来，印成单行本，供给仅欲购某一故事的读者阅读而已。除去分夜之外，全文还是一句不删地译述出来的。"总序还强调说，过去出版的几种《天方夜谭》所依据的版本，"都是以儿童和青年为对象。现在我们所依据的这个译本，想引起一般读者的注意，知道《天方夜谭》并不止于儿童的读物，它在文学上有崇高的地位，是文学研究者必读的一部文学作品，而产生探讨与研究的兴趣。我们这微弱的愿望，算是获得充分的满足了"。季诺在"译后记"中还指出了莱恩和波顿两种译本与原文的差异及在文学价值上的不同。对于《天方夜谭》中数量巨大的诗歌，他也谈了自己的看法："《一千零一夜》的故事里面，有着许多诗篇，总数有万行之多，独特地放射出异彩。原译者波顿对于东方语言以及东方文学，修有深邃的造诣，这泛溢在他的寸言片语的译文之中，所以对原著的浪漫的色彩，由了诗的音韵的表现，毫无遗漏地发挥了出来，完全造成了绘画的效果，也把阿拉伯人任何场合都以诗歌来表达内心的风习，充分地传达出来了。真可以说一句，没有诗的《一千零一夜》，就是等于没有太阳的白天。这一点，在这篇《脚夫艳行记》中，虽是经过译者的重译，与方块字的简陋的再现，不完全失却原诗的情调，但在读者，我想总多少还可以触摸到一些它的原来的风韵吧？"书后还对"古兰经"、"安拉"，"教主"、"苏丹"（君王）、"洛克"（大鸟）、"面纱"、"昏厥"等书中常用的词语作了注释，给读者提供了很大的理解上的方便。

　　1958 年 8 月，人民文学出版社出版了纳训译《一千零一夜》。在相当长的一段时期内，这是中国最流行的一个《一千零一夜》译本。

"文革"期间，有关的翻译、出版均告停顿。

1981 年 4 月，河南人民出版社出版了肖波伦翻译的《天方夜谭》。此译本系据一本专为青少年阅读的英文节译本译出，约 13 万字，印数达 235 000 册。在"译者的话"中，译者对《一千零一夜》的成书情况、神奇魅力作了概括介绍。他特别指出，虽然《天方夜谭》是一部神话故事，然而在个别故事中，或者在一个故事的一部分里，常常反映了当时的一些制度、风俗、宗教、特殊心理状态等，几百年前阿拉伯宫廷中的、贵族的、一般平民的思想和生活状况，随时在故事中表现出来。这种情况，不仅触及种种现象，也有细致深入的解剖，解剖之中往往显示出意味深长的幽默感。书中理发匠讲他兄弟的两个故事，便是很好的例证。英译本比起阿拉伯原文来，无论是在故事的数量上或字数上，都少得多了，也简括多了。虽然如此，读者还是可以看出，这部阿拉伯人的不朽杰作，是多么瑰丽动人、趣味无穷！

1982 年 2 月，云南人民出版社出版了丁岐江据俄文翻译的《天方夜谭续篇》。本书"内容提要"称："两年前，我社出版了《天方夜谭》一书……此次，我们根据俄文版《一千零一夜新篇》补译了前书中尚未介绍过的五篇故事，编成《天方夜谭续篇》以飨读者。"本书"译者的话"指出："该文集选择的五卷故事，系根据苏联东方文学出版社 1961 年俄文版《一千零一夜新篇》所译。俄译者莫·阿·萨里埃是根据早期流失在俄国的阿拉伯文手稿译出的。为忠实于原稿的格调、特色以及语言上的独到之处，俄译者尽到了最大的努力。"译者还说："应该指出，在我国历史上，自唐朝始，伊斯兰教已传入中国，特别在元朝一百年间，数量可观的一批信仰伊斯兰教的色目人（包括阿拉伯人、波斯人、突厥语族人等）迁来中国，随之带来了阿拉伯文化。在伊玛目（阿訇）传经布道时，除宣讲《古兰经》外，为活跃单调乏味的气氛，则辅讲俗称《小儿经》中的一些片段。这《小儿经》中许多优美的传奇性故事，与《天方夜谭》中的不少片断在结构和情节上颇为类似，所以说《天方夜谭》在中国的传播，绝非近百年之事，而至少可以追溯到 14 世纪吧。不过，这些故事只限于在中国的穆斯林中交口相传，在广泛度上还有一定的局限性，而且也没有汉文字的译本。"

二、 纳训译本

1982 年 7 月至 1984 年 11 月，人民文学出版社出版了纳训先生从阿拉伯文翻译的《一千零一夜》（六卷本），约 230 万字，算是一个全译本，只是书中他认为是不雅的文字被删掉了。此译本从别的地方译出了原文版中没有的两个故事——《阿里巴巴和四十大盗》、《阿拉丁和神灯》。

纳训译《一千零一夜》（六卷本）

纳训先生在书后附有长篇"译后记"。他说：

《一千零一夜》是我在留学埃及期间 (30 年代末 40 年代初的几年中) 开始翻译的。当时，我翻译此书的动机很单纯，只打算拿它给学习阿拉伯文的中国学生当作课外读物。于是，我仅凭天真和勇气，毫无顾虑地动手翻译，结果译出了《天方夜谭》五册，每册十万至十二万字，由上海商务印书馆出版。一九四七年我回国时，商务印书馆给了我几百块钱稿酬；当时伪币贬值，这笔稿酬不够买一张公共汽车票，我一气之下，连钱也不要了，第六册译稿也不再给他们印行，并且决心从此不再做翻译工作。

解放以后，一九五四年我应邀参加中国作家协会在首都召开的翻译工作会议，同全国翻译界的同志共聚一堂，进一步认清了翻译工作的重要意义，亲眼看见新中国建立后，翻译工作受到重视，一片欣欣向荣的景象。我的心情也就极为振奋，欣然接受了人民文学出版社之约，把丢了十多年的翻译工作重理起来，重新译成了《一千零一夜》三卷选集，于一九五七年至五八年出版。通过学习和翻译实践，我进一步认清了翻译工作所担负的沟通学术、交流文化、为读者提供精神食粮的使命。译文既要忠实于原著，又要易于读者理解。基于这样的要求，我在翻译过程中感到困难重重，但又觉得这种困难是鞭策和督促我的一种动力，它使我兢兢业业地不断努力做好工作。

一九六零年我调到人民文学出版社的编译所，任务是翻译《一千零一夜》全译本。面对《一千零一夜》这部卷帙浩繁的巨著，我感到畏怯，怕挑不起这副重担；但我同时觉得这是难得的机会，翻译《一千零一夜》全译本的夙愿现在可望实现了。就在这种矛盾的心情下，我接受了翻译全本的任务，随即拟定计划：继三卷集之后，将其他的故事按序分为五卷，每卷二十五万至三十万字，新译的五卷同三卷集衔接起来，共为八卷。

我克服困难，字斟句酌地埋头翻译，连续译完了四、五、六三卷，不料这时碰上了十年浩劫的风暴，我受到了批判，进五七干校"劳动改造"，《一千〇一夜》一下子变成了"大毒草"。我莫名其妙，暗自叫苦："既有今日，何必当初！"但我又觉得花了精力和时间未能译完全书，是终身的憾事！先后两次翻译此书都中途受挫，这实在是对我的致命打击。一九七三年冬，我到了干校翻译组（旋即改为版本图书馆编译室）翻译《一千〇一夜》，一九七七年秋译完了七、八两卷，至此《一千〇一夜》全译本的初稿终于告一段落，我的夙愿初步得到了实现。

"四人帮"倒台后，我回到了人民文学出版社，开始从头校改《一千〇一夜》初稿，一九八〇年校改工作结束。编辑室讨论，认为三卷集是选本，其中一部分故事的次序与原著不一致，而全译本的故事须按原著的次序编排，所以决定将三卷集里的故事拆开，按原著的次序编入全译本内，还它本来面目。

我于是修改原来的计划：先将三卷集的译文仔细校改一遍，其次是把原编为八卷的计划改为六卷，每卷三十五万至四十万字，并趁此机会对新译各卷又作了最后一次修订。在编译过程中，我也碰到过一些难以处理的问题，比如，第五卷中有七篇短小故事，约七千余字，描写粗鄙，不堪入目，我始终打算把它们删掉，但又举棋不定。每次校改时，我对这几篇小故事都有强烈的反感。直到最后一次修订时，我才决心把它们删去。

我所据以翻译的两种版本都没有《阿拉丁和神灯》和《阿里巴巴和四十大盗》的故事。而这两篇故事是脍炙人口的，因此我从别处找到这两篇故事翻译出来，补充在全译本里。

纳训先生长期呕心沥血，孜孜不倦，态度严谨，是一位令人尊敬的著名回族学者和翻译家。我们许多阿拉伯语后来的学者都得到过他的指点和教诲。他是最早从阿拉伯文原文翻译《一千零一夜》而又坚忍不拔、持之以恒者。

纳训译六卷本《一千零一夜》的出版，是中国翻译界的一件大事。长期以来，在市场上供不应求，一版再版，还远播泰国、缅甸、老挝等国。"尤其是泰国、缅甸的穆斯林读者，对其酷爱尤甚，曾把它作为了解阿拉伯中古时代历史、宗教、民情风俗的教科书。"[1] 其实何止是

这些国家的穆斯林，中国的广大读者也从它获得了许多关于古代阿拉伯的知识。在许多学者、硕士生、博士生写的研究论文中，关于《一千零一夜》中所反映出的阿拉伯古代妇女问题、价值观问题、商贸和商人问题、宗教问题以及中世纪阿拉伯民间文学的故事母题和类型问题等比比皆是。

在纳训先生去世后，仍以他的名义出版的有：1991 年甘肃少儿出版社出版的《阿里巴巴和四十大盗》；1994 年人民文学出版社的《一千零一夜》，47 万字，收入精装《世界文学名著文库》；1996 年人民文学出版社出版了《一千零一夜》的简装普及本。人民文学出版社在选本的前言中写道："我们对译文作了局部加工和必要改动。随着时代的发展，有人对纳训的译文提出异议，认为他删掉了他认为不雅的文字，不能使读者窥见《一千零一夜》这部宏大民间文学的全貌，甚至产生误解和错误判断；他的文字较旧，与现代有些脱节。实际上，我们应把纳训的译文放在特定的历史时期来看待，他保持了《一千零一夜》这部民间文学的原有风貌。无论正文、诗歌的翻译，都有自己的特色。这是别的译本所不能替代的。"所谓不能"窥见全貌"、"产生误解和错误判断"，主要是指有人以为在《一千零一夜》这么宏大的民间文学作品中没有性描写是不可理解的。出版社作出这样的说明还是合情合理的。当时的环境不能使纳训无所顾忌地将《一千零一夜》中的性描写直接翻译出来。纳训译《一千零一夜》在我国翻译史上功不可没，在中国阿拉伯文学交流史上也是要重重书上一笔的。

---

1. 锁昕翔：《纳训评传》，第 301 页，银川：宁夏人民出版社，2009 年版。

三、 几部全译本

1997 年 4 月，河北少年儿童出版社出版了葛铁鹰等译的《一千零一夜》，共八册，这是中国首部按原书以"夜"为单位译出的全集，根据的是 1835 年埃及政府正式刊行的布拉克本。由于已经述及的原因，在所有阿拉伯文原文版中都未包含《阿里巴巴和四十大盗》、《阿拉丁和神灯》两篇著名故事，因此这个译本也就同样不包含上述两个故事。考虑到读者对象以青少年学生为主，译本对原书中"少数直露的性描写和十分粗鄙的措辞作了适当处理"。本书译者众多，他们是：葛铁鹰、周烈、翟隽、叶文楼、杨言洪、张洪仪、齐明敏、高有帧。

葛铁鹰在"译者的话"中对《一千零一夜》包罗万象的内容作了介绍，指出，"望着这逼真地勾勒出中古时代东方世俗生活的'清明上河图'……它又是一部广博的百科全书……令我们切身感受到从 8 世纪到 13 世纪这一历史时期，阿拉伯人是全世界文化和文明之源泉的主要担当者"。"译者的话"还指出，以"夜"为单位译出本书，"不仅可以使中国读者从本世纪初开始领略这部名著的局部丰采后，终于在本世纪结束前欣赏到它的全部风姿，而且也为不可能阅读阿拉伯语原文的众多学者的比较文学研究，尤其是与中国章回体小说比较，提供了可靠的素材和依据"。由于是首次以"夜"为单位，同时依据最权威的原文版本，这个译本在我国《一千零一夜》的译介史上有着特别重要的地位。由于本书的某些删节，它还不能算是一个真正意义上的全译本，这如同纳训的"全译本"一样，大概很难做到"两全其美"吧！

1998 年 6 月，花山文艺出版社出版了李唯中翻译的《一千零一夜》，共八册。本书装帧美观，插图数量颇多，是全译本中一个比较引人注目的译本。本书仍按传统的以故事为单位的译法。书前李唯中写有长篇序文。序文说："这部全译本有如下特点：1. 根据被公认为原文印本中的善本，即 1835 年开罗发行的官方订正本布拉克本全文译出，不加任何删节。2. 布拉克本没有故事标题，没有标点符号，不分故事、段落，为了方便读者阅读，特参照贝鲁特人民书局版加大标题，又考虑到中国读者阅读的习惯，每三千至四千字分出一个小标题。3.《一千零一夜》的阿拉伯原文版本多不胜数，分'夜'法各不相同，多是删节、净化本，唯独布拉克本中的信息量最大，但也没有包括所有以阿拉伯文为母本的故事。本译本中的《睡着与醒着》由贝鲁特人民书局版补入，而脍炙人口的《阿里巴巴与四十大盗》和《阿拉丁与神灯》则是由阿拉伯文单行本补入的。《一千零一夜》有一个匠心独具的引子和一个漂亮动人的结尾，正是这一首一尾，才将这么多故事包容在一个大故事内。这样，本来互不关涉的许多故事组合起来而成个有机体了，这是个非常聪明的办法。因此，将这三个故事嵌入其他故事之间，以保持《一千零一夜》的完整和完美。4. 本译本中的《阿里和莎姆丝》、《也门宰相白德尔丁》、《哈里发和少女》、《艾敏纳美妾》、《不染发的老妪》、《一个坏男人的故事》、《澡堂老板如此丧命》、《妖女子断送王子命》等十四个大小故事都是第一次译出，[1] 弥补了一些学者所说的已经出版的中

1. 此说不确。《阿里和萨姆丝》译文在仲跻昆、郅溥浩等译的《天方夜谭》(漓江出版社1998年版)中即有，名为《阿里·本·伯卡尔和萨姆苏·纳哈尔》。

译本损失了一些趣味性的缺憾。5. 原文中诗歌一千四百余首，现全部译出，约一万五千多行，意在保留《一千零一夜》诗文并茂的特色；因为'没有诗的《一千零一夜》，就等于没有太阳的白天'。6. 译文中最长的故事近四十万字，而最短的故事不足三百字。鉴于故事虽短，却能独立成章，故也单立标题。7. 本书中的彩色插图选自英文版《阿拉伯之夜》(1935)、英文版《乌木马》(1938)，以及法文版、德文版译本等；黑白插图选自英文版（波顿）译本《一千零一夜》(1885—1888)。"

　　接下来序文介绍了《一千零一夜》的成书过程及其世界性影响。序文说，"《一千零一夜》是一部奇书"。为什么是一部奇书？序文认为，一是悬念纵贯全书；二是妖魔鬼怪变幻无穷；三是许多奇妙景色的描绘；四是诸多魔器的出现；五是诗文并茂，以诗抒情，以诗传情。序文又说"《一千零一夜》是一部好书"；因为就总体而言，字里行间充满着引人积极进取、奋发图强的精神，热烈歌颂男女之间的纯真爱情，斥责不正当的男女关系，赞美女性的聪明才智，驳斥诬蔑妇女的谬论，揭露帝王的残暴及宫闱生活的淫乱，反映劳苦大众的疾苦和悲惨处境，扬善抑恶，抒发平民百姓对美好生活的憧憬与向往。

　　李唯中先生是一位勤于笔耕的翻译家，除《一千零一夜》全译本外，还译有纪伯伦的作品及多部其他小说。他译的另一部阿拉伯长篇民间故事《安塔拉传奇》(10卷本，约400万字)，已由湖南文艺出版社于2010年4月出版。这部《一千零一夜》全译本，在诗歌翻译方面过于拘泥于五言(主要是五言，有时用六言、七言等)。阿拉伯诗歌和中国诗歌是两种不同的结构形式，将阿拉伯诗歌往中国诗歌上套，会影响其原有的韵味，偶一为之尚可；但全部诗歌翻译都主要采用五言，未免有失周全。在故事标题的翻译或取名上，还可多样性、艺术性一些。

　　李译本可算是真正意义上的全译本，在中国《一千零一夜》的译介上功不可没。以后，这

部译本经过形式上的改动，还在不同出版社多次出版。1999 年 1 月，中国文联公司出版本译本的分夜本，共 5 卷，精装大 16 开，400 万字，卷末有附录《一千零一夜集外集》（包括布拉克本以外的四个故事）和《中外名家论〈一千零一夜〉》（收叶圣陶为奚诺译《天方夜谭》写的序、高尔基为俄文版《一千零一夜》写的序）。本套书售价 1520 元，为售价最高的《一千零一夜》译本。1999 年 4 月，花山文艺出版社出版了该译本的小字本，共 3 册。2000 年 6 月，台湾远流出版社出版该译本的分夜版，共 10 卷。书首有郅溥浩写的推荐序《植根阿拉伯土壤的奇葩——〈一千零一夜〉》。本序也曾摘要刊登在 2000 年 7 月 8 日的《台湾副刊》上。书前还有译者李唯中的小序，简要叙述了他在百花出版社出版的译本序中所说的一些情况，书后附有译者的后记。引人注目的是，经远流出版社与译者商议，本译本对诗歌的翻译一律由原来的五言体改为自由体。

朱凯等译《一千零一夜》（六卷全译本），2002 年 3 月由《世界知识》出版社出版。朱凯在译者序中说他们所据的阿拉伯原文版本是黎巴嫩贝鲁特天主教出版社 1956—1957 年版本，并参考了埃及新月出版社 1958 年的版本。书后所附《阿里巴巴、女奴和四十大盗的故事》、《阿拉丁和神灯的故事》、《王子艾哈迈德和地仙女帕丽·巴奴的故事》系据美国爱德华·威廉·纳兰出版社 1898 年英文版本译出。本书译者有朱凯、邹兰芳、王复、解传广、丁淑红、陆孝修。

2000 年 5 月，社会科学文献出版社出版了郅溥浩主编的《一千零一夜》系列故事，共 5 册，每册 15 万字。它们分别是：郅溥浩译《一对殉情的恋人》，张洪仪等译《睡着的人和醒着的人》，马瑞瑜等译《辛德巴德航海记》，刘光敏等译《阿拉丁和神灯》，李唯中译《狐狸与乌鸦》。每册书前有郅溥浩写的总序和分册序。在总序中，除一般的叙述外，郅溥浩特别指出："《一千零一夜》的故事类型很多，过去的诸多译本，特别是各类选译本，均是各类故事联合在一起译出。读者面前的这套译本，是首次按故事类型分类编辑、译出的，它共分五个故事类型：爱情故事、神魔故事、冒险故事、机智故事、寓言故事，全部译文均由阿拉伯文译出。各个集子中，除总序外，均有各自的序言，希望能对读者有所帮助……以上五个故事类型，并不能概括《一千零一夜》的全部故事种类。这里只是一个初步尝试，不妥之处，还望读者诸君指正。"

2005 年 8 月，长江文艺出版社出版了仲跻昆、刘光敏译的《一千零一夜》，40 余万字。书首的前言在以下几个方面分标题对《一千零一夜》作了介绍：一、故事的脉络；二、成书过程；

三、内容取材；四、艺术特色；五、《一千零一夜》的流传；六、《一千零一夜》在中国；七、关于本书。

译者利用自己丰富的阿拉伯文学知识，对《一千零一夜》的成书过程、内容取材、艺术特色等作了很有见地的介绍。译者指出："《一千零一夜》的故事集中地产生于印度、波斯、伊拉克、埃及。这些地区有人类最古老的文明——古埃及文明、两河流域文明、古印度文明和古波斯文明的积淀，而且由于伊斯兰初期的开拓疆域、阿拉伯帝国的建立，通过战争、占领、混居、通婚、商业贸易、作品的译介……阿拉伯、印度、波斯、希腊、罗马、希伯来、柏柏尔……乃至中国等各国、各民族的文化，以及印度教、祆教、犹太教、基督教等各种宗教文化，都在这一空间，这一时间，相互撞击而融合于阿拉伯—伊斯兰文化一体中。"又指出："自阿拔斯朝后期开始出现的文学作品，有向文野两个方向发展的趋势，在这一时期相得益彰。那些雕词凿句的高雅诗文很难为普通百姓所接受，倒是市井文学让市民感到亲切，马木鲁克王朝的统治者也很喜欢通俗的市井文学。这样，兴起在阿拔斯王朝初期伊拉克的市井文学，在马木鲁克朝的埃及再次繁荣。《一千零一夜》在此时此地又注入新的血液而最后定型，也就不难理解了。"还说："应当指出，那些有关酒色的描述，正是当时社会现实的反映。作为市井文学，为吸引听众，有些色情的描述和词语，也不难理解。文学本来就是人学，《一千零一夜》的人文思想的反映，可以认为是欧洲文艺复兴运动提倡的人文主义的先声。"

四、 其他译本

1987 年 1 月，岳麓书社重新出版了奚诺的文言译本《天方夜谭》。书前有伍国庆写的前言。前言说，此译本"曾于民国元年收入上海商务印书馆的《说部丛书》。本书即根据商务版本重新标点"。前言称："译者奚诺，即张奚诺。他的译笔简约流畅，叙事清晰，不失原意。我们觉得，尽管在建国以来已出现了由原文直译的《一千零一夜》译本，但旧译仍有其流传的理由和值得借鉴的地方。对于有志于外国文学的比较研究和翻译与写作研究的人，更是如此。"

对奚诺旧译的重印，确实是一件值得嘉许的事，使对文言译本有兴趣的读者可以较容易地读到此书。不过，前言中所说译者奚诺即现代社会活动家张奚诺，已有学者考证此说不确。

1988 年 1 月，漓江出版社了出版郅溥浩主编，仲跻昆、郅溥浩等翻译的《天方夜谭》选本。该选本 80 万字，是迄今单本篇幅最大的一个本子。书前有约 50 幅精美的彩色图画，这些图画选自英、法、德等文字的《一千零一夜》译本。书中也附有数十幅插图。由郅溥浩写序。2006 年 11 月，此译本经压缩并稍增添新内容，仍由漓江出版社出版，58 万字，署名仲跻昆、郅溥浩等译。书前及书中均有大量插图，仍由郅溥浩写序。郅溥浩在序中概括地介绍了《一千零一夜》的成书过程，指出它所包含的美好的内容：一、男女主人公纯真的爱情。无论是平民百姓还是王子公主，他们对美好爱情的热烈向往和执着追求，始终是被赞美和歌颂的。这里有人与人的爱情，有神魔介入的人与人的爱情，有人与神的爱情。无论是哪一种，最终，幸福还是存在于人间。不少爱情故事中还塑造了女奴的光辉形象。二、探奇冒险的精神。《一千零一夜》中大致有以下几种冒险：旅行——一般是航海旅行的冒险，为爱情经历的冒险，为获取某种宝物所进行的冒险，探求未知世界的冒险及其他种种冒险。在探奇冒险中，人不仅产生出丰富的想象力，而且表现出勇敢无畏、百折不挠的精神。正是这种精神，激励着主人公们去创造出更加美好的未来和明天，激励着他们更加奋发、有为、向上。也正是这种精神，引起历代听众和读者的共鸣，焕发出永恒的魅力。三、正义战胜邪恶，歌颂真善美，摈斥假恶丑。四、人民群众的智慧和勇敢。人的这种智慧和勇敢，产生于他们与人、与恶势力、与自然的斗争中。本书还有诸多可以提及和称颂的内容，但以上几个主要方面，就足以使这部民间文学作品焕发出灿烂的光彩，并在世界文苑上永葆其持久的魅力。序文还对《一千零一夜》的艺术特色作了概述：故事套故事的框架结构；诗文并茂，语言大众化；朴素的现实主义和神奇的浪漫主义的有机结合。现实生活的土壤，绽放了人民群众用以寄托理想、追求希望和表达感情的想象之花。二者彼此交融，相得益彰。在这里，艺术虚构发挥到最大限度，丰富的想象在广阔的空间自由驰骋。

还要指出的是，20 世纪八九十年代、21 世纪初，随着改革开放的发展，广大群众对精神食粮的需求日益增强，外国文学译作是人们文化生活中不可缺少的重要读物。许多出版社开始出版成套成套的世界文学经典名著，这其中就自然少不了《一千零一夜》这本书。由于郅溥浩所在单位的便利条件，向他约稿的出版社相对较多。这些年以“郅溥浩等译”名义出版的《一千零一夜》或《天方夜谭》有十余种之多。这些译本，除合同上注名非专用的内容基本相同的两三种外，每种译本内容都是不完全一样的，或者是参加的译者不同，或者是所选篇目不同。这些译本均有郅溥浩写的序言，并附插图。比较重要的有：1999 年 9 月北京燕山出版社出版的《一千零一夜》，此书多次印行，并有珍藏版、中学生读物版等；2001 年 5 月译林出版社出版的《天方夜谭》，此书也多次再版；2005 年 1 月致公出版社出版的《阿里巴巴和四十大盗》；2005 年 5 月中国书籍出版社出版的《一千零一夜》；2007 年 1 月中国书店出版的《一千零一夜》；2007 年 7 月光明日报出版社出版的《一千零一夜》，属《六角丛书》中的一种，由易中天写推荐总序；2009 年辽宁少年儿童出版社出版的《一千零一夜》，属教育部《语文新课标必读丛书》之一，本丛书由著名翻译家任溶溶担任主编，由著名作家、少儿阅读推广家梅子涵强力推荐；2009 年三秦出版社出版的少儿版《一千零一夜》；2013 年 1 月河南文艺出版社出版的《一千零一夜》等。

这里要特别提到的是，2005 年 10 月台湾商周出版社出版的《天方夜谭》。这是燕山出版社转给该出版社的郅溥浩等译的《一千零一夜》的同一个本子。商周出版社将其作为《商周经典名著》之一种出版。书首有台湾大学外文系教授曾丽玲写的总序《寻找大众的共同阅读记忆》，台湾大学外文系副教授杨明苍写的导读《边际叙述与时空诗学》，知名作家小野写的专文推荐《远行的孩子》，同时保留郅溥浩写的原序。

杨明苍在导读中说："《天方夜谭》或称《一千零一夜》是一部名闻遐迩的中世纪阿拉伯民间故事集，与乔瘦的《坎特别利故事集》和薄伽丘的《十日谈》同为汇整文类及故事百科的中世纪文学瑰宝，也各具特色。但相较之下，《天方夜谭》因非出于单一作者之手，所蒐罗的故事多先由口头传述再有抄本记下流传，历经几百年的发展，有不同材料在不同时期、不同地域（如印度、波斯、埃及等）陆续加入，因此其抄本传统与叙述架构最为繁杂。"他指出："因为《天方夜谭》结构庞杂，其叙述内容也自然兼容并蓄，无所不包。虽然《天方夜谭》为儿童文学提供许多丰富素材，最为家喻户晓者如辛巴达、阿拉丁、阿里巴巴及魔毯、飞马、神灯、精灵的奇幻事物，但其中诸多事物除了荒诞不经、不着边际外，也涉及犯罪色情，实乃儿童不宜，更不为卫道人士所容，有时难登大雅之堂。这一点或许也可由《天方夜谭》的文本传统见到端倪。前面提到文献中最早有此书名的记载见于 12 世纪，但之后虽有提及却零星而简短，似乎透露《天方夜谭》不为中世纪主流阿拉伯权威文士认可。即使在今天的阿拉伯世界，《天方夜谭》也没有完全摆脱其争议性。事实上，中世纪阿拉伯文学的发展与伊斯兰教的发展息息相关。与《圣经》

相较，《可兰经》不仅叙述成分少，更直言贬抑不以事实为据的诗人，而其他有关穆罕默德及其追随者之事迹也以事实记述为主。在此一传统主导下，虚构之叙述显然难有发展空间。但是这也突显《天方夜谭》珍贵之处，它一方面蒐罗了很多正统文学所没有处理的素材，犹如庶民百姓的百科全书; 另一方面也因有别于(甚至是挑战)主流宗教及文士精英意识形态而受到压抑，提供吾人理解虚构与现实、欲望与禁忌、主流与边际纠葛难分，错综复杂的绝佳例子。"

杨文还指出："仔细观之，整个故事的大架构充满象征涵义，序幕便交代了叙述矛盾吊诡的背景：国王目睹王后行止不合礼教，大受刺激，不仅引动杀机，更从此乱性成习。这种王公贵族的脱序破格也模糊了雅俗贵贱、正统叛逆之分。宰相女儿桑鲁卓在死亡威胁笼罩下，于黑夜时分为国王讲故事，晨曦来临即停止，待夜晚再接续。如此日落而述，日出而息，周而复始。一方面意味文学(说故事)因为与欲望和禁忌纠葛的特色，不适合'光天化日'下于大雅之堂进行，一方面也彰显出于边际的文学反而蕴涵丰沛的能量与无限的可能，不但能在暗夜里面对死亡，甚至释放超越死亡的生发力量。桑鲁卓讲的第一个故事便巧妙地返照自身的处境：商人无意间惹上了妖怪，更因故事而饶了商人一命。桑鲁卓在叙述一开始便展现说故事的魅力，连妖怪也无法抗拒，但她却马上预告紧接下来渔夫的故事将更加精彩，突显故事转换串联间修辞的排比张力与叙述的动能。而桑鲁卓不只是藉由故事脱离现实的恐惧，更引导国王沉醉于似虚幻又真实的叙述世界，以故事返照现实情景，进而影响国王的心思意念，化被动的从属者为主动的掌控者。"

作家小野在《远行的孩子》中，回忆了童年时代听妈妈讲《天方夜谭》故事的情景，以及这些故事如何伴随着他的一生。

"妈妈故事真是古今中外天马行空无法归类，除了说得出来的《聊斋》、《今古奇观》、《六朝怪谈》外，还有一种重要来源就是《天方夜谭》了。在听妈妈说《天方夜谭》的故事之前，妈妈的口头禅就已经是'这真是天方夜谭呀'。如果我们问妈妈将来我们会拥有自己的房子吗，她就会叹口气说'真是天方夜谭呀，能天天有米吃就阿弥陀佛了'。对了，就是这样的口气，《天方夜谭》是一种达不到的梦想，一种认命; '阿弥陀佛'却是一种感恩，也是一种知足。所以小时候我们就很习惯地接受一些别的孩子可以做到，对我们却是天方夜谭的事，像是去旅行或拥有零用钱之类的事。后来我才渐渐了解，童年那一段很长很长的日子里，每个夜晚能在听着妈妈说《天方夜谭》中香甜地睡去，梦中还会出现阿里巴巴、辛巴达和阿拉丁，对许多孩子来说才真的是天方夜谭呢。"

小野说："就像《天方夜谭》故事一样，妈妈用她说不完的故事抚慰天天失眠的爸爸，也间接地孕育了我们五个天性乐观的孩子。那不是和一个会说故事的女孩用她说不完的故事阻止了一个天天要杀害一个女人的残酷国王的暴行，抚平了国王痛恨女人的心结，最后也拯救了全国女子一样吗？说故事本身的伟大力量在《天方夜谭》中一再出现，故事中有许多危机也都是因为一个人说了一个动人的故事而有了重大的转折。"

小野接着说："两个孩子在听故事前的对话总让我想起妈妈说《天方夜谭》时常常用到的情节：'老人'一再警告年轻人说，你千万别打开那一扇门。那一扇门里面就有我们为什么天天哭泣的秘密了。如果你打开了，你也会和我们一样从此终日以泪洗面。通常故事中的主角都是禁不住好奇，最后让悲剧重演。《天方夜谭》的故事非常世故，充满人生的警告，财富、名位、权力、女色、欲望转眼成空，人生就是一场冒险，不确定又危险，但是刺激得很。我们总是在更老的时候想通《天方夜谭》每个故事的警告。而长大以后我做了许多小时候觉得是天方夜谭的事情，想想，或许和童年天天有《天方夜谭》可听有关系吧！"

小野最后说："孩子们总有长大的时候，也会有远行的机会。或许就在纽约地铁候车的时候，在欧洲的某一个文艺复兴时期所建的大教堂里休息的时候，他们也会像我在法兰克福的火车站一样，瞬间听到一种熟悉的声音，久久无法离去。当人生走得愈远，或许愈容易想起那些童年每天都听得到的《天方夜谭》。"

台湾学者对《天方夜谭》的观感别具一格，很有特色。

《一千零一夜》部分中译本封面

台湾商周版《天方夜谭》对原译本的一些字句、诗歌进行了改动，可能是为了适合当地读者的口味和习惯；但有些改动过大，似乎并不怎么好，有失原来韵味。

比较重要的译本还有：

杨言洪译《一千零一夜》，北京十月文艺出版社，1988 年 4 月。王瑞琴译《天方夜谭》，人民文学出版社，1988 年 8 月。解传广、王红译《一千零一夜》（神魔篇），中国少年儿童出版社，1995 年 7 月。译者还同时译出《一千零一夜》（鸟兽篇）、《一千零一夜》（国王篇）等。薛庆国译《〈一千零一夜〉新选故事》，大众文艺出版社，2001 年 9 月。这是该社出版的李玉侠主编的一套五种阿拉伯故事中的一种。这五种书是：《〈一千零一夜〉新选故事》、《〈一千零一夜〉补遗故事》（陆孝修译）、《〈一千零一日〉故事选》（朱梦魁译）、《〈一百零一夜〉故事》（郅溥浩译）、《〈四十零一夜〉故事》（李玉侠译）。陆孝修译《〈一千零一夜〉补遗故事》，是从波顿英译本中选取的一些故事。有些故事在中国尚属首次译出：《王子和地仙女的故事》、《国王和六个警长的故事》、《法官和吸食大麻人的故事》、《十大臣传奇》、《国王盖斯及其公主和阿巴斯王子》、《哈里发夜间传奇》。译者在序言中对《一千零一夜》在西方的传播、波顿译本的情况作了介绍。他指出，波顿花费毕生精力译出十卷本《一千零一夜》，又经三年努力翻译编辑了七卷《一千零一夜》补遗，于 1888 年出版。波顿的《一千零一夜》英译本，是收《一千零一夜》故事最全的本子，它的故事大大超出了阿拉伯已定型的《一千零一夜》。

这里要特别提一下中国对外翻译出版公司 2006 年 5 月出版的《天方夜谭》。该书由著名作家刘心武主编，是一本"世界文学名著名家导读版"，是一套图书中的一种。这是为青少年而出版的，目的在于提高他们的语文水平。在丛书的总顾问中有不少知名作家和中等教育方面的专家，由郑建、徐艳清编著。从内文看，是根据纳训译《一千零一夜》改编的。为了便于青少年阅读，对原译文进行改编是可以理解的。在书前有简要的介绍和导读，在书后附有专家的简要品读，对青少年具有启示的作用。

其他译本还有：杨乃贵译《一千零一夜》，浙江少年儿童出版社，2006 年 6 月。仲跻昆等译《一千零一夜》，华夏出版社，2007 年 10 月。方平等译《一千零一夜》，中国对外翻译出版公司，2009 年 6 月。2010 年 2 月，华文出版社出版了一部大书，将《安徒生童话》、《格林童话》、《一千零一夜》（节译）、《伊索寓言》四部书收为一册，共约一百三十万字。其中的

《一千零一夜》，即是上面提到的郅溥浩等译的中国书籍出版社出版的《一千零一夜》。

这里还要补充的是，1926 年 6 月，纪瞻生、天笑生译《天方夜谭》，上海中华书局出版；1929 年 12 月，樊仲云中文注释《天方夜谭》（属《英文文学丛书》第四种），上海中华书局出版；桂绍中文注释《天方夜谭》（属《英文初中学生文库》），出版年不详；1948 年，范泉缩写《天方夜谭》，上海永祥印书馆出版。（以上存上海图书馆）此外还有，彭兆良、姚杏初译《天方夜谭》，世界书局，20 世纪 20—40 年代；张为元、古绪满注释的《天方夜谭》，北京商务印书馆，1980 年；张镜航等选注《阿里巴巴和四十大盗》，河北人民出版社，1980 年；田建平注释《阿里巴巴和四十大盗》，北京外语教学与研究出版社，1980 年；何政安译《天方夜谭故事集》，北京教学与研究出版社，1981 年。

需要提到的是，《一千零一夜》很早就译成了维吾尔文。阿卜杜拉汗·马合苏木，阿克苏人，生卒年不详，曾将《一千零一夜》译成维吾尔语。由译文风格来看，译者可能生活在 18 世纪，精通阿拉伯语，擅长维吾尔文学。他的译文忠实于原文，语言流畅，注释考究，且保留了大量近代维吾尔语中的精彩语句。《一千零一夜》的维吾尔语译本丰富了维吾尔文学宝库和维吾尔语语汇。《一千零一夜》译文的问世，在维吾尔人民中产生了巨大影响。维吾尔族寻常百姓用《一千零一夜》的故事片段教育子孙后代，文人们学习和研究它，吸取营养，用于创作，使得维吾尔文学更上一层楼。[1]

1. 阿卜杜克里木·热合曼主编：《维吾尔文学史》，第 456 页，乌鲁木齐：新疆大学出版社，1999 年版。

第二节　《一千零一夜》与中国文学

《一千零一夜》最早的故事流传于 8 或 9 世纪，定型成书于 16 世纪。实际上，它的最早故事来源《赫扎尔·艾福萨奈》（一本波斯故事集）在今天已成规模的《一千零一夜》中只占着微不足道的地位。它的大量故事来源于流传在当时当地许多其他民族的神话和传说，以及产生于中世纪阿拉伯繁荣时期的巴格达、开罗等都市的现实生活。虽然作为民间文学，它长时间在口头流传，但也可以说，它实际上与伊斯兰教产生后的阿拉伯文人文学同步发展。它不同于文人文学的一个显著特点，是它的广泛的包容性。在长达数世纪的吸收、融汇、演变、发展中，它尽可能多地包容了其他民族的故事成分。

像《一千零一夜》这样规模宏大、卷帙浩繁、成书时间这么长、包容量这么广的一部民间文学作品，在世界民间文学史上，可能是绝无仅有的。因此，它具有了与其他民族同类文学的广泛可比性。汤普森在他的《世界民间故事分类学》中多次谈到《一千零一夜》。他说："《一千零一夜》的不论什么故事都可能成为故事之源，我们的许多古老民间故事都能在这部作品中找到，并以多种形式使这些故事首先传给欧洲的故事讲述者。其中关于《天方夜谭》的有《阿拉丁》、《四十大盗》……"[1]汤普森这里所讲的，只是《一千零一夜》作为故事源的情况。如

1. [美] 汤普森：《世界民间故事分类学》，郑海译，第136页，上海：上海文艺出版社，1991年版。

果我们了解了《一千零一夜》的多民族成分构成，则我们可以更正确地说，《一千零一夜》包容、吸收、保存了其他民族，特别是近东、中亚、东方各民族的神话、传说，反过来，它又把这些神话、传说作为故事源传播到其他各国，包括欧洲的国家。通过《一千零一夜》，世界民间文学史上产生了一次规模宏大、范围广阔的交流和融合。由于年代久远，资料不足，交汇的来龙去脉可能就很难梳理出个头绪了。

对《一千零一夜》与其他民族文学的关系的研究，无疑是世界性的，无论是影响研究还是平行研究，都是极有意义的。我们这里要进行的，是探索《一千零一夜》和中国文学的关系。虽然我们在多数情况下不能肯定二者之间的确切关系；但我们把《一千零一夜》与中国故事间的相同或相似之处尽力罗列出来，并进行必要的分析、研究，是极具价值的。

为了更好地对《一千零一夜》中的民间故事与中国的民间故事进行比较，有必要先对《一千零一夜》中的民间故事类型和母题作一探讨。

《一千零一夜》中的民间故事类型和母题具有两大特点：

一是它的复合性。《一千零一夜》中的民间故事类型和母题，往往不是通过一个短小的故事来表现，而是含于一个大的故事中，有的大故事含有两个或两个以上的类型和母题。这些类型或母题，或是作为故事的基本情节，围绕它延伸、扩展。如《巴士拉银匠哈桑》，其主要情节就是围绕哈桑和羽衣姑娘（或天鹅女）的爱情故事展开，特别是哈桑为寻找心爱的妻儿不辞辛劳，艰苦跋涉，敷衍出一幕幕动人心魄的瑰丽多姿的场面。现实和神奇交相辉映，令人目不暇接。这个大故事中，还含有一些别的不同故事母题，如人兽相斗、飞行器等。这种故事类型

和母题的复合性，表现了作为民间故事集大成者的《一千零一夜》的成熟性。

二是它的辐射性。这指的是它对民间故事母题和类型的传播和影响。这首先有赖于它是一部兼容并蓄、具有相当规模的文学作品。大致相同的例子可以举出我国的"三言"、"二拍"。《一千零一夜》定型前后，随着对它的故事的讲述，特别是将它翻译成其他民族的文字后，书中不少故事以各种形式辐射开来。在《一千零一夜》被翻译前，其故事已通过十字军战争或商贸往来流传到欧洲。在薄伽丘的《十日谈》、乔叟的《坎特伯雷故事》中就能找到与《一千零一夜》相类似的故事。由于《一千零一夜》的影响，某些原有的故事类型或母题（可能来自东方）辐射开来（传到西方），其中的某些故事演化成新的类型或母题。

古代，特别是中古时期，包括文学在内的中国文化与亚洲别国文化乃至欧洲文化的相互交流是勿庸置疑的，与阿拉伯文化的相互交流也是肯定的。然而，遗憾的是，由于年代久远，又缺乏确切的文字记载，这些文化特别是文学是如何交往的，是此影响了彼还是彼影响了此，多数是很难弄清楚的。关于中国与阿拉伯的文学交往，中世纪阿拉伯著述家伊本·纳迪姆在其著名的《索引书》中曾说道，当时在阿拉伯国家流传着许多印度、波斯的故事，其中也有中国的。

黎巴嫩学者萨拉赫·斯泰蒂在一篇文章中写道："在阿拉伯的记叙文中短篇小说是用遥远的时代和遥远的地方传来的素材交织而成的……这里，苏美尔和巴比伦已合为一体。此外，还有某一天从雅典和亚历山大传来的趣事，从中亚细亚和中国传来的奇闻，从印度和波斯传来的神话，以及伊斯兰教诞生以前在地中海沿岸流传的故事和传奇。"[1]

1. ［黎巴嫩］萨拉赫·斯泰蒂：《口语的辉煌成就》，载《信使》，1985 年第 10 期。

自公元前 129 年张骞首次打开中国内地与中亚的直接交通线后，丝绸之路即逐渐开通，中国和中亚、西亚、近东地区的商贸交往日趋频繁。自唐以来，宋、元、明三朝，海外贸易空前繁荣。陆上和海上的商贸往来，促进了国与国、地区与地区、民族与民族之间的文化交流。前已说过，公元 751 年，阿拉伯阿拔斯王朝军队曾与唐朝军队在中亚发生战争，唐军战败。当时，约有万名中国士兵，包括各种工匠，被迫移居中亚乃至西亚。被俘的人也有文人学士，杜环即其中之一。可以想象，像杜环这样的文化人（当时随军、后被迫西行的这类文化人不在少数，仅杜环存留的片言只语中就记有京兆人樊淑、刘泚等），会把中国文化（包括一些故事）带到阿拉伯国家，而把阿拉伯国家的故事带回中国。但是大量故事的交流，还是通过众多的来往于中国和中亚、西亚、近东的客商、旅游者及邻近的居民实现的。有时，一个好的故事一传十，十传百，很容易传播开来；有时，可能只是一个简单的情节或故事核，传播开后，被另外国度或地区的文人、艺人加工延展，敷衍成篇。

以上的记载、判断和推测，是从总体上说的。要证明阿拉伯文学特别是《一千零一夜》与中国文学间的交往和影响，还应主要从具体的故事比较、分析入手。把二者相同或是相似的故事罗列出来，加以必要的比较、分析，这是进行此类研究的最初始、最必要、最基本的方法，它会为以后更深入的研究打下坚实的基础。

在中国古代文学里，有很多文人创作的笔记小说、志怪小说、案头小说。这些故事许多是文人从民间听来的，收集来的。我们发现这些故事中也有不少与《一千零一夜》中的故事有异曲同工之妙，有的故事相互之间可能还有渊源关系。下面我们就将中国文人创作的故事与《一千零一夜》中类似的故事进行比较，并对其中可能存在的渊源关系进行探讨。

一、 魔法女王与《板桥三娘子》

《一千零一夜》中有一篇名为《白第鲁·巴西睦太子和赵赫兰公主》的故事，讲一个波斯王子巴西睦为追求某国公主赵赫兰，泛舟远航，经历了各种各样的磨难后与公主完婚。饶有兴味的是，本篇充满了各色各样奇异的魔法、变幻之术。巴西睦漂泊到一座城市，城中女王懂得魔法，常将人变成牲畜和小鸟。故事这样描写：

女王表示十分钟爱他（巴西睦），谈了一会，便解衣睡觉。可是半夜里，她却蹑手蹑脚地爬起来。当时巴西睦也朦胧醒来。只见她从一个红口袋中掏出一些红色东西，洒在地上，眼前便出现一条澎湃的河渠。接着她取出一把大麦，种在土里，用河水一灌溉，大麦便发芽，开花，结出麦穗。她采集麦穗，磨成面粉，收藏起来，然后回到床上，一觉睡到天明。巴西睦得一老者指点，带去自己的面粉，暗中掉包，伺机对付女王……女王见他吃了面粉，便取水洒他，口中念念有词，让他变成一头骡子。但出乎她的意料，魔法失灵。这时巴西睦让她吃掉换了的面粉。女王刚刚吃了一口，便焦躁不安。巴西睦从容取水在掌中，洒在她脸上，说道："给我变成一匹母驴吧！"一霎时，女王果然变成了驴子。巴西睦跨在她身上，骑着她走出宫殿，来到一座城镇附近……巴西睦听了老者的警告，默默跳下驴来，把驴子交给一个老太婆。老太婆买了驴子，卸下驴勒，拿水洒在它身上，喃喃地说道："我的女儿啊，摆脱这一困境，赶快恢复你的原形吧。"她话刚说完，那驴子猛然颤抖一下，霎时变成人，恢复了她的人形。

无独有偶，在中国文学中，也有一则与此十分相似的故事，即唐朝孙颀《幻异志》中的《板桥三娘子》。为使大家具体了解两则故事的相似，不妨将《板桥三娘子》主要情节录于下：

> 　　唐汴州西有板桥店，店娃三娘子者，不知何从来……以鬻餐为业……元和中，许州客赵季和，将诣东都，过是宿焉……至二更许……人皆熟睡，独季和辗转不寐。隔壁闻三娘子窸窣，若动物之声。偶于隙中窥之，即见三娘子向覆器下，取烛挑明之，后于巾箱中取一副耒耜，并一水牛，一木偶人，各大六七寸，置于灶前，含水噀之。二物便行走，小人则牵牛驾耒耜，遂耕床前一席地，来去数出。又于箱中取出一裹荞麦子，授予小人种之，须臾生，花发麦熟，令小人收割持践，可得七八升。又安置小磨子，硙成面讫，却收木人于箱中。即取面作烧饼数枚。有顷鸡鸣……（三娘子）与诸客点心……季和心动遽辞，即潜于户外窥之，乃见诸客围床吃烧饼，未尽，忽一时踣地，作驴鸣，须臾皆变驴也……后月余，季和自东都回。将至板桥店，预作荞麦烧饼，大小如前。既至，复寓宿焉……半夜后，季和窥见之，一依前所为。天明，三娘子具盘食，果实烧饼数枚于盘中讫。更取他物，季和乘间走下，以先有者易其一枚，彼不知觉他……三娘子送茶出来。季和曰："请主人尝客一片烧饼。"乃拣所易者与啖之。才入口，三娘踣地作驴声，即立变为驴，甚壮健。季和乘之发……后四年乘入关……忽见一老人拍手大笑曰："板桥三娘子，何得作此形骸？"因捉驴谓季和曰："彼虽有过，然遭亦甚矣，可怜许，请从此放之。"老人乃从驴口鼻边，以两手擘开。三娘子自皮中跳出，宛复旧身，向老人拜讫，走去。更不知所之。

不难看出，两段故事的情节乃至细节都十分相似。这就不能不使人想到二者之间的影响问题。从二者产生的年代看，《板桥三娘子》产生于唐代元和年间（806—820），《一千零一夜》成书从 8—9 世纪至 16 世纪，书中并未留下某篇故事产生于什么年代的确切记载。因此，当发现别的民族文学中也有类似故事时，我们便不妨先探索一下它们之间的历史踪迹。

荷马史诗《奥德赛》中就有人变成动物的描写：奥德赛和同伴们漂泊至懂魔法的女神刻吉

尔居住的地方。刻吉尔用麦饼、奶酪和加了迷药的酒招待他们。他们喝了酒之后，大都变成了猪。只有尤吕洛科一人生疑，留在外面窥视，未遭魔法暗算。奥德赛得天神指点，虽喝了酒，但并未变成猪。他用计战胜了刻吉尔，迫使她把伙伴们从猪形还原成人形。[1]

1. 杨宪益译：《奥德修记》，上海：上海译文出版社，1979年版。

阿拉伯的文学典籍伊本·纳迪姆的《索引书》中记载：亚历山大有听讲故事的习惯，他手下有一批讲故事的弄臣，即使在出征东方时也不例外，以后的国王们也都效仿他；阿拉伯人哲赫舍雅里在收集阿拉伯、波斯、罗马等地故事的基础上，编撰了一部神话集。一般认为，这就是《一千零一夜》的前身。由此可以推断出，随着亚历山大和他的手下以及以后国王们听讲故事习惯的沿袭，希腊神话和传说，其中包括奥德赛的故事，在近东、中亚一带得到传播。（这里要指出的是，虽然希腊文学的多神系统为信奉一神的阿拉伯人所难以接受，他们没有翻译过荷马史诗、希腊戏剧等文学，但没有翻译不等于没有流传。伊本·艾比·艾绥阿在《哲人之史》中曾引优素福的话说："翻译家哈宁·本·伊斯哈格在家中反复吟诵《荷马史诗》。"）这些故事后来经过扩展、加工，被收进了波斯和阿拉伯人编撰的神话故事集中，最后收入《一千零一夜》。

需要指出的是，这类魔法、变幻的故事产生于阿拉伯文学本身的可能性是极小的。伊斯兰教总的来说是反对魔法的。《古兰经》指出："他们学了对于自己有害无益的东西（指魔术）。他们确已知道谁购取魔术，谁在后世绝无福分。他们只以此出卖自己，这代价真恶劣！"

据此分析，我们可以得出这样的结论：《奥德赛》中魔法变化的故事流传到近东、中亚，被人们讲述着，也因此进入《一千零一夜》早期讲述人的视野，被拿来向听众讲述着。这时《一千零一夜》还未成书。唐代，中国和阿拉伯的关系进入了一个新的发展时期。中国的重要港口泉州、扬州和广州，都有许多从海上前来经商的阿拉伯人。可能，这类故事就是被阿拉伯商人带到中国来的，它们启发中国作家写出了类似的故事。《板桥三娘子》说三娘子"不知从何来"，后说她"更不知所之"，蒙上一层神秘色彩，说明她和故事本身都不是中国的产物，而是道听途说得来的。既然它是《一千零一夜》早期讲述的故事，它对《板桥三娘子》的影响也就是《一千零一夜》对《板桥三娘子》的影响。近些年来，不少学者、专家都持此种看法。这被认为是《一千零一夜》对中国文学产生影响的一个明显的例子。

有学者指出：孙頠的《幻异志》并非他杜撰而成，乃是"杂取诸书"之作。《太平广记》收《板桥三娘子》，注明出于《河东记》。而《河东记》则见于《绀珠集》卷七与《说郛》（重编本，卷六十）。据南宋晁公武《郡斋读书志》"小说类"著录卷三说，《河东记》"亦记谲怪事"，序云"续牛僧孺之书"。[1] 这说明《板桥三娘子》的故事在唐时已辗转流传。

1. 孟昭毅：《东方文学交流史》，第 498 页，天津：天津人民出版社，2001 年版。

值得一提的是，此类变幻的故事对中国后世文学的影响依然存在。蒲松龄的《聊斋志异》中的《种梨》写道：

> 有乡人货梨于市，一贫道人丐于车前，被乡人喝斥。一佣保见而怜之，遂出钱市一枚付道士。道士称自己有佳梨，可以供客。于是掬梨啖且尽，把核于手，解肩上镵，坎地深数寸，纳之而覆以土。向市人索汤沃灌。好事者于临路店索得沸渖，道士接浸坎上。万目攒视，见有勾萌出，渐大；俄成树，枝叶扶苏；倏而花，倏而实，硕大芳馥，累累满树。道士乃即树头摘赐观者，顷刻而尽。已，乃以镵伐树，丁丁良久，方断；带叶荷肩头，从容徐步而去。

其实，道士是把卖梨人的梨移到了他的树上。但在挖土种核、用水浇灌、发芽长树、开花结果方面，倒是与魔法女王、板桥三娘子的行为类似。

同书中的《造畜》写道：

> ……又有变人为畜者，名曰"造畜"。此术江北犹少，河以南辄有之。扬州旅店中，有一人牵驴五头，暂絷枋下，云："我少旋即反。"兼嘱："勿令饮啖。"遂去。驴暴日中，蹄啮殊喧。主人牵着凉处。驴见水，奔之，遂纵饮之。一滚尘，化为妇人。怪之，诘其所由，舌强而不能答。乃匿诸室中。继而驴主至，驱五羊于院中，惊问驴之所在。主人曳客坐，便进餐饮，且云："客姑饭，驴即至矣。"主人出，悉饮羊，辗转皆为童子。阴报郡，遣役捕获，遂械杀之。

二、　《商人阿里·密斯里的故事》与《苏遏》

《一千零一夜》中有一则《商人阿里·密斯里的故事》，它讲道：埃及有个富商，死后给儿子阿里·密斯里留下一笔遗产。但他很快将钱挥霍一空，老婆子女嗷嗷待哺。他只好外出碰碰运气。他谎称自己是个大商人，货物在途中被劫，获得人们同情，被安排在一所大房子里。这所房子隔壁还有一所空着的大房子。人们告诉他，这房间闹鬼，无人敢住，所以一直空着。

阿里·密斯里出于好奇，同时也想："我进去过它一夜，明天干脆死了，不就解脱苦难了吗？"于是他当晚就住在了这间闹鬼的房里。当他正要睡时，突然听见一个声音对他说："哈桑之子阿里呀，你要不要我把金子撒给你？"阿里问道："你要撒的金子在哪儿？"刚一问完，无数的黄金就像弹丸般不停地落下来，撒满整个大厅。原来，这里有一个魔鬼看守着古代留下的金子。每当这里有人来住的时候，它总是要问客人"哈桑之子阿里要不要金子"。可客人总是被这问声吓坏，不敢回应，结果被撒下的黄金打断脖子，丧了性命。今天，魔鬼总算找到了应该得到黄金的主人阿里·密斯里。魔鬼撒完金子后，又答应阿里的要求，把他的妻儿从埃及接来团聚。阿里在市井中开了一家商店，不久成了巴格达最有钱的商人。

《一千零一夜》中之"凶屋得金"插图

唐代谷神子著《博异志》中有一则《苏遏》的故事与《商人阿里·密斯里的故事》十分相似。它讲道：

> 天宝中，长安永乐里有一凶宅。居者皆破，后复无人住。暂至，亦不过宿而卒，遂至废破……有扶风苏遏，悾悾遽苦贫穷。知之，乃以贱价，与本主质之……至夕，乃自携一榻，当堂铺设而寝。一更已后，未寝，出于堂。他听一赤物呼唤烂木，并与之对话。苏遏待赤物隐后，亦呼唤烂木。烂木答应。苏遏问："前杀人害人者何在？"烂木答："更无别物，只是金精。人福自薄，不合居之，遂丧逝，亦不曾杀伤耳。"苏遏以主人自居，并称"金精合属我"，遂安然无恙。天明，他从西墙下挖出一烂木，又于东墙下挖出紫金三十斤。

后按烂木要求，送其至昆明湖。烂木又指其获紫金三十斤。

两则故事确有相似之处。因此，有学者认为，《苏遏》的故事很可能在唐代同古代长安的光辉形象一道传入了阿拉伯地区，以后进入了《一千零一夜》。[1]如果这判断成立，那么这就是中国文学影响阿拉伯文学的一个例子。

1. 刘守华：《民间故事学》，第 227—228 页，上海：上海文艺出版社，1995 年版。

附带提一下，这类"凶屋得金"的故事也在中国民间文学中流传。如有一篇名为《金元宝的主人》的故事讲道：一个穷苦青年借钱到外地做生意，来到一家藤行里，见藤便宜，就将藤买下。当天他住宿在藤行里，准备第二天把货运走。晚上，忽听一个老人的声音："我是藏神菩萨，这些藤我替你保存了好久，现在你终于来了。这房间内每束藤里都藏有一只金元宝，等你运回家后，一生一世享受不尽。"青年将藤束打开，果然每束里都有金元宝。从此青年成了富人。[2]中国古代故事中还有一则《细腰》，也属此类"凶屋得金"故事。

2. 宜仁编：《中国民间故事》，第 190—191 页，北京：中国友谊出版公司，2000 年版。

三、　《终身不笑者的故事》与《妙音》

《一千零一夜》中有一篇《终身不笑者的故事》，它含于大故事《国王太子和将相妃嫔》中。这则大故事包含约二十个小故事。这些小故事是七位大臣与一位妃子在国王面前讲述的，目的是让国王判定太子是否有罪。《终身不笑者的故事》是第五位大臣所讲。它的大致内容是：

一个青年受雇于一个老人。和老人居住在一起的还有十个老人。青年发现这些老人平时总是伤心地哭泣，从来不曾笑过。十二年过去了，十个老人先后去世。剩下的那个也气息奄奄。青年终于忍不住询问老人他们终身不笑的原因。老人这才告诉他：那里有一道禁门，千万不可开启，否则会落得和他们同样的下场。言毕，老人瞑目长逝。青年一连呆了七天。到第八天，他终于按捺不住好奇，打开了那道禁门。门内出现一条通道。正走间，突然一只大鹰将他攫起飞落一座孤岛。当他走投无路时，海面驰来一艘小船，里面坐着十个美丽的女郎。见了他，这些女子说道："你是我们国王的新郎啊！"说毕将他载到一个去处。这里开阔空旷，绿茵碧地，树木茂盛，流水潺潺，枝头鸟儿鸣啭，田间农夫耕耘。远处矗立着一座宫殿。他被带进宫廷，晋谒国王。国王是一位美若天仙的女郎。原来这里是一个王国，女子执掌国家事务，男子纺织耕田。国中一派安居乐业、欢乐祥和的景象。女郎国王与青年结为夫妇。婚后夫妻恩爱，美满幸福。女王将一切财产、婢仆供给青年使用。但告诫他：那里有一道房门，千万不可开启，否则悔之无及。一晃七年过去。一天，他走过那道房门，禁不住好奇，便欲打开看个究竟。不料刚一开启，原来那只大鹰突然飞来，将他攫起，飞了一个时辰，将他扔在原来的海滩上。他等待、观望了两个月，再也无法回到原来的地方，只好失望地返回他与老人们居住过的房舍。他这才明白老人们伤心哭泣、终身不笑的原因。如今，他遭到同样命运。从此，他也整日哭泣，成为一个终身不笑者。

故事虽短，含义颇深。它固然表现了人类探索未知世界、忍不住开启禁门的精神，但更重要的是，它表现了人类对一种理想世界的世代追求。女王的国度，无疑是一个桃花源式的理想之国。它存在于虚无缥缈的处所，一般人是无法到达的，也可以说它是一个想象中的仙境。故事反映了人们对现实生活的不满，寄望于对理想国的探索与追求和过那种"不知有汉，无论魏晋"的无忧无虑的生活。但是，故事的另一层含义也许更加值得重视，即它表现了人类本性中对过往的留恋和追忆。正是这一点，使本篇故事具有了震撼人心的吸引力，使读者产生了深深的共鸣。由此也可以看出《一千零一夜》中此类故事所达到的思想高度和它对人类本性的深刻揭示。

中国文学中也有与此十分相似的作品，如南朝刘义庆（403—444）《幽明录》中的《妙音》。为了更好地进行比较，兹将全文录于下：

> 汉时，太山（即泰山）黄原平旦开门，忽有一青犬在门外伏守，备如家养。原绁犬，随邻里猎。日垂夕，见一鹿，便放犬。犬行甚速，原绝力逐，终不及。
>
> 行数里，至一穴。入百余步，忽有平衢，槐柳列植，行墙回匝。原随犬入门，列房栊户可有数十间，皆女子，姿容妍媚，衣裳鲜丽，或抚琴瑟，或执博棋。至北阁，有三间屋，二人侍直，若有所伺。见原，相视而笑："此青犬所致妙音婿也！"一人留，一人入阁。须臾，有四婢出，称："太真夫人白黄郎：'有一女年已弱笄，冥数应为君妇。'"既暮，引原入内，内有南向堂，堂前有池，池中有台，台四角有径尺穴，穴中光映帷席。妙音容色婉妙，侍婢亦美。交礼既毕，宴寝如旧。
>
> 经数日，原欲暂还报家。妙音曰："人神道异，本非久事。"至明日，解佩分袂，临阶涕泗。后会无期，深加爱敬。"若能相思，至三月旦，可修斋洁。"四婢送出门，半日至家，情念恍惚。每至其期，常见空中有軿车仿佛若飞。

　　事实上，类似《妙音》的故事，在这之前还有好几则。如东晋干宝（约 317 年）《搜神记》中记有刘晨、阮肇二人入仙境与二仙女成婚后又离开的故事，后来南朝刘义庆在《幽明录》中抄录了这则故事；相传为东晋陶渊明（376—427）所著的《后搜神记》中也有一则袁相、根硕二人入仙境与二仙女成婚，后来又离开的故事。这几则故事与《妙音》在总体上是相同的，所不同的是，这几则故事的男女主人公分别为二人，而《妙音》中的男女主人公分别为一人，这与《终身不笑者的故事》相同。

　　除了故事总体上的相似外，这些故事在某些细节上也惊人地相似。如故事均表现了人神之合及人神之隔，均有某物（大鹰、青犬、羊群、水杯）将主人公带入仙境，仙女们都知道主人公要来，而且知道他们是自己主人的夫婿，主人公不久想回家，于是人神分手。

　　中国的这几则故事产生于魏晋南北朝期间。当时连绵的战争和动乱，使人民遭受巨大苦难，人们为了逃避现实，纷纷躲进宗教里寻求精神的寄托，所以这时道教盛行。道教的产生、盛行，一方面适应了统治阶级的需要；另一方面，广大人民群众在遭受苦难找不到出路的情况下，不得不把希望寄托在幻想中，寄托在宗教上。因此，作为道家思想在文学上的反映，我们在众多的含有各式各样故事的志怪小说中，既看到了神奇和荒诞，也看到了曲折表达人民群众追求美好生活愿望的文字。上述几篇故事是这样，而陶渊明的《桃花源记》则是这种愿望的最好表述，也是此类小说最集中的表现。

　　有学者在研究魏晋南北朝小说时，对志怪小说受道教和佛教影响的情况进行分类，将神仙洞窟类故事归于道教志怪小说的范型。[1] 以上几篇故事将主人公设为十五六岁的小姑娘，而且

<hr>

1. 张庆民：《魏晋南北朝志怪小说通论》，第 204 页，北京：首都师范大学出版社，2000 年版。

免去了她们成仙故事的叙述，可说是志怪小说中的另类；而且故事重在表现她们的爱情生活（虽然极为简短），情真意切，令人难忘，不能不说是志怪小说中的精品。

　　《妙音》无疑表现了人民群众对美好生活的追求，它与《终身不笑者的故事》有异曲同工之妙。二者同为仙境，后者的仙境中也有男人，在这里仙境与人间的结合要紧密一些，场景也更加开阔。因二者均离现实太远，显得虚无缥缈，所以瞬间即逝。故事本身也说明，只有那些被注定或被选定了的人才能到达仙境，所以仙女们都知道主人公要来。你如果不是被注定或被选定，千万不要去自讨苦吃，自寻烦恼。这就告诉人们，故事中的场景只是一种理想和愿望，这种地方是根本不存在的，不要枉费心机地去寻找。故事中，主人公们无不待了一段时间就要

返回自己的家乡，或像《终身不笑者的故事》中的主人公偶然失去了仙境，这也说明现实中的人是根本无法生活在不现实的世界中的。

存在于阿拉伯民间神话故事集《一千零一夜》中的《终身不笑者的故事》为何与《妙音》等故事如此相似，确实值得研究。如前所述，《终身不笑者的故事》含于大故事《国王太子和将相妃嫔》中。这篇大故事源于印度，它包含约 20 个小故事。我们有理由相信，其中的不少小故事也应该来自印度，虽然在传讲中作了一些增删。同时我们也更有理由相信，这篇大故事在传讲过程中加入了一些别的民族的故事，因为《一千零一夜》在八九个世纪的流传、成书过程中吸收了许多别民族的故事。《终身不笑者的故事》会不会是中阿文化交流过程中中国故事传到阿拉伯再经改编而成的呢？不然不能解释它为什么与上述的中国故事那么相似。笔者作这样的设想，还因为在大量的佛教故事中尚未发现与《终身不笑者的故事》相类同的故事，而此种神仙类的故事在信奉一神的伊斯兰教的阿拉伯民族中是根本不可能产生的。

如上所述，《妙音》等故事是道教的产物。那么伊斯兰教和中国道教有没有什么关系呢？学者们认为，伊斯兰教，特别是其中的苏非主义教派，很可能受到中国道教的影响。中国道教是苏非派的东方思想起源之一。早期，伊斯兰军队征服波斯、印度等地区，并与中国交战。"这些被征服地区的各族人民虽然在以后或多或少地皈依了伊斯兰教，但是他们的传统文化、意识形态、生活方式、风俗习惯和价值观念仍然对阿拉伯穆斯林产生影响，或是由他们把这一切带入伊斯兰。"[1]

1. 金宜久：《伊斯兰教的苏非神秘主义》，第 1、15 页，北京：中国社会科学出版社，1995 年版。

四、《侍卫和泼妇》与《巧脱》

《一千零一夜》和中国文学中还有两则几乎完全相同的故事，也弄不清二者之间的关系和来龙去脉，兹将其列出，以引起研究者和读者的兴趣。

《国王太子和将相妃嫔》中第二位大臣讲的是《侍卫和泼妇》的故事：一位国王的侍卫官与一个女人私通。一天，他派他的仆人前去给女人送信，告诉她他一会儿前来和她幽会。仆人来到女人家中，不想被女人的姿色所迷，而女人也喜欢上了这个年轻仆人，二人当即如胶似漆，拥成一团。正欲云雨，不想这时侍卫官前来，女人瞥见，赶紧将仆人藏在楼阁。侍卫官身佩宝剑走了进来，女人扑了上去，随即二人在床上翻云覆雨，干尽了丑事。恰巧这时女人的丈夫回来。女人听见敲门声，知是丈夫来到，慌忙下床，告诉侍卫官须如此这般。女人打开门，丈夫进得屋来，只见一个军官模样的人，正手持宝剑，对着女人愤怒地大声喊叫。他见女人丈夫进屋后，把宝剑收好，便急急忙忙出门去了，边走还边骂。丈夫忙问妻子是怎么回事，那女人说："我正在家时，一个年轻人急慌慌走来，说一个军官把他当坏人要杀他，求我救他一命。我一心软，就把他藏在楼阁上了。一会儿这个军官提着宝剑就进来了，问那年轻人是否藏在这儿，我当然予以否认，他就怒气冲冲地用宝剑指着我说要杀我，幸亏这时你就进来了，他只好离去。不然我连命都没有了。"丈夫听后，觉得女人做得对，夸奖了她一通。随后女人将那年轻仆人喊出来，让他逃命去。仆人也顺利地离开了女人的家。丈夫对此事还一直蒙在鼓里。

薄伽丘的《十日谈》（1350）第七天故事第六与上述故事几乎完全相同。虽然《十日谈》成书时间早于《一千零一夜》，但有确切的资料可以说明，此类故事不是《十日谈》影响了《一千零一夜》，而是后者影响了前者。薄伽丘创作《十日谈》吸取了许多东方的故事。当时，东方文学、科学等向西方传播主要有三条途径：通过西班牙、法国与欧洲大陆接触，通过西西里岛、意大利与欧洲接触，通过十字军战争。上述故事很可能是先在东方传播，后来传到欧洲的。故事当时已经作为《一千零一夜》的故事被讲述，后来正式收入其中。

有意思的是，在中国文学中也发现了一则与此几乎完全相同的故事。清代慵讷居士著《咫闻录》卷九有故事《巧脱》一则。全文如下：

> 有妇人与村中某甲通，无何，甲父亦与有私，夫皆不知也。一日，甲侦夫他出，诣焉。方狎昵间，父至。甲自棂隙窥见，急匿床下，妇出迎入。甫展叙，又遥见其夫自门外来，妇急以门旁木杖，授令向持，立于门中，作怒形，妇嘱勿声。夫入，见而问之。妇即逆而告曰："伊云子窃其银，入赌局，又负博进，索扰至家，欲绝其命，子惧而逃。云是奔匿我家，横来搜寻。我家非收藏捕亡者，宜劝令去。"夫闻之，好言劝导。甲父听妇言，而伪作不肯已之状。夫又婉转力劝，释杖而去。妇回首向床下呼曰："小畜生，汝父去矣。赌乃败家，原不应为。子畏死，扰人闺阃，几惊怖煞人！非我夫妇，何以解此围矣？"甲出。向夫妇展谢而去。此事不便记其姓名，
>
> 故虚之。[1]

1. [清] 慵讷居士：《咫闻录》，第189—190页，重庆：重庆出版社，1999年版。

慵讷居士生平不详，从自序看，为浙江人，曾游各地，侨居广州。"惟闻怪异之事，凡可作人镜鉴，自堪励策者，辄记之而去。"很可能是《一千零一夜》的故事传到广州等沿海地区，他听后创作出自己的故事。

以上是《一千零一夜》和中国故事的一些比较。有的故事可能是此影响彼，有的故事可能是彼影响此；有的故事的影响关系可能明显一些，有的故事的影响关系可能不那么明显。

下面从《一千零一夜》中的民间故事类型和母题入手，与中国文学进行比较研究，探索中国文学与阿拉伯文学间的交流。

五、 救蛇得报

《一千零一夜》中与蛇有关的故事很多。明显的救蛇得报的故事有三个，或者说有三处。

《脚夫和巴格达三个女人》中的故事《第一个巴格达女人》：有同胞三姐妹分得了父亲遗产，两位姐姐和姐夫很快将财产挥霍一空，三妹数次好心接济。一次三姐妹共同外出经商，航船发生故障，停靠在一座城池边。这座城池的人们由于信仰不虔诚，被真主化为石头，只有一个青年例外。三妹与此青年互相爱慕，定下终身。谁知二位姐姐突起异心，为夺取三妹财产，趁二人熟睡之际将二人从船上扔下海去。三妹被海浪冲至岸边，离开时，发现一条青蛇咬住一条白蛇的尾巴，白蛇流泪向三妹求救。三妹用石头打死青蛇，救出白蛇，白蛇飞走。不久，白蛇飞到三妹跟前，原来它是一位蛇仙。蛇仙为报答三妹救命之恩，将船中全部财产归于三妹，并将两个姐姐变成两只黑犬，嘱咐三妹每天狠狠抽打每只黑犬三百鞭子。

《哈里发哈伦·拉希德和懒汉》：克斯辽尼从小疏懒，父亲去世后，全靠母亲维持家计。一次出海远航的船员为克斯辽尼带回来一只猴子。这是只魔猴，它企图通过克斯辽尼的帮助掠夺一位美丽的姑娘。克斯辽尼不知就里，帮魔猴实现了目的，自己却被抛在了荒野。这时他看见一褐一白两条蟒蛇在搏斗，他拿起石头打死了褐蛇，白蛇得救。正当克斯辽尼无计可施时，白蛇为了感恩，派另一条白蛇来帮助克斯辽尼并揭穿魔猴的诡计，然后又派一妖怪带他去找魔猴报仇。经过一番较量，克斯辽尼打败魔猴，终于与女郎结为夫妻。

《阿布杜拉·法兹里和两个哥哥》：法兹里三兄弟在父亲死后继承了一笔遗产。两个兄长不久便把家产挥霍一空，由弟弟接济。三人出海经商，船在中途停泊时，船长命每人去山上寻水。法兹里在山上看见一条黑色巨蛇在追赶一条白蛇，他拿起石头打死黑蛇。法兹里来到一座城池，城中人因信异教，被变成石头，只有国王女儿例外。法兹里爱上国王女儿，把她带回船中。但两兄弟萌生异心，为抢夺女郎，把法兹里扔进海里。法兹里被一大鹰救起。大鹰忽变作一女郎，原来她就是被法兹里救过的白蛇。白蛇带法兹里突然出现在两个兄长面前。在法兹里的请求下，白蛇免除两个兄长死刑，把他俩变成两只狗，并嘱法兹里每天狠狠抽打它们。很明显，此故事与《第一个巴格达女人》类同。与其说是重复，勿宁说是当时人们对这种神力帮助下恩怨相报、赏罚分明的结局更为关心和重视。

关于救蛇得报的故事，在中国文学中也不乏例子，有的流传在民间故事中，有的则进入文人文学。明代冯梦龙《喻世明言》中《李公子救蛇获称心》就是很典型的一篇。李元奉命探父途中，见几个小孩用竹杖追打一条小蛇。李元用钱将小蛇买下，为其擦洗敷药，然后放入草丛。此小蛇为龙王之子。龙王百般感恩，将女儿嫁给他三年。将近科考，龙女偷来试题，李元做后果然高中。三年后，夫妻惜别，龙女飞走。类似故事还有：《葆光录》中记有白蛇变为一女子报恩复仇的故事；《五色线》中记有孙思邈救护受伤小蛇，后小蛇与其母化成人形重谢孙思邈的故事；《张羽煮海》、《白蛇传》等想必也是此类故事的变种与演化。

如果我们进一步探讨，救蛇得报的故事在中国文学中很早就存在。相传东晋诗人陶渊明所撰《搜神后记》中就载有一则这类故事：

> 吴末，临海人入山射猎，为舍住。夜中，有一人，长一丈，著黄衣，白带，径来谓射人曰："我有仇，克明日当战。君可见助，当后相报。"射人曰："自可助君耳，何用谢为？"答曰："明日食时，君可出溪边。敌从北来，我南应往，白带者我，黄带者彼。"射人许之。明出，果闻岸北有声，状如风雨，草木四靡。视南亦尔。唯见二大蛇，长十余丈，于溪中相遇，便相盘绕。白蛇势弱，射人因引弩射之，黄蛇即死。日将暮，复见昨人来，辞谢云："住此一年猎，明年以去，慎勿复来，来必为祸。"射人曰："善。"遂停一年猎，所获甚多，家至巨富……

救蛇得报的故事不仅出现在中国文人文学中，而且广泛流传在民间文学中。藏族民间故事

《祥巴和龙女》，讲了一个贫穷的瞎眼老妪和她的儿子祥巴相依为命的故事。祥巴在放牧时，见湖中一黑一白两蛇在追逐、打斗。白蛇被咬得鲜血淋淋，拼命挣扎。祥巴挥动牧鞭，打死黑蛇。白蛇脱离危险，潜入湖中不见了。原来白蛇是个龙子。龙王为感恩，让祥巴在龙宫住了几日。临行前，祥巴经龙子提示，要了龙王身边的一只大黄母狗。原来这狗是龙王的独生女。她在祥巴不在时，变成一个美丽的姑娘，为家里烧饭。一次被祥巴发现，互生爱慕，结为夫妻，过着幸福美满的生活。祥巴娶美妻的事传遍了天下，也传到了皇帝耳朵里。皇帝对龙女的美貌垂涎三尺，想把她弄到手。他通过赛马、比武等方式，都没有达到目的。由于祥巴的偶然失误，龙女无法战胜皇帝，只好被皇帝抓进皇宫。临行她嘱咐祥巴如此这般……九年过去了，祥巴按龙女的嘱咐学会了吹奏、跳舞、射猎。这天，他来到皇宫，开始了精彩的表演。龙女见祥巴到来，第一次露出了笑容。皇帝见龙女高兴，便和流浪汉祥巴交换了衣服，目的是博得龙女的欢心。不想龙女却高声喊道：皇帝面前岂能让一个流浪汉乱喊乱叫，大家快来除掉他！众人一拥而上，把皇帝当作流浪汉乱刀砍死。祥巴和龙女终于团圆，他们把皇帝的财产分给了众乡亲。故事情节生动，具有反封建的积极意义。

回族民间故事《小灰蛇报恩》、《动物王国》等均属此类故事。

德国学者艾伯华在《中国民间故事类型》的"动物与人"章里提到"蛇报恩"。[1] 他指出："(a)
1. [德] 艾伯华：《中国民间故事类型》，第 31 页，北京：商务印书馆，1999 年版。
一个人看见两条蛇在地上恶战（如果他们是龙，就在河里），(b) 白（或别的浅色）蛇通常最后胜利了，但它是因为获得了一个 (c) 猎手或 (d) 士兵或农夫的帮助，他收下了白蛇赠给他的珍宝。"[2]
2. [美] 丁乃通：《中国民间故事类型索引》，第 7 页，沈阳：春风文艺出版社，1983 年版。
无论是《一千零一夜》中的还是中国文学中的此类故事，与故事类型学的界定大致是吻合的。

这类故事具有深厚的文化内涵。这种对蛇的崇敬之情，可能来自上古先民对蛇的观感。人们在原野、沙漠、洪水泛滥时总是看到蛇，出于对它的恐惧和崇敬，便对它加以崇拜（古埃及的人们也是这样），不少部落把蛇当作图腾。后来人们把它视作有魔力和法力的动物，甚至当作权威的象征，设想它能知恩图报，帮助人们解脱苦难。人们看到它可怕的一面，相信它是无所不能的，流传在中国和其他许多国家的蛇郎的故事与救蛇得报的故事是紧密相联的，更表现了蛇的美好的、人性化的一面。当然，也有的故事表现了蛇的残忍。

我们不能肯定《一千零一夜》中救蛇得报故事的来源。鉴于中国文学中此类题材的故事产生较早较多，不排除《一千零一夜》中此类故事受到中国文学的影响。

六、　羽衣姑娘

羽衣姑娘或天鹅女的传说，是世界民间故事中流传最广的一个类型或母题。在《一千零一夜》中有两个这样的故事：《巴士拉银匠哈桑》中，哈桑为寻找妻（天鹅女）儿，长途跋涉，历尽艰险，终于与妻儿团聚；《哈西布·克里曼丁》中詹莎的故事与此类同，只是后来詹莎找不到心爱的人，忧伤不已，自杀身亡。

大家都知道我国云南傣族著名的《召树屯》的故事。故事的女主人公是远离人间的孔雀王国的七公主。她们七姐妹常常飞到人间的金湖沐浴。王子召树屯藏起七公主的羽衣，把她留在人间，双方产生了真挚的爱情。国王听信巫师谗言，不能容留七公主。七公主无奈只好怀着对征战未归的王子的切切深情，飞回自己的家乡。勇敢的召树屯王子战胜了险山恶水，终于找到了日夜想念的情人。此故事与《一千零一夜》中的同类故事大同小异，可以对二者的关系作一番探讨。

艾伯华在他的《中国民间故事类型》的"天鹅处女"中讲到此类故事的历史渊源："此类型流传在5世纪以后的时代"，但作为故事，"公元前2世纪《淮南子》里已有记载。此外，很早就有天鹅处女的母题。羽裳少女的母题最早就是从天鹅女的母题中派生出来的"。[1] 的确，

<hr>

1. [美] 艾伯华：《中国民间故事类型》，第63页，北京：商务印书馆，1999年版。

<hr>

中国古籍较早就有羽衣妇的传说。如唐《酉阳杂俎》中记："夜行游女，一曰天帝女，一名均星，夜飞昼隐，如鬼神。衣毛为飞衣，脱毛为妇人……"唐《建安记》中记："乌君山，建安之名山，县西一百里，徐仲山入山遇几十鸟化之人，并与其中一小女结婚。鸟皆将羽衣脱下挂衣杆上，后山人来猎，鸟尽皆被衣飞走。"如果再往上追溯，中国远古就有关于羽人的传说。《楚辞·远游》中云："仍羽人于丹丘兮，留不死之旧乡。"后人多有注云："羽人，飞仙也。"晋干宝《搜神记》中有关于羽衣姑娘的传说故事："豫章新喻县男子，见田有六七女，皆衣毛衣。不知是鸟，匍匐往，得其一女所解毛衣，取藏之，即往就诸鸟。诸鸟各飞去，一鸟独不得去，男子娶以为妇，生三女。其母后使女问父，知衣在积稻下，衣而飞去，后复以迎三女，女亦得飞去。"后句道兴《搜神记》中亦有一类似的较长篇幅的传说。

此故事类型或母题流传的范围是全中国。如南方苗族有一首爱情叙事诗《多往琛》，讲天上住着七位仙女，下到世间湖中沐浴。一个孤儿长大的青年藏起了小仙女的羽扇，后与小仙女

结婚、生子。但天庭不允许人神婚配，故事以悲剧结尾。[1] 又如北方满族故事中有一则《天鹅仙女》，

1. 中央民族学院少数民族文艺研究所编：《中国民族民间文学》（下），第485页，北京：中央民族学院出版社。1987年版。

讲天上的仙女三姐妹变成天鹅飞到天池戏水。一只小金雀在空中飞来飞去，它口中含的一粒小红果掉在了小仙女的口里，小仙女因此怀孕。小仙女一人在天池住下，产下孩子后，把他放在自制的小船上，依依不舍地让他漂走。[2] 在中国的福建、广西、山东、江西、河北、浙江等地

2. 尹铁芬、王崇编：《中华民间故事》，长春：吉林文艺出版社，2001年版。

都流传着这类故事。

不只是《一千零一夜》中有羽衣姑娘的故事，在中世纪阿拉伯的另一部民间故事集《也门王赛福·本·热·叶京》中也有这类故事。印度也有类似的故事，在《大藏经》中即记有：一人躲在池边，俟紧那罗王女悦意偕眷属来此沐浴，用绳索捆绑悦意，搜去其髻宝，其余女皆奔去……悦意为国王之子善才童子收为妇。后悦意遭难，母怜之，遂将髻宝与悦意，悦意乃腾空而去。后善才童子历经险阻，终于在紧那罗国寻得悦意。故事虽未明确悦意是身披羽衣，但其情节与中国羽衣姑娘的故事十分相似。中国的此类故事很早就产生了。后来篇幅稍长的，有可能与佛教故事相融合。阿拉伯国家的此类故事受到中国故事影响的可能性较大。

七、 负心人被变成动物

前面提到的《第一个巴格达女人的故事》和《阿布杜拉·法兹里和两个哥哥》中，前者是两个图财害命的姐姐被蛇仙变成两只黑犬，并每天被妹妹抽打三百鞭子；后者是两个哥哥因欲害弟弟和他的情人而被蛇仙变成两只黑犬，每日受到狠狠抽打。《一千零一夜》中还有几篇类似的恩怨相报、惩恶扬善的故事，我们将从与中国文学平行比较的角度进行评述。

将负心人变成黑犬的故事，我们恰恰能在中国文学中找到。《警世通言》中的《桂员外穷途忏悔》讲道：桂迁穷途时曾受恩于施济。后桂迁挖得施家藏金，逃逸他乡，因而致富。后施家败落，转富为贫。桂迁也渐渐家境不济。一日其二子突然残废，托母亲之口说："冥王以我家负施氏之恩，父亲曾有犬马之誓。我兄弟两个同母亲明日往施家投于犬胎，一产三犬，二雄者我兄弟二人，其雌犬背有肉瘤者，即母亲也。"桂迁慌忙到施家祠堂礼拜，"下拜方毕，忽有三只黑犬，从宅内出来，环绕桂迁，若有所言……桂迁忽忆前梦及浑家之言，轮回果报，确然不爽，哭倒在地"。我们引用"三言"、"二拍"的例子与《一千零一夜》

作比较或印证，是因为"三言"、"二拍"的许多故事中包容着众多民间故事类型和母题，二者具有可比性。

在一个存在恶势力的社会中，在一个盛行恶行和尔虞我诈（即使亲人之间也不例外）的环境里，这类恩怨相报、惩恶扬善的教诲不失可取之处。把恩怨相报、惩恶扬善寄托在幽冥的力量、神（各种各样的神）的意志上，反映了人们在他社会中无力解决善与恶的斗争、无力把握自己命运的处境。他们唯一的希望，是有一种超自然的力量在评判善与恶时绝对公正，赏罚分明。把负心人变成动物，是冤冤相报的一种形式。

为什么在阿拉伯文学和中国文学中负心人都被变成了黑犬，而且都是两兄弟？二者之间纯出巧合，还是有何关系？将此列出，以供研究。

八、 猴魔与女郎

丁乃通在《中国民间故事类型索引》中列有"猴窝寻女记"故事类型。在《一千零一夜》的《哈里发哈伦·拉希德和懒汉》中，懒汉克斯辽尼得到出海远航的海员从中国给他带回来的一只猴子。这是只猴魔（或猴精），它掠夺了一位年轻貌美的姑娘。后克斯辽尼得蛇仙帮助，经过较量，打败猴魔，与女郎结为夫妻。在中国文学中也有这样的故事。"三言"、"二拍"中的《陈从善梅岭失浑家》写陈从善妻子如春被申阳洞中的三个猴精掳去，后得紫阳真人救助，夫妻才得以团圆。《盐官邑老魔魅色 会骸山大士诛邪》讲一化成老道的猴精掳去一年方19岁的女子至深山老洞，意欲奸污，后观音大士杀死猴精，解救了该女子及其他妇女。汉代焦延寿《易林》中有"南山大玃，盗我媚妾"之语，可见玃（大猴）之为害渊源甚古。有无可能中国的猴精故事传到阿拉伯，进入《一千零一夜》呢？

九、 偶然获宝

在《一千零一夜》中有许多故事表现主人公偶然获得财宝：《一个破产者一梦醒来又获得财产》，讲一个破产者偶得一梦，几经曲折，终于在自己房中获得财宝；《阿布杜拉·法兹里和两个哥哥》中法兹里被二位兄长弃置在一座荒岛上，意外发现一座金库；《商人阿里·密斯里的故事》讲密斯里在一凶宅过夜，获得魔鬼撒满一地的金币和室中宝藏；《补鞋匠马尔鲁夫》中马尔鲁夫意外发现石穴，获得财宝；《阿里巴巴和四十大盗》中阿里巴巴一声"芝麻开门"，无尽财宝便归己有。这是获得金银财宝的类型。另一类型是获得宝物，如阿拉丁的法力无边的神灯、朱德尔的要什么有什么的宝鞍袋以及其他神奇之物。汤普森把这归于超自然的故事类型，并命名为"运气和财富"。他还指出："故事的主要趣味在于，好运道偏向某一特定人物，追求幸福要避免徒劳无益的尝试。这个故事常常被吸收到近期文学中。"

我们注意到，在偶然获得财宝的故事中，主人公往往是命定该获宝的人，他或者是被坏人（兄长、妻子）逼迫处于无奈之中，或曾做过某些好事，或他父辈曾做过好事，如为某人保管过财产、不爽约等，这或许就是汤普森所说的"某一特定人物"。

这类故事比较多地出现在文人文学和民间文学中。中国的"三言"、"二拍"中就有不少这样的情节。《宋小官团圆破毡笠》讲宋小官因家道衰落，投靠亲家，被亲家刘姓夫妇送上一荒岛。宋小官偶见盗贼藏匿的八箱金银财宝，遂致富。此故事极似《阿里巴巴和四十大盗》，而它又根据民间传说《金三妻》改编。《桂员外途穷忏悔》讲桂迁因挖得施家藏金而致富，后施家挖得桂家祖藏金银财宝而致富，演出了一出恩怨相报的故事。

所获得的宝物中，不光是金银财宝，还有许多具有神奇功能的物件。这里重点说一说朱德尔的宝鞍袋。《朱德尔和两个哥哥》中，朱德尔遇见一个摩洛哥人。那摩洛哥人称在非斯城有一座宝藏，里面藏着四件宝物：神戒指、宝剑、观象仪和能看到地下宝藏的眼药膏。而此宝藏必须由一个名叫朱德尔的人才能取得。于是朱德尔随摩洛哥人来到非斯城。他历尽艰险，闯过一道又一道关口，好不容易才取到宝藏。那摩洛哥人为感谢他，给了他一个宝鞍袋。这宝鞍袋神奇无比，要什么东西都可以从它里面取出来。他母亲从里面取出了面包、乳酪、红烧肉、麻辣炒饭、羊肉饭、丝糕、糖、蜜饯等，穷人的理想变成了现实（这只是诸多神幻物中的一种）。借助神幻物达到理想和愿望，正是这种美好想象的体现。获得宝物表现了人们凭借想象力和神奇之物以征服自然，满足自己在现实社会生活中不能满足或难以满足的要求。我们看到，获得这些宝物的主人公大多是穷苦出身，或是落难之人。他们的处境需要有这样的宝物来帮助他们，或援救他们。这类故事反映了人们或社会对他们的同情。

　　获得宝物，在早期不失为一种解脱困境的愿望和出路，后来则表现了城市商品经济背景下中小商人和市民的致富心理和发财梦，前者和后者往往交织在一起，这也是民间文学发展过程中的一种演化，在《一千零一夜》中表现尤为突出。

　　有意思的是，这种宝物故事也进入了中国的文人文学中。蒲松龄的《聊斋志异》中就有这样的情节。《单道士》中写一道士聚众饮，"袖中出旨酒一盛，又探得肴一簋，并陈几上。陈已，复探，凡十余探，案上已满。遂邀众饮，俱醉；一一仍内袖中"。这有些类似法术了。在《蕙芳》中，讲一姓马之人交好运，与一贬谪人间的仙女有缘，结婚数年。其中有这样的情节：马母见女率婢来家，担心家境困难，不堪负担。女即命婢治具。"秋月出一革袋，执向扉后，格格摇摆之。已而以手探入，壶盛酒，碗盛炙，触类熏腾。"这革袋倒有些像《一千零一夜》中朱德尔的宝鞍袋。

　　以上示例表明，《一千零一夜》与中国某些民间故事在故事类型和母题上相同或类似。我们已经说过，我们虽不能肯定这些故事是否互相影响，但也决不能排除它们之间互相影响的可能性。如果因为现在没有发现确切的文字记载，就断然否认它们之间的交流和影响，这是一种武断和不负责任的做法。我们今天把它们列示出来，也许明天就会发现它们之间交流和影响的证明。研究工作需一步一步做，一步一步发展和深入，这正是我们写作的初衷。

　　类似宝鞍袋这样的神奇物，在中国民间文学中是相当多的。著名的《白水素女》即是一例。一个穷人在路上拾到一个田螺，把它拿回家。他下地干活时，一个美丽的姑娘从螺壳里出来，帮他做饭、整理房屋。后来被青年发现。一次，青年悄悄回家，藏起了她的螺壳，她不得不说出缘由。原来她是被上帝派来帮助他的。如今被发现，她只好离去了。临走前，她给青年一家留下一个米缸。这米缸内的米始终是满的，每日舀取，取之不竭。从此青年和母亲便不愁吃的了。此故事最早见于相传为东晋陶渊明所撰的《搜神后记》。以后，这一故事转化为著名的"田螺姑娘"，成为通行的民间故事类型和母题，广为流传。

　　这种会变出东西的宝物，在民间文学中五花八门。回族民间故事《金马驹》讲道：三兄弟在父母去世后，过着贫穷的生活。一天，他们接待了一位讨饭的老太婆，把她当作自己的母亲一样侍奉。三兄弟靠采石为生。一次他们在石缝中发现一个闪亮的金马驹，他们把它拿回家。老太婆将它放进空米缸，米缸里立即溢满白花花的大米；又放在菜筐里，马上冒出绿油油的鲜蔬菜。他们的日子从此过得红红火火。财主知道后，逼三兄弟交出来。后经过一番斗争，金马驹终于回到三兄弟手中。原来老太婆是一位仙女，有意来帮助他们。

《一千零一夜》中还有一些故事可能与中国故事，特别是中国少数民族地区的故事有着更多联系。现列举如下：

《马师伦与高尔宾的故事》讲马师伦与高尔宾商议，无论哈里发奖赏高尔宾什么，高尔宾只能获取三分之一，其余三分之二留给马师伦。高尔宾讲笑话引不起哈里发兴趣，被哈里发用皮鞭抽打。这时高尔宾高声喊叫，说他与马师伦有协议，让马师伦来承受三分之二的抽打。这类似我国的民间故事《八百鞭子》。《巴格达三个女郎》中《第二个僧人》里面公主与魔鬼变形、斗法的情节，与我国《西游记》中孙悟空与二郎神互相变形、斗法的描写十分相似。

《一千零一夜》中有形形色色的飞行物——飞毯、飞床、飞缸、飞木马……在中国文学作品或传说中也有各种各样的飞行器。《开元天宝遗事十种》中《李林甫外传》讲李曾遇一道士，以数节竹枝授李，李遂跨之，腾空而上，觉身泛大海，两耳但闻风水之声。凌蒙初《二刻拍案惊奇》中《大姐魂游完夙愿　小姨病起续前缘》中，李行修夫人死后，他思念亡妻。一个有道行的老人有奇术能使亡魂相见。李依言来到一去处，"少顷，一个十五六岁女子走出来道：'九娘子差我与十一郎（李行修号）去。'说罢，便折竹二枝，自跨了一枝，一枝与行修跨，跨上便同马一般快"。早在《山海经》中就记载有奇肱国者，其国人擅制飞车，殷汤时第一次试飞到豫州地方。后飞车被毁，十年后地方当局又照原样制作一架，让他们乘着飞车返回自己的国家。《太平御览》中也记有：某童与谢晖同处，"后二年童子辞归，晖戏作木马与之，童子甚悦……终乘木马腾空而去"。《太平广记》里面的《襄阳老叟》中一人得老叟赠一斧，遂会造会飞的木鹤。

清代曾衍东的《小豆棚》中有故事《深深》一则：

鲁生与乙娘夫妻伉俪甚笃。二人结识一姓鞠名深深的女子。鲁生北上会考，大病旅邸。乙娘闻讯呜咽，罔之所措。深深自告前往视之。乙娘曰："几千百里，岂裙钗所易至？"深深曰："不难，夜当发。"夜分女至园中，袖中出五色帕铺地上，与乙娘作别，疾若飘风。乙娘举首北望，惟银汉之间，一点黑子如豆而尽。深深到鲁生旅

邸……女取帕置行李，携生一蹈，倏然而起。时北风习习，女又掷一帕直竖云表，如
江上晴帆高挂满饱。生觉身在舫中，行云际，则冲絮而过……既而风微帕卷，指顾之
间，已在故园阁下矣。乙娘惊起来迎，夫妻各相慰。

中国的文学作品中多处记述有关飞行器，以及能工巧匠制造与真人类似的能活动的木人的
情形。这些飞行器与《一千零一夜》中的飞行物是否有着某种联系呢？我们不排除阿拉伯的飞
行物有可能受印度的影响，但是否也可能受中国的影响呢？民间文学研究家刘守华先生从唐代
段成式（？—863）《酉阳杂俎》的《鲁班作木鸢》入手分析，论证了《一千零一夜》中《乌
木马的故事》的渊源在中国。[1]

1. 孟昭毅：《东方文学交流史》，第 496 页，天津：天津人民出版社，2001 年版。

《国王太子和将相妃嫔》中有一则故事《小娘子巧戏众达官》，讲一个漂亮的小娘子因事
求见总督、法官、宰相和国王。这四人都对小娘子的美色垂涎欲滴，欲图一时之欢。小娘子请
来木匠，做了四层木箱，分别把四人先后骗进木箱，使四人狼狈不堪。这很类似于唐代皇甫枚
著的一篇故事《却要》，讲某达官家的女奴却要姿容秀丽，为达官家的四位公子垂涎，见着即
欲搂抱求欢。却要将四人分别约至大厅的四角相会。夜晚，四人分别前往等待。不想却要到时，
手举燃炬，将大厅照得透亮。四人见状，狼狈逃窜。《阿里巴巴和四十大盗》中女奴马尔佳娜
智杀群盗的故事脍炙人口。南宋洪迈《夷坚志》中有一篇《蓝姐》，讲一大户人家遇盗，婢女
蓝姐假意奉迎盗贼，却暗中将烛油滴于群盗衣上。翌日，告官，呈明情状。官捕按其言搜捕，
数日内三十余盗贼全部落网。以上故事情节虽不尽相同，但在表现女性的机智勇敢、大胆无畏
方面，却是十分一致的，令人产生联想。

中国"三言"、"二拍"中的《转运汉巧遇洞庭红　波斯胡指破鼍龙壳》，与《一千零一夜》
中的《辛巴德航海历险记》有异曲同工之妙。

我国西北部地区某些少数民族的民间文学与《一千零一夜》的关系可能更明确一些，不少
故事受到《一千零一夜》的影响。在这方面，一些学者曾指出过，如：哈萨克民间故事《四十
个强盗》与《阿里巴巴和四十大盗》，哈萨克民间故事《巴克蒂亚尔》与《国王、太子和七个
大臣故事》，哈萨克民间故事《可汗和哈拉莎什》与《宰相夫人的故事》，哈萨克民间故事《跟
魔法师学魔法》与《着魔王子的故事》，哈萨克民间故事《娥卜莎》与《阿里·沙琳与珠曼丽》
（关于此故事，有学者指出：从《娥卜莎》的起源、内容看，很可能是哈萨克族原本就有的故事，

因此很有可能是它影响了《阿里·沙琳与珠曼丽》）。[1]

1. 刘介民：《从民间文学到比较文学》，第 141—142 页，广州：暨南大学出版社，1998 年版。

有学者指出：民间叙事长诗在哈萨克民间文学中占有重要地位，有着很高的艺术成就，其数量也很多，大约有二百多部。《巴克提亚尔的四十个故事》、《四十个大臣》、《鹦鹉故事四十章》、《克里木的四十位英雄》被称为"哈萨克四大奇文"。这些叙事诗明显受到《一千零一夜》的影响，但它们在创作和流传过程中融进了哈萨克的社会生活。[2] 又如：维吾尔民间

2. 中央民族学院少数民族文艺研究所编：《中国民族民间文学》（上），第 251 页，北京：中央民族学院出版社，1987 年版。

故事《木马》与《乌木马的故事》，藏族民间故事《阿力巴巴》与《阿里巴巴和四十大盗》，藏族故事《说不完的故事·引子》与《第二个僧人的故事》，苗族民间故事《猎人老当》与《渔翁的故事》，宋《太平广记》中《东海大鱼》、《南海大鱼》与《辛巴德航海历险记》中的大鱼。《东海大鱼》记："东方之大者，东海鱼焉。行海者一日逢鱼头，七日逢鱼尾。鱼产则百里水为血。"《南海大鱼》记："海中二山，相距六七百里，有鱼游其中被卡进退不得……"这比《辛巴德航海历险记》中船靠大鱼以为是海岛的描写更有想象力，两者的联系是可能的。

随着研究的深入，《一千零一夜》与中国文学间的渊源关系，还将进一步发掘和显现出来。

第三节　中国的《一千零一夜》研究

《一千零一夜》是阿拉伯文学作品在中国译介最早、译本最多、影响最大的民间文学故事集，俨然成为阿拉伯文学的代名词。《一千零一夜》的中文版也是近百年来中国翻译外国文学作品中版本最多、发行量最大的。这足以显示出阿拉伯民间文学在中国大地上强大的生命力。而对《一千零一夜》的研究却略显滞后和薄弱，与其影响力极不相符。据收集到的资料，国内只有一本《一千零一夜》研究专著，论文共一百来篇，研究成果严重不足这一现象引人深思。

《一千零一夜》是一部鸿篇巨著，极难从文学批评的角度对其进行综合的审视和把握。这里拟对其思想内容、艺术特色、人物形象、文化批评等方面的文本研究，与中国民间文学作品和其他民族民间文学作品的比较研究，以及其中文译本考据及其他方面的研究作一介绍，总结

我国对《一千零一夜》研究所呈现出的特征、变化轨迹和趋势走向，述往以思来者，以为进一步的研究提供基础。

一、　对《一千零一夜》的文本研究

《一千零一夜》的早期研究是转译者和校注者对《一千零一夜》的介绍和评价，多以译者序言或前言的形式出现。1924 年叶圣陶为奚诺译本所写的长篇序文，则是 20 年代我国研究《一千零一夜》的独创性文字，内容丰富，很有见地。20 世纪 30 年代郑振铎、鲁迅等也曾关心过阿拉伯文学，间接推动了《一千零一夜》在中国的传播和影响。

20 世纪 50 年代我国对《一千零一夜》的研究迎来了一个崭新时期，译者前言和论述由通晓阿拉伯文的译者和学者撰写，对《一千零一夜》的介绍和分析更令人信服和具有权威性，主要有纳训的译者前言和马坚的《天方夜谭》简介。另外，高尔基的《〈一千零一夜〉俄译本序》在 60 年代初翻译过来，其评价常被后来《一千零一夜》研究者引用。

随着中国与阿拉伯各国的建交，国人对阿拉伯历史和文学的兴趣增加，特别是随着《一千零一夜》阿拉伯文全译本的出版，关注和研究《一千零一夜》的人数与日俱增，只是一些文章对《一千零一夜》思想内容的分析带有很深的时代烙印。自 20 世纪 80 年代中期，西方思潮和文艺批评方法渐次介绍到国内，《一千零一夜》的研究领域和视角也相应得到拓宽，对某些问题的探讨开始逐步深化，出现了百花齐放的景象。

《一千零一夜》是一部阿拉伯古典名著，在阿拉伯文学史上的地位是不言而喻的，可它在中国学者和阿拉伯学者的著作中却有着不同的境遇。阿拉伯文史学家在文学史上提及和分析它时惜墨如金，而中国学者在编写诸如《外国文学简编》、《东方文学史》、《阿拉伯文学史》等教材类专著时，都列专门的章节对《一千零一夜》进行介绍与评述，认为《一千零一夜》生动地描绘了中世纪阿拉伯帝国色彩斑斓的社会生活，是一幅瑰丽多姿的阿拉伯历史画卷，更是世界文学宝库中一串璀璨的明珠。

《神话与现实——〈一千零一夜〉论》

中国阿拉伯文学研究会副会长郅溥浩研究员所著《神话与现实——〈一千零一夜〉论》（社会科学文献出版社，1997年版）是我国第一部多层次、多视角研究《一千零一夜》的专著，是阿拉伯文学研究领域的一个突破。本书沉积了作者对阿拉伯文学、文化、历史研究的长期积累，是厚积薄发结出的硕果。作者在广泛涉猎、借鉴西方和阿拉伯国家对《一千零一夜》研究成果的基础上，旁征博引，提出了许多独到、新颖的观点。

作者首先追根溯源，解密《一千零一夜》的成书过程，对其成书时间漫长、成书过程复杂、故事来源众多、版本种类不一等情况进行仔细梳理与取证，好比建了一个坐标系，为后面的分类整理、条分缕析作了必要的准备和铺垫。《一千零一夜》是一部多民族文学交融汇合的民间文学作品，大大小小的故事有200多个，用何种科学方法将其进行分类和梳理是研究《一千零一夜》的关键所在。作者借鉴了国际上研究民间故事的"阿奈尔—汤普森体系"（又称"AT分类法"）的成果，以"故事母题"和"故事类型"为突破口，在国际民间故事研究的宏大视野下对《一千零一夜》进行考辨和梳理，揭示其民间故事母题的复合性和辐射性、故事类型的多样性和特殊性的特征，从而加深和拓展了对这部作品本身的研究。

《一千零一夜》的故事从流传至定型绵延八九个世纪，其文化现象可谓纷繁复杂，寻绎其主线、把握其关键，决非易事。作者凭借其对《一千零一夜》故事的谙熟，抽丝剥茧，聚焦商品经济、性描写和双重价值观这三个方面，将类型比较研究、文化研究理论和辩证唯物论穿插进具有典型意义的文本分析中，让读者眉目朗然，获得提纲挈领的把握和洞幽烛微的了悟。

作者敏锐地发现《一千零一夜》中极少提到农村，没有农村生活的描写，更没有对阿拉伯人的祖居地沙漠和其民族本源游牧阿拉伯人进行正面的描写，有的大多是神话传说和以城市为背景的故事，并从这一现象入手，探究沉潜于其中的社会、经济条件及历史动因。《一千零一夜》的故事主要有波斯故事、阿拉伯巴格达时期故事和阿拉伯埃及时期故事，这三部分正好代表了阿拉伯人从原有的以沙漠为背景的游牧生活向以城市为背景的定居生活转变的早期、中期和后期三个阶段。社会活动重心的转移、城市商品经济的发展、海外贸易的繁荣，使以商人为代表的中产阶级和各行各业市民阶层应运而生，他们又促进了市井文化的昌盛。作为民间说唱艺术最高成就的《一千零一夜》自然要反映他们的生活，因而沙漠、农村便从背景上消隐，游牧阿拉伯人谢幕退出。《一千零一夜》的故事从内容、手法到与听众的关系都起了质的突变：早期内容具有浓郁的浪漫主义色彩，主要描写宫廷中王子、公主的爱情故事，情节诡秘神奇而深受大众喜爱，听众只是故事传播的接受者；中后期具有强烈的现实主义色彩，主要表现城市中商贾、市民的普通生活，真实可信，故事中的人物和故事的听众交融在一起。这样，多维度表现中世纪阿拉伯城市商品经济生活的画卷被展开，不仅有揭示商品经济实质的故事，还有展示商人和市民们多姿多彩的生活，他们的爱情悲欢、经商之道及与当权者关系的故事。在此，作者运用主题比较研究手段将其同反映中国商人和市民生活的明代小说"三言"、"二拍"进行对照，不仅使读者了解到阿拉伯民族和汉民族在社会历史发展进程中在维护私有制、追求利润、经商致富、商业竞争、普通市民的意外发财梦以及商人为爱情敢于反抗封建礼教上有相似之处，而且通过对典型个案内涵的深入挖掘，使读者了解到中世纪阿拉伯人独特的价值取向——重商轻政的思想观念是完全有别于明代汉人的，从而更好地理解了原著。

《一千零一夜》开篇即以"性"开始，其间又有多处性爱情节，描写露骨。对此如何评析，是研究者无法回避和逾越的课题。作者首先从历史角度回溯，指出随着政治、经济、文化的变迁与发展，阿拉伯社会的"性"也经历了不同的阶段。而中世纪阿拉伯社会自由买卖、蓄养女奴风气猖獗，更加助长了社会淫邪之风。作者进而从读者接受心理考察，城市中小商人和市民阶层作为主要的受众，他们在现实生活中不能随心所欲地满足自己的性欲望，受到限制和压抑。因而《一千零一夜》在表现性爱方面，有些趋附迎合之嫌，描写充满了小市民趣味，且性爱形式多种多样，有不伦的，有同性的，更有人兽相交的，还有夫妻间的性爱描写。这完全是情节需要，若置放到从古至今不平等的两性关系背景下审视，这是对和谐、愉悦的两性生活的赞美和向往。作者辩证地指出，就拿《一千零一夜》中有关性描写的"登峰造极"之处与中国甚至其他国家某些作品中的性描写相比，是微不足道的，且没有那种赤裸裸的淫邪内容，有关《一千零一夜》是淫书的罪名不攻自破。况且对同性恋和人兽相交，说书人也是持谴责态度的。另外，《一千零一夜》作为一部民间文学作品，在描写两性关系方面相对自由开放，这是阿拉伯社会历史演变的必然结果，是人类生命哲学中人性意识的觉醒，从一个侧面折射出只有经济的发展和思想的开放才能带来这样的文学繁荣。

《一千零一夜》在对待天命、妇女、宗教及统治者的态度方面，呈现出二元对立的双重观点。

作者通过拉网式的打捞，把这些具有实质代表性的故事串联起来，然后将文本中这种双重的价值取向产生的根源置于时代文化背景中进行考察，使人产生一种特定的历史对应感，彻悟其存在的理由，以彰显其积极有益的因素。

　　《一千零一夜》的出现在阿拉伯文学史上决非偶然，是阿拉伯文学从骑士文学到宫廷文学到民间文学的必经发展阶段，是与中世纪中后期文学作品的平民化倾向这一世界性文化现象相吻合的。《一千零一夜》也正是因为弘扬了阿拉伯人曾有的慷慨大度、诚信守义的品质，对崇高的追求，对善美的褒扬，对世俗人情的表现，而被高尔基赞誉为民间文学史上"一座最壮丽的纪念碑"，成为最受全世界读者喜爱的作品之一。然而，这部民间文学作品一直被排斥在阿拉伯正统文学之外。所谓"墙里开花墙外香"，西方世界对《一千零一夜》的青睐热潮反过来促使阿拉伯世界重新审视自己的文化遗产。近代以来，阿拉伯国家出现了研究《一千零一夜》的专著和论文，以及利用《一千零一夜》所提供的想象空间，赋予其新的内涵与理念而创作出的文学作品。基于此，作者最后又着眼于《一千零一夜》对世界各国文学的渗透和影响，探求其在世界文学宝库中的地位和价值。

　　总之，"作者以文本的细读为基础，大量运用相关的文献资料，将文本赏析与理论思辨结合起来，得出了朴实、科学的结论，从而大大深化了对《一千零一夜》的理解和认识"[1]。"首部具有中国风格和特点的《一千零一夜》专著"——《神话与现实——〈一千零一夜〉论》，

1、王向远：《东方各国文学在中国——译介与研究史述论》，第137—138页，南昌：江西教育出版社，2001年版。

不仅为读者揭开《一千零一夜》的神秘面纱提供了诸多范式，而且其横纵双向的历史审视与审美观照，对其中许多纷繁复杂的文学、文化现象的精神实质与生成轨迹进行的深入探讨，拓宽了阿拉伯民间文学研究的视野，为今后的阿拉伯民间文学研究作了必不可少的学术铺垫。

二、　对《一千零一夜》的专题研究

　　为了更好地勾画出我国对《一千零一夜》文本研究成果的全貌，以下从几个研究专题入手对有新意的论文给予评述。

（一）故事类型

《一千零一夜》是一部多民族文化、文学交融汇合的民间文学作品，不同类型的故事互相交织在一起，所以用何种科学方法将其进行分类和梳理是研究《一千零一夜》的关键所在。卢永茂的《〈一千零一夜〉评介》（《外国文学研究》，1979.3）对《一千零一夜》的故事类型首次作了较细的分类。赵建国的《〈一千零一夜〉中"病例"故事的个案分析》（《外国文学研究》，2004.4）专从《一千零一夜》的"病例"故事入手，指出这些"病例"故事是文学与医学有本质联系的生动个案，进而表明文学在治疗精神疾病方面的特殊功效，其切入点可谓别出心裁。而刘耘的《〈一千零一夜〉的故事学断想》（《北京教育学院学报》，2004.2）参考西方学者的研究成果，从故事的需求根植于人类好奇的天性出发，认为《一千零一夜》故事的讲述从秘密和禁忌开始，情节的展开就是解密和破忌的过程，中间伴随着一定的诱惑和危险，从而在人类故事的历史上留下某种范式和标准。

（二）艺术特色

关于《一千零一夜》的艺术特色，除论述其大故事套小故事的叙事结构外，比较有特点的视角是探讨其幽默艺术和叙事话语。刘安军的《生命在话语中延宕：山鲁佐德叙事话语分析》（《郑州大学学报》哲社版，1998.4）运用叙事话语理论分析《一千零一夜》文本，认为山鲁佐德的隐性话语在山鲁亚尔的知识话语的遮盖下凸现推进，隐性话语的推进展开使知识话语的功能结构被解构，于是生命被悬置在话语之中。而麦春芳的《重残下的美艳——〈一千零一夜〉中的女性话语》（《玉林师范学院学报》哲社版，2004.1）从女性话语角度分析中古阿拉伯妇女在政权、神权、夫权多重枷锁摧残下的生存状态、社会地位和理想愿望，分析文本中展现的女性在重压下绽放的鲜活和美艳。梁娟的《〈一千零一夜〉的幽默艺术》（《沧桑》，2008.4）对《一千零一夜》文本中表现出的形象幽默、情境幽默、言语幽默，软幽默、硬幽默等进行分析，归纳出《一千零一夜》幽默艺术的广泛性、民间性和积极性。杨丽婷《〈一千零一夜·辛伯达航海旅行的故事〉中的时空构建》（《吉林广播电视大学学报》，2009.5）从时空结构上分析了《辛伯达航海旅行的故事》所呈现出的一个被压缩的新的时空体形态，那就是辛伯达七次航海旅行基本都是遵循着出海—遇难—获救—发财—还乡的程式。空间上，则是巴格达—异地（荒岛）—

巴格达的空间转移，辛伯达在流落荒岛获救后，总能发一笔财，并等到去巴格达的直达商船，返乡途中风平浪静，大大减轻了颠沛流离所带来的切身之痛，在某种程度上缩小了辛伯达迂回辗转的空间及这些空间所辐射的范围。在这个新的时空结构中，机遇掌握着主动权，人物形象却因此受限，性格发展不甚明显，这似乎是早期神话、传奇小说、民间故事等的"通病"，也是它们的一大特色。国内学者对《一千零一夜》艺术特色的研究突破了以往传统的思维定式，有一些新意值得肯定。

（三）人物形象

《一千零一夜》中有各个阶层的形形色色的女性，因而妇女形象便成了研究者探讨的课题，如俞久洪的《〈一千零一夜〉中的妇女形象》（《河北大学学报》，1989.4）和徐曙玉的《论〈一千零一夜〉中的女性形象：兼论中古阿拉伯妇女的社会地位》（《青岛教育学院学报》，2000.1）。林丰民的《〈一千零一夜〉中的东方形象与对他者的想象》（《外国文学研究》，2004.2）分析了《一千零一夜》中同属于东方的印度、中国和波斯的形象，作者认为中国人和印度人在作品中基本上呈现出正面的、美好的形象，而波斯人则常常被描述为负面的形象。造成这种差异的原因主要就在于阿拉伯人对印度、中国和波斯的集体想象的不同，而这种集体想象的不同又跟阿拉伯人同这些民族的交往密切相关，与军事的征服、政治的交往、商业的往来和宗教的排他性等因素都有关系。《一千零一夜》中的商人形象也是学者关注的重点。郅溥浩的《论〈一千零一夜〉对商人生活的描写》（《外国文学研究集刊》第11辑，中国社会科学出版社，1987年版）从航海贸易、城市商业活动、商人的家庭生活、商人的爱情生活、商人和统治者的关系、商人故事中的神话以及早期资本主义生产方式萌芽等多个方面，对《一千零一夜》中所反映的中世纪阿拉伯社会中的商人生活作了论述。

（四）文化批评

民间文学作品不是简单的故事叙述，而是能展现一个民族的文化属性的浓缩载体。赵培森的《从〈辛迪巴德航海记〉看阿拉伯人的民族意识：读〈一千零一夜〉有感》（《外国文学研究》，1998.3）则从《辛迪巴德航海记》描述的故事中推测出阿拉伯人所具有的冒险意识、平等意识和宗教意识。王向远的《〈一千零一夜〉与阿拉伯民族精神》(《宁夏大学学报》，1991.2) 从作品反映了民族精神这一角度出发，来全面理解和把握《一千零一夜》。作者认为《一千零一夜》所昭示和体现的是阿拉伯民族精神的心理现实和行为现实的一面，虔诚的宗教精神体现着阿拉伯人观念的、理想的、出世的一面，进取求实的商业精神则集中体现着阿拉伯人行为的、现实的、入世的一面，这是阿拉伯民族精神的两个主导方面。作者可谓一语道出阿拉伯民族精神核心所在。卢铁澎的《〈一千零一夜〉的文化意蕴蠡测》(《东方丛刊》，1998.3) 从书名、结构和艺术功能意识三个方面对《一千零一夜》的文化内涵进行了开掘和探讨。较为新颖的观点是，作者认为《一千零一夜》的编订者或许受 10 世纪被称为"精诚同志社"的阿拉伯一哲学派别的影响，深明"1"的哲学所具有的宗教意义，故在命名时将"一千夜"或"一千个故事"巧妙加"1"，而成为"一千零一夜"，既区别于波斯语故事集，又贯注了阿拉伯—伊斯兰文化精神。陆培勇的《论〈一千零一夜〉的权力观》(《阿拉伯世界研究》，2009.2) 和《从〈一千零一夜〉看中世纪阿拉伯社会主流价值观》(《阿拉伯世界研究》，2009.3)：前者从明君与暴君、权力与宗教、权力与公正三个方面来阐明《一千零一夜》的重要主题是宣扬"劝君施仁"的权力观。为此，《一千零一夜》通过故事的铺展，描述了以国王为代表的封建社会政治结构的基本权力特征，以及民众对统治者"权力"行使的思辨和诉求，其中要求实现"公正"的基本思想贯穿始终。后者以哲学、历史学、社会学、政治学、文学、人类学等诸学科的基本理论为依据，侧重运用哲学的研究方法，重新审视《一千零一夜》的历史意义和现实意义，亦即对阿拉伯中世纪社会主流价值观进行梳理和归纳。作者指出，中世纪阿拉伯社会主流价值观是以"公正、平等、宽容、崇尚道德和知识"为目标的。将文学研究与文化参与结合起来，代表了我国学者试图对《一千零一夜》研究进行更深入挖掘的努力，也是多元化的开始。

三、　对《一千零一夜》的比较研究

将《一千零一夜》与他国或其他民族的民间文学进行比较，可找出两者的相同点、差异点和可能发生的交流、影响，进而揭示出不同国家、民族之间的民间文学发展演变的普遍规律。我国学者对《一千零一夜》进行了跨国家、跨民族和跨学科的比较研究，取得了较为可喜的成果。

前已叙述，此处不再赘言。

　　我国对《一千零一夜》的研究可以说已取得了可喜的成果，在深化已有的研究、突破旧有思维模式方面，一些学者进行了有价值的探索；但仍有选题雷同、创新不足的缺憾，还有诸多"盲区"没有触及，如阿拉伯学者和西方学者的《一千零一夜》研究成果、不同时期中国受众的接受情况、故事类型和母题的变异性研究等等，这些都说明今后《一千零一夜》的研究仍有进一步拓展的潜力和空间。

　　另外，研究方法上，还应引进一些西方文学理论，以增加研究内容的深度，拓展研究范畴的广度。《一千零一夜》是一部负载着阿拉伯社会历史进程中大众文化观念和民众心态的民间文学巨著，应在阿拉伯文学史乃至世界文学史上真正赋予它应有的文学地位。

第六章　　伊斯兰宗教典籍的译介、研究

公元 7 世纪，穆罕默德凭借伊斯兰教将一盘散沙的氏族部落团结在一起，又手持《古兰经》和宝剑建立起统一的、幅员辽阔的阿拉伯帝国。伊斯兰教的产生不仅改变了阿拉伯民族的历史进程，也对阿拉伯民族的文化品格、价值理念、艺术审美等产生了深远的影响。作为伊斯兰教典籍的《古兰经》和《圣训》所起的作用自不待言。因为，"在穆斯林眼中，'古兰'统天理物，圣训经世济民；'古兰'是纲，圣训是目。二者互为表里，相辅相成，相得益彰，共同构成了伊斯兰文化的思想体系，深刻影响着穆斯林的社会生活和精神生活的全部"[1]。

1. 穆萨・余崇仁译：《穆斯林圣训实录全集・序一》，第 1 页，北京：宗教文化出版社，2009 年版。

伊斯兰教传入中国之时，也带来了宗教经典《古兰经》和《圣训》。我国穆斯林一直没有停止译介和研究这两部宗教典籍，虽然更偏重《古兰经》，却都取得了可观的研究成果。《古兰经》全译本仅大陆出版的就有 11 种，《圣训》全译本有 2 种。

第一节　《古兰经》的译介、研究

《古兰经》是世界三大宗教之一伊斯兰教最神圣的经典，是伊斯兰教教义的最高纲领，是伊斯兰教教法的源泉和立法的基础，还是伊斯兰教各种学说和思潮的理论依据，是穆斯林生活和道德行为的规范，至今仍影响着亿万穆斯林的宗教和世俗生活。同时，《古兰经》以韵体散文形式出现，是阿拉伯有史以来第一部用标准阿拉伯文写成的典籍，因其卷帙浩繁，意蕴深邃，其中包含着大量的故事和文学性描写，又被认为是一部具有极高文学价值的散文巨著，在阿拉伯文学史上立下了一块丰碑。

《古兰经》是以阿拉伯文宣示的，包括麦加章和麦地那章两部分，共计 30 卷、114 章、6 236 节。早期，穆斯林经学家们强调维护《古兰经》的权威、庄严和神圣，担心翻译会曲解误释、亵渎圣书，失去原书的神韵和意蕴，因而严禁翻译。后来，随着伊斯兰教的广泛传播和扩大影响的需要，大约在 9 世纪，经文的翻译逐渐开始。不过，这类译文是抄写或印刷在原文下面的，作为学习和理解原文的一种参考。

直到近代，译经禁令才得以完全解除，国内外穆斯林宗教学者对于将《古兰经》译成非阿拉伯文本的问题基本上取得了共识——可译且要译好。非穆斯林不受教义的束缚，也没有那种虔敬心态，因而较早从事《古兰经》的翻译。这样，各种语言的《古兰经》译本如雨后春笋般地公开发行。据粗略统计，《古兰经》现有 60 多种语言的数百种译本。

一、　《古兰经》在中国的译介

伊斯兰教很早就传入中国，而唐高宗永徽二年（651 年）被认为是伊斯兰教传入中国的起点。至此，《古兰经》随同伊斯兰教一道正式进入中国，迄今已有千余年的历史。虽钻研伊斯兰教教义及哲理的穆斯林学者不乏其人，但对伊斯兰教经典《古兰经》的译述却起于明清之际，对《古兰经》全文的通译则始于 20 世纪 20 年代末。

在中国，《古兰经》的汉译经历了一个长期的循序渐进的过程，大体经过了零星抽译、重点选译和全文通译三个阶段。

《古兰经》在中国最初以阿拉伯字母拼写成汉语的形式出现。直到 17—18 世纪的明末清初之际，中国的穆斯林学者为了传教的需要，才谨慎地尝试摘取《古兰经》片段或短句翻译，或以转述大义的意译作为引文。明清经学大师马注所说的"纂辑真经，抽译切要，词虽粗陋，意本真经，言本天经，字用东土"[1]，是这一时期《古兰经》翻译的真实写照。即便如此，译者

1. 转引自金宜久：《〈古兰经〉在中国》，载《文史知识》，1995 年第 10 期。

也诚惶诚恐，在著述的卷首郑重申明。例如刘智在其《天方至圣实录》（卷一）的"凡列"中写道："天经圣谕，皆本然文妙，无用藻饰，兹用汉译，或难符合，勉励为之，致意云儿。"[2]

2. 转引自林松：《〈古兰经〉在中国》，第 11 页，银川：宁夏人民出版社，2007 年版。

其实，他的译文严肃庄重，自有特色，如"开端"："世赞归主，化育万物，普慈独慈，执掌公期。吾唯拜主，唯主求助，导吾正路！是夫人路，主福之者，非祸之者，亦非迷路。"译文仿效我国最早的一部诗歌总集《诗经》，四字一句，音节铿锵，节奏和谐。

选取若干中、短章和局部长章片段进行翻译，这些译文作为普及性读物推广，需要常常诵读和熟记，旨在为宗教礼仪服务。这种选译有的只突出展示某一章或较少的章节，有的根据《古兰经》内容分门别类地翻译。其中对民间普遍流传、版本极多的《古兰经》选编本的翻译最多。在我国有一个流传已数百年、较为定型的《古兰经选本》，阿文名为"海特姆·古拉尼"，其简称仅取第一个词汇，被汉译为"孩提"或"亥帖"等，又称"18 个索来"。"索来"阿文意为"章"，但此选本实际上不止 18 章，各地所选章节基本相同，略有差异。此选本究竟于何时由何人选辑，无从考稽。该选本最有影响的汉文译本出现在 19 世纪末，即 1899 年（清光绪 25 年）马联元的《孩提译解》昆明刻印本。此后，这个选本的汉译本连续不断地出现，有阿汉对照手抄本、木刻本、石印本、铅印本以及注音本等，直到目前还有新译本涌现。较有影响的有《孩贴注解》（杨敬修译，1921 年上海木刻本）、《可兰经选译本笺注》（刘锦标译）、《锁雷释义》（译释者不详，1928 年北平刻印本）、《古兰经选》（中国伊斯兰教协会研究部、上海外国语学院阿拉伯语言文化研究室合译，1981 年上海印本）、《古兰经文选》（阿汉对照本，林松译，1981 年外语教学与研究出版社）。[3]

3. 杨怀中、余振贵主编：《伊斯兰与中国文化》，第 432—433 页，银川：宁夏人民出版社，1995 年版。

从头至尾完完整整地翻译《古兰经》，是中国穆斯林一直期盼的梦想。由于种种原因，直到 20 世纪 20 年代，第一部通译本才出现。首开通译《古兰经》之先河者乃清末穆斯林著名学者马复初（名德新，1794—1879）。他汉文著述甚丰，能用阿拉伯文著书立说。马复初大约在

1858 年至 1874 年间按顺序翻译了《古兰经》，译名为《宝命真经直解》，据传译成 20 卷初稿，只是大部分毁于火灾，流传下来的只有 5 卷，遗稿直到 1927 年才刊行面世。

随着《古兰经》欧洲文字版本的传入，以及我国新文化运动的发展，国人开始了《古兰经》通译的尝试。但真正意义上的《古兰经》全译本的出现并非一蹴而就，而是经历了从转译到直译的一个较为长期、谨慎的探寻摸索过程。

（一）　早期直接从阿拉伯文翻译的全译本《古兰经》

1932 年 2 月，北平中国回教俱进会出版了王文清（静斋）翻译的《古兰经译解》（甲本），这不仅是第一部由穆斯林学者翻译的《古兰经》全译本，也是首部从阿拉伯原文翻译并正式出版的《古兰经》全译本，在我国译经史上具有里程碑式的意义。《古兰经译解》（甲本）除主译者王文清，还有 8 位协作者，可见当时平津一带穆斯林学者的实力。王文清认为《古兰经》"蕴义深远，词句古奥，然并不艰涩难悟"，译笔"只求达意，不求藻饰"，并对前人所译成果持谨慎态度。[1] 王文清的《古兰经译解》（甲本）作为阿文直译本，较之前的日文和英文转译本

1. 转引自林松：《〈古兰经〉在中国》，第 60 页，银川：宁夏人民出版社，2007 年版。

更准确易懂，深受穆斯林读者欢迎。

1943 年，北平新民印书局出版了刘锦标翻译的《可兰汉译附传》，这是我国第二部由穆斯林翻译的《古兰经》通译本。

1947 年，北平伊斯兰教出版公司刊印了杨敬修老阿訇翻译的《古兰经大义》，分上、中、下 3 册，用文言体，无序和跋，卷末附勘误表，总计 14 万字。该译本具有古朴典雅、紧扣原文的独特风格，是一部高水平的译作。只是仅有直译文，缺少必要注释，且使用了不够普及和大众化的经堂语，深奥费解。

（二）　马坚译《古兰经》

1981 年 4 月，中国社会科学出版社出版了马坚翻译的《古兰经》，这是一部孕育过程长、公开发行量大、社会影响面广、译文引用最频繁的《古兰经》通译本。1986 年（伊历 1407 年），沙特阿拉伯王国法赫德国王古兰经印制厂在麦地那印制了马坚译《古兰经》的阿拉伯文和中文对照本，题名为《中文译解古兰经》，赠送给北京高校阿拉伯语专业师生、前往麦加的华籍朝

觐者和各国通晓汉文的穆斯林。2001 年（伊历 1422 年），该印制厂又重印了马坚译本，仍用原书名，只是增加了伊斯兰事务局遗产、宣教和指导部部长兼印经局总督写的"前言"，修订或纠正了前版本的不足或讹误。

译者马坚（1906—1978），字子实，云南人，回族。1931 年，马坚刚满 24 岁，便尝试翻译《古兰经》，至 1943 年已译成 20 卷。此后，不断润色修改，并详加注释，可谓字斟句酌。由于当时战乱，未能出版。直至解放后，先后由北京大学出版部和商务印书馆出版了《古兰经》（上册），包括前 8 卷译文和释文。该版本为繁体竖排，卷首有"译者序"、"《古兰经》简介"、"《古兰经》各章次第表"、"参考书目举要"等，正文原经译句用醒目字体，释文夹附于译文段落间。30 年之后，马坚的通译《古兰经》出版了横排简体字版，正文 487 页，没有释文，卷首除增加了白寿彝的"序"外，还有马坚"《古兰经》简介"节录、"译者序"，卷末附"参考书目举要"和马坚夫人的"后记"，共 29 万余字。通译本体现了马坚先生"力求忠实、明白、流利"的翻译宗旨，使用现代汉语，通俗易懂而不失雅正，具有凝练、简洁、朴实的风格。

马坚译《古兰经》扉页

其他全译本

1988 年 7 月，中央民族学院出版社出版了林松的《古兰经韵译》，这是我国第一部完整的汉文韵译本。该译本有阿汉对照本和中文单行本 2 种。"译本独创一格，以韵散凝结的文体，抑扬顿挫、鲜明和谐的节奏和音韵铿锵、顺口悦耳的旋律，赢得了各国穆斯林，尤其是华侨朋友的普遍关注……是新中国建立以来继马坚译本之后出版的第

二部译本，它发行后即以别开生面而迅速传遍国内外。"[1] 学术界在介绍《古兰经》内容和阐

1. 马启成：《音韵铿锵蕴涵美，文体译笔风格新——评介林松教授〈古兰经韵译〉》，载《阿拉伯世界》，1994 年第 2 期。

述伊斯兰教的论著时，除引用马坚教授的译文外，也大量引用林松的韵译。

　　林松（1930—　　），云南人，中央民族大学中文系教授，我国著名的穆斯林学者、回族史学家。自 1978 年初，开始尝试《古兰经》的翻译。1981 年，其选译本《古兰经文选》出版。该译本选译了中国穆斯林数百年来常诵的 20 多个章节，用押韵散文体，带简注，阿汉对照。选译本音韵铿锵，好记易懂，受到广大穆斯林读者的欢迎。后历经 8 年，1986 年，将《古兰经》全部译完。

　　《古兰经韵译》中文单行本，约 82.4 万字，包括译者例言、正文及卷末附录。特别是附录的 4 篇文章——《有关朗诵的几种符号说明》、《祈求词〈杜阿〉》、《〈古兰经韵译〉各卷章节一览表》和《60 年来汉译〈古兰经〉版本简介》，对信教者和研究者都很有助益。"通观译本，既保证了对原文精神的表达，又顾及句尾押韵的特点，故句式较灵活。"[2]

2. 马启成：《音韵铿锵蕴涵美，文体译笔风格新——评介林松教授〈古兰经韵译〉》，载《阿拉伯世界》，1994 年第 2 期。

　　1996 年 3 月，宗教文化出版社出版了马振武翻译的《古兰经》（上、下册）全译本，这是一本集汉文、阿拉伯文和小儿锦的对照本。该译本全经人工抄写，然后用手稿复制而成，约 160 万字。该译本采用了中国伊斯兰教经堂教育中使用的一种专门语言——经堂语，对一般读者而言过于艰涩；另外还用了小儿锦——一种用阿拉伯文和波斯文字母拼写的汉语，让不懂汉语的人也可以把汉语译文读出来。"其保存价值远远高于阅读价值，应该看成是对珍贵文献的记录、整理和保护。"[3]

3. 林松：《〈古兰经〉在中国》，第 246 页，银川：宁夏人民出版社，2007 年版。

　　2005 年宁夏人民出版社出版了马金鹏翻译的《〈古兰经〉译注》，这是根据埃及阿文版《古兰经学》翻译而成的汉文译注本。同年宗教文化出版社出版了马仲刚翻译的《古兰经简注》，除《古兰经》经文外，其注释采用了圣训注释。2008 年由河北省伊协和河北省伊斯兰教经学院编印出版发行的李鸿鸣译注的《古兰解注精华》，共上、下两册，译文为押韵体，并附有"圣训珠宝"、"经注精粹"等内容。[4]

4. 赵国军：《〈古兰经〉在我国的流传、翻译及其研究》，载《甘肃社会科学》，2009 年第 3 期。

二、《古兰经》在中国的研究

　　《古兰经》作为伊斯兰教的经典，卷帙浩繁，内容广泛，涉及宗教信仰、伦理道德、社会

规范、世俗生活等方方面面，可谓一部包罗万象的伊斯兰教百科全书。围绕《古兰经》展开的研究门类众多，分支庞杂，逐渐发展成为一门独立的学科，统称为"古兰学"。

穆斯林学者缘于对伊斯兰教的笃信，多从诠释经文、阐析教义的角度出发，对《古兰经》进行大量的文本考证、语言评注等方面的研究。在近现代，阿拉伯学者已开始剖析和评价《古兰经》所具有的文学特性，并对此作了许多有价值的探索。

我国对《古兰经》文学性方面的研究主要包括三个方面，分别是翻译《古兰经的故事》、文学史对《古兰经》的评述（本书从略）、《古兰经》文学研究。

（一）　对《古兰经故事》的翻译

《古兰经》最早写在枣椰树、木板、布块、白石片和其他物品上，或记在穆罕默德弟子们的心里。在艾布·伯克尔时期的伊斯兰教历 11 年（632 年），书写的碎片和记忆的章节被收集起来。其后，在奥斯曼时期的伊斯兰教历 25 年（646 年），《古兰经》的所有章节被汇编成册。《古兰经》是阿拉伯历史上的第一部文献，也是第一部用阿拉伯语写成的书籍，还是阿拉伯历史上的第一部含有故事的书籍。

为了宣扬"万物非主、唯有真主"的教义，强调顺从真主及其使者穆罕默德，笃信真主决定一切，要求人们虔诚、忍耐、和善、委曲求全等，以获得来世进入天堂的福报，《古兰经》运用了讲故事这一最能打动人、劝服人的方式，有对真主创造天地万物和人类的叙述，也有对天堂和火狱及末日审判的描述，表现了当时人们对于人类起源和发展道路的认识。另外，《古兰经》还叙述了许多民族因崇拜偶像遭真主惩罚而最终灭亡的过程。伊斯兰教认为，真主为了向世人传播伊斯兰教，先后派遣了众多先知，如易布拉欣、易司马仪、鲁特、优素福、穆萨等，穆罕默德是最后一位；因而《古兰经》中有相当篇幅专门讲述或穿插了穆罕默德之前历代先知的故事。《古兰经》中提到名字并讲述其事迹的先知有 20 多位，较普遍的说法是 25 人。除先知的故事外，《古兰经》还有不少寓意深刻的其他故事。

《古兰经》的故事大致分为真主创世的故事、天堂和火狱的描绘、众先知的故事和其他故事。《古兰经》的故事生活气息浓郁，内容丰富多彩，不仅具有宗教价值，也具有文学和历史价值。它影响了许多代人的观念、语言、风俗和文化，至今世界各国的文学家仍旧不断地从中汲取营养。

此外,《古兰经》的故事也是人类文化的一份珍贵遗产,至今仍有很高的价值和引人入胜的魅力,在伊斯兰世界更是家喻户晓、妇孺皆知。

千百年来,伊斯兰教经学家、注疏家及《古兰经》研究者,将《古兰经》中详略不等、散见各章的故事连缀起来,编成故事专辑,题名为《古兰经故事》。因出发点不同,所选编的《古兰经故事》有的严格按《古兰经》记载的情节,不掺杂其他内容,有的参照民间传说及相关文献资料对故事情节进行演义。为此,在阿拉伯国家和伊斯兰世界,《古兰经故事》版本众多,很受读者欢迎,也被译成多种文字出版。

我国对《古兰经故事》的译介始于 20 世纪 80 年代,现有 2 种译本、1 种自著本、1 种编译本和 1 种插图本。

1983 年,新华出版社出版了关偶、安国章、顾正龙、赵竹修、王永方翻译的《古兰经故事》,译自叙利亚的穆罕默德·艾哈迈德·贾德·毛拉著、1973 年叙利亚大马士革—贝鲁特伍麦叶出版的版本,是我国出版的第一本《古兰经故事》译本。该译本以先知或事件命名,共有 45 个故事,力求通俗简洁,人物名字一般都按阿拉伯语音译出,有时加注,与《圣经》故事加以对照。1996 年该译本由中国少年儿童出版社再版。

1986 年,新疆人民出版社出版了杨连凯、林松、李佩伦、白崇人编译的《古兰经故事》,分上、下两编,上编包括先知和有关先知的故事 21 篇,下编为其他主要故事 12 篇,共 22 万字。该书"以《古兰经》本身提供的情节和线索为主要依据,而以《古兰经》注疏家的阐发引证作辅助参考……只是在某些细节描写、气氛渲染、性格刻画方面略有加工"[1]。在某种程度上,该

1. 杨连凯、林松、李佩伦、白崇人编译:《古兰经故事·前言》,第 3—4 页,乌鲁木齐:新疆人民出版社,1986 年版。

书是《古兰经故事》演义本。1997 年由外国文学出版社再版。

2002 年,四川民族出版社出版了石映照编著的《古兰经故事》(插图本)。

2004 年,宁夏人民出版社出版了袁松月翻译的《古兰经故事》,原编著者为叙利亚艾哈迈德·雅西尔·法鲁克,共 15 万字。该书直接以先知命名故事,讲述了 11 位先知的 13 个故事。"最大的不同在于这本书对每一位先知故事的描写中,不时引用《古兰经》中的原文,经文和

2. [叙利亚] 艾哈迈德·雅西尔·法鲁克编:《古兰经故事·后记》,袁松月译,第 242 页,银川:宁夏人民出版社,2004 年版。

故事糅合为一体"[2],该书可以说是一本《古兰经》众先知故事集。

2008 年,宗教文化出版社出版了杨宗山著的《古兰经故事》,该书是一本"以《古兰经》

3. 杨宗山:《古兰经故事·前言》,第 3 页,北京:宗教文化出版社,2008 年版。

讲述的故事传说为基础加工编写的融知识性和文艺性为一体的通俗读物"[3]。该书上编是古代众

先知的故事和拾零补遗，下编的其他故事传说讲述了 13 位先知的 22 个故事，总计 22 万字。另外，在每则故事标题下注有《古兰经》章节出处，还写有约 90 余条介绍伊斯兰教基本知识的链接条目，增强了书的知识性和可读性。

（二）　对《古兰经》文学性的研究

《古兰经》中包含着故事、训诫、格言、描写等多种门类艺术，充满了奇特的想象、瑰丽的色彩，风格庄严宏伟、辞章华美、富有感染力，从文学角度看，确实有着丰富的内容。我国学者多从以下几个方面探析《古兰经》的文学价值。

1. 总体研究

马坚先生写有《古兰经简介》一文，介绍了《古兰经》的启示和记录、整理和保管、统一和流传及对阿拉伯语文的贡献，还有欧洲作家对于《古兰经》的评论。这是我国学者首次全面评述《古兰经》的价值。他的观点是"《古兰经》在阿拉伯文学史上，在伊斯兰文化史上，都

1. 马坚译：《古兰经》，第 9 页，北京：中国社会科学出版社，1981 年版。

占有一个极其重要的地位"[1]。

陆孝修、王复的《〈古兰经〉的文学探讨》（《外国文学研究》，1984.1）是我国出现的第一篇较为全面地论述《古兰经》的文学价值的论文。该文从文学的主要特点——用艺术形象反映社会生活来考察《古兰经》的内容、形式、思维方法及对后世文学的影响，探析《古兰经》的文学体裁和表现手法。在论及《古兰经》对后世阿拉伯文学的影响，特别是对阿拉伯诗歌的影响时，提及阿拉伯学者和欧洲东方学者的观点，在辨析的基础上提出中国学者的观点，那就是《古兰经》对阿拉伯诗歌既起到了抑制作用，也起到了推动作用。虽对阿拉伯古诗有抑制——蒙昧时期诗歌消亡，但随之而起的是政治诗歌的大行其道和征战诗歌的诞生。《古兰经》对阿拉伯散文发展的推动作用无疑是巨大的，并成为后世作家汲取创作素材的源泉。

王玉栋的《〈古兰经〉对阿拉伯语的影响》（《阿拉伯世界》，1985.1）从《古兰经》产生以前的阿拉伯语、《古兰经》对阿拉伯语的完善作用和保护作用等三个方面全面论述了以下观点：《古兰经》统一了阿拉伯各部落的方言，使阿拉伯语的书面语言得以定型，成为规范的阿拉伯民族的共同语言，也是阿拉伯语最正确的典范和最高标准，维护了阿拉伯语的纯洁性，提升了阿拉伯语在世界的影响力，围绕《古兰经》产生了许多新型学科。阿拉伯语几经变迁，

仍保持着旺盛的活力和适应性，这与《古兰经》所奠定的基础和其影响是分不开的，它的文风和表达方式成为历代文学家取之不尽的源泉。

梁工的《〈古兰经〉文学成就初探》（《固原师专学报》，1986.4）细数了《古兰经》的种种艺术特征，诸如完备的天启式体裁、庄严宏伟的文章风格、新奇美妙的散文文体，在描绘天堂及火狱时所表现出的丰富想象、多种修辞手法的运用，以及为阐明教义而博引典故等。

张莉的《经典中透射出的人文光芒——浅议〈古兰经〉中的人文主义思想》（《外国文学研究》，1998.4）从文化发展史的角度品评浸透在这部经典中的人文主义思想——重视人的地位和价值，以人为本，追求人的道德修养和理想境界，如跪拜、祈祷声中的"人本"精神；追求平等博爱、宽厚仁慈的兄弟情谊；以智慧为高，以理性为美，已成为伊斯兰所追求的审美理想，这种审美理想又转化到集智慧于一身的安拉身上；反对封建割据，拥护中央集权，建立一个以伊斯兰为中心的有秩序的穆斯林帝国。作者在充分肯定《古兰经》宗教本质的同时，挖掘其人文主义思想，进而揭示伊斯兰文化中兼容并蓄的开放性特征。

2. 文学研究

《古兰经》创造了一种既不是诗又不是一般散文的优美文体，自由洒脱又富有美妙的节奏和抑扬顿挫的音韵。"经文是用通常称为押韵散文的风格写成的，句子虽然没有韵律，却一般是以韵脚或类音词结尾的。如果用阿拉伯语高声朗读，《古兰经》必能吸引人们的注意力，其精神影响也必定比词语所能表达的意义要有力。"[1]《古兰经》还用生动形象的语言，记述了众先知在传教过程中与异教徒进行艰苦斗争、最终战胜异教徒的故事。这些故事目的性强，又有一定的情节，非常吸引人。在《古兰经》降世之前，蒙昧时期文学主要以诗歌为主，也有口传故事，但没有文字正式记录下来。作为阿拉伯文学史上编写成册的第一部文献，《古兰经》的艺术风格和故事特色成为凸显其文学性的最有力佐证。我国对《古兰经》这两方面研究最深入和透彻的当属林松。他的《古兰经知识宝典》第十四章"《古兰经》的艺术风格"分析了《古兰经》诗歌式韵味产生的原因。它们是韵散结合的铿锵音调、鲜明和谐的节奏旋律、发人深思的奇妙意境和丰富多彩的修辞手法。特别是对修辞手法的总结很全面，包括排比重现的反复句、玄妙奇特的盟誓句、生动形象的比喻句、质疑反诘的询问句和褒贬互用的讽刺句。通过这样的阐释，读者也就理解了《古兰经》被穆斯林赞誉为"空前绝后的妙文"，是因为其文体新奇美妙，

---

1. [美] 托马斯·李普曼：《伊斯兰教与穆斯林世界》，陆文等译，第83页，北京：新华出版社，1985年版。

语言凝练，节奏和谐，在气势和感情上易引起读者共鸣，其辞藻典雅，寓意深远，又给人一种神秘的美感。

林松还在《古兰经知识宝典》的第三编"人物故事"中分析了《古兰经》先知的人物特点、《古兰经》中的正面人物和反面人物。对先知性格特点的概括很精准，如被称为"人类始祖"的阿丹、奉命造舟的努哈、风暴中脱身的呼德、苦口婆心劝谕的撒立哈、捣毁偶像的易布拉欣、忠孝两全的易司马仪、善于圆梦的叶尔孤白、与伤风败俗斗争的鲁特、堂堂美男子优素福、力主公平交易的舒尔布、拯救以色列的穆萨、秉公办案的达乌德、精明能干的苏莱曼、舟覆鱼噬而得以生还的优努斯、圣洁淳朴的童贞女麦尔彦及其儿子尔撒、对儿子循循善诱的鲁格曼等等。

《古兰经》中的这些故事不仅开辟了阿拉伯叙事文学的先河，也为后世阿拉伯文学提供了取之不尽、用之不竭的素材。"《古兰经》的文风成了后世阿拉伯文学作品的风范，历代文人争相模仿。如果谁的作品风格类似《古兰经》的风格，他的作品就会像'灿烂的早晨'一样大放光彩。直至今日，《古兰经》仍然是阿拉伯散文文体的典范。"[1]

1. 纳忠、朱凯、史希同：《传承与交融：阿拉伯文化》，第 225 页，杭州：浙江人民出版社，1993 年版。

从美学、艺术理论视角，对伊斯兰教的原典《古兰经》所蕴涵的美学思想及其特点进行初步探析的论文有丁家克的《〈古兰经〉美学思想探析》（《宁夏社会科学》，2003.5）和刘定祥的《〈古兰经〉的美学世界初探》（《中国穆斯林》，2005.5）。前者首先谈及《古兰经》在语言、音韵、修辞等方面的音乐美，然后论述其对安拉、自然美和人性美的描写。后者认为《古兰经》的美学思想主要表现在四个方面，分别是文本语言的庄严华美、美的本原——安拉的绝对之美、两世兼顾的人的完善之美和生气勃勃的自然和谐之美。这些反映了伊斯兰教和穆斯林的宇宙观、人生观及审美意识，表达了对人性不断完善的理性思考和审美理想。

3. 比较研究

《古兰经》以宣传教义为宗旨，通过大量篇幅阐述了信道者来世可步入天堂、不信道者将永坠地狱的宗教观点，有着强烈的奖善惩恶的倾向。其对天堂、地狱的描写既是一种境地，又是一种生活方式，还是一种价值取向。作为一种生活方式，天堂里充满了安宁。阿拉伯人民受《古兰经》的深刻影响，在他们心中，有关天堂和火狱的种种意象都是来源于《古兰经》，且成为一种固定的模式，这些深深地影响着阿拉伯人的精神世界，在阿拉伯文学作品中也有着鲜明、深刻的反映。

丁淑红的《从〈古兰经〉与〈宽恕书〉的天堂火狱意境看古代阿拉伯人的价值取向》（《国外文学》，1999.1）和《文化冲突与文学意境主题的嬗变——考察阿拉伯文学文本中的〈古兰经〉天堂、火狱意境》（《外国文学》，2001.2）两篇论文具体考察了《古兰经》天堂、火狱意境对阿拉伯个案文学文本的影响。第一篇，作者认为《古兰经》用华丽脱俗、生动形象的词汇构筑起来的天堂、火狱意境把古代阿拉伯人的价值观念和审美情趣具象化。伊斯兰教产生后，宗教气氛日渐浓厚，《古兰经》的善恶观及其有关天堂、火狱的描写更是牢牢地占据着阿拉伯人的想象和意识，并在后世阿拉伯文学作品中留下深刻的烙印。为此，作者选了中世纪阿拔斯时期作家艾布·阿拉·麦阿里（973—1057）的《宽恕书》进行细读，因这是一部以天堂、火狱为背景舞台的长篇散文故事。《宽恕书》承袭了这种宗教评判标准，并在与宗教意境联姻的过程中，将其移植、变奏出新的旋律。无论是作为宗教经典的《古兰经》还是以文学形式问世的《宽恕书》，都对天堂、火狱意境进行了刻意描绘，建构了一个虚幻而又多姿的精神世界，把古代阿拉伯人对真、善、美的体验感悟和丰富的情感世界都展现出来了，包含着古代阿拉伯人强烈的生存意识、鲜明的审美理想和朴素的价值追求。第二篇则把《古兰经》的天堂、火狱意境置于文化冲突的大背景下进行审视和把握，分析其主题在阿拉伯文学作品中所呈现的裂变轨迹。为此，作者选择了中世纪、近代、现代三个时期的三篇具有代表性的作品——中世纪麦阿里的《宽恕书》、伊拉克近代诗人杰米尔·扎哈维的叙事诗《火狱中的革命》和诺贝尔文学奖得主埃及现代作家马哈福兹的象征小说《我们街区的孩子们》，对这三部文本中的《古兰经》天堂、火狱意境进行指陈；因为这三部作品跨越了历史发展的不同阶段，横向联系着阿拉伯与外部世界，纵向承袭了过去和现在，能较清晰地投射出《古兰经》天堂、火狱意境存在及变化的蛛丝马迹。伴随着中世纪阿拉伯文化主动吸纳外来文化到近代阿拉伯文化被动回应西方文化的入侵，乃至现代阿拉伯文化积极迎接西方文化的挑战这一文化冲突不断深化的过程，《古兰经》天堂、火狱意境也经历了在内容上从超现实场景到现实场景、主题上从对伊斯兰教理性的思辨上升到对人类理想社会的探索、表现手法上从隐喻到象征手法运用的转变历程。

将《古兰经》与《圣经》进行比较，不但有许多可比性，且有发生学上的某些联系。

梁工的《〈古兰经〉的文学成就及其与〈圣经〉的关系》（《南开学报》社哲版，1987.3），认为《古兰经》在思想体系和表现形式的各个方面都程度不同地接受了《圣经》的影响，如《古兰经》接受《圣经》影响的核心思想———一神论思想、天启式体裁、大量引证《圣经》故事、偶尔直接引述《圣经》原话、将《圣经》语句稍加更改后间接转述、使用《圣经》词汇并赋予其新的含义等等。将《古兰经》和《圣经》中的先知文学放入世界文学发展中，考察其时代和历史的美学价值，还是很有意义的。

王广大、廖静的《从〈古兰经〉和〈圣经〉对耶稣的记述看伊斯兰教和基督教基本教义的差异性》（《阿拉伯学研究》第 1 辑，华东师范大学出版社，2009 年版）指出，伊斯兰教和基督教同属世界性宗教，都对当今的国际形势和国际交往发挥着相当重要的作用。因此，研究伊斯兰教和基督教的关系问题在当代具有特殊的重要性。《古兰经》和《圣经》对耶稣的降生及其生平的记述非常相似，但对耶稣的死和复活这两大问题的终结则明显不同。伊斯兰教是彻底的一神教，而基督教的最核心教义则是三位一体。伊斯兰教认为只有顺从真主才能获得永生，而基督教则主张原罪和救赎。

黄永林、余惠先的《"挪亚方舟"与"努哈方舟"——〈圣经〉、〈古兰经〉中洪水神话的比较研究》（《外国文学研究》，1990.4)先从两篇洪水神话排序相同且具有相似的情节单元现象入手，运用比较文学的基本原理，从流传的时序上追溯这两个神话的最古老源头——古苏美尔人的"乌特纳比施蒂方舟"的洪水神话；然后经过形象、情节和思想内容的变异，写入基督和伊斯兰教的宗教故事中以服务宗教教义；最后，作者简述了洪水神话故事在东西方的不同情形。也是研究洪水传说，孙承熙的《〈吉尔伽美什〉史诗、〈旧约〉和〈古兰经〉中的洪水传说及其相互联系》则认为，由于历史和宗教等原因，古代西亚各族文化并存着较为密切的相互渗透现象。两河流域发现的"洪水泥板"证明了《旧约》中的洪水传说是吸取了"洪水泥板"的素材，而《古兰经》中的洪水传说又是取材于《旧约》中的相关内容。

保留在巴比伦泥板书、《旧约·创世纪》和《古兰经》中的创世神话是古代西亚乃至世界最古老的神话作品之一，它们对世界文学的发展产生过重要影响。孙承熙的《巴比伦泥板书、〈旧约·创世记〉和〈古兰经〉中创世神话之比较——兼论闪族宗教观的演变》（《国外文学》，1993.2）则将闪族的创世神话进行比较，说明它们彼此间既有接续又有差异。其"接续"表明它们源于闪族宗教文化体系，其"差异"则说明了多神教向一神教转化过程中所反映的信仰观念的变化。作者认为，"孕育于西亚的闪族文化，自古巴比伦时代起至伊斯兰教创立、传播至今，延续数千年而始终没有中断；闪族文化的发展经历了三个较为明显的演变阶段：自古巴比伦马尔杜亥神被奉为巴比伦主神始，标志着宗教由多神论演变为主神论阶段；自犹太教创立始，标志由主神论演变为民族一神论阶段；自伊斯兰教创立始，标志着由民族一神论演变为世界性一神论阶段并从而开创了闪族文化的新纪元——伊斯兰文化时代"。

在全球化语境下，不同文明体系之间如何深入对话，真正走向融合，从而实现"和而不同"的理想？邓东的《人类文明史上四种原始文本的话语系统——〈论语〉、〈旧约〉、〈新约〉、〈古兰经〉之共同题解》（《山东科技大学学报》社会科学版，2004.6）进行了这方面的思考。他把几大文明形态原创时代的传世文献《论语》、《旧约》、《新约》、《古兰经》放在一个共时状态的"话语系统"的解释框架之中，首先从"礼"与"律法"、"神爱"与"爱邻人"的特有内涵中，考察《论语》和《旧约》、《旧约》和《新约》之间的内在联系，然后又从"爱上帝"与"真主独一"、"灵魂拯救"与"仁"的特定意义中，探析《新约》和《古兰经》、《古兰经》和《论语》之间的彼此沟通。通过这种环环相扣的逻辑推演，四种文本得以成为一种有机的文化整体，呈现出一种真正意义上的具有相互依存、相互解释和相互补充的网状话语系统。为此，作者希望当代人类更能综合利用这些形态各异的原创性历史文化资源，来面对一系列全球范围的共同问题。

宋剑华的《〈心灵史〉与〈古兰经〉：论张承志生命中的宗教情绪》（《湖南文理学院学报》社会科学版，2006.3）从《古兰经》的教义入手，寻求真正理解《心灵史》的创作动因及张承志灵魂世界的生命追求。作者认为，《古兰经》不仅是伊斯兰教的神圣法典，也是一部阐述人类生存哲学的巨著。作家在这部作品中向人们形象化地阐释了《古兰经》的教义精髓和伊斯兰文明的"生存意识"。在《心灵史》中具体表现为三方面：追随导师，崇拜拱北；为主抗争，血祭乐园；苦行拜功，勇担前定。无论是哪种表现，作家都试图以崇高的精神信仰来对抗现实生活的物质欲望，进而在现代文明社会中寻找纯洁神圣的精神家园。

《古兰经》的故事和伊斯兰宗教故事作为民间文学的一部分，有的学者或对此进行跨国跨民族的影响研究，或对此进行跨学科的母题变异研究。

郅溥浩的《登霄传说和世界文学》（见《解读天方文学》，郅溥浩著，宁夏人民出版社，2007年版）从探析登霄传说的来源入手，到《古兰经》和《圣训》将登霄具体化和形象化——

《圣训》有穆罕默德依次登上七重天的具体描述，再到登霄传说启发了许多作家的想象，给他们提供了广阔的天地，创作出许多优秀的幻游文学作品。作者主要列举并分析了中世纪的幻游文学作品，如伊本·舒海德的《精灵与魔鬼》、艾布·阿拉·麦阿里的《宽恕书》、伊本·阿拉比的《麦加的开拓》和伊本·图斐利的《哈义·本·叶格赞的故事》等。此外，作者还重点分析了登霄传说对但丁《神曲》的可能影响。

刘闽的《伟大的诗人　民族的骄傲——从〈仿古兰经〉看普希金的伊斯兰情结》（《阿拉伯世界》，2003.3）从诗人的血统、《仿古兰经》中具体的诗句及描写的内容等方面说明了《古兰经》对普希金的影响，并指出《古兰经》如平衡器，对普希金的精神生活和艺术创作起着调节、稳定作用，使他的批判精神和反抗意识更为成熟与深邃。

探析《古兰经》在中国的流传情况，品评《古兰经》各种中译本的优缺点，这方面的研究大家应首推中央民族大学的林松教授。他的《〈古兰经〉在中国》，汇集了近 20 年来陆续写成的评论、演讲、序跋，其中大部分曾经在报刊上发表过，也有几篇是首次披露。全书分为"卷首群序"、"译坛巡礼"、"短篇拾零"、"文苑漫步"、"瑰宝鉴赏"和"大事编年"六部分。其中的"译坛巡礼"是全书的主体部分，包括对世纪内出版的所有《古兰经》汉文、维吾尔文、哈萨克文和柯尔克孜文全译本的评论。"通过本书，既可了解伊斯兰教东传 1350 多年来西域文化与华夏文明交融之概貌，又能观赏汉、回、维、哈、柯各民族翻译家的辉煌成果，检阅 20 世纪译坛壮观的阵容，内容兼顾专业性、学术性、知识性、可读性，并尽可能附录搜集到的图片等资料，对读者具有启发、参考辅助、备查与珍藏价值。"[1]

1. 娜迪娅：《林松先生新著：〈古兰经〉在中国》，载《中国穆斯林》，2007 年第 2 期。

此外，还有一些相关的论文，如王铁铮的《〈古兰经〉译本知多少》（《阿拉伯世界》，1987.2）、周燮藩的《〈古兰经〉的翻译和研究》（《世界宗教资料》，1994.3）、赵国军的《〈古兰经〉在我的流传、翻译及其研究》（《甘肃社会科学》，2009.3）等。

随着具有不同学术背景的穆斯林和非穆斯林学者加入到《古兰经》的研究队伍中，传统的学术观点将重新受到审视，具有新颖见解的学术著作将不断问世，《古兰经》的学术研究也将会更加深入。

第二节 《圣训》的译介、研究

《圣训》是有关伊斯兰教先知穆罕默德的言行录，也有涉及其弟子言行的内容。其权威性仅次于《古兰经》。伊历2世纪（公元8世纪）后，圣训学家陆续将传述的圣训编撰成集，种类众多。逊尼派奉为经典且流传最广的《圣训》有6种，称"六大圣训集"，其中布哈里（809—869）编撰的《布哈里圣训实录》最具权威，其次是穆斯林编撰的《穆斯林圣训实录》，两者并称为"圣训两真本"。每条圣训分传述世系和传述文本两部分。随着圣训的搜录与汇编，对圣训的研究工作也随之展开，逐步形成了一门独立的学科——圣训学。

圣训学家将圣训主要划分为五类：一是言语的圣训，即先知穆罕默德发表的宗教论述；二是行为的圣训，即先知穆罕默德的行为或习惯；三是默认的圣训，即先知穆罕默德对某人行为或习惯的默许；四是形态的圣训，即对穆罕默德形态特征及仪表的记述；五是品德的圣训，即对穆罕默德道德品性的描述。

《圣训》随着伊斯兰教在唐宋时期传到了中国，只是我国穆斯林对《圣训》的学习、介绍和研究远不如对《古兰经》那般重视。各地清真寺经堂教育很少设有正式的圣训课，只有偶尔讲授阿拉伯文或波斯文注释的《圣训》片段，不超过40段。明末清初，著名伊斯兰教学者刘智等人在其著述中零星摘选《圣训》片段译成汉语，数量也十分有限。

"到了清朝末叶，海禁开放，中国穆斯林通过朝觐了解到当时伊斯兰世界中心——圣地（麦加）重视圣训的情况，也带回了《布哈里圣训实录》及其注释《求索者玉柱》等圣训经籍及有关注释。"[1]我国穆斯林才开始重视对《圣训》的介绍和学习。因我国穆斯林属逊尼派，故重

1. 马贤：《圣训概说》，见马贤译《圣训珠玑》，第15页，北京：宗教文化出版社，2002年版。

视对逊尼派的"六大圣训集"进行汉译，特别集中对《布哈里圣训实录》和《穆斯林圣训实录》进行汉译。

据现有资料，1923年，天津光明书社印行的李廷相翻译的《圣谕详解》是我国出版的第一本《圣训》中文选译本。该译本由布哈里所编《圣训》的一个波斯文注释本《胡托卜》翻译而成，分上、下两卷，共40篇，附有注释。

1926年，上海伊斯兰文化供应社发行的周沛华、汤伟烈合译的《至圣先知言行录》，则是

我国第一本从英文转译成中文的《圣训》节译本。原著者是英国伦敦清真寺教长桂乍加么屋甸。该译本在 1935 年以《穆罕默德言行录》为名重印，"以便中国教友……得窥圣教之奥理"[1]。

1. [英] 桂乍加么屋甸：《穆罕默德言行录·序》，周沛华、汤伟烈译述，上海：伊斯兰文化供应社，1935 年版。

1935 年，北京清真书报社发行的马玉龙编的《圣训四十章》，是我国首部直接从阿拉伯语翻译过来的《圣训》节译本。该译本从此揭开了我国《圣训》从阿拉伯文原文翻译成汉语的序幕。

建国前，我国《圣训》中文节译本还有 1947 年庞士谦（1902—1958）翻译的《脑威四十段圣谕》，由北平黎明学社发行。该版本是从叙利亚学者伊玛目穆·叶·纳尼维注释的《圣训四十段》翻译成汉语的，是一个中文和阿拉伯文对照的版本，译者翻译它是因为"每一段都是回教的基础知识，想把它作为回教大众读物之一"[2]。

2. [叙利亚] 穆·叶·纳尼维注释：《脑威四十段圣谕·序》，庞士谦翻译，北平：黎明学社，1947 年版。

建国后，随着我国与阿拉伯国家文化交流合作的开展、各项文化建设事业的重新启动，对《圣训》的翻译也迎来了一个新时期。

1950 年，北京黎明书社出版了马宏毅翻译的《布哈里圣训实录精华》，这是我国建国后出版的第一部《圣训》节译本。该书由埃及近代学者阿布杜·杰莱勒选编，1954 年北京回民大众书社再版。

1954 年，北京清真书报社出版了陈克礼译的《圣训经》，共五册。该书由谢赫·曼苏尔·阿里·纳西夫编著，选自六大部圣训集中除《伊本·马哲圣训集》以外的五大部圣训集。1988 年，该译本又以《圣训之冠》之名，由台湾中国回教协会印刷出版。

1981 年，中国社会科学出版社出版了《布哈里圣训实录精华》，由埃及近代学者穆斯塔法·本·穆罕默德艾玛热选编，埃及的坎斯坦勒拉尼注释，中国的穆萨·宝文安哈吉和买买提·赛来哈吉翻译。确切地说，该版本是维吾尔文转译本，因为原版阿拉伯文先译成维吾尔文，再从维文译成中文。

1999 年，经济日报出版社出版了《布哈里圣训实录全集》第一部，布哈里辑录，康有玺译。"这部《布哈里圣训实录全集》在我国也是公开出版发行的第一部全译本。"[3] 该书被列入季

3. 宛耀宾：《〈布哈里圣训实录全集〉汉译本代序》，见《布哈里圣训实录全集》第 1 部，第 16 页，北京：经济日报出版社，1999 年版。

羡林先生主编的《东方文化集成》丛书，分 4 册陆续出版。2001 年第二部出版。

2002 年，宗教文化出版社出版了马贤译的《圣训珠玑》，由埃及学者穆·福·阿卜杜勒·巴基编。该版是"《布哈里圣训实录》和《穆斯林圣训实录》的节选本，由两家实录中会同一致的圣训，按照《穆斯林圣训实录》的章节名及编排顺序汇集而成，取两家圣训实录之长，是众

多圣训集节选本中最新最可靠的版本之一"[1]。该版共录圣训 1923 段，分 57 章。译者所写的《圣

1. [埃及] 穆·福·阿卜杜勒·巴基编：《圣训珠玑》，马贤译，第 1 页，北京：宗教文化出版社，2002 年版。

训概说》对圣训的内涵及分类、搜集辑录、伪训的辨识、圣训集的标准本和圣训中译本都有很

详细的说明和分析，是一篇研究圣训的力作。

2008 年，宗教文化出版社出版了祁学义译的《布哈里圣训实录全集》（4 卷本），依据

1997 年沙特阿拉伯利雅得和平出版社最新校订本译出。该书属教育部基地重大项目"阿拉伯经

典著作翻译与研究"的子课题，是我国第一次正式出版的《布哈里圣训实录》全译本。

2008 年，宗教文化出版社出版了穆萨·余崇仁译的《穆斯林圣训实录全集》，由穆斯林·本·哈

查吉辑录，是根据黎巴嫩贝鲁特学术图书出版社出版的《穆斯林圣训实录脑威注解》（18 卷）

译出。

2008 年，新民书局出版《米什卡特·麦萨比哈圣训集》，也译作《灯盒圣训集》，由艾布·穆

罕默德·侯赛因·麦斯欧德·白格维编著，苏泽儒译。

《圣训》的汉译同《古兰经》的汉译历程一样，也经历了从零星摘译、部分选译到经典全

集翻译，译文版本从波斯文、英文转译到直接从阿拉伯语原文翻译的发展过程，但数量远不及

汉译本《古兰经》。20 世纪初出现了《圣训》的正式中文选译本之后，各种版本的《圣训》节

译本和全译本先后出现，且大量翻译成果都是在新中国成立后完成的。

对《圣训》的研究也是在建国后展开的，数量有限，多是译介、概述性质文章，也有几篇

有关《圣训》在中国流传、翻译和研究方面的论文，如哈宝玉的《我国的"圣训"研究》（《中

国穆斯林》，2003.3），马景的《20 世纪以来"圣训"在我国的汉译本综述》（《西北第二民

族学院学报》，2006.1），赵国军、马桂芬的《〈圣训〉在我国的流传及汉文译本》（《青海

社会科学》，2007.3）和祁学义的《中国的圣训译介与研究》（《北方民族大学学报》哲学社

会科学版，2010.1）等。

至于《圣训》文学方面的研究，只有概述性的评述。黎巴嫩学者汉纳·法胡里的《阿拉伯

文学史》认为："它具有高度的修辞艺术和精美的表达力。由于它引进了教义和宗教方面的语

汇和新的表达方式，从而扩大了语言的范围，对语言、文学有着巨大的影响。它还有助于记住

和传播《古兰经》的语言。"[2] 仲跻昆在《东方文学史》的阿拉伯文学部分将《古兰经》、《圣

2. [黎巴嫩] 汉纳·法胡里：《阿拉伯文学史》，郅溥浩译，第 142 页，北京：人民文学出版社，1990 年版。

训》与伊斯兰初期的散文并列为一节，突显伊斯兰教经典在阿拉伯文学史上的地位，但对《圣训》

的评述不是很多。该书认为："《圣训》不仅是宗教典籍，同时也是一部在阿拉伯文学史上占有一定地位的文学作品。它不仅阐述了早期伊斯兰教的宗教思想，而且也反映了当时阿拉伯半岛的历史、政治、经济、文化、军事情况和风土人情等，是当时的社会关系和意识形态的生动、具体的写照，是研究早期阿拉伯社会和伊斯兰教发展的宝贵文献。《圣训》文本多言简意赅，具有警策性。"[1]

1. 仲跻昆：《东方文学史》（上），第273页，长春：吉林教育出版社，1995年版。

《圣训》文学研究方面的论文几乎没有，相关的只有文华的《〈古兰经〉和〈圣训〉对阿拉伯语言文化的影响》（《阿拉伯世界》，1997.1）。

《古兰经》和《圣训》作为阿拉伯—伊斯兰文化的"百科全书"，从意识形态角度看，它们是神学—伦理学经典；从历史角度看，它们是史学经典；从语言和审美角度看，它们是文学经典。它们是伊斯兰文化诸学科的源泉，有着无法估量的宗教和历史文献价值。在很长一段历史里，这两部典籍仅仅被奉为神圣真理和信条教义的载体、伊斯兰教历史的记录和世人日常行为的指南。释经学之核心地带所关注的始终是神学及伦理学问题，文学研究只在不起眼的边缘地带发出微弱之音。

《古兰经》和《圣训》与阿拉伯文学的关系是一个具有文化史、文学史意义的重大课题，涉及范围极广，应对此进行更深入的研究。国内现当代学者虽已开始剖析和评价《古兰经》所具有的文学特性，并对此作了许多有价值的探索，但有关《古兰经》与阿拉伯文学的关系，特别是《古兰经》是如何影响阿拉伯文学的，仍是语焉不详。国内《圣训》研究尚处于起步阶段，更需要进一步的开拓和发展，需要将圣训学名著和著名圣训集及其权威注释本译成中文，结合时代精神解读《圣训》，挖掘其与时俱进的积极内容。

第七章　　中国对阿拉伯作家的专题研究

　　阿拉伯古代和现当代文学中，作家辈出，不少具有世界声誉，像乌木鲁勒·盖斯、穆泰纳比、麦阿里、伊本·穆格法、塔哈·侯赛因、台木尔、陶·哈基姆等。但相较之下，还是纪伯伦、马哈福兹的声誉更高，其作品影响也更大，全世界的读者对他们也更熟悉。中国对纪伯伦和马哈福兹作品的翻译、对二位作家的研究，也更多。因此，本章只谈纪伯伦、马哈福兹两位作家的研究。

第一节 纪伯伦

纪伯伦·哈利勒·纪伯伦(1883—1931),是美籍黎巴嫩著名作家和画家。12 岁时随母亲去美国波士顿,曾在法国师从罗丹学画,后一直旅居美国,精通阿拉伯语和英语,用双语进行文学艺术创作,体裁涉及小说、寓言、散文诗等。纪伯伦创作上不落窠臼,开一代文坛新风,尤其是他的散文诗创作更是达到了炉火纯青的境界,被称为"纪伯伦风格"。纪伯伦不仅是世界上优秀的英语作家之一,更是阿拉伯现代文学史上"旅美派文学"开创人之一,还与印度现代伟大诗人泰戈尔齐名,被合称为"站在东西方文化桥梁上的两位巨人"。

纪伯伦著述颇丰,其创作大致分为两个部分。第一部分用阿拉伯文创作,以小说为主,主要有处女作《音乐颂》(1905),短篇小说集《草原的新娘》(1906)、《叛逆的灵魂》(1908),中篇小说《折断的翅膀》(1923),散文诗集《泪与笑》(1913)、《暴风》(1920)、《奇谈录》(1923)、《心声录》(1927),长诗《行列歌》(1918)等。这些作品大部分取材于黎巴嫩现实生活,情节并不复杂,但想象力丰富,具有浓厚的东方色彩。第二部分用英文创作,以散文、散文诗为主,主要作品有散文诗集《狂人》(1918)、《先驱》(1920)、《先知》(1923)、《沙与沫》(1926)、《人子耶稣》(1928)、《大地的神祇》(1931)、《彷徨者》(1932)、《先知园》(1933)等。这些作品含蓄深沉,充满了诗情和哲理,其中《先知》被誉为他的"顶峰之作"。"他的作品迄今至少被译成 56 种文字。美国前总统罗斯福曾对纪伯伦说:'你是最早从东方吹来的风暴,横扫了西方,但带给我们海岸的全是花香。'1984 年 10 月,美国总统里根根据美国国会的决定,签署了在华盛顿建立纪伯伦纪念碑和博物馆的法令。在纪伯伦逝世 50 周年和诞辰 100 周年时,联合国教科文组织宣布把他列为世界文化名人,以资纪念。"[1]

1. 仲跻昆:《阿拉伯现代文学史》,第 305—306 页,北京:昆仑出版社,2004 年版。

纪伯伦自 20 世纪 20 年代就受到国人的关注,其作品在中国的译介与传播有近百年的历史。我国现代许多著名文学家对纪伯伦文学作品在中国的传播起到过推动的作用,而茅盾、赵景深、刘廷芳和冰心等人士则是引介纪伯伦文学作品的开拓者。

纪伯伦作品一直受到中国翻译界的青睐,数次再译和再版,"在汉译阿拉伯文学作品中,

2. 盖双:《高山流水遇知音——再说纪伯伦及其作品在中国》,载《阿拉伯世界》,1999 年第 2 期。

纪伯伦的作品译介之早、译本之多,仅次于《一千零一夜》"[2]。据现有资料统计,仅《先知》

单行本就有 28 种之多，既有中译本，还有中英对照本；而《纪伯伦全集》就有 4 种版本，大陆 4 种版本，台湾版乃是大陆人民文学出版社版的再版。2000 年，《中华读书报》举办了"20世纪最受中国读者喜爱的百部外国文学经典"活动，纪伯伦的《先知》高票入选。2004 年，新版的初二语文课本收录了纪伯伦的两首散文诗，分别是《浪之歌》和《雨之歌》，对一代代年轻的中国学子进行着美与爱的启迪和陶冶。2005 年，国内开通了"中国第一纪伯伦网"(http://prophet.bokee.com)，网站包括纪伯伦作品的中译本、英文作品，《先知》的法语、意大利语、西班牙语版，纪伯伦的绘画和亲笔手迹，纪伯伦生平和传记资料等内容。截至 2006 年 6 月，该网站总访问量突破 10 万人次。另外，还有"纪伯伦先知网"(http://www.joy8.org.cn)、"芦笛文学论坛"(http://www.reeds.com.cn)。这些网站和论坛都是国内纪伯伦作品的爱好者开办的民间纪伯伦交流平台。

纪伯伦的作品在台湾也有很强的影响力。1970 年，台湾出现了第一个《先知》译本，此后纪伯伦的作品不断被译介。台湾学者傅佩荣在谈及纪伯伦文学作品时说："在我念中学的时代，捧读纪伯伦的《先知》成为一种风尚。同学们经常在生日时以此书相赠，并在课堂间朗诵几句以示清雅。"[1]

1. 傅佩荣：《纪伯伦诗文集·序》，冰心等译，第 1 页，台北：风云时代出版公司，1998 年版。

纪伯伦作品的译本在中国图书市场上很受欢迎，但国内学术界对这位文学巨匠的关注和研究较之对其作品的译介很不相称，学术研究成果不多。据现有资料统计，研究纪伯伦的文章约 105 篇，专著 3 部。进入 21 世纪，学术界又开始从不同角度对纪伯伦作品进行更为深入的研究，并出现了一些新特点。

一、　对纪伯伦作品的翻译

纪伯伦作品从 20 世纪 20 年代最初译介到中国至最后的风行，历时 90 年，可分为三个阶段。第一个阶段(1923—1963)，以精通英语的文化名人对纪伯伦英文作品的翻译为代表，期间还有一些从俄文转译过来的纪伯伦阿拉伯文小说作品。第二阶段 (1980—1993)，以通晓阿拉伯语的学者对纪伯伦阿拉伯文作品的翻译为代表。第三阶段 (1994 年迄今)，对纪伯伦作品的翻译趋于全面化和系统化，英文译者和阿文译者携手推出《纪伯伦全集》。

（一）纪伯伦作品翻译的发轫期（1923—1963）

中国最早译介纪伯伦作品的是现代作家茅盾。1923 年，他从纪伯伦的英文作品《前驱者》（今译《先驱》）中选译了 5 篇散文诗。这几篇字数不多，只是纪伯伦作品的零珠碎锦，却是在中国文学刊物上的首次"登台亮相"，"象征着中华民族和阿拉伯民族这东方两大民族在近代文学复兴道路上的历史性会合。在这之前，中国读者只知道阿拉伯的《天方夜谭》，对阿拉伯现代作家几乎一无所知"[1]。

1. 伊宏主编：《纪伯伦全集·序》（上），第 39 页，兰州：甘肃人民出版社，1994 年版。

1927 年 8 月，著名翻译家赵景深在《文学周刊》第 279 期上发表了《吉伯兰寓言选译》。

至于中国的第一本纪伯伦译著，应是 1929 年北新书局出版的刘廷芳译的《疯人》。刘廷芳（1891—1947），温州人，20 世纪 20 年代在美国留学、任教，1925 年回国后在燕京大学神学院等校任教，并开始翻译纪伯伦的作品。1929 年 12 月北新书局出版了他译的《疯人》，属《风满楼丛书》之一。《疯人》是纪伯伦由用阿拉伯语写作转向用英文写作的第一部作品。刘廷芳的译本是全译本，收纪伯伦寓言、散文诗 35 篇，这是中国正式出版的第一个纪伯伦作品的译本。后他又译出了《前驱者》，系《风满楼丛书》第 6 种，由译者自费印出 100 册，不发售。"刘廷芳是个基督教徒，他喜欢纪伯伦的作品显然是纪伯伦创作的有关耶稣的题材以及作品中浓重的宗教气息对他有很大的吸引力；此外，纪伯伦崇尚的'爱'与'美'也引起他的共鸣。"[2]20世纪 40 年代，刘廷芳和女儿刘俪恩合译了纪伯伦的《人之子》，刊载在教会刊物《真理与生命》上。国内著名的基督教文化与文学研究专家朱维之先生认为刘氏父女翻译的《人之子》"译笔清丽可颂"[3]。

2. 瞿光辉：《纪伯伦作品在中国》，载《温州师范学院学报》（哲社版），1996 年第 1 期。

3. 朱维之：《基督教与文学》（属《民国丛书》选印），第 39 页，上海：上海书店，1992 年版。

纪伯伦作品真正为中国读者所熟悉和喜爱，要归功于冰心翻译的纪伯伦代表作《先知》。《先知》是一篇长篇哲理散文诗，是纪伯伦呕心沥血、千锤百炼之作，描写了智者亚墨斯达法在离群索居 12 年之后决定回归故里，临行前他对前来送别的民众赠言，就生与死、善与恶、爱与美、罪与罚、宗教与人生等 26 个问题发表见解。

1927 年冬，冰心在美国朋友处读到纪伯伦用英文写的散文诗《先知》，便被书中"那满含着东方气息的超妙的哲理和流丽的文词"所吸引，觉得"实在有翻译的价值"。1928 年冰心在燕京大学讲习作课，组织班上的学生分段翻译，但那些译稿没有收集起来。1930 年 3 月，冰心在病榻上重读《先知》，并逐段逐章地翻译成中文，从当年 4 月 18 日起在天津《益世报》文学副刊上连载，后因停刊而中止。但冰心仍以锲而不舍的精神将这部伟大的作品全部译完，交由上海新月书店出版，于 1931 年 3 月以完整的面目出现在中国读者面前。[1] 该译本的面世不仅

1. [黎] 纪伯伦：《先知·译序》，冰心译，第 1 页，上海：上海新月书店，1931 年版。

是我国新文学运动史上介绍东方文学的一件大事，也是新文学运动中翻译东方现代文学的精品之一。另外，该译本译文完整，语言隽永，风格与原著十分贴近，除正文外，还附有纪伯伦为此书所作的全部 12 幅插图，这样更增加了译本的完整性。1944 年，该译本收入桂林开明书店出版的《冰心著作集》；1948 年和 1949 年，上海开明书店分别第 2 次和第 3 次印刷出版了该译本。由于冰心在翻译纪伯伦作品中的巨大贡献，黎巴嫩政府曾授予她黎巴嫩最高勋章"黎巴嫩杉树勋章"。

冰心与《文艺报》记者谈《先知》、
《沙与沫》。

新中国成立后，鉴于当时的国际局势——需要团结第三世界人民建立起更广泛的反帝统一战线，介绍亚洲和非洲的文学艺术成为一项重要的政治任务。冰心译的《先知》又于 1957 年由人民文学出版社再版，冰心在前言中再一次赞扬了纪伯伦的这部杰作，并且号召青年人去学习阿拉伯语，以便为介绍亚非文学作出贡献。

由于当时的环境，纪伯伦的一些阿拉伯文作品也从俄文转译过来，译本多在期刊上发表。1957 年 8 月号《译文》杂志推出"亚洲文学专号"，刊载了苏龄、哲渠从俄语转译的纪伯伦的《散文诗三篇》，分别是《展望未来》、《奴性》和《虚荣的紫罗兰》，都是从 1956 年苏联国家文学出版社出版的《阿拉伯散文集》上选译的；此后还刊发了同一译者转译自该散文集的其他纪伯伦散文——《逻辑哲学和自我认识》（1958 年 8 月号），《浪之歌》、《雨之歌》和《美之歌》（1959 年 12 月号）。1958 年，为声援阿拉伯人民特别是黎巴嫩人民反抗美英的入侵，人民文学出版社出版了由《文学研究》编辑部编辑的《我们和阿拉伯人民》。作为《文学研究》增刊，其中收有纪伯伦的散文《奴隶》（尹锡康译）和《雄心勃勃的紫罗兰》（李邦媛译）。1960 年 4 月，

人民文学出版社出版的《黎巴嫩短篇小说集》[1] 收有纪伯伦的两篇小说《来自巴罗的玛尔塔》和《瓦

1. 这本小说集是根据 1958 年苏联外国文学出版社出版的俄译文转译的，共包括黎巴嫩 8 位作家的 15 篇作品。

尔达·阿里·哈妮》，是水鸥根据俄译本转译的。这是国内第一次译介纪伯伦的小说。

1963 年 1 月号《世界文学》刊出了冰心译的《沙与沫》的部分译文。此后将近 20 年间，对纪伯伦作品的译介完全中断，出现了空白期。1975 年，香港大光出版社出版了杜渐译的《纪伯伦小说集》。

（二）纪伯伦作品翻译的兴盛期（1980—1993）

粉碎"四人帮"后，对纪伯伦作品的译介也迎来了欣欣向荣的春天，纪伯伦作品的翻译队伍日趋壮大，通晓阿拉伯语的专家学者成为这一阶段翻译纪伯伦作品的主力军。

纪伯伦是一位双语作家，他最初用母语阿拉伯语创作，影响范围有限，后来改用英文进行创作，作品在美国出版，获得了极大的成功，进而跻身世界上最优秀作家之列。国人对纪伯伦的了解也始于他的英文作品，而对他的阿拉伯文作品除 20 世纪 60 年代从俄文转译过来的几篇外，其他知之甚少。直到 20 世纪 80 年代，情况才有所转变。

1980 年第 3 期的《世界文学》率先刊发了一组纪伯伦散文作品，共 5 篇，其中的《沃丽黛·哈妮》（韩家瑞译）、《暴风曲》（葛继远译）、《泪与笑》（李占经译）都是从阿拉伯文原文翻译过来的。这是纪伯伦的阿拉伯文作品首次从阿拉伯文原文翻译成中文，距纪伯伦的英文作品首次译成中文已过了近 60 年的时间。自此之后，纪伯伦早期创作的阿拉伯文作品陆续被译成中文刊登在各种介绍外国文学的期刊上。如 1983 年第 2 期《译林》杂志发表了郭黎译的纪伯伦中篇小说《被折断的翅膀》，1985 年第 8 期《外国文学》发表了葛继远译的纪伯伦小说《雾中船》，1988 年第 2 期《国外文学》发表了仲跻昆译的《纪伯伦散文选译》等。

1981 年，纪伯伦逝世 50 周年，联合国教科文组织将那年定为"纪伯伦年"。1983 年是纪伯伦诞辰 100 周年，为纪念这位伟大的作家，世界各国都举行了丰富多彩的活动。他的祖国黎巴嫩将当年定为"纪伯伦年"，大量出版、发行他的作品，宣传、介绍他的生平和创作，在贝鲁特召开了研究纪伯伦的国际学术会议。美国还专门发行了纪伯伦的纪念邮票。我国的文化界、文学界和翻译界也纷纷以自己的方式纪念这位阿拉伯作家。中央人民广播电台率先介绍纪伯伦及其作品，外国文学刊物刊载了他的小说和散文。1983 年秋，中国阿拉伯文学研究会在北京香山举办了第一届阿拉伯文学研讨会，会议把纪伯伦列入重点讨论议程。另外，出版界邀约国内阿拉伯语专家学者大批量翻译纪伯伦的阿拉伯语作品。1984 年，湖南人民出版社出版了国内阿拉伯语专家仲跻昆、李唯中、伊宏翻译的纪伯伦的散文作品《泪与笑》，收译纪伯伦的散文诗119 首。这是根据黎巴嫩贝鲁特萨迪尔出版社 1964 年版《纪伯伦全集》译出，是我国第一部从阿拉伯语原文译出的纪伯伦作品集，也标志着国内阿语界对纪伯伦阿拉伯文作品译介的全面展开。同年，江苏人民出版社出版了由《译林》编辑部编辑的《折断的翅膀——纪伯伦作品选》，精选了纪伯伦的阿拉伯文作品，有郭黎、杨孝柏、王复、王伟等人翻译的中篇小说、短篇小说、散文和评论文章等。

1981 年《外国文学季刊》发表了冰心 1963 年翻译的《沙与沫》全文，正式揭开了大规模译介纪伯伦英文作品的序幕。1982 年，湖南人民出版社将冰心译的单行本《先知》和《沙与沫》合为一本，以《先知》为书名出版，这是我国出版的第一本纪伯伦合集。1984 年，湖南人民出版社以《先知·沙与沫》为书名再版了这个合集。1986 年 6 月，天津百花文艺出版社出版了吴岩翻译的《流浪者》，该译本除了 12 首早期的散文诗外，还收译了《流浪者》、《先知园》等晚期作品。1989 年 12 月，人民文学出版社出版了绿原翻译的《主之音》（附《疯人》）。

1992 年，中国工人出版社出版了阿拉伯语学者李琛主持选编的《先知的使命——纪伯伦诗文集》，译者均为通晓阿拉伯文的专家学者，有的还通晓阿拉伯语和英文，选入谢秩荣译的《行列圣歌》、仲跻昆译的《大地的神》、薛庆国译的《游子》和伊宏译的《爱情书信》。同年，还有山东文艺出版社出版的我国阿语界学者朱凯选编的《纪伯伦抒情诗八十首》。

1993 年是纪伯伦诞辰 110 周年，出版界有重点、系统性地出版了纪伯伦的文集，堪称"纪伯伦作品出版年"。其规模之大、收录之全，都是前所未有的。这其中有花山文艺出版社和浙江文艺出版社出版的不同的《纪伯伦散文诗全集》和漓江出版社的《人生箴言录》。

（三）纪伯伦作品翻译的繁荣期（1994 年迄今）

1994 年至 2007 年，我国连续出版了 4 种版本的《纪伯伦全集》。

第一种是 1994 年 6 月河北教育出版社出版的 5 卷精装本的《纪伯伦全集》。该全集第一、二、三卷为阿拉伯文卷，第四、五卷为英文卷。阿文卷部分由关偁主编，英文卷部分由钱满素主编。

第二种是 1994 年 10 月甘肃人民出版社出版、伊宏主编的《纪伯伦全集》，总字数 128 万，分上、中、下卷，精、平两种装帧。上卷收阿拉伯文作品，中卷收英文作品，下卷收书信和佚文。书信中除给玛丽·哈斯凯尔的信原文是英文外，其余绝大多数是用阿拉伯文写的。下卷文后附有一份比较详细的纪伯伦年谱和一些有纪念意义的纪伯伦照片，各卷中还插入了纪伯伦创作的一些绘画作品。另外，全集附有序言、评论、编后记和附录，很完整。

伊宏（站立者）在《纪伯伦全集》首发式上

这套全集有如下几个特点：1. 译者都是名家。阿语作品的译者都是国内高校和社科院阿语界的著名专家学者、国内阿拉伯文一流翻译家，有北京大学的仲跻昆教授、北京语言学院的杨孝柏教授、对外经济贸易大学的李唯中教授、中国社会科学院外国文学研究所的郅溥浩和伊宏研究员、北京外国语大学的薛庆国博士、上海外语学院的郭黎博士等。上海外语学院的朱威烈教授、北京外语学院的朱凯教授分别参加了部分作品的校译工作。冰心所译的《先知》和《沙与沫》也收入全集中。2. 权威性强。国内纪伯伦研究权威伊宏先生任本套全集的主编。他为全集所写的《纪伯伦的文学世界》、《纪伯伦的艺术世界》、《纪伯伦的情感世界》和《世界的纪伯伦》是研究纪伯伦的必读篇章。特别是《纪伯伦的艺术世界》对纪伯伦的绘画作品进行了分析和解读，是国人首次对纪伯伦绘画作品进行研究的论文。所附录的《茅盾译纪伯伦作品五篇》、《阿拉伯文作品中英文译名对照表》、《纪伯伦英文作品原名与中文译名对照表》、《纪伯伦作品出版年代一览》、《纪伯伦研究参考资料索引》（中文部分），便于读者检索和学者研究，这些都无形中增加了全集的学术份量。主编在"编后记"中对有关纪伯伦的生平和创作中容易引起歧义或众说纷纭或似是而非的问题作了特别说明，如关于纪伯伦的出生日期、纪伯伦的祖国、纪伯伦发表《叛逆的灵魂》后是否被驱逐出境、《叛逆的灵魂》是否是纪伯伦本人的爱情经历、纪伯伦和米希琳等女性的关系、努埃曼的《纪伯伦传》材料的真实性等等问题，作者都娓娓道来，提出了自己的观点，有理有据，并对通行的谬误给予拨乱反正。3. 作品最全。如主编所说："一是作品要尽量收全；二是作品要尽量从原文直接译出……这套《全集》不论在国内还是国外，是迄今为止收入纪伯伦作品最多的一套……本《全集》的绝大多数译文都是从作者最初发表的原文——阿拉伯文或英文——译出的。"[1] 只有《致玛丽·哈斯凯尔》原文为英文，

1. 伊宏主编：《纪伯伦全集·编后记》（下），第 480 页，兰州：甘肃人民出版社，1994 年版。

是从阿拉伯文转译的。下卷所收入的纪伯伦书信及作品拾遗、锦言辑录、遗嘱和年谱等是本套全集的最大亮点，确是国内的首次译介。这对喜爱纪伯伦的读者和研究者来说都是极为珍贵的史料，是了解纪伯伦及其作品的最好注解和说明。另外，将几十幅纪伯伦绘画精品收入，不仅使全集大增光彩，更可让读者直接欣赏到这位成绩卓著的画家的画作，大大拓展和丰富了国人对纪伯伦艺术世界的立体、多维的感受和认知。

第三种全集 2000 年由人民文学出版社出版，共分 5 卷，精装。第一、二卷收入纪伯伦用阿拉伯语创作的小说、诗歌、散文诗、趣闻和言论集锦共 9 部作品。第三、四卷收入纪伯伦用英语创作的格言、散文、散文诗和寓言故事共 10 部作品。第五卷收入纪伯伦的家书、情书和致友人的书信。书中配若干幅纪伯伦创作的绘画作品，还有黎巴嫩驻华大使亲笔撰写的序言，总字数 132 万。该全集 2004 年在台湾出版了繁体字版。

本套全集是集英文译者和阿拉伯文译者之合力而成，特别是对纪伯伦英文作品的翻译凝结了英语界前辈翻译家的心血。如在第三卷中收有冰心译的《先知》和《沙与沫》，绿原译的《疯人》和《主之音》，吴岩译的《先驱者》和《散文诗》。第四卷收入卢永、卢劲译的《人子耶稣》、《大地诸神》，吴岩译的《流浪者》和《先知园》。纪伯伦阿拉伯作品的译者也是阿语界的著名翻译家，如翻译《音乐颂》、《草原上的新娘》、《叛逆的灵魂》的韩家瑞，翻译《泪与笑》、《暴风雨》的李占经，翻译《行列圣歌》、《纪伯伦言论集锦》、《玫瑰书简》、《蓝色火焰》的李玉侠，翻译《珍趣集》的葛继远，还有翻译《纪伯伦家书及致友人信》的郅溥浩、伊宏。

全集详细列出翻译版本出处，显示出编者严谨而又认真的治学态度。阿拉伯语的作品是依据黎巴嫩出口公司和贝鲁特出版社联合出版的两卷本《纪伯伦全集》第一卷翻译的，英语的作品是依据英国大不列颠温特米尔出版公司出版的单行本翻译的。《纪伯伦言论集锦》（原名《纪伯伦的话》）是依据贝鲁特文化书局出版的单行本翻译的；书信集《蓝色的火焰》是依据贝鲁

特努菲勒出版公司于 1984 年出版的第二版阿拉伯文本翻译的；情书集《玫瑰书简》（原名《纪伯伦情书集》）原文是英语，是依据贝鲁特新坐标出版社出版的阿拉伯文本第二版翻译的。"除了纪伯伦 1931 年写的《皇帝和牧人的对话》因没找到原文而没有收入外，他的作品已全部收齐。全部作品基本上都是从原文直接翻译的，译文准确流畅，接近纪伯伦作品的语言风格，因此这是一套全面反映纪伯伦文学创作成就的最可靠的全集。"[1]

1.《纪伯伦全集·编后记》，第 534 页，北京：人民文学出版社，2000 年版。

第四种全集是 2007 年由百花洲文艺出版社出版的，译者是李唯中，共四卷，总字数为 146 万。一般来说，全集包括已经出版过的书，而该套全集却将作家的手稿或发表在报刊上的作品收集起来，编入第三卷的《集外集》中。《集外集》编有七辑，依次是散文、话剧、箴言录、哲理随笔、译文、演说、答《新月》杂志问。这个《集外集》是这套全集的最大特点，特别是第六、第七辑是国内首次译介。

国内出版的《纪伯伦全集》全方位地展示了作家的创作成就，清晰、完整地呈现了一个作家的成长历程和发展脉络，这里有纪伯伦对现实的思索、对世界的认识以及文学技巧的提升，甚至个性的转变。与此同时，《纪伯伦全集》也为纪伯伦作品的阅读和研究，提供了完整、宝贵的第一手资料，为此后的纪伯伦研究工作开拓出一片更广阔的新天地。纪伯伦的每一部作品都有至少两种以上的译本，这为读者的阅读和学者的研究提供了选择余地，也缩短了把握和领悟纪伯伦作品之精髓的距离。一个外国作家能有四种中文版全集，这在我国的外国文学译介史上是极为罕见的，不仅表明了我国出版界对纪伯伦的重视，也反映出纪伯伦作品与中国读者期待视野的高度契合，还有华夏民族对这位文化巨人的认可与爱戴。

因为纪伯伦的作品多以"爱"和"美"为主题，在洋溢着自然气息的同时，蕴涵了至深的人间关怀和睿智哲理，故易于引起读者的共鸣。正如台湾文学评论家南方朔所说："文字和话语在他的著作里滚动如珠，撞击着人们的眼，打动着人们的心。它不是狭义的文字，也不是狭义的宗教，而是新形态的俗世灵修经典。不管你是西方人还是东方人，当觉得意义丧落、生命倦怠、被疑惑和愤怒所包围，对现世觉得无可奈何的时刻，打开纪伯伦的书，总会得到他的帮忙与照顾。"[2]

2. 南方朔：《乐观的文字神秘主义》，见韩家瑞、李占经译《纪伯伦全集》（一），第 10 页，台北：远流出版事业股份有限公司，2004 年版。

据现有资料显示，1970 年台北纯文学出版社有限公司首次出版了王季庆译的纪伯伦《先知》，后多次再版。1996 年和 1998 年，台北风云时代出版公司将纪伯伦作品结集出版，由大陆著名阿拉伯文学研究专家李琛从纪伯伦 15 部作品中选取，题为《先知系列诗文集》。这是台湾最早"出齐了纪伯伦诗文全集的完整系列丛书"。冰心等其他大陆译者的纪伯伦翻译作品也在台湾陆续出版，2004 年台湾出版的唯一一套《纪伯伦全集》是大陆人民文学出版社 2000 年的版本。

1998 年，蔡伟良译《先知全书》，由上海文化出版社出版。

2001 年，河北教育出版社出版了薛庆国翻译的《纪伯伦爱情书简》，该书收录了纪伯伦写给玛丽·哈斯凯尔和梅伊·齐雅黛两位恋人的共计 209 封爱情书信。译文清新酣畅，无板滞生涩之感，仿佛是在读原作者的中文作品，将纪伯伦写给两位恋人的风格迥异的书信很好地进行了语言转换——一个平直简洁，富有理性；另一个含蓄深沉，富有感性。

2004 年，李唯中翻译的《纪伯伦情书全集》由天津古籍出版社出版。伊宏主编的《纪伯伦全集》和人民文学版的《纪伯伦全集》除收录了纪伯伦的爱情书信外，还收录了纪伯伦给家人和友人的书信 17 封，这对研究纪伯伦生平是很宝贵的。

二、 对纪伯伦作品的研究

伴随着纪伯伦作品被翻译成中文，介绍纪伯伦及其作品的文字也进入中国译者和读者的视线。从笔者目前掌握的资料来看，国内最早介绍纪伯伦的应是 1931 年冰心所写的《〈先知〉译序》。冰心所言"那满含东方气息的超妙的哲理和流丽的文辞，予我以极深的印象"，可视为中国作家对纪伯伦代表作的最早的言简意赅的评语。

1937 年，上海开明书店印行的施蛰存《灯下集》中收入他的一篇《〈先知〉及其作者》，可谓是专门介绍纪伯伦及其作品的文章了。该文主要讲述了《先知》的成书过程、诗人生平，并对诗人的诗和画给予评价。行文开头写道："亚剌伯的哲人、诗人和画家喀利尔·纪伯伦的著作，我最初读到的是 1920 年出版的那本《先驱者》，那是一本精致的寓言小诗集。从别人处借来之后，以一夕之功浏览了，终觉得不忍释卷。因为篇幅并不多……从第二日起便动手抄录了一本。这可以算是我唯一的外国文学的手抄本，至今还妥藏在我的旧书箧里……看到他的另一著作《疯人》，也曾觉得十分满意……他的名著《先知》出版之后，广告的宣传与批评的奖饰，使我常以不能有机会一读为憾……直到如今，冰心女士的谨慎的译文，由新月书店之介

绍，而使我得以一偿夙愿，感谢无已。"[1] 施蛰存对纪伯伦作品的喜爱之情溢于言表，但对《先

1. 施蛰存：《灯下集》，第 42 页，北京：开明出版社，1994 年版。

知》也有所批评："在我个人的好尚，觉得它虽然有许多美不胜收的名言哲意，虽然极其精警，

但对于这种东方圣人正襟危坐的德教体裁，终有些不耐烦。我是宁愿推荐上文提起过的两种寓

言小诗集的。在那里，我们可以领略到许多的幽默……"[2] 文中细数《先知》的成书过程，带

2. 施蛰存：《灯下集》，第 43—44 页，北京：开明出版社，1994 年版。

有一些传奇色彩。他是这样评价纪伯伦的："他是个健全的泛神论者，他的爱宇宙，几乎到了

全部灵魂都与宇宙混合的程度。"[3]

3. 施蛰存：《灯下集》，第 45 页，北京：开明出版社，1994 年版。

　　1941 年，著名学者朱维之先生在其《基督教与文学》一书中谈到以耶稣为题材的世界文学

作品时，写道："刘廷芳刘俪恩父女所译的叙利亚画家诗人吉布仑底《人之子》是最富丽而别

有生趣的散文诗，根据当时人底记述，拟想耶稣底生涯，特别是从生后到开始传道以前的一段，

别人无从下笔的地方，他却写得有声有色；原书作者亲笔绘的插图多幅，更增精彩。"[4] 他还

4. 朱维之：《基督教与文学》（属《民国丛书》选印），第 39 页，上海：上海书店，1992 年版。

把纪伯伦归入基督教诗人的行列，"其中如叙利亚底吉布仑颇为国人所熟闻，因为刘廷芳译他

底先驱和疯人，谢冰心译先知，那些新鲜活跃的散文诗，颇有尼采底风格"[5]。朱维之对纪伯伦

5. 朱维之：《基督教与文学》（属《民国丛书》选印），第 240 页，上海：上海书店，1992 年版。

写作技巧和风格的评价可谓独到和犀利。

　　1957 年，苏龄、哲渠从俄文转译了纪伯伦的《散文诗三篇》，并附有"译后记"。"译后

记"对纪伯伦作品主题的分析很到位，且与当时的社会语境结合起来，探析了主题的成因。这

是中国研究者第一次以学术的眼光对纪伯伦作品进行评论，具有一定的现实意义。译者写道：

"他在理想世界中宣扬着美和爱情，这成为诗人作品中最基本的、几乎是唯一的主题……这种

生于大自然的'美'和'爱'所形成的和谐，与诗人所处身的资本主义社会的悲惨的现实，存

在着不可调和的矛盾……因而，诗人一方面直觉到他处身的社会必须改变，另一方面在他所有

的诗篇中又贯串着现实主义的忧郁。这种忧郁导致诗人创造了他的理想世界，大自然与爱情的

世界。"至于对纪伯伦作品进行真正意义上的分析和研究，则始于 20 世纪 80 年代，之后每年

都有几篇文章见诸报端和杂志。对纪伯伦及其作品的研究虽不及对他作品的翻译那样成绩斐然，

但还是有值得可圈可点的研究成果。

　　总体而言，我国的纪伯伦研究大致分为两个阶段，以 1994 年《纪伯伦全集》的出版为分水岭，

1994 年前为第一个阶段，1994 年以后至今为第二个阶段。

（一）纪伯伦研究的第一个阶段

在相当长的一段时间里，也就是 1994 年以前，我国对纪伯伦及其作品的研究成果都有导读启蒙的性质，介绍和评述色彩颇为浓厚，对《先知》的文本解读较多，比较文学方面的研究成果已初见端倪，纪伯伦作为经典作家开始被写入文学史中。这时的评论状况呈现出如下几个特点：

1. 纪伯伦的生平研究成果较为深入和全面

伊宏的《纪伯伦》（见《外国名作家传》，中国社会科学出版社，1979 年版），可以说开启了我国学者对纪伯伦生平的研究，1 500 余字，是当时专门介绍纪伯伦生平及文学创作资料最详细的。关偁的《纪伯伦小传》（《世界文学》，1980.3）紧随其后，只是字数较少。程静芬的《阿拉伯的侨民文学》（见《东方文学专集》，中国社会科学出版社，1981 年版）中对纪伯伦及其作品的介绍可谓字数最多的，约 4 000 字，将纪伯伦的生平分为三个阶段来叙述，评析其多部作品，探析其艺术风格。

1983 年，世界范围内大规模地纪念纪伯伦诞辰 100 周年，激发了国内纪伯伦研究的热情，总体介绍和评述纪伯伦及其作品的文章约 17 篇，重要的有杜渐的《纪伯伦的生平及著作》（见《纪伯伦小说选集》，香港大光出版社，1983 年版）、伊宏的《阿拉伯的文学才子纪伯伦——纪念纪伯伦诞生一百周年》（《阿拉伯世界》，1983.4）、徐凡席的《东方文坛的一颗明珠——纪念纪伯伦诞生一百周年》（《文艺报》，1983.12.22）、杨孝柏的《一棵苍翠的雪松——纪念纪伯伦诞生 100 周年》（见《折断的翅膀》，江苏人民出版社，1984 年版）和李琛的《〈先知的使命——纪伯伦诗文集〉前言》（见《先知的使命——纪伯伦诗文集》，中国工人出版社，1992 年版）等。其中伊宏的《阿拉伯的文学才子纪伯伦——纪念纪伯伦诞生一百周年》较为详细地论述了纪伯伦的成长道路、创作历程、重要作品，以及纪伯伦作为"旅美文学"的旗手在阿拉伯文学史和世界文学史上的重要地位，特别是对"纪伯伦风格"进行了高度概括："丰富的想象力，激越的感情，深沉的哲学思考，富有启发性的比喻，大段的倾诉，强烈的主观色彩，大自然和人的交流，音乐性的语言。"

黄培焰的《纪伯伦的爱情生活》（《阿拉伯世界》，1988.1）从纪伯伦的世俗爱情生活、纪伯伦的精神恋爱和纪伯伦爱情生活浅析等三个方面剖析了纪伯伦的爱情观，指出纪伯伦在爱情问题上一直受到精神和世俗间矛盾的困扰，实质上是东西方文化的冲突在他身上的表现。薛庆国的《爱，如蓝色的火焰一般》则细致剖析了纪伯伦与玛丽和梅伊的两段恋情，探析了纪伯伦写给两位恋人书信的风格特色，"致玛丽的信明快，平直，简洁凝练，轻松自如，具有更丰富的理性成分和社会内容；致梅伊的信则含蓄，蕴藉，淋漓尽致，情深意浓，更多地揭示了个人的情感世界"。[1]

[1] 薛庆国：《爱，如蓝色的火焰一般》，见《纪伯伦爱情书简》，薛庆国译，第3页，石家庄：河北教育出版社，2001年版。

1986年，湖南人民出版社出版了程静芬译的《纪伯伦传》，由纪伯伦的好友米哈依尔·努埃曼所写。米哈依尔·努埃曼为阿拉伯现代文学先驱，有大量的文学作品传世。在《纪伯伦传》中，努埃曼站在客观公正的立场上，为读者揭示了纪伯伦的真实生活及其社会影响。书中有关纪伯伦鲜为人知的另一面，如纪伯伦15岁时的初恋、早期的成果与骄傲等消极方面，备受社会某些人的批评，但有助于人们了解纪伯伦创作思想的发展轨迹。

2. 对纪伯伦散文诗的解读

纪伯伦虽在早期的小说创作中取得了巨大的成就，但最辉煌、影响最深远的还是他的散文诗，是他的散文诗为他赢得了国际声誉。他突破阿拉伯诗歌传统格律的限制，创造了自由体式的散文，艺术风格独特，语言清丽流畅，形成了举世公认的绚丽、清新、奇特、真诚的"纪伯伦风格"，征服了一代又一代的东西方读者。

国内学者赏析纪伯伦散文诗的文章主要有仲跻昆的《〈纪伯伦散文选译〉译后记》（《国外文学》，1988.2）、朱凯的《纪伯伦和他的散文诗》（《外国文学》，1992.3）、李唯中的《东方送给西方的鲜花——纪伯伦的散文作品》（《国际商务》，1993.1）等。

《先知》作为纪伯伦的代表作，是最早被译成中文的，因而评析《先知》的文章最多，有的探究《先知》的语言风格，有的阐述《先知》的哲理思想，有的追述《先知》的创作历程，还有的谈及《先知》的插图。这中间比较重要的有伊宏的《纪伯伦和他的〈先知〉》（见《外国文学研究集刊》第11辑，中国社会科学出版社，1987年版）。该文通过仔细分析纪伯伦的书信，指出纪伯伦正式写出《先知》英文稿不会早于1920年，但《先知》确是纪伯伦用全部心血浇灌出来的一株奇葩，也是纪伯伦创作思想发生实质性转变的分界线。《先知》出版前，纪伯伦高举叛逆和激进的大旗，之后，他唱起爱和美的高歌。作者还通过对《先知》文本的分析，探析了纪伯伦的价值观、世界观及其人生观，并以《先知》为例阐释了"纪伯伦风格"。

3. 纪伯伦比较研究兴起

最早从比较的角度分析、认识纪伯伦的应是冰心。她将纪伯伦和泰戈尔的作品作了比较。1981 年冰心在《先知》和《沙与沫》合集的"译本新序"中写道："我很喜欢这本《先知》，它和《吉檀伽利》有异曲同工之妙。不过我觉得泰戈尔在《吉檀伽利》里所表现的，似乎更天真、更欢畅些，也更富于神秘色彩，而纪伯伦的《先知》更像一个饱经沧桑的老人，对年轻人讲些处世为人的哲理，在平静中却流露出淡淡的悲凉。书中所谈的许多事，用的是诗一般的比喻反复的词句，却都讲了很平易入情的道理。尤其是谈论婚姻、谈孩子等篇，境界高超，眼光远大，很值得年轻的读者仔细寻味的。"这以后，一些研究者开始从比较文学的平行研究角度来分析纪伯伦，发表了 5 篇论文。纪伯伦比较研究方面的论文是我国纪伯伦研究第一阶段最具份量的研究成果。

伊宏的《率先走向世界的东方文学家：泰戈尔和纪伯伦》从无代价的奉献、艺术家诗人、生命哲学——"不死"、自由的呼呼者、爱的主旋律、永恒的春天——爱情、"人"的宗教—哲学观、深刻的民族自省、走向世界、"拿来"和"送去"等 10 个方面论述了泰戈尔与纪伯伦在思想、艺术上的相近相通之处：他们都不接受金钱的雇佣，不屈从权势的支配；具有艺术家的气质，表现出多方面的艺术才能；都从"爱"出发，探索生与死的意义；都是民族觉醒和人性觉醒的"自由"的呼唤者；都有激越的爱国主义，又有深刻的民族自省精神；都以英语给全人类贡献了自己最精美的精神食粮——一个用英语译出自己的《吉檀迦利》，一个用英语写出自己"思考了一千年"的《先知》。作者认为"泰戈尔在《吉檀迦利》中描绘的是人类在渴望与他的'上帝'——真理相会之前的那种热烈、虔诚的态度和犹豫、愧怍的心情。纪伯伦在《先知》中则反映了人类应如何规范自己的行为道德，以实现'神性'"[1]。这些内容新颖别致，在

1. 伊宏：《率先走向世界的东方文学家：泰戈尔和纪伯伦》，见《外国文学研究集刊》第 12 辑，第 390 页，北京：中国社会科学出版社，1988 年版。

很大程度上带有普遍性，吸引了西方的读者，促成两位作家成为 20 世纪率先走向世界的东方文学家，成为 20 世纪世界文坛上的东方冲击波。

除把纪伯伦与泰戈尔相比较外，国内学者更多是将纪伯伦与中国作家鲁迅和闻一多等相比较。

《折断的翅膀》是纪伯伦 1911 年发表的一部中篇小说。小说以第一人称讲述了一个具有浓厚悲剧色彩的爱情故事。贫困的"我"与富家少女相爱，但觊觎财产的大主教从中破坏，使

计让富家少女嫁给了他的侄子。富家女备受折磨和摧残，几年后含恨死去。马瑞瑜的《纪伯伦的〈折断的翅膀〉和鲁迅〈伤逝〉之比较》(《阿拉伯世界》，1993.3)从历史背景、人物命运、作品题材及主题、艺术风格、写作手法上进行比较，指出两部作品的主题都是反对封建包办婚姻，争取恋爱和婚姻自由，控诉封建礼教对青年的迫害和摧残。《伤逝》的反封建主题更加鲜明。纪伯伦是把东方妇女的爱情悲剧当作东方民族的社会悲剧来写的。

纪伯伦和闻一多分别是阿拉伯和中国现代文学的先驱，因而有学者将两人进行比较。林丰民的两篇论文《纪伯伦与闻一多创作的主旋律：爱、美与死》(《国外文学》，1993.3)和《纪伯伦与闻一多——浪漫主义为主的创作倾向》(《东方研究》，蓝天出版社，1993年版)，是作者硕士论文《纪伯伦与闻一多》的部分成果。第一篇着重对他们创作的主题作比较，涉及爱、美与死。他们的爱有男女之爱，有对艺术和真理的诚挚追求，还有爱国热忱，更有对全世界、全人类的博爱。"为了生命的意义而追求人生的完美，为了完美的理想而去爱，为了爱与美而去死"，便是纪伯伦和闻一多一生的主旋律。第二篇比较了两位作家创作手法上的相同之处。首先，两位作家对浪漫主义的主观性都有很深刻的认识，例如夸张手法的运用、超凡的想象力、美丑对比的原则、对本民族文学精深的理解和对典故出神入化的运用等。其次，两位作家的创作精神实质是现实主义的，只是偶会尝试运用象征主义手法。最后的结论是，两位作家的创作总起来看贯穿了人类文学创作的两种基本方法——浪漫主义与现实主义。这两种方法在他们的作品中交相辉映，而这也正反映了20世纪初阿拉伯和中国文坛因受西方文化冲击而东西文化交汇融合的情况。

4. 文学史的评述

作家的文学地位如何，需考察他在文学史中是否被提及，所占篇幅，还有是否以代表作家身份进入外国文学史教材。对此问题的梳理，在一定程度上反映出学术界对该作家的关注度。纪伯伦作品虽受国人青睐，但他在阿拉伯文学史、东方文学史和世界文学史上的地位，国人对他的认知，却经历了一个"被提及——作为名作家或侨民文学代表——经典地位的确立"这样一个螺旋式的过程。在这种观念的转变中，国内阿语界的研究者发挥了关键性的作用。

国内最早在介绍区域文学或国别文学中提及纪伯伦的是1958年雷应人的文章《现代叙利亚文学》(《我们和阿拉伯文学》，人民文学出版社，1958年版)。该文参考了苏联大百科全书中的词条，基本上属于编译，后收入 1959 年北京师范大学中文系外国文学教研室编写的《外国文学参考资料》。这篇文章提到："在侨居外国的黎巴嫩人中有著名的作家杰勃朗·哈里尔·杰勃朗，他写过《沙与泡沫》和《不顺从的人们》，这两部作品反映了黎巴嫩人民的反封建斗争。"

　　确立纪伯伦经典作家地位的是 1990 年郅溥浩译自阿拉伯文的《阿拉伯文学史》，书中列单节介绍纪伯伦及其作品，称纪伯伦"不愧是海外文学的首领，也是阿拉伯文学中第一个采用这种水晶般的奇异风格的作家"[1]。1993 年，伊宏著的《阿拉伯文学简史》首次将纪伯伦列为

1. [黎巴嫩] 汉纳·法胡里：《阿拉伯文学史》，郅溥浩译，第 689 页，北京：人民文学出版社，1990 年版。

重要作家来介绍和评析。此后，国人编写的外国文学史、东方文学史和阿拉伯文学史中，绝大部分都将纪伯伦作为一位不可忽视的、有份量的经典作家单独介绍和评述。

（二）纪伯伦研究的第二个阶段

　　随着资料的完备和考据的深入，学界对纪伯伦的生平与创作基本上已经有了比较全面细致的认识和分析。生平研究梳理了纪伯伦的人生轨迹，解读了他的思想变迁，剖析了他人际关系的变化，为研究者呈现出纪伯伦的多面性，为日后全面评析纪伯伦作品打下了坚实基础。

　　《纪伯伦全集》出版后，纪伯伦研究的范围逐渐扩大，研究视野也越趋开阔，特别是进入 21 世纪后，更出现了不少具有新意的文本诠释方面的文章。

1. 对纪伯伦的宗教、哲学研究

　　纪伯伦作品中的耶稣题材和浓厚的宗教气息是显而易见的，因而有人将他归入基督教诗人，又有人把他划入泛神论者，只是在特殊年代，宗教方面的任何深入研究都需要刻意回避。禁忌总有被打破的一天。1994 年，钱满素发表的《纪伯伦文学遗产的精华》首次分析了纪伯伦的宗教。作者认为纪伯伦作品中浓重的宗教气息，皆因纪伯伦作为一个诗人关注和思考的是宇宙、人、社会、真理这些最本质的问题。纪伯伦从激越的反叛转向形而上学的思考，对他来说最高形式不是哲学而是宗教。他相信精神是最高形式，而"任何精神都体现在上帝中"，上帝永远是人们崇拜、追求、热爱的对象，是一切思想感情的核心和终结。他在作品中写耶稣、神、先知和人，并以先知自居。但纪伯伦的宗教非传统意义上的宗教，而是"一种新的关于神的观念和新的人神关系，他的上帝就是人自己"[2]。纪伯伦的耶稣是人子，那么神就是人的本质，因而纪伯伦真

2. 钱满素：《纪伯伦英文卷译序》，见《纪伯伦全集》第 1 卷，第 3 页，石家庄：河北教育出版社，1994 年版。

正关心的是人。人应该以自己的神性来克服侏儒性，超越"小我"，升向"大我"，最终与万

物合一，与上帝合一。

作家的人生态度体现在他对生与死、善与恶、理性与热情、自由与枷锁等的看法上。纪红波的《纪伯伦文学作品中的哲学底蕴》（见《阿拉伯近现代哲学》，蔡德贵、仲跻昆主编，山东人民出版社，1996 年版）从哲学的角度探讨了纪伯伦对于生命的体验和感悟，由此展现其作品的哲学底蕴及特色。纪伯伦将生与死视作生命中同一的旋律，死并不是对生的简单否定，而是一种重生、再生。纪伯伦认为现实人生中没有纯善、至善，但人人可以向善。纪伯伦渴望用人类的心灵将理性和热情融为一体，不抛弃对生活的热情，但必须用理性引导自身的热情，让理性在热情的最高点歌唱。纪伯伦主张的自由境界是自然而然的生活态度与自由自在的心灵超越。由此种种，作者认为纪伯伦作品中的哲学底蕴便是辩证而达观的人生态度，爱是生命旋律之主题，理想的人生境界是爱与美的统一。

蔡德贵的《纪伯伦的多元宗教和哲学观》（上、下）（《阿拉伯世界》，2004.5—6）从纪伯伦的宗教背景、纪伯伦对东西方哲学家和宗教的认识、纪伯伦的哲学和文化观、纪伯伦的人生观来考察，指出将东西方文化有机地结合起来，是纪伯伦作品的最大特点。他的思维方式承袭了东方传统，而思想内容则更多地反映了近代西方进步潮流。因此，纪伯伦的作品骨架是东方的，血肉是西方的，他本人则是完成这一天作之合的能工巧匠。

纪伯伦作品中有着对生命和人生深邃的哲理思索，洋溢着一种浓厚的宗教情感，这些无不与其宗教观有着直接的关系。张丽娜的《试论纪伯伦超越宗教的宗教观》（《语文学刊》，2009.6）从研究纪伯伦的宗教背景入手，分析了各派宗教对诗人的影响，认为纪伯伦的宗教观是借助宗教形象对自己的人生理想和道德追求的寄托。

2. 纪伯伦比较研究继续深入

纪伯伦以"疯狂"向社会和人生的大世界挑战，接受尼采思想，又以"超人"面貌出现时，必然要面对一系列有待解决的重大问题；因而"疯"或"狂"的内容几乎贯穿了他的早期作品，在后期作品里也可看出些许蛛丝马迹。郅溥浩的《纪伯伦作品中的"狂"及其内涵的延伸和演变——兼与鲁迅〈狂人日记〉比较》（《国外文学》，1994.1）通过"爱与恨"、"上帝的位置"、"孤独和挫折"、"小我和大我"几个方面，剖析纪伯伦"狂"的内涵的延伸、他的认识演变以及内心经受的矛盾和痛苦，以洞悉他从早期叛逆到晚期人类泛爱升华的发展脉络。受尼采影响，以"超人"、"狂人"姿态向旧秩序宣战，是纪伯伦创作思想中的一个重要过渡阶段。鲁迅《狂人日记》中那部写满"仁义道德"的历史，"狂人"只看出"吃人"二字，结果却是"一个'疯子'的名义罩住我"。这与纪伯伦《疯狂的约翰》中约翰被指为疯子，已经很接近甚至一致了。"你们要不改，自己也会被吃尽……给处死了"，与纪伯伦《掘墓人》中"谁不拒绝父辈……最后也成一个死人"更是相通。更为一致的是他们最后都抛弃了尼采和超人哲学。

纪伯伦受德国哲学家尼采的"超人"哲学思想的影响，他赞叹尼采的《查拉斯图拉如是说》："这本书是我所知道的历代著作中最伟大的一部。"[1]他模仿该作写就了哲理散文《掘墓人》，

1. [黎巴嫩] 米哈依勒·努埃曼：《纪伯伦传》，程静芬译，第 14 页，长沙：湖南人民出版社，1986 年版。

文中的幻影也像查拉斯图拉那样蔑视怯弱，不愿与行尸走肉为伍，拿着铲子埋葬死人，以此来揭露本民族的陈规陋习和落后愚昧。其长篇哲理散文诗《先知》"从构思、布局直至某些内容都与尼采的格言著作《查拉斯图拉如是说》或《苏鲁支语录》有很多相似的地方"[2]。

2. 仲跻昆：《阿拉伯现代文学史》，第 309 页，北京：昆仑出版社，2004 年版。

陈俐的《太阳和山泉——从〈查拉斯图拉如是说〉和〈先知〉看东西方智者的人生哲学》(《乐山师专学报》社科版，1994.1) 将两部作品中主人公的人生哲学进行比较，除有对人类深沉的爱、礼赞生命这一共性外，更多的是东西方人生哲学本质上的不同——西方对立斗争的二元论和东方多元整合的一元论，便有了形象化的结论：西方智者像猛烈燃烧的太阳，而东方智者像静静流淌的山泉。另外，作者还分析了东西方人生哲学相异的深层文化原因。

林丰民的《纪伯伦与闻一多：从调色板到文学殿堂》(《北京大学学报》1995 年外语语言文学专刊) 着重阐述了他们两人由绘画转向文学的创作流变以及绘画经验对于他们的文学创作所产生的影响。作者认为两人从对绘画的浓厚兴趣转移到文学方面，固然有偶然因素促成，也存在着必然性，在向西方著名画家学习绘画技巧的同时，也受打破常规的叛逆精神的影响，再加上与生俱来的反抗意识，共同促成了两人在文艺上的创新。

冰心因翻译纪伯伦的《先知》和《沙与沫》与纪伯伦结缘。林丰民的《冰心"爱的哲学"与纪伯伦爱的主题》(《爱心》，1996 年第 4 卷第 13、14 期) 探讨了两人作品在主题思想上的相似之处——爱的主旋律，对祖国和人民的热爱和对全世界全人类的博爱；剖析了两人创作中的"爱"的内涵各有所侧重，纪伯伦的爱的主题多为男女间的爱情，而冰心的"爱的哲理"则为广泛意义上的爱。

林丰民的《惠特曼与阿拉伯旅美诗人纪伯伦》(《阿拉伯世界》，2002.1) 指出两人的文

学创作在语言创新、韵律感、色彩运用、叛逆精神和神秘
主义思考等方面极为相似，非常典型地体现了东西方文学
的交流和共性，特别是近代以来东方文学对西方文学的接
受。作者在另两篇论文《中国文化对阿拉伯旅美文学的影响》
（《东方文学研究通讯》，2004.4）和《菩萨、老子和耶
稣的面孔》（《读书》，2006.12）中分析了阿拉伯旅美文
学对中国文化的接受，其中涉及纪伯伦对佛教轮回思想的
接受，在他的作品中可看到这种影响的痕迹。

　　朱小兰的《站在民族浪尖的散文诗抒怀——比较分析
纪伯伦的〈暴风雨〉和鲁迅的〈野草〉》（《三峡大学学报》
人文社会科学版，2007.S1）从平行研究角度具体分析了属
于同一文类的两部散文诗集，对它们在民族情怀、创作特
色和结构安排等方面的异同进行了比较，深入探讨了不同
文学视野下的作家在情感表达和理性批判上所采取的相似
或迥异的手法。

　　阮菲的《黑夜与疯人——从"夜"的象征看〈狂人日记〉
与〈疯人〉思想的不同》（《消费导刊》，2007.13)指出《狂
人日记》更重"国民性"的批评，体现了鲁迅"超越绝望"
的精神品质；《疯人》是纪伯伦对当时落后祖国现实的一
声鞭策，更重"疯人"精神的刻画，体现了对"大我"精
神的追求。

　　纪伯伦的作品无论在中国还是美国都被广泛接受并有
一定影响，而中美纪伯伦形象又有何异同？马征的《文化
想象与作家形象——中美"纪伯伦形象"的文化探析》（《东
方丛刊》，2008.2）分析了中美纪伯伦形象的相同和相异
之处。相同点是都对其东方身份给予关注和强调；不同点

《纪伯伦全集》中译本封面

在于，中国对纪伯伦东方身份的关注很大程度上是由于中国作为东方文化的一员，对东方文化的集体认同感，而美国对纪伯伦东方身份的关注则体现了 20 世纪西方文化对自我和东方文化认知的转变：由带有西方中心主义色彩的"东方想象"转向当代多元文化时代中少数族裔群体自我意识的觉醒和东西方文化对话的需求。

3. 多元阐释论文新意纷呈

纪伯伦深谙阿拉伯古代大诗人和哲学家的作品，又曾苦读西方著名作家和哲学家的作品，既受阿拉伯传统文化的熏陶，又受西方现代文化的影响，熔东西方文化于一炉，烩阿拉伯民族传统文学与欧美现代文学技巧、手法于一鼎。此外，纪伯伦长期旅居西方，在祖国遭受异族统治、贫穷落后的背景下，饱尝游子的屈辱和痛苦。这种经历也使他冷静地把握东西文化，互为参照，摆脱救亡图存的热情带来的某些盲目和短视，从人类发展和完善的高度作出艺术的思考和追求。

黎跃进的《纪伯伦："异乡人"的哀伤与幸运》（《衡阳师专学报》社科版，1995.1）从"异乡人"的孤寂、爱中之恨、清醒的民族自省和超越性追求这几个方面，分析了诗人游离母体文化之外，将孤独和痛苦育化为创作的契机和条件，突破民族和文化的疆域进行思考，俯视东西方和整个大地的内心世界。

1994 年以后，对纪伯伦散文诗的研究有了更深一步的进展。如张黎玲、骆锦芳的《通感与陌生化：纪伯伦诗意美的生成方式》（《昆明大学学报》，2000.1）分析了纪伯伦散文诗的诗意美的生成方式，认为作者运用陌生化的手法来产生语言的阻拒性和张力，形成语言的模糊性和暗示性，使其比喻上升为美妙的意象和意蕴丰富的象征，进而达到特殊的诗意美。

邵维加的《论纪伯伦散文诗的语言美》（《阜阳师范学院学报》社科版，2000.6）则认为宛若行云的流畅美、艳丽似画的色彩美和悦耳如乐的韵律美建构了纪伯伦散文诗的语言美，而这一切又源于他"爱"与"美"的创作主题。

朱卉芳的《纪伯伦散文诗的人文思想》（《职大学报》，2001.3）归纳了纪伯伦散文诗的人文思想所包括的主要内容，那就是同情生活于社会底层的贫弱者，反思东方民族性格中的某些缺陷，探讨社会人生的多种哲学命题。

生态危机日益严重，用生态批评方法解读纪伯伦的文学作品和画作，不失为一种与时俱进的方法。郭洁的《生态艺术家纪伯伦——试论纪伯伦的生态思想》（《社科纵横》新理论版，

2008.1）从对生命共感的体悟和对诗意栖居的呼唤两个方面分析纪伯伦的生态思想，指出其作品所体现的"真"、"美"、"爱"闪耀着生态思想的光辉，例如寻求男女之间的平等共处就暗合了生态女性主义的观点，揭露和批判现有生活方式对人性的压抑、对自然法则的破坏，也是期望人们通过努力走向真正的自由。

文学文体研究不仅具有单纯的语言学意义，还具有一定的文化和哲学意义，能表现出作家极具个性化的作品风格，同时，也能透露出作家所处时代文化整体性的制约。马征的《圣经文体：纪伯伦英语文学创作的文体研究》通过对纪伯伦英文作品的文体研究，认为"其英语文学作品中有意识地采用了'圣经文体'的形式，这使其作品在体裁形式、叙述语言和整体风格上都与圣经文学表现出相近之处，同时融构阿拉伯—伊斯兰文化和西方基督教文化的尝试，表达了他试图超越东西方特定文化的普世性关怀"[1]。

1. 马征：《圣经文体：纪伯伦英语文学创作的文体研究》，见王邦维主编《东方文学经典：翻译与研究》，第 297 页，太原：北岳文艺出版社，2008 年版。

4. 对纪伯伦作品的个案文本分析

纪伯伦的早期小说《折断的翅膀》是用阿拉伯文写成的，1983 年才译成中文，发表在《译林》杂志上。1994 年前有关这部小说的研究只有两篇文章，一篇是将《折断的翅膀》和鲁迅的《伤逝》进行比较，另一篇是朱威烈的《纪伯伦和他的〈折断的翅膀〉》（《译林》，1983.2）。后一篇较为详细地分析了小说的主题思想和艺术特色，为日后对这部小说的拓展性研究打下了基础。

1994 年以后，对《折断的翅膀》进行文本分析的也只有两篇文章，都是从小说中男女主人公的爱情入手，探析纪伯伦隐秘的精神世界。石燕京的《阿什塔露特与受难耶稣——浅论纪伯伦小说〈折断的翅膀〉》（《乐山师范高等专科学校学报》，2000.1）认为，作品女主人公萨勒玛这一美与虔诚的化身与男主人公"我"的情感纠葛所显现出来的是作者的心理情绪和自身的深刻矛盾，也就是作者的政治倾向与其审美意象、新与旧、虚与实的二重冲突，但作者却能将对立的二者协调在一个艺术整体中，使整个小说不露痕迹地显示出艺术魅力。

马征的《〈折断的翅膀〉与作者的精神世界——纪伯伦"自恋人格"分析》（《青海师范大学学报》哲学社会科学版，2002.1）则以弗洛伊德的精神分析为理论依据，认为作品中"我"与女主人公萨勒玛的人格特征是作者潜意识中"自恋情结"的产物；"我"与萨勒玛的爱情观则代表了作者主体人格的分裂，从另一层面体现了纪伯伦人格结构中的"自恋情结"；小说中多次出现的"死亡"场景暗含纪伯伦潜意识中的内在心理需求：在死亡中超越尘世间的两性爱，以实现自我精神的永恒。也就是说，纪伯伦潜意识中的"自恋情结"在"死亡"场景的变形中一方面得到升华，另一方面"死亡"也代表了作者"自恋情结"另一种意义上的"涅槃"。

对纪伯伦代表作《先知》的研究文章在 1994 年之后虽数量上只有两篇，却更趋深入。郅溥浩的《纪伯伦和他的〈先知〉》（《百科知识》，2000.4）认为《先知》中所表现的爱已非表面意义的爱，更不是不辨"真善美"与"假恶丑"的爱。它高于爱人、爱物的具体的爱。它已凝聚成为一种精神，一种价值。从爱出发，完善人的行为，促进精神复苏，建立新的价值，达于理想社会，这便是纪伯伦"大我"之至境。而《先知》中论及的问题，是纪伯伦一生体验、观察、思索的结晶。

单晓云的《试论纪伯伦〈先知〉中的死亡观及其成因》（《兵团教育学院学报》，2008.1）通过对纪伯伦的人生经历、宗教信仰和哲学背景的考察，探析了纪伯伦的死亡观形成的原因。

《大地之神》（1931）是纪伯伦后期英语文学作品的集大成之作，是长篇对话体诗。它通过三位"大地之神"围绕生命问题展开的对话，以思辨的方式层层深入地揭示了生命存在的神圣性和意义所在。马征的《〈大地之神〉：生命意义的对话》（《山东师范大学学报》人文社会科学版，2007.1）分析了诗作中"爱、美、生命"这三个具体感性又具超越性的核心范畴，探寻了纪伯伦文学创作中贯穿始终的生命观：生命存在是有意义和具有神圣性的，而生命的意义通过当下感性现实体现出来。纪伯伦在《大地之神》中关于生命意义的困惑和拷问，与他身处的西方现代语境中的生命观有着内在一致性，那就是现代人难以逃脱的宿命：在意义消解的现代社会，人们只能从当下的感性体验中寻找生命的意义，意义却因此只能永远漂浮不定。在某种程度上，纪伯伦探寻生命意义本身就构成了生命的意义。

纪伯伦的英文散文诗集《人子耶稣》共 79 篇，刻画了作者心中的耶稣形象，而这一形象具有强烈的隐喻意义。马征的《重建生命的神圣——纪伯伦〈人子耶稣〉中耶稣形象的隐喻意义》（《国外文学》，2008.3）通过对《人子耶稣》的末篇《一个黎巴嫩人：19 个世纪以后》的文本细读，认为作品采用了多角度叙事手法，以耶稣的门徒、信众、亲人乃至敌人的不同视角，向读者"展现"或者说"呈现"出一个具有神人二性的耶稣形象。在一个消解了神圣的时代，这样的耶稣形象揭示出纪伯伦重新建构神圣对人类生命存在的意义，也显示了纪伯伦文学创作中的生命观与西方现代生命观的根本性差异。

5. 研究专著

《东方冲击波——纪伯伦评传》

1993 年，海南出版社出版了伊宏的《东方冲击波——纪伯伦评传》，9 万余字，这是国内第一部纪伯伦研究专著。该书以纪伯伦的人生经历为经线，以他的作品为纬线，以其思想上的转变和转折为重点论述部分。2001 年，该书以《时代冲击波——纪伯伦》为书名再版。

该书作为一部评传，既有对纪伯伦的"传"，也有对其作品的"评"，把纪伯伦的人生和作品当作一个整体来观照，基本上做到了"传"的亲切真实、"评"的客观公正。"传"与"评"相互对照，从而达成和一种文学、一种人格进行深度对话的可能。在纪伯伦"传"的部分，作者力图主动贴近纪伯伦，从纪伯伦所置身的环境、生活遭际、社会交往等方面挖掘其人格心理、气质类型的成因，以及这些对纪伯伦思想、艺术生命的影响。在对纪伯伦作品"评"的部分，作者通过对资料的钩沉爬梳，以进入历史的姿态去捕捉感受，着重评述了纪伯伦以揭露、控诉和批判为主调的阿拉伯文小说《叛逆的灵魂》和《折断的翅膀》、以歌颂爱和希望为主旋律的《泪与笑》和《暴风集》、第一本英文寓言散文诗集《疯人》和给诗人带来世界性声誉的《先知》。作者努力洞见纪伯伦从接受"超人"到拥有博爱之心的"神性的人"的精神世界，并探究这种变化对纪伯伦风格形成所起到的作用。

纪伯伦不仅是一位文学家，而且是一位画家，一生共创作了七八百幅画，有油画、水彩、碳铅、人物素描和速写。"他的画充满了象征与哲理，是他文学创作的形象化解释。他的文学作品中的几乎全部思想主题，都在这些画中得到了艺术的再现和深化。"[1] 对纪伯伦画作的评

1. 伊宏：《东方冲击波——纪伯伦评传》，第 120 页，海口：海南出版社，1993 年版。

析可谓是该书的特色和亮点所在。作者分析了纪伯伦的绘画作品特别是自画插图的特点，还有选题方面的偏好及其原因，指出纪伯伦画中的人物大都是裸体的，这是因为纪伯伦认为，生命是赤裸裸地来到世上，而赤裸裸正是最接近人性的、最美的和最纯洁的生命的象征。

该书较为全面地梳理、总结和描述了纪伯伦的文学生涯，着重分析了作家在各个历史阶段的代表性作品，对其总体文学成就、基本创作风格作了基础性的检视；但内容毕竟显得单薄，多是粗线条的勾勒、概述式的描述，缺乏细致而深入的"点"的"特写"。

《文化间性视野中的纪伯伦研究》

2010 年，中国社会科学出版社出版了马征的博士后论文《文化间性视野中的纪伯伦研究》。这是我国出版的第二部纪伯伦研究专著，是一部具有理论深度的学术专著。该书突出的学术特色是"大视野"、"新思路"和"巧谋篇"。

"大视野"是指作者把纪伯伦作为一个东西方融合型的作家来研究，而不是以东方文学、西方文学的二分法来简单地界定纪伯伦创作的文学属性。为此，作者论证了这种定位研究的必要性和可行性。作者在导论部分梳理了汉语世界和英语世界对纪伯伦研究的缺失和不足，认为国内纪伯伦研究重视纪伯伦的东方身份及其文学创作的东方背景，忽视了他与西方语境确有的多种关联；而英语世界把纪伯伦看作有神秘色彩的"东方先知"和生活在美国的阿拉伯诗人，同时也注意到纪伯伦文学创作与美国现实文学语境的联系，却割裂了纪伯伦与阿拉伯现代文学的内在关系。作者将两者联系起来考量，表明纪伯伦的文学创作不仅是阿拉伯现代文学的一部分，也是美国文学遗产的一部分，既揭示了纪伯伦的跨文化身份特征，也从根本上确认了纪伯伦作品的跨文化属性。

"新思路"是指作者以"文化间性"这种全新的研究思路和视角解读纪伯伦思想与创作的独特性和复杂性。作者利用"文化间性"概念来分析和阐释，将其界定为"间性特征"，认为纪伯伦作品的思想和美学意蕴上有着"神秘主义"、"泛神论"和"爱、美与生命"理念，"这三种思想传达出的是感性与理性、此岸与彼岸、身体与灵魂、人与神之间的一种'中间状态'，它们同时也是交织在一起、不分彼此的。这三个外在表现交织缠绕在一起，形成了纪伯伦风格的典型特征：'间性的'，或者'融合的、合一的'中间状态，而非'非此即彼'的、已完成的或实现的状态"[1]。纪伯伦作品中浓厚的宗教色彩是很容易感知的，但若将

1. 马征：《文化间性视野中的纪伯伦研究》，第 54 页，北京：中国社会科学出版社，2010 年版。

其归为某种特定的宗教派系却很难。他既不属于纯粹的基督教，也不属于伊斯兰教苏非派，更不属于琐罗亚斯德教，甚至还会被某些宗教人士视为"叛教者"。作者"用了'神圣'一词来概括纪伯伦的宗教思想的特征，认为追求神圣性，探索神圣性，表现神圣性，以'先知'的精神姿态面对世界与读者，是纪伯伦生活与创作的内核。舍'神圣'一词，就无法洗练、准确地概括纪伯伦创作中表现出的那种圣洁与崇高的精神境界，更无法概括纪伯伦文学中所追求的人的生命存在方式，于是'神圣'一词不但化解了纪伯伦文学中宗教思想的矛盾，也

整合并凸显了纪伯伦文学的思想精髓"[1]。

1. 马征：《文化间性视野中的纪伯伦研究·序二》，第 10 页，北京：中国社会科学出版社，2010 年版。

"巧谋篇"是指作者在界定神圣的基础上，对现代社会"神圣"的失落与记忆进行精神层面上的描述，由此展开对纪伯伦文学创作和生命存在的"神圣"的精神意义的探索。

诚如王向远教授所言，"马征的这部著作是一部有思想贯穿又富有可读性的纪伯伦专论，在作家作品个案研究的视野与方法上都具有一定的启发性，既有透彻的理论论证，又有细致的文本分析"[2]。

2. 马征：《文化间性视野中的纪伯伦研究·序二》，第 10 页，北京：中国社会科学出版社，2010 年版。

2012 年 5 月，马征（前排右一）出席在美国马里兰大学举办的"第二次纪伯伦国际研讨会"。

《纪伯伦在中国》

2011 年 6 月，中国社会科学出版社出版了天津师范大学甘丽娟教授的博士论文《纪伯伦在中国》。本书详细地梳理了纪伯伦及其作品在中国的译介、研究情况和影响。作者不仅对新时期纪伯伦及其作品的广泛译介、研究情况作了充分介绍，而且对许多鲜为人知的材料予以披露。作者在绪论中首先阐明了"纪伯伦的世界文学意义"及"'纪伯伦在中国'的研究价值"。作品主要分三大板块进行论述：

一、纪伯伦在中国的译介。分为 20 世纪 20—40 年代、50—70 年代及 80 年代以后三个阶段。其中分别对刘廷芳、崔佳卓、伊宏、李唯中等人的译介，以及新时期之初译介的总体情况及其特点，进行介绍和分析。鉴于《先知》在纪伯论作品中的重要性，本书专用一节讲述《先知》的翻译，尤其是冰心的翻译。

二、中国学术界的纪伯伦研究。作品从研究的整体概貌、散文诗及《先知》的研究、纪伯伦文化身份的研究、纪伯伦感情生活的研究及比较文学视域的纪伯伦研究（平行研究和跨学科研究）等方面进行论述，并指出在影响研究方面的缺失。

　　三、纪伯伦对中国现当代作家的影响。主要的论述角度是：冰心"爱的哲学"与纪伯伦"爱的主题"，施蛰存的寓言故事与《先驱者》和《疯人》，纪伯伦与台湾当代诗人的奇妙因缘——林锡嘉、席幕容、林清玄等与《先知》，纪伯伦与内地当代诗人的联系。

　　除以上三个板块外，第四章还对"经典建构与网络传媒中的纪伯伦"，包括《阿拉伯文学史》、《东方文学史》、《外国文学史》中的纪伯伦，作了介绍和阐述。第五章对多元文化背景下的纪伯伦进行了阐释。

　　诚如作者在后记中所说："鉴于目前国内缺少这方面的系统研究，如果能够将此作出来，在某种程度上将具有填补学术空白的意义。"

　　本书是一部有质量的综述性著作，对纪伯伦及其作品在中国的译介、研究和影响作出了清晰的明白的展示。它是纪伯伦研究中一个不可缺失的环节，为今后纪伯伦的继续深入研究提供了一份难得的参考材料。

2012 年 1 月，甘丽娟（右二）赴埃及苏伊士运河大学出席由埃中联合举办的"首届埃中语言与文化论坛"。

　　追寻纪伯伦及其作品在中国的传播、翻译和研究情况，对中阿文化的交流有着非常重要的作用。只是我国学者对此问题重视不够，再加上找寻历史的蛛丝马迹也非易事，故这方面的研究成果只有 2 篇论文，分别是瞿光辉的《纪伯伦作品在中国》（《温州师范学院学报》哲社版，1996.1）和盖双的《高山流水遇知音——再说纪伯伦及其作品在中国》（《阿拉伯世界》，1999.2）。前者偏重于归纳和总结国人对纪伯伦作品的研究状况，后者偏重梳理纪伯伦作品在中国早期的流传情况。

　　总体来说，纪伯伦与中国有着不解之缘。国人对他的关注度较高，对其作品的翻译持续的时间也很长，对他作品的评论和研究数量也逐渐增多，呈现出多元价值观下自由争鸣的鲜明个性。但我国对纪伯伦这位享誉世界的文坛作家的研究，还有很大的拓展空间。首先，纪伯伦研究呈现出译介和接受热潮不相称的局面，这需探究深层原因。其次，纪伯伦自 12 岁到美国，一生中的大部分时间是在美国度过的，与当时的西方文化界关系密切，且受美国评论界的关注，而国内对西方国家的纪伯伦研究成果介绍仍是一片空白。还有，纪伯伦既是黎巴嫩文学又是阿拉伯文学的骄傲，阿拉伯国家对纪伯伦的研究达到怎样的水平，国内学界也不甚了解，这便造成国内现有的纪伯伦研究的局限性和片面性。

鉴于纪伯伦《先知》的重要性，这里对其主要内容作一介绍：

智者亚墨斯达法[1] 在离群索居 12 年之后，即将出海远航。行前，他对前来送行的民众赠言，

1. 即阿拉伯语穆斯塔法的译音，这里用冰心的译文。

就生与死、善与恶、爱与美、罪与罚、宗教与人生等诸多问题发表了自己的见解。一个名叫爱尔美差的女子走出来，说：“上帝的先知，至高的探求者，离别前，我们要请你给我们讲说真理。我们要把它传给我们的孩子，绵绵不绝。请给我们谈爱。”他用洪亮的声音说：

当爱向你们召唤的时候，跟随着它，

虽然它充满艰险和陡峻。

爱除自身外无施与，除自身外无接受。

爱不占有，也不被占有。

不要想你能引导爱的路程，

因为若是它觉得你配，它就引导你，

爱没有别的愿望，只要成全自己。

一个怀中抱着孩子的妇人说：“请给我们谈孩子。”他说：

你们的孩子都不是你们的孩子，

乃是“生命”为自己所渴望的儿女。

他们是凭借你们而来，却不是从你们而来，

他们虽和你们同在，却不属于你们。

你们可以荫庇他们的身体，

却不能荫庇他们的灵魂；

因为他们的灵魂，是住在明日的宅中，

那是你们在梦中也不能想见的。

接着，爱尔美差又问他婚姻，一个富人请他谈施与，一个农夫请他谈工作，一个法官请他谈罪与罚，一个辩士请他谈自由，一个男人请他谈自知，一个青年请他谈友谊，一个隐士请他谈逸乐，一个诗人请他谈美，还有人请他谈生与死，谈善与恶，谈时光，谈痛苦，谈理性与热情，谈买卖，谈衣服，谈哀乐，谈饮食……他都一一作了回答。如他说：

你在劳力不息的时候，你却在爱了生命。

从工作里爱了生命，就是通彻了生命最深的秘密。

那穿上道德如同穿上他的最美的衣服的人，

还不如赤裸着。

把他的举止范定在伦理之内的人，

是把善鸣之鸟囚在笼里。

当你坚定地走向目标的时候，你是善的。

当你颠顿而行，却也不是恶。

但你们这些勇健而迅速的人，要警惕，

不要在跛者面前颠顿，自以为是仁慈。

第二节　马哈福兹

纳吉布·马哈福兹 (1911—2006)，埃及现当代作家，早在 20 世纪 40 年代就在阿拉伯世界声名远播，曾获得埃及国家文学一等奖、共和国一级勋章和法国阿拉伯团结协会文学奖等，50—60 年代已在阿拉伯文坛占有举足轻重的地位，被誉为“阿拉伯小说之父”、“埃及的狄更斯”等。马哈福兹毕生笔耕不辍，著作等身，出版了近 50 部作品，其中中长篇小说约 30 部，其余为短篇小说集、散文集等，总发行量达上百万册。创作分为 3 个阶段：第一阶段是浪漫主义历史小说阶段，主要有以法老时代为题材的历史小说：《命运的嘲弄》(1939)、《拉杜比丝》(1943)、

《底比斯之战》(1945);第二阶段是现实主义社会小说阶段,主要有《新开罗》(1945)、《汗·哈里里市场》(1947)、《梅达格胡同》(1947)、《始与末》(1947)和著名的《宫间街》、《思宫街》、《甘露街》三部曲;第三阶段是新现实主义小说阶段,主要有《我们街区的孩子们》(1959)、《尼罗河上的絮语》(1966)、《米拉马尔公寓》(1967)、《平民史诗》(1978)等。1957—1965年间还创作了《小偷与狗》等象征主义小说。其短篇小说创作同样引人瞩目,如小说集《真主的世界》(1963)、《名声不好的家庭》(1965)、《黑猫酒店》(1969)等。

马哈福兹1988年获得诺贝尔文学奖,是第一位获得世界最高文学奖的用阿拉伯母语创作的阿拉伯作家。诺贝尔奖评审委员会在授奖词中这样评价他:"他通过大量刻画入微的作品——洞察一切的现实主义,促使人们树立起雄心,形成了全人类所欣赏的阿拉伯语言艺术。""纳吉布·马哈福兹作为阿拉伯散文的一代宗师的地位无可争议。由于他在所属的文化领域的耕耘,中长篇小说和短篇小说的艺术技巧均已达到国际优秀标准,这是他融会贯通阿拉伯古典文学传统、欧洲文学的灵感和个人艺术才能的结果。"[1]

1.《授奖词》,见[埃及]纳吉布·马哈福兹:《街魂》,关偶译,第531、533页,桂林:漓江出版社,1991年版。

马哈福兹的作品一般先发表在报刊上,后出单行本,再改编为广播剧、电影。他的许多小说被搬上银幕,作品中的主要人物在阿拉伯世界几乎妇孺皆知。许多作品还被译成世界多种文字,深受评论界和文学史家的重视,阿拉伯世界对他的研究已历时半个世纪之久。

自20世纪50年代中期,我国学术界开始了对马哈福兹的介绍,80年代开始对其作品的翻译,"翻译并出版了马哈福兹的作品约20部……约为马哈福兹全部著作的三分之一"[2],仅三部曲

2.张洪仪、谢杨主编:《大爱无边——埃及作家纳吉布·马哈福兹研究·序》,第5页,银川:宁夏人民出版社,2008年版。

就有3个中译本,《我们街区的孩子们》有2个中译本,另有2部短篇小说集。马哈福兹是作品译成中文最多的阿拉伯作家,但我国对他的研究不甚理想,只有1本研究专著和1本研究论文集。总的来说,我国对马哈福兹的译介和研究与这位诺贝尔文学奖得主的身份和地位是不太相符的。

一、 马哈福兹作品的翻译

马哈福兹以短篇小说开始其创作生涯,而以长篇小说著称于世,我国对其作品的翻译也选择从其短篇小说入手。

1980年,马哈福兹的作品首次被译介成中文。这就是他的短篇小说《一张致人死地的钞票》,

范绍民译，发表在 1980 年第 2 期的《阿拉伯世界》上，译文附有简短的作者简介和小说故事梗概。译者指出："作者通过这个卖唱青年的生活道路启示人们：把金钱看得高于一切的人，即使是很有才能，到头来也免不了会身败名裂。"另一篇《木乃伊的觉醒》，由孟早译，刊载于 1980 年的《外国文学》第 6 期上。译者介绍"作者是当代阿拉伯世界最著名的现实主义小说家。《木乃伊的觉醒》是他 1936 年出版的短篇小说集《疯话》中的一篇"。《疯话》是马哈福兹发表的第一部短篇小说集，而《木乃伊的觉醒》则是马哈福兹历史小说写作方面的处女作。小说虚构了生死两界的会面，让已成木乃伊的法老大将复活，与土耳其出生、鄙视埃及人特别是埃及农民的帕夏展开唇枪舌剑，揭露其外强中干的本质，捍卫埃及人的尊严。

马哈福兹画像

1981 年江苏人民出版社出版的阿拉伯文学专辑《走向深渊》收有马哈福兹的两篇作品，分别是元鼎译的中篇《卡尔纳克咖啡馆》和仲跻昆译的短篇《土皇帝》。

1983 年中国社会科学院出版社出版的《埃及现代短篇小说选》收了一篇马哈福兹的作品，是关偁译的《调查》。译作有后记，介绍了作家生平、作品及特点。译者称之所以选马哈福兹的短篇小说翻译，是因为作家多次获奖。他的作品的主题多是揭露、抨击封建主义和资本主义社会的腐朽没落，同情劳动人民，反抗奴役和压迫。同年还有一篇马哈福兹的中篇小说《小偷与狗》收入《非洲当代中短篇小说选》中，李榄译。

1984 年，湖南人民出版社出版了李唯中、关偁译的马哈福兹的重要长篇小说《平民史诗》，这是我国出版的马哈福兹的第一部长篇小说中译本。该小说 1977 年发表，1984 年便翻译成中文出版。《平民史诗》是一部传奇式的长篇小说，描写了埃及平民为争取社会公正和生活幸福所经历的漫长而曲折的道路，反映了作家为追求理想世界而进行的探索。同年，花山文艺出版社出版了李唯中、关偁合译的另一部长篇小说《尼罗河畔的悲剧》（即《始与末》）。

1985 年，上海译文出版社出版了郅溥浩译的长篇小说《梅达格胡同》。译者介绍了选择马哈福兹作品的原因：他是埃及当代最富盛名的作家，是一位严肃的既有政治责任感又在艺术上勇于借鉴和创新的作家。该部小说出版于 1947 年，是一部有代表性的现实主义小说，主要写了第二次世界大战末期开罗胡同里发生的事，"真实而形象地反映了当时埃及人民的苦难，揭露了种种丑恶的社会现象，对西方殖民主义者进行了控诉……寓政治社会问题于风俗民情之中，正是这部小说艺术上的独特之处"[1]。

1. [埃及] 纳吉布·马哈福兹：见《梅达格胡同·译者后记》，郅溥浩译，第 323—324 页，上海：上海译文出版社，1985 年版。

1986 年，湖南人民出版社出版了朱凯、李唯中、李振中合译的马哈福兹长篇小说三部曲《宫间街》、《思宫街》、《甘露街》。三部曲译文共计 120 多万字。原作出版于 1956—1957 年，以现实主义的手法，描写了埃及一个中产阶级家庭从 1919 年到 1952 年革命前夕的生活情景，反映出整个埃及现代社会的巨大变迁。译者翻译三部曲基于这样的考量：首先是三部曲在阿拉伯世界的影响力。马哈福兹的三部曲"把埃及小说的创作带入了一个新的阶段，也奠定了他在阿拉伯小说发展史上的地位，成为阿拉伯现代小说的旗手……三部曲曾获埃及国家奖，在阿拉伯各国发行十余版，被译成多种外国文学，并被拍成电影，在群众中产生了巨大的影响"[2]。其

2. [埃及] 纳吉布·马哈福兹：《宫间街·译者序言》，朱凯、李唯中、李振中译，第 1—2 页，长沙：湖南人民出版社，1986 年版。

次，尽管马哈福兹"已经成为公认的阿拉伯长篇小说的巨匠，尽管他已经创作了四十多部作品，但是他在大约三十年前发表的三部曲仍然是他小说创作的顶峰，也是阿拉伯小说史上一部里程碑式的作品"[3]。再者，三部曲写出了埃及的人情风俗史，它"不仅在广阔的社会生活方面，也

3. [埃及] 纳吉布·马哈福兹：《宫间街·译者序言》，朱凯、李唯中、李振中译，第 3 页，长沙：湖南人民出版社，1986 年版。

在许多细节上，为研究埃及 20 世纪前叶的社会生活提供了丰富而生动的材料，成为一代又一代埃及人的社会教科书"[4]。另外，第一部《宫间街》扉页附有马哈福兹的照片和作者《致中国

4. [埃及] 纳吉布·马哈福兹：《宫间街·译者序言》，朱凯、李唯中、李振中译，第 16 页，长沙：湖南人民出版社，1986 年版。

读者》手迹和中译文，作者签名日期为 1984 年 12 月 7 日，显示出作家与中国关系的至深至厚。他写道："三部曲译成中文，委实是件激动人心的事情。埃及和中国都是世界上最古老的国家，差不多在同一时期，各自建立了自己的文明，而二者之间的对话却在数千年之后。埃及与中国相比，犹如一个小村之于一个大洲。三部曲译成中文，为促进思想交流与提高鉴赏力提供了良

好机会。尽管彼此相距遥远，大小各异，但我们之间有着许多共同的东西。对于此项译介工作，我感到由衷高兴，谨向译者表示谢意。我希望这种文化交流持续不断，也希望中国当代文学在我们的图书馆占有席位，以期这种相互了解更臻完善。"三部曲译本的出版，进一步引起了读者对马哈福兹的注意。该译本在 1991 年获"第一届全国优秀文学图书奖"二等奖。

1986 年，马哈福兹以法老时代为背景的长篇历史三部曲之一《最后的遗嘱》(即《命运的嘲弄》)由孟凯翻译，上海译文出版社出版。译者之所以翻译该部小说，因为它是埃及文学史上民族历史小说的真正开篇之作。作家并不是通过《最后的遗嘱》来告诉读者埃及古代历史，而是通过一个虚构的故事来表达作家的社会理想：反对君主专制、独裁，以及封建王位的继承制。因此，译者认为把埃及优秀的文学作品介绍给我国读者是有益的。

从以上的叙述可知，在马哈福兹获奖之前，我国已翻译出版了他的 7 部长篇小说单译本、6 篇短篇小说，这与有些作家获诺贝尔奖前在中国默默无闻、获奖后译本蜂拥而出的情况颇有不同。考察所译的马哈福兹作品，译者对作家和文本的选择是有章可循的，并带有一定的时代烙印。马哈福兹在埃及和阿拉伯文坛的影响力、其作品的现实主义创作主题和独特的写作手法，这些对于译者选择文本起了决定性的作用。这种翻译取舍标准一度也影响着同时期学者对马哈福兹作品的评价。

1988 年 10 月 13 日，马哈福兹获得诺贝尔文学奖，这不仅是马哈福兹本人的荣誉，也是埃及人民的光荣和所有东方人民的骄傲。一周后，中国的主要报纸如《人民日报》、《文艺报》、《文汇报》，杂志如《环球》、《瞭望》、《阿拉伯世界》、《世界文学》、《外国文学》、《环球文学》等，纷纷发稿报道和介绍马哈福兹，据现有资料统计有 26 篇之多。1989 年《世界文学》第 2 期以纳吉布·马哈福兹相片为刊物封面，埃及的狮身人面、金字塔图片为刊物封底，发"编者按"介绍马哈福兹，并刊登了马哈福兹在诺贝尔奖授予仪式上的讲话及中国学者采访马哈福兹的几次谈话，此外还刊登了中国学者评述马哈福兹的文章和翻译成中文的马哈福兹中篇小说。《世界文学》推出马哈福兹的专刊以示对这位埃及诺贝尔文学奖获奖作家的敬意。这时期，马哈福兹谈创作和接受阿拉伯刊物的访谈以及阿拉伯作家评价马哈福兹的一手资料纷纷翻译成中文，有几篇西方学者评论马哈福兹的文章也被译成中文。就连《中学生阅读》杂志也在 1990 年第 1 期上刊登了马哈福兹给该杂志的题词及采访录。采访是在 1989 年 8 月 15 日进行的，马哈福兹在开罗回答了《中学生阅读》杂志特约记者丁文向他提出的 4 个问题。问题是围绕书籍对作家人生的影响、作家的读书习惯和方法、对作家青年时期思想影响最大的书和就当代中学生阅读提出希望等进行设计的。所有这些都给喜欢马哈福兹的中国研究者提供了翔实而又丰富的背景材料，也为以后的马哈福兹研究的拓展和深入奠定了坚实的基础。

马哈福兹获奖后，我国对马哈福兹的译介更为积极和活跃，特别是获奖后的头 3 年尤为密集。1989 年，我国翻译出版了马哈福兹的 2 部长篇小说、1 部中篇小说、1 部短篇小说集和 3 篇短篇小说，分别是孟凯译的历史小说《名妓与法老》（即《拉杜比丝》，北岳文艺出版社）、袁松月和陈翔华译的长篇小说《人生的始末》（即《始与末》，上海译文出版社），仲跻昆译的中篇小说《米拉玛尔公寓》（《世界文学》，1989.2)，葛铁鹰、齐明敏等译的短篇小说集《纳吉布·马哈福兹短篇小说选粹》（华夏出版社），短篇小说有静子译、艾迪校的《暴君》（《外国文学》，1989.2)，谢传广、时岚译的《特命代表》（《世界博览》，1989.2) 和陶慕华译的《一个青年的日记片段》（《译林》，1989.3)。1990 年翻译出版了李琛译的马哈福兹争议小说《世代寻梦记——我们街区的孩子们》（花城出版社）和黎宗泽译的三部曲之一的第二个译本《两宫之间》（外国文学出版社）。1991 年可以说是阿语翻译界的马哈福兹作品年，共有 7 部马哈福兹长篇小说翻译出版，分别是黎宗泽译的三部曲之二和之三的第二个译本《向往宫》和《甘露街》（外国文学出版社）、冯佐库译的《新开罗》（上海译文出版社）、蒋和平译的《尊敬的阁下》（中国文联出版社）、关偶译的《街魂》（漓江出版社）、谢秋荣等译的《续天方夜谭》（中国文联出版社）、蒋和平译的《雨中情》（文化艺术出版社）。

此外，马哈福兹作品的中译本还有 1992 年良禾译的《底比斯之战》（上海译文出版社）、1993 年解传广译的短篇小说集《真主的世界》（宁夏人民出版社）、2001 年薛庆国译的《自传的回声》（光明日报出版社），2003 年陈中耀、陆知译的三部曲第三个译本《马哈福兹文集——〈两宫间〉、〈思慕街〉、〈怡心园〉（开罗三部曲）》（上海译文出版社）。短篇小说中文译作有 1996 年出版的《世界短篇小说精品文库·阿拉伯卷》收录的李建文译的《名声不好的家庭》、杨文祥译的《旧案真凶》和薛庆国译的《宰阿贝拉维》。

纵观上面所列马哈福兹作品的译本，可以看出到 20 世纪 90 年代前期，马哈福兹的所有重要作品均被译成了中文，他成为当代阿拉伯作家中在中国影响最大的一位。中文翻译不仅使得马哈福兹的文学生命在异域的中国得以扩展和延伸，也使获奖后的马哈福兹的中文翻译呈现出别样色彩。

第一，由于译者对作家有不同的解读方式，抱着不同的翻译目的，马哈福兹的《开罗三部曲》很受追捧，平添 2 种新版本，加上马哈福兹获奖前翻译的 1 种版本，已有 3 种完整译本，在此简称为 1986 年的湖南人民版、1990—1991 年的外国文学版和 2003 年的上海译文版，据说第 4 种译本也将面世。第二，禁书《我们街区的孩子们》（1959）受译者青睐，有 2 种版本。这部长篇小说 1959 年连载于《金字塔报》，是一部象征性小说。一个街区的几代人象征着以摩西、耶稣、穆罕默德为代表的先知时代直至此后的科学时代，以此象征整个人类社会历史的演进过程。作品中开放、开明的宗教观点，被埃及保守的宗教人士指责为亵渎神灵，后作品被禁。10 年后，1969 年才在黎巴嫩出版单行本。1994 年 10 月 14 日，作者还因该书在开罗街头遇刺，险遭杀身之祸。这在世界现代文学史上尚不多见。50 年后，即在马哈福兹逝世前不久才在埃及开禁。1990 年，该小说首次由李琛翻译成中文，名为《世代寻梦记——我们街区的孩子们》，被花城出版社列为“外国争议名著系列”出版。1991 年，关偁再次复译为《街魂》，被漓江出版社列入“获诺贝尔奖作家丛书”出版发行。译本在正文之后附有“授奖词”、“受奖演说”和“生平年表”，具有重要的史料价值。第三，为博经济效益，书商费尽心机。马哈福兹的历史小说三部曲在他获奖前翻译出版了第 1 部单行本，获奖后又翻译出版了第 2、第 3 部单行本。第 2 部的阿拉伯文书名为《拉杜比丝》，孟凯译，山西北岳文艺出版社为了吸人眼球，将书名改为较为香艳的《名妓与法老》，并配上与之相应的封面。也正是这样的书名，触动了唯利是图者的神经，市面上堂而皇之地流行着 3 种盗版本。盗版者不仅全盘抄袭正版孟凯译本，还失实地将其列入“外国文学禁毁名著”、“世界禁书文库”、“外国禁毁名著精华袖珍读本”等丛书名下，有的配以淫秽图案，有的无中生有地加上一个“淫”字，有的移花接木地抛出一个“禁”字，并煞有介事地写上一段“遭禁经过”。事实上，该小说从未被“放入禁书之列”，书商这样做的结果和影响极为恶劣，不仅亵渎了马哈福兹这样一位严肃的作家，而且还误导了中国读者。[1] 其实，译者孟凯在《名妓与法老》的前言部分清楚明了地介绍了马哈福兹历史小

1. 盖双：《译介时间·盗版·禁书——也说马哈福兹及其作品在中国》，载《阿拉伯世界》，2004 年第 1 期。

说三部曲所表达的是民族解放主题。为正视听，现将原文摘录如下：“纳吉布·迈哈福兹的第一部长篇历史小说《命运的嘲弄》（又译《最后的遗嘱》），在埃及文学史上是第一次提出了反

对王权世袭的主张，被认为是民族历史小说的真正开端。他的第二部长篇历史小说《名妓与法老》（原名《拉杜比丝》），描写了埃及古代一位法老的荒淫无度和他的可悲下场。这在埃及文学史上也是第一次鞭挞了君主专制的黑暗，并指出了暴君必然灭亡的趋势。他的第三部长篇历史小说《底庇斯之战》，描述了古代埃及在沦为异族的附属国之后，法老带领他的臣民卧薪尝胆，秘密备战，经过十年艰苦斗争，牺牲了两代君主，终于驱逐了异族，统一了国土，又一次建立起一个强大的统一的埃及大帝国。"[1] 而马哈福兹在 1939—1945 年间发表的三部长篇历史小说，"就

1. 孟凯：《埃及作家纳吉布·迈哈福兹和他的长篇历史小说》，见［埃及］纳吉布·迈哈福兹著《名妓与法老》，孟凯译，第 3—4 页，太原：北岳文艺出版社，1989 年版。

是采取借古喻今的手法，鞭挞了君主统治的黑暗残暴，指出了君主专制必然灭亡、民主政权必将建立的历史趋势"[2]。1998 年，上海译文出版社仍采用原译者的翻译，书名采用直译，并将

2. 孟凯：《埃及作家纳吉布·迈哈福兹和他的长篇历史小说》，见［埃及］纳吉布·迈哈福兹著《名妓与法老》，孟凯译，第 3 页，太原：北岳文艺出版社，1989 年版。

历史小说三部曲合集为《命运的嘲弄·拉杜比丝·底比斯之战》再版，显然是有意于"正本清源"，带有拨乱反正的意味。在后记中，译者突出强调了作家"通过创作历史三部曲，对埃及历史进行了回顾，以达到增强民族自信心、摆脱异国控制、实现国家统一和自立这样一个目标"。第四，关注马哈福兹的短篇小说，其两部短篇小说集问世。马哈福兹在 20 世纪 30 年代至 40 年代初，创作了大量短篇小说，仅发表的就有 80 余篇。马哈福兹获奖后，1989 年出版的《纳吉布·马哈福兹短篇小说选萃》，是我国出版的马哈福兹的首部小说选集，也是一部名副其实的马哈福兹短篇小说精选集。该集是从马哈福兹出版的 11 部短篇小说集中精选出最有代表性的 25 篇翻译而成，译者阵容强大，既有外交部高级翻译又有大学教授。"这部短篇小说集充分体现了纳吉布所写的一切无不同埃及大地上的历史、儿女及其未来联系在一起。他从一时一事着眼，从社会问题入手，向读者表达了这样的信念：在人类漫长的历史河流中，作为主流的善毕竟比恶要强大。"[3] 另外，评论家刘再复写的《纳吉布·马哈福兹不仅属于埃及》和关偰写的《拥抱

3. 关偰：《拥抱艺术　拥抱人类》，见《纳吉布·马哈福兹短篇小说选萃》，第 4 页，北京：华夏出版社，1989 年版。

艺术　拥抱人类》两篇文章，冠于译本卷首，值得一读。1993 年，宁夏人民出版社出版了解传广译的《真主的世界》，这是我国出版的马哈福兹第二部短篇小说集。

　　在此需要特别谈谈马哈福兹晚年所写的最后一部作品《自传的回声》，一部略带自传性质的散文集，是作家 20 世纪 90 年代卧病在床期间写在小纸片上的思绪。1994 年曾先后在《金字塔报》、《文学消息报》上连载，引起评论界的关注，有赞美亦有非议，非议多是针对马哈福兹隐晦的文风和诗化的文体。1996 年出版单行本。2001 年，薛庆国将其译成中文，由光明日报出版社出版。严格意义上说，《自传的回声》不是一部传统意义上的个人自传，只是耄耋之年

的作者难抑强烈的创作愿望，把"或是生活中曾发生的一件事，或是一个瞬间、一个念头"[1]

　　1. 薛庆国：《智慧人生的启迪》，见 [埃及] 纳吉布·马哈福兹著《自传的回声》，薛庆国译，第 3 页，北京：光明日报出版社，2001 年版。

记录下来，加以修改而成。书中有自传性的短章与断想、寓言、对孩提时代的回忆、梦幻，苏非式的格言与隽语，交织着作家的现实生活和梦幻世界，记录了作家的思想火花，况且"他许多作品探讨的主题，都在这部书中以更凝练、更艺术的形式重现"[2]，是解读和把握马哈福兹作

　　2. 薛庆国：《智慧人生的启迪》，见 [埃及] 纳吉布·马哈福兹著《自传的回声》，薛庆国译，第 12—13 页，北京：光明日报出版社，2001 年版。

品的钥匙。

二、 马哈福兹作品的研究

郅溥浩（右一）、陈冬云（站立者）、于颖（左一）在开罗《金字塔报》报社拜见马哈福兹。

　　中国最早出现的介绍马哈福兹作品的文章都是从外文翻译过来的。1956 年，《读书月报》第 9 期刊载了波瑞索夫撰写的《阿拉伯国家的作品与作家》译本，是由吴馨亭根据同年出版的苏联《新时代》第 20 号中的内容翻译的。文中有一段专门介绍埃及当时准备出版的新小说，其中提到"纳吉·马赫夫斯的一部描写一个埃及家庭中三代人的生活的小说"。1958 年，有两篇介绍马哈福兹作品的文章是从阿拉伯文和俄文翻译过来的，一篇是伊拉克人哈易卜·达尔迈·法尔曼写、林兴华译的《反帝的文学，战斗的文学！——阿拉伯现代文学概况》（《文艺报》，1958.15），另一篇是苏联评论家舒斯捷尔写、落英译的《谈阿拉伯文学》（《译文》，1958.10）。前一篇因直接译自阿文，是伊拉克评论家的观点，在当时显得弥足珍贵。现摘录如下："短篇小说家还有乃芝布·买哈福子，在大战末期他的名字才初露头角。他写过历史故事、短篇小说，以后开始写长篇小说，出版了一册'汉·哈利里市场'，描写一个家庭想在宗教中得到平安，结果还是没有免于灾难。他又写《新开罗》，描写一个青年人为衣食所迫，愿意让他

的妻子同另一个男人发生关系，揭露了资产阶级道德的败坏腐朽。乃芝布后来又出版了一本《皮

袋》，描写二次大战中的人民生活。1956 年他发表一部小说《两宫之间》，共计三厚册，描绘

一个埃及家庭的生活，由 1919 年埃及革命前夕写到 1952 年的事变。乃芝布是有名的小资产阶

级的文学家，他描写本阶级的问题、愿望、对人生的看法、苦闷情绪、经济困难以及与其他阶

级的联系。"[1] 后一篇转译自俄文，可对马哈福兹三部曲的评价还是中肯的："著名的埃及作

1. [伊拉克] 哈易卜·达尔迈·法尔曼：《反帝的文学，战斗的文学! ——阿拉伯现代文学概况》，林兴华译，载《文艺报》，1958 年第 15 期。

家纳吉布·马赫福兹的长篇小说《两座宫殿之间》就是根据现实主义传统写成的。读者的眼前

展现出了一个普通埃及人的生活。而发生小说情节的背景，是第一次世界大战和 1919 年的起义，

当时，埃及人民拿起武器来反对英国侵略者。"[2] 另外，该文还引用了埃及大文豪塔哈·侯赛

2. [苏联] 舒斯捷尔：《谈阿拉伯文学》，落英译，载《译文》，1958 年 10 月。

因对马哈福兹三部曲的评价："自埃及人开始写小说以来，这是我读到的最好的埃及小说之一。"[3]

3. [苏联] 舒斯捷尔：《谈阿拉伯文学》，落英译，载《译文》，1958 年 10 月。

1980 年，苏联学者伊·德·尼基福洛娃等著，刘宗次、赵陵生译《非洲现代文学》（上册）

中第四章专讲埃及文学，其中较多地谈到纳吉布·马哈福兹的文学创作历程，谈到其不同时期

不同作品的特点，着重谈了他的三部曲。苏联学者这样评价马哈福兹及其作品："他是埃及有

才华的长篇小说家。他的创造具体展示了埃及现实生活，深刻分析了各种经济、社会问题，反

映了当代生活的迫切问题。他的作品不仅得到阿拉伯东方国家，而且也得到全世界的承认，并

多次被译成各种欧洲语言，获文学奖。"[4]

4. [苏联] 伊·德·尼基福洛娃等：《非洲文学》（上册），刘宗次、赵陵生译，第 197 页，北京：外国文学出版社，1980 年版。

关偁、李琛的《埃及名作家纳·马哈福兹及其创作》（《外国文学动态》，1981.10），直接

参阅了大量的阿拉伯学者研究马哈福兹小说的观点，将马哈福兹创作历程分为历史小说阶段、

现实主义阶段和新现实主义阶段，较为翔实和系统地勾画了马哈福兹这三个阶段主要作品的内

容和特点。论文结尾说马哈福兹始终不渝地和他作品的主人公一起追求真理、追求幸福；他的

思想艺术紧随着时代前进的步伐，具有鲜明的时代特征；马哈福兹具有鲜明的立场和观点；在

小说艺术上有独到之处。

下文试图将中国的马哈福兹研究成果以时间为纵向脉络，以整体性研究、专题性研究和比

较性研究为横向铺陈，对研究有新意的成果进行重点评述，期望构筑起中国研究马哈福兹的全

景图。

（一）马哈福兹作品的整体性研究

从某种意义上来说，我国初期对马哈福兹作品整体性研究的论文有一定程度的介绍与评述色彩，并肩负着启蒙读者的使命。这又以 1988 年马哈福兹获奖为界，分为获奖前和获奖后。

在马哈福兹荣获诺贝尔文学奖前，中国学者便很有见地地介绍这位作家和他的作品了，主要有翻译马哈福兹作品的译者，还有专门从事阿拉伯文学研究和教学的科研人员。其中发表论文最多的是中国社科院外文所的李琛，其介绍和评论马哈福兹的文章达 6 篇之多。另外，李琛是较早对马哈福兹作品主题、表现对象和形式的演变进行研究的学者之一。早在 1984 年，她的《埃及中产阶级的表现者和批判者——纳吉布·马哈福兹》从马哈福兹作品的表现对象——埃及中产阶级着眼，选取了马哈福兹 1945 年至 1975 年间发表的 11 部小说，分析了不同历史时期的中产阶级生活和命运的变迁，特别是重点分析了中产阶级中知识分子的形象及其思想演变的轨迹。《新生活的探索者——纳·马哈福兹》（《外国文学评论》，1988.3）探讨了马哈福兹小说的主题——用作品表现作家对埃及发展道路的思考和探索，这里有对社会进程中阴暗面的揭露，有对寻求埃及发展道路的尝试，还有对宗教迷信束缚人思想的批判。《论纳·马哈福兹小说形式的演变》（《国外文学》，1988.4）则探讨了作家作品的演变特点及其机制，并从艺术形式上将马哈福兹的创作历程分为三个阶段，即从简单到复杂的传统故事形式，从平面到立体、从封闭到开放的新形式，探索小说的民族形式。特别指出马哈福兹在创作的第三阶段，不仅借鉴西方写作方法，还从阿拉伯民族遗产中汲取营养，如借鉴阿拉伯民间文学玛卡梅故事体裁，采用阿拉伯游记文学的形式，对《一千零一夜》进行再创作等，身体力行地实践其"地域文学"的主张。

此外，还有少数学者注意到马哈福兹作品的独特性，并作了些个案分析，涉及长篇、中篇和短篇。《顶峰上的人们》（1979）是纳吉布·马哈福兹的一部中篇小说，该小说被拍成同名电影。郭黎的论文先从该篇小说在作家后期创作系列中的重要性谈起，说该小说几乎同步反映了 20 世纪 70 年代末埃及实行对外开放政策后的社会结构、价值观念、伦理道德方面的新趋势和变化，再从心理分析角度看作品中人物的二重性，最后分析文本的结构形式——"是以主人公的思索为主线织成的作品，这就决定了它在结构形式上的单线展开的特点"[1]，详细罗列了小说表层部

---

1. 郭黎：《对埃及当前改革的理性沉思与艺术表现：纳吉布·迈哈福兹〈顶峰上的人们〉浅析及其他》，载《阿拉伯世界》，1985 年第 4 期。

分（情节）和深层部分（心理动机）的序列。谢秋荣的《纳吉布·马哈福兹创作道路上的转折——〈新开罗〉》（《阿拉伯世界》，1987.4），从作品主题、典型环境中的典型人物、体现时代特

点的不同类型人物的塑造、作者强烈的使命感和作品的语言风格等方面，来说明《新开罗》是
作家创作道路上的一次关键转折，是作家现实主义小说的奠基之作。《小偷与狗》是马哈福兹
1961 年发表的小说，李永庄的《迈哈福兹的〈小偷与狗〉》[1] 主要分析了小说的故事情节——"小

1. 李永庄：《迈哈福兹的〈小偷与狗〉》，见邓双琴主编《东方文学五十讲》，第 443—452 页，贵阳：贵州人民出版社，1987 年版。

偷"和背叛者之间的斗争——如何反映了当代埃及社会矛盾的某些侧面，带有极强的马克思主
义文学批评观，有着很强的时代批评烙印。

　　马哈福兹获奖后，中国学者对他作品的整体性研究表现出多方面的特点。这主要集中在对
其创作基调、创作轨迹和创作目的的研究上，发表的论文数量较多。

　　梦禾的《论马哈福兹作品的三个轴》(《中国文学研究》，1995.2)分析了马哈福兹的"政治、
信念和人是我作品的三个轴，而政治又是核心轴"这一论点，论述得有理有据。倪颖的《东西
合璧　真理永存——浅析马哈福兹小说艺术手法与创作思想》分析了马哈福兹古为今用、东西
合璧的艺术手法及追求自由、公正与正义的创作思想。张洪仪的《20 世纪阿拉伯思想与文化的
丰碑》从作家的创作基础、思想脉络、对理想的不懈追求以及对阿拉伯乃至世界文学所作出的
杰出贡献等方面，来阐述马哈福兹是 20 世纪阿拉伯世界最伟大的思想家和文学家之一。

　　剖析文化背景下的深层内涵，林丰民在这方面作了有益的尝试，如《马哈福兹与埃及文学
精神》和《渎神、寻神与科学精神——从马哈福兹遇刺说起》等。1994 年 10 月，83 岁的马哈
福兹在开罗遇刺，起因于他发表的作品。林丰民从埃及乃至整个阿拉伯世界所笼罩的大环境——
世俗主义与极端思想的冲突——谈起，分析作家渎神与现代化的追求，因作家的创作一贯"是
反对宗教迷信，提倡科学与理性，主张走社会主义道路的"[2]，而社会悲剧与存在的危机使马哈

2. 林丰民：《马哈福兹与埃及文学精神》，见李云峰等主编《外国文学专题——文本重读与外国文学精神重塑》，第 133 页，郑州：中州古籍出版社，1994 年版。

福兹从始至终都把自己的创作与社会紧密地联系在一起，考察社会发生的各种现象和出现的各
种问题，此后，作家"由原先对社会悲剧的关注转向对存在与意义的探究，转到现代人面临危
机时所进行的自审"[3]，重返失乐园与意义的追寻成了作家创作的主题。

3. 林丰民：《渎神、寻神与科学精神——从马哈福兹遇刺说起》，见仲跻昆主编《阿拉伯：一千零二夜》，第 451 页，长春：吉林摄影出版社，2000 年版。

　　马哈福兹是 20 世纪英语世界最受关注的阿拉伯作家，特别是他的历史小说在英语世界得
到了高度的重视。马征的《从后殖民视角看马哈福兹历史小说在英语世界的接受》(《东方论坛》，
2008.2)，探析了英译本关注马哈福兹历史小说中古埃及背景的深层原因。在西方文化视野中，
古埃及承载着特殊的文化意蕴，在各种不同的文本表述中，它的形象被"文本化"和"图示化"
了。这一"文本化"的古埃及表现出双重特征，它是西方文化以自身为参照构建出的一个基于

自身需求的双重"他者"形象，也就是说在西方文化语境中的读者"选择"吸收了"文本化"的古埃及形象，而马哈福兹历史小说中的古埃及无形中满足了这一期待视野。但事实上，这一"文本化"的古埃及形象，并不符合作者本人的写作意图。作者之所以要集中以古埃及为历史背景进行写作，与他所处的现实语境密不可分，他希望通过描写前伊斯兰时期古埃及文化的整体性和民族自豪感，表达其以埃及为本位的民族主义思想。

研究阿拉伯文学作品决不可忽视其中浓重的宗教思想。李琛的《弘扬积极人生的马哈福兹》[1]

1. 李琛：《弘扬积极人生的马哈福兹》，见李琛著《阿拉伯现代文学与神秘主义》，北京：社会科学文献出版社，2000年版。

则以伊斯兰的神秘主义——苏非派这个独特的视角切入，从信仰与安拉、救赎与入世、无我利他与人主合一来考察作家苏非倾向的特点，这为了解作家作品的本质和内在神韵指明了一个方向。该篇论文是国内伊斯兰神秘主义与文学关系研究领域的"先驱"之作。与李琛的论文从作品主题中的精神层面来分析作家的苏非倾向不同，谢杨的《马哈福兹小说语言的苏非主义倾向》（《北京第二外国语学院学报》，2006.8）是从文本中寻求作者的苏非主义倾向，体现在直接用苏非名言、使用苏非主义者常用词语、运用象征手法、建构有关苏非派谢赫们的话语特色、对苏非主义最高境界的想象表意和借用能引发读者的神秘感觉。该文不仅揭示了马哈福兹的苏非主义倾向发展的思想轨迹，还体现了马哈福兹小说独特的语言艺术。

在半个多世纪的文学创作中，马哈福兹不断实践着小说叙事形式的探索和创新，叙事模式多样，而家族小说就是其多元化叙事模式中的一种，他的家族小说代表作有三部曲和《平民史诗》等。黄丽的《从〈开罗三部曲〉到〈平民史诗〉——论马哈福兹家族小说叙事特征的演变》（《青岛职业技术学院学报》，2008.4）从外在故事叙述、内在结构形式和总体叙事形式三方面探究了马哈福兹家族小说叙事特征的演变过程及特点，那就是：马哈福兹的家族小说创作由通过叙述故事来展现历史转变为通过叙述历史来展现个人体验，由国家话语转变为个人话语，由对西方传统叙事形式的运用转变为对阿拉伯虚构叙事形式的继承和探索。

马哈福兹虽以长篇小说知名，但其短篇小说题材广泛，表现手法各异，也颇有特色。我国研究马哈福兹短篇小说的论文不多，王海丽的《评纳吉布·马哈福兹的短篇小说创作》（《信阳师范学院学报》哲社版，1992.4）从其短篇小说的主题、表现手法和创作背景展开分析；沈诚贵的《论马哈福兹的短篇艺术》（《重庆师专学报》，1994.3），将马哈福兹的短篇小说分为基本上保持传统风格的现实主义作品和借鉴西方现代派文学并进行"文体革新"的实验品这两类。

《宰阿贝拉维》是马哈福兹短篇小说集《真主的世界》(1963)中的一篇，也是收入《诺顿世界文学名著选集》中的唯一一篇阿拉伯现代文学作品。薛庆国的《神秘的寻找——〈宰阿贝拉维〉解读》(《外国文学》，2008.1)从苏非神秘主义入手，结合对马哈福兹多部重要作品神秘主义内涵的分析，揭示马哈福兹作品"寻找"的主题。

谢杨的《埃及的马哈福兹研究》总结了埃及的马哈福兹研究从全面述评到专题研究、从文本解读到跨学科探讨的过程，研究内容覆盖了马哈福兹小说创作理论、创作实践等诸多方面，并指出埃及马哈福兹研究中存在的问题是"对马哈福兹后期作品的研究较为匮乏，留有大量空白……研究成果的质与量不成正比……论述内容、视角趋同的现象比较严重，研究者对创立自己的理论方法意识不够"[1]。

1. 谢杨：《埃及的马哈福兹研究》，载《外国文学评论》，2007 年第 2 期。

（二）马哈福兹作品的个案性研究

对马哈福兹作品个案性的研究情况进行梳理和评析，可以把握中国学者研究的独特视角与阐释方式。

1. 对三部曲的研究

马哈福兹的重要获奖作品是 1956、1957 年发表的三部曲，即《宫间街》、《思宫街》和《甘露街》，因故事发生在埃及开罗的三个旧城区，也被称作《开罗三部曲》和《老街三部曲》。我国对该作品的研究最多、最深，经历了三个研究阶段，颇能代表我国学者对马哈福兹研究的最高水平。

1986 年《宫间街》中译本的"译者序言"，洋洋洒洒万余字，详尽分析了三部曲的产生背景、内容梗概、艺术手法和在埃及乃至阿拉伯小说发展史上的特殊地位。这不是一篇单纯的序言，而是一篇有原创性观点的评论，使国人对马哈福兹三部曲有了最初的直观和感性的认识。译者对三部曲构思和结构的分析尤为新颖独到。译者认为，三部曲在结构上像一部三幕话剧，每一部以一代人为中心，事件发生在这一代人生活的一个具体的地点。在时间上，三部曲分别反映了埃及社会思想运动发展的三个阶段：《宫间街》代表了绝对信仰的 20 世纪 20 年代，《思宫街》代表 20 世纪 30 年代在怀疑和信仰、宗教和科学之间彷徨的阶段，《甘露街》代表了思想急剧变化、队伍急剧分裂的 20 世纪 40 年代。在人物方面，第一代守旧，第二代迷惘，第三代激进。
三代人物的不同特点及其演变符合埃及社会思想运动的客观发展规律。[1] 此外，对三部曲中典

1. [埃及] 纳吉布 · 迈哈福兹：《宫间街 · 译者序言》，朱凯等译，第 12—13 页，长沙：湖南人民出版社，1986 年版。

型人物形象的分析也很细致到位。序言首次引用马哈福兹和阿拉伯文学评论家的观点佐证和支
持译者的观点，具有很强的学术性。

李唯中与马哈福兹

谢秩荣的《论纳吉布 · 马夫兹的〈三部曲〉》（《外国文学研究》，1990.2）指出，反帝反
封建的民族民主斗争是三部曲的时代内容，而争取自由——民族自由和个人自由，就是三部曲
的核心。作者正是围绕这个核心，通过对一个中产阶级家庭三代人的演变，真实地再现了这个
重要历史时期埃及社会的动荡和变迁，分析了三代人的特点及成因。

社会学的批评方法在现今仍是一种行之有效的批评方法，如和其他各种批评方法有机结合
起来，会发掘出更多新的有价值的东西。如蒋和平的《埃及 1919 年革命与纳吉布 · 马哈福兹的〈三
部曲〉》将三部曲回溯到文本所反映的特定历史时期进行考察，指出："纳吉布 · 马哈福兹从
一个历史学家的角度，客观地再现了 1919 年革命期间所发生的一些事件；又从一个小说家的
角度生动地描写了学生、知识分子、小资产阶级及中产阶级等各阶层形形色色的人物对待此次
革命的态度。"[2] 该文的切入点很有新意，且大量利用阿拉伯学者的观点来佐证，有理有据。

2. 蒋和平：《埃及 1919 年革命与纳吉布 · 迈哈福兹的〈三部曲〉》，见《东方研究》（2011），第 144 页，北京：国际文化出版公司，2002 年版。

陆怡玮的《从〈开罗三部曲〉看马哈福兹的社会主义信仰》（《飞天》，2009.16）从伊斯
兰教义与社会主义精神、《开罗三部曲》中的社会主义思想、科学社会主义与费边社会主义、
社会主义与科学等四个方面探析了马哈福兹社会主义倾向的内涵——以费边思想为核心的、带
有强烈伊斯兰特性的社会主义，且一直试图将信仰科学、信仰社会主义与信仰安拉结合起来。

马哈福兹三部曲之一《宫间街》中的典型人物艾哈迈德，一面在外过花天酒地的放荡生活，

不顾伊斯兰的道德标准，一面又在家里严守伊斯兰其他标准，树立威严形象。这种双面类型的父亲形象在阿拉伯社会应很普遍。

段智婕和金欣的《挣扎在道德与自我之间——浅析〈宫间街〉父亲形象体现的伊斯兰文化与商业文化价值观的冲突》（《学理论》，2009.20）从文化冲突的角度分析了艾哈迈德个性中所表现出的道德与自我的挣扎、传统与反传统的矛盾，指出这种挣扎其实是传统的伊斯兰文化与商业文化碰撞的结果。

三部曲中的女性形象也受到研究者的关注。张嘉南的《纳吉布·马哈福兹三部曲中的女性形象》（《阿拉伯世界》，1995.3）、《蒙昧与觉醒——谈纳吉布三部曲中的妇女形象》（《国外文学》，1995.3）、《艰难的历程：从马哈福兹的三部曲看埃及妇女解放运动》（《北京大学学报》，1996 东方文化研究专刊）三篇论文，将三部曲中形形色色的妇女，按所处的阶级和社会地位，分成了资产阶级贵族妇女、生活在社会底层的受压迫妇女和中产阶级妇女三类进行分析，从妇女命运的变化和意识的复苏等方面考察埃及妇女解放运动的状况。

20 世纪 80 年代初期，研究阿拉伯文学的仅限于阿拉伯语专业的科研人员和教师。随着马哈福兹获得诺贝尔文学奖，其作品越来越受到非阿拉伯语专业研究人士的青睐，他们借助中文译本，运用西方文艺理论对其三部曲进行解读、探析，丰富了中国马哈福兹研究的内容，拓宽了研究空间。

陈融的《论"三条街"中的性爱描写》（《国外文学》，1992.3）可谓一篇利用人类文化学理论进行文学研究的有意义的尝试之作。作者以三部曲的"性爱描写"为切入点，指出三代人对此的不同态度。第一代，父辈们自身放纵情欲，淫荡无羁，对子女却实行压抑。一方面，社会对已婚成年男子的纵欲持宽容、默认的态度；另一方面，社会的家庭荣誉观又把禁欲列置在首项，因为这毕竟是封建伦理体系表层的最基本的色彩。第二代，受西方思想的影响，决意舍弃父辈的生活方式，但受自身的局限和时代的限定，带有很大的盲目性和浅薄性。第三代，把爱情真正引入性爱的领域，敢于大胆追求爱情，追求两性和谐的美满生活。作者意欲通过"三条街"的性爱描写来考察从近代向现代转化之际埃及伊斯兰文化伦理道德的演变过程，还有外来文化与本土文化在伦理观上的激烈冲突及其结果。

黄辉分析了马哈福兹三部曲的精神内核，他从社会层面和哲学思辨层面探讨了处于历史文化转型期的三部曲中的民族主义倾向和人道主义精神。作者认为，"以维护本民族利益为核心的民族主义与超越民族、以关怀全人类命运为旨归的人道主义精神难以相容"，而马哈福兹就面临这样的艰难抉择，因此他在三部曲中一方面通过塑造知识分子形象，勾勒出埃及民族解放运动的艰难历程，另一方面深切关注父权、夫权、神权统治下女性的悲惨境遇和封建主义、殖民主义双重压迫下社会底层人民的命运，殷切期望各民族、国家自由平等，和睦相处，唤醒博大的人类之爱。

运用西方叙述学理论阐释三部曲，得出作家在直接消解时间和因果关系中完成了关于文化的独特反思的结论，可谓独树一帜，这就是马丽蓉的《论马哈福兹三部曲空间性的文化叙述》(《阿拉伯世界》，2003.6)。作者先指出作家打破了故事的时间链和情节的因果性，有意以三条街名作篇名，写同一个家族内部三个家庭的往事，进而影射埃及社会三个时代的现状，把叙述作了空间式聚焦。三处老房子的旧事重提变成了关于三个恒定情势的空间叙述，即《宫间街》、《思宫街》和《甘露街》分别围绕着"爱、贪和变"展开，通过全部叙述，各自代表了埃及历史上相继出现的以宗教为主流文化的 20 年代，政治腐败、道德沦丧、危机四伏的 20 世纪 30 年代，以及反殖民主义、求独立和变革的 40 年代。然后分析作家通过采用瞬间定格与意外叙述互动、章节并置与开放式结尾结合等手法，扩大了文本的文化信息量，将文学叙述提升为文化叙述，家族变迁的小说命题变成关于传统与现代的文化命题，因而对处于全球化语境中的中国文学的发展和世界异质文明对话均具有启迪意义。

在近现代埃及文学史上，女性在新的解放话语系统中依旧被塑造成"他者"的形象，女性解放神话的出现只是为了掩盖作为主体的女性不在场的事实。陆怡玮的《女性主义文化批评视域下的"开罗三部曲"》(《阿拉伯世界研究》，2009.5)对三部曲中三种反抗传统性别角色的女性形象进行了分析，指出由男性主控的女性解放话语在女性的新型性别角色的塑造和自我规范中产生的影响。

2. 对《我们街区的孩子们》的研究

长篇小说《我们街区的孩子们》(1959)是一部争议最多的作品。书中以伊斯兰教先知们的故事为象征，讲述了以艾德海姆、杰巴勒、里法阿、高西姆和阿拉法特为代表的几代人，为实现一个平等、公正社会而进行的不懈斗争。

郅溥浩的《围绕〈我们街区的孩子们〉的争论》细数了争论波及宗教界、文化界、新闻界乃至政界后的影响。蒋和平的《传承、借鉴、创新——〈我们街区的孩子们〉创作手法分析》指出，作者对阿拉伯古老叙事手法、阿拉伯语言和西方文学表现手法等的运用成就了作品的独特性。而王源章、王宪军的《〈街魂〉"新现实主义"笔法试探》从作家对宗教故事的移借、对小说素材总体性关照的整合、对主要人物和事件赋予的象征三个方面探析了作家的"新现实主义"表现手法。

《我们街区的孩子们》因"渎神"遭禁，宗教便成为研究该部作品的主要切入点。蒋和平的《从〈我们街区的孩子们〉看纳吉布·马哈福兹的宗教情结》从文本开场白中的诸如街区、大房子、祖先等关键词入手，解读作者对宗教中的原罪、先知及宗教与科学关系的看法，指出该部作品"视野则远远高于对某段历史的刻画，它是作者对于千百年来人类生生不息、追求平等和自由的奋斗历程的生动描绘"[1]。薛庆国的《反思人神关系的一部力作——评〈我们街区的

1. 蒋和平：《从〈我们街区的孩子们〉看纳吉布·马哈福兹的宗教情结》，见谢秩荣主编《东方新月论坛》，第215页，北京：经济日报出版社，2003年版。

孩子们〉》则分析了作家本人的宗教修养及其在该部小说中所体现的宗教情结，还通过反思人神关系来考察该部小说，指出文本中的人物形象的确是以宗教传说中的人物为蓝本，以犹太教、基督教、伊斯兰教中的先知为原型塑造的，但情节有些细微出入。作家这样做的用意是"一方面，他要批判利用宗教实行统治的专制势力，呼唤正义、平等、自由；另一方面，他更力图扭转盛行于伊斯兰社会的神本意识，批判愚昧、迷信及思想的惰性，宣扬人文意识，期望建立一种先进的文化模式"[2]，驳斥了那种只简单地从认知层面否定人类宗教而得出的作者渎神的错误结论。

2. 薛庆国：《反思人神关系的一部力作——评〈我们街区的孩子们〉》，见《庆祝北京外国语大学建校60周年学术论文集》（下），第632页，北京：外语教学与研究出版社，2001年版。

李腾的《〈我们街区的孩子们〉：信仰宗教和推崇科学的调和》（《阿拉伯文学通讯》第2期，2003.1)通过对人物象征意义的解读，并结合作家本人的相关言论加以印证，指出作家对宗教和科学持折中主义的态度，既承认宗教的重要性又认同科学的价值。

陆怡玮的《〈我们街区的孩子们〉与现代阿拉伯社会核心价值观的自我更新》（《阿拉伯世界研究》，2009.4)认为作品倡导了一种能够促进社会发展与人类进步、在文化转型中既保留了传统核心价值观又融入了科学理性精神和人本主义精神的新型核心价值观。为此，他既尊重宗教作为传统道德基石的作用，又将科学作为现代价值支柱而加以大力弘扬；既继承了伊斯兰教入世传统中对人的价值定位，又试图将它与现代人本主义精神相结合，以凸显"人"的价值，追求"人"的发展。此种价值观的最终目的，实际上是对具有现代自我意识的"新人"的召唤。

3. 对其他几部小说的个案研究

1957—1965 年间，马哈福兹创作了《我们街区的孩子们》、《小偷与狗》、《候鸟与秋天》、《道路》、《乞丐》等 5 部小说。这是他在完成三部曲停笔整整 5 年之后写出的。郅溥浩在《马哈福兹小说的象征性》（《解读天方文学——阿拉伯文学论文集》，宁夏人民出版社 2007 年版）一文中，对这 5 部小说作了分析、论述。他指出，这 5 部小说被评论家们称为象征主义小说。1952 年埃及革命后，马哈福兹本以为一切社会问题都已解决，他的现实主义题材和方法已经过时；所以他停笔 5 年。但后来的社会现实不是他想象的那样，这促使他再次拿起笔，"运用一种新的方法进行创作"。《我们街区的孩子们》以象征手法表现了一部人类发展史、精神史、奋斗史和苦难史。《小偷与狗》、《候鸟与秋天》表现了社会新旧矛盾，同样具有寓意和象征性。《道路》和《乞丐》是两部富有哲理的小说，表现了人对其本源的探寻和对最高精神境界的追求。这一时期马哈福兹的文学创作，突破现实主义方法，大量运用意识流等西方手法，超越对某个社会阶层、群体、街区、家庭的描写，进到表现独立的个人，同时表现了对更高的人类精神价值的向往和求索。

《平民史诗》（1977）是作家的一部哲理性小说，写了 11 代人追求幸福生活的斗争史。国内有两篇论文，一篇是刘清河的《试谈〈平民史诗〉的主要创作特色》（《宁夏大学学报》社科版，1985.3)，分析了该篇小说的主要创作特色体现在写实与传奇相结合、象征寓意手法的运用，还有语言简洁凝练，富于形象性和表现力。另一篇是赵建国的《理想世界和人生真谛的探索：纳吉布·马哈福兹谈小说〈平民史诗〉初探》（《阿拉伯世界》，1991.1)，则从小说主要人物阿舒尔之谜、阿舒尔的精神和一个能摔倒男人的女人——祖海莱入手，阐释了作家探索和勾勒的理想世界，以及作家如何通过人的生命历程来揭示人生真谛，这与作家的哲学思想密切相关。

《续天方夜谭》（原书名为《千夜后的几夜》）是马哈福兹晚年一部重要作品，借鉴了阿拉伯民间文学《一千零一夜》的结构形式和主要人物，构造了 13 个相对独立又有机联系的故事。蒋和平的《纳吉布·马哈福兹的〈续天方夜谭〉评析》（《东方新月论坛》2002，经济日报出版社，2003 年版）从隐喻、启示和隐喻语境中的人物解读等层面，分析了作者借形而下的故事来表达其对人类情感、宗教、人生等形而上问题的思考。刘凤华、秦烨的《解读〈千夜之夜〉的魔幻现实主义创作特色》认为马哈福兹的创作思想是多元的，他的《千夜之夜》借鉴了拉美魔幻现实主义创作手法，借用了《一千零一夜》故事中的主要人物，在魔幻的氛围、悲观的基调、深入的心理剖析、理性与非理性的碰撞中，表现出现实主义与现代主义、阿拉伯传统文学与世界现代文学的完美融合。

《自传的回声》是马哈福兹的一部散文集，记录了作家的思想火花。1994 年曾先后在《金字塔报》、《文学消息报》连载，1996 年出版单行本。全书有带标题的 226 节短文，内容多为成长的记忆、作品主题的揭示等，2001 年出中译本。译本附有译者序，书后的"马哈福兹谈话录"是从埃及两位著名评论家和文学家所撰写的访谈录中摘译的，是研究马哈福兹及其作品不可或缺的参考资料。译者薛庆国所写的序《智慧人生的启迪——解读〈自传的回声〉》更是解读这部散文集的钥匙。译者分析了作家对生、死、爱等哲学命题的思考，还有其奋发进取的智慧人生观——既含有现代的悲剧意识，又具有古典的积极人道主义精神。

邹兰芳的《"风景之发现"观照下的〈自传的回声〉》（《外国文学评论》，2009.2）则从"风景之发现"这一现代文学认识论的视角出发，通过自传结构、时空观及意象几个方面来解读《自传的回声》，进而揭示马哈福兹的自传具有诗化的隐晦文风，这是受现代文学潮流的时空框架和叙事模式、苏非神秘主义的独特美学感知方式和阿拉伯的自传传统等因素影响所致。

耄耋之年的马哈福兹虽久卧病榻，仍抑制不住创作的欲望，通过口授让秘书记录了 500 个梦。自 1998 年起，这些以梦的形式创作的小小说在埃及周刊上连载，2005 年以《痊愈期间的梦》为名出版了单行本，收集了 146 个梦。这部小说集是马哈福兹的封笔之作，具有丰富的内涵和象征意义。邹兰芳的《游走在现实的梦境中——评析〈痊愈期间的梦〉》分析了该部小说集的艺术特色和主题，认为作者娴熟地运用象征主义、表现主义、梦境、幻觉、闪回、意识流、诗性语言等写作技巧，以梦为框架，不遗余力地表现了以杰马利亚和阿巴斯亚自己居住过的两个街区为代表的故乡的人生百态，以及世纪之交命运多舛的阿拉伯社会现实，是"对埃及现代生活的哲学反映"。作家采用"梦语"的艺术形式，似乎是为了将荒诞不经的现实世界和来去无踪、难以驾驭的人物命运埋在醉梦飘忽、混乱无序的文本中，同时也暗示出"人生如梦"的主题。

我国学者对马哈福兹的《梅达格胡同》、《尊敬的阁下》、《始与末》等小说也有个案研究，只是文章数量较少，鲜有亮点出现，多集中在对作品主题、人物形象和创作特色等的分析和阐释上。

20 世纪 50 年代，埃及学界关于使用阿拉伯语方言还是标准语进行文学创作的争论，被上升到关乎埃及民族属性、国家发展战略的高度，引起广泛关注。齐明敏的《从马哈福兹坚持用标准阿语创作说起》指出，马哈福兹坚持用标准阿拉伯语创作源自于他的阿拉伯民族主义情结。谢杨的《马哈福兹小说语言对开罗方言的提炼》则通过举例分析马哈福兹对开罗方言的使用情况，阐述他是如何通过方言的直接借用与提炼取得语言的艺术效果，从而丰富标准语并强化其民俗色彩的。

（三）马哈福兹作品的比较性研究

1. 与中国文学作品的比较研究

我国的马哈福兹研究近年出现了将马哈福兹的三部曲与我国作家巴金的《激流三部曲》进行比较研究的现象。而最早提出将两位作家进行比较的是我国当代著名作家、评论家刘再复，他认为："纳吉布笔下的现实和巴金笔下的现实与风情很相近，有的作品，只要把地名、人名一换，我们简直难以分清是巴金的还是纳吉布的……细心的读者也许还会看到纳吉布所展示的世界和所表露的情感，除了与我国作家的相似处之外，还有微妙的相异处。"[1] 的确，两部作

1. 刘再复：《纳吉布·马哈福兹不仅属于埃及》，见《纳吉布·马哈福兹短篇小说选萃》，第 2 页，北京：华夏出版社，1989 年版。

品均通过一个家族几代人的生活和思想变迁反映现实社会，家族小说是其比较的支点。一方面从作品的背景、内容、主题、人物形象、写作手法等方面发掘相同点或相似点，另一方面从作家的生平、创作历程、创作手法上进行平行比较研究。这方面的论文有倪颖撰写的《中阿文坛的两位巨匠——巴金与纳吉布·马哈福兹》和《东方文坛的两部现实主义巨著》。

余嘉的《前后喻小说文化视域中马哈福兹与巴金的家族小说之比较》（《广西师范大学学报》，2000.2）利用美国人类学家米德在其《性行为的文化决定因素》中创用的"前后喻文化"来分析。"前喻文化"亦称"老年文化"，指由传统导向的文化形态；"后喻文化"也叫青年文化，是一种由年轻一代将知识文化传递给他们在世的前辈们的文化形态。作者认为，两位作家对本国社会的批判突出表现在作品中的父权政治与青年文化的矛盾冲突上，即老一代守旧、维护旧制与新一代思变、冲破束缚的对立中，并在文化人类学的语境中从价值观念、社会角色的网络关系等层面进行分析，指出两部作品中蕴涵了东方文化传统的一些相同的特质，如农耕文化决定了东方国家的传统意识浓厚，以伦理为本位，以道德为重心，群体观念和家庭观念强，进而导

致前喻文化的强势影响，而在社会发生巨变之时，处于弱势的后喻文化便有了挣脱前喻文化控制的强烈意愿。

同是对巴金与马哈福兹的家族小说进行比较，都是以"家"为突破口，薛庆国的论文《"家"与东方之弊》[1] 积淀了作者对中国文化和阿拉伯文化的长期知识积累，在广泛借鉴中阿学者研究成果的基础上，提出了自己独到的见解：巴金和马哈福兹都是对传统文化具有反思意识的作家，两部关于"家"的作品都是通过叙述发生在"家内"的故事折射出"家外"的世界；了解"家"以外的世界，能更好地解读作品搭起的"家"。基于此，作者归纳总结出历史包袱沉重的中国和阿拉伯两大东方民族传统文化中存在的许多惊人相似的弊端。这些弊端分别是膜拜权威、压抑个性的专制主义倾向，尊古贬新、保守封闭、自大排外的痼弊，反科学、反理性的迷信与宿命思想，虚伪瞒骗、自欺欺人、排斥亲情、剥夺幸福、歧视女性的恶习。[2] 论文引用了阿拉伯文书籍如《阿拉伯社会研究绪论》、《当代阿拉伯思想关照下的阿拉伯思维》、《面对变革挑战的阿拉伯文化》中有关阿拉伯文化弊端的论述，这些内容在我国是首次出现，对有兴趣研究阿拉伯文化的后来者很有裨益。

陆怡玮的《殊途同归的两位文化巨人——简析巴金与马哈福兹的家族小说》（《文艺理论研究》，2009.6）通过对两部巨著的文本分析，认为两位作家对旧式家庭基于"爱"和"恨"的不同认识、对书中相似人物的命运的迥异处理，分别表现为巴金式"爱"与"憎"强烈交织的人生哲学和马哈福兹所歌颂的具有拯救世界力量的强大之"爱"；然而，在这两种看似相反的人生哲学背后所回荡的对世界的悲悯、对人类的爱却是相同的，秉持的是同一的人道主义立场。

汪祖贵的《论纳吉布·马哈福兹三部曲〈两宫之间〉的讽刺艺术——与鲁迅、钱钟书讽刺手法比较》（《文教资料》，2007.6），试图从文化传统、文学风格等角度切入，探寻三部曲中独特的讽刺技巧。作者认为马哈福兹的讽刺既有着东方人的含蓄蕴藉，又有着西方人的哲理思辨，讽刺不露声色，虽平静却凝重，常建立在强烈的不和谐中，并带有深刻的思想性。为加深对马哈福兹讽刺艺术的认识，作者将其讽刺手法与鲁迅的冷嘲热讽、钱钟书的机智调侃进行了比较。

2. 与其他国家文学作品的比较研究

罗田的《马哈福兹与川端康成——小说空间艺术比较》（《外国文学欣赏》，1989.3）将获

---

[1]. 薛庆国：《"家"与东方之弊》，见谢秩荣主编《东方新月论坛》，北京：经济日报出版社，2003年版。

[2]. 薛庆国：《"家"与东方之弊》，见谢秩荣主编《东方新月论坛》，北京：经济日报出版社，2003年版。

得诺贝尔文学奖的两位东方作家进行比较，本身就很有价值。作者从微观的"空间艺术"点上入手，即从作品本身所包容的人物群体、生活场景和背景环境的范围方面考察两位作家的作品，指出川端康成小说在空间艺术处理上显示的是局部空间特征，他侧重于开掘人物的心理空间以创造心灵化的空间艺术图景，而马哈福兹则注重社会生活的全景式的摄入，以写实的表现手法揭示外在世界中人物的社会关系及历史命运，致力于创造风格独异的人情风俗的历史画卷。作者进而分析了这种差异的产生是由于两位作家所继承的文化传统与所追求的美学理想的不同。

（四）研究专著

马哈福兹的小说语言代表了阿拉伯小说语言艺术的最高成就，也是他荣膺诺贝尔文学奖的重要原因之一，因而研究其小说语言风格具有较高的学术价值，能提升和深化对其作品的理解。再者，作为文学作品物质基础的语言，是和作品的赏析、作品的认识息息相关的，是建构文学作品的个人风格之关键。

谢杨的《马哈福兹小说语言风格研究》（外语教学与研究出版社，2008 年版）是我国迄今为止出版的唯一一部马哈福兹研究专著。专著包括导论、正文五章、结语、参考书目和后记等部分，通过分析马哈福兹不同时期小说的语言材料，探讨了他个人语言风格的主调及多样性、独特性、风格变化轨迹，影响马哈福兹小说语言风格的主客观因素，马哈福兹小说语言对开罗方言的提炼及形成发展的过程。

谢杨（右一）等与晚年马哈福兹

该部专著在研究马哈福兹小说语言方面有如下特点：

第一，论述层层递进，逻辑性较强。作家语言风格的形成是作家语言运用成熟的标志，既有其相对的稳定性又有其多样性，并且通过一系列的语言或非语言要素表现出来。作者首先在导论部分对语言风格学的基本概念和流派进行了概述。然后在第1—3章总体性描述了贯串马哈福兹大部分文学作品的语言主导风格："以含蓄委婉、质朴平易、谨严雅正为主调，同时呈现出繁丰细腻、明快直率等特点。"[1] 以此为基础，作者分析了马哈福兹创作个性诸多侧面的

1. 谢杨：《马哈福兹小说语言风格研究》，第4页，北京：外语教学与研究出版社，2008年版。

独特性，以及他对语言风格多样性的探索，进而从主客观方面来揭示其语言风格形成与变化诸多要素。学术研究走向深入，还需要有一个提升，而不能只停留在归纳总结上。最后，作者在第5章探析了马哈福兹对开罗方言的吸收及其对阿拉伯现代小说语言发展作出的重大贡献："他实现了文学语言的高雅化和通俗化的并重，表达方式现代性和传统性的交融，语言规范化以及对突出民间色彩和超越地域局限性的兼顾。尤其是他以毕生的精力从事阿拉伯语标准语的艺术加工，重视从开罗方言中提炼生动活泼的文学语言，追求小说语言的规范化和艺术化"，最终将阿拉伯小说语言艺术推向了全世界认可的高度，也为阿拉伯小说语言的研究提供了极为丰富的典范文本。

第二，多学科的交叉互动和单学科的纵向深入。语言风格学是一门处在语言学、文学、美学等学科交叉点的边缘学科。为此，作者在第2章探讨马哈福兹小说语言风格独特个性的成因时，除运用普通语言学和语用学理论外，也借助美学、文艺学、宗教学和哲学等学科原理，在多学科的交错中，结合对其作品的文本细读和理性分析，全方位展示了作家小说语言中表现出的诗性特点、苏非主义倾向、哲理及幽默讽刺风格。作者在第3章考察马哈福兹语言风格变化轨迹时，除进行了阶段划分和转折点阐述外，还利用叙事学原理，从叙事语言、描写语言、对话语言和人物描写等方面，采用纵向对比，多层次描绘了马哈福兹语言风格的历时变化。

第三，大量中阿文本对照的实证支持。语言风格研究既包括对语言要素的分析，又包括对文本内容、表现手法等非语言要素的考察。作者凭借自身的语言优势，列出大量的中阿文本内容，以文本为起点，以语言为本体，将支撑点放在了对其语言意义的阐发和语言要素的深入分析上，或从词汇、语法、修辞等层面展开，或从意象、哲学、叙事等角度切入，佐证其观点，有理有据，令人信服。

总之，这是一部较为系统的、综合的研究马哈福兹小说语言风格的论著，其学术意义和价值值得肯定。马哈福兹的小说是一座取之不尽、用之不竭的语言宝库，再多揭示其语言艺术奥

秘的研究成果，与其小说所取得的成就及其在阿拉伯现代文学史上的地位相比都是不够的，对马哈福兹小说语言风格研究的道路仍很宽阔。

张洪仪、谢杨主编的《大爱无边——埃及作家纳吉布·马哈福兹研究》（宁夏人民出版社，2008 年版）是我国首部研究马哈福兹的文集，包括作家介绍、作品研究、风格研究、思想评析、研究与翻译现状、评论文章摘译等部分，计 26 万字。2006 年，马哈福兹过世，中国阿拉伯文学界为纪念这位杰出的作家出版了该论文集，中国阿拉伯文学研究会会长仲跻昆教授为本论文集写了序。论文集选编了过去若干年间阿语界科研单位和各高等院校研究者已发表的部分成果，还收入了约 10 篇未发表的文章，共计 27 篇。文集的编选略显随意，对已发表的成果没有标明出处，该收入"作品研究"名目下的论文归入了"作家介绍"一栏，"选录并翻译了埃及在马哈福兹研究领域较为有影响的评论文章"，却没有埃及评论者的相关介绍和评论文章的出处。无论如何，该文集的出版还是值得欣慰、令人高兴的，某种意义上也是对中国的马哈福兹研究作了一个有价值、阶段性的回顾。

回顾我国二十多年来的马哈福兹研究状况，值得称道的是国内对马哈福兹的研究已从过去传统批评方法向文本分析转变，各种文学理论也被引入到作家、作品的研究之中，作品的意义和内涵不断被挖掘和重构，确实取得了可喜的成果。已出版的研究马哈福兹的专著和论文集，折射出中国的马哈福兹研究所具有的时代性和无限发展的空间，但这些成果仍与作家诺贝尔文学奖得主的身份和地位是不相称的。马哈福兹是一位多产作家，我国对其作品的研究仅限于几部，还有诸多"盲区"没有触及。如马哈福兹的历史小说在我国并未得到重视，目前只有早期三部主要历史小说的译本，没有相关评论或研究文章，只有散见于早期历史小说中译本的几篇"译后记"。此外，国内学术界与阿拉伯国家学术界对马哈福兹的研究缺乏必要的对话和交流，也阻碍了马哈福兹研究的纵深发展和视野扩展。

鉴于马哈福兹三部曲的重要性，这里对其主要内容作一介绍：

第一部《宫间街》描写了开罗侯赛尼亚区的宫间街上一户人家的情况。主人阿卜杜·贾瓦德是个百货商店老板，妻子艾明娜端庄虔诚，是个好主妇。前妻之子亚辛酷肖其父。艾明娜生下二子二女：长女海迪泽，长子法赫米，次女阿以莎，次子卡马尔。父亲对卡马尔经常打骂管教，卡马尔感到十分压抑、拘束。阿卜杜·贾瓦德在家中是个道貌岸然的正人君子，但每晚他都要到夜总会寻花问柳。亚辛自幼失去母爱，游戏人生，放纵自己。法赫米在大学念书。两个女儿已经长大成人。一名青年军官爱上了阿以莎，但父亲以大女儿尚未出嫁为由，禁止阿以莎与青年军官来往，阿以莎感到痛苦，但不得不屈从。埃及 1919 年大革命爆发，人民反英情绪高涨。阿卜杜·贾瓦德虽然旧习不改，但支持民族领袖柴鲁尔的爱国活动，参加签名运动、捐款等。19 岁的法赫米在游行示威中中弹牺牲，一家人陷入悲痛中。

第二部《思宫街》距前一部五年。卡马尔中学毕业后进入师范学校，受科学文化影响，爱上了朋友的妹妹阿以黛，但阿以黛最终被富家子弟哈桑娶走，使卡马尔认识到阶级的鸿沟无法逾越。阿卜杜·贾瓦德与亚辛均与舞女扎努芭保持暧昧关系，阿卜杜·贾瓦德在与扎努芭的关系中遭受挫折，身心健康大不如前。卡马尔因爱情失败，出入酒吧与妓女厮混，但他同时感到忧伤，为自己和他人的堕落而悔恨。

第三部《甘露街》描写了一代新人的成长。亚辛的儿子当了部长秘书。海迪泽的长子阿卜杜·穆阿姆在教育部任职，加入了穆斯林兄弟会，次子艾哈迈德在《新人》杂志当编辑，成为了共产党人。兄弟俩思想分歧越来越大，时常发生争执。第二次世界大战爆发，开罗经常发生警报，人民生活在贫困之中。阿卜杜·贾瓦德因心脏衰竭而死。卡马尔因政治变幻和情场失意，一度沉浸在叔本华、柏格森等的书籍中，对一切持消极、怀疑态度。第二次世界大战结束，埃及各种政治力量、各种思想十分活跃。阿卜杜·穆阿姆和艾哈迈德各自在家中举行政治活动，宣传各自主张，都被警察逮捕。卡马尔也从消沉中清醒，积极行动，为争取祖国的独立解放而斗争。

第八章　　中国文学在阿拉伯国家

　　中国与阿拉伯友好交往源远流长。陆上丝绸之路和海上丝绸之路（香料之路）开通后，中阿关系更是进入了空前繁荣时期。尽管最初是以商贸往来为主，但这也带动了二者之间的文化、文学交流。

　　10 世纪上半叶，著名的阿拉伯旅行家麦斯欧迪在其《黄金草原》中曾简单但却十分生动地描绘过中国一些城市的生活风貌。公元 1325 年，出生于现今摩洛哥丹吉尔的伊本·白图泰为朝觐开始出游亚非诸多国家，在历经 29 年的游历 (1325—1354 年间白图泰曾分三次遨游亚非各国) 后，他写下了《伊本·白图泰游记》。这部书对中国风情、文物、文化有着形象的描绘。伊本·白图泰称广州为"随尼随尼"，即"中国的中国"。当时，他眼中的中国地域辽阔，物产丰富，各种水果、五谷、黄金、白银皆是世界各地无法与之比拟的。此外，他还谈到了中国的一些神奇风俗和现象。

　　总起来说，由于地域和语言的阻隔，中国和阿拉伯国家古代的文学、文化交流尚属薄弱。即使是在阿拉伯文学黄金时期的阿拔斯王朝，其百年翻译运动所注重的仍是中国医学、数学、科技等方面的知识，文学关注仍为罕见。近代以降，阿拉伯和中国同时惨遭西方蹂躏，为了强国富民，本着"师夷之长技以制夷"的精神，双方更是将关注的目光转向西方，彼此间的交流几陷停滞。

　　进入 20 世纪后，阿拉伯世界和中国先后取得政治独立，开始了文化、经济复兴的崭新时期，双方在仍然以师仿西方文学为主的同时，再次将关注的目光转向彼此间的文化与文学交流。而文学翻译则是促进这方面交流之必不可少的序幕。在中国文学翻译方面，埃及、叙利亚、黎巴嫩、科威特等走在阿拉伯国家的前列。它们翻译、介绍的中国文学作品占整个阿拉伯国家中文译作的百分之八十之多。本章旨在以体裁为分类依据，通过梳理上述几个阿拉伯国家于 1949 年后中国文学的翻译脉络，来考察其对中国文学的了解情况。

第一节 阿拉伯国家对中国文学的翻译

中国与阿拉伯各国相继建交之后，双方文化和文学的交往日渐开展。埃及 1956 年与新中国建交，第二年即派文化代表团访华，其中就有作家和艺术家。阿拉伯群众对中国文化和文学更是倾心向往。特别是后来许多阿拉伯人懂得汉语，他们或是在本国大学学习汉语——最著名的如埃及艾因·夏姆斯大学，很早就开展汉语教学，或是到中国留学。无论在本国还是在中国，他们的硕士论文或博士论文大都以中国文学为对象。这就大大促进了中国文学在阿拉伯国家的翻译和研究。对中国古代文学和现当代文学的翻译和研究，一直在继续，而且越来越深入，具有了相当的规模。

一、 对中国古代文学的翻译

荀子曾言："不闻先王之遗言，不知学问之大也。"古代文学的宝藏，展示了学问的广博与精深。而中国和阿拉伯古典文学都是彪炳于世的瑰宝。因此在译介方面，阿拉伯文人对中国古典文学可谓情有独钟。

（一）《论语》

孔子的儒家思想作为中国文化之精髓，往往是中国翻译家最想介绍、外国知识界最想了解的。而最早把《论语》翻译成阿拉伯语介绍到阿拉伯国家的，是中国现代杰出的穆斯林学者马坚先生。他除了把《古兰经》译为中文外，还于 20 世纪 30 年代留学埃及期间，将《论语》、《中国神话故事》等译成阿拉伯语。此外，埃及《文学消息报》还于 1998 年陆续刊登了《论语》的中阿译本，译者为穆赫辛·菲尔贾尼博士，其单行本于 2000 年由埃及最高文化委员会出版。由于语言障碍，许多在阿拉伯国家出版的《论语》译本都是由英文或法文转译的。由于转译过程中语言意境的缺失，上述译本的准确性就很难得到保障。而穆赫辛的这个译本是从中文直接翻译而来，不论译文准确性还是可读性都比之前的译本有了很大的提高。

　　穆赫辛·菲尔贾尼博士(1959—　)是埃及著名的汉学家，如今为埃及艾因·夏姆斯大学语言学院中文系教授，1994 年获得中国现代汉语博士学位。他曾多次前往中国访问交流。在汉语学习和教学期间，他曾尝试翻译过中国当代作家如王安忆、冯骥才等人的短篇小说，后在埃及《文学消息报》主编哲迈勒·黑托尼的建议下，开始翻译《四书》、《道德经》等中国古代经典名著。通过多年的积累，他已经翻译并出版了《论语》、《道德经》、《战国策》等多部中国古代经典作品。目前，他正在着手翻译《儒林外史》。

　　穆赫辛所翻译的《论语》语言简练，既力求在意义上最大程度地忠实于原作，又符合阿拉伯人的语言习惯。每章题目仍以音译译出，但若在文章内出现该题目时，则采用意译的方法。例如《论语·里仁》中，"里仁"在章节题目中出现时为音译，但在文中第一句出现时，则采用详译其含义的方式，译为"具有纯朴、仁德风气的住所"。从穆赫辛的译文可以看出，他的翻译明显参照了当代白话汉译本的《论语》(在其他中国古典作品的翻译中也存在这种现象)。这诚然与中国古籍翻译的难度之大密切相关，参照白话本翻译一方面能使译文在准确性上相比转译的译文有了很大提高，但另一方面，由于是参照白话本译出的，中国古典语言的简练、优美与雅致就未曾得到很好的体现。这虽说有些遗憾，但翻译本无尽善尽美之说。穆赫辛的翻译，在阿拉伯翻译界来说，已经是实现了极大的突破。

　　进入 21 世纪以来，阿拉伯许多学校还和中国诸所大学联合，设立孔子学院。例如，开罗大学 2006 年与北京大学联合建立了孔子学院，埃及苏伊士运河大学也和中国电力大学联合建立了孔子学院。孔子的名字及其思想，开始通过翻译逐渐深入阿拉伯人的内心。

（二）《道德经》

　　道家思想作为中国传统文化的另一翼，同样受到阿拉伯知识界的重点关注，而老子的《道德经》更因其玄学的神秘思想倍受阿拉伯翻译家推崇。到目前为止，它已经有了好几个阿拉伯语译本。据掌握的资料，最早向阿拉伯读者介绍《道德经》的是黎巴嫩作家米哈伊尔·努埃曼。他于 1932 年发表的散文集《阶段》中有一篇《老子的面孔》，其中引述了《道德经》中许多章节，他以诗一般的语言，表达了对老子的敬仰与喜爱，并阐释了老子的哲学思想。最早翻译《道德经》的是 1968 年埃及著名翻译家阿卜杜·盖法尔·迈卡维。他是根据德译本翻译的，书名为《道德与美德》。此后，1992 年埃及作家阿拉·迪伊布的英阿译本《通往道德之路》、1995 年伊拉克学者哈迪·阿拉维的英阿译本《道之书：老子与庄子》、1998 年叙利亚学者费拉斯·萨瓦赫翻译的《道德经：中国道家智慧的圣经》等也相继问世。必须承认，上述译文都力图忠于原作，希望在最大程度上反映原作的思想精髓，但由于玄学思想高深博大，转译无疑又进一步造成了原文深层含义的流逝，因此上述译文仍存在诸多缺憾。

2005 年，埃及《文学消息报》刊登了穆赫辛·菲尔贾尼翻译的《道德经》，这是至今为止阿拉伯第一部也是唯一一部由中文直接翻译成阿拉伯语的《道德经》。在这个译本卷首，穆赫辛撰文介绍了老子生平，并简单介绍了孔子与老子的交往过程，谈及二人最终在哲学领域分道扬镳，建立了相去甚远的儒、道思想。但穆赫辛同时认为，要了解中国文化的特质，就必须同时了解代表中国伦理、道德、政治制度、社会体制、法律等方方面面的儒家思想和被视为中国艺术、文学、科技和哲理之源的道家思想。道家思想是探寻自然本质奥秘的玄学，它呼吁返璞归真。序言部分之后，即为翻译的正文。可以看出，对于《道德经》的翻译，穆赫辛付出了艰辛的努力，他不仅参考了汉语白话文译本，而且也参照了阿拉伯前人的翻译成果，并在此基础上不断改进。例如，早期的德阿译本、英阿译本，很多地方将"道"音译，或是将"道"简单地译为"道路、道法"，以求给读者更深的理解空间，但对于初次了解中国《道德经》的阿拉伯读者来说，这也造成了混淆，增大了理解的难度。而穆赫辛在前人基础之上注意区分，在讲述道法之时采用阿拉伯语中表述苏非传教之方法的含有抽象概念的"道"（Attarig）一词，而在表示"常道"之时则使用具有具象概念的"道路、羊肠小道"（Addrb）一词，这样可以帮助读者区分其哲学层面上的概念，更有助于读者了解《道德经》的哲学内涵。

学术界普遍认为，穆赫辛的译本赢得了阿拉伯文艺界的欢迎，真实地向阿拉伯世界介绍了中国文化的精髓和老子的卓绝智慧。该译本问世后，引起了阿拉伯文坛的极大重视，很多阿拉伯文人认为这本哲学著作体现了中国博大精深的思辨智慧。著名埃及作家黑托尼在 2007 年 10 月访华时曾经说过："我读完中国文化经典《道德经》之后发现，这部作品很像阿拉伯苏非派哲学的诸多名著，例如，它和伊本·阿塔·萨克纳达的作品非常近似，其核心是寻找真理。无论是中国文化经典《道德经》，还是苏非经典，它们都是我的灵魂之家。令我欣慰的是，阿拉伯现在有越来越多的汉学家开始从事中国文学翻译，穆赫辛是其中的佼佼者。从一开始，我就

十分支持穆赫辛博士翻译中国古典文学名著。我也计划组织翻译这方面更多的作品。”[1]这些

1. 据笔者了解、黑托尼 2007 年回国后、组织翻译并出版的中国经典古籍还有《战国策》(2008 年)。而穆赫辛博士在与笔者的通信中、也曾表示他的翻译得到

都足以表明这部著作在阿拉伯受重视的程度。

了黑托尼的大力支持。

2009 年 8 月，北京外语教学与研究出版社出版了费拉斯·萨瓦赫与薛庆国合译的《老子》，并纳入《大中华文库》丛书。本书以大马士革阿拉丁出版社 1998 年出版的费拉斯·萨瓦赫译本为蓝本，由北京外国语大学薛庆国教授主要根据陈鼓应先生校释的《老子》原文及今译，并参考了张松如、李零等学者的相关著作，对费译本作了约三分之一的修改，在此基础上费拉斯再对译文作文字润色。正文后附有对《老子》各章节的阐释与评述，主要由费拉斯撰写。这一中阿学者的联手，在《老子》阿拉伯文翻译史上尚属首次尝试，旨在向读者提供一个忠实于原文、体现当代学术研究成果、译语表达流畅典雅、译文阐释详尽得当的理想译本。

（三）《诗经》和其他古代诗歌

阿拉伯民族是个热爱诗歌的民族，其诗歌创作历史悠久，成果丰富。在阿拉伯文学史的长廊中，优美、瑰丽的诗歌珍宝奇葩俯拾皆是。中国也同样如此。基于此，阿拉伯文人在翻译介绍中国文学作品时，就格外重视中国诗歌，特别是古典诗歌。被视为中国诗歌起源的《诗经》，自然不容忽视。2007 年，埃及《文学消息报》刊登了穆赫辛·菲尔贾尼写的《看那婀娜恬美的姑娘——中国的〈诗经〉》一文。这是《诗经》首次由中文直接译成阿拉伯语。虽然由于翻译的难度，它被介绍到阿拉伯国家的时间较晚，但却是为数不多的中译阿文学作品之一。

这篇《看那婀娜恬美的姑娘——中国的〈诗经〉》分为三个部分。第一部分介绍了《诗经》在中国乃至世界文学史上的地位。穆赫辛于篇首说道：“很少有人知道，世界上第一部诗歌总集是中国的《诗经》。它包括 300 首诗歌，有 2 600 多年的历史。据说其中的《长发》创作于公元前 1713 年，是世界上最古老的以文字书写的诗歌。”文章的第二部分介绍了《诗经》的分类、成书年代及艺术特点，认为《诗经》重章叠句的艺术形式使其具有歌的特点，便于唱诵。《诗经》不仅具有很高的艺术价值，同样具有很高的社会和史料价值。文章的第三部分介绍了《诗经》的翻译历史。谈到第一个翻译《诗经》的人是 18 世纪的英国人威廉·詹姆斯，他的译本只是节译本，《诗经》的第一个全译本是 19 世纪的拉丁语译本。翻译的正文部分选译了几首诗歌，其中包括《关雎》、《桃天》、《汉广》、《麟之趾》等 11 首《国风》中的诗歌。穆赫辛的翻译，

用他自己的话来说，是"存在着很多艺术和美学上的加工再创造，初衷是尽最大可能呈现最接近真实的画面，同时让人们了解古代中国的生活"。不过，尽管他的译文意译的成分较多，但语言优美，讲求格律韵脚，读起来朗朗上口，与他之前参照汉语白话译文翻译的《论语》、《道德经》不甚相同。穆赫辛还曾对某些原诗的前后诗句进行了调整，使阿拉伯人可以更好地了解《诗经》所反映的生活场景。可以说，这是到目前为止阿拉伯世界出现的最佳的《诗经》节译。

除《诗经》外，我国的汉乐府、唐诗、宋词等，都曾令许多阿拉伯文人叹为观止，特别是盛唐、晚唐时期李白、杜甫、白居易等人的诗歌，更是令其仰慕。由于李白和阿拔斯时期的著名酒诗人艾布·努瓦斯（762—813）在诗歌风格与创作内容上有诸多相近之处，因而阿拉伯人对其作品格外推崇。由法语翻译成阿语的《中国诗歌·从产生到如今》（阿卜杜·穆阿尼·穆鲁赫译，大马士革书局，1967年版）一书选译了李白的《静夜思》等若干首诗歌。1985年，叙利亚杂志《外国文学》第43—44期之春夏季中国文学专刊中，刊登了由英文转译的《中国古代诗歌选》，其中收录了李白的《山中问答》、《月下独酌》、《战城南》等诗歌，并将李白誉为中国最伟大的诗人之一，称其沉迷于饮酒颂诗。这篇文章同时也收录了杜甫的《春望》，白居易的《读老子》、《无名税》等诗，认为杜甫是比李白更为深刻、沉重的诗人。刊登于埃及杂志《开罗》的《中国当代诗歌》一文（萨拉赫·卡特布译，1990年9月5日，题目有误，所选诗歌实为中国古代诗歌）收录了曹操的《苦寒行》、陶渊明的《归田园居》、李白的《山中问答》、杜甫的《月夜》、李商隐的《乐游原》、李清照的《武陵春》（风住沉香花已尽）、朱淑真的《秋夜有感》等中国古代经典诗词。2003年，埃及阿拉伯出版公司出版了《纤细玉指——中国女性诗歌古今节选》（萨拉赫·卡特布译），其中收录了自公元前2世纪到1945年的一些女性诗人的作品，包括班昭的《东征赋》、朱淑真词五首等。译著的序文《中国女性文学》还介绍了中国女性自古至今社会地位的演变，认为虽然由于种种原因，中国女性诗集流传下来的实属凤毛麟角，但其文学创作的努力是绝对值得肯定和尊敬的。这也表明，随着阿拉伯国家独立后妇女地位的提高，中国古代女性的诗歌也日益受到阿拉伯翻译界的关注。

1983年，中国建设杂志出版社出版了一部阿拉伯文版的唐宋诗词选，收入15位诗人的74首诗词。译者是叙利亚诗人赛拉迈·奥贝德。他曾于1972—1984年间在北京大学任教。诗集的阿拉伯文书名为《中国古代诗选》。这部诗选的独特之处在于它是由一位阿拉伯诗人在中国的阿拉伯文教员协助下直接从中文翻译的，而且是首次系统地向阿拉伯读者介绍中国古代诗词。

这 15 位诗人是：王维、李白、岑参、杜甫、白居易、卡玛尔、杜牧、李商隐、欧阳修、王安石、苏轼、李清照、岳飞、陆游、辛弃疾。值得一提的是，卡玛尔是一位中国回纥族即今天的维吾尔族民间诗人，与诗人白居易同时。新疆自治区的有关工作人员于 1959 年在新疆米兰城的废墟中发现了卡玛尔诗歌的手抄件。这些手抄件彼此粘连在一起，两面分别显示出阿拉伯文和维吾尔文的字迹。直到 1962 年将粘在一起的纸张分开后，才发现其中有三首用汉文写的诗歌。由于一时未能找到原文，这里据赛拉迈·奥贝德的《中国古代诗选》阿拉伯文译本译出其中两首：

> 我喜欢的语言
>
> 很久以来我把汉人当作老师，／我学习他们的语言不辞辛劳。／我爷爷学汉语学了十多年，／我爸爸学了十二年，／我学了十三年。／我欣赏李白、杜甫的诗歌，／今天我已精通汉语，／像他们那样进行创作。
>
> 对豺狼的抱怨
>
> 地主比豺狼还凶狠，／吃我的粮、喝我的血；／从晒场直接把粮拉走，／从机上直接把布抢去，／我的一切都归于别人。／有一天将会来临：／天空炸响、大地崩裂，／豺狼消灭、乌云散去。／灿烂的阳光，／将在天空重新升起。

这部诗集有赛拉迈·奥贝德写的译者前言，虽然简短，却从一个诗人的独特角度概述了中国古代诗歌表现的重大题材。

这里还要提一下叙利亚作家赛阿德·萨依布对《阿诗玛》的译介。萨依布是叙利亚著名散文作家，生于 1916 年，著有《社会遗产断想》、《思想断想》、《在文化、思想潮流上与西方的斗争》等作品。20 世纪 60 年代初，他将《阿诗玛》从法文译成阿拉伯文，由叙利亚生活出版社出版。他在前言中介绍了《阿诗玛》在中国云南流传、搜集的过程，它的内容，以及如何表现了阿诗玛和撒尼族人民不畏强暴、争取自由的斗争精神。他把此书献给他的女儿。他写道：

> 我亲爱的女儿赛娜：
>
> 这部神话诗集歌颂了一个中国姑娘的斗争。她不屈服于周围的黑暗势力，不向暴虐和奴役低头。她为了自由、尊严而献身。她是一个生动的范例。伟大中国的姑娘们世世代代都以她为榜样。我把它翻译出来，为的是你长大以后，你和像你一样的姑娘

们能阅读它，以便你们美好的心灵与中国姑娘们

美好的心灵互相呼应，你们的目标与她们的目标

连接起来，就像在古代我们两个伟大的民族创造

了辉煌的人类文明一样！

　　向你、向你的阿拉伯姑娘们，我献上这部神

话诗集——献身、爱情、希望……的象征。

（四）话本小说及民间文学作品

　　阿拔斯王朝后期，阿拉伯文坛产生了一种新的文学创
作形式——玛卡梅文体。它类似于中国的话本小说，由一
个说书人引出开场白，以第三者叙述的角度讲述一定的故
事情节。玛卡梅被认为是阿拉伯小说创作的前身。而具有
浓重故事色彩、情节引人入胜的中国古代民间故事、话本
小说，特别是四大名著就成为了阿拉伯翻译家们重视的文
学作品。1983 年，中国外文出版社出版了《龙王的女儿——
中国唐朝故事选十篇》。这打开了阿拉伯世界翻译中国民
间文学故事的先河，许多神话传说、寓言哲理故事都被翻
译成阿拉伯语，并深受阿拉伯人民喜爱。1984 年，中国建
设杂志出版社出版了《中国古典小说选》，所选故事有《班
固》、《黄帝传说》、《姜太公传说》、《烽火戏诸侯》、《赵
氏孤儿》、《孟姜女哭长城》、《卧薪尝胆》等。1988 年，
叙利亚大马士革出版印刷局和中国外文出版社联合出版了
《聊斋故事选》，共选了 17 篇聊斋故事。1990 年，黎巴嫩
阿拉伯青年出版社出版了《中国古代传奇》，收录了诸如《点
石成金》、《黔之驴》、《智者疑邻》等 67 篇中国古代故
事精品。1995 年，叙利亚大马士革出版印刷联盟出版了《中

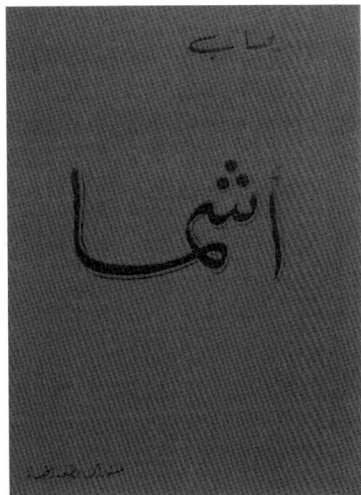

《阿诗玛》阿拉伯文译本封面

国神话志怪故事》，选译了《董永和七仙女的故事》、《鬼山》等，其中很多故事都源自佛教、道教。1998 年，叙利亚文化部出版了根据英文转译的《中国古代传说》一书，共收录了从公元前三四世纪到公元十六七世纪间的 12 篇精彩哲理故事，包括《愚公移山》、《智者疑邻》等。到目前为止，被译成阿拉伯语的中国古代民间故事、神话传说以及短篇小说共有 200 多篇。

（五）四大名著

中国古代四大名著的阿拉伯语译本更是不一而足。例如，《西游记》和《三国演义》就有多种译本，长到十几章节，短到一两万字的节译，都受到阿拉伯读者的欢迎。1968 年，埃及开罗阿拉伯作家出版社出版了《猴子》一书，节选了《西游记》的 30 章内容，并在书尾附有吴承恩的简介。这个译本是根据 1942 年英国 allen&unwin 出版社初版、1961 年并入英国企鹅系列世界文学丛书再版的英文版《猴子》转译而来的。该译本还曾于 1998 年由阿联酋阿布扎比文化组织出版社再版。1984 年，中国外文出版社与叙利亚大马士革出版社合作出版了《火焰山：西游记节译》，由福阿德·艾尤布翻译。此外，叙利亚大马士革出版发行局于 1985 年出版了《水浒》的节译本，包含 35 个章回。同年，马尔旺·密瑟里的研究文章《介于现实和神话之间：水浒英雄》发表在阿拉伯《复兴报》1985 年 9 月第 6 867 期上。1992 年，中国外文出版社出版了《红楼梦》节译本——《红楼梦》（上）。译作共 18 章，将原著 46 个章回的内容呈现在阿拉伯读者面前。译文并没有按照原著的章节划分，标题翻译也与原著有所不同。例如，第一章译为"冷子兴演说荣国府"，第二章为"接外孙媳妇惜孤女"，第十八章为"鸳鸯起誓终身不嫁"。令人颇感遗憾的是，到目前为止，除了中国外文出版社出版发行的《红楼梦》、《西游记》节译本之外，阿拉伯现有的中国四大名著译本全是通过英文或法文转译而来的。

（六）戏剧

在古典戏剧翻译方面，至今为止，主要有埃及出版局 1981 年出版的《女性：心中女子——中国古典四幕戏剧》、中国外文出版社 1985 年出版的《关汉卿作品选译》，后者收录了关汉卿的著名元杂剧《感天动地窦娥冤》、《单刀会》、《蝴蝶梦》等。

总起来看，阿拉伯世界对中国古典文学的关注是比较全面的，诗歌、话本小说、戏剧等经典作品都有涉及。虽然其翻译数目与质量或许无法与对西方文学的译介相比，但管窥全豹，阿拉伯读者通过这些译作或多或少地对中国古典文学有了更广泛、更形象的了解，也慢慢接触到了中国文学精神的内涵，其中有些思想对阿拉伯文人的自身创作也不无裨益。

二、　对中国现代文学的翻译

新中国成立后，文学创作呈现出百花齐放的局面，各种文学作品如雨后春笋，拔节而出。而随着中国综合国力的增强，阿拉伯世界对中国的关注也越来越密切。他们在各个方面都期望效法中国，对中国现代文学的关注就是表现之一。1956 年，埃及哈纳出版印刷局出版了郭沫若历史话剧《屈原》的阿拉伯语译本，译文名为《阴谋》，译者是埃及著名翻译家阿卜杜·阿齐兹·法赫米。著名埃及作家阿卜杜·拉赫曼·谢尔卡维为此书作序。在序言中，他将此书誉为"第一部翻译成阿拉伯语的中国现代文学作品"，并介绍了郭沫若在中国当代文坛的地位，将其誉为"中国革命的文学斗士"，称"他是为了创建大同、和平的世界而创作"，"郭沫若的作品善于从古典文学遗产中汲取素材和表达方式。他生活宁静朴素，充满智慧，深谙生活哲学"。阿卜杜·拉赫曼·谢尔卡维还认为，郭沫若《屈原》译本的问世，不仅是阿拉伯读者了解中国现当代文学的开端，也为埃及文学艺术创造者提供了新的经验。在附于书末的文章《中国现代文学》中，他梳理了中国文学的发展脉络，认为新中国的诞生震撼了整个世界。1980 年，北京外文出版社再次翻译并出版了郭沫若的《屈原》。

自 1956 年以后，阿拉伯国家对中国现代文学的翻译日益增多。据不完全统计，被翻译成阿拉伯语的中国现代文学作品大约有上百部。其中一些影响较大的作品，如巴金的《家》、《春》、《秋》，老舍的《茶馆》，茅盾的《子夜》，曹禺的《雷雨》、《日出》，鲁迅的大部分作品等，都有多种译本问世。这些作品深入阿拉伯读者的心灵，有些话剧还被阿拉伯学生排成舞台剧，在学校节日期间上演。

（一）鲁迅

鲁迅和老舍是中国现代文学的巨擘，受到阿拉伯文学界的格外关注。在译成阿拉伯语的中国文学作品中，他们的作品占有很大比重，其中尤以鲁迅作品为主。自 20 世纪 50 年代起，他的小说开始相继被翻译成阿拉伯语。埃及、叙利亚、伊拉克是翻译鲁迅作品较早的几个阿拉伯国家。中国作家杨朔在其 1957 年出版的散文游记《阿拉伯的夜》一书中谈到："聚会那晚，一位旅居开罗的伊拉克作家送我两本书，其中一本是他用阿拉伯文译的鲁迅的小说，有《孔乙己》、《故乡》、《幸福的家庭》等好几篇，封面是鲁迅的木刻像。那位作家还说，这是特为纪念鲁迅逝世二十周年在开罗出版的，恐怕是用阿拉伯文出版的第一本鲁迅的书吧。"[1] 1956 年，

1. 杨朔：《阿拉伯之夜》，见《杨朔文集》（上），第 504 页，济南：山东文艺出版社，1995 年版。

仅埃及一个阿拉伯国家就出版了鲁迅小说《阿 Q 正传》、《狂人日记》、《药》、《孤独者》等的单行译本。此外，叙利亚大马士革出版社也相继出版了由迈哈密·苏海勒·艾尤布翻译的中篇小说《阿 Q 正传》、短篇小说集《故事新编》、《奔月》等作品。艾尤布翻译的鲁迅短篇小说大部分都能够作到意义准确、忠实原作，是叙利亚第一代鲁迅作品翻译专家，堪称早期鲁迅翻译的佼佼者。

1964 年，中国外文出版社组织多位中国著名阿拉伯语学者，并请阿拉伯专家校勘，出版了鲁迅短篇作品的阿拉伯译本《鲁迅短篇小说选》，其中收录了《药》、《明天》、《一件小事》、《杯影》、《故乡》、《社戏》（译名为《乡村剧院》）、《狂人日记》、《离婚》、《肥皂》、《幸福的家庭》、《在酒楼上》等共 18 篇短篇小说。该书在 1974 年、1987 年还分别再版两次，足见其在阿拉伯国家受欢迎的程度。中国外文出版社还请叙利亚著名汉学家、鲁迅作品翻译家穆罕默德·阿布·贾拉德主笔，先后翻译了《故事新编》（1984 年）、《中国文学(1919—1949)——鲁迅与其他作家》(1987 年)、《鲁迅传》（王士菁著，1991 年）。这些译著使阿拉伯民众对现代中国伟大的思想斗士鲁迅先生的作品和生涯有了形象、系统的了解。贾拉德在他为译本写的序言中说道："《鲁迅传》阿拉伯文版的出版，对于渴望了解这位伟大文学家的广大阿拉伯读者们将有所帮助。"

（二）老舍

老舍也是一位深受阿拉伯人民喜爱的作家，他的许多作品被译成阿拉伯语。1982 年，中国外文出版社组织中国的阿拉伯语专家翻译出版了老舍的儿童话剧《宝船》，书末附有老舍简介，并有精美插图。1984 年，该出版社还组织出版了老舍代表作《骆驼祥子》的节译本。

1993 年，埃及大众书局出版的《亚洲文学选》收录了老舍的短篇小说《火车》，不过这篇

小说是通过英文转译的。2000 年，埃及哈雅出版发行局出版了《茶馆——中国优秀话剧选》一书，其中选译了老舍话剧《茶馆》的部分内容，并在前言里对老舍及其创作生涯进行了简单介绍，将老舍的创作以 1949 年为界分为两个时期。遗憾的是，该书同样并非由中文直接翻译而成。2001 年，叙利亚大马士革文化部出版了老舍的作品选《北京人》，由利姆·朱兹夫·宰赫凯经法语版本转译而来，选译了《月牙儿》、《我这一辈子》、《邻居们》、《生灭》、《老字号》等短篇小说。在篇首的法语版序言中，原法语译者布勒·巴迪将老舍誉为"劳苦大众的喉舌"。

2002 年，埃及最高文化理事会出版了由埃及著名汉学家、中国文学翻译家阿卜杜·阿齐兹·哈姆迪翻译的老舍的著名话剧《茶馆》，该译本是第一部直接从中文译成阿拉伯语的老舍作品。2005 年，科威特新闻部资助世界作品系列出版社再次出版了《茶馆》的该译本。现在，埃及正准备出版《茶馆》的第三个版本。

迄今为止，老舍的大部分短篇小说都翻译成了阿拉伯语，有的收录在小说集中，有的收录在综合性的中国文学译丛或期刊中。其长篇小说翻译成阿拉伯语的则有《骆驼祥子》。

（三）巴金和曹禺

除了鲁迅和老舍外，阿拉伯读者最为熟悉的中国现代文学家恐怕当属巴金和曹禺了。1980 年，叙利亚大马士革出版社出版了巴金《激流三部曲》中《春》与《秋》的节译本。1990 年，中国外文出版社又出版了凤凰系列丛书之《巴金三部曲·激流》（即《激流三部曲》）的节译本（中国的阿拉伯学者刘麟瑞译），书正文前介绍了巴金的创作生涯和 1911 年前后的中国社会状况。1993 年，叙利亚文化部出版了巴金《寒夜》的阿拉伯语译本，作为其出版的《世界小说丛书》第 44 卷。巴金作品中对中国旧社会制度的揭露和剖析，与阿拉伯读者产生了共鸣。许多阿拉伯文人对其评价甚高。在 1982 年巴金荣获意大利"但丁国际奖"后，黎巴嫩文人艾·迪曾写了《拒绝从文坛退阵的老作家巴金》（黎巴嫩《阿拉伯周刊》，1982 年 7 月 26 日）一文。文章约 2 000 字，首先介绍了巴金的获奖情况和他对但丁乃至意大利文学的重视，随后又简析了巴金的生平、创作经历及主要作品。

曹禺的作品也深受阿拉伯读者的喜爱。1982 年，北京外文出版社出版了《雷雨》、《日出》的阿拉伯语译本。1988 年，科威特新闻部出版了阿卜杜·阿齐兹·哈姆迪翻译的《日出》，作为其出版的《世界戏剧丛书》之一。在这本书的前言里，译者介绍了曹禺的生平、主要著作以及他对中国现代戏剧发展的贡献。曹禺作品中反映出的对旧礼教、旧制度的反抗，对自由爱情的向往，深受阿拉伯读者喜爱，许多学校如艾因·夏姆斯大学的学生还将其中的精彩片段排成话剧，在节日或是活动时上演。

（四）茅盾

1980 年，中国外文出版社出版了由阿拉伯专家穆罕默德·纳米尔·阿卜杜·卡里姆翻译的茅盾作品《春蚕集》，选译了其短篇小说《春蚕》、《秋收》、《林家铺子》、《水藻行》、《大鼻子的故事》等凡 13 篇，这是阿拉伯读者首次得以欣赏茅盾的文学风采。1985 年，叙利亚大马士革文化部出版了鲁兹格·胡里由法文转译的茅盾作品《春蚕集》，所选小说与 1980 译本基本相同。2000 年，该文化部又出版了同一译者由法文翻译的茅盾长篇小说《虹》。1986 年，中国外文出版社出版了中国阿拉伯学者刘麟瑞先生译的《子夜》，该书末尾概括介绍了茅盾生平及其主要文学贡献。

除上述主要作家外，还有一些中国现代作家的作品有阿拉伯语译本问世。如：1951 年，黎巴嫩阿拉伯辞典出版社曾出版了萧乾的《他们挖掘他们的土地》（原作名为《土地回老家》）；1988 年，中国外文出版社出版了《萧红短篇小说选》等。

三、 对中国当代文学的翻译

在诗歌方面，较早翻译出版的是《毛泽东诗歌集》，1966 年 1 月由叙利亚阿拉伯觉醒出版社出版。译者是叙利亚知名学者马姆杜哈·哈基，该作品是从法文转译的，包含了毛泽东的 18 首诗词。译者马姆杜哈·哈基撰写了长篇序言，对毛泽东诗词发表了评论。

1979 年，中国外文出版社组织翻译并出版了《毛泽东诗词》，共选译了毛泽东诗词 36 首，其中包括《长沙》、《春节》、《长征》、《雪》、《游泳》等。1985 年，阿拉伯觉醒出版社又出版了根据法文翻译的《毛泽东诗选》，共选译了 21 首诗词，有《长沙》、《井冈山》、《庐山之行》、《长征》、《沁园春·雪》等。1999 年，黎巴嫩阿拉伯研究公司出版了女诗人张香华《默默无语的茶》的阿拉伯译本，由巴勒斯坦人哲马勒·格瓦斯米根据英文本翻译而来，所选诗歌包括《燃烧的星》、《镜中幻象》等。2002 年，埃及胡达出版发行局出版了哲马勒·纳吉布·特拉维从中文直接翻译的《生活诗篇：中国当代诗歌选》，序言首先介绍了中国诗歌及诗人概况，并选译了艾青的《树》、《太阳》、《我的父亲》、《旷野》、《他死在第二次》等作品。

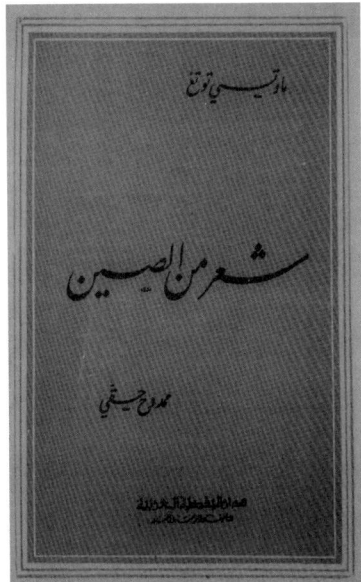

《毛泽东诗歌集》封面

不仅诗歌如此，中国许多当代小说作品也被翻译成阿拉伯语。这其中有李心田的《闪闪的红星》、杨朔的《雪花飘飘》、张贤亮的《男人的一半是女人》、徐光耀的《小兵张嘎》、曲波的《林海雪原》等。此外，中国外文出版社还组织翻译并出版了《凤凰系列丛书》，其中包括短篇小说三卷（1919—1949、1949—1979、1980—1986 各一卷），选译了现代文学中老舍的《月牙儿》、《离婚》，当代文学中峻青的《黎明的河边》、李准的《不能走那条路》等，还有《中国当代短篇小说选》一部，中国优秀儿童作品选两部（《草原上的湖》、《孔雀的火焰》），此外还有民间故事集《牧人和山鹰——中国民间传说故事选》、《北京传说》、《桂林传说》等，以及少数民族作家作品《哦！十五岁的哈丽黛哟——中国穆斯林作家小说选》。

1985 年，阿拉伯作协《外国文学》杂志还出版了中国文学专刊（春夏季专刊），刊首是穆罕默德·哈拉布·法尔宰特博士写的《中国历史中文学与思想的漫长历程》一文。专刊除收录了现代文学名家老舍的《月牙儿》、茅盾的《水藻行》等作品的节译之外，还收录了当代作家王安忆的《本次列车终点》。专刊一出，在阿拉伯世界就引发了一个中国文学研究的小热潮。同年秋天就有几篇研究中国文学的论文刊出，其中有哈尼·黑里研究中国当代文学的《林海雪原：新的文学鏖战》（《革命》，1985 年 9 月第 6 885 期）等。

在对中国当代文学的关注中，对女性文学的关注尤其值得一书。阿拉伯国家独立后，女性地位得到显著提高，因而他们对中国女性作家的文学作品就格外留意。半个世纪以来，杨沫的《青春之歌》，茹志娟的《草原上的小路》、《百合花》，张洁的《爱是不能忘记的》等小说，以及谌容、霍达、王安忆、张欣、方方、池莉等十余位女作家的作品都被翻译成了阿拉伯语。杨沫的《青春之歌》、茹志娟的《百合花》这两部作品在翻译后尤其受到阿拉伯读者的喜爱，特别是《青春之歌》（1979 年由叙利亚大马士革出版发行局组织翻译、出版），大概是因为其思想内容、所反映的主题以及刻画的人物形象都与埃及、叙利亚等阿拉伯国家独立前的情形非常相似。在《青春之歌》中，阿拉伯读者能够看到 20 世纪 30 年代中国觉醒女性对传统和父权思想的反抗，看到中国青年知识分子与广大群众反对日本侵略、要求祖国独立的觉醒精神，这些都激起了阿拉伯读者的共鸣。除上述作品外，张洁的《沉重的翅膀》、谌容的《人到中年》、霍达的《穆斯林的葬礼》等也都有了阿拉伯语译本。1996 年，阿拉伯学者穆娜·法士赫·穆斯塔法在其博士论文《中国 1976 年以来的女性小说》中，还将这三部小说列为 20 世纪最后 30 年中国女性小说的精品。埃及作家萨阿德·丁·瓦哈白也在 1994 年写的《中国的半个世纪》中说："目前的中国当代文坛最有代表性的作家作品有魏巍的长篇小说《东方》、浩然的长篇小说《金光大道》、路遥的中篇小说《人生》以及女作家霍达的长篇小说《穆斯林的葬礼》。"[1] 我们

1. [埃及] 萨阿德·丁·瓦哈白：《中国的半个世纪》，第 12 页，开罗：黎明出版社，1994 年版。

姑且不论这样的评价中肯与否，但它们的确反映出《穆斯林的葬礼》这本小说给阿拉伯文人留下了极为深刻的印象。更为可喜的是，中国新生代女作家的新小说也受到关注，有的作品在中国问世不久就有了阿拉伯语译本。例如，2005 年，伊拉克出版了通过法语转译的卫慧的《上海宝贝》，并且引起了文艺界的关注，有阿拉伯文人认为，它见证了中国一代青年人与全球化时代中国大城市的巨变过程。这种同步性也反映了阿拉伯国家对中国文学的密切关注。

在关注中国本土作家作品的同时，海外华人的作品也受到了阿拉伯学者、翻译家们的重视。有些华人用英语、法语进行创作，这更为阿拉伯国家的译介工作提供了便利。海外华人的许多作品被译成阿拉伯语，如高行健的《一个人的圣经》（叙利亚大马士革印刷合作委员会，2003 年版）、《灵山》（叙利亚尼努威研究出版发行局，2001 年版）、《逃亡》（叙利亚创造书局，

2001 年版），张戎的《野天鹅：三代中国女人的故事》（阿拉伯赛格出版社，1997 年版）等。

随着网络的发展，网络文学成为一种不可忽视的文学现象。翻译也是如此，网络作为迅捷的媒体，免却了出版的种种限制，许多阿拉伯文人也开始尝试在网络上刊出自己的翻译短文或是研究心得，其中亦有不少关于中国文学的佳作。阿拉伯读者得以管窥中国史诗《格萨尔王》、《江格尔传》的概貌，欣赏到阿拉伯文人或是文学爱好者翻译的中国民间文学等。这些译文虽然准确性、严肃性都不能与正式出版书刊里的译文相比，所选作品也并非中国文学经典主流作品，但丰富了阿拉伯中国文学翻译的内涵，使阿拉伯读者更容易轻松地接受、了解中国文学，激发了他们对中国文学进一步关注的热情。

不容忽视的是，在阿拉伯世界翻译中国文学作品的过程中，中国外文出版社也起到了不容忽视的功用。在叙利亚阿萨德国家图书馆馆藏的近一百部中国文学翻译作品中，中国外文出版社出版或是与阿拉伯诸出版社合作出版的就有三十部，其中有很多从属于《凤凰系列丛书》。可以说，没有中国外文出版社的努力与引导，阿拉伯世界对中国文学了解的难度必会有所增加，全面性必会有所缺失。

著名埃及作家哲迈勒·黑托尼非常关注中国文学，他在 2007 年 10 月访问中国时说："文明越交流越强大，越隔阂越弱小。"而阿拉伯文化与中国文化作为世界多元文化中重要的组成部分，彼此间的文化交流在当前国际环境中更是具有重要的意义。1949 年后，越来越多的阿拉伯人开始关注中国文学，对博大精深的中国文化表现出浓厚兴趣，这也是中国综合国力逐渐提升的一种必然结果和印证。虽然由于语言、地域以及历史因素等的限制，阿拉伯世界对中国文学的翻译还远远不能与其对西方文学的译介相比，但经过一个世纪的翻译积累，阿拉伯世界对中国文学的译介还是取得了丰厚的成果，中国文学发展数千年的脉络，还是基本完整而又主次分明地呈现在了阿拉伯读者面前。

第二节　阿拉伯国家对中国文学的研究

接触他国文学，翻译是铺垫，是基点，而研究则是由了解走向深入必不可少之步骤。有了译作的出现，有了读者群的接受，研究也就开始慢慢生发了。近现代以来，阿拉伯世界在对中国文学进行翻译的同时，对它的研究也经历了一个由发展到逐渐成熟的过程。总起来看，有关中国文学的研究文章或是著作大体可分为两类：第一类为对重点作家或是具体的文本进行分析、解读，第二类为专门的中国文学史著作。本节拟按照这两个类别，对其进行大致的梳理。

一、　对中国作家具体文本的研究

研究任何国别的文学，都需要点与面的结合。对具体作家、作品的分析与研究如同是"点"，可以令我们细致、准确、形象地由小处着眼，来了解对象国文学的发展，挖掘其艺术价值。阿拉伯文学界或是对中国作家生平、创作手法、艺术价值进行探讨，或是分析作品所反映的特定社会状况、文学现象，甚至兼与阿拉伯本国的社会文化现象进行类比，这些都体现出了研究中"点"的细致性。这类研究文章数目较多，在所有研究文章中所占比重也最大，其涉及的横向维度较为宽广，但深度则有所欠缺。言及这类文章横向维度宽，是因为其几乎涉及中国文学各种体裁的作品，其中尤以对诗歌的研究为重。

前文曾经提到，埃及汉学家穆赫辛·菲尔贾尼在《看那婀娜恬美的姑娘——中国的〈诗经〉》一文中，除了选译《诗经》部分诗歌外，还对《诗经》的创作年代、艺术价值及文学地位进行了简单分析，这可以看作是对《诗经》的初步研究。在穆赫辛看来，《诗经》最为鲜明的艺术特色即在于常常采用同一诗句多次重复以及起兴的创作手法。这不由得使人想到阿拉伯蒙昧时期的悬诗，遗憾的是，穆赫辛在这方面的比较上没有作进一步的探析。

对李白、杜甫等盛唐诗人的研究，是阿拉伯文人所热衷的切入点。1973 年 3 月，《阿拉伯人》杂志刊登了埃及学者库瑟尔·穆斯塔法·塔赫塔维的文章《中国诗人李白》，对李白的生平作了简单的介绍和分析。文章认为李白最大的特色是其"咏酒诗"，而其"咏酒诗"中最为出色的一首则是《月下独酌》。文章还认为，李白生活与宗教观的来源在于道教思想。库瑟尔说，作为中国三大宗教之一的道教，了解其玄学思想是与饮酒分不开的，正如波斯苏非思想，真主只有在酒杯之下才可显现[1]。因而库瑟尔认为李白饮酒遁世的思想即来源于道教，这对他的诗作乃至生活都产生了深远影响。李白的另一个独具魅力之处则在于他对自然秀美山川的精美绝伦的描述。当然，这篇文章也存在很多不准确之处，因其资料来源为英文二手资料。例如：其一，关于李白之死，作者将附会于李白的凄美传奇当作史料向阿拉伯读者呈现，认为他乃抱月溺水而死；其二，库瑟尔认为，李白借酒遁世乃因妻子嫌贫离他而去，他借描写女性柔美来抒发胸中情意，对其怀才不遇、对国家政事深深失望而遁于山水之间的深层原因却未曾留意。尽管如此，库瑟尔还是为阿拉伯读者形象地展示了中国盛唐诗人李白的性格特征和绝世才华。

_____

1. 虽然伊斯兰教律法禁止穆斯林饮酒，但宗教哲学流派苏非派的修行者们更倾向于认为，只有通过饮酒才可以更好地启发内在"神智"、使苏非们得以窥见真主之"真容"。

《阿拉伯人》杂志介绍李白的文章

　　关于李白的研究文章还曾见诸一些有关中国文学的著作之中。其中较为详细、全面的还有《中国文学入门》中，叙利亚作者宰克里·沙利基对他进行的分析。关于李白，沙利基于该书"中国文学黄金时期"一编中单独列出一节，首先介绍了李白生平，随后从爱情诗歌、社会政治诗歌、酒诗歌等不同角度分析了李白诗歌的创作特点和艺术价值，并选译了李白的《送孟浩然之广陵》、《山中问答》、《月下独酌》、《长相思》（美人在时花满堂）等精美诗歌。他认为：以英国为代表之西方文学界偏爱李白诗歌，誉其为"诗人中之诗人"；而中国文人则从诗歌之社会功用角度出发，更看重杜甫之诗歌。同样，该书也以对等篇幅详细介绍了杜甫之生平以及诗歌特点。文章体例如同对李白诗歌之分析，从爱情诗歌、社会政治诗歌、酒诗歌等不同角度出发，为阿拉伯读者呈现了一个时乖运蹇、未老先衰却心怀天下之诗人形象。选译了其诗歌《兵车行》、《月夜思》、《茅屋为秋风所破歌》等，并与李白诗进行了比较。作者认为社会政治类诗歌集中体现了杜诗之精华与价值，并引用大英百科全书的话，誉杜甫诗表达精准，具有音律的平衡美，其艺术价值除李白诗外，数千年来无可与媲美者。作者对李白、杜甫评价甚高，甚至说，在谈到文学和艺术时中国人有种说法："唐诗对后世每一位年轻人都影响甚深，人们找不到中国有哪一位思想家不曾熟读唐诗的。在被问及'为何中国每位受过教育的人都几乎是哲人和艺术家'时，我们或可以此回答。"[1]

1. ［叙利亚］宰克里·沙利基：《中国文学入门》，第 187 页，大马士革：叙利亚作协出版、1994 年版。

中国与阿拉伯世界的女性，在漫长的历史进程中，其境遇和社会地位惊人地相似。这在双方诸多文学作品中都有反映。一些细心的阿拉伯文人在中国古典文学中，就敏锐地探寻到了这一点，并对其进行细致的分析。突尼斯作家塔希尔·基格的《中国诗歌中的妻子形象》（《思想》杂志，1982 年第 3 期），就是一篇可圈可点之作。文章分析了中国女性作为"妻子"在中国古典传说故事以及诗歌中的特殊形象。文章开头讲述了孟姜女的传说，作者认为，"妻子"在中国诗歌中总是以悲惨的形象出现，而造成其悲惨命运的原因主要有二：一是历史上的中国总是受到北方游牧民族等的侵扰，不得不频繁地征丁修葺长城，这就导致众多"妻子"总是满怀哀怨地在家中等候着远征他乡的丈夫归来。作者以"建安七子"之一陈琳的《饮马长城窟行》为例，认为这首诗以夫妻间精彩的鸿雁对白，形象地表现了丈夫自知无归、劝妻再嫁的悲怆心理，以及妻子伤夫远行、殷切关怀而又决意誓守一夫的既哀婉又坚定的心情。第二个为中国妻子带来悲惨命运的原因，则是数千年绵延不断的战争。众多男丁为保家卫国不得不征战沙场，妻子便无奈地独守空房，在深深的哀怨和无尽的痛苦之中等候丈夫的归来。然而，塔希尔进一步分析道：倘若丈夫近在身旁，是否中国女性作为"妻子"就会感到幸福了呢？答案也是否定的。因为，如同三国时女诗人蔡琰所云，丈夫就好比是太阳，每日东升西落，或可进城娱乐消遣，而妻子则只能是默默的恒星，亘古无法移动。这才是她们真正的悲哀所在。这一点在 13 世纪元朝诗人元好问的诗中也有着很好的体现，其诗大意为：河岸柳枝新绿，闺中美人哀怨；探问远行夫君，夜夜心系洛阳。文章最后，塔希尔总结道：这就是粗观中国诗歌后我们所见到的中国女性，与阿拉伯女性相类似，她们是或被征或游荡在外的丈夫的牺牲品，为了丈夫的幸福作最大程度的隐忍牺牲，守其家，养其子，候其归。她们对丈夫的爱平静而含蓄，爱情于她们而言，只是一个令人痴迷的海市蜃楼而已。塔希尔的这篇文章，通过数首中国古诗，准确地分析了中国女性作为"妻子"这一特殊身份其境堪哀、其心堪怜的悲惨形象。

其他还有很多关注中国古典诗歌的文章，散见在一些阿拉伯译本的序、跋等处，此处不一一列举。总体而言，这些研究古典诗歌的文章因语言的障碍，因资料来源的二手性，其分析虽也有合情入理的，但仍缺乏深度，特别是很多序跋类文章，只能称为普及性的介绍文字。阿拉伯学界对中国古诗的研究，仍有待于进一步的深入与成熟。

阿拉伯学界对中国文学研究的另一个重点，是对中国近现代小说作品的研究。其中，尤以对鲁迅作品的研究为主。前面我们介绍了阿拉伯文学界对鲁迅作品的翻译情况，而许多译作的序与跋就可以看作是对鲁迅其人其作的简单介绍和研究。例如叙利亚著名鲁迅翻译家穆罕默德·阿布·贾拉德在其所译《鲁迅传》之序言中，就曾总结道："鲁迅先生不仅是中国伟大的文学家、思想家、革命家与空前的爱国主义者，鲁迅思想与文学观的发展与当时中国人民的革命性发展关系密切。作为 20 世纪现实主义大师之一，鲁迅写出了反映当时中国政治与社会状况的大量作品。他作品中丰富的思想性、革命性与战斗性是与中国人民的文化特征、他个人的激情和个性联系在一起的。这也是最能体现鲁迅文学地位的重要方面。鲁迅的思想是永久的战斗性思想，他一直关心中国重要的民生问题。鲁迅先生走的是中国现代民族文化的道路。"据戈宝权文章《鲁迅的世界地位和国际威望》记载，叙利亚当代女作家乌尔法特·伊德莉比在读了我国出版的阿拉伯文版的鲁迅作品后，在 1976 年写信给我国的外文出版社说："《鲁迅小说选》给我留下了很好的印象，由于作者的艺术描绘的才能，反映出了作者所处的那个时代中国人民生活的各个侧面……我相信它们将成为不朽的文学，因为小说以艺术的形式忠实地反映出人民的事情。因此，尽管它们写作于半个世纪之前，但仍然使我们感到亲切。"[1]

1. 李宗英、张梦阳编：《六十年来鲁迅研究论文选》，北京：中国社会科学出版社，1982 年版。

最为值得一提的是，埃及艾因·夏姆斯大学留中博士生哈塞宁在其博士论文《现代中国文学在埃及》中，研究并总结了埃及学界研究中国现代文学的整体状况，其论文第二章分三节详细梳理了鲁迅文学在埃及的传播、研究以及影响。

其中第一节介绍了多位埃及文人对鲁迅作品的关注及鲁迅对其文学创作的影响。例如，埃及作家阿卜杜·盖法尔·迈卡维就曾直言："我读了伟大作家鲁迅的作品《阿 Q 正传》和其他小说以后，简直无法表示我对鲁迅的敬爱……这位伟大作家对我的写作技巧有很大的影响，我有十五篇以上的短篇小说是受了鲁迅作品的启发而写出来的。"

　　第二节则为我们分篇介绍了埃及学界较为出色和重要的鲁迅研究论文。哈塞宁说，艾因·夏姆斯大学语言学院中文系的中国文学教授加妮·易卜拉欣写于 1987 年的硕士论文《鲁迅小说中的现实主义》是埃及最早研究鲁迅的文章。她的文章介绍了鲁迅的生平、文学创作道路及其在中国乃至世界文学史上的地位，并表达了自己对研究鲁迅作品的兴趣，力求以自己的努力来填补阿拉伯国家鲁迅研究的空白。此外，该校的哈桑·拉贾卜教授还将鲁迅与埃及现代著名思想家、文学家塔哈·侯赛因进行比较，写了《埃及文学家塔哈·侯赛因〈日子〉与中国文学家鲁迅〈阿Q正传〉的比较研究》一篇鸿文。他认为鲁迅把一生献给了中国人民的解放事业，其作品被译为多种语言，充实了世界文学的宝库，并认为鲁迅与塔哈·侯赛因相似，都致力于揭露民生疾苦、政治腐败，批判民族劣根、愚昧与无知。而曾经就读于中国的约旦博士尤萨夫·哈塔伊拜还将鲁迅与 1988 年诺贝尔文学奖得主、埃及作家马哈福兹相比较，撰写了《矗立在世界东方的两位文化巨人——鲁迅和马哈福兹文化思想的比较研究》。在他看来，这二人虽属不同文化领域，生活时代和社会背景也有很大不同，但他们的作品同样都表达了对善和美的向往，对邪恶与黑暗势力的揭露与批判，都在继承本民族的传统文化和文学遗产方面找到了一个最佳契合点，这是他们之所以获得辉煌成就的一个重要因素。伊拉克文学家阿卜杜·哈桑·阿里·阿勒古拉比也曾撰写《中国文学先驱者——鲁迅》一文。阿勒古拉比认为鲁迅堪与托尔斯泰、卢梭、伏尔泰、狄更斯等世界伟大的人道主义文学家媲美，很早就感受到自己与广大民众的密切联系，意识到要反映自己祖国被压迫和遭受痛苦的广大民众的不幸与苦难。鲁迅的《狂人日记》证明他毫无疑义是一位伟大的人道主义作家。作品中，作者强烈地批判了专制的中国封建制度及其旧思想与道德礼教。

　　哈塞宁还谈到，阿拉伯文人中也有从批评角度来研究鲁迅的，认为其毕生批判乃至贬低民族文化传统，认为中国人的性格就是愚昧、无知和落后，这种思想太过激进。对此，哈塞宁佐引叙利亚著名文学家阿里·欧格莱的话为证："通过阅读、接触中国大作家的作品，我有一个或许会令许多中国人诧异的观点，那就是，我认为鲁迅是深受 20 世纪初流行于欧洲并在二战时期进一步发展了的破坏性—无政府主义—现代主义概念的影响。我们认为鲁迅当时所主张的现代化与改造中国社会是有道理的，而且具有很明显的革命精神，但同时对中国文明、文化个性的根源及其独特性等诸多良好的风俗习惯来说，也很危险。鲁迅的观点是可以理解的，他所反对的旧传统也很需要那种自觉的革命，但鲁迅的观点与欧洲现代主义者和无政府主义者对于传统、现存社会的见解与改造观点是一致的。"这一点，笔者认为，其实欧格莱说的不无道理，这或许是和鲁迅生活的特定年代有关，特别是鲁迅曾受到尼采思想的震撼和影响。他曾翻译过尼采的《查拉图斯特拉如是说》，并且他的一些作品很明显受到了尼采上述作品的影响。此外，超人打破旧格局、实行变革的思想更是在他的诸多文章中都有体现。因此，在那样一个特定的年代，为了更深刻、更有震撼力地唤醒民众，鲁迅有些过激的思想和言辞实属在所难免。欧格莱的观点，更多的是站在第三民族的观察者立场上，或许更多一些客观，可以说是一种新的观点。

梳理了阿拉伯学界研究鲁迅的重要论文后，哈塞宁于文章第三节以对诸多作品进行比较的方法，分析了鲁迅对埃及小说家迈卡维的文学创作的影响。他着重对《苏丹之子》（迈卡维）与《狂人日记》（鲁迅）、《输血》（迈卡维）与《药》（鲁迅）等作品进行比较，并通过对迈卡维小说《孤儿》、《大震动》及《受辱之身的诸多问题》等小说进行分析，阐释了鲁迅思想对迈卡维文风的影响。在哈塞宁看来，迈卡维有许多作品无论是从主题、题材、人物形象还是创作技巧、象征手法上，都能看到鲁迅的身影。孤独者、反叛者、寻觅新希望的探索者都能在他的作品中看到，特别是他的小说《苏丹之子》，无论是其人物形象、悲惨命运还是创作手法等，都和鲁迅的《狂人日记》非常相似。与后者一样，迈卡维在《苏丹之子》中也借用表现主义手法，塑造了主人公"苏丹之子"的形象。他就类似于一个着魔的疯子、狂人，经常在农民中间大声呼喊"正义万岁，打倒剥削，打倒压迫"并一直提醒农民要等待他的父亲苏丹来拯救他们，解决他们的生活问题，让每个人都能够丰衣足食。迈卡维正是借用这样一个狂人形象表达了自己对埃及政治腐败、人民生活痛苦的痛恨，以及对正义、公正的渴望。其悲剧性的人物性格，同样既有其自身的性格原因，也有20世纪60年代埃及社会混乱、政治腐败的时代原因。此外，迈卡维的作品《受辱之身的诸多问题》同样也为我们塑造了一群看客的形象。作者在小说中用大量篇幅抨击了这种看客心态。小说描述了一位无名诗人被卡车撞死了，不一会儿尸体周围便围满了观众，他们围着尸体议论他的身份、死亡与不幸，其喧闹的场面如同盛大的节日。而救护车司机也不是急着处理现场，而是抱怨自己劳累了一整天，要到处去找地方吃饭。这种对生命缺乏尊重的麻木态度，是迈卡维坚决批判的。而迈卡维本人，对其受鲁迅影响而进行文学创作也是直言不讳。

哈塞宁的文章，为我们很好地呈现出了 20 世纪以来阿拉伯文坛对鲁迅作品的关注与研究。而对于鲁迅的重视，同样也可以在叙利亚作家宰克里·沙利基之《中国文学入门》对鲁迅的介绍和研究中窥见一斑。在该著作"1911—1949 年间之中国文学"一编中，作者以大量篇幅介绍了鲁迅之生平，并分析了鲁迅作品的革命性、批判性。有趣的是，他称鲁迅是"站在人民的立场，对胜利抱有的巨大希望使他显出一种革命浪漫主义的气质"[1]。作者还翻译了《阿 Q 正传》

1. [叙利亚] 宰克里·沙利基：《中国文学入门》，第 403 页，大马士革：叙利亚作协出版，1994 年版。

之部分内容，重点分析了该作品的成书背景、阿 Q 的人物特征，以及小说所反映出的革命本质。他认为，鲁迅所采用的小说创作形式属于新小说，但其小说的叙事方式仍是古典叙事方式。

除研究鲁迅作品外，许多阿拉伯文人也十分关注老舍作品。2000 年，埃及哈雅出版发行局出版了《茶馆·中国优秀话剧选》一书，其中翻译了话剧《茶馆》的部分内容，并在前言中对老舍其人和创作生涯进行了简单介绍，将老舍的创作以 1949 年为界分为前后两个时期，认为其前期成果大于后期。

同样，2008 年，哈塞宁之博士论文《现代中国文学在埃及》之第三章"老舍在埃及以及埃及的老舍"也为我们很好地梳理了老舍作品在埃及的传播及影响。该章分为四节，第一节首先介绍了老舍的生平及其作品在埃及的翻译状况，并以阿拉伯语和汉语对照的方式，分析了老舍作品《茶馆》之阿拉伯译文（埃及知名汉学家、中国文学翻译家阿齐兹·哈姆迪译本）的诸多特点和优势所在。在哈塞宁看来，《茶馆》之所以受到广大阿拉伯人的喜爱，首先和两国的风俗习惯不无关联。他将阿拉伯人的生活、风俗习惯等与中国人相比较，说阿拉伯人一听到茶馆、咖啡馆一类的词，首先想到的就是聚会、闲谈、休憩、抽水烟等休闲、娱乐场所。这些场所既是阿拉伯劳苦大众所喜爱的，也是阿拉伯文人们常常留恋的文艺沙龙举办之地。例如，马哈福兹就曾经在埃及著名的费沙维咖啡馆定期和同时代文人喝茶聚会。茶馆、咖啡馆就是阿拉伯民众生活、文人生活的一幅千姿百态的缩景图。而同样，中国的茶馆也是如此。老舍曾经说过，茶馆是三教九流会面之处，可以容纳各色人等，一个大茶馆就是一个小社会。因此，《茶馆》所描述的场景和人物，就给了阿拉伯人似曾相识的感觉，而作品中体现的中国特殊的文化习俗，特别是北京的饮食文化、办丧事等传统又给阿拉伯人民在熟悉中增添了新奇感，进而促使他们去了解中国人民的生活面貌。此外，哈塞宁分析到，《茶馆》赢得阿拉伯人的喜爱还要归功于译者的出色翻译。他认为，目前最好的《茶馆》译本乃埃及阿齐兹教授所译。阿齐兹是埃及著名的汉学家，曾在中国生活过多年，对中国人的文化习俗有着切身的了解，对翻译中国文学也作出了不懈的努力。他翻译过的中国作品多达十几部，内容涵盖了政治、文化、文学等诸多方面。除《茶馆》外，由他直接从中文翻译过来的文学作品还有曹禺的《日出》（1988 年科威特出版）、郭沫若的《蔡文姬》（2002 年埃及文化部出版）、中国著名剧作家田汉的《咖啡店之一夜》与《名优之死》（科威特戏剧创作杂志 2007 年 8 月出版），以及 2008 年刚刚出版的译作《20 世纪中国文学史》等。翻译之余，他还著有有关中国之书籍《中国的尝试》（1997 年埃及开罗欧姆库拉出版社出版）、《中国穆斯林》（2005 年埃及《今日消息报》出版社出版）等。由于有着在北京生活多年的切身经历和体会，他对北京文化的感性认识颇深，而这些亦体现在其翻译时对原作的把握中。在翻译《茶馆》时，他使用了大量通俗易懂、生动形象的埃及土语，读起来流畅、生动，富有生活气息，更贴近阿拉伯人民对茶馆、咖啡馆的形象理解。涉及中国佛教、道教有关的术语、成语和比喻时，由于这些和伊斯兰文化大不相同，阿齐兹便将其意译出来。如《茶馆》第三幕唐铁嘴的一句对白：“王掌柜，等我穿上八卦仙衣的时候，你会后悔刚才你说了什么！”这个“八卦仙衣”，译者译为“道教官服”，虽然这样的翻译少了些中文的韵味，但最起码意思上读起来清晰明了，便于阿拉伯读者明白其涵义。这样的翻译在文中还有很多，例如在翻译“念佛”一词时，译者在译为“向菩萨祈祷”之后，还特别加注释义。哈塞宁认为，这些均体现了译者的深思熟虑与探索尝试。翻译不同文化间的宗教词汇难之又难，能够做到让读者清晰明白其涵义，已经是非常不易的事情了。

细致而又深入地探讨了老舍作品的文学艺术价值后，哈塞宁于第二节梳理了埃及学界对老舍作品的研究概况。他认为，翻译质量尚佳是《茶馆》深受欢迎的原因之一，而原因之二则在于，老舍的作品不仅反映了民众生活，还体现了一个处在国家革命和建设时期的作家的人文关怀。与中国类似，走在国家改革、抵制西方压制过程中的阿拉伯国家，同样十分重视文学之社会教化功用；因而许多阿拉伯读者十分喜爱老舍的作品。1984 年《骆驼祥子》阿拉伯译本问世，很多阿拉伯读者很快就喜欢上了祥子和虎妞这两个个性鲜明的人物，还有学生专门撰写论文研究老舍的作品。这方面的文章有 1988 年埃及艾因·夏姆斯大学马吉迪副教授的硕士论文《老舍与他的骆驼祥子》，1995 年艾因·夏姆斯大学哈桑·拉格布的博士论文《老舍与他的戏剧创作》、尤斯拉·卡米勒的《中国当代话剧的因素（实验与传统之间）——论〈女店员〉与〈活着还是

死去〉》[1] 等。马吉迪的文章介绍了老舍的创作生涯,认为老舍是以描写城市平民生活著称的作家,

> 1. 即老舍作品《生灭》。

并对老舍作品的语言风格、句子结构和词语特征进行了分析。

在第三节、第四节中,哈塞宁将老舍与埃及作家纳吉布·马哈福兹、陶菲克·哈基姆进行了简单的平行比较,分析了三者作品的思想内容和艺术价值。

哈塞宁的文章,尽管分析不算深入,但对以埃及为主的阿拉伯学界研究老舍的情况还是作了较为全面的梳理。

在关注鲁迅、老舍作品的同时,很多阿拉伯文人也曾撰文研究巴金、曹禺、茅盾等作家的作品。如 1980 年 3 月伊拉克《艺术》杂志登载了《中国现代戏剧作家曹禺》一文。文章介绍了曹禺在中国戏剧运动中的地位,言其 "将西方戏剧原则与中国京剧的古老传统结合在一起,目的是创造一种把成熟的艺术与民族传统熔于一炉的中国戏剧文学"。黎巴嫩文人优素福·哈罗赫勒维曾于 1981 年 11 月 3 日在黎巴嫩《日报》上发表文章,说鲁迅是一位推倒偶像和腐败传统的中国伟人。1982 年,巴金获得 "但丁国际奖" 之际,7 月 26 日的黎巴嫩《阿拉伯周刊》上登载了艾·迪的《拒绝从文坛退阵的老作家巴金》一文。

中国现当代女性文学也受到阿拉伯学界的关注,特别是丁玲、茹志娟、张洁、谌容、霍达等作家的作品,更是深为阿拉伯读者喜爱。1986 年,艾因·夏姆斯大学中文系学生曾以研究丁玲《太阳照在桑干河上》的论文为毕业论文,分析了中国 20 世纪四五十年代的社会大背景以及丁玲的创作生涯和艺术特色。此外,也有人撰文研究杨沫的《青春之歌》、茹志娟的《百合花》等等。在众多女性文学中,霍达的《穆斯林的葬礼》因其故事发生背景、宗教因素等缘故,更是深受阿拉伯学人的欣赏。著名叙利亚学者阿里·欧格莱曾说: "于我而言,给我留下印象最深,并使我了解了许多中国知识的中国小说,除了《红楼梦》之外,则属霍达的长篇小说《穆斯林的葬礼》……我很喜欢其所描写的穆斯林风俗,以及人们之间的亲密关系。"[2] 埃及作家

> 2. [叙利亚] 阿里·欧格莱·阿莱桑:《观察与回顾之序言》,载《外国文学》、第 122 期。

萨阿德·丁·瓦赫白也在其《中国的半个世纪》中将《穆斯林的葬礼》誉为中国当代文坛最富代表性的作品之一。2008 年,埃及留学中国语言大学的博士生哈塞宁在其毕业论文中将《青春之歌》与埃及当代女性作家拉蒂法·扎娅特的长篇小说《敞开的门》进行了比较研究。后者被认为是埃及现代文学史上第一部女性长篇小说。哈塞宁从时代背景、作品内容、小说主旨、独特的艺术表现以及小说中的男性形象等方面对这两部作品进行了比较研究,力求探讨出中国与

阿拉伯社会在发展进程中其女性小说创作所呈现出的诸多共性特征。

总而言之，尽管对中国文学的了解还十分有限，专门的研究论文仍缺乏深度和广度，但毋庸置疑，中国现代文学史上的重要作家及作品给阿拉伯读者留下了深刻的印象。这也再一次印证了经典作家和作品的影响力是超越时间、没有国界的。

二、对中国文学史的研究

在关注中国文学具体文本的同时，越来越多的阿拉伯文人开始关注中国文学的发展史，尽管这方面的专著较少，但还是呈现出了不断发展不断深入的势头。

早期对中国文学史的关注多散见在一些世界文学史之类的综合书籍中。例如，1943 年，埃及开罗著作翻译与出版委员会出版了《世界文学史略》，它的作者是著名的埃及文人艾哈迈德·艾敏。在这本书中，我们可以看到一些关于中国古代文学的介绍。例如它谈到了孔子，认为儒家思想是一种宗教，艾敏将它称为孔教，而他认为孔子并非文学家，而是一位关注个人生活和国家生活的哲学家。此外，艾敏还提到了《论语》、《春秋》这两部著作。遗憾的是，《世界文学史略》共三个卷册，关于中国文学的却仅只有第一册中的三页文字而已，其内容甚至远没有介绍印度文学的多。而该书在介绍世界近代文学状况时，关于近代中国文学却只字未提。这是近代阿拉伯国家、中国交往间的困难和语言障碍造成的。但艾敏的这三页关于中国文学的文字，毕竟使 20 世纪 50 年代的阿拉伯读者初次了解到了中国文学的冰山一角，可算作是早期介绍中国文学史的开山之文。

1949 年之后，随着阿拉伯世界对中国文学了解的全面和深入，有关中国文学史方面的文章和书籍也逐渐增多。

1985 年，叙利亚《外国文学》杂志中国文学春夏季专刊（第 43—44 期）中，选译刊载了许多中国现当代文学家如巴金、老舍、谌容、王安忆等的中短篇小说。除翻译之外，还刊登了几篇研究类文章，其中比较出色的是穆罕默德·哈尔布·法尔宰特的《中国历史中漫长的思想文学历程》。这篇文章基本内容可分为三个部分：第一部分主要介绍了中国文明的重要地理位置，以及与东西方交流之历史梗概；第二部分分析了中国文明的特质、源流及其主要思想流派；第三部分则以时代为划分依据，概略梳理了中国文学的发展脉络，着重探讨了中国文学之精髓。

1988 年，黎巴嫩贝鲁特阿维代特出版社和法国巴黎出版社联合出版了由法国人伍迪勒·凯尔特迈尔克所写的《中国文学》之阿拉伯文译本。该书全面介绍了中国从公元前 11 世纪到清朝康熙年间跨度 3 000 多年的文学发展历史。全书分为九个部分：第一部分介绍了公元前 11 世纪到公元 3 世纪的中国文学，包括夏商周、春秋战国直至秦汉时期的文学，介绍了这一时期的中国古典文学、哲学、军事、医学等书籍，其中哲学方面详细介绍了孔子的《论语》，还有老子、庄子、墨子以及李斯等人的哲学治世思想。此外，这一部分还介绍了中国的古典神话著作《山海经》。第一部分，占全书的三分之一比重。第二部分介绍了儒家思想之发展，所涉及的主要文学著作有《史记》、《汉书》、《列女传》以及汉乐府等。自第三至第八部分，均以朝代为划分依据，粗略介绍了中国古代文学发展的脉络。第九部分则自晚清文学开始，介绍中国近代文学之发展直至 1932 年。这部分内容较为简略，提到的重要作家有林纾、严复、梁启超、康有为、鲁迅等人。

这部著作是从法文翻译而来，可以看出其文学史的划分仍主要沿习了中国文学史研究界的划分习惯，又因为是转译作品，很多音译作者、作品名均难以一一查证，也并未体现阿拉伯学界自身研究中国文学的观点；但这部译著对阿拉伯文坛了解中国文学史却起到了很大作用，也为以后阿拉伯文人自己撰写中国文学史提供了一定的借鉴。

近年来，在阿拉伯人自己执笔著述的中国文学史书籍中，最为出色的当属叙利亚著名学者宰克里·沙利基著于 1994 年的《中国文学入门》。

该书洋洋洒洒 600 多页，30 多万字，是一部征引宏富、介绍全面、研究较为深刻的中国文学史巨著。作者宰克里·沙利基是叙利亚拉塔基亚省人，曾在中国生活数年。在中国生活期间，他曾接触过许多中国文人、艺术家，常与他们秉烛夜谈，交流文学心得。这段时期，他萌生了写中国文学史的念头，并阅读了大量的相关资料。作者也看到，他撰写中国文学史尚有一个良好的外部因素：由于语言、政治体制等的障碍，也由于西方国家对中国以及阿拉伯文化的压制，阿拉伯民族在某一阶段对国外文学，特别是同受西方压制的中国文学有着如饥似渴的慕求。有志之士为翻译、介绍国外文学殚精竭虑，而出版社也致力出版一切有关翻译文学、研究外国文学之作品，完全不在乎赢利与否。这情形都为阿拉伯文学界提供了吸收国外文学的便利条件。

但回到叙利亚后，作者迟迟未敢动笔，原因可能是他在序言中所说的："中国文学博大精深、民族各异、文学流派众多，无法一以概之，因而动笔前慎而又慎。"后历时数载，终于完成此内容宏富之巨著。下面将较为详细地介绍该著每编的内容，使中国读者对作者的用功之深、对中国文学观点之客观可以有较为全面的了解。

作者将全书分为十二编，每编论述都基本作到了点面结合、重点突出。

第一编为中国文学入门，整体介绍了中国文学的框架、基本特点及发展脉络。作者认为中国文学的特点之一在于，中国文学历史悠久，其文字经过千年演变，始终保留其基本的音、义和书写方式，现今常使用的汉字大约有 2 000 多个。尽管中国历史上出现过或短或长的战争，但其文化、文学是延续的。这使得中国文学可以很好地保留古代文学的遗产，并对亚洲其他国家的文学，特别是日本、朝鲜、越南等国产生了深远影响，同时也为后世学者研究提供了丰富的一手资料。中国文学特点之二在于，中国文学特别是古典文学，以诗歌为主，且具有强烈的农耕文化特色，即极为崇尚自然，并以象征手法来借景抒情。当然作者也认识到，正是此象征手法增加了翻译的难度。中国诗歌形式多样，发展充分，各种文体如乐府、赋、古诗、五言七言绝句、骈体文等等都可以看作诗歌的变体，这些都几乎使中国古典文学成了诗歌的文学。在介绍完中国文学整体特点之后，作者又分四章对自伏羲氏起至秦统一中国前的文学作了介绍分析。其中第一章着重分析了孔孟思想、老庄思想、《易经》，以及墨子、荀子等人的作品。从文学创作角度来讲，作者对庄子颇为赞赏，将其誉为"第一位将形而上玄学融入文学作品的中国古典哲人"，且他与孔子及其门人相反，反对统治阶层。同时，庄子寓言以自己做故事的主角，意在使人信服其所述之道理。对于墨子，作者以《兼爱》中的部分内容为证，认为他既发展了先秦思想，同时又丰富了早期的散文创作。第二章分析了早期中国诗歌发展的特点，并重点介绍了《诗经》、《离骚》、《楚辞》等文学作品。有趣的是，在作者看来，《诗经》之所以能够引起人们如此之关注，其首要因素就是传言其记述者是孔子，并以诗歌为例来论证其上述观点。作者认为《诗经》中所体现的尊古、祭奠先辈、服从统治等思想即为孔子思想。由此亦可看出，在阿拉伯学者心目中，孔子思想之于中国文学的影响是深远的。同时，作者还选译了部分《离骚》的内容，认为作者屈原与其作品在中国历史上享有极高的地位。屈原是中国历史上第一位留下姓名并且名传千古的诗人，屈原之诗亦被认为是中国古代诗歌发展的一座新的里程碑。

从第二编开始，作者基本按照朝代顺序分编、分章介绍了中国各朝代文学之发展特色。第二编为秦汉文学，按照先列举重点作家，后以诗歌、散文、小说分别为单独章节的体例，介绍了秦汉时期重要的作家、作品。例如《淮南子》与刘安，《史记》与司马迁，《汉书》与班固，《战国策》、《说苑》、《新序》与刘向，等等。作者对这一时期作家、作品的阐述十分详尽、全面，从赋体文的枚乘与司马相如，到汉乐府的《孤儿行》、《陌上桑》、《秋风辞》、《别诗》、《留别妻》、《东门行》等等，阐述了汉乐府的行文特点，言其是五言诗的雏形，并认为汉赋为日后的散文发展奠定了基石。

接下来的数编，作者基本沿袭这种写作体例，即先综述某一时代文学的特点，后重点阐述这一时期的重点作家、作品。从第三编开始，每编最后都会有一章节，介绍中国神话志怪小说，使读者可随着朝代的演变了解中国小说之"神话志怪小说—话本小说—章回小说—近现代小说"的演变。

在第三编"三国、两晋、南北朝及隋朝文学"中，作者介绍的文史作品主要有刘勰的《文心雕龙》、杨衒之的《洛阳伽蓝记》、李延寿的《北史》、《颜氏家训》等等；诗歌有曹氏父子三人（曹操、曹丕、曹植），六朝诗人鲍照、谢朓，两晋诗人陶渊明的诗歌，后者被认为是两晋时期影响最大的诗人，并引用英译版本的《饮酒二十首并序》，论述其诗风清新，语言隽永优美，诗歌形式多样；志怪小说有刘义庆的《世说新语》等。

第四编、第五编主要介绍了我国唐宋时期 600 多年间的文学特点。作者以散文起首，介绍了韩愈、柳宗元、沈亚之等人的散文革新，并认为唐时期的志怪小说《传奇》为话本小说的前身。随后即以诗歌为重点，先总要介绍了唐至宋时期的诗歌全貌，并将唐诗发展分为三个阶段：初唐为模仿阶段，即模仿古诗体进行诗歌创作，主要诗人有骆宾王等人；第二阶段以李白、杜甫、王维、白居易为代表，堪称此四人之诗歌时代；第三阶段以李商隐、杜牧的晚唐诗歌为代表，反映了唐由盛转衰时期的诗歌创作。整体介绍完之后，作者分单独章节着重分析了李白、杜甫、白居易等人的生平、诗歌创作特点及对唐代文学繁荣的贡献。第五编宋代文学中，作者为我们介绍了词的发展与成熟。作者认为，宋代为中国词的黄金时期，并解释说，这并非意味着此时宋词一统天下，而是词诗相较，各放异彩互争高低，而词又成为了主要文学形式。每一位诗人如欧阳修、王安石、陆游等人均能诗善词。宋词之整体特点以描绘山川河流、日升日落等自然景象为主，借以抒情叙意，而较少反映社会政治现实及社会生活。宋代词人代表为欧阳修、李清照、苏东坡、辛弃疾等，作者对其生平等进行了详尽介绍与分析。

第六编为元朝文学。作者认为，元朝文学的主要特点是小说与戏剧的大量问世。由于对外交流的加强，中国文学也通过伊斯兰教、基督教等宗教交流方式渐渐为世界所知。元朝的戏剧创作已由独幕剧转为四幕或五幕剧。而白话小说则有1700多部问世，大约有105位作家。小说几乎全用白话文写成。作者常常因反对政治统治而借用他名。小说除罗贯中写成了《水浒传》和《三国演义》外，作者还谈到了刘伯温的《郁离子》，言其语言诙谐、寓意深刻。作者认为《水浒传》是罗贯中所著，但并非一人完成，是与其学生施耐庵合著而成。《水浒传》亦是每个人物性格各异，作用不同。《三国演义》的艺术特点在于，其中的400多个人物从无雷同，百场战役异彩纷呈，尤其是赤壁之战。《三国演义》是时代语言与古典语言相结合的典范。而在诗歌方面，作者认为元朝的诗歌与戏剧创作相比较，乏善可陈，但也并未停止发展，且诗歌语言更为丰富。

在第七编明朝文学中，作者向阿拉伯读者介绍了中国明朝文学的主要特征。一是新儒学的兴起，思想辩论繁荣。二是《永乐大典》的编撰和明志怪小说的繁荣。作者简要分析了明志怪小说与前朝的不同之处，认为两晋、南北朝时的志怪小说出发点是基于承认鬼的存在，但宣扬人能胜鬼，而明朝志怪小说则堪称"进步者与革命者之书"，因为多数作者已开始否认鬼的存在，如郎瑛的《七修类稿》。三是除了志怪小说，章回小说逐渐成熟，如《西游记》、《金瓶梅》等。作者认为《金瓶梅》反映了明朝的市井生活面貌。而短篇小说也堪称异彩纷呈，诸如马中锡的《中山狼传》、刘彦青的《薛涛故事集》等。作者认为，这些短篇小说一方面反映了明朝的繁华，另一方面也反映了封建制度的腐朽及其与人民关系的紧张。

第八编清朝文学是比较特殊的一编。此编并未依据中国文学界对古代与近代文学的划分，将1840年后的文学划归近代文学，而是以朝代起止年为依据，将1644—1911年间的文学通归为一编。因而这一编的内容也就风格迥异，对清文学的特点难以一一评述。但作者还是总结出了两个最为突出的特点：一为政治衰落，小说长足发展，诸如蒲松龄之神怪小说《聊斋志异》等；二为西方文学影响盛行，其首先始自清朝大规模的翻译运动，其中严复、林纾等人功不可没。

除了上述两个特点之外，作者也没有忽视散文在清文学中的地位，认为诸如袁枚、纪昀等散文大家，王夫之、黄宗羲、冯桂芬等思想大家，曾国藩、王韬、康有为、谭嗣同、梁启超等都曾丰富了清文学的创作。此时清文学诗歌之作用逐渐衰弱，但也仍然涌现出如龚自珍、黄遵宪等在内的出色诗人。

从第九编至第十一编为中国现代文学部分。作者依据年代划分，将第九编题为"1911—1949 年间之中国文学"，将第十编题为"1949—1976 年间之中国文学"，将第十一编题为"1977—1981 年间之中国文学"。每编依然分章节介绍了现代文学进程中的思想发展历程、影响文学创作的重大政治性历史事件，以及中国文学走向现代化的具体步骤。这几编仅囊括 70 年历史，但却占据整个《中国文学史入门》近三分之一篇幅，除资料较易收集这一原因之外，也体现了作者对这一时期文学现象之重视。作者翔实有据地为我们梳理了自 1911 年以来中国文学现代化的进程。

其中第九编主要介绍了受西方影响的新一代小说产生伊始的部分佳作，如吴趼人之《二十年目睹之怪现状》、刘鹗之《老残游记》、曾朴之《孽海花》等，以及自 1916 年始胡适所倡导的文学革命。作者详细介绍了胡适《文学改良刍议》之内容，认为他是打开迈向真正意义上新文学革命大门的第一人。而五四革命则促使白话文正式代替文言文，登上新文学革命的舞台。1919 年，胡适的《中国哲学史大纲》宣告文学革命取得了胜利。作者还介绍了鲁迅、郭沫若等人的早期作品。作者在这一编中还介绍了中国共产党成立伊始的知名革命小说家蒋光慈及其长篇小说《田野的风》（又名《咆哮的土地》）、胡也频及其小说《光明在我们的前面》、周立波及其《暴风骤雨》、丁玲及其《太阳照在桑干河上》等，显示了无产阶级文学之发展，并认为后二者最好地体现了毛泽东在延安文艺座谈会上的讲话精神。此外，综述中，作者还介绍了茅盾之《春蚕》、老舍之《骆驼祥子》、巴金之《激流三部曲》、曹禺之《雷雨》等作品。第九编的第二部分，作者以出生年代为顺序，重点介绍了这一时期的诸多重要作家，有郁达夫、张天翼、沈从文、萧红等，并论述了鲁迅生平，对其作品《阿 Q 正传》进行了深入探析。此外，作者还梳理了共产党成立后无产阶级文学的发展脉络，提到的知名作家有老舍、茅盾、巴金、曹禺、瞿秋白、邓中夏、殷夫、蒋光慈等，认为这些作家这一时期的作品具有良好的革命自觉意识和斗争精神，追求真理，呼吁革命和进步。

第十编为我们介绍了 1949—1976 年间的中国文学。作者将其分为两个阶段：第一阶段从 1949 年至 1966 年，这一时期中国文学呈现出多种思想潮流，作品创作呈现多样化，西方文学翻译日渐盛行。左翼作家阵营在这一时期有所壮大，他们以描写人民生活以及他们的展望为主。第二阶段从 1966 年至 1977 年，该阶段中国爆发了"文化大革命"，几乎为文学创作停滞期。当然这也为"文化大革命"结束后文学创作之井喷式爆发埋下了伏笔。

在第十一编中，作者介绍了自 1977 年至 1981 年的中国文学，认为此一阶段为反思阶段，对"文化大革命"的反思见诸这一时期大多数作家的作品之中。例如，1978 年张洁发表了第一篇小说《林中音乐》（即《从森林里来的孩子》），其写作风格介于批判现实主义和象征现实主义之间。作者详尽介绍了《林中音乐》的情节梗概，并选译了部分内容，认为张洁于作品之中宣扬了其对爱的人道主义理解，为"文化大革命"之后的中国文坛带来了一股清新之风。此外，作者还介绍并选译了少数民族作家乌热尔图的作品《七岔犄角的公鹿》，并简要分析了伤痕文学的主要特点。

全书最后一编为总结，题为"新诗之作用"，梳理了自五四时期至 1981 年这 60 余年的中国新诗发展脉络。其衍变过程大致为以刘半农、郭沫若为代表的五四诗歌，如《相隔一层纸》等——以闻一多为代表的现实主义诗歌——以毛泽东为代表的新中国成立伊始之革命政治诗歌，其代表作有《清平乐·蒋桂战争》、《到韶山》、《西江月·井冈山》、《答柳亚子》等——"文化大革命"之后以舒婷为代表的伤痕诗歌。

之所以如此详尽地为读者介绍这部《中国文学史入门》的内容大要，主要是想令中国读者对这部著作了解中国文学之全面、细致有一个感性体悟。作者伏枥十余年，终于书就如此一部鸿篇巨著，堪称阿拉伯世界研究中国文学史之代表作。全书上自公元前 2357 年，下至当代 1981 年，时间跨度 4000 多年，对这么长历史时间的文学进行梳理，作者可谓煞费苦心。

该书征引宏富，共参考阿拉伯文书籍 37 本，英文书籍 10 余本，其中包括《大英百科全书》多卷。在引用出处方面，有近一半出自《大英百科全书》，这一方面表现出作者旁征博引之权威、准确，但另一方面，又因为是通过第三语言转引，造成了许多音译作品名或是一般作家人名的偏离较大，难以查证。

除了征引宏富外，作者对每编文学的论述也十分详尽，力求做到全面准确、重点突出。其全面体现为对每一时代的作家，无论其影响大小都尽力为读者呈现其作品风貌，使读者得以充分了解该时代的中国文学图景，并在此基础上做到点面结合、重点突出。例如在介绍中国近现代文学时，作者不仅介绍了鲁迅、胡适、茅盾、巴金等重要作家，还介绍了少数民族作家、无产阶级作家作品等。而在重点方面，作者有自己独到的观点，如他将鲁迅誉为"具有革命浪漫主义气质的作家"，认为茅盾的作品在共产主义革命中的地位类似于西班牙作家拉蒙·胡塞·信德尔的作品。作者认为，茅盾与信德尔都是斗士、进步思想的喉舌、思想家和革命实践者，他们的生活影响了二者的文学创作。而唯一的区别是，西班牙内战失败后信德尔流亡，中国革命成功后茅盾文学创作取得了更大成功。

当然，该书也有一些错误和不足之处。例如，对于影响中国近现代文学至深、深为中国文人爱不释手的《红楼梦》，作者却只字未提，这是一处极大缺憾。又如，在谈到春秋战国文学时，作者将《四书五经》中的《春秋》与《吕氏春秋》混淆。此外，在谈及宋朝文学时，作者误将罗贯中列为宋朝文人，言其生卒年为 1160—1241 年，言其所著作品《三国演义》讲述了西汉灭亡后的一段历史。但在谈及元明文学时，又再次提到罗贯中，谈及《水浒传》、《三国演义》，却未将其与宋朝提到时加以甄别。书中还有一些统计方面的小错误，例如曾两次谈到盛唐时期《全唐诗》留下了 2 300 多位诗人多达 48 900 首诗歌。而据《全唐诗》统计，其所收集诗人应为 2 200 多位。此为小瑕疵，作为一位语言相隔甚远、了解基础薄弱的阿拉伯文人，能如此翔实全面地书写一部中国文学史，实在是功高劳苦之事。

附录

毛泽东诗歌集·序言

我怀着好奇读这部诗集，因为它已经译成了多种欧洲文字。左派报纸对它赞许有加，右派报纸则心情难受地面对它。我以一个研究者、批评者的观点看待它。我很欣赏它的某些诗歌精神，但它的风格，它固着的倾向性（这里应是指它的革命内容——

笔者注）却并不令我赞赏。

阿拉伯读者习惯了英法文学。这种思想的入侵，始自 19 世纪。它使我们远离了东方思想的成果，即使我们读欧默尔·海亚姆、伊克巴尔、泰戈尔，也是通过英文、法文。至于中国、日本、印度尼亚西、马来西亚、菲律宾……的诗人，我们却一无所知。

像我这样喜欢研究东方思想的人，都通过欧洲文字来了解它。东方文字太难了，我们没有对它的迫切需要，因此我们的大学不教授它。中国文字是至今仍在使用的文字。差不多四千年来的中国文学都是用这象形般的文字记录下来的。

这位诗人，是他的民族的最高政治领袖，是他们摆脱封建主义、帝国主义的解放者，是外来侵略者、剥削者的清除者。他的话要以金子来衡量。人们把他看作是现代诗人之首。人们如果被问起："谁是最伟大的当代中国诗人？"他们会异口同声地回答："毛泽东！"

我们还不习惯于我们尚不了解的描写。我们了解西方诗歌，了解阿拉伯诗歌。至于此类描写，我们则是完全陌生的。这些诗是在不同场景写的，我们对它全然不了解，不了解它的政治、斗争价值。也许某一个词语象征着当地一个重大事件，中国人听了，会情不自禁地激动起来。而这同一个词语，却全然不能引起我们的注意。某些词语具有特别的铿锵的音乐性，但在翻译时却丧失殆尽。某些词语由于某种排列组合，具有着不可分割的联系和特别意义；而别的语言无论表面字句、意义怎么相同，也反映不出其深含的内容。他们的神话对于我们也是陌生的，既不同于希腊神话，也不同于阿拉伯神话。在他们那里"老人星"是一位恋人，他与恋人"土星"只有在阴历七月初七才能在天河的桥上相会。桂花酒是永生者的饮料，桂花树高入云端。吴刚想攀爬上去，但树枝阻挡了他。每当他用斧子砍断一个树枝，在原处又长出一个树枝……就这样他成为永生者，但必须永不停止地砍桂花树。三百万玉龙，搅动天地，其鳞片落在山上，成为柔软的白雪。猴王用他巨大的扇子对山扇动，便下起了大雨。以及诸如此类的存在于他们传统和民俗深处的神话。我们只能惊讶地面对它，却不知如何欣赏它。

在他们的诗中有许多名词、历史、数字，使我们之间产生了某种空白。我们感觉到它，但不能明白它。《如梦令·元旦》这首诗的开头这样写道："宁化、清流、归化，路隘林深苔滑。"或《菩萨蛮·大柏地》："赤橙黄绿青蓝紫，谁持彩练当空舞？"
你会感到有某种诗歌精神在你心中跳动吗？也许你会想到阿拉伯古代诗人伊本·鲁米
描写虹的颜色的诗句：

> 似南方来的巧手，
>
> 在天空绣出锦衣；
>
> 上边微微呈黑色，
>
> 下面直插入地里。
>
> 这是斑斓的彩虹：
>
> 绿色红色黄色白色；
>
> 像少妇拖着的裙摆，
>
> 色泽鲜艳长短不一。

如果你将两首诗比较，会感到明显的差别。伊本·鲁米的颜色，像个活动的少女，
来回走动，夸耀她身上穿的衣服，一部分连着另一部分，表现出协调、和谐和富有。
而中国的这首诗，仅仅是物质的虹，跳动着各种颜色，用这种物质的方式表现画面，
失去了诗歌灵魂。也许在汉语中，表现这些颜色的词具有特殊的音乐性，但通过翻译
我们感觉不到。

汉语中也有律诗及类似我们彩诗（穆沃什哈特）那样的诗歌。有四言、五言、八
言等，介于四行、六行、八行不等。其韵脚类似阿拉伯诗歌的韵脚。他们现在仍维护
这一传统，关注古典诗歌的韵律，在创作诗歌时会提及是根据什么韵律写的。最著名
的有两类：一是诗，二是词。就如同我们在中世纪时所说：某位诗人是根据"长律"
创作的诗歌，韵脚字母是"希努"，某位诗人又根据"全律"来创作诗歌反对他，韵
脚字母是"努努"。我们今天仍在谈论诗人布赫图里的"希尼叶"（即韵脚是"希努"
的诗歌），艾布·泰马姆的"拉依叶"……

也许由于翻译，这些很有特点的音乐性都丧失了。我们对这些诗歌缺乏热情的原
因之一是，我是从法文、英文翻译这些诗，而不是直接从汉语翻译，因此不能了解它
们原有的音乐性。由于两种差异，我不可能将它们完全译成阿拉伯文。我非常热切地

将它们的思想、画面发表出来，以使我们的阿拉伯图书馆增加一种我们从不知晓的新的诗歌品种。我相信，无论如何，思想的交流总是有益的。既然我曾经翻译介绍过英、法、德等语言中的优秀文学作品，并以此服务于我们的阿拉伯语，那么我为什么不能翻译介绍遥远的东方文学珍品，并以此服务于我们的语言呢？

我们与中国、东方的交往十分久远，早于穆斯林军队进入这个地区数百年。这种联系持续稳固发展。海路通过船队连结，陆路通过商队连接，直到晚近的时代。《一千零一夜》中、《瓦格瓦格岛》神话中、长墙（长城、或有双角的亚历山大墙）及雅古格和玛古格传说……中都有所提及。直到今天，我们还藏有中国瓷器珍品，把它们放在家中最显眼的位置上。尽管有这些联系，但在文化、文学、哲学上彼此却没有什么影响，也许语言的困难是他们的文学没有传到我们这儿的最大因素。而他们却从我们的文学中译介了《一千零一夜》以及某些现代小说。这些作品并不能给他们关于我们的文学——我们的作家及他们的作品，一个完整的真实的印象。

这种令人遗憾的文学隔离应当消失。我们应选择具有文学鉴赏力及很高文化素养的最有能力的翻译家来担当这一民族的职责。我在建筑的基础上铺上了第一块砖。如果可能，我将继续完成远东诗歌、神话、小说、哲学等选集的翻译，从而为研究家们提供一点帮助。我会成功吗？我从内心希望如此！

马姆杜哈·哈基于1966年翻译出版《毛泽东诗歌集》，是阿拉伯国家翻译出版中国诗歌的一个开始，在中阿文学交流中有着重要的意义。无论在交流、理解上有什么隔阂，他毕竟使阿拉伯读者了解到毛泽东是一位领袖、一位诗人，也了解了中国革命的一些史实和情况。但由于彼此文化上的差异，更由于中国和阿拉伯之间的诗歌翻译、介绍少之又少；因此，像马姆杜哈·哈基这样的大学者对毛泽东诗词，进而对中国诗词不甚理解，甚至产生误解，乃是正常之事。如他说他欣赏毛泽东的某些诗歌精神，对它的风格、固着的倾向性却并不赞赏，这就没有从总体上去把握毛泽东诗词的精神的内容，也不了解中国诗歌中"诗"和"词"的不同。

由于彼此文化的差异，马姆杜哈·哈基对毛泽东诗词的某些评述也有失精当。如他将毛泽东的《菩萨蛮·大柏地》诗句"赤橙黄绿青蓝紫，谁持彩练当空舞"，与阿拉伯古代诗人伊本·鲁米描写彩虹的诗句相比，认为伊本·鲁米的描写充满动感、协调、和谐，而毛泽东的描写仅仅是物质的彩虹，用这种物质的方式表现画面，失去诗歌灵魂。应当说，这种对比、评判是有失偏颇的。伊本·鲁米描写彩虹的诗句固然优美，但毛泽东对彩虹的描写却绝不是物质式的。"赤、橙、黄、绿、青、蓝、紫"，这是彩虹的色彩。当它在天空时，时而是静的，时而又是动的。"谁持彩练当空舞"，这就完全充满了动感、想象且气势磅礴，胸揽天宇。比起"南方来的巧手"、"少妇拖着的裙摆"，真的是不可同日而语了。

马姆杜哈·哈基是一位真诚的学者，他用了很大篇幅论述中国语言、文学的情况。他鼓励不同民族、国家间的文化、文学交流，尤其是与东方民族、国家的文化、文学交流，并表示自己愿为之铺路、加砖，这些都是值得肯定的。马姆杜哈·哈基翻译、出版《毛泽东诗歌集》并撰写长篇序言，阐述自己的见解，这正是中国阿拉伯文学交流中难能可贵的做法。

中国古代诗选·译者前言　［叙利亚］赛拉迈·奥贝德

这部中国古代诗集的大部分曾陆续刊登在1981—1982年阿拉伯文版的《中国建设》杂志上，但这只是一个小小的努力。为的是吸引这个杂志的阿拉伯读者关注这一文学的巨大宝库，这一宝库的大多数很长时间以来对阿拉伯读者一直是陌生的，而它却是值得他们关注和研究的。这部译稿，首先是依靠这个杂志的阿拉伯文部选出的诗歌原著，协助我从中文直接译成阿拉伯文的是北京大学的阿拉伯语教师吕学德同事；其次，我还借助了一些法文、英文资料，这些资料都是很有参考价值的。

这部译稿对某些原著诗歌音律进行了推敲，另一些则译成散文诗。两种方法都有它的缺点，但译稿尽可能地忠实于原文，因此内容多数是忠实的。至于诗歌原有音律性的损失却是难以弥补的，因为中国诗歌有着很精准的音乐性，甚至某些词语本身就具有音乐性，他们能够细致地表达出喜怒哀乐情绪。

中国古代诗歌表现了哪些内容呢？

无疑，大自然是这一诗歌最丰富的营养来源之一。中国是一个充满大小河流、山脉相连的国度。这些山脉有的青翠浓绿，有的终年积雪。而大小峪中坐落着许多庙宇，周围是阡陌相连的广阔田野，到处是青砖黑瓦的农舍，就像是一双天才的巧手绘制而成。中国还有广阔的大草原，有时像一张绿色丝绸地毯，有时又像翻动着金色浪花的海洋。那里有一望无际的牧场，装点着各式各样的鲜花，牛羊遍地，鸟儿鸣啭。这里的天空多数情况下湛蓝透明，云彩飘动，像一幅丝织的锦绣画面。

中国古代诗人由此获得他们整个诗歌或几段诗歌的灵感，尤其是月夜、春天、迷人的小湖和静谧的乡村。现实与想象，或是现实与神话交汇，风格简练、明快，具有很强的象征性、隐喻性。野雁在秋风瑟瑟中飞回南方的故土，隐喻着诗人对故乡的思念；黄昏，喻示着诗人走向不可知的未来；高山，象征着青春活力、威严、敢于对抗；河流，象征着命运奔流到海，不知回返。

诗人经常将自然与各种场景相联，表现自己的思念、忧伤、欢乐。大自然不能把诗人与他生活其中的人民分离开。诗人无论走到哪里，都会亲眼看到，亲耳听到，亲手触摸到，亲身感受到人民的痛苦和希望。他们的悲伤是何其多，他们的欢乐是何其少啊！许多宫廷诗人不能长期怀抱着他们的丝竹、琴弦，他们看到的暴虐、不公、宫庭腐败，吞噬着他们的良心。他们抛下丝竹、琴弦，投身人民的棚屋，回到自然的怀抱，享受自由的风情。

这个时代诗人们描写的悲剧是什么呢？最大的悲剧莫过于战争！

中国古代诗人能够分清正义的防御性的战争和扩张性的侵略性战争的区别。他们赞扬抵抗性、解放性的战争。而扩张性的战争是帝王们发动的，每次这样的战争都没有真正的胜利者。诗人们描写战争带来的悲惨景象：男人们血肉横飞，老人加以掩埋，以致父亲们都希望不生男孩只生女孩，以免男孩子以后被战争所摧残和吞噬，广阔的田野只见寡妇和丧子的女人耕种，他们没有农作的经验，也没有从事如此艰辛劳动的能力。

战争需要男人和金钱作燃料。

男人被驱赶上战场，他们多半不知道战争的原因和目的，他们与彼此并无仇隙的人进行战斗。

钱是用鞭子征集起来的，这都是来自皇宫，或是地方官的授意，或者二者根本就是一丘之貉。税收数目巨大，税吏冷酷无情，人为的和自然的灾祸连绵不断。人民在呻吟，诗人在痛苦。诗人描写劳动者的苦难——上岁数的卖炭翁，田间收割者，流浪汉，失夫丧子的妇人，服徭役者……他批评和揭发暴虐的剥削者——大地主，税吏官，乃至大臣和君王们。

在一位诗人眼里，他们都是豺狼，吃人民的肉，喝人民的血。

中国古代诗歌的另一个重要内容是思念故国，或思念故乡——回到童年的游乐场，回到青年时的记忆，像飞鸟倦飞归巢，像恋人回到恋人身旁。在多数情况下，他们的这种思念往往是向着南方。王朝的京城多半在北方或西北方，许多文学家、艺术家被吸引到那里去，这是他们从事思想和学术活动的中心，但京城不能浇灭诗人心中对南方故乡、对亲朋好友的思念。这种思念有时是非常强烈的，这种思念使我们想起了本世纪（指 20 世纪——笔者注）初阿拉伯海外诗人，尤其是黎巴嫩诗人们的诗歌。

如果云彩向南方飘去，诗人会欢呼。一旦月儿出现，他们会激动。秋天来临，大雁飞回南方的家园，更增加了诗人对亲人和故乡的思念，他们会向大雁致意，希望能像它们一样，也有一双翅膀，也能一起飞翔。

多数中国古代诗人的诗歌有着共同的主题和内容，如颂酒，这可以和阿拉伯诗人艾布·努瓦斯、波斯诗人欧默尔·海亚姆媲美，在同一题材上有着相同的内容和场景。也许欧默尔·海亚姆的世界性声誉也不可能掩盖住杜甫、李白的声誉。

其他诗歌主题和内容还有爱情、赞颂、悼念……这里无法一一叙述。

最后，中国古代诗人表现出了勇敢、忠于人民、热爱祖国、具有透明性和对美好未来的向往，这是经过长期艰苦斗争得来的！

第九章　　中阿文学交流活动及人员交往

　　如前所述，中国和阿拉伯之间的友好交往历史悠久。近代以前，由于宗教的原因，中国一些穆斯林学者曾前往阿拉伯国家参访。如伊斯兰学者马德新 (1794—1874) 在埃及穆罕默德·阿里执政时期曾两次访问埃及。马德新，云南人。1844 年，在朝觐后首次访埃。先到库塞尔，后到基纳，随后乘船沿尼罗河至开罗。10 月 24 日抵亚历山大，停留 9 日，后至伊斯坦布尔。同年，因避瘟疫耽搁朝觐期，便二次访埃，在开罗居住半年之久。1845 年离开罗至麦加，后回国。在其所著《朝觐途记》中记述过访埃见闻。他称赞穆罕默德·阿里："王大智大勇，善治理。"其时，穆罕默德·阿里改革高潮已过，但成果显在。"谜思尔 (埃及)，巨域也。"亚历山大"极壮丽"，"商贾辐辏"。埃及"诸凡制造无求于他国"。"条建树，蓄货殖，各种技艺由甫浪西 (法兰西) 习来。"他对穆罕默德·阿里的评价是基于第一手资料的。可能他也是有案可查的访埃第一人。

　　林则徐在其《四洲志》中也说："埃及军伍昔强，惜未娴纪律。近得欧罗巴训练之法，队伍雄甲东方。"又说："近复设武备馆，延欧罗巴教师以训少年。"[1]

　　1. 艾周昌、沐涛：《穆罕默德·阿里改革在中国的反响》，载《阿拉伯世界》，1987 年第 1 期。

　　1952 年 7 月埃及法鲁克封建王朝被推翻，1953 年建立共和国，1956 年与中国建交。以后随即有代表团访问中国，其中有作家代表团，也有作家个人访问中国。1957 年，经共和国总统批准，埃及组成以亚历山大大学校长穆斯塔法·赛义德为团长的文化教育代表团，于 1957 年底出访印度、日本、中国，历时 47 天。代表团访华期间受到周恩来总理接见。代表团中有作家侯勒米·穆拉德。他是埃及系列丛书《我的书》的所有人和主编。他回国后，出版了《我的书》第 70 期，谈他访问这几个国家的经历，重点谈到对中国的访问。书中有多幅图片，记录下当时中国的一些情况，弥足珍贵。周总理接见时的翻译是刘麟瑞先生。他在书中谈到，他对中国人尊重艺术和艺术家、尊重文学和文学家、尊重阅读表示敬佩。他写道：

　　"我们抵达北京后，参观了许多出版社，其中有外文出版社，它出版的一些杂志被翻译成 14 种外语；参观了庞大的人民日报出版社，参观了一些文学家协会和组织；还参观了北京大学东方语言系，与三位教师和四十位男女学生见面，他们都能说流利的阿拉伯语；还参观了公共图书馆，图书馆中有数十万册各种语言的图书，其各层楼的回廊足以使读者迷路，现代化的书架向人们提供珍贵的宝藏。

"文学和文学家受到民族的关注。最明显的例子是他们对他们的大文豪鲁迅所做的事。他们分别在北京和上海为他建立了两座纪念馆，每个纪念馆都有数十个展厅和房间，展出了他一生的照片……北京纪念馆旁还有鲁迅住过的一所小房屋……"

他还对中国文学作了一些介绍。他在书后介绍了中国古典文学作品《杜十娘》和鲁迅的作品《伤逝》，并附有图片。在《杜十娘》（阿拉伯文译为《妓女的珠宝》）所附的图片下，他写道："在本期的《我的书》中我介绍了我在中国的所见所闻……《我的书》丛书将履行它完整的职责，在下一期向你们介绍中国的文学——古典的和现代的。上面的题目和图画是中国的一篇古典作品。"

上世纪 50 年代，埃及等阿拉伯国家与社会主义阵营比较靠近。在文学方面，受苏联社会主义现实主义创作方法影响较大，也创作出了一些至今还有影响的重要作品，如《土地》、《兰灯》等。同时，中国文学也为阿拉伯文学界及作家们所关注。50 年代中期，埃及著名的《新月》杂志出版社出版了《毛泽东论文学艺术》阿拉伯文译本。

随着中国与阿拉伯国家友好关系的发展，中阿交往日益密切。数十年间，中国与阿拉伯各国文学家、艺术家之间的交往和互访更加频繁。我们这里只对与阿拉伯语界有关的来往和互访进行记述，以收管中窥豹之效。

中国从事阿拉伯文学研究、翻译的学者、专家出访阿拉伯国家，接受阿拉伯方面采访的，不下数十人。同时，阿拉伯各国文学家、艺术家接受中国相关单位、人士邀请访华、接受采访的也很多。许多交流情况还在双方的报刊上登载。这对促进中阿文化、文学的交流产生了积极的影响。

在此还要提到阿拉伯文学研究会的成立及活动。阿拉伯文学研究会成立以来，举办了多次大型或小型的研讨会，并与阿拉伯各国作家进行交流。

第一节 阿拉伯文学研究会的成立及活动

1978 年中国外国文学学会的成立，是我国外国文学翻译、研究发展的一个标志性事件。

上世纪 80 年代初，我国高等院校的阿拉伯语系招收了大量阿拉伯语学生，对硕士生、博士生的培养也逐渐展开，阿拉伯文学是他们重点进修的专业之一。各高等院校外语系、中文系也多开设阿拉伯文学课，有着一支了解阿拉伯文学的重要师资队伍；有关研究机构也充实、加强了研究力量；还有民间各个单位里许多懂得阿拉伯语、喜爱阿拉伯文学翻译及研究的人员。面对阿拉伯文学翻译、研究不断发展的形势，建立一个能够团结、聚拢与阿拉伯文学翻译、研究有关的人员，能够促进阿拉伯文学翻译、研究不断发展，并能与阿拉伯有关机构、阿拉伯文学家进行交流的机构，已是一个提到日程上的课题。

一、 阿拉伯文学研讨会暨阿拉伯文学研究会成立筹备会

在中国社会科学院外国文学研究所、北京大学、北京外国语学院、上海外国语学院、北京经贸学院、北京语言学院等单位的共同努力下，1983 年 10 月 18—23 日在北京香山召开了首次全国阿拉伯文学研讨会暨阿拉伯文学研究会成立筹备会。会议请到阿拉伯语前辈北京外国语学院纳忠教授、北京大学刘麟瑞教授、翻译家纳训。冰心给会议发来贺信。会议共收到论文 28 篇。与会 40 多位代表就阿拉伯近现代文学的特点、阿拉伯文学的分期、阿拉伯重要作家及其作品等议题进行了热烈的讨论和探索。

第一次香山会议合影。二排左起纳训、陈嘉厚、刘麟瑞、孙绳武、纳忠……郭应德、余章荣。

冰心给大会的贺信:

获悉亚剌伯文学讨论会将于十月十八日在香山别墅召开的消息,我十分高兴。但我自己却因行动不便,不能躬与其盛,我又十分歉疚。

我不懂亚剌伯文,亚剌伯世界我也只到过埃及,所以知道的很少。我曾翻译过黎巴嫩哲人纪伯伦自己用英文写的《先知》,因为我从英文中读到那本充满了东方气息的超妙的哲理和流丽的文词的散文诗时,就引起了我的喜爱,感到有移译出来公诸同好的必要,虽然我还不知道这本书在美国出版时受到那么热烈的欢迎!

我希望懂得亚剌伯文的学者,多多翻译一些亚剌伯的文学名著,因为我感到我们东方人更能欣赏东方人的作品。同时我也感到译者除了必须比较精通外国文字外,还必须刻苦学习本国的文学作品。这样才能用比较适宜的文字来移译外国的文学作品。正因为我自己没能做到这一点,我就更希望年轻的译者同志们多多努力!

冰心

1983 年 10 月 17 日

二、 阿拉伯文学研究会成立及《一千零一夜》、马哈福兹研讨会

经过几年积极的努力和筹备,阿拉伯文学研究会及第二次阿拉伯文学研讨会于 1987 年 8 月 25—28 日在北京举行。纳忠教授、纳训先生发来贺电。会议收到埃及作协主席、埃及协商会议副主席、著名作家萨尔瓦特·阿巴扎,伊拉克著名文学家、诗人优素福·伊扎丁的贺电。全国各单位专家、学者 70 余人出席会议。

会议宣布阿拉伯文学研究会正式成立。它挂靠在中国社会科学院外国文学研究所,是中国外国文学学会的一个分支机构。会长由北京大学教授、北京大学伊斯兰文化研究所名誉所长刘麟瑞担任,设副会长 4 人、秘书长 1 人。

会长刘麟瑞在会上致辞。会议还对《一千零一夜》这部名著、埃及著名作家马哈福兹的作品进行了讨论。会议收到论文 50 多篇。出席会议的代表半数以上是高等院校的学生,充分显示出阿拉伯文学翻译、研究的新生力量正在形成。

三、 阿拉伯文学与世界

1991 年 11 月 19—22 日，在北京召开了第三次阿拉伯文学研讨会，议题是"阿拉伯文学与世界"。出席会议的有季羡林、纳忠、叶水夫、孙绳武等。外交部副部长杨福昌派代表前来祝贺。冰心为大会书写了她最喜爱的纪伯伦的诗句："最伟大的人是不压制人也不受人压制的。"

与会代表就阿拉伯中世纪文学与欧洲文艺复兴、阿拉伯文学对西班牙文学的影响等进行了讨论和交流。阿拉伯文学与中国文学有着密切关系，如阿拉伯旅美文学与中国道教、阿拉伯文学的发展轨迹与中国文学的发展轨迹、阿拉伯饮酒诗与中国饮酒诗等，都值得比较和研究。有代表指出，阿拉伯文学是跨文化的一个典型。这次会议有不少西方文学研究者参加。研究队伍大大加强，研究领域拓宽，研究方法不断更新，能做到批评语言的科学化。

四、 阿拉伯文学与伊斯兰文化

由阿拉伯文学研究会与上海外国语学院阿拉伯语系联合举办的第四次阿拉伯文学研讨会"阿拉伯文学与伊斯兰文化"，于 1993 年 10 月 31 至 12 月 2 日在杭州举行。浙江省人大常委会副主任、杭州大学毛昭晰教授出席并讲话。

阿拉伯文学是伊斯兰文化的一个组成部分，从文学研究角度讲，又是阿拉伯文化的物化表现。把阿拉伯文学置于伊斯兰文化的大背景下研究，必将开阔文学研究的视野，推动文学研究的深层次发展。学者们就阿拉伯文学的创作思想、表现手法、文化及宗教内涵，以及阿拉伯伊斯兰文化的渊源、核心、发展，对东西方文化、文学的影响，展开深入讨论。目前，对阿拉伯文学的研究已扩大到与其他社会、文化相联系的研究。当前伊斯兰文化面临西方文化挑战，伊斯兰激进组织运动兴起及其影响已为世界瞩目，这无疑会对阿拉伯文学产生影响。我们应该把握时代脉搏，密切注意伊斯兰文化和阿拉伯文学的发展及走向。

五、　阿拉伯文学中的女性和女性文学

阿拉伯文学研究会第五次会议由研究会与北京外国语大学于 1995 年 10 月 16—19 日在北京联合举行。出席开幕式的有北京外国语大学校长王福祥、中联部副部长李成仁、中国翻译工作者协会会长叶水夫等。阿曼卡布斯国王大学执行校长哈马德先生、卡布斯国王大学协调主任穆罕默德先生作为特邀嘉宾出席了开幕式。哈马德先生谈了他的中国之行的深刻感受，认为中国人对阿拉伯语和阿拉伯文学的重视超乎想象，表示将发展与中国阿拉伯文学研究会的交流合作，并提供力所能及的帮助。

会议认为，随着受教育的普及、工作领域的扩展，阿拉伯知识女性人数越来越多，其中不少人成为作家。她们的作品与男作家有明显不同，特别在表现女性自身问题上更加深入和细致。女性文学是阿拉伯文学中的一个重大课题，应该引起关注。代表们对马哈福兹三部曲、纪伯伦作品及《古兰经》中的女性形象进行了交流，对埃及女作家赛勒娃·伯克尔的小说、科威特女作家莱拉·奥斯曼的文学创作、科威特王室女诗人苏阿德·萨巴赫的诗歌进行了讨论。

会议经民主选举产生了新一届阿拉伯文学研究会理事会。鉴于刘麟瑞教授年事已高，理事会一致推举北京大学仲跻昆教授为新一届阿拉伯文学研究会会长。

以后，阿拉伯文学研究会还先后召开过《一千零一夜》研讨会、"世纪之交的阿拉伯文学"研讨会、"阿拉伯文学：时间和空间"研讨会等。

《一千零一夜》研讨会合影。前右二周顺贤，右四北外校长陈乃芳，右五也门总统顾问。

2010 年 11 月 27—28 日，阿拉伯文学研究会与北京大学阿拉伯语系、译林出版社、对外友协联合召开仲跻昆《阿拉伯文学通史》首发式暨阿拉伯文学研讨会。阿拉伯多位使节出席会议。

阿拉伯驻华使团文化委员会主任、叙利亚驻华大使杰拉德博士高度赞扬了以仲跻昆为代表的中国阿拉伯文学翻译、研究所取得的成绩。首发式后，举行了"三十年来阿拉伯文学现状及中国的阿拉伯文学研究"研讨会。

2011年11月4日，阿拉伯文学研究会与北京对外经济贸易大学阿拉伯语系联合召开"阿拉伯巨变在文学上的反映"研讨会。对外经贸大学副校长赵忠秀出席会议并讲话。会议还举办了书展，展出了数十年来中国出版的阿拉伯文学方面的著作（包括译著）。这些书籍主要由对外经贸大学葛铁鹰教授收集。本次会议还改选了新一届阿拉伯文学研究会常务理事会，蔡伟良教授任会长。

2012年11月9日，阿拉伯文学研究会在上海外国语大学召开年会。上外副校长杨力、上外中东研究所名誉所长朱威烈教授出席会议并讲话。会议围绕着"动荡之后的阿拉伯文学"议题进行讨论。来自北外的叙利亚专家（也是一位作家）费拉斯·萨瓦赫对叙利亚当前的动荡局势进行了全面分析。会议还对今后如何更深入地进行阿拉伯文学研究进行了讨论。

阿拉伯文学研究会与俄罗斯阿拉伯语学者库杰宁座谈。前右起仲跻昆、库杰宁、郅溥浩，后右起伊宏、李琛、程静芬、马瑞瑜、齐明敏。

在阿拉伯文学研究会的主持下，阿拉伯文学翻译、研究学者先后与数十位阿拉伯国家的作家举行过座谈会，进行过交流活动。如与埃及作家萨·阿巴扎率领的作家代表团、埃及诗人法鲁克·舒沙、埃及女作家伊·巴莱卡、叙利亚妇女作家乌勒法特·伊德莉比、叙利亚女作家盖玛尔·凯拉尼率领的作家代表团、叙利亚作协主席阿里·欧格莱·阿莱桑、伊拉克作家阿卜杜拉·尼亚吉、利比亚作协主席胡希姆、利比亚作家法格海与突尼斯作家穆·法里斯等，还与俄罗斯阿拉伯学者库杰宁举行过座谈。

新中国建立后，中国和阿拉伯国家之间作家代表团的互访一直不曾间断。早期不必记述，近期举例如下: 2008 年 4 月 25 日至 5 月 3 日, 埃及作家哈姆迪·库尼斯、穆斯塔法·噶堆访问中国, 中埃两国作家在京举行了座谈。陈建功、韩作荣、刘宪平、仲跻昆就中埃文学创作和文学翻译等问题与来访客人进行了深入热烈的讨论。作家们都表示, 作家互访和文学翻译上的合作, 能够为两国文学和文化的合作提供更多便利和更好平台。2009 年 6 月 19—29 日, 以卡米勒·乌努斯为团长的叙利亚作家代表团访问中国。代表团一行访问了北京、西安、上海。在上海与中国作家臧建民、竹林、李其纳、桂兴华等举行了座谈。桂兴华向客人们赠送了他新创作的诗集《城市的心跳》。

第二节 中国学者出访阿拉伯国家

先对中国学者在阿拉伯刊物上发表文章及接受阿拉伯有关人士采访的情况, 作一介绍:

1983 年第 2 期《阿拉伯人》杂志(科威特出版)刊载了朱凯的文章《阿拉伯文学在中国》。文章概括介绍了中阿友好关系的发展、中国和阿拉伯的文学交流。他认为中国介绍阿拉伯文学经历了两个高潮: 一是 1956 年埃及、黎巴嫩遭受帝国主义入侵, 中国翻译、介绍了新的阿拉伯文学作品以支持阿拉伯人民的正义斗争; 二是上世纪 70 年代末至今(文章发表之日)。他还归纳了当时中国介绍阿拉伯文学的一些特点。这篇文章较早向阿拉伯读者介绍了中国对阿拉伯文学的译介和研究情况。

1990 年 10 月 6 日, 郅溥浩在埃及《金字塔报》上发表文章《中国阿拉伯友好交往源远流长》, 叙述了中阿古代通过陆、海丝绸之路进行的友好交往, 列举了杜环、曹汝适等中国作家对阿拉伯的记载, 同时谈到了中阿之间的文学、文化交往。

1985 年 4 月 8 日, 埃及《金字塔报》刊登了穆罕默德·萨利哈在北京对王复的采访, 题目是《中国女学者翻译"悬诗"和〈灵魂归来〉》。文章介绍了王复是《中国建设》阿拉伯文部主任, 曾在伊拉克留学, 阿拉伯语说得很流畅。说她除翻译"悬诗"和《灵魂归来》外, 还写文章将《一千零一夜》与中国小说《西游记》进行比较。王复长期担任外文局《今日中国》(原

《中国建设》）杂志阿拉伯文部主任。她本人著述颇丰。她主持的杂志长期以来刊出了大量译成阿拉伯文的中国文章。

王复与巴林诗人阿里·哈里发

1994 年 2 月，埃及《文学消息》报刊登了埃及驻华使馆文化参赞杰玛勒丁·赛义德对李琛的采访，题目是《中国东方学者李琛：诗歌翻译几乎是不可能的》。文章介绍说："李琛是中国社会科学院外国文学研究所东方室研究员，是一位温和平静的研究家，说话声调不高，是一位典型的善良的中国知识女性。"文章写道，李琛说她的翻译是为她的研究服务的。她翻译过一些伊拉克、黎巴嫩小说和埃及诗歌。最使她满意的是翻译了马哈福兹的《我们街区的孩子们》和埃及女作家格巴尔·巴莱卡的小说《春回大地》。她认为翻译是一件创新的工作，也许能翻译出诗歌的思想、感情，但它的艺术形式、音律美的翻译几乎是不可能的。李琛喜欢哲学，喜欢对宇宙进行思考。她喜欢的作家是纪伯伦、马哈福兹、哈纳·米奈。

1995 年 6 月 24 日，埃及《文学消息》报刊登了埃及驻华使馆文化参赞杰玛勒丁·赛义德对郅溥浩的长篇采访，题目是《中国东方学家谢里夫（郅溥浩）》。文章写道，在中国学习阿拉伯语的人很多，但从事阿拉伯文学翻译、研究的人却不算多。郅溥浩译过马哈福兹、卡纳法尼、努埃曼、台木尔、纪伯伦、汉纳·法胡里等的作品，写过多篇研究文章。他说，中国的东方学运动从三百年前，即明代末年就已开始，那时翻译了《古兰经》里的一些篇章及部分《圣训录》。这种翻译活动一直没有停止，并逐步完善。上世纪 70 年代后期是中国阿拉伯文学翻译、研究的最好时期，许多重要的阿拉伯文学作品译成中文出版。虽然现在出版受到经济的制约，但许多中青年学者仍坚持不懈地在阿拉伯文学这块土地上辛勤地耕耘着，一些重要的小说集、诗歌集（古代和现代）及有分量的研究专著即将出版。

相应的是，一些中国学者也对阿拉伯作家进行了采访，虽采访之后写成回忆录发表的不多见。彭龄、章谊的《寄往开罗的绵绵情思》是很有代表性的一篇。1994 年 10 月，马哈福兹在开罗遭宗教极端分子刺伤后，引起埃及国内外善良人们的深切关注。时任中国驻埃及使馆武官的曹彭龄携夫人卢章谊前往马哈福兹家中探望和访问。他们曾将访问记在报刊上发表。马哈福兹去世后，他们写了《寄往埃及的绵绵情思》，在 2006 年 9 月 15 日香港《大公报》上发表。文章表达了他们及所有热爱马哈福兹的中国读者对这位伟大作家的深切怀念。文章回忆道："对我们两位中国客人来访，他（马哈福兹）显得很兴奋。他说他虽未去过中国，但很早就读过孔夫子的哲学和小说《骆驼祥子》，都曾给他留下深刻的印象。我们说，就像他熟悉开罗普通百姓的生活，创作了有关开罗的三部曲等作品一样，老舍也非常熟悉北京，除《骆驼祥子》外，还创作了《我这一辈子》、《四世同堂》、《茶馆》等以北京为背景的小说、戏剧。我们一些阿拉伯文学界的朋友们，常将他们两位比较，称他是'埃及的老舍'。他听完呵呵笑着说：'那是我的荣幸。'"文章说，他一次想去亚历山大度假时，秘书问是否通知金字塔报社派车。他说："像往常一样乘公交车去。我还是我，跟过去没什么不同。诺贝尔奖不能把我和人民分开！"文章写道："（临行前）我们递上小本子，请他为我们写几句话。他不假思索，用他那尚未恢复功能的手写下这样一句话：'非常高兴你们来访，它为我们提供了一个交谈中国文学与阿拉伯文学的机会。祝愿伟大的中国进步、繁荣！'"

曹彭龄采访马哈福兹。

　　彭龄和章谊还写过多篇对阿拉伯作家的采访，如《访黎巴嫩作家穆·达克鲁布》、《她前进在通往未来的道路上——访黎巴嫩女作家纳斯尔娜》等。1983 年，彭龄任驻黎巴嫩使馆武官时，曾在黎巴嫩纪伯伦博物馆与冰心之间牵线搭桥。冰心将自己翻译的作品及题写的纪伯伦《先知》中关于友谊的诗句赠送给纪伯伦博物馆。

　　中国阿拉伯学者出访阿拉伯国家的活动，以时间为序举例如下：

　　1983 年 12 月，应突尼斯"全国翻译、研究、文献整理学会"（智慧之家）邀请，郅溥浩赴突尼斯首都出席其学术会议，并成为其学术委员会委员。委员们受到布尔吉巴总统、穆扎里总理接见。郅溥浩与突尼斯文化部长白希尔会见，商讨中突文化文学交流事宜。1984 年 12 月、1986 年 12 月，郅溥浩又两次赴突尼斯参加其学术会议，并发言谈中国的阿拉伯文学翻译、研究情况，受到好评。会议期间，郅溥浩与多位阿拉伯作家会见，还曾参加突尼斯作协举办的文学研讨会。

　　1988 年 11 月 24 日至 12 月 1 日，仲跻昆、伊宏出席伊拉克第 9 届米尔拜德诗歌节。团长是回族诗人高深，团员有王燕生、黄绍俊、仲跻昆、伊宏。在伊期间，中国学者与多名阿拉伯著名作家会见并交流。仲跻昆写有《米尔拜德诗歌节纪行》，发表在《阿拉伯世界》上。

　　1994 年 1 月 17 日至 31 日，郅溥浩访问阿联酋，会见阿联酋作协主席艾哈迈德·哈米德，并在阿联酋作协作报告，谈中国的阿拉伯文学翻译及研究。所作报告内容在 1 月 27 日阿联酋《联合报》、《海湾报》、《宣言报》上均有长篇报道。

阿联酋《海湾报》对相关消息的报道

　　1997 年 3 月，朱威烈、仲跻昆、李振中、孙承熙、杨言洪、葛铁鹰出席沙特阿拉伯第 12 届杰纳迪里叶文化节。

2000 年 7 月，薛庆国随中国文联代表团出访约旦、叙利亚、黎巴嫩。

2005 年下半年，齐明敏、王宝华赴黎巴嫩参加中国阿拉伯文化研讨会。

2007 年 12 月，张洪仪出席在沙特阿拉伯利雅得举办的中阿关系暨文明研讨会，并作《女性与文学》主题发言。

2008 年 4 月，林丰民出席埃及阿因·夏姆斯大学国际研讨会，并作《〈一千零一夜〉在中国》的主题发言。

2011 年 1 月，中国新闻出版总署署长柳斌杰率团出席第 43 届开罗国际书展。中国作为主宾国，举办了中阿文学与出版论坛，并对部分为中埃、中阿文学交流作出贡献的埃及学者、翻译家进行表彰。仲跻昆、薛庆国随团出访。同行的还有作家余华、阿来、西川、叶梅、杨红樱、次仁罗布、江南，还有阿拉伯语学者牛子牧。

2011 年 3 月，仲跻昆荣获阿联酋"谢赫·扎耶德图书奖——第五届文化人物年度奖"及沙特阿拉伯"阿卜杜拉国王世界翻译奖"。

2012 年 1 月，甘丽娟赴埃及苏伊士运河大学出席由埃中联合举办的首届埃中语言和文化论坛。

2012 年 5 月，马征出席在美国马里兰大学举办的第二次纪伯伦国际研讨会。

2012 年 9 月，吴晓琴用阿拉伯文写作的硕士论文《伊卜拉欣·本·马哈迪诗歌创作论》在约旦出版。约旦有关方面邀请她访问约旦，为她举办了新书发布会。她的博士论文《伊卜拉欣·马吉德小说创作论》（阿拉伯文版）2002 年由埃及文化最高委员会出版。[1]

1. 更多中国学者出访阿拉伯国家的情况，请参阅本书"附录：中国与阿拉伯文学交流大事记"。

约旦报刊刊登吴晓琴访约的图片及报道

第三节　阿拉伯作家访华

阿拉伯文学家、艺术家或随团或个人来中国访问的，可谓不计其数。我们在前面已有概略的介绍。

这里，我们首先要谈一下叙利亚诗人赛拉迈·奥贝德来华访问和工作的情况。这是一位在中阿文化、文学、教育交流上作出过重大贡献的中国人民的好朋友。他把生命的最后 12 年献给了中国的社会主义建设事业。

赛拉迈·奥贝德(1921—1984)，生于叙利亚苏韦达城一个德鲁兹家庭。德鲁兹人是叙利亚、黎巴嫩境内阿拉伯穆斯林中的一个特殊人群，约 40 多万人。他们信奉轮回，认为死后会投生到中国，而新的生命也来自中国。奥贝德在一首诗中写道：

> 千丝万缕让我与北京紧密联系，
>
> 万缕千丝让我与北京联系紧密。
>
> 那里是故乡，有家和往事的回忆，
>
> 可这里是第二故乡，也是家，
>
> 也有数不清的往事回忆。
>
> 北京在我的脑海中总是挥不去，
>
> 桩桩往事历历在目，
>
> 深远而又清晰，
>
> 五彩缤纷，洋溢出馨香的气息。

1966 年夏，在中国召开了亚非作家紧急会议，奥贝德作为叙利亚作家代表团副团长出席会议。会后，他应邀至中国各地参观、访问。回国后，他写了一本书——《东方红》，介绍中国的发展情况，还写了许多诗歌，赞美中国的山山水水。

奥贝德的父亲阿里·奥贝德是一位爱国战士，同时也是一位诗人，曾写有诗集《革命的琴弦》。在叙利亚 1925—1927 年的反对法国殖民主义占领的斗争中，奥贝德的父亲率领苏韦达的德鲁兹群众进行武装抵抗。抵抗失败后，5 岁的奥贝德随家人流亡到纳季德沙漠，后到黎巴嫩。

在那里读完高中后，回到叙利亚家乡，一面教书，一面从事反法斗争。1960年奥贝德创作出版了诗集《火焰与芳香》。之前他还写过诗剧《雅尔穆克》，歌颂历史上阿拉伯人反对拜占廷（东罗马）的入侵。1971年他出版了长篇小说《艾布·萨比尔》。

他还在贝鲁特美国大学深造，1953年获历史硕士学位，回国后出任过苏韦达教育局长。

1964年底至1966年初，他被聘为叙利亚中国留学生的家庭教师，对学生们阿拉伯语言、文学水平的提高，帮助很大。

1972年，他应聘到北京大学阿拉伯语系任教，直到1984年离开。这期间，他为提高同学们的阿拉伯语水平殚精竭虑，与老师们一同编撰《汉语阿拉伯语词典》（1983年编，1989年出版）。他还为新华社、外文出版社、中国国际广播电台等单位著文，改稿，且从不索取报酬。这期间，他翻译出版了《中国古代诗选》（1983）、《民间成语》（1985）、《童年忆事》（短篇小说，1987）、《真主与异客》（诗集，1987)，还有未正式出版的《中国典故》、《织女与牛郎》、《〈一千零一夜〉中的成语典故》等。

在亚非作家紧急会议期间，他曾结识德国文学专家、诗人冯至先生，曾在一起讨论杜甫的诗歌等。冯至先生曾撰写过《杜甫传》一书。奥贝德曾对留叙学生谈起过他非常欣赏杜甫的《茅屋为秋风所破歌》，认为它表现出了高度的人道精神。像"安得广厦千万间，大庇天下寒士俱欢颜"这样的诗句，实在是很伟大。他还风趣地说："这就是共产主义。"大约是在1981年，时任中国社会科学院外国文

奥贝德向冯至先生赠书。

学研究所所长的冯至先生，在郅溥浩、关偶的陪同下，至北京西郊友谊宾馆会见奥贝德。老朋友相会，又都是诗人，二人欣喜至极。奥贝德还向冯至先生赠送了阿拉伯文书籍。照片留下了这一难得的珍贵时刻。

　　1984 年，奥贝德回国。不想很快就去世了。[1]

1. 部分资料取自仲跻昆提供的《忆奥贝德》等文章。

奥贝德（中坐白发者）与部分留叙学生。左二为郅溥浩，左一为前驻沙特武官蒋大鼎。

一、 埃及作家哲迈勒·黑托尼访华

　　黑托尼(1945—　　)，是埃及当代文学重要作家，现担任埃及《文学消息》报主编。他是上世纪 60 年代崛起的埃及"60 年代作家群"的主要代表者。他的作品将西方文学创作方法与阿拉伯古典遗产相结合。前期作品多从历史借鉴题材，讽喻现实社会；后期则在现实主义基础上，着力对哲理、对人类命运进行探索。他至今共创作出《宰尼·巴拉卡特》、《宰阿法拉尼区奇案》、《落日的呼唤》、《显灵书》、《地对地》、《三面包围》等数十部作品，曾获多种奖项。

　　应中国社会科学院文学所和外国文学所联合邀请，他于 2007 年 10 月 15 日至 20 日来华访问。

　　以往阿拉伯作家来华访问，多以组团形式。近些年来，阿拉伯作家个人受邀来华的日渐增多，与中国作家、阿拉伯文学研究者接触、交流的机会更加广泛。对邀请对象，中国方面事先做好了充分准备。黑托尼来华访问前，邀请方及时翻译出版了他的两部长篇小说——《宰阿法拉尼区奇案》（宗笑飞译）、《落日的呼唤》（李琛译）。

　　黑托尼与埃及文学家、诺贝尔文学奖获得者马哈福兹曾保持着良好关系，是公认的马哈福兹的学生。他这次来华访问，也多少带有这重身份。

2007 年 10 月 18 日，在中国社科院外国文学研究所召开了中国与中东地区文学交流座谈会，黑托尼和伊朗著名翻译家阿萨德·阿姆罗依应邀出席，并作主题发言。外国文学研究所副所长陆建德主持会议，所长陈众议致开幕词。中国作协外联部副部长陈喜儒、著名作家莫言、阿拉伯文学研究会会长仲跻昆、文学评论家陈晓明等 40 余人参加。黑托尼作了题为《60 年代作家群以及我对文学创作的理解》的发言。他首先介绍了 60 年代作家群以及自己的创作经历。他认为，马哈福兹每年都有新作问世，是一个充满批判和活力的作家，新一代年轻作家都从他的作品中找到了共鸣。接着，他提出对时间和空间可变性还是永恒性的疑问，认为人类行为的一致性，特别是艺术创造本质的一致性，正是人类超越时间和空间多变性的努力和尝试。他把这归结为"以写作反抗遗忘"。这一点得到了与会许多中国文学家的共鸣。

莫言与埃及作家黑托尼

会上，莫言结合自己的创作经历，谈到自己对黑托尼所提到的小说在时间与历史之间的深切感悟。他说，他只读过黑托尼的《宰阿法拉尼区奇案》，但已从中感到"心心相映"。他说，继承民族传统，吸收外来经验，再创作出属于自己的作品，是阿拉伯作家一直努力的方向，也是我国作家的目标。他说，在两国的文化交流中，文学是不能缺席的，也是剪不断的。

评论家陈晓明对黑托尼的时间和空间概念与小说创作的关系发表感言。他认为，黑托尼作品在时间中处理空间游刃有余，他作品中的所谓"空性"看似与现实没有那么紧密的联系，却体现了深刻的哲思和对现实的忧患意识，这种看似飘逸的"空性"也拓展了小说的空间和时间。他认为，中国作家受现实主义束缚，写得太实、太重，很有必要向黑托尼学习，只有解决了这个问题，才能获得自由。

陈喜儒表示，中国作协将计划与阿拉伯国家展开更多的文化交流。仲跻昆认为，黑托尼这次来访对中国的阿拉伯文学研究将产生非常积极的影响。黑托尼和莫言达成一致，将在今后的一年中翻译出版莫言的早期作品《红高粱》。黑托尼还在北京大学与中国阿拉伯文学研究会的学者们进行了座谈。

宗笑飞与埃及作家黑托尼

这次黑托尼来访非常成功，为中国和阿拉伯的文化、文学交流开创了新局面。

10 月 17 日，《中华读书报》刊登了宗笑飞对黑托尼的采访。采访中，黑托尼谈到了诸多方面的问题。他说，我小的时候就喜欢了解各国文学，特别是中国文学。我读过许多中国古诗，了解孔子的一些思想。由于地域和语言的隔离，由中文译成阿拉伯文的东西还是太少，我们对中国文学的了解也十分困难。我一直希望自己的小说有中译本问世，这将有助于中国读者进一步了解阿拉伯文学。这个梦想终于实现了。

在谈到阿拉伯古典文学时，黑托尼说："对我影响最大的要算《一千零一夜》了，我对它非常着迷。1911 年穆罕默德·侯赛因·海卡尔效仿西方写出了小说《泽纳布》，文学界认为它是阿拉伯现代小说创作的开端。我看到这句话不禁要问：那么《一千零一夜》呢？我们怎么看待它呢？事实上，我认为，《一千零一夜》中有很多小说描写的雏形，只是因为现在世界文学在阿拉伯文学评论中就仅仅等同于西方文学，即欧洲和美国文学，而占主导地位的文学和文学评论尺度也是以西方评论为依据，使我们忽视了对传统文学的重视与发掘而已。《一千零一夜》

我反复读了多次，每次读都会有新的发现。我一直都受它的影响，在我的新闻和文学生涯中我总是尝试不断地去挖掘它，我还写了很多关于它的文章。我们不应该忘记历史，而应该更好地审视它。"

黑托尼说："当代阿拉伯文学的发展还是呈现着一个良好的趋势。在我看来，诗歌的发展非常有限，很难超越中世纪阿拉伯黄金时期阿拉伯诗歌的辉煌成果。因此，小说成了当代阿拉伯文学最具活力的创作形式。它也更容易被广大人民接受，但我们仍要注意突出自己的创作特性。这方面，我们还需要做很多努力。此外，当代阿拉伯文学的创作还很需要民主的环境，如果没有民主，就没有真正的阿拉伯小说。我发现，通过小说对历史的重现，人类行为的一致性可以超越时间和空间。而这种超越就使我们在一定程度上达到了反抗遗忘、反抗虚无的目的。我小说中译本的发行，使我个人有限的经历能够被更多的人阅读，通过这样对已逝时光的再现，我在面对死亡时将变得更加强大。"

黑托尼回国后，在其主编的《文学消息》报上发表了多篇这次访问中国的文章。

黑托尼访华，在中国读者中也激起很大反响，有关他的文章不时发表在报刊上。

二、　阿拉伯诗人阿多尼斯（原籍叙利亚）在北京、上海

阿多尼斯(1930—　)，本名阿里·艾哈迈德·赛义德·艾斯伯尔，是当代阿拉伯诗坛最负盛名的诗人。他出生在叙利亚，同时拥有黎巴嫩国籍，常年居住在巴黎——他的自我放逐地。他生于一个贫苦的农民家庭，后由国家资助入城里的一所法国学校读书，很早就阅读法国诗歌。1954 年，入叙利亚军队服役。曾因参加"左翼"组织被监禁一年。在黎巴嫩，他与诗人尤素福·哈勒出版《诗歌》杂志，并在黎巴嫩大学任教。上世纪 80 年代旅居巴黎，历任西方多所大学客座教授。他是一位诗人、思想家、文学批评家、翻译家，是阿拉伯诗歌现代化最积极的倡导者、实践者。

阿多尼斯已出版诗集《大马士革的米赫亚尔之歌》、《复数形式的单数》、《第二套字母》、《书、昨天、空间、现在》、《风的作品之目录》等数十部。

阿多尼斯的诗歌实践极为丰富。他的诗歌反映了人的境遇与奋斗，或表达对宇宙人生问题

的深刻思考，或揭示生活中的荒诞和非理性。阿拉伯古典诗歌、苏非神秘主义及文学、欧洲哲学、欧洲现代文学都对他的创作产生了重要影响。他的诗作具有浓厚的象征主义色彩，朦胧之中让人隐约感悟到其中的深刻内涵，但不少诗作也显艰涩。

他对阿拉伯社会、文化的独特观点，使他成为阿拉伯最受争议的一位诗人。他曾获得多种国际大奖，是诺贝尔文学奖的热门候选人。

1980 年，阿多尼斯应中国作协邀请访华，与有关机构人员进行交流。

应北京外国语大学邀请，阿多尼斯于 2009 年 3 月 13—22 日来华访问。从对他日程的一些安排可以看到他在华访问的情形：与杨炼、仲跻昆、汪剑钊、薛庆国座谈，与在京诗人座谈，到书法家曾来德家参观，在上外演讲并交流，接受《东方早报》、《时代周报》采访，与上海诗人座谈并举行签售活动，出席译林出版社宴请并与上海诗人聚会，接受《南方人物周刊》专访等。

现将他与诗人杨炼的交流摘录如下：

　　阿多尼斯：阿拉伯文化的主流观点视传统为一种遗传，由前人遗传给后人。因此，传统就是身份，似乎身份早已预设好，子孙可以从父辈那里信手拈来。这种理解，是对创造的传统、对身份的意义原始而幼稚的理解。一切创造性的传统，首先意味着未来，或者是现时之初。因此，身份只是在原始、本能的层面上，才意味着"遗产"或"过去"。在创造、人文的层面上（人恰恰在这一层面上不同于其他生物），身份就是不停地创造。人在创作思想和作品的同时，也创造了自己的身份。正如杨炼所言，"过去"或"传统"应该是创造者反思和质疑的对象，而不是传承、保存和重复的对象。这种观点，常常与机构和权势的文化背道而驰。在阿拉伯社会，它也一直是争议和分歧所在，因为宗教观念和准宗教观念一向支配着这些社会的文化和政治。在这里，创新意味着冒险，面临着重重困难乃至危险。在这里，批判和创新一样，具有存在意义上的必要性。创新本身就是一种最高形式的批判。

　　杨炼：匮乏个人创造性的传统，不配称为"传统"，充其量只是一个冗长的"过去"。当代中国文学的能量，来自上个世纪 80 年代以来个人对传统的深刻反思——"发出自己的天问"。这向内质疑的深度，让我们也能读懂其他文化中的特立独行者。阿多尼斯之让我感动，正在于此。而且，他批判的是神本主义精神控制。我们生活在一个词、义彻底分裂的时代。你什么都能说，却什么都不意味。这不止是"中国问题"或"阿拉伯问题"，这是人性的普遍绝境。自私和玩世不恭的"全球化"外，还应有诗和思想的"全球化"。无论多么无望，每个人仍坚持"说出"自己的想法。这又让我想到阿多尼斯反思阿拉伯文化的论著《稳定与变化》。只要心地纯洁，"传统"就不会被毁掉。

阿多尼斯：我完全同意杨炼对传统、对传统与创作关系的理解。这种双重批判极为重要，这是由自我与其历史的关系、自我与他者的关系决定的。

2009年4月15日，《中华读书报》刊登了薛庆国对阿多尼斯的专访《用诗歌，他想超越时空》。薛庆国是阿多尼斯诗集《我的孤独是一座花园》的译者。阿多尼斯的另外三部作品也在中国出版了：《在意义天际的写作》，薛庆国、尤梅译，北京：外语教学与研究出版社，2012年版；《时光的皱纹：阿多尼斯诗选》，薛庆国译，香港：牛津大学出版社，2012年版；《我们身上爱的皱纹：阿多尼斯诗选》，薛庆国、树才译，西宁：青海人民出版社，2012年版。

阿多尼斯回到巴黎后，将他的中国之行写入文章《北京与上海之行——云翳泼下中国的墨汁》中，并发表在巴黎的报刊上。后由薛庆国翻译，发表在《中华读书报》上。现将其中的某些段落摘录如下：

杨炼、欧阳江河、唐晓渡、汪剑钊、蓝蓝、西川、树才、穆宏燕等诗人将中文向世界文学开放（俄语、英语、法语、波斯语等），并在那遥远的疆域中遨游。我们结识，交谈，一起远行。在此，旅行，与其说是求知的方式，毋宁说是爱的方式。

我坐上了吴晓琴漂亮的英菲尼迪轿车，由她的学生唐珺作陪前往秀水市场。吴晓琴是北外阿拉伯语教师、阿拉伯文学博士、一位穆斯林，他的先生是北京一位著名的心脏科大夫。

吴晓琴的家敞开胸怀，欢迎我去用午餐。一个漂亮而富裕之家，她父母和儿子在门口欢迎。

"我父母去年去麦加了，感到非常幸福。"

"那么，他们向魔鬼投过石头了吗？"

"是的。"

那是一顿丰盛的午餐。她父母像两朵玫瑰，根基在北京，花蕾却长在麦加。

晚上，薛庆国邀我到他家中与从事阿拉伯语教学和从事阿拉伯文学研究的同事们相聚。他们每人都有一个阿拉伯语名字。与会的有：仲跻昆、伊宏、李琛、张洪仪、国少华、史希同、张宏、蒋传瑛、邹兰芳、吴晓琴与她的先生。

他们当中有的人看待我们，比我们当中许多人看待自己更要深刻。他们似乎一起经历着我们的历程，怀着热情，但也怀着警觉。

吴晓琴、颜红兵夫妇在家中
接待阿多尼斯。

阿多尼斯的中国之行，开创了中阿文学交流史上人员交往的新篇章。

2009 年 11 月 10—14 日，阿多尼斯再度应邀访华，出席"第二届中坤国际诗歌奖"颁奖典礼。为表彰阿多尼斯在诗歌方面作出的杰出贡献，评委会特将第二届中坤国际诗歌奖授予他。仲跻昆代表主办方向阿多尼斯授奖。会上宣读了颁奖词，阿多尼斯致答谢词。此行，阿多尼斯仍与中国有关方面的专家、学者进行了座谈、交流。

阿多尼斯来华访问，在中国文化、文学界产生了很大影响。许多报刊刊登了对他的报道、专访及研究文章。通过他的来访，中国广大读者无疑对阿拉伯文化、文学有了更深入的了解。

2013 年 8 月，阿多尼斯出席在中国青海湖举办的国际诗歌节，并获最高奖。

附录：中国与阿拉伯文学交流大事记

汉武帝建元二年（公元前 139 年），张骞奉命出使西域，公元前 126 年返回长安，从此中西交通被打开，丝绸之路形成。

司马迁（公元前 135 年？—公元前 87 年？）的《史记》中提及"条枝"，"条枝"即大食的译音，大食即阿拉伯。这是中国关于阿拉伯的最早记载。

唐永徽二年（公元 651 年），被认为是伊斯兰教传入中国的开始。随着伊斯兰教的传入，《古兰经》、《圣训》也相继被译介过来，中阿文化、文学交流逐渐形成。

公元 751 年，阿拉伯阿拔斯军队与唐朝军队发生战争。怛罗斯一役，唐军战败，为数不少的中国士兵，包括各种工匠、文人被迫移居中亚、西亚。这些人日后对中阿文化、文学交流产生了影响，杜环即其中之一。

宋末元初，有阿拉伯兄弟二人蒲寿宬、蒲寿庚，在中国生活很长时间，参与中国政事。蒲寿宬同时是一位诗人，用中文写了许多诗歌，曾著有《心泉集》。

元代有阿拉伯人赛典赤·瞻思丁曾做平章政事，传中国丁姓、纳姓一族即是他的后代。纳姓后世中有著名学者纳忠、纳训。唐宋元明各朝均有阿拉伯人在中国做官，有的精通汉语，了解中国文化。他们对中阿文化、文学交流有着重大的贡献。

1345—1347 年间，阿拉伯摩洛哥大旅行家伊本·白图泰出访非亚欧三洲时曾访问中国。回国后著有《伊本·白图泰游记》，其中多处提到和记述中国情形，有不少文学故事成分，对中阿文学交流有着较大的影响。

明代永乐三年（1405 年），郑和起航下西洋，至明宣德八年（1433 年）最后一次回来，前后共七次，到过许多阿拉伯地区，对沟通中阿经贸往来和文化交流起过重要作用。

1844 年，伊斯兰学者马德新（云南人）在朝觐后首次访问埃及，到过基纳、开罗、亚历山大等地。同年，他第二次访埃，在开罗居住半年，后经麦加回国。马德新著有《朝觐途记》，讲述访埃见闻。他可能是有案可查的中国访埃第一人。

1890 年，回族学者马安礼将埃及诗人蒲绥里的长诗《斗篷颂》译成中文，改名为《天方诗经》。

1903 年 5 月 20 日，文明书局出版钱楷译的《海上述奇》（即《辛巴德航海历险记》）。该书被认为是中国翻译《一千零一夜》的第一本书。

1904 年 8 月 11 日，苏州《女子世界》开始连载萍云女士（周作人笔名）译的《侠女奴》（即《阿里巴巴和四十大盗》）。

1906 年 4 月，商务印书馆出版奚诺译的《天方夜谭》（四册）。

1917 年 1 月，中华书局出版严桢注释的《海客谈瀛录》（即《辛巴德航海历险记》）。

1917 年 8 月，商务印书馆出版周超然注释的《天方夜谭》英文本及汉文释义。

1923 年，茅盾在《文学周刊》等杂志上翻译发表纪伯伦散文作品《先驱者》、小说《愚的圣者》等。

1926 年 6 月，上海中华书局出版纪瞻生、天笑生译的《天方夜谭》。

1926 年至 1927 年，郑振铎出版《文学大纲》（4 卷），其第 1 卷第 16 章讲阿拉伯古代文学，包括不同时期重要诗人、诗歌及散文作品，如《一千零一夜》、《安塔拉传奇》等。这是中国首次系统介绍阿拉伯文学，有的论述颇为精当。它是中国世界文学研究的开山之作、近百年来最杰出的文学史专著，至今仍不断再版。

1927 年 8 月，赵景深在《文学旬刊》上翻译发表《纪伯伦寓言选译》。

1929 年，北新书局出版刘廷芳译纪伯伦的《疯人》。这是中国首部纪伯伦作品译著。

1929 年 5 月，上海世界书局出版外国短篇小说集《她初次的忏悔》，内收埃及作家马哈姆德·台木尔的小说《留信待取处》。据已知资料，它是中国翻译的第一篇阿拉伯小说。

1929 年 12 月，上海中华书局出版樊仲云中文注释本《天方夜谭》。

1930 年 4 月，亚东图书馆出版汪原放译的《一千〇一夜》。

1930 年 4 月，天津《益世报》文学副刊上连载冰心译纪伯伦的《先知》。1931 年 3 月，全书由上海新月书店出版。《先知》是纪伯伦的代表作，它的出版使中国读者真正了解了纪伯伦。

1931 年至 1939 年，马坚留学埃及，在艾资哈尔大学等学府深造，期间将中国《论语》译成阿拉伯文发表。这应该是中国文学作品首次译成阿拉伯语。

1932 年 2 月，北平中国回教俱进会出版王文清（静斋）译的《古兰经诠释》（甲本），这是第一部穆斯林学者从阿拉伯原文翻译的《古兰经》全译本。

1934 年 4 月，由王云五主编之《万有文库》出版奚诺译的《天方夜谭》。奚诺的译文为文言，很受人推崇。此书一个最大特点是书前有叶圣陶写的长篇序言。

1935 年，纳训留学埃及，在艾资哈尔大学学习，期间开始从阿拉伯原文翻译《一千零一夜》，回国后出版。他是真正意义上从阿拉伯原文翻译《一千零一夜》的第一人。

1935 年 9 月，回族学者马宗融在《世界知识》上发表阿拉伯长篇民间文学故事《安塔拉传奇》中的"安塔拉之死"一章，最早介绍了这部民间文学作品。

1937 年，上海开明书店印行施蛰存的《灯下集》，其中收入一篇《〈先知〉及其作者》，可谓较早研究纪伯伦及其作品的文章。

1941 年，《民国丛书》选印的朱维之著的《基督教与文学》中，对纪伯伦的散文诗《人之子》的创作和风格有着独到的评述。

1943 年，北平新民印书局出版刘锦标译的《可兰汉译附传》。

1947 年 8 月，商务印书馆出版了回族学者马俊武译的埃及著名盲人作家塔哈·侯赛因的自传体小说《日子》（第一部），更名为《童年的回忆》。

1948 年 11 月，新潮出版社出版季诺译的《脚夫艳行记》和《神灯》（即《巴格达脚夫和三个女郎》、《阿拉丁和神灯》）。

1950 年，北京黎明书局出版马宏毅译的《布哈里圣训实录精华》。

1951 年，黎巴嫩阿拉伯辞典出版社出版肖乾的小说《土地回老家》。据已知资料，这是第一部被译成阿拉伯语的中国现代文学作品。

1954 年，北京清真书报社出版陈克礼译的《圣训经》，共五册。

1956 年，北京通俗文艺出版社出版肖波伦译的《天方夜谭》。

1956 年，埃及哈纳出版印刷局出版郭沫若历史话剧《屈原》（阿拉伯文译名《阴谋》），由埃及著名翻译家阿卜杜·阿齐兹·法赫米译，埃及著名作家谢尔卡维为译本写序。

1956 年，埃及出版了鲁迅的小说《阿 Q 正传》、《孔乙己》、《药》、《孤独者》单行本。此后，叙利亚大马士革出版社也相继出版由迈哈密·苏海勒·艾尤比翻译的《阿 Q 正传》、《奔月》、《故事新编》等作品。

1956 年 11 月，中国人民对外友好协会编印了一本小册子《今日的埃及作家及其他》，重点介绍了埃及现代作家及其作品情况，由匈牙利学者撰写。这是新中国成立后系统介绍阿拉伯现代文学（主要是埃及文学）的一篇文章。

1957 年，作家出版社出版秦水译的《埃及短篇小说选》。同年，作家出版社出版《埃及短篇小说集》，埃及作家马哈姆德·台木尔等著，孙琪玮等译。

1957 年，人民文学出版社出版王仪英、崔喜禄译黎巴嫩乔治·汉纳的长篇小说《教堂的祭司》。

1957 年，埃及组成以亚历山大大学校长穆斯塔法·赛义德为团长的文化教育代表团访华，受到周总理接见。代表团中有作家侯勒米·穆拉德。回国后，他在他主编的《我的书》中记述了中国见闻，并介绍了中国文学。

1957 年 8 月，《译文》杂志刊登苏龄、哲渠从俄文转译的纪伯伦散文诗三篇。

1958 年，高等教育出版社出版了北京师范大学中文系外国文学教研组编的《外国文学参考资料·东方部分》。其中的阿拉伯文学部分收入 16 篇文章，对阿拉伯古代文学、现当代文学作了介绍、研究。

1958 年，作家出版社出版马坚、陈嘉厚等译的《现代阿拉伯诗集》。

1958 年，作家出版社出版《阿拉伯短篇小说选》，马哈姆德·台木尔等著，水景宪等译。

1958 年，新文艺出版社出版阿尔及利亚法语作家穆·狄布的小说《火灾》。1959 年，上海文艺出版社出版同一作家的小说《大房子》，谭玉培译。

1958 年，人民文学出版社出版黎巴嫩诗人诗集《和平的风》。

1958 年，人民文学出版社出版《埃及现代短篇小说集》，阿·拉·谢尔卡维等著，秦水等译。

1958 年 7 月，人民文学出版社出版《我们和阿拉伯人民》，收录当时中国许多著名作家写的诗歌、文章，以及伊拉克、黎巴嫩短篇小说的译文。

1958 年 8 月，人民文学出版社出版纳训自阿拉伯文译出的《一千零一夜》（三卷本）。在一段相当长的时期内，这是中国最流行的《一千零一夜》译本。

1958 年 9 月，作家出版社出版《现代阿拉伯小说集》、《阿拉伯短篇小说集》。

1959 年，人民文学出版社出版水景宪、秦水译的埃及作家阿·拉·哈米斯的短篇小说集《这滩血是不会干的》。同年，人民文学出版社出版杨有漪、陆孝修译的阿尔及利亚作家阿达拉的小说《胜利属于阿尔及利亚人民》。同年，该社还出版魏和咏等译的伊拉克诗人白雅帖的《流亡诗集》。

1959 年，人民文学出版社出版阿拉伯古典名著《卡里莱和笛木乃》，林兴华译。2004 年，天津古籍出版社出版《凯里莱和笛木奈》，李唯中译。

1959 年，人民文学出版社出版《叙利亚短篇小说集》，哈·卡亚里等著，季青译。

1960 年 4 月，人民文学出版社出版《黎巴嫩短篇小说集》，阿·雷哈尼等著，水欧等译。

1961 年，作家出版社出版冬林译的突尼斯诗人沙比的《沙比诗集》。1987 年，人民文学出版社出版同一诗人的诗集《生命之歌》，杨孝柏译。

1963 年第 1 期《世界文学》刊出冰心译纪伯伦《沙与沫》的部分译文。

1963 年 5 月，作家出版社出版潘定宇等译的苏丹诗人凯尔的诗集《战斗之歌》。

1963 年，作家出版社出版埃及短篇小说集《二路电车》，马哈姆德·台木尔等著，水景宪等译。

1964 年，作家出版社出版杨孝柏译的巴勒斯坦诗人艾布·赛勒玛的诗集《祖国颂》。

1966 年夏，在北京召开亚非作家紧急会议，叙利亚作家赛拉迈·奥贝德、贾达特·里卡比出席会议。奥贝德回国后写了一本《东方红》，介绍中国各方面的发展，还写了许多诗歌赞美中国的山山水水。1981 年，他与在会议期间结识的中国诗人、德国文学专家冯至先生（时任中国社科院外国文学研究所所长）在北京再次见面，并向冯至赠送阿拉伯文学书籍。

1968 年，埃及学者阿卜杜·盖法尔·迈卡维据德译本翻译出版《道德经》（阿文名《道德与美德》）；1992 年，埃及作家阿拉·迪伊布据英译本翻译出版《道德经》（阿文名《通往道德之路》）；1995 年，伊拉克学者哈迪·阿拉维据英译本翻译出版《道德经》（阿文名《道之书：老子与庄子》）；1998 年，叙利亚学者费拉斯·萨瓦赫据英译本翻译出版《道德经》（阿文名《道德经：中国道家智慧的圣经》）。

1968 年，埃及开罗阿拉伯出版社出版《猴子》一书，节选了《西游记》的 30 回内容，书后附吴承恩介绍。

1973 年 3 月，科威特《阿拉伯人》杂志刊登埃及学者穆斯塔法·塔赫塔维的文章《中国诗人李白》。

1975 年，香港大光明出版社出版杜渐译的《纪伯伦小说集》。

1975 年，人民文学出版社出版《台木尔短篇小说集》，邬玉池等译。

1975 年，人民文学出版社出版埃及戏剧《代表团万岁》，法耶斯·哈拉瓦著，北京外国语学院阿拉伯专业师生翻译。这是一部通过文艺形式讽刺当时苏联的作品，也是中国翻译的第一部阿拉伯戏剧作品。

1975 年，人民文学出版社出版《巴勒斯坦战斗诗集》，潘定宇译。

1978 年，人民文学出版社出版阿尔及利亚作家阿·杰巴尔的小说《新世界的女儿》，肖曼译。

1979 年，人民文学出版社出版《阿拉伯文学简史》，〔英国〕汉米尔顿·阿·基布著，陆孝修、姚俊德译。

1979 年，人民文学出版社出版埃及小说《乡村检察官手记》，陶·哈基姆著，杨孝柏译。1985 年，湖南人民出版社出版同一作家的小说《灵魂归来》，王复、陆孝修译。1986 年，上海译文出版社出版同一作家的《灵魂归来》，陈中耀译。

1980 年，叙利亚大马士革出版社出版巴金《激流三部曲》中的《春》与《秋》节译本。

1980 年，中国外文出版社出版茅盾作品《春蚕集》，收茅盾小说《春蚕》、《林家铺子》等 13 篇，由纳米尔·阿卜杜·卡里姆翻译。

1980 年，外国文学出版社出版埃及长篇小说《土地》，阿·拉·谢尔卡维著，刘麟瑞、陆孝修译。

1980 年，外国文学出版社出版《非洲现代文学》（上），〔苏联〕尼基福罗娃著，刘宗次、赵陵生译。

1980 年，人民文学出版社出版《阿拉伯埃及近代文学史》，〔埃及〕邵武基·戴伊夫著，李振中译。这是首次由阿拉伯文译出的阿拉伯文学史类著作。

1980 年，新华出版社出版埃及长篇小说《人生一瞬间》，优·西巴伊著，王凤序、王贵发译。

1980 年第 1 期《阿拉伯世界》刊登范绍明译《一张致人死地的钞票》，〔埃及〕纳吉布·马哈福兹著。这是中国翻译的第一篇马哈福兹小说。

1980 年 3 月，伊拉克《艺术》杂志刊登《中国现代戏剧作家曹禺》一文，介绍了曹禺在中国戏剧运动中的地位，言其"将西方戏剧原则与中国京剧古老传统结合在一起……创作了一种把成熟艺术与民族传统溶为一炉的中国戏剧文学"。

1980 年第 3 期《世界文学》刊登一组从阿拉伯译文翻译过来的纪伯伦小说、散文作品：《沃丽黛·哈妮》（韩家瑞译）、《暴风曲》（葛继远译）、《泪与笑》（李占经译）。

1981 年，《外国文学季刊》发表冰心译纪伯伦《沙与沫》全文。

1981 年，江苏人民出版社出版埃及长篇小说《罪恶的心》，伊·阿·库杜斯著，杨孝柏译。1987 年，世界知识出版社出版同一作家的小说《亲爱的，我们都是贼》，葛铁鹰译。

1981 年，中国社会科学出版社出版穆萨·宝文安哈吉和买买提·赛来哈吉由维吾尔文转译的《布哈里圣训实录精华》。

1981 年，辽宁人民出版社出版阿拉伯长篇民间故事《一千零一日》（节选），杜渐译。

1981 年，外国文学出版社出版《努埃曼短篇小说选》，〔黎巴嫩〕米·努埃曼著，仲跻昆、郅溥浩、朱威烈译。同年，上海译文出版社出版该作者的小说《相会》，程静芬译。1993 年，甘肃人民出版社出版同一作者的《七十述怀》，王复、陆孝修译。

1981 年，外国文学出版社出版苏丹作家塔·萨利哈的小说《移居北方的时期》，李占经译。1984 年，山西人民出版社出版同一作家的同一部小说，改名《风流赛义德》（内含同一作家的《宰因的婚礼》），张甲民、陈中耀译。1987 年，《国外文学》第 1 期刊登同一作者的小说《瓦德·哈米德棕榈》，张甲田译。2003 年，《回族研究》第 3 期刊登同一作者的小说《瓦德·哈米德棕榈树》，林丰民译。

1981 年，中国民间文艺出版社出版《阿拉伯民间笑话》，万曰林等译。1982 年，同一出版社出版《朱哈趣闻轶事》，刘谦、万曰林、徐平译。

1981 年，四川少年儿童出版社出版埃及作家萨里姆的儿童系列小说《偷太阳的人》、《恐怖的城堡》、《夜半火车》、《北极贼》、《水獭的秘密》，韩家瑞、高彦德、李占经译。

1981 年第 1 期《世界文学》刊登刘文昭译埃及戏剧家陶·哈基姆的戏剧《转瞬之间》。

1981 年第 2 期《春风》杂志刊登巴勒斯坦作家格·卡纳法尼小说《阳光下的人们》，郅溥浩译。1983 年，安徽人民出版社的《外国中篇小说选刊》第 6 期登载了同一作者的小说《重返海法》，郅溥浩译。

1981 年 4 月，河南人民出版社出版肖波伦译的《天方夜谈》。

1981 年 4 月，中国社会科学出版社出版马坚译的《古兰经》全译本。1986 年沙特阿拉伯法赫德国王古兰经印制厂印制了马坚译的《古兰经》阿拉伯文和中文对照本。马坚译的《古兰经》

得到沙特伊斯兰事务局遗产、宣教和指导部正式认可。

1981 年 11 月 3 日，黎巴嫩《白天报》发表文章，言"鲁迅是一位推倒偶像和腐败传统的中国伟人"。

1981 年，江苏人民出版社出版《走向深渊》（阿拉伯小说选），郭黎等译。1983 年，新华出版社出版《走向深渊》，〔埃及〕萨·马尔西著，潘定宇、沈肇读译。

1982 年，湖南人民出版社出版冰心译的纪伯伦《先知》、《沙与沫》合集。

1982 年，突尼斯《思想》杂志第 3 期刊登突尼斯学者塔希尔·基格的文章《中国诗歌中的妻子形象》。

1982 年，新华出版社出版黎巴嫩作家乔治·宰丹的历史小说《古莱什贞女》，唐扬、黄封白译。我国还出版过该作家的几部历史小说，如《斋月十七》（星际译）、《第一位伊斯兰女王》（杨期锭、元慧译）、《加萨尼姑娘》、《埃及姑娘》。

1982 年 2 月，云南人民出版社出版丁岐江据俄文译的《天方夜谭续篇》。

1982 年 7 月 26 日，黎巴嫩《阿拉伯周刊》刊登黎巴嫩学者艾·迪写的评论文章《拒绝从文坛退阵的老作家巴金》。

1982 年 7 月至 1984 年 11 月，人民文学出版社出版纳训译的《一千零一夜》六卷本。此书从别的地方译出了阿拉伯文原版中没有的两篇故事《阿里巴巴和四十大盗》、《阿拉丁和神灯》，可算是一个全译本。

1983 年，新华出版社出版关俑、安国章等译的《古兰经故事》。

1983 年，中国社会科学出版社出版《埃及现代短篇小说集》，由《世界文学》编辑部编，邬裕池、仲跻昆等译。

1983 年，江苏人民出版社出版沙特阿拉伯小说《沙漠——我的天堂》，仲跻昆、赵龙根译。

1983 年，中国建设杂志社出版了阿文版《中国古代诗选》，收入 15 位诗人 74 首诗词，译者是叙利亚知名诗人赛拉迈·奥贝德。

1983 年，江苏人民出版社出版埃及小说《难中英杰》（原名《我家有个男子汉》），伊·阿·库杜斯著，仲跻昆、刘光敏译。1986 年，译文出版社出版同一作家同一部小说《我家有个男子汉》，施仁译。

1983 年，湖南人民出版社出版埃及小说《罪孽》，尤·伊德里斯著，郭黎译。

1983 年，上海译文出版社出版埃及小说《回来吧，我的心》，优·西巴伊著，朱威烈译。

1986 年，内蒙古人民出版社出版该作者的小说《废墟之间——记住我吧》，李唯中、杨言洪译。

1983 年，湖南人民出版社出版叙利亚小说《兰灯》，哈纳·米奈著，陈中耀译。

1983 年，外国文学出版社出版《非洲戏剧选》，其中选入埃及戏剧家陶·哈基姆的两篇戏剧《契约》和《苏丹的困境》，分别由江虹和金常政译。

1983 年第 2 期《译林》杂志刊发郭黎译的纪伯伦小说《被折断的翅膀》。

1983 年第 2 期科威特《阿拉伯人》杂志刊登朱凯的文章《阿拉伯文学在中国》，对中国译介阿拉伯文学的情况作了介绍。

1983 年 10 月，首次阿拉伯文学研讨会暨阿拉伯文学研究会筹备会在北京举行。纳忠、纳训、刘麟瑞等出席会议。会议收到冰心发来的贺词。

1983 年 12 月，应突尼斯全国翻译、研究、文献整理学会（智慧之家）邀请，郅溥浩赴突尼斯参加其学术会议，并成为其会员。1984 年、1986 年，郅溥浩再次出席其学术会议，并发言。

1984 年，中国外文出版社与叙利亚大马士革出版社联合出版《火焰山：西游记节译》，由福阿德·阿尤布翻译。

1984 年，湖南人民出版社出版仲跻昆、李唯中、伊宏译的纪伯伦的《泪与笑》，收入纪伯伦散文诗 119 首。这是我国第一部从阿拉伯原文译出的纪伯伦作品集。同年，江苏人民出版社出版郭黎、杨孝柏、王复、王伟译的《折断的翅膀——纪伯伦作品精选》。

1984 年，世界知识出版社出版黎巴嫩小说《白衣女侠》，陶·优·阿瓦德著，马瑞瑜译。

1984 年，湖南人民出版社出版李唯中、关偁译的马哈福兹长篇小说《平民史诗》。

1984 年，湖南人民出版社出版埃及小说《初恋岁月》，穆·阿明著，吴茴宣、朱威烈译。

1984 年，中国建设杂志社出版《中国古代小说选》阿拉伯文本，选入《赵氏孤儿》、《孟姜女哭长城》、《卧薪尝胆》等。

1984 年，上海译文出版社出版阿尔及利亚作家伊·赫杜格的小说《南风》，陶自强、吴茴宣译。

1984 年，中国盲文出版社出版埃及盲人作家塔哈·侯赛因的小说《鹬鸟声声》，白水、志茹译。

1984 年，花山文艺出版社出版埃及马哈福兹的小说《始与末》（中译名为《尼罗河畔的悲剧》），李唯中、关偁译。1989 年，上海译文出版社出版同一作家同一小说，中译名为《人生的始末》，袁松月、陈翔华译。

1985 年，叙利亚出版《水浒传》节译本。同年，马尔旺·密瑟里的研究文章《介于现实和神话之间：水浒英雄》发表在《复兴报》9 月第 6 897 期。

1985 年，上海译文出版社出版郅溥浩译的马哈福兹长篇小说《梅达格胡同》。

1985 年，中国少年儿童出版社出版《天方夜谭》（少年版），王瑞琴译。

1985 年，内蒙古人民出版社出版黎巴嫩小说《东方舞姬》，乔·易·胡里著，李唯中、马瑞瑜译。

1985 年，中国外文出版社出版《关汉卿作品选译》阿文版，收《感天动地窦娥冤》、《单刀会》、《蝴蝶梦》。

1985 年，外国文学出版社出版阿尔及利亚小说《鸦片与大棒》，穆·马梅利尔著，许利芳、丁世中译。

1985 年，叙利亚作协《外国文学》杂志春夏季专刊刊行"中国文学专刊"，其中载有研究长文《中国历史中文学与思想的漫长历程》，收老舍《月牙儿》、茅盾《水藻行》、王安忆《本次列车终点》等小说。

1985 年第 2 期《国外文学》发表仲跻昆译的《纪伯伦散文选译》。

1985 年第 5 期《外国文学》发表葛继远译的纪伯伦的《雾中船》。

1985 年 4 月 8 日，埃及《金字塔报》刊登穆罕默德·萨利哈对王复的采访《中国女学者翻译"悬诗"和〈灵魂归来〉》。

1985 年 8 月，《外国文学》杂志刊登朱凯译的埃及剧作家陶·哈基姆的戏剧《成功之路》。

1985 年 8 月，《外国文学》刊登埃及优·伊德里斯的小说《荣誉事件》（中译名为《贞操》），鲍兆燕译。同期还刊登约旦作家纳乌里的小说《乡村神甫》（马瑞瑜译）、叙利亚作家霍拉尼的小说《第三个孩子》（郅溥浩译）、突尼斯作家法尔西的小说《昔日的阴影》（归运昌译）。

1986 年，湖南文艺出版社出版朱凯、李唯中、李振中译的《宫间街》、《思宫街》、《甘露街》三部曲，［埃及］纳吉布·马哈福兹著。同年，上海译文出版社出版孟凯译的马哈福兹历史三部曲之一《命运的嘲弄》（中译名为《最后的遗嘱》）。

1986 年，中国外文出版社出版茅盾小说《子夜》阿文版，刘麟瑞译。

1986 年，埃及艾因·夏姆苏大学的中文系学生曾以研究丁玲的《太阳照在桑干河上》为题写毕业论文。

1986 年第 4 期《外国文学》杂志刊登张景波译的埃及戏剧家陶·哈基姆的戏剧《洞中人》。

1986 年 6 月，天津百花文艺出版社出版吴岩译的纪伯伦的《流浪者》。

1986 年底，苏丹《色彩报》刊登杨言洪文章，介绍中国的阿拉伯文学译介及研究情况。

1987 年，世界知识出版社出版《伊斯兰宗教故事选》，杨林海、张亮、梁玉珍译。

1987 年 1 月，岳麓书社重新出版奚诺译的文言体《天方夜谭》。

1987 年 8 月，阿拉伯文学研究会成立，首任会长为北大教授刘麟瑞。20 多年来，阿拉伯文学研究会主持或与有关单位合作召开了多次全国性阿拉伯文学研讨会，如阿拉伯女性文学、阿拉伯文学与伊斯兰文化、世纪之交的阿拉伯文学、阿拉伯剧变与阿拉伯文学等，并与阿拉伯作家交流、互访。

1987 年 12 月，郅溥浩、薛庆国、陈冬云、于颖在开罗金字塔报社拜会埃及作家纳吉布·马哈福兹。

1988 年，叙利亚大马士革出版印刷局与中国外文出版社联合出版《聊斋故事选》，选入 17 篇聊斋故事。

1988 年，科威特新闻部出版曹禺的《日出》，阿卜杜·阿齐兹·哈姆迪翻译。

1988 年，长江文艺出版社出版《蒙面人》（阿拉伯小说选集），朱威烈、徐凡席译。

1988 年，华夏出版社出版《从文盲到文豪——塔哈·侯赛因传》，［黎巴嫩］米尔沃著，关偁译。

1988 年，中央民族学院出版社出版《〈古兰经〉韵译》（上、下册），林松译。

1988 年，中国民间文艺出版社出版埃及小说《被判死刑的妓女》（原名《零界的女人》），纳娃勒·萨尔达薇著，彭谊译。1996 年，九州图书出版社出版的《世界中篇小说经典文库》中选入该作者上述同一篇小说，中文译名为《一无所有的女人》，伊宏译，还有她的另一篇小说《她只能做一个女人》，李唯中译。

1988 年 4 月，北京文艺出版社出版杨言洪译的《一千零一夜》。

1988 年 8 月，人民文学出版社出版王瑞琴译的《天方夜谭》。

1988 年 10 月 13 日，埃及作家纳吉布·马哈福兹获诺贝尔文学奖。这是首位用阿拉伯母语创作获得此奖的作家。该奖评审委员会赞扬他是无可争议的阿拉伯散文一代宗师。他的中长篇和短篇小说的艺术技巧均已达到国际优秀标准，这是他融会贯通阿拉伯古典小说传统、欧洲文学灵感的结果。

1988 年 11 月，仲跻昆、伊宏等出席第九届米尔白德诗歌节（伊拉克）。

1989 年第 2 期《世界文学》以马哈福兹照片为封面，以金字塔、狮身人面像为封底，发"编者按"介绍马哈福兹，刊登马哈福兹在诺贝尔奖授奖仪式上的讲话、中国学者对马哈福兹的采访及评论、仲跻昆译的马哈福兹中篇小说《米拉玛尔公寓》。

1989 年，北岳文艺出版社出版孟凯译的马哈福兹小说《拉杜比丝》（中译名为《名妓与法老》）；同年，华夏出版社出版葛铁鹰、齐明敏等译的《纳吉布·马哈福兹短篇小说选粹》。

1989 年 11 月，李琛、归运昌、孙承熙出席第十届米尔白德诗歌节（伊拉克）。

1989 年 12 月，人民文学出版社出版绿原译的纪伯伦的《主之音》。

1990 年，人民文学出版社出版郅溥浩译的黎巴嫩学者汉纳·法胡里的《阿拉伯文学史》。

1990 年，台湾智茂文化出版有限公司出版王瑞琴译的《天方系列》（共 10 册）。

1990 年，花城出版社出版李琛译的马哈福兹有争议的小说《我们街区的孩子们》（中译名《世代寻梦记——我们街区的孩子们》）；1992 年，漓江出版社出版同一作家的《我们街区的孩子们》（中译名《街魂》），关偁译。

1990 年，黎巴嫩阿拉伯青年出版社出版《中国古代传奇》，收《点石成金》、《黔之驴》等 67 篇中国古代故事。

1990 年，中国外文出版社出版巴金的《激流三部曲》阿文版，刘麟瑞翻译。

1990 年 10 月 16 日，埃及《金字塔报》刊登郅溥浩的文章《中国阿拉伯的友好交往源远流长》，其中谈到中阿文化、文学交流情况。

1990、1991 年，外国文学出版社出版黎宗泽译的马哈福兹《两宫之间》三部曲。1991 年，上海译文出版社出版冯佐库译的马哈福兹小说《新开罗》，文化艺术出版社出版蒋和平译的马哈福兹小说《尊敬的阁下》、《雨中情》，中国文联出版社出版谢秩荣等译的马哈福兹小说《续天方夜谭》。

1991 年，中国外文出版社出版穆罕默德·阿布·贾拉德译的《鲁迅传》（王士菁著）。

1991 年，外国文学出版社出版叙利亚作家乌·伊德莉比的小说《凄楚的微笑》，王复译。

1991 年，甘肃少年儿童出版社出版阿拉伯古典作品《一千零一日》全译本，共 10 卷，朱梦魁、万曰林、王复等译。

1991 年，华语教学出版社出版《汉语—阿拉伯语成语词典》，由北京大学阿拉伯—伊斯兰文化研究所、阿拉伯语言文化教研室共同编写。

1991 年，中国和平出版社出版科威特王室女诗人苏·萨巴赫诗集《本来就是女性》、《献给你，我的儿子》、《希冀》、《女儿颂》，李光斌、仲跻昆、王复、满泰译。

1991 年，上海译文出版社出版埃及长篇小说《少女的绝路》，伊·阿·库杜斯著，袁松月译。同年，湖南文艺出版社出版同一作者长篇小说《疯人之恋》，林则飞译。1998 年，湖南文艺出版社出版《库杜斯短篇小说选》，仲跻昆译。

1992 年，上海译文出版社出版马哈福兹小说《底比斯之战》，蔡伟良译。

1992 年，中国工人出版社出版李琛编选的《先知的使命——纪伯伦诗文集》。同年，山东文艺出版社出版朱凯编译的《纪伯伦抒情诗八十首》。

1992 年，世界知识出版社出版阿拉伯古典名著《也门王赛福·本·热·叶京》节译本（中文名为《赛福奇遇记》），光斌、众智、警予、世雄等译。

1992 年，译林出版社出版朱威烈主编的《当代阿拉伯文学词典》。

1992 年，埃及学者沙利基撰写的学术著作《中国文学入门》出版，对三千年来中国古代文学和现当代文学进行了全面介绍。沙利基曾在中国生活多年，接触过许多中国文学家、艺术家。

1993 年，上海文艺出版社出版埃及学者艾哈迈德·海卡尔的《埃及小说和戏剧文学》，袁义芬、王文虎译。

1993 年，海南出版社出版伊宏著的《阿拉伯文学简史》。

1993 年，《中国文化研究》分三期刊出齐明敏著的《阿拉伯阿拔斯"苦行诗"与中国唐宋"出家诗"之比较》。

1994 年，仲跻昆随中国作家代表团访问埃及，在埃期间会见埃及作协主席萨尔瓦·阿巴扎。

1994 年，武汉大学出版社出版李荣建译的《利比亚短篇小说选》。

1994 年 1 月，郅溥浩应邀在阿联酋作协作报告，谈中阿文化及文学交流。期间郅溥浩与多位阿拉伯作家进行了交流。1995 年 1 月，《世界文学》刊登阿联酋作协主席阿·艾哈迈德小说两篇《打场工》、《在白天的边上》，由郅溥浩翻译。

1994 年 2 月，埃及《文学消息报》刊登埃及驻华使馆新闻参赞杰玛勒丁·赛义德对李琛的采访《中国东方学者李琛：诗歌翻译几乎是不可能的》，谈到了被采访者对阿拉伯文学的看法、了解及本人的翻译和研究情况。

1994 年 6 月，河北教育出版社出版《纪伯伦全集》（5 卷），分阿拉伯文卷和英文卷两部分。阿拉伯文卷由关偁主编，英文卷由钱满素主编。

1994 年 10 月，甘肃人民出版社出版伊宏主编的《纪伯伦全集》（上、中、下卷）。书后附纪伯伦年谱、纪伯伦照片，各卷中插入纪伯伦的绘画作品。

1995 年，对外经济贸易大学出版社出版杨言洪主编的《阿拉伯语汉语成语谚语词典》，收录约 11000 条成语谚语，约 107 万字。该书将阿拉伯成语谚语与中国成语谚语进行类比，并讲述部分成语谚语产生的背景和故事，系统性强。

1995 年，叙利亚大马士革出版印刷联盟出版《中国神话志怪故事》，收《董永和七仙女》等多篇故事。

1995 年，河北教育出版社出版李琛选编的阿拉伯女性小说集《四分之一个丈夫》。

1995 年，上海译文出版社出版利比亚小说《昔日恋人》，易·法格海著，李荣建译。

1995 年 3 月，郅溥浩应邀出席沙特阿拉伯第十届杰纳迪里叶文化节，受到当时王储兼首相、现今国王阿卜杜拉接见。

1995 年 6 月 24 日，埃及《文学消息报》刊登了埃及驻华使馆新闻参赞杰玛勒丁·赛义德对郅溥浩的采访《中国的东方学家谢里夫（郅溥浩）》。访谈中郅溥浩谈到了中国对阿拉伯文学的译介、研究情况及前景。

1995 年 7 月，中国少年儿童出版社出版解传广、王红译的《一千零一夜》（神魔篇、国王篇、鸟兽篇、庶民篇等）。

1996 年，北京师范大学出版社出版摩洛哥小说《神圣的夜晚》，塔·本·杰伦著，黄蓉美、余方译。

1996 年，海峡文艺出版社出版《世界短篇小说精品文库·阿拉伯卷》，郅溥浩选编。本书收 16 个阿拉伯国家小说 82 篇，参加翻译的译者约 40 位。

1997 年，上海外语教育出版社出版蔡伟良著的《灿烂的阿巴斯文化》。

1997 年 3 月，社会科学文献出版社出版郅溥浩著的《神话与现实——〈一千零一夜〉论》。这是中国目前唯一的一部研究《一千零一夜》的专著。

1997 年 3 月，仲跻昆、朱威烈、李振中、孙承熙、杨言洪、葛铁鹰应邀出席沙特阿拉伯第十二届杰纳迪里叶文化节，受到当时王储兼首相、现今国王阿卜杜拉接见。

1997 年 4 月，河北少年儿童出版社出版葛铁鹰等译的《一千零一夜》全译本。这是中国首部按原书以"夜"为单位译出的全集。译文中没有收原版中没有的《阿里巴巴和四十大盗》、《阿拉丁神灯》，对"少数直露的性描写和十分粗鄙的措辞"作了适当处理。

1997 年 10 月，北京语言文化大学出版社出版《阿拉伯古代诗文选》、《中国古代诗文选》，由埃及艾因·夏姆斯大学和北京语言文化大学合编。前者由杨孝柏、李延祜选编，由艾因·夏姆斯大学中文系师生翻译；后者由杨孝柏主编，由艾因·夏姆斯大学中文系师生翻译。

1997 年 12 月、1999 年 1 月，商务印书馆出版纳忠的巨著《阿拉伯通史》（上、下卷，90 万字）。第七篇专讲阿拉伯—伊斯兰文化，第七篇第六十章专讲阿拉伯文学，从蒙昧时期直到阿拔斯王朝后期。此外，在讲到诸地方王朝时也都涉及文化和文学。

1998 年，上海文化出版社出版蔡伟良译的《先知全书》。

1998 年，上海外语教育出版社出版蔡伟良、周顺贤撰写的《阿拉伯文学史》。

1998 年，上海译文出版社出版马哈福兹历史小说集《命运的嘲弄 拉杜比丝 底比斯之战》，孟凯、袁义芬等译。

1998 年，叙利亚文化部出版据英文转译的《中国古代传说》，收《愚公移山》、《智者疑邻》等 12 篇哲理故事。

1998 年，漓江出版社出版郅溥浩主编，仲跻昆、郅溥浩等译的《天方夜谭》（80 万字），这是篇幅最长的一个节译本。郅溥浩所写序言首次概括论述了《天方夜谭》的成书过程、主要内容、艺术特色及对世界的影响。

1998 年，世界知识出版社出版《苏莱娅短篇小说集》，［科威特］苏莱娅·巴克萨尔著，朱紫殿译。

1998 年 6 月，花山文艺出版社出版李唯中译的《一千零一夜》（8 册）。本书装帧美观，插图颇多，是全译本中一个比较引人注目的译本。

1999 年，经济日报出版社出版康有玺译的《布哈里圣训实录全集》（第 1 部）。

1999 年，商务印书馆出版中世纪阿拉伯哲学家伊本·图菲利的长篇哲理小说《哈义·本·叶格赞》，王复、陆孝修译。

1999 年，仲跻昆出席沙特阿拉伯第十四届杰纳迪里叶文化节及沙特阿拉伯建国 100 周年纪念活动，宣读论文《沙特阿拉伯王国现代诗歌是其百年发展的一面明镜》。

1999 年，上海译文出版社出版埃及长篇小说《日落之后》，阿·哈·阿卜杜拉著，袁松月译。

1999 年 9 月，北京燕山出版社出版郅溥浩等译的《一千零一夜》。

20 世纪后半叶以来，阿拉伯国家翻译出版了为数颇多的中国现当代文学作品，如李心田的《闪闪的红星》、杨朔的《雪花飘飘》、张贤亮的《男人的一半是女人》、曲波的《林海雪原》、杨沫的《青春之歌》、茹志鹃的《百合花》、张洁的《爱是不能忘记的》、霍达的《穆斯林的葬礼》、谌容的《人到中年》、路遥的《人生》等。

2000 年，埃及最高文化委员会出版中国《论语》阿拉伯文译本，译者穆赫辛·菲尔贾尼是埃及艾因·夏姆斯大学语言学院中文系教授。

2000 年，上海文化出版社出版阿拉伯散文选《东方智慧鸟》，周顺贤、袁义芬译编，选入阿拉伯 42 位作家 60 篇散文。

2000 年，人民文学出版社出版李玉侠主编的《纪伯伦全集》（5 卷）。全集详细列出翻译版本出处，显示出编者严谨的治学态度。

2000 年，长江文艺出版社出版利比亚作家伊·法格海的小说《一个女人照亮的隧道》，李荣建、李琛译。

2000 年，中国华侨出版社出版林丰民翻译的科威特王室女诗人苏阿德·萨巴赫的《爱的诗篇》、《最后的宝剑》、《致电祖国》、《无岸的女人》等四部诗集。

2000 年，华侨出版社出版林丰民著《为爱而歌——科威特王室女诗人苏阿德·萨巴赫诗歌研究》。

2000 年，湖南文艺出版社出版郭黎译的《阿拉伯现代诗选》，收入 9 个阿拉伯国家 40 位诗人 103 首诗歌。

2000 年，社会科学出版社出版李琛著的《阿拉伯现代文学和神秘主义》。本书从"神秘主义"角度深入分析了阿拉伯现代文学与宗教的关系，是一部颇有特色的阿拉伯现代文学著作。

2000 年第 1 期《新文学史料》刊登了彭龄、章谊写的《永远的冰心》，记述了二人在黎巴嫩纪伯伦博物馆与冰心之间牵线搭桥，将冰心的墨宝赠送给纪伯伦博物馆的情形。

2000 年 5 月，社会科学文献出版社出版郅溥浩主编的《〈一千零一夜〉系列故事》，（5 册）。该丛书分 5 个故事类型，分别是：郅溥浩译的《一对殉情的恋人》（爱情故事选）、马瑞瑜等译的《辛德巴德航海记》（冒险故事选）、刘光敏等译的《阿拉丁和神灯》（神魔故事选）、张洪仪等译的《睡着的人和醒着的人》（机智故事选）、李唯中译的《狐狸与乌鸦》（寓言故事选）。

2000 年 6 月，台湾远流出版社出版李唯中译的《一千零一夜》（10 卷）。

2000 年 7 月，薛庆国随中国文联代表团出访叙利亚、科威特、突尼斯。

2000 年 10 月，仲跻昆随中国作协代表团访问约旦、叙利亚、黎巴嫩，同行者有陈喜儒、李贯通、黄蓓佳。

2001 年，光明日报出版社出版薛庆国译的马哈福兹小说《自传的回声》。同年，上海译文出版社出版陈中耀、陆知译的《马哈福兹文集——〈两宫间〉、〈思慕街〉、〈怡心园〉》。

2001 年，河北教育出版社出版薛庆国译的《纪伯伦爱情书简》。

2001 年，百花文艺出版社出版《思想的金字塔——世界经典散文新编》（非洲卷），伊宏主编，选入阿拉伯经典散文多篇。

2001 年，大众文艺出版社出版李玉侠主编的《阿拉伯故事丛书》。该丛书共五册，分别是：薛庆国译的《〈一千零一夜〉新选故事》、陆孝修译的《〈一千零一夜〉补遗故事》、朱梦魁译的《〈一千零一日〉故事选》、郅溥浩译的《一百零一夜》、李玉侠译的《四十零一夜故事》。

2001 年，人民文学出版社出版仲跻昆译的《阿拉伯古代诗选》，这是国内翻译的第一部阿拉伯古代诗歌集。

2001 年 5 月，译林出版社出版《天方夜谭》，郅溥浩等译。

2001 年 6 月 27 日—7 月 6 日，由中国控股有限集团公司、北京文艺演出公司、北京金牧场影视戏剧艺术中心联合推出一部来自摩洛哥的讽刺戏剧《喜财神》。这是阿拉伯戏剧第一次走上中国舞台。

2002 年，四川民族出版社出版石映照编著的《古兰经故事》（插图本）。

2002 年，宗教文化出版社出版马贤译的《圣训珠玑》。

2002 年，埃及最高文化理事会出版老舍的著名话剧《茶馆》，阿卜杜·阿齐兹·哈姆迪译。这是第一部从中文译成阿拉伯文的老舍作品。

2002 年，宁夏人民出版社出版孟昭毅著的《丝路驿花——阿拉伯波斯作家与中国文化》。该书是钱林森教授主编的《外国作家与中国文化》丛书中的一种，是一部较早研究中阿文学交流的有价值的著作。

2002 年，埃及胡达出版发行局出版《生活诗歌：中国当代诗歌选》，由哲马勒·纳吉布·特拉维从中文直接译出。

2002 年，埃及最高文化委员会出版吴晓琴用阿拉伯文写作的博士论文《易卜拉欣·马吉德小说创作论》。

2002 年 3 月，世界知识出版社出版朱凯等译的《一千零一夜》（全译本）。

2003 年 5 月，上海译文出版社出版《马哈福兹文集》（4 卷），袁松月、陈中耀、陆知等译。

2003 年 11 月，内蒙古人民出版社出版热依汗·卡德尔著的《〈福乐智慧〉与维吾尔文化》。作者对 11 世纪维吾尔族诗人优素甫·哈斯·哈吉甫的长篇诗作《福乐智慧》进行了全面论述：《福乐智慧》的发现，创作背景，作者生平，作品内容，它与中华文化、古希腊文化、阿拉伯文化的交流融汇。铁木尔·达瓦买提为本书写了序言。

2004 年，宁夏人民出版社出版袁松月译的《古兰经故事》。

2004 年，天津古籍出版社出版李唯中译的《纪伯伦情书全集》。

2004 年，昆仑出版社出版仲跻昆著的《阿拉伯现代文学史》。

2004 年，世界知识出版社出版时延春主编的《阿拉伯小说选集》（5 卷）。该书收阿拉伯中长篇小说 14 部，是迄今为止规模较大的一部阿拉伯小说选集，其出版得到了叙利亚作家协会的支持。

2004 年第 6 期《世界文学》刊登叙利亚剧作家萨阿德拉·瓦努斯的戏剧《奴仆贾比尔头颅历险记》，薛庆国译。

2004 年 12 月，知识产权出版社出版邹兰芳著的《阿拉伯成语的文化因素在文学中的作用》。

2005 年，埃及文学消息报社出版埃及学者穆赫辛·菲尔贾尼译自中文的《道德经》。

2005 年，宁夏人民出版社出版马金鹏译的《〈古兰经〉译注》。

2005 年，伊拉克出版据法文转译的卫慧的《上海宝贝》。

2005 年，叙利亚大马士革阿拉伯作协出版的《外国文学》杂志第 122 期刊登作协主席欧格莱·阿莱桑的文章。欧格莱·阿莱桑在文章中说：“就我而言，给我留下印象最深并使我了解了许多中国知识的小说，除《红楼梦》之外，则属霍达的《穆斯林的葬礼》……我很喜欢其所描写的穆斯林的风俗，以及人们之间的亲密关系。”

2005 年 4 月，仲跻昆随中国作家代表团访问约旦、突尼斯。代表团团长是作协副主席张炯。

2005 年 4 月，上海文艺出版社出版《阿拉伯国家经典散文》，李琛主编，选入阿拉伯国家 46 位作家 66 篇散文。

2005 年 9 月，张洪仪、薛庆国应阿拉伯思想基金会邀请赴贝鲁特出席第一届阿拉伯翻译大会。

2005 年 10 月，台湾商周出版社出版郅溥浩等译的《一千零一夜》，属“商周经典名著”之一种。该书由台湾大学外文系教授曾丽玲写总序，台大外文系教授杨明昌写导读，作家小野写专文推荐，同时保留郅溥浩写的原序。

2005 年下半年，齐明敏、王宝华应邀出席在贝鲁特举办的中国阿拉伯文化研讨会。

2006 年 2 月，朱威烈荣获埃及翻译表彰奖。

2006 年 6 月，浙江少年儿童出版社出版杨乃贵译的《一千零一夜》。

2006 年 6 月，中国对外翻译出版公司出版方平译的《一千零一夜》。此译本 2000 年曾出版过。

2007 年，埃及《文学消息报》刊登埃及学者穆赫辛·菲尔贾尼写的《看那婀娜恬美的姑娘——中国的〈诗经〉》一文。文中引用了《关雎》等几首诗歌，介绍了《诗经》的价值、分类、翻译历史。这是《诗经》首次由中文译成阿拉伯文。

2007 年，商务出版社出版余玉萍专著《伊本·穆格法及其改革思想》。该书对阿拉伯古代作家伊本·穆格法及其《卡里莱和笛木乃》的评述有一定深度。

2007 年，湖北教育出版社出版薛庆国撰写的《阿拉伯文学大花园》。

2007 年，百花洲文艺出版社出版李唯中译的《纪伯伦全集》（4 卷）。

2007 年，首都师范大学出版社出版葛铁鹰著的《天方书话——纵谈阿拉伯文学在中国》。全书共收约 50 篇论文，对阿拉伯文学在中国的种种情况都有细致的描述和考据，是一部具有一定学术价值的书。

2007 年 4 月，北京大学出版社出版林丰民著的《文化转型中的阿拉伯现代文学》。

2007 年 5 月，海南出版社出版埃及小说《宰阿法拉尼区奇案》、《落日的呼唤》，埃及哲迈勒·黑托尼著，分别为宗笑飞、李琛译。

2007 年 10 月 15—20 日，应中国社科院邀请，埃及作家黑托尼访华。他与莫言等中国作家、评论家进行了交流。

2007 年 12 月，宁夏人民出版社出版郅溥浩著的《解读天方文学——阿拉伯文学论文集》，收论文 40 篇。

2008 年，宗教文化出版社出版杨宗山著的《古兰经故事》。

2008 年，宗教文化出版社出版祁学义译的《布哈里圣训实录全集》（4 卷）。

2008 年，宗教文化出版社出版穆萨·余崇仁译的《穆斯林圣训实录全集》。

2008 年，外语教学与研究出版社出版谢杨著的《马哈福兹小说语言风格研究》，这是第一部研究马哈福兹的专著。

2008 年，埃及留华学生哈赛宁写出博士论文《中国现代文学在埃及》，详细论述了中国现代文学作品在埃及的译介和研究情况，对鲁迅、老舍、曹禺、巴金、郭沫若、茅盾、田汉等作出了论述，并与埃及作家、作品进行了比较。

2008 年，海洋出版社出版《奇观异境——伊本·白图泰游记》全译本，约 1000 页，李光斌译。该全译本的出版是中阿文化、文学交流史上的一件盛举。《伊本·白图泰游记》关于中国的记述至今仍是研究中阿友好交往的珍贵资料。

2008 年，宁夏人民出版社出版郅溥浩译的《阿拉伯文学史》，译者在书后附有自己撰写的

《阿拉伯现当代文学概述》。

2009 年，辽宁少年儿童出版社出版郅溥浩等译的《一千零一夜》。该书属教育部《语文新课标必读丛书》之一，由著名翻译家任溶溶任主编。

2009 年，北京语言大学出版社出版张洪仪著的《全球化语境下的阿拉伯诗歌——埃及诗人法鲁克·朱维戴研究》。

2009 年，译林出版社出版阿拉伯诗人阿多尼斯诗集《我的孤独是一座花园》，薛庆国译。

2009 年 3 月，阿拉伯诗人阿多尼斯（原籍叙利亚）应邀访华，与杨炼、仲跻昆、曹彭龄、汪剑钊、薛庆国等座谈，并到上海与诗人们聚会。2009 年 11 月，阿多尼斯再次来华，作为获奖者出席"第二届中坤国际诗歌奖"颁奖典礼。

2009 年 8 月，北京外语教学与研究出版社出版叙利亚学者费拉斯·萨瓦赫与薛庆国合译的《老子》，该书被纳入《大中华文库》丛书之一。

2009 年秋，伊拉克流亡诗人萨迪·优素福应邀访华，与中国诗人、学者进行交流，并在中国出版《萨迪·优素福诗选》（倪联斌译，薛庆国校）。

2010 年，黄河出版传媒集团、宁夏人民出版社出版郅溥浩、丁淑红著的《阿拉伯民间文学》。这是首部系统研究阿拉伯民间文学的学术著作，填补了这个领域研究的空白。

2010 年，中国社会科学出版社出版马征著的《文化间性视野中的纪伯伦研究》。

2010 年 2 月，凤凰出版传媒集团、译林出版社出版仲跻昆撰写的《阿拉伯文学通史》（上、下卷），约 100 万字。上卷为"阿拉伯古代文学"，下卷为"阿拉伯现代文学"。这部文学史在时间和空间跨度上，都是阿拉伯人和西方人所写阿拉伯文学史所不及的。它是中国阿拉伯文学研究的一个重大成果，为中国读者奉上了一本了解阿拉伯文学的有价值的读本。

2010 年 4 月，湖南文艺出版社出版阿拉伯古典名著《安塔拉传奇》，共 10 卷，李唯中译。相关方面举行了新书发布会，沙特驻华使馆负责人出席并讲话。

2010 年 5 月，张洪仪出席阿尔及利亚奥卡兹诗歌研讨会并作主题发言。

2011 年 1 月，仲跻昆、薛庆国随团出席第 43 届开罗国际书展。同行中国作家有余华、阿来、西川、叶梅、杨红樱、次仁罗布、江南等。

2011 年 1 月，昆仑出版社出版林丰民等著的《中国文学与阿拉伯文学比较研究》。

2011 年 1 月，黄河出版传媒集团、宁夏人民出版社出版《科威特短篇小说精选》，周放、刘磊、张雪峰、陈杰译。

2011 年 3 月，仲跻昆前往阿联酋领取谢赫·扎耶德图书奖——第五届文化人物年度奖。同年，他还获沙特阿拉伯阿卜杜拉国王世界翻译奖。

2011 年 6 月，中国社会科学出版社出版甘丽娟著的《纪伯伦在中国》。本书对纪伯伦作品在中国的译介、研究和影响作出了详细的梳理和论述，并涉及多元背景下的纪伯伦研究及纪伯伦的多媒体传播等，是一部有价值的综述性著作。

2011 年 10 月，黄河出版传媒集团、宁夏人民出版社出版沙特阿拉伯中篇小说集《欢痛》，作者是沙特阿拉伯王室公主玛哈，由葛铁鹰翻译。

2011 年 11 月，阿拉伯文学研究会与对外经济贸易大学阿拉伯语系联合召开阿拉伯文学研究会年会暨"中东剧变与阿拉伯文学"研讨会。会后召开的研究会常务理事会选举出新一届学会领导班子：会长蔡伟良（上外），副会长薛庆国（北外）、林丰民（北大）、张洪仪（北二外）、葛铁鹰（经贸大）、宗笑飞（社科院）。1985 年，前会长刘麟瑞年事已高，辞去会长职务，由北大教授仲跻昆接任直至 2011 年。阿拉伯文学研究会成立后出任过副会长的有：郅溥浩、伊宏、齐明敏、张洪仪、蔡伟良、谢秩荣、叶文楼、朱威烈、周顺贤、陆孝修。

2012 年 9 月，吴晓琴用阿拉伯文写作的硕士论文《伊卜拉欣·本·马哈迪诗歌创作论》在约旦出版。约旦有关方面邀她访约，为她举办了新书发布会。约旦报刊、电视台对她进行了采访。

2012 年 9 月，外语教学与研究出版社出版阿多尼斯文选《在意义天际的写作》，薛庆国、尤梅译。

2013 年 1 月，河南文艺出版社出版郅溥浩等译的《一千零一夜》。

2013 年 7 月，阿拉伯诗人阿多尼斯再度访华，出席在青海湖举办的国际诗歌节，并获诗歌节最高奖——金藏羚奖。

2014 年 5 月，朱威烈获沙特阿卜杜拉国王世界翻译奖之个人贡献奖。

2014 年 9 月 21—26 日，埃及著名女作家纳·萨尔达薇访华，与中国作家、评论家座谈、交流。

参考文献（排序不分先后）

中文文献

李志夫. 中西丝路文化史. 北京: 宗教文化出版社, 2010.

余太山. 西域文化史. 北京: 中国友谊出版公司, 1996.

张星烺. 中西史料汇编. 北京: 中华书局, 1977.

郑振铎. 文学大纲. 长春: 时代文艺出版社, 2010.

刘慧. 刘麟瑞传——一个北京大学教授. 北京: 世界知识出版社, 2008.

锁晰翔. 纳训评传. 银川: 宁夏人民出版社, 2009.

[法] 费琅编, 耿昇、穆根来译. 阿拉伯波斯突厥人东方文献集注. 北京: 中华书局, 1989.

乐黛云. 比较文学与比较文化十讲. 天津: 复旦大学, 2004.

郅溥浩选编. 世界短篇小说精品文库·阿拉伯卷. 福州: 海峡文艺出版社, 1996.

周放等译. 穆妮拉: 科威特短篇小说精选. 银川: 宁夏人民出版社, 2011.

[沙特] 玛哈公主著, 葛铁鹰译. 欢痛 (中篇小说选). 银川: 宁夏人民出版社, 2011.

郅溥浩主编. 《一千零一夜》系列故事 (5卷). 北京: 中国社会科学出版社, 2000.

卢蔚秋编. 东方比较文学论文集. 长沙: 湖南文艺出版社, 1987.

仲跻昆. 阿拉伯文学通史 (上下卷). 南京: 译林出版社, 2010.

[黎] 汉纳·法胡里著, 郅溥浩译. 阿拉伯文学史. 北京: 人民文学出版社, 1987.

周顺贤、蔡伟良. 阿拉伯文学史. 上海: 上海外语教育出版社, 1998.

[苏联] 伊·德·尼基福洛娃等著, 刘宗次、赵陵生译. 非洲现代文学 (上册). 北京: 外国文学出版社, 1980.

纳忠. 阿拉伯通史 (上下卷). 北京: 商务印书馆, 2005.

[英] 汉密尔顿·阿·基布著, 陆孝修、姚俊德译. 阿拉伯文学简史. 北京: 人民文学出版社, 1980.

[美] 希提著, 马坚译. 阿拉伯通史 (上下卷). 北京: 商务印书馆, 1979.

杨灏城 . 埃及近代史 . 北京：中国社会科学出版社，1985.

郅溥浩、丁淑红 . 阿拉伯民间文学 . 银川：宁夏人民出版社，2012.

林丰民 . 为爱而歌——科威特王室女诗人苏阿德·萨巴赫研究 . 北京：中国华侨出版社，2000.

林丰民等 . 中国文学与阿拉伯文学比较研究 . 北京：昆仑出版社，2011.

张洪仪、谢杨主编 . 大爱无边——埃及作家纳吉布·马哈福兹研究 . 银川：宁夏人民出版社，2008.

宋岘 . 中国阿拉伯文化交流 . 北京：中国大百科全书出版社，2000.

寇巧贞 . 古代阿拉伯人生活 . 汕头：汕头大学出版社，2009.

北京大陆桥文化传媒编 . 当世界提起阿拉伯 . 北京：世界知识出版社，2005.

郅溥浩 . 神话与现实——《一千零一夜》论 . 北京：社会科学文献出版社，1997.

马征 . 文化间性视野中的纪伯伦研究 . 北京：社会科学出版社，2010.

甘丽娟 . 纪伯伦在中国 . 北京：社会科学出版社，2011.

张宏主编 . 当代阿拉伯研究 . 银川：宁夏人民出版社，2009.

[黎巴嫩]纪伯伦著，冰心译 . 先知 . 上海：上海新月书店，1931.

[黎巴嫩]纪伯伦著，伊宏译 . 纪伯伦全集（上、中、下）. 兰州：甘肃人民出版社，1994.

[黎巴嫩]米·努埃曼著，程静芬译 . 纪伯伦传 . 长沙：湖南人民出版社，1986.

[埃及]纳·马哈福兹著，薛庆国译 . 自传的回声 . 北京：光明日报出版社，2001.

仲跻昆译 . 古代阿拉伯诗选 . 北京：人民文学出版社，2001.

周顺贤、袁义芬译编 . 东方智慧鸟（阿拉伯散文选）. 上海：上海文化出版社，2000.

郅溥浩 . 解读天方文学——阿拉伯文学论文集 . 银川：宁夏人民出版社，2007.

李琛 . 阿拉伯现代文学与神秘主义 . 北京：社会科学出版社，2000.

邹兰芳 . 阿拉伯成语的文化因素在文学中的作用 . 北京：知识产权出版社，2004.

杨言洪 . 阿拉伯语汉语成语谚语辞典 . 北京：对外经贸大学出版社，1995.

余玉萍 . 伊本·穆格法及其改革思想 . 北京：中国商务出版社，2007.

谢杨 . 马哈福兹小说语言风格研究 . 北京：外语教学与研究出版社，2008.

张洪仪 . 全球化语境下的阿拉伯诗歌——埃及诗人法鲁克·朱维戴研究 . 北京：北京语言大学

出版社，2009.

时延春．阿拉伯小说选集（5卷）．北京：世界知识出版社，2004.

郭黎译．阿拉伯现代诗选．长沙：湖南文艺出版社，2000.

阿多尼斯著，薛庆国译．我的孤独是一座花园（阿多尼斯诗集）．南京：译林出版社，2009.

何乃英．东方文学概论．北京：中国人民大学出版社，1999.

王向远．东方各国文学在中国：译介与翻译史述论．南昌：江西教育出版社，2001.

薛庆国．阿拉伯文学大花园．武汉：湖北教育出版社，2007.

孟昭毅．丝路驿花——阿拉伯波斯作家与中国文化．银川：宁夏人民出版社，2002.

庞士谦．埃及九年．北京：中国伊斯兰协会，1988.

马德新．朝觐途记．银川：宁夏人民出版社，1988.

[阿拉伯]木海默第著，李相廷译著．天方大化历史．银川：宁夏人民出版社，1991.

[阿拉伯]伊本·白图泰著，马金鹏译．伊本·白图泰游记．银川：宁夏人民出版社，1985.

[阿拉伯]伊本·白图泰著，李光斌译．异境奇观——伊本·白图泰游记（全译本）．海洋出版社，
2008.

[阿拉伯]伊本·胡尔达兹比赫著，宋岘译．道里邦国志．北京：中华书局，1991.

[阿拉伯]蒲绥里著，马安礼译．天方诗经．北京：人民文学出版社，1957.

[阿拉伯]马苏第著，耿昇译．黄金草原．西宁：青海人民出版社，1998.

[阿拉伯]伊本·图菲利著，王复、陆孝修译．哈义·本·叶格赞．北京：商务印书馆，1989.

刘世杰．中国古代小说百科全书．北京：中国大百科全书出版社，1993.

[法]皮埃尔·蓬塞纳主编，余中先、余宁译．理想藏书．上海：上海人民出版社，2011.

季羡林．比较文学与民间文学．北京：北京大学出版社，1991.

季羡林等．东方文化研究．北京：北京大学出版社，1994.

[德]艾伯华．中国民间故事类型．北京：商务印书馆，1999.

[美]斯蒂·汤普森著，郑海等译．世界民间故事分类学．上海：上海文艺出版社，1991.

[美]丁乃通．中国民间故事类型索引．沈阳：春风文艺出版社，1983.

刘守华．比较故事学．上海：上海文艺出版社，1995.

贾非贤 . 市井文化 . 沈阳：辽宁教育出版社，1993.

雷茂奎、李竟成 . 丝绸之路民族民间文学研究 . 乌鲁木齐：新疆人民出版社，1994.

张中行 . 佛教与中国文学 . 北京：北京文艺出版社，2011.

马坚译 . 古兰经 . 北京：中国社会科学出版社，1981.

林松译 . 《古兰经》韵译（上下卷）. 北京：中央民族学院出版社，1988.

林松 . 《古兰经》在中国 . 银川：宁夏人民出版社，2007.

祁学义译 . 布哈里圣训实录全集（4 卷）. 北京：宗教文化出版社，2008.

陈允吉 . 古典文学佛教渊源十论 . 天津：复旦大学出版社，2002.

文史资料编辑部编 . 道教与传统文化 . 北京：中华书局，1992.

陈炎 . 海上丝绸之路与中外文化交流 . 北京：北京大学出版社，1996.

[埃及] 马·台木尔著，邬裕池等译 . 台木尔短篇小说选 . 北京：人民文学出版社，1978.

[摩洛哥] 塔希尔·本·杰伦著，黄蓉美、余方译 . 神圣的夜晚 . 北京：北京师范大学出版社，1991.

王连茂、陈丽华 . 中华海洋文化的缩影——泉州海外交通史博物馆 . 北京：中国大百科全书出版社，1999.

[埃及] 阿·哈·萨哈尔著，杨林海等译 . 伊斯兰宗教故事 . 北京：世界知识出版社，1987.

[叙利亚] 穆·毛拉著，关偊等译 . 《古兰经》故事 . 北京：新华出版社，1983.

李树江 . 回回民间文学史纲 . 银川：宁夏人民出版社，1999.

吴建伟 . 回回古文观止 . 银川：宁夏人民出版社，2000.

王峰 . 当代回族文学现象研究 . 北京：作家出版社，2001.

阿不都克里木·热合曼 . 维吾尔文学史 . 乌鲁木齐：新疆大学出版社，1999.

马明良 . 伊斯兰文明与中华文明交往历程与前景 . 北京：中国社会科学出版社，2006.

中国伊斯兰教协会 . 中国伊斯兰百科全书 . 成都：四川辞书出版社，1996.

周燮藩 . 《古兰经》简介 . 北京：中国社会科学出版社，1994.

沈福伟 . 中国与非洲——中非关系二千年 . 北京：中华书局，1990.

陈公元 . 古代非洲与中国的友好交往 . 商务印书馆，1985.

北京大学历史系亚非拉史教研室、北京大学东语系亚非历史组编．中国与亚非国家关系史论丛．南昌：江西人民出版社，1984.

[埃及]艾·爱敏著，纳忠译．阿拉伯—伊斯兰文化史（第一册，黎明时期）．北京：商务印书馆，1982.

[埃及]艾·爱敏著，向培科、史希同译．阿拉伯—伊斯兰文化史（第三册，近午时期）．北京：商务印书馆，1991.

[埃及]艾·爱敏著，朱凯译．阿拉伯—伊斯兰文化史（第四册，近午时期）．北京：商务印书馆，1995.

马通．丝绸之路上的穆斯林文化．银川：宁夏人民出版社，2000.

[意]卡尔洛·戈齐著，吕晶译，吕同六审定．杜兰朵．长春：吉林人民出版社，2009.

吴承恩．西游记．长沙：岳麓书社，2008.

蒲松龄．聊斋志异．沈阳：万卷出版公司，2008.

傅继馥选译．唐代小说选粹．上海：上海古籍出版社，1987.

杨宪益．译余偶拾．北京：生活·读书·新知三联书店，1983.

[清]巩珍著，向达析注．西洋番国志．北京：中华书局，1961.

[清]慵讷居士．咫闻录．重庆：重庆出版社，1999.

[晋]干宝著，黄涤明译注．搜神记全译．贵阳：贵州人民出版社，1994.

[宋]李昉等编．太平广记．哈尔滨：哈尔滨出版社，1995.

[明]冯梦龙等．三言二拍合集．济南：齐鲁书社，1993.

王致祥选注．清代笔记小说类编·奇异卷．合肥：黄山书社，1994.

钱兴奇选注．清代笔记小说类编·神鬼卷．合肥：黄山书社，1994.

刘永谦译注．中国志怪小说选译．北京：宝文堂书店，1990.

吴礼权．中国笔记小说史．北京：商务印书馆，1993.

张庆民．魏晋南北朝志怪小说通论．北京：首都师范大学出版社，2000.

谢选俊．神话与民族精神．济南：山东文艺出版社，1987.

[美]埃德加·巴勒斯著，武庆云译．人猿泰山．郑州：黄河文艺出版社，1987.

[美]汤普逊著，耿淡如译. 中世纪经济社会史（上下卷）. 北京：商务印书馆，1984.

阿拉伯文文献

[埃及]易卜拉欣·哈拉勒.《乐府歌集》故事. 开罗：复兴书局，1970.

[黎巴嫩]纳笛姆·阿迪. 阿拉伯文学史. 阿勒颇：春天书局，1954.

[埃及]纳比莱·易卜拉欣. 民间文学的表现形式. 开罗：知识出版社，1980.

[埃及]舍菲阿·赛义德. 埃及长篇小说倾向. 开罗：知识出版社，1978.

[埃及]马哈姆德·里西. 埃及短篇小说的现实主义潮流. 开罗：知识出版社，1984.

[德国]里特曼.《一千零一夜》——研究与分析（阿拉伯文版）. 贝鲁特：黎巴嫩青年出版社，1982.

[叙利亚]乌勒法特·伊德莉比. 我们的民间文学一瞥. 大马士革：阿拉伯作协出版社，1974.

[埃及]易卜拉欣·凯拉尼. 阿尔及利亚文学家. 开罗：知识出版社，1958.

[埃及]阿卜杜·阿瑞姆·拉玛丹. 萨达特时期的埃及. 开罗：麦德布里书店，1989.

[埃及]宰克里·沙利基. 中国文学入门. 大马士革：叙利亚作家协会，1994.

[埃及]苏海勒·盖莱玛薇. 一千零一夜. 开罗：拉赫玛尼出版社，1943.

[埃及]哲马勒·纳吉布·特拉维译. 生活诗歌：中国当代诗歌选. 开罗：胡达出版发行局，2002.

[埃及]穆赫辛·菲尔加尼译. 道德经. 埃及：文学消息报社，2005.

[埃及]萨尔德丁·瓦哈白译. 中国的半个世纪. 开罗：黎明出版社，1994.

[叙利亚]马姆杜哈·哈基译. 中国诗歌（毛泽东诗歌集）. 大马士革：阿拉伯觉醒出版社，1996.

[中国]赛拉迈·奥贝德译. 中国古代诗选. 北京："中国建设"杂志出版社，1983.

[叙利亚]萨阿德·沙依布译. 阿诗玛. 大马士革：生活出版社，1960.

后记

　　中国与阿拉伯之间的文学交流源远流长。新中国成立后，特别是改革开放后，这种文学的交流发展到一个崭新的阶段。我们译介了大量阿拉伯文学作品，研究工作也取得可喜成绩。相应的是，阿拉伯国家对中国文学的翻译、研究也可圈可点。

　　对于中阿文学交流方面的工作，我们早该梳理、总结，但一直未找到适当的机会。钱林森教授主编的《中外文学交流史》丛书，提供了一个很好的平台。经过几年的努力，终于完成了本书的撰稿，又几经修改，最后把它呈现在读者面前。

　　不同的国家，在与中国的文学交流方面，肯定各有特色，不会完全相同。重要的是，我们按照中阿文学交流的实际情况，写出了这部文学交流史，也算完成了一个阶段性的任务。总结是为了提高，提高是为了再进。过去还从未有过这方面的论著。这样的写法是否合格，是否理想，还有待各方人士的审阅、检验。因为这项工作规模大，内容广，我们并不知道什么样的写法才是最好。

　　本书的材料都是实实在在的。应该说，在收集资料方面面临的困难还是不小的。翻译作品、研究文章的收集、整理，阿拉伯国家对中国文学的译介、研究，还有古代文学交流的情况，都需要花大量的时间和精力去查阅，去把握，去探索。本书主要材料截稿于 2011 年 4 月，后来在校改中陆陆续续补充了一些材料。本书使用材料不算少；但我们同样要说，因篇幅所限，还有许多翻译作品、研究文章不能一一列举，可能一些很好很重要的材料也有遗漏，这是我们深感抱歉的。

　　在古代，彼此间的文学交流，有时脉络不是很清晰；但这不能阻止我们去发掘、探索、比较。只要是科学的研究，就会是有益的。这是通往真相的必由之路。如果没有初始的努力，就不会有终极的成功。这已为无数的事实所证明。

　　本书得到诸多同仁的帮助——向我们提供各种信息及资料，没有他们的帮助，本书将大为逊色。所配照片，多是我国阿拉伯语界学者和其他领域学者与阿拉伯作家及相关人员的合影，也是尽力收集来的，有的已成绝版，值得珍惜。

　　本书由三人撰稿。郅溥浩，男，中国社会科学院外国文学研究所研究员，主要写：绪论，第一章，第二章，第三章，第四章第一节，第五章第一、二节，第九章，书后大事记及参考书目；丁淑红，女，北京外国语大学阿拉伯语系副研究员，主要写：第四章第二、三、四、五、六节，第五章第三节，第六章，第七章；宗笑飞，女，中国社会科学院外国文学研究所副研究员，主要写：第八章。彼此互有交错，最后由郅溥浩统稿。如书中有问题和错误之处，由统稿者负责。

　　感谢周宁教授、祝丽编审、周红心副编审、王寅生博士。他们对本书的出版倾注了很大精力，对在撰稿、编辑中遇到的问题和困难，表现出关注和体谅。同时对山东教育出版社表示深挚的谢意！

郅溥浩

2014 年 3 月 10 日

编后记

随师兄去府上拜访钱林森教授，满怀激动与期望，已是九年前的事了。那天讨论的出版项目，占去此后我编辑生涯的主要时光，筹划项目、联系作者、一次又一次的编写会，断断续续地收稿、改稿，九年就这样在焦急的等待、繁忙的工作中过去了，而九年，是一位寿者生命时光的十分之一，是我编辑生涯中最美好的日子……每每想到这里，心中总难免暗惊。人一生有多长，能做多少事，什么是值得投入一生最好时光的事业？付诸漫长时光与巨大努力的工作，一旦完成，最好的报偿是什么呢？这些问题困扰着我，只是到了最后这段日子，我才平静下来。或许这些困惑都是矫情，尽心尽力、无怨无悔地做完一件事，就足够了。不求有功，但求告慰自己。

《中外文学交流史》17卷终于完成，钱老师、周老师和各卷作者们付出了巨大的努力，我心怀感激。在这九年里，有的作者不幸故去，有的作者中途退出，但更多的朋友加入进来。吕同六先生原来负责主持意大利卷，工作开始不久不幸去世。我们深深地怀念吕同六先生，他的故去不仅是中国学术界的巨大损失，也是我们这套丛书的损失。张西平先生慷慨地接替了吕先生的工作，意大利卷终于圆满完成。朝韩卷也颇多波折，起初是北大韩振乾先生承担此卷的著述，后来韩先生不幸故去，刘顺利先生加入我们。刘顺利先生按自己的学术思路，一切从头开始，多年的积累使他举重若轻，如期完成这本皇皇巨著。还有北欧卷，我们请来了瑞典的陈迈平（万之）先生，后来陈先生因为心脏手术等原因而无力承担此卷撰著。叶隽先生知难而上。期间种种，像叶隽所说，"使我们更加坚信道义的力量、人的情感和高山流水的声音"。李明滨、赵振江、郅溥浩、郁龙余、王晓平、梁丽芳、朱徽先生都是学养深厚的前辈，他们加入这个团队并完成自己的著作，为这套丛书奠定了坚实的学术基础，也提高了丛书的品位。卫茂平、丁超、宋炳辉、姚风、查晓燕、葛桂录、马佳、郭惠芬、贺昌盛先生正值盛年，且身当要职，还在百忙之中坚持写作，使这套丛书在研究的问题与方法上具备了最前沿的学术品质。齐宏伟、杜心源、周云龙都是风头正健的学界新秀，在他们的著述中，我们看到了中外文学关系史研究的美好前景。

这套书是个集体项目，具有一般集体项目的优势与劣势，成就固然令人欣喜，缺憾也引人羞愧。当然，最让人感到骄傲与欣慰的是，这套书自始至终得到比较文学界前辈的关心与指导，乐黛云教授、严绍璗教授、饶芃子教授在丛书启动时便致信编委会，提出中肯的指导意见，以后仍不断关心丛书的进展。2005 年丛书启动即被列入"十一五"国家重点图书出版规划项目，2012 年，本套丛书获得国家出版基金资助，这既为丛书的出版提供了保障，我们更认为这是对我们这个项目出版价值的高度肯定，是一种极高的荣誉，因此我们由衷地喜悦，并充满感激。

丛书是一个浩大的学术工程，也得到了我们历任领导的高度重视和大力支持。2005 年策划启动时，还没有现今各种文化资助的政策，出版这套丛书需要胆识和气魄。社领导参与了我们的数次编写会，他们的睿智敬业以及作为山东人的豪爽诚挚给我们的作者留下了深刻的印象。丛书编校任务繁琐而沉重，周红心、钱锋、于增强、孙金栋、王金洲、杜聪、刘丛、尹攀登、左娜诸位编辑同仁投入了巨大热情和精力，承担了部分卷次的编校工作，周红心协助我做了许多细致的工作，保证了丛书项目如期完成。

感谢书籍装帧设计师王承利老师，将他的书籍装帧理念倾注到这套丛书上。王老师精心打磨每一个细节，从封面到版式，从工艺到纸张，认真研究反复比较，最终将传统与现代、中国与世界、文学与学术和书籍之美完美地融合在一起。丛书设计独具匠心而又恰如其分。

《中外文学交流史》17 卷在历经艰辛与坎坷之后，终得圆满，为此钱老师、周老师付出了巨大的努力。钱老师作为项目的发起人、主持人，自然功德无量，仅他为此项目给各位老师作者发的电子邮件，连缀起来，就快成一本书了。2007 年在济南会议上，钱老师邀请周老师与他联袂主编，从此周老师分担了许多审稿、统稿的事务性工作。师兄葛桂录教授的贡献是独特而不可替代的，没有他的牵线，便没有我们与钱老师、周老师的合作，这套丛书便无缘发生。

大家都是有缘人，聚在一起做一件事，缘起而聚、缘尽而散，聚散之间，留下这套书，作为事业与友情的纪念，亦算作人生一大幸事。在中国比较文学学术史上，在中国出版史上，这套书可能无足轻重，但在我自己的职业生涯中，它至关重要。它寄托着我的职业理想，甚至让我怀念起 20 多年前我在山东大学的学业，那时候我对比较文学的憧憬仍是纯粹而美好的，甚

至有些敬畏。能够从事自己志业的人是幸福的，我虽然没有从事比较文学研究，但有幸从事比

较文学著作的出版，也算是自己的志业。此刻，我庆幸自己是个有福的人！

祝　丽

图书在版编目（CIP）数据

中外文学交流史．中国－阿拉伯卷 / 郅溥浩等著．--
济南 ：山东教育出版社，2014
ISBN 978－7－5328－8497－1

Ⅰ．①中… Ⅱ．①郅… Ⅲ．①文学—文化交流—文化
史—中国、阿拉伯半岛地区 Ⅳ．① I 109

中国版本图书馆 CIP 数据核字 (2014) 第 152855 号

中外文学交流史　　　中国 - 阿拉伯卷

钱林森　　周　宁　主编
郅溥浩　　丁淑红　宗笑飞　著

总 策 划：祝　丽
责任编辑：周红心
装帧设计：王承利

主　管：山东出版传媒股份有限公司
出版者：山东教育出版社
　　　　（济南市纬一路 321 号　　邮编：250001）
电　话：(0531) 82092664　　传真：(0531) 82092625
网　址：http://www.sjs.com.cn
发行者：山东教育出版社
印　刷：济南大邦印务有限公司
版　次：2015 年 12 月第 1 版第 1 次印刷
规　格：787mm×1092mm　16 开本
印　张：32.25 印张
字　数：585 千字
书　号：ISBN　978－7－5328－8497－1
定　价：91.00 元

（如印装质量有问题，请与印刷厂联系调换）　印厂电话：400-0531-118